周蓓 主编

『民國專題史』叢書

夏炎德 著

河南人民出版社

法蘭西文學史

本書叙述了自中世紀至二十世紀現代法國的文學發展史。認爲文學不是作家個人孤立的產物，而是是反映時代精神社會生活的鏡子；文學史不能單是作家作品的匯集，必須要是文學演進

圖書在版編目(CIP)數據

法蘭西文學史 / 夏炎德著. —鄭州 : 河南人民出版社, 2016. 10
(民國專題史叢書 / 周蓓主編)
ISBN 978-7-215-10487-7

Ⅰ. ①法… Ⅱ. ①夏… Ⅲ. ①文學史-法國
Ⅳ. ①I565.09

中國版本圖書館 CIP 數據核字(2016)第 256655 號

河南人民出版社出版發行
(地址：鄭州市經五路 66 號　郵政編碼：450002　電話：65788063)
新華書店經銷　　河南新華印刷集團有限公司印刷
開本 710 毫米×1000 毫米　1/16　印張 45
字數 470 千字
2016 年 10 月第 1 版　　2017 年 1 月第 1 次印刷

定價 ：292.50 圓

出版前言

中國現代學術體系是在晚清西學東漸的大潮中逐步形成的。至民國初建，中央政治權威進一步分散和削弱，加之新文化運動帶給國人思想上的空前解放，新學的啓蒙，新知識分子的産生，民國學術如草長鶯飛，進入一個自由而蓬勃的時代。中國傳統學科乃中國學術之根基與菁華所在，民國學人采用『取今復古，别立新宗』之方法，引入西方的學術觀念，積極改造，使史學、文學等學科向現代學術方向轉型。此外，大力推介西方社會科學的新學科和自然科學，在學習、借鑒乃至移植西方現代學術話語和研究範式的過程中，逐漸建立中國現代學科，使中國的學科門類迅速擴展。一時間，新舊更迭，中西交流，百花齊放，萬壑争流，開創了中國現代學術的源頭。

伴隨知識轉型和研究範式轉换而來的，還有學術著作撰寫方式的創新。中國古代的著作向來以單篇流傳，經後人整理匯編後，方以成册成集的面目出現并持續傳播。直到十九世紀末，東西方的歷史編撰體裁不外乎多卷本的編年體、紀傳體和紀事本末體等，章節體的出現標志着近代西方學術規範的産生和新史學的興起。章節體具有依時間順序，按章節編排；因事立題，分篇綜論；既分門别類，又綜合通貫的特點。以章、節搭建起論述之框架，結構分明，邏輯清晰，較傳統的撰寫體裁容量大、系統性强。它的傳入，使中國現代學術體系從内容到形式被納入了全球化的軌道。民國時期專題史的研究、譯介、編纂、出版恰恰是在這樣的背景下欣欣而發，是學術的實驗場，也是歷史的記録儀。編選『民國專題史』叢書的初衷正是爲了從一個側面展示中國學術從傳統向現代過渡的歷史進程。

專題史是對一個學科歷史的總結，是學科入門的必備和學科研究的基礎，也是對一個時代艱深新鋭問題的解答，是學術研究的高點。民國專題史著作中，既包含通論某一學科全部或一時代（區域、國别）的變化過程的，又囊括對一時代或一問題作特殊研究的，還有少部分是對某一專題的史料進行收集的。原創與翻譯并重，翻譯的底本大多選擇該學科的代表著作或歐美大學普及教本，兼顧權威性和流行性，其中日本學者的論著占據了相當比重。日本與中國同屬東亞儒家文化圈，他們在接納西方學術思想和研究模式時，已作了某種消化與調適，從思維轉换的角度看，更便于中國借鑒和利用，他們的著作因而被時人廣泛引進。

與當代學術研究日趨專業化、專門化、專家化的『窄化』道路迥乎不同的是，中國傳統學術崇尚『學問主通不主專，貴通人不尚專家』的通識型治學門徑，處于過渡轉型期的民國學術在不同程度上保留了這種特徵。民國學術大師諸學科貫通一脉、上千年縱横捭闔之功力自不待冗言，外交家著倫理政治史、文學家著哲學史、化學家著戰争史等亦不乏其人，民國專題史研究呈現出開放、融通、跨界撰述的特點。與此同時必須看到，自晚清以來，中國的命運就在外侮屢犯、内亂頻仍的窘境中跌宕彷徨，民族存亡仿若命懸一綫。這股以創建學科、總結經驗、解決問題爲指歸的專題史出版風潮背後，包裹着民國學人企望以西學爲工具拯民族于衰微的探索精神，及以學術救亡的愛國之心。梁任公曾言：『史學者，學問之最博大而最切要者也，國民之明鏡也，愛國心之源泉也。』這種位卑未敢忘憂國的歷史使命感和國民意識是今人無法漠視和遺忘的。

『民國專題史』叢書收録的範圍包括現代各個學科，不僅限于人文社會科學，學科分類以《民國總書目》的分科爲標準，計有哲學、宗教、社會、政治、法律、軍事、經濟、文化、藝術、教育、語言文字、中國文學、外國文學、中國歷史、西方史、自然科學、醫學、工業、交通共19個學科門類。本叢書分輯整理出版，内不分科，單本發行，方便讀者按需索驥。既可作爲大專院校圖書館、學術研究機構館藏之必備資源，也可滿足個人研讀或興趣之收藏。

與目前市場已有的一些專題史叢書相比，『民國專題史』叢書具有規模大、學科全、選本精、原版影印的特點。本叢書選目首重作者的首創、權威和著作影響力，尤其注重選本的稀見性。所謂稀見，即建國後没有再版，且多數圖書館没有收藏，或即便有收藏，也是歸于非公開的珍本之列予以保存，普通讀者難以借閲。部分圖書雖有電子版，但作爲學術研究的經典原著讀本，紙質版本更利于記憶和研究之用。本叢書精揀版本最早、品相最佳的原版圖書作爲底本，因而還具有很高的版本收藏價值。

『民國專題史』的著作是民國學者對于那個時代諸問題之探究，往往有獨到之處，無論其資料、觀點短長得失如何，要之在中國現代學術史的構建與發展進程中，自有其開宗立論之地位。

洪序

近幾十年來知識的進步，漸漸將文學研究建立在科學的基點之上。現在我們如果以科學的眼光來考慮文學，主要地就有兩種不同的路線：一方面可以從生理學的觀點分析作家的遺傳、體質、個性、才能等這些個人的特色，以洞察他創作的性質，這是所謂生理學的（biological）解釋。另一方面可以從社會學的觀點體認作家的時代、民族、社會、階級、意識形態等這些社會的關係，以探求他創作的源泉，這是所謂社會學的（sociological）解釋。

這兩種解釋，一是屬於內的，一是屬於外的，雖然路線不同，而此兩者在文學研究上非但可不相衝突，其實還是彼此融合補充的；因爲文學創作的過程，本身就含有內外兩方面。

但是在當今的文學界，這兩種解釋卻形成了一個對壘的形勢。有許多執拗地運用生理學解釋的人，以爲文學只是作家生理機構所產生的特殊表現，不須依賴其他的因素，因此，他們否定社會條件有左右文學的力量。同樣，也有不少專門運用社會學解釋的人，以爲文學純粹爲社會生活或集體意識所決定，作家個人無所用其獨特的才力，從而他們忽視生理氣質有作用文學的可能。這樣的對壘形勢的存在，無形中把個人與社會的聯繫截斷。極端所趨，前者所解釋的作家彷彿是一種孤立的動物，完全與社會脫離關係；後者所意想的作家成了一架全然被動的機械，沒有一點自由意志可言。

這是一種錯誤！由於他們祇就理解科學的獨特性而不會理解其聯繫性。文學之科學研究的要點，卽在運用各關係科學而解釋其全體。生理學的解釋與社會學的解釋二者，在學理上各有充分的根據，不過假若過分誇張其一爲唯一的決定力，則吾們對於任何方面都無法加以認可。文學在本質上是個人生理與社會環境的複雜的化合物；要明瞭其個人成分，須求之於生理學（包括心理）的解釋；要明瞭其社會成分，須求之於社會學的解釋。注重一方面而忽略了另一方面，總不能算是完美的解釋。美國現代批評家卡爾佛登（U. F. Calverton）曾這樣說過：「社會學的研究與心理學的研究之綜合，卽是吾們對於現代創作的批評之一切健全研究的準備。」總括說一句，吾們要將文學置於科學的基礎上研究，那末對於生理學的解釋與社會學的解釋必須同時加以注意。

年來國內社會科學思潮的高漲，使文學研究轉向於社會學的方面，注重找求文學之社會的背景；這是一種可喜的現象。然而不幸的是，文學之生理學的方面往往被人鄙棄抹殺；文學中的所謂個人成分，在一般人過分謳視社會成分之下，逗出於人們的視線之外了。這種情形，在目前非常普遍。

所謂生理學的解釋的眞義是什麼呢？話就長了。

人們底生理的差別是複雜萬分的。因爲生理的差別，就形成了「資質」「天才」「性格」的不同。往往那生在同一時代，過着差不多同樣生活的人，描寫同樣的對象，有的人可以創作極好的文學，有的人卻不能夠有的；縱然也寫得好，但好在另一方面。雪萊（Shelly）、擺倫（Byron）、與堪茨（Keats）是英國同一時代的詩人，而他們的詩沒有一個是相同的；高乃衣（Corneille）、賴西納（Racine）與莫利哀（Molière）是法國同一時代的劇作家，而他們的劇本各自表現着一種特色。這就是一個明顯的例！再如亞倫坡（Allan Poe）時的美國文壇，承德國浪漫運動的餘波，描寫恐怖的故事，幾成一時候文壇的風氣；坡所處理的那種惡貓魘夢等恐怖心理的題材，也爲同時人勃朗（Brown）等所採用，但是別人的描寫，沒有一個能及得到像坡這樣的慘酷深刻。這豈不是因爲坡的遺傳、體質、幼年的環境與他底平素生活所造成的孤癖暗晦的性格，都不是他人所能同有的麼？所以僅僅從大體方面知道作者所處的社會背景，以及這個背景內所必然常有的生活經驗，還是不足以解釋一個作家底特點的。在日常的與人共有的經驗之外，還有他底非常的特殊的經驗，是非注意不可的。一個人底一種甚或一次的特殊經驗，往往可以在他的生理及心理上，遺留下不可磨滅的印象，發生出不能意料的效力。

這種非常經驗，尤其是某種使得作者感受切身的單有的痛苦的，其效力爲更大。

就肉體方面說，虛弱或殘疾對於作者底精神生活的影響，最不容輕視。聖柏甫（Saint-Beuve）說：『一切不易說明的事，如彎曲的脚，畸形的背，參錯的肢體，及皮膚的皺紋，如果考查其初生時，對於人底氣質的決定，以及所謂道德的影響，人或爲之吃驚。』不健全的身體，常時造成不健全的心理。這是科學的結論。但有時也有例外；有時反可磨鍊出他一種創造力。如蒲伯（Pope）幼年的虛弱多病，使他成爲一個早熟的詩人。彌爾頓（Milton）以垂暮之年，遇目盲窮蹇的命運，竟逼他寫成畢生的力作失樂園。裴德芬（Beethoven）克服了他耳聾的慘酷的不幸，終於作出了最偉大的第九交響樂，而被尊爲樂聖。其他如擺倫因一足稍跛，而增加與奮，勃朗甯（E. B.

Prowning）因過分柔弱而幽逸退隱，以及蘭勃（Lamb）因看護病妹而耐苦犧牲，都顯然的是一種非常經驗，影響了他們底人格，形成了他們底特性，後來充分地具體地表現在他們作品裏。

再就情緒方面說，失戀與精神病等對於創作的內容有更密切的影響。自古由失戀而直接間接產生的文學不知凡幾；作家如哥德（Goethe）、繆塞（Musset）等經過一度失戀後於作品的情趣上總必有一番變化。凡是詩人、藝術家的情緒或行爲，必有與常人不同的變態的地方；依龍白羅沙（Lombroso）等說來，是一種病——精神病——的傾向。奧國精神分析學大師佛洛特（Freud）認爲精神病出於被抑制的觀念，而大半還是由於性慾之失調，精神病者要發洩人間被抑制的觀念，尤其是要發洩其現在或幼年時被抑制的情慾。他這種學說初起僅應用於生理學或心理學的範圍；漸漸成爲一種普遍的哲學；現在已有很多學者從精神病學的見地來解決文學上的問題。他們研究的結果，以爲詩人幾乎沒有一個不是精神病者。這種例子觸手皆是，就其最顯著的說，高蹈派與象徵派詩人可說是極好的代表。以「惡魔詩人」之名見稱的波特萊爾（Baudelaire），他在詩中所創造的銳敏的戰慄的感覺，如何爲他的飄游浪蕩，濫吃刺戟品與癲狂的心病所決定，是很明白的。威倫納（Verlaine）自與蘭波（Rimbaud）相識，因迷戀於他的男性美而同性愛，竟拋了他的家庭而一同度着放浪生活，後來又因醋意而不睦，終於以手鎗相見於比利時。其他如巴爾札克（Balzac）的狂放，孚祿倍爾（Flaubert）的孤癖，莫泊桑（Maupassant）的瘋癇以及陀思退佚夫斯基（Dostoievsky）的好賭，都是某種程度的精神病。所以諾道（Nordan）竟敢斷言所有近代的文學不外是精神病者的囈語。他這話未免失之偏激，然也含有一部分確實性。

精神分析學在分析作家的情緒上，是極有幫助的。

這種變態的起原，不外是人們遭遇困難時的一種應付或一種逃避。方式千變萬態，這裏姑引幾個顯例如下：

一、昇華（sublimation）昇華原是化學上的名詞，化合物從固體變爲氣體，中間不經過液體的階段謂之昇華。在人的行爲上，如因向某一女子求婚不成，退而與之作精神上的友愛；或因某種抱負不能達到而借詩文以寓壯志；這些吾們同樣稱之爲昇華作用。歷史上的偉人常將他的生活資料昇華到他的創作上去。但丁（Dante）在九歲時見到一個與他同年的女孩比特麗斯，許多年後兩人在佛羅棱斯街上重逢一次，他們從未有過交談，而比特麗斯的印象卻永遠深鐫在但丁的心上，此女死時但丁悲不得釋，他的神曲就是爲逝去了的比特麗斯寫的。

二、解嘲（rationalization）伊索寓言中有這樣的一段故事，一個狐狸經過一處棚架，上面掛着鮮美的葡萄，他饞涎欲滴，但因攀折不及，只有自語着：『吾可確定那些葡萄是酸的呀！』這眞是道破了人情的奧祕。許多人爲着所求不遂，反而對於他們所盼望的事出以諷笑與鄙棄；文人不得志，故作超脫之談，都是這種作用。這種解嘲的態度可說是失望者的自慰，也可說是內心情緒的「合理化。」

三、執迷（obsession）普通人在某種情形之下受過了幾次窘迫，以後遇到類似的情形必視爲畏途，自己猶如驚弓之鳥，避之唯恐不速；雖然事實上情形已與當初不同，而仍不敢作再度的嘗試。或在某種情形之下，獲得一次意外快感，亦是如此牢不肯改，堅不允捨。許多文人保留他們底怪僻的脾氣與習慣——如章太炎的好寫古字——就是這種執迷的作祟。

四、彌補(compensation)人當他發見到自己某一部分有缺陷的時候，必然竭力設法彌補；而適當的彌補，確乎可以維持他智慧上的平衡。譬如盲子因失掉了他的視覺，他的聽覺、觸覺使特別敏銳，結果，在不少地方他的聽覺觸覺有代替視覺的功能。林肯(Lincoln)據說本是患口吃的人，他覺察到自己這種缺點，即常將石子放在嘴裏盡力矯正，久後他的聲音洪亮，在法庭上議會中出現而升到政治領袖的地位了。又如前文所舉詩人蒲伯，樂聖裴德芬等，都是絕好的例子。

生理上的因素以及依據於生理的心理上的因素，很自然地可以使每一個人的行為以及他的旨趣嗜好，自成一個獨特的模型。將這個原理來解釋文學中的個人成分，可說是極其恰當的。一個人的個性，原是他底遺傳的體質，與他底被非常經驗所引起的變態心理兩者共同造成的他底對於社會環境的理解、感覺與反應，所謂個性不同，就是他底應付環境方式的不同；而所謂文學中的個人成分，實即他底個性在文字裏的表現與發揮。我們由讀史籍所知道的歷代無數文學作家，作風都是各殊的；有些作家，雖是處在同一時代，同一地域，甚至屬於同一經濟集團，而他們作品的性質，趣味以及感人的程度，全都歧異。固然，這些同時代同集團中的歧異，不過是「大同小異；」但是這些「小異，」正是一個作家的特殊貢獻，萬萬不應忽略的。

這並不是主張偏重個人成分，而在說明，要明確地解釋文學，除了社會成分之外，個人成分也得注意；除了從社會經濟等等方面作綜合的觀察，對於作者底「行為的歷史」(History of Behavior)，同時也得顧到研究。我們常然承認文學是為物質環境所決定的；但是一個作家底生理狀態，以及他底被非常經驗所引起的心理作用，豈不是物質環境中的最重要最親切部分之一麼！

在這樣的見解之下，我覺得夏炎德君這部法蘭西文學史，編寫得着實可取。他將法國文學從古至今敍述論斷的時候，對於社會成分與個人成分，兩方面都沒有偏廢；在社會方面，說明了時代的推移，解釋了作者的意識形態；在個人方面，說明了作者的生平，解釋了他底表現在重要作品裏的特色。譬如三十三章敍述小仲馬（Dumas Fils），既提供了當時的生活背景，又告訴我們他原是一個私生子，使得我們澈底地明瞭他爲什麼這樣同情於社會上不幸的被人玩弄的女子們，寫出「茶花女」「社會的渣滓」這類作品。這部文學史如果由我來寫，對於作者底身體的遺傳，非常經驗，經濟生活的背景，三者底交互影響，與三者底混和醞釀，或許說得還更詳盡些。但就現書而論，這書的取材，可算是詳贍精審，態度客觀而不機械；是中國近年來文學史著作方面，最有進步的作品中的一部新書；值得向讀書界推薦的。

洪　深序於上海。

民國二十三年四月二日

自序

文化是有傳播性的，研究並理解先進國文學是創造中國新文學必要的步驟。稱爲「歐洲之花」的法蘭西文學，是世界文學府庫中一部分非常的寶藏。法蘭西人本着拉丁民族澄清的智慧與深遠的理想在人類歷史上所貢獻於政治、思想、文化的奇蹟，爲我們所熟知。他們因爲是神經質的民族，天性流動，情智兼富，精於修辭，長於社交，有愛美的心理，特別適於文學藝術的表現。我們在西歐文學的發展中可以看到，每個思潮或運動的興起，法國不是佔着領袖的地位，便是佔着次重要的地位，沒有一次是落後的。一部法蘭西文學史處處充滿着光與熱，從來很少衰落的時間。而且以歷史言，比利時與西班牙文學差不多是法蘭西的附庸，德國與俄國是後進，在西歐諸國的文學中除英吉利足以與之並駕齊驅外，也沒有一個國家比他更悠久的。至就文學的各部分言，法國在詩歌、小說、戲曲、散文、批評與歷史種種方面都曾留下光輝的成績。

法蘭西文學的演進可分開幾個時期：中古時期的文學是法國的原始文學；封建制度與神祕宗教是當時社會的兩大骨幹，所產生的文學以歌詠貴族的史詩、抒情詩及表揚教義的神祕劇、奇蹟劇爲主，此外也有表現中產社會意識的寓言詩、諷刺詩等。這時期法國文代拉丁文而通行，法國文學已具相當的基礎。十六世紀，商業資本擴大，科學基礎漸具，人文主義抬頭，法蘭西模倣意大利的先例，釀成文藝復興運動，在文學作品中表現出自然與個性的情趣。十七世紀，從封建制度與商業經濟的基礎上，法國完成了大一統的專制帝國，社會秩序井然，唯理思想發達，宮廷充滿富麗氣象，文學返於希臘、拉丁，所謂古典主義以模擬古文學爲中心，特別注重理性與形式的美。這是法國上流社會文學最繁榮的時期，稱爲黃金時代。到十八世紀，封建社會已呈動搖，古典文學日趨衰微，啓蒙思潮由英國傳入，法國文壇爲思想家所宰主，唯物論的思想昌明，懷疑主義成爲一時代的風氣；後經大革命的怒潮，舊時代的秩序完全破壞。這是一個新舊社會交替的過渡時期。十九世紀上半期，整個的歐洲走上了資本主義社會之路，德國理想主義的哲學到處流行，自由解放的呼聲響徹全歐；這時法國文壇上浪漫運動崛起，不論在詩歌、戲曲與小說各方面都表現着活潑的個性、奔放的熱情與神靈的崇拜、理想的憧憬，浪漫主義文學題材尙新奇的情調，形式尙獨創的風格。這種文學是資本主義社會勃興期的表白。十九世紀下半期，法國資本主義社會已達到成年期，年青時的熱情與理想減退，文學轉而從現實的方面去觀察，自然科學猛進，實證哲學建立，文學開始從機械的方面去分析，現實主義與自然主義的文學就是由觀察、實驗、分析、論證等科學方法所構成的文學。但是物質科學並不是萬能的，物質科學的能力在時間的試金石上漸次露出窮態，人們對於科學的懷疑聯帶懷疑到自然主義，同時人道主義與生命哲學應運產生，所以二十世紀開始時的法國文壇爲新浪漫主義潮流所掩被。新浪漫主義文學一般的表現是緊張與勇進，然而社會經濟的動盪促使資產者文學趨於消極、頹廢，新浪漫主義的權威無形消失。當這時代激化的時候，法國文壇上湧現着資本主義與社會主義兩大潮流，由這兩大潮流所產生的無數分歧複雜的流派，蔚爲法蘭西文學空前的大觀。

文學不是作家個人孤立的產物，文學是反映時代精神社會生活的鏡子。文學史不能單是作家作品的彙集，文學史須要是文學演進有機的敍述。我們要眞正明瞭一個流派一個作家一種作品的特質，必須進一步研究他們所由產生的淵源。這種淵源不外是存在於作家周圍反映到作家意識中的縱的時代背景、橫的社會背景。這種背景具體言之是經濟生活、政治制度、思想潮流與社會風尙等等。本書編著者盡可能範圍處處努力證明此點；特別對於一時代生產關係的說明不憚辭費，因爲所謂時代背景社會背景分析到最後是爲生產關係所決定——雖非機械地——的。在較大的方面，本書作如上的解釋。至較小的方面，注重作家個別的研究，分別考察作家的出身、教育、遭遇種種，從而顯示出其作品表現作家個人生活的力量以及反映社會環境的程度。對於作家的批評，爲避免一己的主觀，儘可能的徵引權威的論斷。此外，爲使讀者進一步得讀法國文學的名著，將重要作家的主要作品一一舉出。爲幫助對於法國文學的鑑賞，將名著以及名詩擇其尤要者或撮述其大要或顯示其一格，詩歌遇方便時且採國內先進的譯述。所以本書的編著是用各方面綜合的方法，預備給與讀者一個法國文學綜合的印象。

這部法蘭西文學史，編著者曾化了近乎二年的工夫，關於法國文學的重要主義、思潮、流派、作家等，大部分已盡了應有的介紹的責任。倘若由此而引起國內愛好文學者對於法國文學的興味，或因發生興味進而刺戟起新創造的動機，那末編著者將引爲精神上無上的報償。

本書編著，曾借重於許多著名的文獻。一般的方面，法文的有朗松(Gustave Lanson)、勃廉締爾(Ferdinand Brunetière)、法蓋(Emile Faguet)、格蘭琪(Des Granges)、貝第埃(J. Bédier)、俾利西葉(Georges Pellissier）與杜密克（René Doumic）諸氏的法國文學史；英文的有斯屈拉希（G. L. Strachey）巴林（Maurice Baring）與白得勒（Kathleen Butler）諸氏的法國文學史。現代的方面，法、英的共有拉魯（René Lalou）、蒙特孚（Eugène Montfort）、畢萊（André Billy）、巴柯爾與耿立夫（Pierre de Bacourt et J. W. Cunliffe）諸氏的現代法國文學史。此外，還有洛里埃（Frederic Loliée）、勃蘭兌斯（Georges Brandes）、佛里采（V. M. Friche）、伊科維茲（Marc Ickowiz）諸氏的著作以及經濟史、思想史等書也曾數數參閱。再有，師友邵可侶（J. Réclus）、洪深、陳高傭、李石岑、胡冬野、宋膺錄、朱聖果與陸樹枏諸先生，他們有的給我思想的啓導，有的給我內容的指示，有的給我書本的參考，有的給我精神的鼓勵，對於本書的完成都曾予以有力的幫助；今當書成之日，謹向諸先生致誠懇的謝意！

民國二十二年十二月

夏炎德自序於國立暨南大學。

目錄

插圖目錄

法蘭西文學史

第一篇　導論

第一章　法蘭西民族概說

法國的自然環境——農業的經濟地理——法蘭西建國經過——法國的民族氣質——理性的——熱情的——人道的——藝術的——流動的——反面的弱點——結語

一個國家的文學有一個國家的特質。這種特質在局部分或各時期受經濟、政治思想文化等的支配，在共通的或永久的方面爲自然環境、國家構成與民族氣質所形成。法蘭西文學錯綜複雜的程度使我們驚奇，但是根本上不外是這二者交織而成的。前者待各篇分別說明，後者由本篇提供一個梗概。

在歐洲大陸的平原，介乎德意志，意大利，西班牙，比利時的中央，是法蘭西民族定居的地方。這地方與英吉利一衣帶海，遙遙相望；有許多縱橫的河流，分流集注入北海，地中海與大西洋。歐洲的各種天然區域，他們的國境幾乎都佔了一邊，如以庇棲尼斯山（Pyrénées）界西班牙，以阿爾卑斯山（Alps）茹拉山（Jura）界意大利與瑞士，而以萊茵河（Rhine）與德意志爲界，只有與比利時連接於一孔，因此比利時與法蘭西在民族意識、思想、文學各方面都保有共通的特色。這地方坐落歐陸的中心，當南歐北歐的交會，彷彿是歐羅巴的縮影。所以，法蘭西一方面可說是四塞之國，利於建國統一，創造文化；一方面又可說是四達之國，利於向外活動，傳播文化。

法蘭西與比利時交界的地方是極北境，最南部瀕於地中海，住民與意大利北部相似，多半依果園，蠶絲爲生。中央高原是「中歐高原」的一部，住民與捷克相似，大都經營林礦或工業。東南境斜倚阿爾卑斯山。西方與威爾士（Wales）相似，有諾曼底（Normandie）與布勒塔尼（Bratagne）兩半島，地勢低温，附近人物都操捕魚生涯。西部平原，屬於海洋性氣候，雨水調匀，地點略偏南方，故温度較高。法蘭西全國耕地佔歐洲總面積百分之五十五，氣候寒暖得中，有賽納河（Seine）羅亞爾河（Loire）嘉洛納河（Garoune）縱橫灌溉其間，因此土地肥沃，物產豐饒。這種經濟地理優越的條件，使法國人半數以上成爲農民，集散在大西洋沿岸的平原，勤懇地從事農耕，且在田畦中栽植副產物，全國到處可以看到葡萄園。他們因爲生活優裕，喜歡佈置，所以法國的農村，有特殊優美的田園風光。他們又因爲大多數是自耕農，定居不常移動，安心守分，鄰舍守望相助，疾病相依，富於同情互助的精神，有特殊的醇風美俗。以這樣的國家而產生互助主義（Solidarisme）的社會學經濟學，是有理由的。

在最古滋殖於歐陸中原的，不是現在法國人的祖先，而是賽爾特族或高盧族（Celtes ou Gaulois），這般高盧人，約在紀元前六〇〇年爲希臘人所發見的時候，是一種蠻人；後來紀元前五八年羅馬大將凱撒（Julius

César）征服其地而收爲羅馬一行省，他們受到羅馬與基督教文化的薰陶，蠻性漸漸脫去。自羅馬帝國衰微，蠻人日耳曼族卽相率南侵，中有一支本居萊茵河下流到北海地方的法蘭克（Franc）人，在四八六年卽代替羅馬而佔有高盧；他們的領土繼續擴大，不久奄有現今法蘭西比利時荷蘭和德意志西部許多地方，就建立起一個法蘭克王國。法蘭克王國因連年戰爭，國王大權旁落於宮尹（Major de Palace）之手，宮尹中尤以馬泰爾（Charles Martel）握有絕大的威權。馬泰爾死後兒子比平（Pippin）繼執國政，得特權階級與教會的策助，自己襲取王位，開了查理曼治業之基。查理曼（Charlemagne）是比平的兒子，繼其父業而稱法蘭克王，他一方面統一日耳曼民族，建立基督教帝國，一方面用武功向外開拓，東征斯拉夫（Slav），南定龍巴特（Lambard），北伐薩克遜（Saxon），且伸其勢力於西班牙半島，取得易北河（Ebro）以北的疆土，這樣法蘭西、德意志、荷蘭、比利時、意大利北部諸地盡在法蘭克王國的版圖中；紀元八〇〇年由教皇加冕，查理曼稱爲中興羅馬帝國的大帝。當時的法蘭克，雖賴查理曼的大力，且施行巡閱使（Miss dominici）制度，告成統一的事業；然而以這樣大的領土在農業經濟基礎上的統一是不穩固的。果然傳到查理曼子路易（Louis）的三個兒子，卽形成割據的局面：次子魯易（Louis），領有波華利亞（Bovaria）及今德意志地，稱爲東法蘭克王國；幼子查理士（Charles），領有今法蘭西及西班牙邊境地，稱爲西法蘭克王國；長子洛塞爾（Lothair），領有東西法蘭克之間地與意大利，而兼襲帝號。洛塞爾死後，魯易與查理士瓜分其姪所領的東西法蘭克之間地，這就裂下今日法蘭西、德意志、意大利最初的雛型；而當時他們所瓜分的洛蘭納（Lorraine）一帶地，至今猶爲德、法兩國爭衡的焦點。查理士死後無嗣，東法蘭克王胖子查理士（Charles le Gros）兼領其地。胖子查理士後因失歡於國人，爲奧多（Odo）所代替，不久奧多又爲國人所不滿而改立查理士之孫戇大查理士（Charles le Simple）。嗣後西法蘭克王更換爲查理士與奧多兩系的人物承襲，到九八七年舉法蘭西公於嘉伯（Hugh Capet）爲王，從此西法蘭克王國卽改稱法蘭西王國。這法蘭西王國就是今日法蘭西的前身。

法蘭西的自然環境與建國經過，大體已經說明；那末這樣形成的一個民族顯示着怎樣的姿態呢？這便關涉到法國的民族氣質了。要具體說明一個國家的民族氣質是不容易的，因爲所謂民族氣質太抽象而難以捉摸；不過我們爲洞察法蘭西文學的源泉，就大體方面指出法蘭西民族幾個顯著的特質：

一是理性的。法蘭西是一個策源唯理主義的國家，他們的人民在世界各國中比較最屬於唯理的；法國人相信智識萬能理性萬能，他們不論處理什麽事都要訴之良知（le bon sens），預先構成一個圓滿的理論。在歷史上法國表現理性的氣質最明顯的是十七世紀，那是在路易十四（Louis XIV）的時期，統治基礎的鞏固與社會秩序的齊一是亙古所未有的。當時理性之力支配一切，不但統一基礎社會秩序在理性法則下成長，卽道德文學等也沒有一種不以理性爲基準，理性之力甚至被引伸到絕對無限。路易十四之所以能造成那樣的治業，也無非是順應了法國民族理性的氣質。法國民族這種理性的氣質在各方面發生巨大的作用：在政治上，法國是一個中央集權的國家，有長期統一的歷史，不比英國是地方自治的，德國是聯邦自治的；他們因爲理性發達，法治非常嚴明，現在還有很多習法律的人往法國去研究。在學術上，法國人本着他們理性的特質於人類曾有無數優秀的貢獻；最著名的，如笛卡爾（Descartes）之於數學、哲學，巴斯加（Pascal）之於物理，拉瓦錫（Lavoisier）之於化學，巴斯篤（Pasteur）之於生理學，還有生物學始祖拉馬克（Lamarck），社會學始祖孔德（Comte）以及散文之祖蒙戴尼（Montaigne）等。這些偉人都是從法國產生的。至於在文學上，法國人因富於理性的緣故，特別擅長散文，他們的散文以匀整明澈爲特色；即使說理的文字也很少有沈滯費解的地方，

二是熱情的。法國人一方面是理性的民族，一方面也是熱情的民族。在平時我們所看到的法國人表現着一副紳士的模樣，而一入鬧市一到節日任何人都嬉笑狂歡。在平時或許有人以爲法國人是耽於頹廢享樂的，而一到國家有事或革命發生時，大多數人肯拔劍赴義，就是溫文爾雅的上流人也會上戰場吃苦。一代的英雄拿破崙（Napoléon）當他流放在孤島上作過去的迴憶時說：『勇敢而愛名譽，是法國人的本能。這種本能在戰時最易發見。』以十七八世紀法蘭西這樣專制主義猖獗的國家，而巴黎的羣衆竟敢起來暴動，手持鐵鏟棍棒衝入凡爾賽宮，搗向巴士底獄，激起轟轟烈烈的大革命的怒潮。一七七六年美國開始作離英獨立的運動，各國都存觀望的態度，獨有法國人組織義勇隊遠涉重洋，寧願肩起無代價的任務，臂助美國獨立。這種慷慨的精神，要不是熱情的民族無論如何表現不出的。就較近的來說，普法戰爭，法國的慘敗，他們至今引爲奇恥大辱。歐洲大戰的時候，法國大多數的政治家學者都站在國家主義的立場，表示對德仇恨的心理。這種自奮的氣骨，決不是普通情感微溫的民族所能具有。還有在文學上，法國民族所表現的情感也是很熱烈的；尤其浪漫運動前後的作家，『祖開自己的胸膛，直到心的深處，』以他們的心血傾注於作品，盧梭（Rousseau）的小說與雨果（Hugo）、繆塞（Musset）的

詩歌中那種充溢的情緒，幾乎灼熱了所有的紙面。

三是人道的。在世界上最富於人道愛的國家，除了俄國怕就要算到法國了。德國古典唯心論大哲康德 (Kant) 說：『博愛是法國人的天性。』俄國無政府黨首領克魯泡特金 (Kropotkin) 說：『各國的監獄，惟有法國待遇最好。』這種人道的精神在對待異民族間最足以表現出來，英國人倨傲而虐待有色人種，德國人是以排斥猶太人出名的，美國人對華人入境向來是歧視的，只有法國人本着四海一家的態度，對於各民族一律平等，而臨之以和愛的。在他們的國內，階級與身分的差別雖存在而不顯明，因爲在人道的立場上他們相信人類是平等的。在法國找不出一個主張超人的哲學家。凡遇社交宴會，公爵夫人出來與平民握手是平常的事。尤其值得注意的，當今世界各國統治者所認爲最不可恕的政治犯，一入法境大多是會得救的；現在的巴黎，還住着不少亡命離開祖國的革命領袖。法國的文學家自來注重人道的描寫，現代非常激進的作家如羅曼羅蘭 (Romain Rolland) 等，根柢上處處不離人道主義的精神；就是十九世紀末葉左拉 (E. Zola) 那樣固執於理智的實驗小說的人，最後也返於人道的理想主義之路。

四是藝術的。在法蘭西，什麼地方都是藝術；法蘭西人，什麼事都考究藝術。都市中間，宏麗的築建，明朗的街道，是藝術。鄉村中間，整潔的田舍，佳勝的園林，也是藝術。法國人的服飾最尚精緻華美。各大都市時髦的新裝都以巴黎爲模楷，巴黎的色，巴黎的香，風被到全世界。法國人的態度最尚雅馴，對人交際極講禮貌，從來不願意失歡於人。在西歐諸強國中，我們如果說英國的文明中心在經濟，德國的文明中心在科學，那法國的文明中心就會要算到

第二章　法蘭西語文源流

法國語文的三度變遷——原始的高盧語——拉丁語傳入——羅曼語的發展——法蘭西語的完成

法蘭西語言文字有今日的形式，中間曾經三度的變遷：起先是高盧語，繼之是拉丁語，最後是法蘭西語。這三度的變遷是隨着當初法國歷史的變遷而來的。

在歷史上開始佔據中歐今日法國地帶的是高盧人，已如前章所述。高盧人是由許多不同的民族集合起來的他們的智識程度大部分非常幼穉，其中有一支賽爾特人比較開通，已有足以表示思想的相當的語言。這賽爾特語，不久成爲高盧人共通的語言，歷史上稱爲高盧語。高盧語雖大體可屬之於賽爾特人，而經了一番集居以後，性質已非常複雜，不容易指出它的特色。高盧人是一種原始的遊牧民族，以漫遊逐水草爲生，生活無定處，他們的口語僅是口頭的一些歌唱，並沒有書成文字流傳下來；所以，雖然這種語言在第六世紀時還沒有消滅，雖然到了今日還有人拿「高盧精神」(esprit gaulois) 這話來嘲弄法國人一部分的性格，但高盧語在日後的法蘭西語上，不會發生多大的影響。

羅馬征服高盧以後，文化的種子跟着浸入。戰勝的羅馬人，在法境建立教會，僧院，開設學校，經營商務，開始伸和感與的泉源諸如此類的話也無法得到證明。不過就大體說來，法蘭西民族富於愛美的趣味優於文學的表現，確然可以得到歷史的證明他們語言文字的明麗與在民族間發生巨大的影響，也是一般學者所公認的。比較文學史（Histoire de la littérature comparative）作者洛里埃（Frédéric Loliée）的如下一段話，可以作為這個意見的鐵證——「總之，我們若說法國的藝術為意大利所勝，那末也可以說他的政治制度為英國所勝，他的歷史智識和批評為德國所勝。此外還有許多地方，也許別的國家暫時都勝過他。然而他有一種特別的長處，就是在國外發生重要的影響；這是在過去歷史上歷歷可見的。而且我們從他文學上最發達的幾個時代看去，也可見他的內容確乎豐富；他那種兼理性與情感而併有的文字，確乎是文學上最好的模楷。」

是一種無邪的表示共同快樂的歡笑。依他的分析，笑是一種無邪的表示共同快樂的表示。確然，法國人是社會性的，他們愛好羣衆生活，擅長交際，他們活潑的個性與說話的藝術是以增加交互間的情趣，跟他們處在一起不會感到寂寞。惟其法國人有社交的天才，宣傳的天才，他們的語言文學容易在國際間發生廣大的影響；有許多思想文字從巴黎產生的，曾周行於全世界。因此，他們的文學在國外勢力之深、範圍之廣、影響之遠、時間之久，與次數之多，是法蘭西人時常引爲自誇的。

然而，以上種種法蘭西民族氣質的長處，在相反的方面也就含着不少的弱點。熱情發之得乎其中是好的，發之不得其中就要流於狂放，好像法蘭西大革命時，雅各賓黨人因革命情緒過分的衝動，實行恐怖政治，竟作『不殺二十六萬人，不能保持法國的安甯』的宣告。次就人道說，泛愛人類而憫憐無助者，固然出自嚴肅的良心，不過如果處處縱容溫情，那一切改革不易得徹底的解決。再就藝術說，藝術本身是文化上一種優秀的貢獻，可惜優於藝術的民族往往缺乏實務才幹，法國人一方面以藝術見稱於世界，另一方面卻以歐洲得天獨厚之國而工商業反落於英、德諸國之後。至就流動說，法國人之流動的天性在世界文化國際外交上佔了不少優勢，而正因富於流動性的緣故，一切容易入於散漫浮誇，他們的政黨組織缺乏堅實的團結，經濟設施鮮見周密的効果。只有理性一項可說是完全可取的。

總之，一個民族有一個民族的特質，要找出他各方面完全的優點或弱點是不可能的。過去法國人常自己誇口，以爲機智之才是拉丁民族的特性，又以爲巴黎是世界唯一的都市，是世界的眼，是一切進步的聖地，是一切光美術。在法國的美術館，博物館中所藏着的那種宏富的優美的美術品是世界所罕見的，法國美術學院美術沙龍的興盛也是各國所不及的。法國人有精微的藝術感覺性，他們不僅愛好藝術而且崇尙藝術。「爲藝術而藝術」(L' Art pour l' Art) 的理論從法國產生，法國人被歐洲人稱爲「現代希臘人」(Grec moderne)，還有兩點足以證明法國這種民族氣質的是說話的藝術與修辭的藝術。法國人因爲講求趣味，厭惡沈悶的談吐與拙劣的文字。他們說話的藝術，莫泊桑 (Maupassant) 曾有一段恰切的話形容道：『說話是一件何等神奇不可思議的事，這顯然是一種從來不惹人厭的藝術。不論怎樣平淡無味的事情，不論怎樣了無足奇的題目，祇要從口中說出就會顯得津津有味引人入勝，這眞是一種藝術。』脩辭的藝術更是法國民族出色的特色；法國人著書常力求文辭之優美，所謂「文字上的雄辯」(éloquence en langage) 是法蘭西文學的主要特色之一。

五是流動的。好動而不好靜，是法國人的天性。祇思想而不說話，祇說話而沒有表情不作手勢，其他各國人可以做到，在法國人則不可能。法國人中很少有拘謹而持重的，他們喜歡自由、活潑、快樂，尤其愛笑。笑足以表示他們活潑快樂的性格，浪漫派詩人繆塞在詩中唱着：『笑吧，盡情歡笑吧！快樂的心情是由祖先流傳給我們的只有笑，纔會使你忘憂，法蘭西所產生的無愁性呵！你是我們祖國之花，如今你還開着嗎？』當代法國哲學家柏格森 (Bergson) 曾著笑之研究 (Le Rire) 一書，中間他說：『笑是社會的要素，除了泣笑和苦笑以外，凡是有笑，都是不寂寞的，它是普通同情和社交的一種現象。人之所以不同於禽獸，就在此點。在一羣人中間，笑是傳達滑稽的情緒的一種工具，而滑稽都帶有社會的性質。』他還說意大利人西班牙人的笑是含有輕蔑的嘲笑，法蘭西人的笑張他們的商業勢力文化勢力幷帶來了許多說拉丁語的兵士、農民、官吏及牧師等。高盧人一方面因爲是被征服者的緣故，一方面因爲自己的語言文化低劣的緣故，完全接受幷學習拉丁語，於是法國本土語言的勢力卽爲拉丁語所掩蔽。不過羅馬侵入高盧後所用的語言不是純粹的拉丁語，而分開兩種語言：一種是書香拉丁，一種是通俗拉丁。書香拉丁（Sermo urbanus, Latin classique）文字的組織比較嚴密，受希臘的影響很深，因羅馬的戲曲家、哲學家喜歡模倣希臘作品；這種語言大多是貴族、官吏、僧侶、教師、文人等上流社會所用的。通俗拉丁（Sermo plebeins, Latin populaire）語言的構造比較簡單，辭句比較明白容易，不絕地演化，這種語言大多是中產者、農民、兵士等下層社會所用的。這兩種語言雖不盡同，而其不同處也僅有精粗之分，前者可說是拉丁的文言（la syntaxe），後者可說是拉丁的口語（la prononciation）。

嗣後日耳曼人闖進法境，高盧人卽被法蘭克人所統治了。法蘭克人初到法國的時候，文明的水準還在高盧人之下，所以他們除對於一般社會的風尙略有更改外，制度語文等沒有根本的變動。不過到五世紀時，情形較前不同，社會制度拉丁的傳統與日耳曼的創建各佔一半，所用的語言除拉丁語外，還產生了一種與拉丁語對壘的羅曼語（la langue romane）。拉丁語的方面，那時變化很快，拉丁語中通俗拉丁在一般社會流行之普遍，遠過於書香拉丁；通俗拉丁因實際的需要，增刪了不少的字語，文法的構造漸漸單純，語句的組織趨於分析，經了梅洛文經（Merovingiens）與伽洛文經（Carovingiens）兩個王朝的變遷，通俗拉丁已與書香拉丁迥異其面目。羅曼語的方面，斯屈拉斯堡誓言（Le Serment de Strasbourg）建立起一個崇高的紀念碑，這誓言是八四二年魯易，查理士與洛塞爾三兄弟聯盟時所作的，魯易向用條頓語（Tudesque），而這篇大家一律用羅曼語；這個誓言，是法國文學上最古的作品。在第八世紀的時候，因處法國地方的人有的能作拉丁語而不能作羅曼語，有的能作羅曼語而不能作拉丁語，於是萊賽諾（Reichenau）與卡撒耳（Cassel）的字詁（Glossaires）應時而產生，前者將書香拉丁解釋為羅曼語，後者將通俗拉丁解釋為條頓語，由此，拉丁語與羅曼語可得相互地交通。

若將拉丁語與羅曼語在法國的勢力比較起來，顯然羅曼語是後者居上。然法國的幅員遼闊，為適應種族與處境的不同，羅曼語隨着歧分為許多方言的形式。就大體歸納起來，可分為「屋克語」（Langue d' oc）與「屋衣語」（Langue d' oil）兩種；這種分別由於各誦 'Oui'（是）一字發音不同而起。屋克語通行於法國南部，如普魯溫斯（le provinçal），利莫森（le limausin），杜斐諾亞（le dauphinois）與凡爾涅（l auvergnat）等語。屋衣語通行於法國北部，如芷喀爾（le picard），蒲耳基農（le bourguignon），諾爾曼（le normand），波亞台溫（le poitevin）等語。這時還有一種語言「法蘭西島語」（L' Ile-de-France）「屋衣語」之一種，這種語言為中世紀文學作家主要地運用着，在十五世紀開始時勢力已駕乎其他各種方言之上，成為一種集中的優越的語言。法蘭西島語本質正確、精細、典麗而明澈，為其他各種方言所不及；而且這種語言是孚嘉伯皇家基地的語言，政治上的勢力更促使它普遍地發展。從此其他的語言漸漸被淘汰，而法蘭西島語就成為法蘭西語文的正統了。

尾龍時代之少年人與修道者

Philippe De Comines

貢 門 納

第二篇　中古時期

第三章　中古時期的法國社會

時間與地域劃分的認識——教會與封建兩種勢力下人民的生活——最初法國文化的黯澹與查理曼大帝的文治工作——查理曼死後的法國重又陷於紛亂的狀態——封建制度的誕生——封建社會的姿態——武士精神——經年累月的窮兵黷武——社會階級的樹立——中世紀文學的特質

中古時期在歐洲歷史上是一個悠長的過渡時期，一方面溯上承受希臘、羅馬的古文明，一方面往下誘導近代列國的新文明。中世紀的年期歷史家的分劃多不一致：有的說公元四七六年西羅馬的政變是中世紀發端的時期，一四九二年哥倫布的發見新大陸與西班牙的統一作爲中古與近代的分野線。有的說公元四一〇年羅馬給阿賴梨(Alaric)率領西哥脫(Visigoths)人佔領的時候便結束了古代的歷史，一四五三年土耳其人攻陷君士坦丁堡(Constantinople)滅亡東羅馬帝國爲中世紀的終了期。這兩種說法在歷史上各有其存在的理由；後者是傳統歷史上所慣用的，比較通俗一點。實在說來，時代的區分原只是爲着勉強的方便，歷史的潮流刻不住地流轉，由第四世紀流入第五世紀，由中古時期流入文藝復興，決沒有絕然的界限。人類的政治生活雖因制度的關係，也有突變的，而意識的發展則是漸進的。所以我們對於歷史家所定的年期不能看得太形式化，不但在時間上如此，在地域或民族上，當中世紀初期，各國的國基還沒有十分確定以前，他們的意識、文學雖然多少呈現着國別的痕跡，然大部分還保存着一種不可分性，尤其是法、英、德三國。屠格維（Toqueville）在他的古代組織與大革命（l' Ancien régime et la Révolution）中說過：『法蘭西、英吉利、德意志三國中世紀的政治組織，就其發展的進程中研究，不僅可以看到一般組織的相似點，同時在諸國的法典間發見不可思議的相似點，個別的地方，殆無處不相互地交涉。我覺察出這三個民族的酷似之點，幾驚異他們何由而各自分立。』由此，歷史上地域上的觀念固然不能沒有一個識別，但也不能看得太機械；因為一切事物有其相對的特質時，同時必有其融和的地方。

中世紀的經濟，在自足生產的時期，人民的生活大部分依靠農業，皈依自然。這種生活原是比較穩定的，不過自從西羅馬帝國衰亡以後，就為蠻橫的軍隊所蹂躪，戰亂、災疫，攪亂了他們的生活。人民在現實界奮鬬的失望之中，不期然而然想到那超現實的天國的神的援助。宗教的觀念產生，宗教的組織日漸普遍化，而宗教不久被教會所操縱；宗教一天一天權威化，跟民衆的利益日相背馳。教會是中世紀國家的骨幹之一，還有一個骨幹就是封建制度。這兩種勢力在中世紀支配了一切，當時的人民差不多就在這兩種勢力下討生活；前者籠絡他們的精神生活，後者抑制他們的物質生活。這樣的狀態足足維持了一千多年光景，直到十四世紀商業資本主義抬頭，中產階級興起以及意大利舉起文藝復興之火焰的時候，社會纔轉變了一個形式，而近代生活也就從那時發端。

法蘭西本土的智識文化，在查理曼大帝沒有登極的時候，是非常黯澹的，文學也呈沈滯的現象。他們的貢獻，不如薩克遜時代的英國，不如宴西圖（Isidore）故鄉的西班牙，又不如意大利。因爲意大利在六世紀時就產生兩個鼎鼎大名的古文化代表者蒲區斯（Boethius）與喀錫奧陀勒斯（Cassiodorus）。不過，從查理曼出來之後，情形便不同了。查理曼固然是一個好大喜功的武人的君主，繼承着前代作戰爭的活動，但他只把軍事行動當作一種手段，不是目標；他以敏慧的手段使行政和宗教上的理想統一，積極擴張領土，發展商業。他眞正的事業猶不在這一點，倒在乎創導文治的工作。他看到當時官吏、平民的愚闇，立意注意青年的教育事業，利用寺院僧侶到處開設學塾，灌輸淸通日用的拉丁文，使他們誦讀聖經。他常說知與行是一件事的兩方面，行善須有智識，沒有智識的人不足以虔敬上帝；他曾下諭給教士們說：『我今告誡你們：非但不要看輕讀書，而且要用謙卑的心使上帝歡喜；至誠的讀書使他們更容易更正確地去領會聖經的奧旨。』他要完成他的復興運動，盡力鼓吹文化事業，邀集了各地的學者到法蘭西，挽救文化上的頹風，辦了好幾個大學，在第十世紀時，學生已達一萬名左右，麕集在教堂裏研究七門最重要的科目：美術、文學、邏輯、脩辭、音樂、數學、幾何與三角。查理曼生性是禮賢下士，喜歡接近學者的人，那時有一個有名的高僧亞爾肯（Alcuin），便是替他經心教導青年宣揚文化的人。亞爾肯一身兼政治家、數學家、歷史家、邏輯家、語言家、文字家，凡是當時人所謂的「神聖的文藝」（Artium liberalium sacrarium）；他無所不通。他這個人既是博學多智，又能以教育爲志願，在朝野各方他儘量散布智識的種子，對於查理曼的文治政策盡了不少的力。後來，法國人民的智識漸漸開通，人才漸漸增加，文學的創作也開始活躍起來。

中古時期是歷史上有名的「黑暗時代」；這時候文化上能有這樣的成績，不可說不是黑暗中的一線曙光。

但是這個復興事業祇像曇花一現，不久又消失了。查理曼大帝死後，沒有一個有力的君主能肩起他的事業；王室走了末運，四面八方的戰爭、飢餓、貧窮、災難、苦痛，終於使查理曼辛苦完成的統一局面很快地又回復到以前的情形。在這種情形之下，文化水準的提高，文學創作的活躍自然是無望的了。國家既失了重心，諸侯藩鎮便跋扈起來，內亂一起，外患乘機而來；那些諾曼人、斯拉夫人、土耳其人、匈牙利人、阿拉伯人都來趁火打刼，把法國境地踐踏得支離破碎。法國人民丁此內亂外患的混戰中，弄得流亡載道，朝不保夕，再也沒有一個像查理曼那樣的君主保護他們；於是只要能穀代國君盡責的，就可以得民心，做一方的主人翁。諸侯的實力漸漸雄厚，封建制度也就日趨於成熟。

封建制度的誕生，是順着政治的、經濟的、社會的要求。當蠻族侵入的時候，人們爲着防止侵略者的襲擊，都集中在領主堅堡的周圍。他們爲抵敵意外的進攻，籌設地方性的防禦方法；他們爲尋求自己生命財產的保護者，卽誘起了許多自治的小領主。同時封建制度的形成，也是當時法國經濟上必然的歸趨；因爲羅馬帝國末年，社會的紛擾達於極度，人民的生活一天困難一天，一般以莊園自給的小地主都站不穩腳，紛紛把他們的田地轉嫁給大地主。大地主一方面爲着要增加自己的產業，另一方面要招集許多人替他們作傭工，所以也樂於接受。這些大地主，有的是羅馬的貴族，有的是僧侶，他們有安樂的第宅或寺院爲根據，一般小地主也樂於趨附他們，以受保護，他們消費的慾望可僅在這個組織內求到滿足。這樣便形成了地域上的集團，這是封建社會的雛型。

從第十世紀末葉到十三世紀末葉或十四世紀初期，封建社會表現出這樣的姿態。封建制度的基礎是成立於領主與家臣的關係上，其中介物是封土或采地(fief)；領主頒家臣以采地，而且保護他們，家臣服從領主的裁判，兼執行軍事的勞役。還有，當時的武士之制，非常盛行；蠻子的日耳曼人有一種風氣，他們的少年武士(chevalier)都志望擇定一個領主作主人，終身做他的臣屬，所謂「良禽擇木，良臣擇主，」正和中國古時的情形一樣。他們的關係是雙方面的：武士須忠心保衛他的領主，領主須善爲豢養他的武士；權利義務，彼此保持着均衡狀態。中世紀的武士有好義任俠之風；他們有一個普遍的信條：『以精神獻給上帝，以身體獻給君王，以心情獻給淑女。』信仰神，當然是當時一致的傾向；爲領主出力，是他們唯一的任務；至於婦女，是當時上流社會的附屬品，消閑品，他們也非常重視。只是那時正在世亂紛紛，柔弱的婦女非常危險，最容易遭遇磨難；這些武士，一方面也負着保護伊們的責任，爲弱者打抱不平。武士的精神就是勇敢，義俠，武士的道德把犧牲一己服役他人，當作一件榮譽的事，常肯殺身成仁，舍身取義，做出種種可歌可泣的偉績，中古武士與美人的戀愛以及排難解圍的情節，是傳奇中最普遍的題材。

一般人民所付與領主的權力，在初起是爲着作排除外難的工具；但是到了蠻族侵入的末期，領主的權力成爲一般社會的贅瘤，他非但無所用處，反變做壓迫人民牽累人民的工具。因爲領主既執到了統制的權力，便開始作爲擴張自己勢力的基礎，馴致封建制度存在後，最顯著的表現就是鬥爭。諸侯對諸侯，領主對領主的鬥爭不必說，諸侯與臣屬有時變節起來也不免鬥爭，教會與政府因爲教權政權的衝突又要鬥爭，還有在教會中間，僧正與不守分的富僧教士與教王也都要鬥爭。在這種經年累月的窮兵黷武之中，社會上所見到的只是廝殺、刼掠、姦淫、勒索，人民的生活在重重的壓迫之下幾乎喘不過氣，思想文學上的空虛、歉收，是必然的結果；其有一部分低微而不滅的光芒能從迷信、無知、不絕的戰爭與艱苦的物質境遇中煎熬出來，留傳至後，這種藝術的收穫，猶是值得珍重的。

中世紀的法國，在封建制度與基督教的威嚴之下，社會上階級的樹立是很明顯的。皇帝與貴族代表一個階級；他們住在堅堡或館第之中，非常安全，外患一時及不到身，周圍有林木田畦耕種着，可以供給他們日常的享用；他們在政治上是特權階級，在經濟上是剝削階級；他們爲着自己地盤的保有與佔取，時常忙於戰爭，而刻不忘情於享樂；對於文學沒有什麼認識，除非對於歌頌君主的功德表揚武士的忠烈的作品，也感到濃烈的興味。僧侶代表一個階級，他們依靠教會的特權，不勞而獲，過着寄生生活；他們在智識的研究上下了相當的工夫，當社會人民弄得驚擾不定的時候，他們卽在安全的寺院中大談其神學，哲學，在文學上盡了保存與傳布的責任，創作很少，有之，多半用拉丁文寫成，而意識也偏於神的啓示。中產者也代表一個階級，中產階級是中世紀文學的支柱；他們有相當的業產，大多數經營工商業，而爲封建制度的社會所限制，不能有長足的發展；他們有相當的智識而在社會上沒有特殊的地位，故其文學對當時的封建貴族取譏刺的態度，但也有一部分是獻媚的。至於平民是無產階級，他們失掉了生產工具與自由，他們在勞役與壓榨之下，既沒有生活的餘裕，自身又是不識不知的蚩蚩之氓，文學的創作與欣賞是少有他們分的。

法國中世紀的文學是原始的文學、土產的文學。大都是社會過去及現在的故事的記錄，或朝野口頭的歌唱。他們的題材的處理近於寫實，簡單而質朴，想像或假設的成分較少。藝術方面，除極少數作品外，顯然是非常粗拙的。

第四章　敘事詩與抒情詩

詩歌的先在性——教義宣傳與聖詩——各國民間詩人之出現——行吟詩人——其南北之分——行吟詩人的姿態與意識——爲寄生者的生活——從帝王英雄的行蹟歌唱到貴人貴婦的戀情——鬻歌詩人——敘事詩——史詩——法蘭西系或查理曼系——不列顛系或亞瑟爾王系——二系史詩意識的共通點——古希臘系或亞力山大系——另一種分法之三類——讀些史詩之技巧——「羅蘭歌」本事——忠臣與節女的典型——其模倣著作——故事詩——故事詩與紀功歌對較——故事詩的種別——「奧堪森與尼柯萊」的梗概——抒情詩——濟北方敘事詩之枯——抒情詩人中之貴族及其他——戀愛與女性之歌詠——近代抒情詩之端倪——抒情詩人之代表——戀情詩人特洛伊德克雷締恩——閨秀詩人法蘭西德瑪莉——雕塑詩人奧爾良的查理——「春」——修辭詩人夏某耶——其他詩人

在文學發展的階段上，不論那一個國家那一個民族，詩的產生總在散文之先，而敘事詩（poésie épique）又每在抒情詩（poésie lyrique）之先。這是一般的情形，法國並沒有例外。

中世紀基督教的勢力在歐洲是無往不及的；尤其在精神方面，差不多主宰着整個社會的人心。他們所訂出的「信條」，在當時有神聖不可侵犯的權力，人人須要遵守須要服從；教會中以之來勸人信教，啓示人的心機。這種教義的宣揚是要貫注宗教的道德觀念，範人心於大同。慢慢地，這種教義與聖蹟在詩的形式上表現出來。當時基督教的詩歌不乏有名的篇章，如聖女歐萊莉讚歌 (La Contilène de Sainte Eulalie)、聖亞萊捨的生涯 (La Vie de Saint Alexis) 等；這類聖詩大都以傳記體表彰聖行的崇高，以作一般社會行爲的準繩。不過這種說教性質的詩歌，多少帶着勉強的成分，有好些地方不能使人心悅神怡，滿足精神上的欲求。當時的人們，在宗教與聖詩中間既得不到充分的慰藉，於是擴張文學上的方面，各國同時不約而同地都有民間詩人的出現：英國有游吟詩人 (minstrels)，德國有宮庭詩人 (minnesingers)，法國有「行吟詩人」及「鬻歌詩人」。

法國的語言文學因爲地理上的關係，與政治上一樣有南方與北方的區別；這種區別，在初期尤其顯著。法國在中世紀時，北方文學稱做法蘭西文學，南方稱做普羅温斯文學。就如「行吟詩人」，北方南方也有區別：北方的是 trouvères，南方的是 troubadours。

所謂行吟詩人，依其字源看來，多少含有發明與發見的意思。他們的吟詩差不多是到處歌唱的，沒有固定的地方；他們可並不是走江湖的或歌妓樣的人，也不是穿着大歌劇的衣裳彈着六弦琵琶行走街坊的人，其中有些是紳士、武士，以至貴族王侯，對於音樂和詩歌很有脩養的。不過行吟詩人大部分屬中產者，也有不少是出身卑微的；他們歌中所表現的階級意識沒有一定，而就大體說來，取悅於上層的有閑階級，卻是一致的。

這般詩人在當時很受人歡迎，在社會上的地位也並不低賤。嬌貴幽閑的皇后公主需要他們來娛樂，養尊處優的貴族也很高興玩賞他們的歌藝，而且很能殼優待幷保護他們；有的造着館第豢養他們，有的就自己的邸宅款待他們，所以他們的寄生生活非常幽閑，富裕。他們所唱的音律很簡單，聲調卻很整齊而鏗鏘，情節單純而卻富於感動性，好像自然的歌謠，也有些是經過藝術上的一番考慮，變成一種新穎的形式。行吟詩人又是長篇故事的作者或保存者，在歐洲有許多史詩與故事的得以風行與留存，他們的功績是不小的。

行吟詩人歌唱的對象大都是帝王勳功偉烈的霸業，英雄神勇威武的行蹟，歌唱的人物如查理曼、凱撒、奧利維(Oliver)、羅蘭(Roland)，不外是這些統治者及協助統治的人。這些詩人，不是歌詠他們，便是獎讚他們。他們的詩中，對於當時封建制度之社會生活以及意識形態，有些地方映現得非常清楚。這些詩歌，起初大都是歌頌帝王與英雄的行誼的，後來君臣的關係確定，人們的趣味轉向到男女的關係上，史詩的題材漸漸讓位給戀愛與宮闈的情事以及奇情冒險的事蹟，他們不再常常歌着勳功偉烈的人物以及戰馬、刀劍、漢奸的事情，卻轉變到形容貴人貴婦的戀情與品貌等等上來了。在他們的詩中，常把伊們形容得像嫡凡的天仙，把戀愛又推讚爲人間的至樂。這種詩情，於一般人心上燃起了熱烈的情炎，尤其貴婦人們受這樣婉妙的形容弄得自己癡癇起來，對於他們更發生興趣，更願意優待他們。當時在封建制度與基督教會交會下的倫理觀念，非但把女子看作是從屬的人類，而且看作是卑劣的人類，寡廉鮮恥，楊花水性的；基督說：『華衣美飾的女子，是惡魔手中的利刃，女子乃照耀地獄路上的燈。』這樣簡直把女子當作一種神妖魔道。男女的地位顯然是這樣地對立着；男子是絕對的君主，女子是絕對的臣屬；社會上歷來輕視女子的心理至於如此。然而女子並不是完全可以蔑視的，伊們在當時的社會觀上至少也是一架副車，在上流社會，伊們且是貴族們所賞心的。行吟詩人既讚頌貴族的享樂，故對於伊們不存輕視，反加讚美。讚美的結果，伊們覺得自己的地位無形提昇了；一般社會非但不像往昔那樣的貶視伊們，而且反把伊們尊崇起來，尊崇之極，竟把女子當作神仙的象徵。不過這樣尊崇婦女，是屬於行吟詩人的諛揚性質，僅限於一般貴婦人，其讚美中存着把玩與好奇的性質，與眞正的女子地位的提高顯然是不相干的。戀愛詩歌在這時盛行，什麽戀人的嬌媚、戀情的溫存、青春的幸福、人生的享受等等調子，充滿着詩歌的領域，而「歌、酒、美人」的享樂主義，也由這般放浪的行吟詩人表現出了當時上流社會的頹廢生活。

至於鬻歌詩人（Jongleurs）是一種職業的歌人。他們不一定都是詩人，對於歌唱卻都很熟練，差不多是音樂師的樣子，帶着提琴與曼杜鈴和奏他們的歌調。他們的生活大概與行吟詩人相彷彿，只是生活上有職業的與自由的之差異，地位也比較的低一點。

行吟詩人與鬻歌詩人，賴着封建貴族的養護，在十一與十二世紀時是非常得勢的。到十三世紀，法蘭西南部的貴族因戰事而沒落，他們也就漸漸稀少以至絕跡了。

行吟詩人與鬻歌詩人的詩歌可大別爲二：北方以敍事詩爲主體，南方以抒情詩爲主體。

敍事詩最顯著的可分爲兩種：史詩與故事詩。史詩的流派很多，重要的可分如下三個系統：（一）法蘭西系，（二）不列顚系，與（三）古希臘系。

法蘭西系（Le cycle Français）亦稱查理曼系。這是法國中世紀史詩中最中心的一支，大部分是頌揚帝王與描寫戰績的。依其題材與性質，可說是一種英雄詩，相傳稱爲「紀功歌」（Chanson de Geste），紀功歌的詩題最初出現於梅洛文經朝，後在查理曼和禿頭查理士時繼續地發展以至於成熟。紀功歌主要的題材是表現一種忠勇的氣慨武士的精神，或寫些單騎決鬥，或寫些戎馬餘生，或寫些髯髭長靴，或寫些神明戰術，或寫些異教征服，不外是壯烈的愛國熱誠的流露。中世紀的法國社會，崇尙武士道，以忠勇爲標榜，史詩中的這種精神乃是當時社會心理的反映。紀功歌被行吟詩人到處唱着，在領主森嚴的堡壘中，在人衆薈集的市街上，提着琴，捱着腔，唱着那英雄威武的事蹟，可歌可泣的情節。王侯貴族聽了感興，一般社會聽了也被感動。這種詩歌廣大地流傳出去，很能鼓起一般人的愛國熱誠。同時，在語言文字上也促成了新的轉變；因爲以前生硬的拉丁文，不能適合於通俗的歌唱，因而改換了一種新的活的文字來表現他們的思想與情感。這種史詩之所以有其地位與價值，恰像中國古代的三百篇，能用一種俗語來代表社會意識與民族精神。

不列顛系 (Le cycle breton) 亦稱亞述爾王系。這一系史詩的根源因爲來自英國，所以稱做不列顛系。原來西北法蘭西的布勒塔涅州與英國祇有一個海峽之差，英國的一部分海岸如威爾士等，是他們當初有一族名叫吉勒特的地方。當薩克遜人侵入以後，這些吉勒特族逼得離了他們的故土英國，越過海峽到法國，漸漸改變了語言習慣，變成法蘭西人。不過他們對以前時候的許多傳說故事還不曾忘記，自從與法蘭西人一起相處之後，這些傳說故事就被法蘭西人學去。將這一系的史詩與法蘭西系比較起來，則法蘭西系的史詩氣味比較重些，描寫比較富現實性些；而不列顛系則多少帶着一點想像的成分，有的在正史上竟無從查考的。就不列顛史詩中敍述的最重要的亞述爾王來說，他的許多作爲究竟是實在的或是傳說的產物，我們簡直無從查考；不過文學作品上既有這樣的記載，我們就假想他有這樣的一些事。依這些故事的記載看來，亞述爾是個任俠好義的國王，仗義疏財，氣度寬容，養了許多武士，對人交際不分尊卑，行餐起來他做了一種圓桌（table ronde），圓桌沒有大位小位，大家坐着可以分不出誰高誰低。關於亞述爾王及其侍臣的故事很多，而且因爲他的名而造成其他有關係的故事亦復不少，如基督教中的聖杯（Saint Graal）故事，又如屈列斯丹與伊素爾（Tristan et Iseult）的故事等。後者在中世紀的傳奇中是成功而極風行的作品，故事的情節有濃厚的詩意，音韻又有整齊的配列，不失爲一部詩歌的名作。不列顛系的史詩以至由史詩轉化的故事，其題材直接間接都是由亞述爾王的事蹟化身的。亞述爾王的故事在法蘭西本土風行一時，越過海峽回到英吉利也風行一時，在十五世紀時，有個爵士馬羅莉（Sir Thomas Malory），曾根據了許多法蘭西的史詩與故事，編成一部亞述爾王之死（La Mort d' Arthur）；在這部書的序文上，我們可以看到這些史詩的根苗：『在這地方可以看到威嚴的武士道呀，禮節呀，仁義呀，友誼呀，剛膽呀，愛情呀，懦怯呀，殺害呀，怨恨呀；總之，除惡務善而已。』

法蘭西系與不列顛系的史詩，其間我們可以找出許多共通之點：他們所表現的國王對待他的同僚與武士，都顯出首領的資格；查理曼與亞述爾一樣，曾有長時期的治業，享過長時間的盛名；他們的終局又都很神祕；就是查理曼的寶劍（Joyeuse）與亞述爾的魔棒（Excabibur）也是一時相伯仲的東西。這兩系的史詩所表現的俠義道德又是相同的——這種俠義道德就是女子尊重貞操，男子尊重氣節，臣子尊重忠君愛國等等封建時代的倫理意識。

古希臘系（Le cycle grec）亦稱亞力山大系。其題材大都從錯綜的古代樂府或故事或其他的記載中取出，而以敍述亞力山大的行誼爲中心的。最有名的詩篇亞力的大傳(Roman d' Alexandre)，是悖理的蘭伯(Lambert le Tort)所作，把亞力山大的身世、誕生、長大、受教育，從亞里士多德爲師，傳他的漫遊、他的戰績、他的文治、以至他的死亡，都敍述得非常清楚。所以歷代的人都承認亞力山大的事蹟，英國的文豪喬叟(Chaucer)且說：『亞力山大的故事誰個不曉。』這個詩的律格以十二個單音韻爲一句，是後來法蘭西詩歌音韻中最通用的一格，名叫「亞力山大詩體」；嗣後雖經過幾度的改訂，但原有的格調大體沒有改變。不過這些詩的缺點就是題材大多從古代的記載中穿鑿而來，有許多悖理而不合事實；要是嚴格地把他們當作歷史與傳記看，顯然不能給與過高的評價，較之不列顛系與法蘭西系要差得多。

上列的系統是中世紀史詩的一種分法，也有人把它們分作如下的三類：（一）帝王的紀功歌(la geste du roi)或查理曼的紀功歌(la geste de Charlemagne)，以羅蘭歌及其他長篇麥納(Mainet)、薛蜊兒后(La Reine Sibile)、查理曼的朝山進香(Le Pèlerinage de Charlemagne)等爲代表作；（二）蒙格蘭的紀功歌(la geste de Garin de Montglane)或烏倫琪的紀功歌(la geste de Guillaume d' Orange)，以亞列斯肯(Aliscans)及其他維也納的季拉爾(Girard de Vienne)、尼姆地方的輜重車(Le Charroi de Nîmes)、烏倫琪的就職(La Prise d' Orange)等爲代表作；（三）梅央司的紀功歌（la geste de Doon de Mayence)，以宴散巴與谷耳蒙(Isambard et Gormond)及盧錫榮的季拉爾(Girarte de Rousillon)

等爲代表作。

這些史詩，在構造方面，大概每首分若干段，每句含十字或十二字，每句末字與上句末字押韻，每隔若干句換韻。其描寫的方法有所謂膠着法（agglutination）與插話展開式（expansion expisodique）等。詩的題材是直陳的、很簡單的；不過對於當時的社會意識也表示得很明白，其影響也非常湛深。尤其是法蘭西系比較流傳最廣。在這許多史詩中，其生命最久長而在文學史上最值得注意的代表作，第一要推羅蘭歌。

羅蘭歌的制作約在一〇六六年，什麽人作的已不可考，大概是法國北部的詩人。詩中的主人公羅蘭，是一個查理曼大帝寵愛的侍臣。查理曼因爲熱心於基督教，領兵到西班牙，征服回教徒，前後用兵總有七年工夫。有一次查理曼的軍隊與薩拉遜人（Les Sarracins）在西班牙的庇棱尼斯山（Pyrénées）交鋒，查理曼自領大軍被薩拉遜人引誘到山谷裏去，使羅蘭的後備軍孤軍受敵。羅蘭是一個忠勇的武將，同他的將士死力抵禦，殺了不少的敵人；然後給漢奸騙到一處地方經過隴西域（Roncevaux）的窄道，給敵人的伏兵包圍，孤軍深入，勢窮力盡，部下的人漸漸不支，而他不願吹起號角求救於查理曼的軍隊，終於與他的兄弟戰死於亂軍之中，時在公元七七八年八月十五日。詩中主人公那副忠君愛國、驕悍英勇、至死不退的精神，可說是法蘭西中世紀武士道的典型人物。反之，與之相對照的在奧德倫哀歌（Lament d' Oddrum）中所描寫的蓋納隆（Ganelon）與荷尼（Hogni），因爲嫉妒羅蘭，將軍隊出賣，遭到神的判斷，而送上斷頭台。由此顯出忠臣與漢奸的不同，顯出忠臣的可貴。在奧德倫哀歌中所簡捷地描寫的，代表着那異教的忤逆的種種惡德：

「當計餘堅 (Giaki) 之子響着金蹄乘馬走進皇宮的時候，荷尼的心如割，他的兄弟已被他們拽入衆蛇之陷阱。賢明的國君還在立琴上抽煙思想我是會來救他的，雖然我已赴日孟特 (Geirmund) 的宴會。我聽見從盟塞 (Hlessy) 來的角笛如何地在高壁作響，我忙促女僕動身走；我急着要救王子的命。我們向聲響處疾走，直到看見了阿帝拉 (Attila) 的禮堂。但是可惡的毒蛇已抓到蓋納隆的心，所以我也顧不到一切了。」

而代表十一世紀法蘭西基督教意識的羅蘭，威武溫良的羅蘭，那可不同了。他在死前思想他的罪過，祈禱求恕，以眼淚代替苦痛。蓋納隆的死是被動的，異教的羞汚的；而羅蘭的死是壯烈的，基督教的光榮的：

這侍臣羅蘭，坐在一株松樹下，
他開始轉眼向着西班牙
想到許多飄浮的往事；
他征服了許許多多的地域，
想到他親密的同族法蘭西人，
又想到供養他的主人查理曼大帝。
他都不能拯救，惟有對之啜泣歎息。
但是他自己的一切，却從沒有忘記，
他自己，他的過錯與上帝寬恕的代價。

這樣羅蘭躺在碧血草上，其象牙的號角和斬將搴旗的名劍都在他的身下，聖米舍爾 (Saint-Michael) 與聖蓋布梨 (Saint Gabriel) 受了上帝的差遣，從天而下，負他歸天。羅蘭曾說過這樣的一句話：「做武士的人，應當為君主忍熱、耐寒、茹苦、節慾，不應愛惜自己的血肉。」表現英雄對於帝皇的忠實，其中包含着軍事的貴族道德的精義。在封建社會，臣屬應以身殉其君主，同樣，女性亦當以身殉其夫君，以表現出貞烈的節女之風。於是詩中又描寫到羅蘭之未婚妻哇德之死：

皇上從西班牙班師回朝，
他行至一個法國美的都市愛司市。
他甫入行宮，升入殿堂，
少女哇德迎面而來，
伊問着：『何處是軍官羅蘭
那曾立誓娶我的？』
查理曼心痛莫名，
涕泣掉其雪白的鬚道：
『小妹，好友，你問的那軍官早已去世……』
一種尖銳的悲痛使伊暈倒在查理曼足下，
乍地絕了氣。
天呀，上帝會體恤伊的靈魂。

羅蘭歌全詩描寫理想化的武士情調，非常哀切，雖情節略嫌單調，但卻有荷馬（Homer）的寬闊而流動的趣味，但丁（Dante）的豪爽而有力的筆法，兼備史詩的動人、簡潔、含蓄的本色，可說是中世紀史詩中獨步的傑作。不過這個詩在剛剛出世的時候，並不受人注意，其流行各國發生湛深的影響，那是在一八三七年重刊時。

德國同時也有一種史詩名羅蘭歌（Rolandslied）直接模倣法國的羅蘭歌；其中也依樣抒發愛國的熱情與

英雄崇拜的心理，各各表示當時在生長中的國家觀念。不過德國的羅蘭歌比較生硬而缺乏生氣，是模倣的作品之必然的結果。西班牙的英雄史詩西特 (Le Cid)，其產生也受了羅蘭歌極大的影響。「西特」一字含有領袖的意思，詩中的主人公就以這個字為稱呼。西特是與摩爾人 (Moores) 奮鬭的實在人物，歷史上的西特是一個極有魄力的武士；他有時幫着回教徒破壞基督教的禮拜堂，有時幫着基督教徒搗毀回教的清眞寺，他的行為常隨自身的利益而變遷，沒有一定的目標。他一身的行誼可以代表國民性質的兩方面——善德與惡德。他曾身經百戰，殺人盈野，是西班牙英雄中最偉大的人物。不過西特的事情究竟如何，我們也不敢十足肯定；賽文第斯 (Cervantes)在他有名的吉訶德先生 (Don Quixote) 中說：『有西特這樣的一個人存在是不容置喙的，所可疑的乃是他是否有如大家所堆積在他頭上的事業。』西特與羅蘭的性質是相彷彿的，這兩個人都是歷史上的人物，不過他們的身世與事業在正史上的地位遠不如在稗史上的重要，史詩中有許多揣想與造作的成分不能與字字窮根究底的正史相比擬。西特是西班牙很流行的作品，也是全歐文學府庫中的名著；而且在後面我們可以看到，法國的大戲曲家高乃衣有一齣著名的悲劇也叫做西特，大部分取材於此，其輾轉影響的深遠竟如此。

在敍事詩中，除史詩外，還有故事詩。

由十一世紀末葉到十四世紀，詩歌的領域產生了一種與上述的紀功歌相反的故事詩。故事詩與紀功歌的差異是很顯著的：第一，紀功歌之作是為朗吟的，故事詩之作為閱覽的；第二，前者從法蘭西的史實中找取題材而加以想像化的，後者取材於希臘、羅馬的古代的故事以及架空的傳說而予以色調之渲染的；第三，前者因為是紀載功勳，富有洋溢的氣勢，後者表現出封建社會的風情，故事以戀慕、崇敬、服從、禮貌等為中心而展開；第四，前者往往作者不明，由同時人合作的，後者則著作有專人，作者是富於學識的。

故事詩普通可分古代模倣的故事詩與冒險的故事詩兩種。古代模倣的故事詩，其制作大部分依着希臘、羅馬詩人的遺著，將其古代的背景與異國的風光盡行中世紀化，法蘭西化。此種故事詩，發生於十一世紀末葉，盛於十二世紀至十四世紀之間。其著名的作品為戴勃故事詩(Le Roman de Thèbes)、愛尼亞故事詩(Le Roman d'Enéas)、特洛伊的故事詩(Le Roman de Troie)及聖慕爾的白諾亞(Benoît de Saint-Maure)等。冒險的故事詩與前者不同，這種詩大多是古代傳說與當時實際生活的混血兒，其特色是架空的奇蹟，想像的美質與充溢的情緒，題材普通描寫戀愛生活。著名的作品有惠琪的諸侯夫人(La Châtelaine de Vergy)，柯西的諸侯(Le Châtelain de Coucy)，弗羅與白朗希芙蘿(Flore et Blanchefleur)及奧堪森與尼柯萊(Aucassin et Nicolette)。

奧堪森與尼柯萊是中世紀故事詩中最出色的代表作。全篇描寫奧堪森與尼柯萊的戀愛史，其情節如下：

奧堪森是一個伯爵名叫蒲格爾的兒子，尼柯萊是迦太基王的女兒。當兩下發生戀愛的時候，伯爵便竭力阻擋，因為奧堪森是基督教徒，而尼柯萊是生長在回教國的。伯爵令家臣把尼柯萊藏去，家臣把伊藏在自己家裏；奧堪森要來見伊，家臣不許，反勸告了他一番，向他說不要過於情癡，你如果再愛伊，上帝便會罰你到地獄去；奧堪森非但不接受他的勸告，倒說地獄已成了善良的武士與貴婦人的寓所，比了教師、僧侶以至走卒所叢集的家庭要幸福得多。有一次，尼柯萊從家臣的家裏踰牆逃出來，逃到一個塔邊；這時奧堪森因干怒了他的父親，被幽禁在這個孤塔裏兀自悲傷，他聽見了尼柯萊的聲音，便探出頭來跟伊密談起來，伊說爲了他，決定離開這裏，到海外去漂泊，并且叮囑他堅守信約。正在語談的時候，給守卒發覺，伊即飛也似地逃走；伊逃到森林裏，遇見幾個牧童，說了些話要他們轉告奧堪森，自己卻躲在草屋裏。奧堪森追蹤來，牧童把伊的話告訴了他，於是他們倆在茅舍中又得相會，兩人相抱親嘴，各訴衷情。從森林並肩走到海濱，正在且談且步的時候，不防給薩拉森的船夫捉了去，把奧堪森送還本土，把尼柯萊帶到國王面前。這時奧堪森的父親已死，他自己居了小伯爵的地位。尼柯萊的父親見他的愛女還來，很高興地要替伊解決婚姻問題，而伊卻立定主意，非奧堪森不嫁。甯願撇下安樂生活，一個人私自喬裝了一個鬻歌詩人，穿着歌人的服裝，攜帶手提琴，跑到海濱，划着扁舟去找尋伊的未婚夫；到奧堪森那里唱出伊的故事，彈出伊的心曲，奧堪森發覺了是尼柯萊，快不自勝，兩人終於愉快地結婚，償了初願。

這個故事詩寫一對貴族少男少女的情人，因着宗教的不同，戀情大受波折，而靠了他們堅定的意志與不絕的努力，終於達到目的，情節非常曲折動人。這個作品是十三世紀的產物；詩中帶着不少的散文，一節韻文夾一節散文，這種體裁稱爲彈詞的傳奇。

北方多慷慨悲歌之詩，南方多戀愛纏綿之作，在昔中國南北文學的分野如此，中世紀的法國文學有同樣的情形。當時詩歌的種子落在陰黯的北土之野，所產生的是英雄的讚歌、紀功的史詩，落在氣候晴和風景秀麗的南國之田，所成長的是美人的詠歌、戀愛的情詩；明白地說，在北方所流行的是敍事詩，在南方所流行的是抒情詩。抒情詩的發生與流行在敍事詩以後，而他的出現足以濟北方詩歌的涸枯，故到了十三世紀，幾有後者居上的趨勢。

最初的抒情詩人大部分是法國南方的行吟詩人，即 troubadours。這般行吟詩人中有很多是法國西部南部的貴族或王侯。英國的皇后愛麗諾（Eléanor），曾被稱爲南方的行吟詩后，伊的兒子——即後來的英皇亨利（Henry）與獅心王理查（Richard the Lion-hearted）——也被列入南方的行吟詩人之羣。南方的行吟詩人中最早的一個相傳是愛麗諾皇后的祖父威廉十二亞奎丹（Aquitaine deWilliam XII），他是一個親王。他的歌辭與一般宮庭的戀歌詩人相彷彿，而他卓越的才具與深湛的學力要超出常人一等，有許多後起的抒情詩人曾受他的影響。上數人外，抒情詩人中的君主親王還有剛巴尼的狄蒲特四世（Thibaud IV de Campagne），蘇格蘭的詹姆士一世（James I de Scotland）與西班牙的亞封斯十世（Alphonse X de Spain）等人。不過就大體說來，這些南方的行吟詩人的品位是屬於各社會層的，其中無名詩人也不在少數，而他們的作品用以娛悅上流社會是一致的。他們的抒情詩的題材雖是貴族的，而文字卻很通俗。抒情詩剛出現時，學者們方在提倡文學須有高深的脩養與精到的技巧，而這些漫遊宮廷的詩人卻用一種口語的非常通俗的情歌到處唱着，這種通俗自由而活潑的抒情詩，不多幾時代替了前者而佔到優勢，得到成功。

南方行吟詩人的抒情詩十之八九是讚美女性歌詠戀愛的。其中描寫着情人們熱戀時的甜蜜與幸福，失戀時的失望與悲哀，有的是歷盡艱辛結果是團圓的喜劇，有的是始亂終棄變節毀身的悲劇。所寫的悲歡離合喜笑怒號，形形色色，無非是情場的波瀾。這種抒情詩的發展，有人把它分爲如下三個階段：

第一個階段是關於愛情的如實的描寫，愛情被單純地看作自然的感情。

第二個階段是關於戀愛之心理的分析。這時把愛情看作人生精神的事件，愛情足使青年人改變，使他們高貴起來。

第三個階段是關於愛情之象徵的推崇。這時的愛情被看作理想的哲理的熱情，這種熱情變成基督教的教義。在這最後的階段，愛情是一種神祕的經驗，一般情人根據了先輩讚美情人的方法來讚美基督之母的神聖。

這時的抒情詩，就最好的方面說來，是開了近代抒情詩的端倪，因爲文藝復興時代的但丁與彼特拉克（Pétrarcque）曾從此師承了一部分的遺產，而這兩位大詩人又影響了無數後起的詩人，在後人林林總總的詩篇中，法蘭西中世紀抒情詩普遍的氣質都有明顯的痕跡可尋。這些抒情詩普遍的流行常隨着抒情詩人的蹤跡而傳播；爲着他們是漫遊而不息的：從法蘭西的宮廷到西班牙的宮廷，從西班牙的宮廷到英吉利的宮廷，從英吉利的宮廷到德意志的宮廷，從德意志的宮廷又到意大利的宮廷，以至布淦米亞（Bohémia）等處，無不有他們的蹤跡。

抒情詩初起盛行於南方，那時北方有名的抒情詩人祇有一個狄蒲特。但是當南方的詩壇遍地絃聲時，北方的文學界受了南方的刺戟也應聲而起。這些南北的抒情詩人，人材很混雜，階級也不齊，有些是帝王，有些是貴族，有些是僧侶，也有些是中產者，平民則絕無僅有。他們的作品大半已經失傳，而他們留在後世的影響是不可磨滅的。他們的名字大半已不可考，所能知道的有四百人左右，這四百人中能知道他們情形的，那可很少了。

這些抒情詩人中最有名的要算是克雷締恩、瑪莉、查理與夏基耶四人。

特洛伊德克雷締恩（Chretien de Troyes），他生卒的年期歷來的記載多不一律，大概是生於一一五〇年，死於一一八二年，生時常住在查理曼的宮庭裏。依一時代成功作品的影響言，克雷締恩幾乎可算是十二世紀最重要的作家。他是一個詩人，同時也是一個小說家。他敘述亞述爾王及圓桌故事於全歐的文學界發生了深刻的影響；克雷締恩自身也差不多是純粹受人影響的作家，但是人們不容易看出因為他曾讀過無數的詩文，將這些詩文去其糟粕留其精華，自己融會貫通，這樣寫成的作品已自成一個系統，看不出有什麼拾掇的痕跡。人們讀了他的作品，但見到他廣博的思想與圓熟的藝術。他的敘事詩也是很負盛名的，與不列顛系中蒙牧斯的喬弗萊（Geoffrey de Monmouth）可稱雙璧。喬弗萊在他一一三九年完成的不列顛史（Historia Britonum）中曾描寫過亞述爾王，克雷締恩則在一一五〇年初期的敘事史中形容過亞述爾王的武士的奇蹟；前者的描寫亞述爾王是根據克爾茨的傳說，他筆下的亞述爾是一個神祕的君主，被放逐在亞威隆島（Avalon）上，至死在想着回去救他的國家，而後者本身是個平坦率真的人，他不喜歡描寫怪誕驚人的事情，他祇寫着疆場的武士與宮廷的貴婦人的日常生活。我們在此須得注意的，抒情詩人的克雷締恩不如他敘事詩人的名聲；不過他的敘事詩確實有不少抒情的成分滲入其中，在某種程度上也可說是抒情的詩歌。他最好的作品當然是敘事詩，而他影響最深的作品是抒情詩因爲他的抒情詩後來成爲法國南方行吟詩人的典範，於中世紀文學的發展有極大的關係。他對於同時人和以後的作家影響最深的地方就是他對於戀愛理論的闡述與戀愛情事的描寫，他最推崇戀愛，甚至說這是『微妙而神聖的東西。』在他筆下的武士的事蹟與貴婦人的生活常是荒唐可笑的；他形容的人物及其表情在平淡中寓有深趣，對於理想的社會與宮廷的禮儀每有盡致的形容，不過有時他描寫女人武士所漫遊的仙界的風俗與法律，有絕然從現實游離的趨向。

他幾部有名的作品是馬許士王與美人伊穌兒(Le Roi Marcus et la Beauté Ysault)，燕勒與愛尼德(Irec et Enid)，克莉俠斯（Cligès），車騎士（Le Chevalier de la Charette），獅騎士(Le Chevalier du Lion）及威爾士人伯茜葳（Perceval, l'homme de Wales）。這六種作品第一種已經失傳，其餘幾種都還存在；最後一作最爲寶貴，不過那不是他一個人寫成的，後來屯納德郭基（Gautier de Denet）與孟那西爾(Menassier) 替他續完；描寫以細膩著名。

法蘭西德瑪莉（Marie de France），是十二世紀末葉人。伊是法蘭西最早的女詩人，伊的生活是在英吉利過的，寄居在亨利第二的宮廷裏；英國人因伊客居異國，稱伊爲法蘭西德瑪莉。瑪莉的作品大概在一一七五年至一一九〇年中作成。描寫英國的情調，其嫻熟眞切的程度勝過克雷締恩；伊的作品沒有他那樣的氣魄，而藝術卻高明得多。伊的代表作品短詩（Lais），中間那些烘雲托月的詩句引人入勝，有如在幽谷聞到夜鶯的啼聲，使人如臨飄然的仙境。自然，瑪麗是一個閨秀詩人，貴族的意識非常濃厚，技巧完全尙典麗纖穠；不過伊的寫詩是本着純眞而不顧利害的心情，故其作品沒有一點教訓的色彩和道德的調子，這也是伊的特色。在抒情詩人中，克雷絺恩之重要由於他的詩刺戟起了幾個偉大的作家，而瑪莉的値得珍貴是由於伊的詩本身美麗而有趣。克雷絺恩婉轉的講故事的才具要強似瑪莉，但是他們兩人中想像力的豐富要推瑪莉。瑪莉的著名作品除短詩外，還有金銀藤 (Les Chèvrefeuilles) 與二情人 (Les deux Amants)。

奧爾良德查理 (Charles d' Orléan) 是奧爾良的親王，生於一三九一年，死於一四六五年。他一半是意大利產，事實上是一個法蘭西人。他父親被敵人所殺害，祖國又被英國軍隊所侵入，拼命起而抗戰，折斷了一個腳，被俘到英國，從一四一五年起監禁了二十五年；這時他常常念念不忘着祖國的一切，在不列顚海濱唱着他的詩寄寓鄉愁。等到恢復自由以後，回到祖國，組織了一個很有名的王庭。他感慨着身世，既飽經憂患，於是益加愛好詩歌，以遣其餘年。正當他的時候，法國的詩壇非常衰落，如果沒有查理這個詩人出來，我們簡直以爲封建時代的詩人已經絕跡。他一生上半期的詩是讚美戀愛的，到下半期轉而嘲弄一般情人了。他作的詩不多，但是所寫的都是傳世的傑作。他詩中所描寫的一般情人的歡暢、憂愁、感傷、失望與追求官感的刺戟，在以先已經有無數的作家描寫過，而這些題材到了他的手中仍見到異樣的新鮮。他的詩沒有豐富的思想，深摯的熱情；他雖以沒落貴族的處境，宜有宿命之嗟怨，但在詩中卻從沒有發洩過，因爲他的詩根本是消遣性質的；並不是自己心情表白。他的詩，誠然在思想情感方面比較空虛，而在藝術上他是一個十分成功的人；他能用那迴環詩和短歌行的形式，打動人們的心弦，他似乎深得了一種祕訣，能把他的詩才具體化在不朽的形式中。他的詩典雅可愛，而無視了當時社會的病症，對於自己身分之沒落也不曾意識到，雖在不安的時代中，一仍其閑情逸致的態度；後期封建詩人的特徵，在他是最顯具了。下面一首春（Printemps）意在讚頌時序之更新，爲明白他的詩藝，特譯舉如下：

春

時神已卸去他的
風、寒與雨之罩袍，
他換上了
光芒、明澈而豔麗的繡衣。
沒有一隻禽與獸
不在園中唱着或叫着：
時神已卸去他的
風、寒與雨之罩袍；
溪澗、清泉與水流
穿上了
銀星鎔鑲着的豔裝，
一切都衣着新的
時神已卸去他的罩袍。

亞蘭·夏基耶（Alain Chartier）是與查理同世紀的初期人，生於一三八六年，死於一四四九年。他是一個有名的醜男子，而他的詩才卻不可輕視，據說有一個宮女曾乘他熟睡時吻他，有人驚奇地問伊時，伊答說：『我非吻他的身，而是吻他說出金言玉語的嘴。』由此可見他才情之一斑。他起初以脩辭家出名，後來抒情詩人的名望使人忘記了他是一個脩辭家。他的名著很多，最足以代表的是愛國長詩四部曲（Quadrilogium），這個長詩出世，頓時使他享了大名；在那時正當社會國家多事之秋，他能以動人的詩情激發國人的愛國思想，一種悲壯的熱情從詩中發出，與當時的民族意識是非常和諧的。

中世紀還有幾個不可看漏的詩人。

馬賞德計符謀（Guillaume de Machant）是詩人也是音樂家；生期約在一二八四年，死於一三七七年。他起初寓在那伐爾的若納夫人（Madame Jeanne de Navarre）的宮廷，後充布塗米亞王的祕書。他曾和一個貴族女子戀愛，這女子是孚亞（Foix）的伯爵夫人，他作了一首長詩面談集（Voir Dit）把他們倆溫愛的情懷都具體化在這詩裏。樊台陀的倍那爾（Bernard de Ventadour）在行吟詩人中是很負盛名的，他約在一一二五年生於樊台陀，一一九七年死於達隆（Dalon）；他最得意的作品是致愛麗諾書（A Elénore）。喬弗萊露台爾（Gauffre Rudel）是被稱爲天才詩人的，他的生死年期我們一無所知，祇曉得他是一個十二世紀的行吟詩人，作過許多瀟洒的抒情詩。他因聞到敍利亞某伯爵夫人名叫屈麗波莉（Tripoli）的傾城的美貌，發狂似地親到敍利亞去尋訪，見到的時候，爲伊絕世的艷色所驚倒，以至於氣絕，死時還很年輕。還有一個歐斯達希郃爽普（Eustache Deschamps），他的長篇戀歌婚姻鑑（Miroir de Mariage），達一萬三千行以上。

第五章　寓言詩與諷刺詩

與貴族詩相對的平民詩——中產者的文學——寓言詩——「桶武士」——「玫瑰花傳」——其情節梗概——前後篇的作者洛利思與梅恩——思想與作風上的異趣——封建貴族與中產社會戀愛觀之不同——諷刺詩——韻文故事——「列那狐故事」——作者與產地的推測——暴露的態度——其情節梗概——其影響

上面的敍事詩與抒情詩，不僅供給貴族欣賞，而且其中的人物主題，不外是些帝王、武士、英雄、美人、優容、忠誠、禮節、溫雅等封建社會的人物或意識；所以中世紀的敍事詩與抒情詩可說是貴族文學。與貴族文學相對的有一種平民詩（poésie populaire）。平民詩歌的內容，不是以平民爲主題，便是意識傾向於平民，爲平民鳴不平。不過所謂平民詩，非平民自己創造的，乃是中產者爲平民創造的；因爲在封建社會下，中產者淪於被統治的地位，與平民無產者同樣地遭着被控制的命運，故他們在文學上表現的是：對貴族僧侶的仇恨與對平民大衆的同情。而從根本上說來，平民詩與其說是無產者文學，毋寧說是中產者文學。

不趨時好的中產者文學，在詩歌的領域展開了另外的兩個途徑：有一種是用細膩的分析托出高深的道德哲學，以改變社會的意識，還有一種是用滑稽的筆致，諷笑爲上者的貪鄙心理，以暴露統治者的醜態；前者稱爲寓言詩，後者稱爲諷刺詩。

「寓言詩」(la poésie didactique) 的特色是寓言的、道德的、哲理的，娛樂人之外還要教訓人，教訓的色彩非常濃厚；所描寫的人物事蹟常含着許多德性上抽象的概念，如好惡、愛憎、驕妒等。他們描寫武士起來，決不墮於史詩中那些超人的典型，鞠躬盡瘁功勳彪炳的，而以常人來觀察他們，表現他們與貴族的關係。寓言詩中很出名的一種作品桶武士 (Chevalier au barisel)，就顯明地表現出這個特色。其中描寫一個普勒塔涅州的惡虐的貴族，他的罪犯之深幾使比鄰震懼。一天正值耶穌忌辰，武士把貴族引到一個得道隱士面前，隱士用計使貴族自白了己罪，而且給一桶子與武士，要他汲水來洗罪；而因貴族心中無誠罪誠意，不會汲到一滴水。這樣武士就把鐵桶掛在頸上，跑遍了法蘭西、西班牙、意大利、德意志許多國家，歷盡了受人誣陷謀害的艱險，想爲貴族汲到一桶洗罪的聖水，結果竟一無所獲，回到隱士那裏；隱士知道上帝不能饒恕這罪孽深重的人，心中非常不安。這時武士卻掉下一大滴眼淚在桶中，跟着桶水就漲溢起來，於是貴族在臨死時深深懺悔，上帝救了他的靈魂。

寓言詩中最出名的代表作是玫瑰花傳 (Roman de la Rose)。這個長詩以象徵的筆法與戀愛的哲理，描寫一段騷人的韻事，使人由蠱惑人的詩情中領悟深切的教訓；不但題材非常精闢，藝術也別具作風。全篇的情節大概如下：

〔前篇〕 一個詩人夢遊壯麗的花園，園的圍牆上有憎惡、罪犯、貪利等的寫眞畫。到園門有披懶夫人領着他一直走到一座名貴的安樂宮，進去碰見許多人愛神邱璧德 (Cupid) 與他的僕從美麗、財富、禮貌等。那時園中正盛開玫瑰花，其中有一朵最鮮豔攝人的給詩人看中了，他就要動手攀折，爲花周圍的芒刺所阻，理智夫人在旁循循善誘地勸阻他，而和愛使者歡迎允許他親了一個吻卻給長舌的快嘴逢人告訴，終於傳到小氣的嫉妒耳裏；於是嫉妒將歡迎幽禁在一個閣樓裏另外差遣危險、恐懼和羞恥來守護。詩人悵望着可愛的玫瑰花，無可如何，深深地墮入失望之淵。這時他用了一個冗長的獨白唱出自己的情懷。（後篇）後來詩人得了邱璧德與司美司愛的女神委娜絲（Venus）與自然與天才的贊助，把歡迎從嫉妒的樓閣裏解放出來，他終於得與他所鍾愛的那朵玫瑰花接近。全詩就在這圓滿的終局中終局了。

玫瑰花傳全詩是經過兩個詩人的手在兩個時候寫成的：前半篇是洛利思（Guillaume de Lorris）約在一二三七年寫的，他寫了四〇・〇〇〇行，寫到詩人的獨白唱完之後就中止了；約在四十年後梅恩（Jean de Meung)又添上了一八・〇〇〇行，把它續完。洛利思的生平已不可考，大概是個法國中部的人，依他烘托的眞切看來，對於當時的戀愛生活該是經過一番深切體驗的，不過在詩體中他已將物我的戀愛觀擬人化了。他所寫的上半篇是與維特的愛術（Ovid's Aro Amatoria），他的觀念與當時社會所趨向的戀愛方式完全相一致，因爲他是讚頌武士與貴婦女之愛的，故有許多人說他是一個以理想詩人而流於俗化的詩人，以中產者而趨附於當時貴族的人。梅恩的思想作風與洛利思大異其趣：就作風說，前者是典麗的，後者是遒勁的。思想方面，前者認爲女性是高貴的，貴族婦女是不可攀的，後者把女性社會化，將幽閉於封建之閨閣中的婦女解放出來；在這地方，梅恩顯現出富有前進的與反抗的力量，他不滿意於中世紀的社會，對於上層的統治者於僧侶完全施出一種辛辣的筆鋒。他對於當時社會的一切毫不表示敬意，他很崇拜唯理的科學與有活力的古學；他這種不安於目前而要求自由解放的情緒，實表示了潛在着的中產社會的革命意識。法蘭西的批評家朗松教授（Prof. Gustave Lanson）曾獎讚這位詩人，說他的作品是一種可以萌芽生長的東西，這是包藏着未來之生命的，因爲他印示了未來的文藝復興的曙光。所以梅恩的表現在時代的展開上有特殊的意義，不過在藝術上仍須讓位於洛利思，因爲如洛利思那樣優美的描寫與細緻的修辭顯然是後者所不及的。總之，他們兩人在前後篇各有一種獨特的表現。

「諷刺詩」（la poésie satirique）的立脚點與寓言詩相同，不過寓言詩對於社會的見解是在曲折的比擬（l'allégorie）中表現出來的，重在學理的啓導；其對於上流社會眞正使出鋒端的是諷刺詩。諷刺詩的體裁名爲韻文故事（fabliaux），以十綴音的音韻寫成，這是法國十二三世紀所最通行的詩體。諷刺詩所寫的大多是很有趣的故事，除了道德的教訓，還富於社會的暴露，敍事中間常常帶着尖銳的諷刺，凡是當時社會上重要的幾等人物如市民、僧侶、農奴、惡僕等，常常以禽獸的形式出現於詩，所以亦稱禽獸故事詩。因其辭句很平實，情節又有趣，故很合於兒童閱讀的心理；這些諷刺詩中在兒童看來都是活潑潑的禽獸，以爲禽獸就是禽獸，卻不知道禽獸的後面隱藏着眞正的人，日常在社會上交際言談的人，禽獸只是一種比擬或陪襯。

禽獸故事詩中最出名的代表作是列那狐故事（Roman de Renard），中間的描寫與伊索寓言（Æsop's Fable）頗相類似。全書是許多連續的故事拚起來的，敍述的事蹟是相連貫的，都以列那狐爲主人公。這個故事詩的作者已經失傳，而各方面觀察起來必定是出之於才情充溢的詩人的手筆。人的問題，有的說是富有學識的僧侶作的，有的說是行吟詩人作的，有的說是從民間傳說記錄下來的，也有的說作者確有固定其人，並不是傳說的結果。產生的地方，有的說在德國，有的說在法國，各有各的說法，沒有一定的考證。不過依一般的推測：論到作者，僧侶與貴族自身原是有閑階級，尖刻的諷刺詩大概不至用在嘲弄自己階級；行吟詩人的詩讚頌的史詩居多，他們的作詩大半在娛悅宮庭，拿諷刺的詩來譏罵統治者，大概不至出於他們，有之，那祇能算是例外；至於民間傳說的記錄，大概也是不可靠的，因為傳說的故事是神話掌故居多，有意識地含着曲折的諷刺是很少的。當初的作者大概有固定的人，因為他既有深刻的辭意的刻畫，而又以攻擊虛偽的上流社會為鵠的，那末作者自以中產者的成分最多；不過原稿後來確然已經過無數次的修改，現在我們所看到的列那狐故事決不是單獨個人的成績。論到產生的地點，學者的主張大都認為在法國，時間約在一一〇〇年；有些人所以說產生在德國，怕是因為後來他們的大詩人歌德有一部 Rainecke Fuchs 有點與之相類似，而認為由國民文學一脈相承的，其實歌德的那作品倒是轉輾從法國模倣來的，中間許多習慣的扭變，生硬的痕跡，隱然可見。

列那狐故事是一種極辛辣的諷刺詩，而態度則非常冷雋。在作者的尖利的眼光的透視之下，當時一切專制的君主，橫暴的領主、卑鄙的僧侶、奸詐的律師，都現出了原形；對於所謂上流社會的偏見、虛偽、欺騙，批駁得體無完膚。在故事中出現的禽獸都是穿着人衣做着人事的。那主人公列那狐，以他驚人的騙術，穩度了不少艱難險阻，陷害了無數弱小動物。鷄、羊、兔……幾乎是他的囊中之物，許多動物都弄得忍無可忍了。可巧有一天獸國朝野聚會，高貴的獅王在上，是日天氣晴和，各式各樣的動物齊都到來，大家在獅王面前奏本，披述列那狐的罪狀，狗、猿、狐狸等都不約而同地來告狀。那天列那狐沒有到，他的外甥豬獾替他辯護，說他怎樣是個高尙之士；但是鷄卻拾着他殺案的證據來了，獅王便先後命令狼、貓傳他本人來訊究，結果列那狐非但不肯到案，兩個使者倒反受傷而回。這時獅王龍心大怒，再差他的外甥去召他，叫他非來不可；狡猾的列那狐來了，不用說他想自己脫罪，說了許多花言巧語，只是事實俱在，無法抵賴，終於判定了死罪，明正典刑。正在刑場，他急智又生，說出了種種帶罪立功的事，獅王不覺被他說動了。他偸偸地回家，一路又闖了不少的禍，殺掉了無辜的山羊，陷害了純良的麋鹿。到此獅王纔覺察出他的詭譎，又召他回來，給他說了些天花亂墜的話，獅王又輕易放過了他。列那狐從此尤其逍遙法外，肆無忌憚了：力不如他的給他用力壓服，力勝過他的給他用計顚倒；罪惡已堆滿了他的身，但是他東刼西掠，還是到處勝利。他那種欺世玩世的得勝之力，作者用了多少悲憤的心傳到他的筆端。

這種諷刺詩用事靈活，敍事生動。沒有鑑賞力的可以把它當做故事讀，有鑑賞力的可以從此看出封建社會下的背影。列那狐故事在當時讀者的觀念中，發生了強烈的影響。後來法國有名的寓言詩人拉芳登，他的許多作品是直接間接受其啓導的；取題雖不同，而體例則沒有多大出入。

第六章 歷史家及小說家

散文發軔之遲緩——最初拉丁文史家格里古亞——「法蘭克史」及其他——作史之先例——方言文學的歷史作家——維赫杜恩——「君士坦丁堡征服記」——戰地之描寫——桑維爾——「聖路易傳」——佛洛亞沙——大擾攘時期的粉飾太平——「英吉利法蘭西與西班牙的編年史」——意識之短處與藝術之長處——貢門納——「筆記」與他的人生觀——趨向人文主義——初期的小說——涉爾——他的作品與蒲伽索模倣——諷刺與社會頹廢的反映

散文的起源在詩歌以後，這在中世紀各國文壇開始的時候，可以找到確切的證明。在法國文學上，敍事詩歌早在七八世紀已有相當的成績，而散文卻直到十二世紀纔開始有少量的著作。法國的散文是以歷史開場的，歷史的著作在十二世紀以前都是用拉丁文記載的；作者大多是僧侶，他們從騷動的塵寰中逃避到寺院裏，從事他們的研究工作，整理歷史的事蹟。這是法國歷史著作的濫觴。

在第六世紀蠻族侵入不久的時候，有一個拉丁文的史家，對於法國後來傳說的文學上有深切影響的，名叫屠爾斯德格里古亞（St. Grégoire de Tours）。他生於五四〇年，死於五九五年，曾在波亞梯城（Boitiers）求學，喜歡讀味吉爾（Vergile）與沙勒斯特（Sallust）的著作，對於拉丁文是極有工夫的。他的研究大部分是關於宗教方面的，而他的貢獻不在宗教而在歷史，他是法國第一個作長史的歷史家，被稱為「蠻人中的希羅多德

(Herotodus)」。他的大著法蘭克史（Historia Francorum），是法蘭克人僅有的一部史書，全書十卷，分作四篇：第一篇自從世界開創到公元前三九七年，敍述混沌初開的情形，大部分祖述聖經的故事，在史學上是毫無價值的；第二篇從三九七年到五一一年，根據以前的許多史記、年譜、傳說與歌謠編成，內容兼取拉丁與日耳曼的材料，有很多描寫的部分；第三篇是根據了目擊的實事寫成的，在史學上較佔相當的價值；最後一篇是格里古亞自身經歷的記錄。在這長篇的巨著中，作者雖曾盡心力，欲本着無偏的判斷，然而以這樣長的時期，事蹟紛繁，社會波動，要廣泛地加以編纂論列，龐雜不精之弊，自然是不免的；而且他所根據的文獻，大都是經典傳說，其爲虛妄缺乏現實性，也是不消說的。全書沒有一個系統的歷史觀，能彀前後貫通，敍述也覺乾燥乏味。所以格里古亞之在文學史能佔到一個地位，並不是由於他著作的本身，而是由於他開創整理史籍的精神，誘起後代史家的努力，這種影響也不可輕視。格里古亞的作品，除法蘭克史外，還是法蘭克士的武功（Gesta regum francorum），聖伯棱年鑑（Annales de St. Berin）及梅茨年鑑（Annales de Metz）。

拉丁文的歷史比較艱深難解，僅適合於貴族智識分子閱讀，不合一般社會的脾胃。自從修正了的法語通行以後，歷史的寫述也採用了方言俗語，這是我們所假定的法國散文開始的時期。

法蘭西最早的散文作家是喬弗萊·維赫杜恩（Geoffre de Villehardouin），他也就是通俗歷史作家中的第一人。他的生期大概在一一五〇年與一一六四年之間，死期是一二一三年。他曾爲克雷締恩的隣居或友人，當克雷締恩在宮庭中爲貴婦人歌唱抒情詩時，維赫杜恩則在記述着疆場上的戰績。克雷締恩表現了十二世紀人的生活與思想的溫雅與懷柔的女性的一面，維赫杜恩表現了剛健與勇敢的男性的一面。維赫杜恩自已是一個香巴尼（Champagne）地方的將軍，參加戰爭在第四次十字軍（Croisés）東征中扮了一個重要角色，他奪得了君士坦丁堡，拜了羅馬尼的大帥。他惟一的名著君士坦丁堡征服記（Conquête de Constantinople），就是他親身經歷之戰績的記述。其中敍述戰事中的攻城陷陣軍事領袖的會議，部隊的編制，戰時軍事長官身經百戰的戰略戰況，從頭至尾都說得非常詳贍。因爲他敍述他親身所實踐的一切，沒有一點虛假也不採用已成的故事，敍述能眞切入微，不離本題一步，而且都能在大處着眼，沒有把細節看得太重。他的寫述純粹是理智的寫法，其寫戰史中長官的沈着機警，衝鋒突圍時的壯膽，陣壘佈防的周密與軍機計劃的精明，使人讀了如親臨戰地，壯烈的情感油然而生。維赫杜恩是十二世紀最任勞、精思、認眞而實事求是的代表人物，他的作品是他這種人格的表現。

其次是若望·桑維爾（Jean de Joinville）。他生於一二二四年，死於一三一八年；是一個地主、地方官，也是一個揚眉吐氣的軍人，跟着路易王參加第九次十字軍東征。路易王是法王腓力普的孫子，他就是路易九世，爲人賢明而有幹才，他恢復查理曼時的巡閱使制度，改良幣制，劃分政府各部的權限，一生的事蹟可眞不少；他是一個慈悲的基督教徒，到處憫憐苦人，所以羅馬教王加冕他爲聖者，後人稱爲聖路易。桑維爾不一時跟他處在一起，對於他善良的行誼，非常諳悉，於是就把他一生的事蹟寫成一部聖路易傳（Histoire de Saint Louis，一三○九）把聖路易虔誠的信仰，尊嚴的情感，以及待人接物的態度，操持國政的設施應對，用生動之筆一一寫述出來。聖路易的爲後世所敬仰，桑維爾作傳之功不可磨滅。他的作風簡樸而平易，正是十二世紀法國散文的本色。

若望·佛洛亞沙 (Jean Froissart) 是一個中世紀歷史家中之佼佼者，他生於一三三七年，死於一四一〇年。在他生時正是歐洲大擾攘的時期，各國都在封建制度下無窮的鬬爭中弄得筋疲力盡，教皇中時起齟齬，時相詆毀，甚至出之戰鬥，國皇處在四面楚歌之中，心裏也弄得杌隉不安，一般平民尤其在鋒鏑之下，苦痛呻吟，求生不遂，求死不得；什麼屠殺、礮烙、傷人之舉到處不絕；加以連年災疫，整個的歐洲都弄得烏煙瘴氣。法國這時正在與英國交惡，開始作「百年戰爭」，受到的創痛自然格外深重，社會的秩序經濟的組織，經過了一番大破壞，幾弄到不堪收拾，精神文化的表現自然是談不到了。在這種一般社會萬分恐佈、文化大退潮的時期，有佛洛亞沙這大史家出來，還表現恐佈中的逸樂，確是很聳動人家聽聞的。在他的著作中，當時封建社會的繁榮氣象仍沒有減少一點，什麼慶宴、比武種種上流社會的享樂，還是一仍其舊。他最出名的著作是英吉利、法蘭西與西班牙的編年史 (Chroniques d'Angleterre, de France et d'Espagne) 這作品在形色上可算歷史的傳奇，因爲他的編年史不是純粹的歷史作品，有一點新聞的報告性質，而且加入了許多奇聞逸事；他的作史缺乏一般歷史的因果觀念，所以與其說他是歷史家哲學家，毋甯說他是新聞記者與故事作家。他一生出入於法國英國及歐洲其他各國的宮廷，看慣了那些宴會、比武等行樂的事情，筆下寫述起來也不期然而然充滿了這許多東西。所以有人說他單看到有閑階級的享樂而忽視了民衆的疾苦，在整個的社會觀點上目他爲一個誇大狂者。這部編年史的主題在敍述英法百年戰爭的事蹟，但是他的動機不在客觀地整理史料，而在替皇侯貴族粉飾太平，做宣傳的晃子。他有一句話：『我作此書是要鼓勵所有勇敢的心，昭示他們高貴的模楷。』因此他對於下層民衆盤百盤千的死傷，好像脚下的污泥，毫不加以憐惜，而對於能爲帝皇貴族效勞出力的勇士，就是死了一個也要爲之嗟傷惋惜。佛洛亞沙的歷史表現出封建社會的安樂的一方面，而抹煞了封建社會的頹廢的一方面，其觀點與表現的偏袒，爲後代史家所嚴重批判。

佛洛亞沙的著作曾花了很大的氣力，他是一個毫不倦怠的旅行家，以不絕的好奇心眺望着世界，盡他所能知能聞的都攝取在他的作品裏。對於藝術的工拙，他非常考求，原稿發表曾經過多次的修改，敍述明豁宛轉，作風也輕快清新。他是一個講故事的能手，他懂得怎樣能操縱讀者的注意力；這是他散文上的優點，也是他使人歷久不忘的原因。英國歷史小說家斯各德（Walter Scott）曾以如下的話評過他的作品：『他的歷史少一種敍述的氣分，而多一種戲曲的表現，人物活潑潑地在我們面前走動，我們卻不大知道他們所做的事的方式與進程以及做事時所說的話——在佛洛亞沙的書中，我們聽見他所寫的武士商決戰鬥的條件與襲擊的狀態，我們聽見兵士們呼喊着戰號，我們看見他們以劍鞘拍他們的馬；敍述的生動足以使我們跟着他們一同捲入戰爭的旋渦中。』

佛洛亞沙以後，法蘭西又出了一個與他趣味不同的歷史家，這歷史家就是腓力普德貢門納（Phillip de Comines）。貢門納生於一四四七年，死於一五一一年。他是一個豪富的貴族政治家，曾任幾次大官，仕過善良的腓力普（Phillip le Bon），佐過性急的查理（Charles le Téméraire），做過路易十一的首相兼外交大臣，與查理十三的密議與寵臣。他所著的筆記（Mémoires）與其說是他對人對事的個人印象，毋甯說是當時歷史的普遍的記錄。他的作品中不大提起他個人的事業，好像在故意隱藏自己的人性，不願公開於大衆之前。他寫述起來不像佛洛亞沙那樣用熱情描寫事物，只是客觀地理智地平心靜氣地敍述種種事實的眞相，明白地說，他作書第一注意的是實際事物，文學倒在其次；所以後人對於他的作品大都當作政治策略與外交經驗參閱，而不把它們當作文學書欣賞。貢門納是一個實利的人，他對於事物本身的興趣遠不如對於事物效用的興趣；他常以科學的外交家的手段分析人物、事件與突發的事件幷事件的推移；所以他的歷史已能用因果關係去解釋，而且放開目光，前瞻着將來的一切。對於人生，他沒有怎樣高貴的想像。他的信條是：『有利益的地方就是有名譽的所在。』他這種實利的念頭與那種機警的手腕使他幫助幾個法國君主，開闢了一點治業。

貢門納在文化上有深遠的眼光，他有革新的頭腦，意識到宗教迷信的不合理，鼓勵當時的人們脫除教會的神祕主義文化的迷蒙，直接去理解幷欣賞希臘、拉丁的古典名作。他的意識很趨向於十六世紀的人文主義者，他的精神是意大利十五世紀流行的人文主義者的精神，他的人生觀彷彿又是接受十六世紀馬基佛利（Machia-velli）的寬大與理性的氣質。

法蘭西中世紀的散文作家，除上述的幾個歷史家外，還有一個不可看漏的，就是小說家涉爾。

小說方面，在中世紀最沒有成績。奧堪森與尼柯萊與列那狐故事可說是這時期具有小說形式的作品；不過這些作品，韻文的格調重照例應歸入詩歌的範圍。十三世紀時雖有好些散文的小說一度出現，如龔士當大帝故事(Con'e du Roi Constant, l'Empereur)，亞米與亞米爾的友誼(L'Amitié d'Ami et Amile)，佛祿爾王與美人若納(Roi Flore et la Belle Jeanne)，彭第安的侯爵夫人(Comtesse de Ponthieu)等短篇，但是不久又消沉了。因此法蘭西眞正有小說家的出現，還是中世紀末期的事，阿多納·莎爾(Atoine de la Salle)可說是一個代表人物。莎爾生於一三九八年，死於一四六一年。他寫武士道的傳奇常帶着一種冷嘲熱諷的態度，他的新小說百篇(Cent Nouvelles Nouvelles)，頗有一點蒲伽索(Giovanni Boccaccio)的十日談(Decameron)的風味。在小約翰(Petit Johan de Saintre)裏，描寫較有程度的武士教育，這種教育是宮庭的貴婦人所賜與的；伊們給他們行爲上某種定型的訓練，德性上某種定型的薰陶，遂使武士養成一種唯唯諾諾唯命是聽的人性。結婚十五樂(Les Quinze Joyes de Mariage)與聖母十五樂(Les Quinze Joyes de Notre Dame)，前者以嘲弄結婚生活爲主題，後者以宗教詩的體例爲模倣對象。十日談在當時的法國非常風行，啓發了許多模倣的作品，在這些模倣的作品中，莎爾的新小說百篇算是最成功的了；其中有許多鄉土的傳說與宮廷的瑣話，與十日談同樣是採取韻文體的通俗小說，莎爾雖沒有蒲伽索那樣偉大的氣魄，而他描寫的細緻與敏感則是不相讓的。莎爾以及與他同時的小說家的作品，都是他們那道德淪亡時期的社會生活的表現；十五世紀法蘭西人民的意識還是中世紀傳統的舊意識，不過這種頹廢的傳統的舊意識已經到了山窮水盡的地步，再也不能指導人合理的思想與合理的行動，因此，對於這種舊意識，人們顯然已由信仰而發生懷疑；這種舊文明破產與社會上所形成種種畸形的狀態，可說是所以養成莎爾爲一個諷刺家的原因。莎爾的諷刺不像賴倍萊與賽文第斯的諷刺，並沒有人生的眞理作基礎，他只是表示看不慣那個時代而已。他的作品，反映出法國十五世紀宗教的懷疑論，社會的無道德以及一般制度文化的空虛。

第七章 戲曲文學

爲中世紀普遍文學的戲曲——最初戲曲的胎型——劇場佈景作者演員種種——神祕劇——其性質與重要作品——奇蹟劇——其性質與重要作品——兩種劇的根本意識——笑劇——其來源與趣味——「律師潘德林的笑劇」——道德劇——其性質及代表作

戲曲文學是法國中古時期極普遍的一種文學。敍事詩、抒情詩、寓言詩及諷刺詩等，誠然在那時是最佔優勢的，差不多就是中世紀文學的內容；然而在中古時代，教育還沒有普及，一般社會的智識程度非常低淺，所以上述的種種詩歌作品在一般人的觀念中並不會發生怎樣廣大的影響，其影響最普遍的倒是戲曲文學。因爲戲曲是直接訴之官覺的藝術，是動作與語言的表現，領略起來比較容易。故依其影響言，戲曲在中世紀文學上實佔着重要的地位。

關於中世紀的戲曲文學，有兩點我們得首先說明的：

一、最初的戲曲，僅僅是獨白與對話的形式，這種形式是從傾圮了的拉丁劇中變化出來的。戲曲的上演包括着教會中各種繁瑣的贍禮儀式。當第九第十世紀的時候，即各國盛行移民的世紀，一般宮廷詩人時常扮起鬼臉演着滑稽的笑劇，迨羅斯威薩（Hroswitha）出來，又把希臘泰倫斯（Terence）的劇本詳細評註，供給排演。可見中世紀的戲曲是由教會之扶育保存着古代的胎型。

二、文學形式的戲曲，初起用拉丁文表現，到十二世紀纔改法國文字。這時期的戲曲隨着宗教的儀式而成長，像耶穌聖誕節、基督復活節等。這種瞻禮儀式在戲曲中的表現，最初出之於訪耶穌墓的瑪麗等三人與守墓天使的對話。又據說第一次戲曲的形成是由於瞻禮的歌唱隊中，有少數人破例以對話代替了歌唱，接着有其他的人從而效之，這就成了戲曲的雛形。這種傳說的可靠與否我們且不論，不過中世紀戲曲與教會結不解緣的聯繫，乃是不可否認的事實。

中世紀初起的劇場非常簡陋，常以講壇祭壇來代替，有時也用僧院的迴廊修道院的庭院。佈景單純而固定，有許多是以壁畫代替的。編劇的人大多是教會中閑暇的僧侶，對話都採用拉丁語，主題不離宗教故事。演戲的人也多半是教會中比較有學識而賦閑的人。後來觀衆漸漸增加，小範圍的劇場不够容納，遂卽漸漸移向露天的場地，建造簡單的舞臺，佈景則用田野的自然物，語言改用修正了的法語。演戲的人間雖有些商人參加進去，實際還是教會中人佔多數。當時的演戲差不多近於集中性質，教會好像有統一的支配權，民間的愛美劇團與村戲等表演，教會往往可以加以遏止。

法蘭西的戲曲，這時最主要的可分爲四種：（一）神秘劇，（二）奇蹟劇，（三）笑劇與（四）道德劇。

「神秘劇」（mystères）是專門表現基督的崇拜與天堂的尊嚴的，教會中編排這種戲曲目的卽在宣傳教義。這些劇本大半表現着人類歷史的部分，如舊約、新約與聖行傳裏的宗教史蹟，從亞當(Adam)在伊甸園裏創生到耶穌的昇天，其中最主要的是「聖誕」「遭難」與「復活」三件事。這種劇本的演出，常是在聖誕節與復活節教堂中瞻禮的時候，所以也稱做瞻禮劇。

神祕劇的辭句，大概每行八音，兩兩押韻，通篇很長，也有達到五萬行以上的，故演員常要用四五百人之多，演的時間也往往一連數天，上演的時候，四面八方的民衆齊集攏來，常無形中休市幾天。神祕劇最著名的著作是格萊般兄弟(Arnoul et Simon de Greban)的使徒行傳(Actes des Apôtres)與格棱戈耳(Gringoire)的聖路易的神祕劇(Mystère de Saint Louis)。在十四五世紀，風行一時的有受苦劇，也可歸之於神祕劇中；這種劇以嚴肅的筆調表現出基督受苦與蒙難的悲壯的情節，給觀衆以強烈的感動。受苦劇很出名的一種作品是基督的生涯冥想錄(Meditationes Vitoe Christi)這種劇的出名的作家有瑪加德(Eustache)格萊般(Arnoul Greban)與彌萊(Jacques Milet)諸人。

「奇蹟劇」(miracles)是表現許多聖者之行誼的。這種戲曲的情節大多是宗教上的傳說與神話，事蹟離奇怪誕，頗能聳動人的視聽。最普遍的常表現天上的聖者降到人間，在人間怎樣作着歷盡艱辛的苦行，而且表揚他們超人的智慧慈悲的心腸。兌奧斐兒的奇蹟(Miracle de Théophile)，聖路易的把戲(Le Jeu de Saint Louis)聖尼古拉的奇蹟(Miracle de Saint Nicolas)及聖母的奇蹟(Miracles de Notre Dame)諸劇，是奇蹟劇最出名的作品。

神祕劇與奇蹟劇，其根本的立場並沒有什麼差異，二者都稱爲宗教劇（le drame liturgique）。它們的意識，一方面爲維持着封建地主的剝削生活，描寫出生前在地上受罪死後在天國享福的苦行者，來蒙蔽一般家臣，使他們忠於納貢；一方面要造成人間守戒的禁慾的習慣，提出永遠的神聖不可測度的幽靈，表現一種靈的生活的世界觀。

「笑劇」（farces）發生於十三世紀，是古代喜劇末流的變體。原因是由於當時的戲曲過分嚴肅，篇幅又長，演時亦久，所以要在神祕劇與奇蹟劇中插入些笑意與滑稽的情節，增加觀衆的趣味。後來這種趣味性的情節漸漸擴張成爲笑劇，脫離了神祕劇與奇蹟劇的藩籬而獨立起來。他們的主題常從人間的私生活中找出有趣的一段，引人發生快感；不過其中往往蘊蓄着諷刺的意味，與諷刺詩的格調頗相接近。

笑劇的名作是律師潘德林的笑劇（La farce de l'avocat Pathelin），其情節極耐人尋味。中間表現一個律師潘德林向商人季符謀借了十尺布，等季符謀向他索償的時候，他頓時做出發狂的舉動，商人自恨晦氣，索償碰到狂夫。後來有一個人來找律師，這個人是季符謀家的僕人亞南萊。亞南萊因殺死了他主人的羊，故被主人所驅逐，而且被在法庭控訴，逼得沒有辦法，特地來要求潘德林幫他設法應付。潘德林教他在法庭假裝瘋子，說如當場有話問到你時，可佯作羊叫。審期既到，兩造均在法庭，季符謀知道被告律師是他的債務人，頓時心中着慌，要說「羊」的有時說起「布」來，弄得觀審者哄堂大笑；這時亞南萊卻裝啞作聾，祇叫着「咩咩」。法官弄得莫名其妙，於是律師潘德林起說，被告旣屬瘋子，此案可免予追究，接着退庭。退庭以後律師向亞南萊要報酬，他仍叫着！「咪咪」律師無可如何，纔覺悟到「欺人者，人欺之。」是報施不爽的。全劇在觀衆哄笑中告終。

「道德劇」(moralités) 亦名教訓劇，在十五世紀時代繼神祕劇奇蹟劇而起。道德劇的目的在以戲曲感人之力教訓人們。作者以種種美德惡德擬人代替經典中的聖者；劇中人都採用道德上的名詞，如忠厚、仁義、無恥、盜賊等等，表現他們中間的矛盾與交涉，最後終是合乎道德的方面佔勝利。這種道德劇能使戲曲的作者演者從凝滯於聖經的因襲慣例中援引出來而另行展開一種新的情節，而且把人生的過程看作德性上的衝突，這是他的一種特色。不過這種戲曲過分看重概念情趣，比較枯燥，影響也不甚廣遠。醫生徹斯耐依 (Nicolas de la Chesnaye) 的餐宴之責罰 (Condamnation de Banquet) 算是道德劇的代表作。

第八章　中古末葉

封建社會的頹廢——封建制度的內在矛盾與新時代誕生之前夜——十字軍東征與青年思想的轉變——大學與起與自由研究精神的活躍——黑夜正蒼蒼黎明猶有待——法國文壇的冷落——中世紀文壇的掃蕩人物抒情詩人尾龍——其意識與作品「古美人詠」及其他——新興社會意識的表白——個人的情調——藝術之革新

教會勢力與封建勢力乃是中古社會的兩大骨幹，前者造成思想上文化上的黑暗時代，後者造成政治上社會上的黑暗時代；這兩種勢力深切地支配了當時人民的物質生活與精神生活。那時教會有無上的威權，教義彷彿是金科玉律，人們浸沉在這種迷信的雰圍氣中，個人的才力、智慧完全被抑制，不能自由生長。封建制度的治術，是以富貴利祿去籠絡一般智識分子，而轉以高壓手段去鎮壓一般無知平民。社會的混亂，智識的頹廢，到此達到頂點。

封建制度在這時因都市的發達與階級的分化，其本身內在的矛盾也日益明顯。在都市中，商業與手工業漸漸發達，都市的住民即中產者的資本一天一天集積，尤其在接近意大利的法國南部，發達非常迅速。他們爲謀經濟力的自由發展，先決條件須脫離封建領主的羈絆，奪得王權統治下自由市民的資格；國王爲擴張他的王權，也極願意聯絡這般中產者及市民階級，所以在政治上，自由的市民可以得到跟僧侶貴族等量的政權。市民階級受了王權的保護實力慢慢地雄厚他們產業的迅速發展，促進了都市的向上繁榮。在農村方面，農村中這時還存在着無數的農奴，在領主的支配之下過非人的生活他們看到中產者在都市獲得了自由民的資格，也願意依樣繳納租稅，買得他們的自由同時且倣着自由市的辦法建設自治村；不過他們在經濟上無法獨立起來，政治上也就得不到自由民的資格，只能附從於市民階級之後幫助國王宣勢以求王權的保護。歷史上有名的貞德(Jeanne d'Arc)以一個農村少女而袪除英國軍隊的侵入，這就是農民代替了庸懦無用的領主而宣告自衞活動的第一聲。都市的住民領導着農村的平民的這種自由活動，隱隱然有從封建領主之下解放出來與之相對立的趨勢。於是封建制度的危機只有一天一天深刻化、嚴重化。

中世紀末葉教會與封建勢力的連瑣，造成了歷史上重要的一頁「十字軍東征」。這次征伐差不多傾了全歐的力量對付東方，前後出征八九次延時二百餘年佔地三洲之廣，他們的目的是要奪回耶魯撒冷（Jerusalem）那聖地，確定基督教的威嚴，擴張封建制度的勢力；但是曠日持久的結果，耶魯撒冷非但仍被回教徒奪了回去，而且從此開闢了東西方交通的門徑，打通了國外貿易的途徑，給與新興市民階級以方便，反促成了自己的頹運。十字軍東征的結果不但促使商業資本的繁榮，而且還使青年的思想發生極大的轉變。當時的青年武士，在法國本土原是只知服從教會、忠君愛國的，到了東方小亞細亞、東羅馬帝國、這些東方諸國的一切自由與文明，都能刺戟起他們新奇的感覺，他們相形見拙，覺得東方的禮儀文化處處是爲他們師法，於是一心去學習他們；終於，去時的一個封建頭腦的人，回來卻想做一個獨立不羈的自由人，什麼「個人的權利、」「天賦的自由」這些前所未有的新名詞，都被他們帶進來了。

同時智識中心的大學興起，在大陸有巴黎大學 (L' Université de Paris)，勃普湼大學 (L' Université de Blogna) 的創辦，英國的牛津大學 (Oxford University) 劍橋大學 (Cambridge University)，也相繼建立，此外日耳曼等的大學在十四十五世紀也已略具規模。從此自由研究的精神學術檢討的空氣漸漸濃厚，社會上思想家學問家次第出現，思想文學已從教會的宰主之下解放出來趨於社會化一途，所謂「自由教育」在那時甚囂塵上。各種專門人才代替了教會僧侶在社會上服務，而思想的自由足以衝破迷信的雰圍氣，使人對於教會的信心日趨冷淡；看了聖經的原文，對於現有教會的設施，更起莫大的懷疑。智識界的人喜歡研究古希臘的學問，尤其是亞里士多德 (Aristotle) 的學說最爲人們所尊崇；社會上有一般專門研究亞里士多德的學者，稱爲「經院學派」(Scholasticism)，又稱「煩瑣哲學者流」。此時自由研究的精神代替了一味崇拜教義的習氣，在思想文化上顯出一個極大的推進。

雖然如此，新時代還沒有達到成熟的境地，舊社會還是要作他最後的掙扎。統治者在沒落時期一般的現象：一方面繼續他們教權軍權分裂的戰鬭，一方面自己的消極腐化急轉直下，迫着對於下層民衆加緊剝削。所以方在十四世紀正是法國以及全歐洲鬧得一團糟糕的時候，所有的恐怖、罪惡、破壞、災禍一切有如暴風雨一般地襲來，那種殺人盈野的慘痛，災疫流亡的苦痛，以及遍地變亂的無政府狀態，爲以前時代所未有。這時期的法國，經過了百年戰爭的一番大創痛，弄得滿目瘡痍，社會的元氣喪盡，人民的生活艱難。物質上既經如此的破壞，精神文化的傾圮與頹廢就成爲必然的趨勢。封建社會固有的誠摯敦厚的習慣，宗教上嚴守的道德標準都一天一天地廢弛；人間的意志萎靡，人格墮落，社會上充滿着欺詐虛僞的風氣，舊有的倫理觀念已不存在，新興的道德又姍姍其遲來，在這青黃不接的時候社會一片混亂狀態，以至不堪收拾。帝王忙着地盤之戰；王侯貴族惟自己的物質享樂是求，有的鑽進象牙之塔去尋好夢；中產社會還沒有到命世的時候，仍感到重重桎梏的苦楚，現狀不滿的煩悶；無產平民，不是俯首受戮，仰而乞憐，便是挺而走險，流爲匪盜。在這種情形之下，一切都在大破壞中，文學藝術的衰落、不受重視，原無足奇。

法國的文壇原像一個茂盛的花園，開遍了萬紫千紅的鮮花，然而破壞的暴風雨襲來，滿園的花花都被摧殘，化作地下的汚泥，其能矻然不動的，可說絕無僅有。在文學上能保存先世的思想持續先世的成績，稍有充實的表現的，除了極少數的抒情詩外，只是一些歷史的記載而已。法蘭西的思想枯竭了，法蘭西的文壇冷落了。在前，法國握思想上的霸權，作文學上的領袖，而今，這些資格已完全喪失；其他諸國也有奄奄不振之勢。不過時代決不儘這樣陰沉下去，新時代的曙光已熹微始吐，當各國都在茫茫如失依從的時候，古文化的老家卻以商業資本主義先進的資格起來負起撐持新文明的責任，他點起了文藝復興的火炬，獨馬單槍在遍地荊棘的歐洲打開一條前進的大道，各國都順着他的火光追蹤前去，顯然，法蘭西的領導地位已讓給意大利了。雖然，在此中世紀末葉，法國文壇消沉的時候，尙有一個向舊時代挑戰的詩人不可看漏的；這位詩人是誰？這是尾龍。

佛朗沙·尾龍（François Villon）是十五世紀法國最值得注意的一個作家。他生於一四三一年，自小離開父母，被一個巴黎的僧侶名叫計符謀·維龍（Guillaume de Villon）的撫養長大，而且使他受了良好的教育，於一四五二年曾得到學士學位。尾龍在學校喜歡跟一般孤苦無賴的人爲伍，因此養成了他的流氓意識。一四五五年的夏天，他爲了某種問題跟一個牧師吵架，結果把牧師殺掉，經官廳的詢究，以殺人罪被判死刑，後經多方的請求，減輕爲流刑。從此他離開巴黎，開始流浪生活；後得他保養人的緩頰，得到赦免，官廳准他回到巴黎。而在一四五七年，他又竊了那伐爾學院（L' Académie de Navarre）的五百兩銀子，逃逸無蹤，漫游全國，出沒無常。有一個時候，人們在奧爾良的監獄中發見過他，有一個時候，人們在孟舒羅爾（Meung-sur-Loire）的監獄中又發見了他，犯的什麽罪，已不能查考；後來路易士愛他的才具，對他表同情，所以赦免了他。他重新回到巴黎，本性未改，一四六二年又罹了法網，終於被逐出境，翌年死於流浪中。

尾龍一生過着顚沛流連的生活；這種不順利的生活，決不僅僅是他個人的命運，實在是代表了當時所有非統治階級被壓迫的命運。尾龍誕生的那年，正是戰亂、殺戮、災禍、力役、重稅種種交迫之下法國人民最苦的一年。史家所謂「潰散在四方的民衆，都盡力要逃着生避去死，而受苦是當然的無可如何的事呀。」尾龍雖然受到了高等教育，但仍不免爲一個被剝削者，他因爲有相當的智識，要求自由的精神非常迫切，而且他又富有頑強的反抗性，所以在當時的社會上，便處處遇到障礙了。他在行動方面的不能如意，使他從另一方面於詩歌上表現出來，反映出他被壓迫者的意識。因此他一生是浪子、殺人犯、竊賊，也是一個智識分子、大詩人。後人都稱他爲「盜賊詩人」

實際上，所有盜竊的行爲只是表現他的意識與那個時代的矛盾與不調和而已。

在中世紀的抒情詩人中，尾龍與奧爾良的查理是正好相對的：查理代表了瀕于沒落的貴族意識，尾龍代表了正在孳生的市民階級意識。尾龍的抒情詩包括在小遺囑(Petit Testament)與大遺囑(Grand Testament)這兩個詩集中，其中有兩首詩——古美人詠(Ballade des Dames du temps jadis)與古君主詠(Ballade des Seigneurs du temps jadis)——是最足以代表你的意識的，現在將前者譯之如下：

古美人詠

如今，請告訴我
　何處藏着那可愛的羅馬貴婦斐羅拉？
何處是希巴琪，何處是泰綺絲，
　那兩個姊妹花的美人？
　伊妯在何處，尙未字人的，
但聞江上湖上音——
　那超人間的美貌的伊呢？
然而何處還有那往日之雪？

何處是那活潑玲瓏的愛羅絲？
　亞培剌爲了伊的緣故而在聖台尼斯
蒙了大羿終於作了修行的僧侶？

由伊那愛情所惹起的苦悶。

何處是那個皇后，
祕羅得博士曾被伊
裂着口袋丟在萊茵河裏的？
然而何處是那往月之雪？

白后布朗仙，如像百合花之后
有美人魚那樣的聲音，——
闊腳褒若、比特莉絲、亞麗思，
梅因的貴婦人猗孟加忒
還有那善良的少女貞德；
被英國兵在盧昂橋焚斃的，
伊們如今在何處，在天的聖處女呀？
然而何處是那往年之雪？

尾聲

走呀，請不要問伊們在那里吧，
今週不要問今歲也不要問，
不然我將重覆這句
然而何處是那往年之雪。

在古君主詠末後的尾聲，他又唱着：

那善良的不列顛人冠拉凱，如今在何處？
何處是奧傳尼的太子？
那過去的善良的亞拉松公爵又在何處？——
然而何處再見那英偉的查理曼大帝？

在上兩首詩中，一種新興社會的意向表現得非常明白。他對於那個時代大起反感，所以歌頌着農村中的女傑貞德；他感到商業資本的發展須要有能統一的君主，所以夢想着查理曼等人物；他憧憬着前代商業都市的享樂，有美麗的女人，故夢想着羅馬的斐羅拉，意大利的愛羅斯。「然而何處再見那英偉的查理曼大帝？」「然而何處再尋那往年之雪？」又表示他希求的失望。惟其如此，他纔感到幻滅的悲哀，苦着抑鬱與悲傷，以至歌頌到「死，」因為他覺得死是無貴無賤同為枯骨，使人脫離了現實的苦世界，踐於理想的平等的國土；他在大遺囑裏唱着：

我知道不論其為富為貧，
美醜、智愚、賢不肖，
尊的、卑的、吝的、闊的，
貴族或平民，僧侶或凡人，
以及披着披肩開着綣領，
頭戴宮幘的
那些各種各樣各階級的女人，
死神是毫不容情地把伊們一起抓了去。

尾龍因爲生在社會變形期間，他詩中所代表的時代精神格外明顯。那時正好商業資本昌盛，個人的精神要求自由開展的時候，尾龍的抒情詩就明白地表示出自己的個性，由他的詩中，我們可以了解他的行爲，性格或氣質。中古的抒情詩在他以前個人的精神是很模糊的，到他出來近代抒情詩中的個人的情調纔完全表現出來；所以尾龍可說是導引歐洲中古的抒情詩到近代抒情詩的第一人。

論藝術，尾龍的詩也有特出的地方。他沿用着前人的詩體，如民歌（ballade），圓體詩（rondeau）等，脫掉了前人彫塑的陋習，而換以一種寫實的方法。詩中的辭采也脫掉了宮廷的貴族口語，而易以平民日常通用的白話；以大衆所通用的語言來表現實際的生活與自己的衷曲，自然是直接而格外貼切。這些前人的詩體經了他的手，又賦與一種新的生命力。

尾龍是新時代黎明期的第一個詩人，也是中世紀文壇的掃場人物。

François Rabelais

赖倍莱

Michel De Montaigne

蒙戴尼

Clément Marot

馬魯

Pierre De Ronsard

龍沙

第三篇　文藝復興

第九章　文藝復興

近代文明之黎明——舊時代的最後掙扎——中世紀社會的淪亡——文藝復興運動——三種背景——商業資本的擴張——科學思想的發展——人文主義的抬頭——封建社會文化的破產與資產社會文化的登場——新文學的三個過程——古典文學的復興——方言文學的發軔——個性文學的流行——裴德的「文藝復興」解釋——文藝復興的先國意大利——誕生彼土的原因——以佛羅綾斯爲策源地——意大利學者的學術工作——古典精神的傳播——征意之役與文藝復興傳入法蘭西——法國文藝復興與意國之差異——新文學創造之始

中世紀的漫漫長夜，自從文藝復興的曙光射入，卽開始破曉復旦了。「文藝復興」（La Renaissance）繼着中世紀以後而是中世紀制度文化的一大反動。其運動的年期，據歷史家的記載，開始於十三十四世紀，迨十五十六世紀達到全盛時期；如果以十五十六世紀作爲文藝復興的時期，那末廣義的歐洲近代文明，便以這兩個世紀爲開始，而文藝復興可說是近代歐洲各國文明的淵源。

歐洲在聖·奧古斯丁（St. Augustine）死後的五六百年間，是中世紀最黑暗的時期。教會腐敗，法王專橫，貴族生活頹廢，領主橫征暴斂，舉凡作爲封建社會機構的諸齒輪，幾乎沒有一個是健全的，馴致形勢急轉直下，造成空前的混亂政局。那種混沌的動態，已如前章所述。處在這種社會下的人民，物質上受着壓榨的苦痛，精神上也蒙着不自由的苦悶。這種苦痛與苦悶，在整個社會制度不會發生變動以前，有加無已。本來，方在十二十三世紀倒是一個思想感情含苞欲放的時期；那時歐洲人民因十字軍東征的機緣，輸入了東方的自由空氣，因僧社的建立，得在僧社中研究古代智識的寶庫，青年人的求知慾非常熱烈，文人學者的著作也風起一時。可是十四世紀以後情形又兩樣了：十字軍既沒有號召的力量，從前刻苦修行的僧社，亦爲教皇收買去做箝制人民的工具；以前的研究自由思想自由重新套上了枷鎖，延長劫運。大法王格里古萊（Gregory）甚至以「無知爲信仰之母」爲口號，消燬書籍，驅逐學者，無所不爲。社會的維持力愈薄弱，統治者的恐怖政策愈可怕。雖然如此，中古社會畢竟已到了山窮水盡的時期，那種死命的鎮壓，僅僅是他們迴光返照的最後掙扎。十字軍幾次東征，不能擴張教會的一點勢力，反促成了封建制度的末運，僧社爲教皇所收買，不能改良教會些許的腐敗，於是留着做後來宗教革命的種子。撐起中世紀社會的兩根骨幹已無力支持，佔據歐洲歷史一千餘年歷史的中古時期，終於因一四五三年土耳其攻陷君士坦丁堡的事件而壽終正寢。

中世紀社會傾圮之日，正是文藝復興上昇的時候。文藝復興是政治上、經濟上、社會上、文化上多方面合一的整個的運動，它在文化上文學上的表現與其他方面有不可分的密切的聯繫。我們要了解文藝復興期的文學，對於當時的時代須先有一個概括的認識，因爲文藝復興期的文學在根本上是順着如下三種背景而起的：

一、商業資本的擴張　十五十六世紀左右的二三百年中間，歐洲各國的經濟上發生了一種重大的變化：這變化的中心點是封建制度的崩潰與商業資本經濟的擴張。封建制度依靠的是土地，其基礎建築在領主與農奴之剝削的生產關係上，這種關係僅僅適合於幼稚的生產手段，及後生產力發展，使這種制度不得不迅速地趨於崩潰。封建制度的動搖開始於商業資本發軔的時候，因爲商業資本的擴張對於舊有的經濟制度，會發生一種解體作用。不過商業資本雖能促成封建經濟的解體，而因爲生產的技術沒有根本的變換，故並不能徹底地改造舊式的生產關係。在社會經濟的發展上，商業資產者所形成的商業資本主義與後來的工業資本主義不同，它只是封建經濟的改造者，工業經濟的接引者；它因爲已集積了大量的資本，使農民集中都市而爲勞工，開了後來工業資本主義的門路，故稱爲「原始資本的積蓄期」。商業資本的擴張發生了兩種顯著的結果：直接造成中產社會的地位，間接促成列國對峙的形勢。中產階級的地位是怎樣造成的呢？是從封建貴族或土地所有者轉變而成的。封建貴族或土地所有者，因十字軍東征與國際國內的種種戰爭，農村頗不穩定，他們不絕地轉嫁土地與中產者，以變換貨幣，而到後來戰爭停止，都市繁榮，不動產增價，中產階級逐益以致富；他們把資本集中，經營大規模的貿易。封建勢力失墜，各地的資本集中都市，全國的政權集中政府，國家統一，政府致力於向外發展，於是航海冒險事業大爲注重，商業的競爭日趨於國際化，各國要擴張商業勢力，找求殖民地，因此爭造艦隊，以保護本國的對外貿易，互相鈎心鬥角，爭奪海上霸權，歐洲列國的對峙日漸明顯，國際的爭端也於此開始。

二、科學思想的發展　封建經濟的迅速崩潰，商業經濟的急激上昇，各式各樣的生產關係逐步逐步在形成中這種經濟基礎的轉變必然地使上層的思想文化跟着轉變。舊式的思想建築於封建經濟的基礎上，新起的思想建築於商業經濟的基礎上。中世紀是一個迷信的時期，教會的教義代表着一切思想，在那時不但哲學不能獨立發展，就是科學也被箝制着勿使大家明白，因爲哲學與科學思想如果得自由發展，一朝眞理闡明，教會的神祕主義與封建的愚民手段勢必露出眞相，所以當局者用盡方法消滅思想的種子，甚至焚殺哲學家、科學家，也是常有的事。然而思想的怒潮愈加遏止，愈加高漲，封建制度與教會的偕亡，使思想如潮決堤，其勢愈洋溢猛烈。復興期的思想是唯物的思想，主張如實地客觀地研究外在的物質世界，反對中世紀神祕的抽象的宗教哲學，以超自然的天堂蒙蔽眞理之探求。唯物思想是新興的商業資產社會的武器，代表向封建制度進攻的理論。這種唯物思想在哲學上表現得最有力的是英國的培根（Francis Bacon），他的名著新工具（Novum Organum），一方面痛快地攻擊形而上學，一方面揚起新科學的旗幟，他喊着：『我們已從實驗方面證明地球不過是附屬於太陽的一個行星，因此地球上面生着的人類都不是宇宙的中心點。』這就把聖經上的地球中心日月環拱的論據一發駁倒了。這種哲學思想的進步，大部分也由於技術與科學的種種發見與發明；如哥侖布的發見新大陸，加馬（De Gama）的發見印度航路，哥白尼（Copérnicus）的說明宇宙的太陽中心說，伽利略（Galileo）的發明望遠鏡并證明哥白尼說，哈爾偉（Harvey）的發明血液循環學說，以及堪普萊（Kepler）的確定自然現象的測量方法，衛沙爾（Vesale）的闡明人體構成論等，都是重要的貢獻，他們進一步撥開迷信的濃霧，建起眞理的碑石。

有名研究文藝復興的作家西蒙士（John Symonds），曾說過文藝復興的功績有二：一是世界的發見，一是人類的發見；世界的發見即上面所說的科學思想的昌明，人類的發見就是指人文主義的抬頭。

三、人文主義的抬頭　文藝復興是古希臘文明的復活。古代東方諸國是商業國家，他們的世界觀是動態的，現實的，人生觀是樂天的、肉的、自由的、自然的，注重文學藝術，皈依個人的理智與情感。到中古時期，領主與教士宰主封建社會，他們的世界觀是靜態的、超現實的，人生觀是厭世的、靈的、服從的、強制的，注重宗教道德，皈依上帝的權威與神明。簡單的說，希臘時代的文化是以人爲單位、爲出發的，中世紀的文化是以神爲單位、爲出發的。封建時代的人，在宗教的桎梏之下，思想不能自由，言論不能自由，抒情不能自由，意志不能自由，個人的自我完全屈服於神學的威嚴之下，而自商業資本主義代替了封建制度以後，文藝復興重復燃起古希臘的自由精神，人們在思想、感情、意志等等的解放中間得到自由呼吸，發見了個人自我的存在。商業資本主義是以自我的擴張與個人的利益爲前提的，復興期的思想界也處處以個人與自我爲標榜。當時社會上有一般智識分子名人文學者（Humanises）的出現，他們要企圖確立新生活新思想的標準。蒙戴尼說：『我們求學要求自己的智識，我們用情要抒發自己的個性。』人文學者是主張一切都以人類自身爲中心的，個性的擴張與意志的發揚是人們立身行己最重要的意義。

自十五世紀到十六世紀，歐洲各國社會走上了新的階段；舊有的封建制度崩潰，封建貴族沒落，封建社會的文化破產；新興的商業國家統一，市民階級抬頭，資產社會文化登場。新興社會以他們自己的需求造成了新的文化。他們更以自己的需求建造新的文學，以適應他們的心境與理想。新文學的興起表現着如下三個過程：

一、古典文學的復興　文藝復興，狹義地說來，就是希臘、拉丁的古典文學在十五十六世紀重爲一般人所推崇而流行於歐洲各地。古典文學的在這時重新流行，這不是一件偶然的事。希臘、拉丁文學的生動、富於個性、兼備情理，爲一般研究文學者所不能忘的，可是自從蠻族人霸歐陸，教會操縱社會思想，他們爲着維持自己的存在，竭力爲自己的存在造成論據，凡是過去現在的思想文學有與他們相抵觸而足以吸引一般人的注意的，都被當作異端而盡力抑制，以前優秀的古文學也以不合他們脾胃而遭摧殘；時間久長，這種文學漸漸有被湮沒的趨勢。當時保存古學的地方尙有三處：寺院、君士坦丁堡與回教國，爲一般人所少知。古代希臘羅馬的文學原被認爲「美」的代表，但自從長久湮沒以後，大家都斷定「美」是死了，但是對於美的興趣還是不能忘記。相傳有一段逸話是文學史上很耐人尋味的：一四八五年的一個春天，倫巴特築路的工人在羅馬近郊偶然發見一個白石的古墓，啓棺而視，赫然一睡美人，面色如生的處女，點以香草，女忽醒覺，張開伊久閉之目，眼珠傳神，雙頰紅潤，朱顏笑靨，櫻唇皓齒，美態可掬，一時驚動了四方人衆，將此女安臥石床，送入大廟，全城的人都來欣睹這仙女之美，這事給教會發覺，恐怕因此引起新的崇拜，而代替了舊的信仰，私下令人掩埋，但這個睡美人的印象已彀使人不忘，『伊帶着古代的美，世人僅見一面，便要重新開花了。』這個逸話象徵着古文學的復興，非常貼切。果然，後來教會失掉了人們的信仰，各民族醒覺過來，舊有的古典文學重爲世人所認識。自君士坦丁堡陷落，研究古學者流落各處，四出宣講古典文學；經了梅迭西（Medici），亞歷山大第四（Alexandre IV），朱理第二（Julius II）與列符第十

(Leo X)等的提倡，亞格里哥拉（Agricola），盧契林（Reuchlin）愛拉斯姆司（Erasmus）及彼特拉克等的努力，更加到處風行了。其中彼特拉克是最值得注意的人物，歷史上稱他爲「人文主義之父」。

古學復興後人們都模倣希臘作品，研究希臘文；結果不但學到些文學上的精神，推之眞理的探求、科學的思想都是異途同趨的。

二、方言文學的發軔　中世紀的教會，爲着僧侶的素養與宣傳教義的方便，歐洲通用的語言文字大多是拉丁語，拉丁文尤其在中世紀初期。不過各民族的人們既不是羅馬的後裔，強制去用它自然有種種不方便，而且中世紀一般的人民大多是沒有智識的，也沒有一種餘裕來學習深奧難解的拉丁文，其能理解它的僅僅是些上流社會及中等社會的人，他們雖能理解，而應用起來終感隔閡，不能自如的困難；因爲當時各國既有流行的土語，將土語轉輾翻譯，要費許多的周折。自從教會的勢力失墜，列國的雛形粗具，強制統一的拉丁文也不能維持它固有的地位，各國爲了政治上的傳達與應用上的方便，不論口頭書面，都改用方言，文學的表現自然也隨之而變。方言文學通行以後，對於各地的風俗習慣等都可適如其分地表現出來，表現上較之以前自由而活潑得多，於鑑賞者的領悟方面也有極大的幫助。方言文學通行以後，以前認爲尊嚴的拉丁文，至此也多擯棄不用了。意大利的但丁、彼特拉克用方言開始寫出偉大的作品，英國的喬叟（Chaucer），威克里夫（Wyclif）也得同樣的效果，西班牙的賽文第斯及法蘭西的賴倍萊，用了方言創造，都曾留下不朽的作品。

三、個性文學的流行　中世紀社會，於封建勢力與教會勢力的支配下，注重同一，排斥獨特，不論生活的方式與思維的方式，全以倫理意識與宗教意識來規範文學的表現也是偏於一般的，典型的。就以作爲封建文學首要的史詩言，史詩中的主題終是以勤王的戰績王家的氣象爲最普遍，意識不外是些崇高、仁義、禮儀、節制等倫理教條，人物一貫的是威嚴的君主、忠勇的武士。封建時代的文學注重與統治者的精神融和，不容許有獨特的因爲獨特足以破壞一般，作者不能明顯地表現自己的個性，而須要表現典型的人性，這樣封建時代的文學卽有千篇一律的弊病。迨商業資產者們起來，他們的觀念根本是以利己爲出發的，注重自我的、個人的，故反映當時社會的文學，主要地是自由地表現各個人獨特的個性、意志思想及情調的，還有想像，是這時文學的一個新起的特色。復興期的文學注重表現個性，這時敍事詩衰落而抒情詩風行，因爲敍事詩是非個性的表現，而抒情詩是個性的表現。商業經濟社會的人們的個性，已從中世紀神學的桎梏下解放出來，所以文學作品中充滿着強烈的個性、奔放的情緒與深遠的想像的表現。

由上各方面看來文藝復興是一種多方面的複雜的運動，同時也是社會歷史發展中所產生的整個的運動。關於這一點，裴德（Walter Pater）在文藝復興（The Renaissance）中解釋道：

『文藝復興一詞不但含有十五世記開始時「古學復興」的意思。古學復興僅僅是整個運動中的一個重要因素。依我看來，文藝復興是多方面統一的運動的總稱。在這個運動中我們可以看到對人對事熱烈的求知與豐富的想像，以及人生尋求慾望滿足的探討精神；一面使探討的人獲得智識與想像的享受，一面不但要使人享受古代受遺忘了的諸種智慧，而且要指示探討諸種新的智慧：如新的經驗，新的題材與新的風格。』

在歐洲各國中，首先燃起文藝復興之火炬的是意大利，因爲意大利是商業資本主義最早熟的國家。法國的經濟情形原較意大利爲優越，在十二十三世紀爲着物質條件的充分，曾執到思想上文學上的霸權，而且法國處於南歐北歐之間，地勢上的優點，對於北方的理與南方的情能兼收並蓄，當時法國南部的文化卽不亞於十四世紀的意大利，新時代的開闢者原可屬之於他，可是十三十四世紀法國因受腐敗的教會勢力的侵蝕，英法戰爭的創痛，國家的財富社會的元氣大受虧損，加以封建勢力根深蒂固，新興市民階級的經濟勢力一時不能抬頭，混亂的局面延長，此種底情的脆弱影響到文化上的空虛，文學也有奄奄不振之勢，於是文藝復興的大業遂由法蘭西人面前轉嫁到意大利人的掌握中了。

文藝復興的誕生於意大利，有種種的原因：第一，意大利是南歐近海的國家，航海的發展較早，海外通商的機遇也較他國爲先，而且封建制度在過去沒有怎樣堅實的勢力，商業資本的集中與擴張，最爲方便。第二，意大利海外經商的機遇既早，各個城邦與東方諸國來往的機會也多，他們所受外來的刺戟較深，眼光不會於凝滯，無形中給他一個改造己國社會的暗示。第三，意大利老早就脫離日耳曼的統治，脫離以後雖然國內弄得四分五裂，諸侯貴族各各建築城邦，雄霸一方，但他們爲確立自己的威信，各各競相網羅人才，獎勵文學藝術。這種政治上的分離狀態，實有利於在文學上開闢新紀元。第四，意大利是古文學的故鄉、古文學的老家，雖然中間經過多少時期敗壞的家運，而到家基稍一恢復，整理祖先遺產的要求，自較其他各國爲強烈。第五，意大利的商業資本貨幣經濟發展以後，其物質生活正與希臘、羅馬處在同樣的基礎上，因此對於古代表現這種生活及心境的詩歌藝術，最容易喚起興趣。而且在有意識的方面說來，古典文化足以幫助中產社會克服封建制度與教會的陳腐的世界觀，古典文化更足以拿自己的政治理論、自己的意識形態及自己的藝術形象來建立意大利的新生活及新的世界觀。

策源文藝復興的地方是在意大利的佛羅棱斯(Florence)。當初繼承希臘古學的地方原是東羅馬帝國的首都君士坦丁堡，在那裏有許多學者常常自由討論着模擬前賢的精神；後來君士坦丁堡爲土耳其人攻陷，這般學者大部分逃到佛羅棱斯，於是佛羅棱斯便變成了學術的中心。西蒙士曾說：『佛羅棱斯從雅典借了伊的光明，正像月亮受了太陽的反射而浮光耀金。』君士坦丁堡的陷落在本身雖是一個偶然的事件，而在文學史上卻成爲一個極可重視的事件。

意大利既發祥了文藝復興，繼着更努力把這種光輝強化起來，在這種工夫上，當時的一般學者盡了極大的勞績，如斐西諾(Ficino)，達萊淑(D' Arezzo)，勒多(Leto)及彭布(Bembo)等的致力於希臘、羅馬學術的恢復，淮拉(Valla)、波格(Pogge)及斐列孚斯(Philiphus)等的闡明人文學科，以及彼特拉克、布伽索、馬基雅佛利(Machiavelli)，亞利奥斯多(Ariosto)，塔索(Tasso)等曾創造了許多光輝的作品，留爲後繼者作範本，這種貢獻，在整個的運動上是盡了推動之職能的。當時意大利的古典精神，不但在文學藝術、智識科學、風俗習慣以及實際事務上，無不普遍地深切地表現着。他們又把這種精神傾注於其他民族的血管中，以他們獲得的一切影響他人。

這時歐洲列國的商業資本主義，都在孕育與滋長的過程中；對於適合於新社會的新興文化，都循着意大利的路線趕來，不稍退讓。

法蘭西接受文藝復興的洗禮是靠着征意的機會。法國的文藝復興遲於意大利，爲着商業經濟的一時不能抬頭，有如上述。實際上在十字軍東征、英法戰爭諸役中，法國人雖虧盡了元氣，而那幾次戰役犧牲最大的乃是貴族，封建貴族破產使資金漸漸集中在中產者手中，從歷次的戰役中打通了貿易的門戶，更給中產者以獲利上的方便，於是不久，法國的商業資本主義也就開始突飛猛進地發展了。方在文藝復興的時期，法國商業經濟的地位已非常穩定，它的繁榮一方面基於固有經濟的常態發展，一方面基於農產與礦產的貿易額的上昇。里昂(Lyon)這塊地方吸收了許多外國商人，巴黎也成了貨品的集散地。當時商業資產者們頗能贊助君主，君權的集中也增加了保護與遠征的力量。法國內部實力充實後，即開始作向外的進攻。一四九五年他們的軍隊打進那不勒斯，這時政治上的勢力由法蘭西侵入意大利，而文學上的勢力卻由意國侵入法蘭西。意大利關於亞里士多德、柏拉圖(Plato)、荷馬、沙孚克爾斯(Saphocles)等的印本都由此傳入法國，一一翻譯出來。

法國也開始文藝復興的運動了。同樣是文藝復興運動，因彼此的歷史環境不一，法國的與意國的也不盡相同。最顯著的不同之點是：法國的文藝復興是間接的，從意大利傳入；而意大利的文藝復興是直接的，從希臘羅馬得來。意大利的覓到文藝復興的源泉由於資本勢力的膨脹，經商的結果，其得到容易，而以商人的性情流動，變化也容易。法國的獲得文藝復興，表面上雖由於商業經濟的發展，實際上是由於土地勢力的外侵，武力征伐的結果，其得到困難，而以農民的性情保守，變化也不容易。意大利的學習古文學，重在模倣淺嘗中止，根基浮；而法蘭西的學習古文學注重翻譯，比較徹底，將古文學一口吞入肚子，故根底深。意大利因爲統治上的紛雜，文學藝術都風行在內地，系統比較疏散；而法蘭西的統一事業早就告成，文學藝術集中宮庭中，系統比較整齊。所以，文藝復興的起源雖法國讓步於意大利，而文藝復興的滋長發揚光大卻輪到意國讓步於法蘭西。意大利的文學好像紫光一現，在文藝復興以後又陰暗了，而法蘭西的文學，在十八世紀還能恃着文藝復興期的根基稱雄於歐洲文壇。此外，法蘭西文藝復興與意大利不同的，就是意大利的藝術趣味是多方面的，除文學外，還有繪畫、雕刻、建築都是盛極一時的；而法蘭西則大概集中於文學方面，其他雖有表現，並不佔重要地位；這一方面由於法國固有的美術自有相當的根基，不必採納外來的，還有一方面美術作品比較固定而不易流傳，所以不曾發生巨大的影響。

法國這時舊有的社會制度已經解體，新興社會已有其地位；在文學的領域努力清算着舊時代的意識的作品，而在確立新生活與新理想的要求之下努力創造，創造與當時社會相符合的文學。

第十章　王權膨脹與法國文藝復興

商業經濟發達需要統一的政府——王權膨脹——鞏固產業基礎與提倡新文學的任務——查理第八與文藝——從國外的景慕到國內的提倡——路易十二與文藝——接受意大利藝術——前期文藝復興的功臣佛蘭沙第一——產業的維護與國力的擴充——他提倡文藝的動機——法蘭沙提倡文藝的助手——比德——法蘭西高等學校的創設——於文化上的推進——瑪格麗——文人的養護——翻譯事業——亞穆的名譯——印刷業的獎勵——文化保存的貢獻

在文藝復興時期，商業資本主義的向上與王權的膨脹是平行發展的。因為社會上中產社會代替着封建貴族興起，土地的優勢已讓給貨幣與商業；商業貴乎集中，故封建勢力與地方分割在商業的發展上成為一種牽累。商業資本主義需要一個統一的政府強有力的王權削平封建勢力，保護新興的國內國外的貿易；商業資產者甯願擔負重稅，希望王權伸張以完成統一事業。有名的商人鈎爾（Jacques Cœur）曾撥出一筆極大的貲財，幫助查理第七及第八整頓治業。國王開始組織一種強有力的常備軍，對內應付殘餘的封建勢力，對外保護國際貿易的擴張。復興期的王權是建築在商業資產者上面的，他不但要為他們鞏固產業的基礎，還要幫助他們建設一種新的文化。

法國國家的統一、產業的發展與文藝復興種種事業，大部分得助於王權的力量。這是歷史上很明顯的事實。

這時期法國國王中最早的一個就是查理第八 (Charles VIII)，他是一個抱有大志的人。年輕時出征意大利，他看到南歐的景物華貴的宮殿典雅的庭園豔麗的婦女以及富有生命力的文學藝術，心中非常渴慕；他雖在敵國，但所經歷的地方他終是知照部隊，對於文化機關、藝術作品學者勿加摧殘，須善為保護，而且要虛心學習。他回國以後，在治業中除政務外竭力要借他山之助來挽救衰廢了的法國文化，以振起法國文壇藝壇的新精神。

路易十二 (Louis XII) 繼查理第八之後，獎勵文學藝術。他的后愛娜 (Anne) 雖喜歡中古藝術，而他的權臣恩布亞斯 (Georges d' Amboise) 卻主張接受意大利藝術，招集許多藝術家來研究，同時還邀請賽利尼 (Benvenuto Cellini) 與文西 (Léonard de Vinci) 到宮中來指導。

至對於法蘭西文藝復興最著勞績的，是佛蘭沙第一 (François Ier) 他生於一四九四年，死於一五四七年，從一五一五年起命世執政。佛蘭沙第一是一個查理曼那樣的皇帝，好大喜功，武功文治兼備。在他統治之下，正是法國商業大繁榮的時代，國民經濟如建立於磐石之基，絹紗業、玻璃業、毛織業、鋼鐵業的市場，無不非常活躍。關於貿易，他們起初行的是干涉主義，到基礎穩固的時候，又行自由政策，開始向外侵奪市場。這樣就由佛蘭沙第一動用武功往異國征伐，不過征伐到文化發展的國家，文學美術的地土，終是盡力保護，而且將他們的作品帶囘本國，當作戰利品，一般以刺戟本國人的努力。他的提倡文學美術，受着兩種動機的驅使：第一，他自己並不懂文學美術的價值，但是他看到當時的文學美術是在高潮的時候，如果起而提倡，一方面可以表示皇帝的聰明、識時務，能體察時代的潮流，另一方面又可表示皇帝對於文治的注重，以博得國內人民的好感；第二，當時教會的勢力常與皇權相對抗，而教權的擴張恃乎廣大人們的基礎，這基礎的造成是由於他以智識作爲工具，所以他在這時提倡文學美術也是以分散教會的勢力而鞏固自己的治業。這樣，他對於文學美術種種文化事業的倡導，便下了很大的決心；開放宮廷，網羅人才，優待文人藝人，獎勵新的創作，於是法國的文學在佛蘭沙第一的倡導與維護之下，集中於宮廷，開始向前躍進。法國前期文藝復興的得以保養成長，大部分須歸功於他。

幫助佛蘭沙第一提倡文學的有兩個功臣：一個是比德，一個是瑪格莉。

計符謀·比德（Guillaume Budé）生於一四六七年，死於一五四〇年。他是法國研究古學的耆宿，他研究的趣味非常廣闊，像邏輯、法學、歷史、詩學等都研究得很精。他生平最崇拜古學，以爲古學是後世一切學術的根基，不懂古學便談不上研究學問；他說：『人們，那些不懂人文主義的，好似在黑夜中彳亍着，沒有一枝燭光引導他們。』他初起著作用拉丁文，那時他在教會中，因爲文字過分深奧，所以不曾十分流行，也沒有傳世。比德年輕時候卽爲路易十二所賞識，到佛蘭沙第一時又爲他所重視，他滿心要想創設一個學校來提倡文學，但是自己的經濟力量又不彀實行，於是向佛蘭沙第一建議由國家設立，十餘年後，他的目的居然達到了；皇帝年以四百金幣充作經常費用，成立一個法蘭西高等學校（Collège de France），裏面所教的是希臘、拉丁、希伯來文，所以也稱三種語言學校（Collège de trois langues）。後來科目漸漸增加，內容漸漸充實，終於成爲一個極有權威的學府。

法蘭西高等學校創設後，於當時的文化上有幾個顯明的推進：第一，本來學校教授如倡斗了宗教上的異說應受教會的制裁，而佛蘭沙第一卻竭力把制裁的權力拉到自己手裏，這是政教分離的一件事實；第二，以前的學校研究古學是爲着明白教義，這時的學校研究古學爲着開明思想，這是學術從宗教脫離的初步；第三，意大利的研究古學祇在希臘拉丁文，而法蘭西的研究，則所有的重要科目都包括在內，這是近代科學發達的一種根基。

瑪格麗 (Margaret de Valois) 是佛蘭沙第一的妹子，也是那伐爾 (Navarre) 的女王，生於一四九二年，死於一五四九年。伊是個好學的人，也是個優於教養的人，兼通希臘、拉丁、希伯來及西班牙四種文字，新舊的智識都很廣博。伊能作小說，私淑布伽索的作品，伊的七日談 (Septaméron) 就是從十日談 (Decaméron) 模倣的作品；內中包含七十二個短篇，與布伽索同樣享着盛名，雖然模倣的作品不免缺乏生氣，而這個作品中間表現伊充溢的才情與強烈的個性，仍有伊自己的生命。瑪格麗在文學史上的重要，倒並不在伊自己的作品，而在乎伊能奬勵文學，幷保護當時的文學家。伊養了許多宮廷詩人，朝夕跟他們親近；新遊戲與快樂法 (Nouvelles Récréations et Joyeux Devis) 的作者兌斯伯利 (Bonaventure Desperiers) 與後面將要說到的有名詩人馬魯，就是伊宮庭中比較特出的人才。

復興期文化界最推崇古文學，古文學的傳播特乎翻譯。法國在查理第八時已有不可翻譯作品；到佛蘭沙第一的時候，介紹的風氣特別濃厚，翻譯的作品特別增加。這時法國人的翻譯忽視形式而重視內容，所以翻譯大多是達意的意譯，拘拘於一字一句的形式爲他所不取；而且在字詁等工具尙未完備的時候，要那樣做法也有所不能。雖然，古文學的精神始終被他們得到了。這些翻譯事業中，比德的翻譯普魯泰克 (Plutarque) 的作品非常知名，其餘比他更知名的便要推亞穆為第一。

賈克·亞穆（Jacques Amyot）生於一五一三年，死於一五九三年。他出身於無產之家，父親是個屠夫，但他有向上的志願，始終與惡劣的境遇奮鬥。起初他在巴黎當校役，後來進高等學校求學，他母親以辛苦所得的工資寄粗麵包給他度日，他的同學也為他給養。他自己則刻苦黽勉非常努力，窮年累月的研究工夫，打成了他學問的基礎。終於得到蒲爾齊大學（Bourges）的教授職，兼為亨利第二王子的師傅，又做奧塞爾（Auxerre）地方的僧正。他一生最出名的是翻譯工作，所譯普魯泰克的希臘羅馬的名人傳（Vies des hommes illustrés de la Grèce et de la Rome，一五五八）與道德論（Œuvres morales，一五七二）辭精意達，為當時文學上的珍品，於文化界有極大的影響。

法國的文藝復興，除帝王提倡與翻譯家介紹的兩種誘導力外，印刷業的發達也是一個極大的幫助。這時活字版已經發明，發明者據說是荷蘭人柯斯德（Coster），繼後德國人葛丹堡（Guttenburg）替他實驗成功，曾印行聖經；同時紙張已學得棉料紙的製造，紙質輕細，紙價低廉；印刷的新工具已經齊備。法國此時國王關心人民的教養，特別獎勵印刷業，自從路易十二起，每個國王對於這點都很重視。方在十六世紀時，單就巴黎一市，印刷所、書店及裝訂所已有八百家之多。經營印刷業的於文化上也有相當的素養，其中最有名的是愛斯帝恩父子（Robert Estienne，一五〇三——一五五九）（Henri Estienne，一五二八——一五九八），他們本身也是有名的古典學者，其所刊行的大多是前代的名著。當時印刷上有一種條例，每種新書出版必須繳一份到王家圖書館中，故在那裏是全國印刷品的總匯。至今承其基業的巴黎的國家圖書館 (La Bibliothéque Nationale) 是世界史料最宏富的文化機關，於文學種子的分布有重要的貢獻。

第十一章 十六世紀的散文

復興期三大散文家——賴倍萊——其生平與性格——博學者的代表——諷刺態度與樂天主義——推重自然精神——教育小說——「嘉甯肯達」與「般達格呂」梗概——文格的特點——喀爾文——其生平——宗教改革運動——「基督教制度」與新教主張——蒙戴尼——其生平——懷疑作者的姿態——尊重大自然——「自然」與「個性」詮釋——兼具人道主義自然主義個性主義者的本色——近代歐洲散文的創始者——小說——現實化的趨勢——小說作家兌斯伯利及諾含耳等——歷史——戰事記述——史家蒙洛克拉勢勃蘭東——經濟學家布丹——「諷刺集」所表現的種種人格個性

在文藝復興以前，法國文學的領域詩歌占着大半，法文差不多是詩人敍事抒情的工具，學理與思想的著作多數沿用拉丁文，散文中用法文寫述的除歷史一項稍著成績外，不曾留下重要的痕跡。到文藝復興時期古典文學復興，方言文學發軔，思想學理的怒潮亢進；思想學理的內容比較複雜，形式謹嚴的韻文決不能窮其繁蕪盡其枝節，所以散文的作品應時流行，有與詩歌並立的趨勢。當時法國有三個偉大的散文家出來，奠定了法國復興期散文的根基。這三大散文作家是誰？就是賴倍萊、喀爾文與蒙戴尼。他們三人在年代上，賴倍萊代表文藝復興前期，蒙戴尼代表後期，喀爾文則介乎前後期之間。在思想上，賴倍萊唱自然，喀爾文主新教，蒙戴尼是注重個性的。

佛朗沙·賴倍萊（François Rabelais）是法國文藝復興期最偉大的散文家，與西班牙的賽文第斯與英吉利的沙士比亞並稱為文藝復興時代三大作家。他約在一四九五年生於法國南部多蘭省的西農（Chinon）地方，父親是一個種葡萄園的園藝匠。少時曾在教會學校讀書，他的家庭希望他將來成為一個神學家。一五〇九年他到波多甫省（Poitoy）一個聖芳濟派（Franciscain）的寺院裏做脩道士，後二年得到牧師的地位，在那裏一連住了十餘年。不過因那地方沒有研究各種語文的機會，他便舍而之他，精研拉丁文、希臘文，繼埋頭於數學、天文學、法理學種種科目，又盡力研究博物學，於植物學一門，格外精通。一五三〇年秋，他到孟俾黎埃（Montpellier）學醫，在一個醫科大學中，以他深湛的植物學的根底，對於醫理、臨床學等等學理技術，都有可驚的發見，全校教授學生，個個欽服他。學成了醫學，又到里昂基督醫院實習，在醫學上佔着很高的地位。但是他的志氣並不就侷限於此，他半途去棄了醫生的職務，拿着醫生的名義與主教蓓萊（le Cardinal du Belley）往各地傳教，到處演說，從里昂到羅馬，到梅茲（Metz），後來又從主教夏帝龍（Odet de Châtillon）到墨同（Meudon）回到巴黎，死於一五五三年。

賴倍萊是一個多方面的學者，也是法國文藝復興期智慧之代表者。他一生研究神學，做過僧侶，研究醫學，充過醫生，對於形數、文哲、生理諸學，無不有深切的研究，而且能以他的學問向外實踐。他的全生涯中大半流浪各處，少有安靜的日子。而因為他的理想與現實界不盡符合的緣故，到處遇到風險，時常陷於厄境；幸有一個有力的主教不時能救助他，替他排難解圍，使他得終天年。賴倍萊一生的生活意識，前後大有出入，清楚地說來，竟是絕然相反的。他初起作寺院的僧侶，後深感這種生活的無意義，故脫離教會，養成一種冷嘲熱諷的態度；同時，他從理論的探討與實際生活的體驗形成了一種新的社會觀。他一個人代表文藝復興期文化的消極與積極兩方面：消極方面辛辣地譏刺基督教冷酷的死滅的生活以及舊時代反乎人性的意識，積極方面揚起自然的旗幟與表白新的人生觀世界觀。

作爲樂天主義者的他，不論生活意識，都充滿着朝氣，代表新興社會的光榮。他做人很有趣，帶有笑意，而却很傲世，對於舊社會的一切處處使出冷嘲熱諷的態度。他常說說教有什麼用呢，充其量不過造成了些愚蠢與惡德而已，祇有滑稽與歡笑，人間纔有生趣，世界纔能得救。據說他在病床上臨死的時候含笑說着：『我的笑劇演完了，我要找尋那偉大的或自然的眞理去了。』賴倍萊才情充溢，他那副滑稽的諷世態度，與黃金時代的莫利哀如出一胎；因此後人稱他爲『文藝復興時期的莫利哀。』他的諷笑，在舊社會看來，自然是一種不敬而認爲他的言行缺少莊嚴的禮儀，帶着粗俗的氣味，加上他一個『齷齪的老流氓』的綽號。但這對於賴倍萊是無損的。

賴倍萊的思想把握到了新社會存在的基礎，而且他的言行已爲新社會所認識。他非但不是一個無意識的流氓，而確是一個誠摯篤學兼能實踐的大學者、大演說家。他的諷世是他胸襟的表白，是淸算舊社會文化的武器。他對於眞理的探求，抱着極大的決心，時時刻刻苦黽勉，毫無倦態；他說：『你應當盡畢生的精神於追求自然與探討眞理之上，不論世界上什麼事物，都不能放它不學而過。』他最讚頌「自然，」他說自然的神聖與慈愛的神聖是無所不包的，世界上無所謂善與惡，只有自然與不自然而已，善就是順自然，惡就是反自然；所以人們能無拘無束地體認自然的法則，就是道德上至高的標準。這種自然的人生觀世界觀並不是他獨創的，乃是受意大利有名的殉教哲學者勃魯諾（Giordano Bruno）的暗示；我們試各引勃魯諾與賴倍萊的一段話，可看出其見解實有異曲同工之妙。勃魯諾說：

『這無限大的宇宙，就是神的表現。自然就是神，神就是自然；造宇宙大自然乃是最微妙的神聖的表現，我們在這大自然中就可以看到藝神美神的姿勢與權力。所以以自然爲原則的生活就是最善最美的生活；神聖的樂園，產生在現實社會的生活，不是在渺茫的來世中的。』

這種以自然代替神的見解，與下面以人性代替道德的見解，可說是自然主義一爐中的丹藥。蒙戴尼說：

『因爲人們是如此的自由，好的出生，好的養育，又交友於忠誠的伴侶中，天然有一種天性與刺戟，鼓勵他們做好事避免他們做壞事，那就叫做名譽。那般同樣的人，當受統治與束縛時，他們被禁在底下，被放在下面，現在他們已經從那高貴的性格中展開了，在前，他們是以那種性格而傾向於道德的，現在他們脫下並搗破那種奴隸的桎梏了……』

這種自然精神的推重，與十八世紀唱自然主義的盧梭的思想，前後若合一契，所以文學史上常把「文藝復興期的盧梭」之名加到賴倍萊頭上。因爲盧梭曾著愛彌兒以「返於自然」之說具體化於教育中，而賴倍萊在他二百年前，曾把這樣的思想表現在他的教育小說嘉爾肯達（Gargantua，一五三五）與般達格呂（Pantagruel）中。這兩部小說是法國文藝復興期最大的傑作，在形式上形成了大篇小說（le grand roman）的胎型。賴倍萊的嘉爾肯達與慕爾（Thomas More）的烏託邦（Utopia）、康配南（Thomas Campanelle）的太陽國

(Sonneustaat) 以及培根的新・亞特蘭地 (Nova Atlantis) 同稱「四大烏託邦」。

這兩部小說的主題在描寫帝王嘉爾肯達及其子般達格呂的教育。他們都是巨人，巨人傳中的人物背景是無固定國的烏託邦。格朗蓋迭王起初用斯可拉的教育方式來教養他的兒子嘉爾肯達，中古舊式的斯可拉教育注重呆記，禁止運動，根本是抑制人性，妨礙官能發展的反自然的教育。受了這種教育，兒子非但不增加聰明，反弄得呆笨起來，因此王決計謝絕這種教育，換一個人文學者來擔任教導。人文學者的教育是物觀的教育，先鍛鍊兒童的肉體，然後注意他精神的發展，對於兒童的起居飲食休息遊戲都非常關心，智識的傳授不借重書本而改示以實物。這樣兒童身體與智能的脩養非常調勻，對於一切都主張和平發展，如用王道開拓工商業等，非到必要時不動武功。有一次當嘉爾肯達的父王被敵軍襲擊的時候，靠他朋友約翰的幫忙，得以解圍，反攻制勝敵軍。戰後論功分賞，王以某采地作為謝禮。約翰是一個有道的僧侶，與中世紀厮混的僧侶根本相反，他就把王的賞值與築一座脩道院，在那里獎勵研究，使一般智識界人能有靜心研究古典文學與自然科學的地方。這個脩道院與歷來一般以禁慾為教條的脩道院不同，門面刊着一個標語「為爾所欲為」(Fais ce que tu voudras) 的字樣。

嘉爾肯達王自己受人文學者的教育既認為滿意，對於兒子的教養，遂決計也採用這種方式，請約翰貢獻意見，把兒子般達格呂從小訓練好，而且教以保護智識分子為本務。後進巴黎大學，遇到飄泊的才人樸尼奇。樸尼奇是一個浪漫而生活無度的人，以賺錢、借錢、花錢為惟一本領，常以諧謔之言發風生之論，為己捧場，為己辯護。般達格呂存心幫助他，促成他的婚事。但是對於樸尼奇的結婚問題，他跑遍了詩人、巫女、神學者、醫師、法律家、哲學者那邊去問訊，都沒有明白的解答。最後到印度北部新教徒團集的島上，覓得一「神聖罏」(La divine bouteille)，該罏泉水湧上，驟雨如注，二人飲水，得神之宣告，欣然而返。

般達格呂共四部，前三部是賴倍萊自己寫的，後一部是後人替他加上去的。賴倍萊的作風流動自然，情趣充溢，感動力很強，中間諧謔而反襯的地方，尤其是他的特長。他的作品行着所謂莊重而誇大的寫法，人物背景都是非現實的，但他們的態度、動作、身分表情，都能抓到特色，顯出迷人的魅力。嘉爾肯達與般達格呂這兩部小說，主要的意義是在用辛辣的譏刺的辭鋒攻擊中古的基督教式的社會理想，而用平穩的敍述表揚着現實的唯物的科學的復興期的社會意識。對於創造新文明建設新文化的人文主義的智識分子，尤其表示須得重視，妥爲保護。但是十六世紀末期，因發生新教與舊教的鬥爭，社會又開始擾動，人文學者的任務無法執行；那種任務事實上須待十八世紀的啓蒙運動的諸哲來完成。

若望·喀爾文 (Jean Chanvin on Calvin) 與賴倍萊立場有不少地方是相符合的，但着重之點却各有所在：賴倍萊尙自然，重科學，喀爾文尙教理，重道德，所以前者爲新文學的創導者，後者爲舊宗教的改革者。

喀爾文以一五〇九年生於法國北部的諸意甕 (Noyon) 地方，初在巴黎大學求學，研究法律，更研究希臘、拉丁語；是復興期人文學者之一，也是古典文學的研究者。一五三二年從巴黎回來，註釋羅馬哲人賽納克(Séné que）的仁慈論（De la clémence）態度漸次嚴正，加入教會研究神學。他因受古學的影響，對於眼前的宗教發生懷疑，對於現存不合理的教會制度以及僞善浮薄的教士起着反感。他認爲要改革社會必須先改革宗教，因爲宗教是教導世俗的，宗教不健全則影響到一切都不健全；於是立志獻身宗教，從事宗教改革運動。一五三五年他在巴黎演講，開始用嚴峻的態度抨擊舊教，不久成爲法國宗教改革的領袖人物。他對於舊教的腐敗，因爲在教會中親知目睹的，故陳述利弊得失，格外切實；他的言論，迅捷地引起了廣大羣衆的注意。當時舊教徒因見新教的勢力抬頭，對他頗存慊忌，後來發令通緝，到處追捕他。他有時逃到貝爾（Bâle），有時逃到佛拉爾（Ferrare），最後在一五三六年逃到日內瓦，就在那里歇下，終其身在那里爲宗教努力。死於一五六四年。

他研究古學，在舊教看來是革新的人文派，他專心宗教，在人文派看來則完全是宗教家——比較開明的宗教家。因爲喀爾文的主張與人文派不同：他以爲人文派的自由自在近於享樂主義、縱慾主義，而認爲惟有放棄自由、遵守道德、服從合理的教義者，纔是新國民的典型。他在瑞士時曾發表他的名著基督教制度（L' institution de la religion chrétienne，一五三六），用拉丁文寫成，後譯成法文。大意批判人文主義者自然主義者的將神與自然合視，說自然就是神，神就是自然，從健全地發展本能以達於身心調和。其說也有相當的見地：自然生活固然是人間理想的生活，但是完全解放的生活秩序不免有亂，因爲自然也是有法則有目的的，這自然的法則或目的就是神，人能服從自然的法則，體認宇宙的目的，就是敬重神，我須要直接交互反應，中間不能介着強制性的宗教制度，人須常常與聖書接觸，以砥礪其知行。基督教制度不單是宗教上的重要著作，也是文學上出名的作品；內中說理清澈，體系顯豁，在散文上有很高的價値。

密凱爾·蒙戴尼（Michel de Montaigne）較賴倍萊後一輩，他是後期文藝復興的第一大家。他不像賴倍萊那樣粗糙、滑稽、善笑，他是一個溫柔、仁慈、文雅的一個文人典型。

蒙戴尼以一五三三年生於法國有名產葡萄酒的補爾多（Bordeaux）地方。他父親是一個富商而兼官員，教養甚優，很能注意他兒童的教育；蒙戴尼自少就請良師在家教導拉丁文，賽納克等的拉丁文章是他幼年熟讀的，幾乎成爲他的國語。法文是他在中學裏開始學的。後來他習法律，任爲補爾多的法官。在那裏他一連安分地當了十六年的職務，覺得那種生活過於枯燥乏味，自願卸了官職，回到田園，安分地過他讀書著述的生活。他一生平穩，沒有經歷過波浪，衹是在居家的幾年中到德國、瑞士、意大利遊歷了一次。晚年德高望重，被推選做了一任補爾多的市長。死於一五九二年。

他迴避了煩雜的職務，退隱恬靜的田園，過着觀念生活的日子，將他個人的思想寫述出來，成爲有名的散文集（Essais），共三卷，第一第二卷刊行於一五八〇年，第三卷於一五八八年。他的思想行誼，已大部分表現在這集子中。

蒙戴尼的時代正是宗教改革的時代。他看到舊教的腐敗，新教的偏激，與舊教徒殺戮新教徒，新教徒謀害舊教徒的現象，他覺得新教舊教都不是人道的東西，一樣都不能使他滿意。這樣，時勢自然而然地養成了他懷疑論者的氣質。當人們議論紛紛時，他常淡然地說『我懂得什麽呢？』(Que sais-je?)。不過所謂懷疑論，也僅僅是對宗教上的派別而言，其實他不是沒有信仰的，他所信仰的是「個性」與「自然」。他對於當時宗教上的宗派鬪爭，曾表示意見道：『這一切的主義與主張，都是立脚於偏見的信仰與智識上的，沒有大公無私的根據。所以我們要脫離支離破碎的宗教家的偏見，擁大自然於懷中，我們纔能在裏邊發見無限的事實與無限的眞理。』

他從自然的見解中否定了宗教上的偏見；接着對於自然他又加以解釋道：

『自然是一種寶庫，含有無限的神祕與眞理；我們只要沒有錯誤，那末靠了這大自然，自然不會生出錯誤的見解。因爲大自然是人生指導的大導師，由自然領導，我們可以得到良好的生活；反之，必定要陷於生活上的滅絕。使人類生活走上岔路的，是什麽原因？原因就在違背自然。違背自然的指導，所以如果不是返於自然，受自然的指導，人生終不能得到健全的發展。人類的個性，更可說是大自然的發見，無論如何非達到自由伸張不可。放在我們面前的第一件大事，是自然的眞正發育。教育無論如何，必須要以自然的自由發育爲根本，決不能用反自然的桎梏主義，禁慾主義。人類天生具有自然的天性，最怕的就是禁止他發育，禁止他成長。因爲自然既是宇宙間最高的導師，那末就順之者昌，逆之者亡。我們對於自然不能不有如神明的加以深切的信心。所以自然就是神，神就是自然的光明。』

這些話中，他從自然的崇拜又說到個性的發展。「自然」與「個性」他認爲是聯繫而不能分離的。下面的話又從個性的重要說到自然的權力，他說道：

『各種各樣的個性，就是表示自然無限的變化與複雜。一種個性與另一種個性必須有不同之點，纔有價值。所以如果外部的權力不束縛內部的個性，其個性的得以自由發展，這是大自然的完成之功。各種個性脫離一切束縛爭執而得到自然進步，就是道德踏上正確的路途。個人或個性能夠充分地發展，社會纔能健全地發展；所以要社會發達，必定先要個人進步。』

『我所描寫的就是我自己。』『我自己便是我這部書的題材。』散文集是他人格的表現。由他的話中，我們不難看出蒙戴尼是一個怎樣的人物他是一個人道主義者、自然主義者、個性主義者。這三種思潮是近代思想文學上的三大特徵，在他的著作中都已把握到了。

蒙戴尼是近代歐洲散文的創始者，他的作品在安閑中寫成，都曾經過嚴密的考慮，以他深思熟慮的哲理從容不迫地傳到他輕淡的筆尖，態度平和沒有一點成見。他的散文，不論文質，都是一己的創作，不苟合於前人今人的成例。他的作風，輕鬆秀麗，紆迴多姿，在當時文壇上允稱獨步。巴林(Maurice Baring)在他的法國文學(French Literature)上說：『蒙戴尼的風格有一種百讀不厭的永久性的趣味。這種文章看了永遠不會厭棄的。處在這種改革運動與反改革運動的動盪時期，他的散文獨能表示那樣純粹細緻的法蘭西文，這種散文不是狂士所能讀的，也不是新聞記者所能寫的。在其他的作家，能彀用自己的文字表出自己的胸懷能讀能看已算成功，而能毫不拾掇前人與今人的作風而自成一格，新鮮而有美味的，那除蒙戴尼外，恐不多吧。』

散文集出版不久，培根有論文集(Essays)發表，兩人作法雖不同，而後者文中顯然存在着前者思想之印痕。沙士比亞的詩因讀蒙戴尼的譯文，而對於人生有更深透的理解。至於在法國本土，莫利哀、拉芳登、孟德斯鳩以及聖柏甫等近代大作家，幾更沒有一個能自外於蒙戴尼的影響。

十六世紀的散文，除上述的三大作家外，我們還可以分小說與歷史兩項，略加敘述。

復興期的小說多現實性的，一反中世紀為理想性的。中世紀的一切注重教義禮儀，他們因為人生觀是出世的，故處處訴之臆測，對事實不願加以攷量，結果小說多超現實的；而且那種小說中有不少韻文故事，韻文的本身即是帶有理想性的。到復興期科學思想發達，一切主張實事求是，就是小說也要考求把柄，以合於現實為可貴。這種小說現實化的趨勢，一方面由於散文發達，給與敍述以方便，另一方面由於一般社會自覺，對於不着邊際的超現實的東西起着反感。所以十六世紀散文中的現實性小說，是一個亢進的時期。

這時期最偉大的小說家有兩個，就是嘉爾肖達及般達格呂的作者賴倍萊與七日談的作者瑪格麗，已如上述。其次要說的是兌斯伯利和諾含耳等作家。兌斯伯利（Bonaventure Desperiers）曾住過僧院，又曾為詩人馬魯的祕書，後遭舊教徒之迫害，以自殺下場。其所作散巴倫·孟地（Cymbalum Mundi）與新游戲及快樂法（Nouvelles Récréations et Joyeux Devis），前者是諷刺小說，後者是小品性質的小說，記述實際人物的趣事；作風都輕靈而帶有逸趣。諾含耳（Noël du Fail）出身農村，曾在巴黎遊學，又曾加入軍隊作戰，經歷豐富，後回鄉間作辯護士，且寫小說。他小說中最可觀的是田園雜話（Propos rustiques）描寫祭日廣場的種種情景，田舍的姿態，農民的生活以及迷信觀念等，很有眼光；次要的有歐屈拉褒漫談（Baliverneries d'Eutrapel）及歐屈拉褒的故事與談論（Contes et discours d'Eutrapel），是寫眞之作。此外還是一五七二年刊行的春（Printemps），裏面包羅十六世紀中葉社會的種種狀態，如貴族、農民的生活、學者的活動情形、宗教鬥爭的資料等等，場面廣大，描寫切實而有趣味，可惜作者匿名，至今不知道是誰寫的。

歷史方面，因為十六世紀法國經過多次與意大利的戰役以及有幾次內亂，記述也很有成績，記述的事蹟大都是關於戰事方面的。其體式最普通的是記事錄，其次傳記也很流行。

這時期史家中最著名的是蒙洛克、拉努與勃蘭東三人。

布來茲·蒙洛克（Blaise de Monluc，一五〇二——一五五七），生長於佛蘭沙第一與亨利第二的統治下，是一個馳騁疆場的勇將，從皇帝參加征意之役，且討平國內的強人，幾度建立奇功。某年因在拉巴斯丹（Rabastens）受敵擊傷面部，退休著作。他曾替自己作傳，敍述他畢生的事蹟；表示人們應該做何等樣的一個軍人，為着國王。他深信一國中的地位國王第一，軍人第二，因為他認為保護人民的是國家與國土，而捍衛國家與國王的是軍人。他的主要作品是記事錄（Commentaires）及士兵的聖書（La Bible du Soldat），其中我們所看到那時軍人的典型，不在乎聰明、外貌靈敏與說話機警等表面上的作為，而在乎勇敢、威武、氣魄等實際作戰的魄力。如果把蒙洛克比之貢門納，那可代表十五世紀與十六世紀兩個時期的歷史作品：貢門納一心描寫外部的事實，蒙洛克完全抒發內在的自我。

佛朗沙·拉努（François de Lanoue，一五三一——一五七一）的重要著作是政治與軍事談論（Discours politiques et militaires），寫述一五六二年至一五七〇年宗教戰爭的事蹟，幷指出己派運動的錯誤，在事實中寓宗教道德。

勃蘭東教士（Abbé de Brantôme，一五四〇——一六一四）初起是一個軍人，後來又爲朝臣。他爲人氣宇軒昂，有遍遊意大利、西班牙、英吉利的壯志，後果如願以償，在各國歷訪朝臣，交際非常廣闊。一五八四年因不慎落馬，退而家居。他一生的後半期專心致力於著作，述作有外國名人及軍事領袖傳（Vies des hommes illustres et des grands capitaines étrangers）法蘭西名人及軍事領袖傳（Vies des hommes illustres et des grands capitaines）及著名蕩婦傳（Vies des dames illustres et galantes）等，大都是他前半生所見所聞的實錄，內中事實可靠，描寫人物的姿態聲色俱顯；不過有時爲好奇心所衝動，表現朝臣與武士等漂亮的對話，也煊染了不少色彩。書中借着人物的描寫寄寓至善的善德，至惡的惡德，追求絕對的非是觀念論者的氣分非常露骨。他的作風輕捷，富有魅力；不過因自仗才力獨創，破格之處，亦所在多有。

此外還有一個有名的散文家不能歸入小說與歷史任何方面的是經濟學者的若望·布丹（Jean Bodin，一五三〇——一五九六）。他的共和國六篇（Six livres de la Republique），好像慕爾的烏託邦一樣在政治經濟的主題中表現出文藝復興的意義。布丹也是一個研究古文學者，他把研究所得的智識移殖到當時通行的法文中，就產生了這部政治經濟的巨著。他贊成絕對的政府，不過最高的權力要授之與法律；他相信一個國家的獲利就是所有國家的獲利，狹義的國家主義在經濟上毫無利益；社會改革有利於公衆的生活，生活革命的代價是爲着一般人民的生活。這是他的重要意見。當時正值舊教新教雙方熱烈論戰，論戰引起許多人注意這種意識所根據的政治經濟的基礎的研究，發表了許多文章。這種論戰，一方面是人文主義抬頭的結果，一方面是大規模的宗教改革運動的產物；此時各種不同的矛盾的思想都在布丹所彙集的孟尼僕的諷刺集（La Satyre: Ménippée）中表現出來。這個諷刺集的文章有的是學生所作，有的是教會中人所寫，有的是律師所著，有的是政治家所述，各各本着自己的熱情與希望，討論着國家與政治策略的重大問題，其中可以見到各人的個性與人格。這些諷刺文的所以在散文上有歷久不滅的價值，悖第埃（M. Bédier）以爲是由於見解的獨創性與用字的明透。

第十二章　前後期的詩壇

修辭詩人的時代——修辭詩人梅錫諾莫利納克萊登及聖蓋萊——「詩論」與麗雜的詩體及音韻——貝爾琪與派門締爾——詩風的變形期　文藝復興前期詩壇巨星馬魯——其生平——「社會詩」的創作——生活與個性的表現——「書簡詩」與「精警詩」——作風的特色　文藝復興後期與七星詩社——前乎七星詩社的里昂派——斯賽夫等——七星詩社的宗旨與來歷——詩壇積風之挽救　題材與形式的改善——「法蘭西文的擁護與發揚」要點——龍沙——其生平與性格與重要作品——「家山陀的愛人們」引例——龍沙的特色與影響——蓓雷——其生平與作品——「懺餘集」引例——白一虎——左特兒——道拉德——夔羅——狄亞爾——七星詩社的評價　十六世紀末葉詩人派色拉復蓋林與巴達——舊詩壇的殘餘勢力

法國詩壇，自從尾龍以後，就非常消沉。在十五世紀末葉，有一些低級的詩人出現，醉心於技巧的雕塑，詩歌的理想與生命一天一天地消失。

十五世紀末葉與十六世紀初期，是修辭詩人（rhétoriqueurs）的時代，所謂修辭詩人，起初是些宮廷朝臣，於賦閑時模擬夏基耶的詩風，夏基耶是一個中世紀精於修辭的詩人，他們學他的形式，學得却非常成功。於是以修辭為中心的詩風，就在那裏成長，漸漸風行法國全境。修辭詩人大多是王公宮庭裏面的人，有的是祕書官，有的是史料官，他們以吟詩為公餘的消遣，這是一種技巧的玩弄，他們惟斤斤於叶韻的精嚴，內容的充實與否，顯然是不問的。

脩辭詩人中最本色的，是梅錫諾、莫利納與克萊登三人。梅錫諾（Jean Meschinot，一四二〇或二二——一四九一或一五〇九）是十六世紀初期的詩宗；他的詩中最有名的是寓言詩王公璦靆鏡（Lunettes des Princes Molinet，一四五九——一四七三），盡力模倣中世紀封建末期的彫塑詩人，他頗以技巧未及前人而自恨。莫列納（Jean Molinet，？——一五〇七）是與前者大同小異的詩人，他詩的題材各方羅致得很豐富，產量也不少，都是技巧的產物。克萊登（Guillaume Crétin？——一五二五）的詩藝要優於前二人，他作詩有一種吸引人的祕技，音韻的配置非常嚴密；作品中以長篇詩十二卷的法國編年詩（Chronique Française，一五一五？——一五二五）爲最有名。繼着上述三人而與他們齊名的有聖·葢萊（Octovien de Saint-Gelais，一四六六——一五〇二）他的自傳體詩榮譽的寓居（Séjour d'Honneur，一四九〇——一四九四）以他青春的熱力坦直地追懷他沈迷於酒色的頹廢生活，悲愴的情調，打動人的心坎。

這般脩辭詩人的詩歌，大多參照着當時流行的詩論（L' Art poétique），詩論爲莫列納、法勃利（Fabri）及狄本（Du Pont）等詩人所作，將詩的體式定形化，規格化。其詩體有 lai 體、virelai 體、rondeau 體、chapelet 體、palinod 體、épilogue 體、ballade 體、chant royal 體、servantois 體等多種，其叶韻法又有 annexée 韻、batalée 韻、croisée 韻、empeyière 韻、entrelacée 韻、équivoque 韻、fratrisée 韻、rétrogradé 韻、及 senée 韻等多種。脩辭詩人就是爲求這形式上的完美而下苦功。

在十六世紀初期的詩壇上，也有些詩人已從脩辭詩漸漸游離，就中最顯著的是貝爾琪與派門締爾兩人。貝爾琪(Lemaire de Belges，一四七三——一五二五？)爲貴族子弟，自小接觸宮廷的脩辭詩人，對於叶韻手法非常敏感。他曾屢次遊歷意大利，與一般第一流的藝術家相來往，對於音樂、繪畫、彫刻、詩歌種種方面都有深切的理解，因此他的眼光不如一般脩辭詩人那樣囚於技巧。他作的詩很豐富；邱璧特與阿特羅坡的故事(Contes de Cupido et Atropos，一五二五)是三句一聯的長詩，以希臘神話中的神仙爲題材，將神仙猶如玫瑰花傳那樣用抽象的擬人化的方法象徵哲理的概念；綠情人的書簡詩(Epîtres de l'Amant Vert，一五〇五)受意大利及古典文學的影響，中間充滿着新鮮的靈感；還有他的論文意法兩國語文融合論(Traité de la concorde des deux langues，一五一一)預言法、意文學的親和，於新文學的領導上有很大的影響。派門締爾(Jean Parmentier，一四九四——一五三〇)是一個航海家，飄泊異鄉，客死在外，遺作詩集世界奇景及人類尊嚴的新描寫(Descriptions nouvelles des merveilles de ce monde et de la dignité de l'homme，一五三一)描寫五光十色的海外世界，寄寓宗教的情操，他的寫法從定形的詩體與音韻游離，表現不少自由的特色。當時詩壇上有了他們兩人，脩辭詩人的詩風也就達到變形時期了。

十六世紀初期，離有林林總總的許多詩人，但他們的詩大多是脩辭的遊戲，沒有永久性的價值。迨馬魯出來，詩壇上纔如出現了一顆巨星。

克萊門・馬魯 (Clément Marot) 是一個諾爾曼的詩人，以一四九六年生於嘉域 (Cahors)，幼年在田園中過生活，青年期在安娜的宮廷中做侍從，後爲佛蘭沙第一的內侍官。他父親名約翰・馬魯 (Johan Marot)，是一個宮庭詩人，承嚴父的教導，拉丁文意大利文他都通曉，作詩的種種必要規則他已熟習，故年輕時就有愛神廟 (Temple de Cupido，一五一五) 那樣的作品。他曾隨從佛蘭沙第一出征意大利，被俘虜過去，由此對於意大利的文藝得有直接的濡染。到一五二五年纔被釋回本國。他因相信新教的教義，爲當時舊教徒所不容，卒爲沙蓬大學 (Sarbonne) 神學博士所放逐，於一五二六年被逮下獄，雖不久得恢復自由，而翌年爲拯救一囚徒，自己又被囚去。同年出獄後染病不起，病中書物都給侍人竊走；教會又以異教徒之罪告發他，幸得某公爵夫人的緩頰，得免生命之危。他即逃往意大利，一五三六年皇族替他解罪，勸他回國；返時馬魯因譯了些味吉爾的詩與聖經中的詩篇 (Psalms) 等，已有很大的詩名，回到宮庭將他所譯的詩篇獻與佛蘭沙第一，但是却爲反對派所歪曲，教會訂定了他的罪名，作最後的放逐。嗣後馬魯到處流浪，過着孤苦的生活；佛蘭沙也愛莫能助，抑鬱不能自已，一五四九年終於在意大利的杜林 (Turin) 告終了他的生命。

馬魯爲人玲瓏、愉快、幽默，畢生爲提倡古學與創造新詩而努力。他的詩不像中世紀的題材專講離奇怪誕引人入勝的事蹟，而是注重現在此地人間日常生活的表現，所以有人稱他的詩爲社會詩 (Vers de la Société)。驚人的題材本身就有驚人的可能，而馬魯以平淡瑣屑的題材而能寫出驚人的好詩，這纔是他卓越的地方。還有，他的詩是自己生活的表現、個性的表現，是有感而作的或是情智驅使着而不得不作的，不像中世紀的詩人專好替人讚頌的，也不是脩辭詩人那樣專以玩末技而泯滅個性所能比擬的。他的意識是新時代的，相信自由、個性、新教，他的詩中，不但新與社會的意識非常濃厚，而且他的作法也是擺脫成規的。所以在法蘭西詩歌的發展上，馬魯是一個引導因襲詩歌入於十六世紀新體詩的重要人物。

他作品中最有名的是克萊門的青春(L' Adolescence clémentine)，這部詩描寫詩人青年時代的情事，非常纏綿動人，體裁兼備散文與韻文的特質。他的寫詩各種各樣的體裁都採用，而以「書簡詩」(épître)爲最精明，這是他獨創的詩體；其中較重要的三種作品是：呈國王求釋放的書簡詩(L' Epître au roi pour le délivrer de prison)，因被竊呈國王的書簡詩(L' Epître au roi pour avoir été dérobé)與寫給里昂夏沫的書簡詩(L' Epître à Lyon Jamet)。書簡詩外，還有「精警詩」(épigramme)也是他所擅長的。

馬魯並不因他能詩而自己滿足，他慨歎着人心無限，詩境有窮，詩歌縱能給人以慰藉，可是終不能罄人生的全懷抱；他曾把這個意旨在如下幾行中詠懷着：

如果所有詩人手中的一枝筆，
能寫盡主人公的思想，
而且鼓動他們的情緒，喚起他們內心的快感，
那末就因與衡的情節而引起低佪；
要是能從那不朽的詩葩中，
汲取到純潔的精靈。

如果這種種開創了一個詩的紀元，
而結滿了美麗的花果.
那末他們心中剩滓的，
還有些不盡的思致美味與神
任用大力也不能具體在辭句。

馬魯的詩情緒細膩，想像深遠，作風輕快，他有脩辭詩人的技巧，而他的詩能超脫於形式之規範，露出充溢的機智與才情；思想方面則比較貧弱一點。關於他的作風，當代美國批評家約翰·瑪西（John Macy）說過：『凡是愛好不必怎樣偉大而但充滿着愉快、自然而精巧的詩的近代人都讚美馬魯。』這句話恰切地評到了他作風的特質。這種作風給同時人與後代人所沿用，稱爲「馬魯體」（style marotique）。馬魯每每在詩句中表現出含笑談眞理的態度，不論諷世與抒情，都有一種典雅與無邪的美質爲時人所愛好。他所譯的聖詩，在九年中竟重版了二十七次。他在法國前期文藝復興的詩壇上是獨步的，有「詩王」的稱號。

法國前期文藝復興的詩壇是馬魯的時期。馬魯把提倡古文學與創造新詩歌看作兩根不相交的平行線，沒有將古文學的靈感貫注到新詩歌中間，他的新詩並沒有把握到古文學的精神。故隔了多少時候，又有一派詩人組織七星詩社，以一種新的運動出現，把古文學的精神滲透入淨化的法蘭西文中，創造一種更豐富更有力的詩歌，很快地代替了馬魯的詩歌。七星詩社撐持了法國文藝復興後期的詩壇。

從馬魯到七星詩社中間以詩歌的形式表現商業資本社會的意識與文藝復興的精神的，還有一派詩人稱爲里昂派（l' Ecole lyonnaise）。里昂在法國的地位猶如意大利的威尼斯（Venice），是貨物交通的樞紐，是商業資本的重心各方面的人文薈萃，詩情的刺戟較其他各處要敏感，故在過渡時期里昂乃是法國的一個文化中心，它的勢力轉足以影響巴黎。里昂派詩人中最著的是斯賽夫（Maurice Scève，一五一〇——一五六四），他是一個孤高的詩人，一代的碩學文士，曾模倣彼特拉克而創作黛莉（Délie·Objet de plus haute vertu，一五〇四），柳叢（Saulsaye. Eglogue de la vie solitaire，一五〇七），小宇宙（Microcosme，一五六二）等詩大多是十行詩，全以思辨的手法克服舊詩的形式，情緒纖緻，作風澄清，很能把握近代詩的精神。繼着前人在文藝復興下半期在文學上盡着領導責任的是亨利·愛斯帝恩（Henri Estienne 1531—1598），他對於文學藝術的熱情鼓吹不亞於上半期的比德與瑪格麗，他是一個如上面所說的印刷業者，對於新文學作品的刊行予以不少的方便。他不主張法國文學一味模倣意大利，而應當直接吸收希臘文學之光輝的精神，以自己建立法國正統的文學，他所著的法蘭西文的優美（La Précellence du langage françois，一五七九），就是半帶提倡半帶說理地闡明這個理由。他對七星詩社的興起，不論在精神上實力上都有極大的助力。

七星詩社（La Pléiade）是一個詩人的社團，爲當時一般青年詩人所組織，宗旨是要以相同的興趣與意志共同研究詩文，以創造法國的新文學，而因爲人數正好七個，所以稱爲七星詩社。原來 Pléiade 這個字是昴星的意思，其源流出諸希臘神話：月神 Diana 不但愛伊夜夜與伊親吻的牧童 Endymion，又把伊熱烈的愛傾注於一個少年 Orion 的身上，這個少年一天帶着獵狗出去遊獵，在綠翳的樹林中望到他愛人的一羣侍女——七個歌仙，他想跑過去跟伊們說話，伊們一時因嬌羞而謀脫身，化作七隻白鴿高翔於天空，飛到蔚藍的天際，又變成七個明亮的昴星；這是一個很有詩趣的故事，故凡有以七個詩人合組的詩社，都希望他們的聲譽像昴星一樣地光明，用 Pléiade 這個字所以這個名詞並不是一個新的專有名詞。當希臘皇帝亞力山大（Alexandre）死後，普多萊梅（Ptolémée）接埃及王位的時候，有列柯夫龍（Lycophron）等七個詩人也組織過七星詩社；這裏的所謂七星詩社，不外襲用前人的名詞，不過作爲法國文藝復興時代一個詩派的七星詩社，其在文學上的貢獻與他位遠過於希臘時代第一個七星詩社。法國這個七星詩社的七個詩人是龍沙、蓓蕾、白一虎、左特兒、蘧羅、道拉德與狄亞爾，而以龍沙爲七星詩人中的領袖。

法國的詩壇，方十五世紀初期，還在脩辭的時代，詩人只願到辭采的纖巧勻整，沒有一點自我的情炎抒發出來，有之也是虛弱而不眞切的，他們大多在形式上或技巧上標新立異，往往因過分苛求藝術的精巧而完全忽略了詩歌的內容，而當時一般的讀者，更盲目地贊揚他們模倣他們；這樣下去，非將詩歌形成一種形式主義的辭句的遊戲不可。七星詩社幾個先覺的詩人眼見到詩壇的這種衰靡現象，便盡力研究設法改造過來，爲法國詩歌創一條新路。他們的詩歌不論在題材上形式上，都比前人要改變得多。就題材說，他們是回復到古希臘時代，歌詠愛憎名譽等細節的事物，中古史詩所涉的那些史蹟、生死、事業等較大的情節，爲他們所不注意。再就形式說，他們屏棄了中世紀短行的音律謹嚴的律詩，而換上讚、頌、諷刺、悲劇、喜劇等的長行古詩。他們研究古學不主張學取一點皮毛的外表，而要在古文學裏面摘取神髓。他們的趣味純粹在文藝，尤其是詩，把希臘的荷馬與味吉爾的詩盡力介紹過來。用的文字，他們以為中世紀的貧弱、單調而惡劣的文辭，決不能表達熱烈的情感，豐富的想像與博大的思想；必須拋棄了這種蠢拙的文辭，採取古文的長處，造成一種新的活的法蘭西文，纔能傳出我們心所欲言意所欲達的情感。關於這些，他們曾用七星詩社的名義，在一五四九年發表了一個長的宣言，就是蓓蕾（Bellay）起草的法蘭西文的擁護與發揚（La Défense et Illustration de la Langue française）。這宣言的要點如下：

一、法國文字並不是不彀用，祇因為一般文人及貴族專門喜歡用拉丁文，致使法文日漸衰微，現在要求法文自由發展，只有出於禁用拉丁文一途。

二、如果眞正感覺法文的字彙不彀用時，那惟有想法使它豐富，在必要時，詩人權可借用希臘與拉丁的文字，或另外創造新字。

三、要模倣古人，這種模倣總得選擇希臘、羅馬最偉大的作家。模倣的方法須得是『變成他們那種樣子，吞了他們，消化之後便變成人體的血液和養分。』

四、把法國古代的詩還給陀羅斯花戲社（Jeux floraux de Toulouse）與魯昂邱社（Puy de Rouen）等詩社，另外創出新的格式。

五、現在的法國文有時不適於產生高級的詩式，故須加以墾植，如果眞的能用一番工夫，好自為之，那也不難可以得到拉丁文的婉轉豐美。

總之，欲將未完形的法國文，加以複製與擴充，化為典雅有法而適於表現的文字；更模倣希臘、拉丁的偉大的古代詩，以造成法國生動有力的新體詩。這是七星詩社諸詩人的願望。

在七星詩社中，最有聲望的詩人是伯多祿・龍沙 (Pierre de Ronsard)。他以一五二四年生於樊陀茫省 (Vendome) 的貴族之家，幼年聰穎過人，看書能數行幷下，九歲時就充查理太子的從童；太子死後，又留在奧爾良公爵 (Duc de Orléans) 公館做事。在那時，武士的諸般武藝他差不多全已學會，人們都稱他神童，親長也希望他將來能為軍國造偉業。這個孩子，十三歲時跟斯圖亞 (Stuart) 到英國去，同住三年；十六歲跟白一虎到德國去，又加入某個遠征軍出戰；當時他完全顯出是一個英俊少年的姿態。不幸在十七歲時，他因害了大病，變成聾子；原先的威武的願望既不能實行，就趨使這個神童向文學方面努力。不久他進各蓋萊學院 (Collège de Coqueret)，從有名的教授道拉德為師，道拉德是一個博學而懇摯的導師，見到龍沙這樣聰明穎悟，更懷着教育英才的理想，悉心教導他；龍沙文學的根基就在這時鍛鍊出來，道拉德先生很愉快地稱讚他不久有成為法國的荷馬的希望。同時，他的同窗白一虎、蓓蕾等都是於文學極有脩養的，於是他們聯合起來，作為文學改革上的同志；後來再吸引其他的同志，正式成立了七星詩社。龍沙在學校時是異常精勤的；他的同窗蓓蕾曾記道：『龍沙跟白一虎兩人一起住着，平時是手不釋卷的，常挑燈夜讀到夜深人靜，自己疲儻得不能支持的時候，又推着白一虎，白一虎醒來，匆匆披衣下床，又接着他的燭光；這樣，他們的吟哦是終夜不絕的，從沒有過落空。』

龍沙的性格，在童年充滿了當時貴族和騎士的風味，而到後來則成為喜歡孤獨的人，故他的詩也是溫柔而不壯烈。他的作詩，把古代詩的格調插入法國文學中，他模倣荷馬作頌詩（hymnes）模倣賓達（Pindare）作短歌（ode），又模倣安那克里翁（Anacréon）作抒情詩。這些作品模倣的色彩很重，有許多深奧的典故散在裏面，其缺點就是普通的讀者比較不容易了解。不過因為他以古翻新而造成了新的詩體，他的詩又細膩而有情致，所以不久就被人們視為瓌寶，一躍而為文壇寵兒。法王亨利第二、英后瑪麗與意詩人泰絲（Tasse）都一致稱頌他。查理第九則贈他以詩，曰：

「我們有着一樣的王冠：
我是王，我受着。你是詩人，你也應受着。」

在一五六〇年與一五七四年之間，龍沙成了宮廷詩人，開始模倣味吉爾，作偉大的史詩佛蘭西雅德（Le Franciade，一五七四——）後來因自己的失寵與家庭的中衰，擱興而停筆，很少有作品出現，有之，大多是一點頹傷的感懷。一五八五年因病，死於教堂。某學院讀他的祭文，認為他的一生是法國詩壇上無大的榮譽。

他重要的作品是：短歌行（Les Odes，一五五〇）、家山陀之愛（Les Amours de Cassandre，一五五二）、王家的小樹林（Bocage royal）、讚歌集（Hymnes，一五五五）、雜詠集（Mélanges）、瑪麗之愛（Amours de Marie，一五五七）、新詩集選（Recueil de Nouvelles poésies，一五六六——六九）、佛蘭西雅德及海倫歌（Sonnet pour Hélène，一五七六）

龍沙的詩非常艷麗，充滿着愛美的精神，自然之美女性之美的形容，占了他詩集的大部分；辭釆的匀整，音律的鏗鏘，更是他作風上的特點。下面譯引家山陀之愛中的幾行，以見他詩的情調以及短歌的格式：

我愛，我們去看今朝初放的薔薇，
朝陽裏伊紅紫色的花衣。
只是昨晚經過的，
那紅衣的縐紋的艷色，
跟你的無些許差異，
噫，我看你像變了一點樣子，
我愛，伊已更換了情景
噫！噫！萎謝了伊的麗質！
眞的那自然殘殺之母．
這樣的花朵只能是
早放苞來暮凋零，
我愛你若信賴我
你那鮮花般的芳齡，
在伊碧綠的新生，
擷採，擷採你的青春：
將似這個艷麗的花朵，
那衰老磨折了你麗質。

關於龍沙的學問與詩歌，洛里埃的評價還不失其客觀的態度；他說：「法蘭西的有龍沙，猶如希臘的有荷馬、賓達、安那克里翁，故後人常稱龍沙為法蘭西的安那克里翁。龍沙的學問博而不精，因了這種學問，反使他的詩句不能流暢，阻礙他那豐富而生氣充溢的想像力。他那種誇飾的文詞，常常露出不諧和的聲調。不過他遇到情趣奮發時，筆下便無俗物了。我們在他的作品上面，可以見到豐腴的辭采，崇高的想像，如畫的意境，入神的描摹以及神微的思想。後人雖能模倣他，却不能學像他。」龍沙的聲名在十六世紀是風動一時的，而不久因為馬萊勃(Malherbe)與波亞洛(Boileau)等的攻擊，就被遺忘了。不過到後來十九世紀初期工業資本主義發展，個人主義重又抬頭，浪漫運動崛起的時候，他又被列入第一流的作家而被推重。他詩中幽怨的情緒與大自然的吟味，大有影響於浪漫主義，甚至被目為浪漫主義的遠祖。其實在另一方面，他那種固守他們宣言的態度，對於古典派的循規蹈矩也何嘗沒有影響。

與龍沙齊名而同為七星詩人中的健將，是蓓蕾。

喬雅清·笛·蓓蕾(Joachim du Bellay)生於一五二二年，死於一五六〇年。他是一個復興期誠篤的僧正，起初在波亞特城研究法律。那裏天氣晴和，風景秀美，是當時產生文學的一個地方。他不久與龍沙相識，那時有一個名著作家薛璧萊(Thomas Sibilet)正好發表了他有名的詩之藝術(Art poétique)，內容大多是補充馬魯的意見，而且所提出的幾個重要原則，是龍沙所明言過的，這樣使蓓蕾對於識見高超的龍沙，益增愛佩之情，龍沙亦認為是難得之遇。兩人由相互愛慕而結為好友，在作業上處處相合作。那個有名的法蘭西文的擁護與發揚就在一五四九年代表了七星詩社全體詩人的意見而由他草出他自己的意見也悉數具體化在這宣言中。一五五二年他跟着他的親戚往羅馬專心外交事業但不久又感厭倦。這時他的人生觀非常消極懷着斯多亞派忍苦的哲理沒有多少時候就因病夭折時年僅三十八歲。

蓓蕾所留下的詩集有橄欖（Olive，一五四九）模倣彼特拉克才機尙未十分成熟；羅馬的古蹟（Les Antiquités de Rome，一八五八）是卓絕的懷古詩是他在荒廢的羅馬城寫的對於古時壯麗今日廢墟的古城，引起多愁善感的他的無限情思，留下感傷而幽麗的絕唱；懺餘集（Les Regrets，一五五九）是寫羅馬的墮落生活，而懷着鄉愁的作品；最後一個詩集村戲集（Les Jeux rustiques，一五五九）是描寫鄉村生活的小詩表現田野幽麗的風光，農民純朴的生活，用筆生動而輕靈。

蓓蕾是一個才調出衆的詩人，可不是偉大的詩人因爲他詩的題材並不雄大，大都多表白他的溫情與想像，以及受傷了的心情；讀他的詩好像見到幾點鮮紅的血滴在那嫩綠的花草上，引起我們對之苦笑默嘆的凄楚的感情。我們看下面在懺餘集中所寫的幾行，可以見到他懷念祖國的如何殷切，國家觀念的如何強烈；

法國，藝術，法律，軍事之母，
你曾用你乳頭上的白乳養育了我。
如今一個嬰孩叫喊着他的乳母，
深谷裏，幽林裏，我叫遍了你的名。
你若承認我是你的子嗣，

阿，慘酷的，爲何不答應我？
法國，法國答應我這悲痛的呼號，
你若再不回音那眞沒誰睬我了。
進到殘暴的狼羣裏我飄泊在蒼茫的原野，
我覺得冬天的來到，他那種戰慄、可怕
而冰冷的氣息撕碎我的皮膚，
別的羊不愁少牧場，
他們不怕豺狼和風寒
呵；我不是害羣之馬。

在七星詩社諸詩人中，其次値得注意的，是白一虎，左特兒與道拉德三人。

安多納·白一虎（Jean Antoine de Baïf）生於一五三二年，死於一五八九年。他與其說是一個詩人，毋甯說是一個理論家。他所作的玫瑰傳奇（Roman de la Rose）算是十六世紀中葉第一流的作品，不過這個作品的精到之處不在詩人胸中感人之力，而在乎詩的技術的完美。他對於古代詩與近代詩的分別，認爲古代詩的特質在乎音節量的方面的長短，近代詩的特質在乎音節質的方面的重輕。他很熱烈地試寫法國、英國、西班牙與意大利的詩，要做出一個擺脫舊詩形式的榜樣，以使用新音韻新文字寫的詩歌得以通行。他這種見解那時頗得一部分人的同情，幫他一同鼓吹新的詩體，可是在實際上並不曾發生大的効果，大多數的詩人還是沿用舊的格式。他還有一種作品名滑稽戲（Les Mines）是一種童話詩，後來十七世紀拉芳登的寓言詩，是受他暗示的。

愛緜恩・左特兒（Etienne Jodelle）生於一五三二年，死於一五七三年。有人說他是龍沙的學生，也有人說是龍沙的學友，總之他是七星詩社的社友，與龍沙共同研究文學的同志。他年輕時是一個宮廷詩人，壽命也很短，活了四十一歲。他的貢獻是在戲曲方面，戲曲的作品有著名的三部曲。被捕的克雷巴德（Cléopâtre captive），殉難的店東（Didonse sacrifiant）與歐日尼（Eugène），前二者是悲劇，後者是喜劇。兩部悲劇，其一的情節取材於埃及女王自殺的故事，其一的情節採自味吉爾的愛尼德（Eneide）中的一段故事。這些戲曲起初在巴黎的雷姆館（L'hotêl de Reims）表演，後在學校裏表演，演員大都是他的學生，其中也參加好些藝友的客串。這些戲曲乃是法國古典劇最早的作品，他的寫法很精密，大部取法於希臘的戲曲，人物、時間與地點都嚴格地加以制限，他的後繼者更明顯地實行了亞里士多德（Aristotle）的「三一律」（La règle de trois unités）。他直接的後繼者有嘉彥葉（Robert Garnier）與拉利佛（Pierre Larivey），在文藝復興期法國的劇壇上，頗有一點聲譽。

若望・道拉德（Jean Daurat）是龍沙與白一虎等的師傅，生年已不可攷，死於一五八八年。他本身學問家、教育家的氣質重於他詩人的氣質，因爲他的事業並不在自己詩歌的表現，而在乎啓示他學生作詩歌的表現。他教過龍沙、左特兒、白一虎等的拉丁文，他親心指導他們，孕育成一個七星詩社，後來他自己也是裏邊的一份子；故歸根說來，他倒是七星詩人中的第一個功臣大師。他寫了近乎一千五百行的希臘與拉丁詩，爲了他傑出的學生的緣故，都很知名。

此外還有變羅與狄亞爾兩人。

勒米・變羅（Rémy Belleau）生於一五二八年，死於一五七七年。近於民謠詩人的面目，他的牧歌（Bergerie，一五六五）敍述田園的情景素朴的風趣，躍然紙上。戀慕珠玉集（Amours et Nouveaux échanges de Pierre Précieuses，一五七六）則帶有前人彫琢的弊病。

本多・狄亞爾（Pontus de Thyard）生於一五二一年，死於一六〇五年。始終是倍蕾的信仰者，晚年埋頭於數學科學之研究。他的詩集逐戀的放蕩（Erreurs amoureuses，一五四九——一五五三）是法國最初的十四行詩集之一。

七星詩社的興起，其任務在乎法國文字的提倡與法國文學的中興；他們覺得要壓服中世紀的封建文學，第一步就要以改革語文為武器。這一點，對於法國以後幾百年的文學，有如中國白話文運動對於今日文學發展一樣的貢獻與効益。不過七星詩人所歌詠的題材，大部分跳不出風花雪月感物賦人的圈子；他們不論追慕往昔，歌頌近代，為頌詩，為悲歌，都是以個人的情緒為中心，對於廣大的社會層是不會注意到的。他們的詩歌大概是給上流社會作茶餘酒後的消遣品，而且在某種程度上也是給癡男怨女的禮物。至於儷句方面充滿着深奧的典故，非一般社會所能了解。所以，七星詩社代表着商業資產者的意識，只為少數文人與上流社會所鑒賞，這是不容諱言的。龍沙下面幾行詩中所表現的，倒是這一點的很好的註腳：

法國人讀我的詩，

他們要不是希臘羅馬人，
讀本書在他們手上
只覺察出一種重量。

後期文藝復興的詩人除七星詩人外，十六世紀末葉值得提及的，還有派色拉、復蓋林與巴達三人。

若望·派色拉（Jean Passerat，一五三四——一六〇二）是私淑七星詩人的一個人，他之所以能新人記憶由於他作了我失去了斑鳩（J'ai perdu ma tourterelle）這一首詩，這是村歌的一種，「斑鳩」指女情人，他的調遣音韻，從質的方面下工夫，雖不能十分成功，而他毅然接受新韻律的精神，是爲後人所注意的。

佛萊納·復蓋林（Vauquelin de la Fresnaye，一五三六——一六〇六）曾作過許多零碎的詩。理論方面，根據古代荷來斯，兼採取當代名家維達（Vida）、閔多諾（Minturno）、蓓蕾與龍沙的自由精神，著了一部詩的藝術（Art Poétique）；這部書中分析世紀末葉的七星詩人的意識，正像蓓蕾的分析世紀中葉的詩，也像薛璧萊的分析馬魯的詩，都是本着自己的立場來作批判的。他的見解與七星詩人不同，他並不怎樣了解中世紀的詩，却主張法國的詩要反映法國人的精神，不能拾掇古人外人的藝術，而應當歌詠中世紀出於法國本土的基督教精神。歸根說來，他是一個新詩改革的反對派。

薩呂斯德·巴達（Salluste du Bartas，一五五四——一五九〇）被英國人稱爲「神道的巴達」（Divine du Bartas）。他既是宗教家，又是軍人，也是龍沙的敵手，七星詩社外的第一詩人。他自一五七三年發表了宗教史詩許第士（Judith），立刻崛起詩壇成爲詩壇的名人；許第士詩中的主人公許第士是聖經中猶太的女英雄，故全詩是基督教的英雄詩。後在一五九三年又出版一部史詩賽普曼（Sepmaine），題材完全以創世紀中的開天闢地爲根據。他作品的長處就是態度嚴正，脩辭醒目，在剛健的文格中不失邏輯的規格。他想用一種宏大的氣魄造成一種詩歌的風格，他心中先確定了一個新詩風格的標準來創作，作詩如是，寫散文有時也帶着詩歌的風格，所以他的散文是詩化的散文。他攻擊七星詩人以及異教詩人，自己主張在題材上要喻揚基督教，在詩體上要創制新風格。

復蓋林與巴達是法國復興期新詩壇的反對派；他們以新風格表現舊意識，本身也顯示出不諧和的矛盾。他們代表着中世紀詩歌的殘餘勢力，向着新興的詩壇迴聲叱咤，但是新興社會已臻穩固，新興詩歌已發榮滋長；這種反對派對於已倒的狂瀾，也無法挽回它的頹運。

Pierre Corneille
高乃衣

Molière
莫利哀

Jean Racine
賴西納

路易十四在宫廷中招待莫利哀图

Blaise Pascal

巴斯加

J. De La Fontaine

拉芳登

J.-B. Bossuet

波舒愛

Jean De La Bruyère

布律耶

Madame De Sévigné

賽維尼夫人

第四篇　黃金時代

第十三章　到黃金時代之路

黃金時代的三期——過渡時期——文壇風氣的轉換——道德的尊重與社會生活的理想——古典主義的兆徵——法國混亂狀態之再現——宗教改革運動與王位繼承鬥爭——對於政治與經濟的打擊——亨利第四中興——路易十三的繼後——呂希留的消滅封建貴族——國內統一與文學集中化——沙龍——法蘭西學士院——王門修道院——文學貴族化的胎成與黃金時代的接引

十七世紀即路易十四時代，是歷史上四大時代之一，與布列克來時代即雅典時代與奧古斯丁時代即羅馬時代，與列符第一時代即文藝復興時代同樣佔着光輝的篇幅；不論在政治上經濟上文化上都是極繁榮的時期。十七世紀在法蘭西全部文學史上是最繁榮的時期，所以稱做「黃金時代」（époque d'or）也稱「偉大時代」（grand siécle）。黃金時代依其發展的歷程，可分三期：第一期過渡時期，約自一六〇〇年到一六六〇年，在亨利第四與路易十三執政下，這期間重要作家有詩人馬萊勃、戲曲家高乃衣與散文家笛卡爾、巴斯加等，古典主義的精神正在胎成，這是到黃金時代之路。第二期全盛時期，約自一六六〇年到一六八八年，在路易十四執政下，這時期重要作家有戲曲家莫利哀、賴西納、詩人波亞洛、拉芳登與散文家波舒埃、賽維尼夫人等，這是古典主義氣焰最盛的時候。第三期衰頽時期，約自一六八八年到一七一四年，還在路易十四統轄下，著名作家尚有法納隆、拉·法夷德夫人等，古典主義的精神已趨衰頽。

文藝復興期的法國文學，從散文家蒙戴尼出世，已達到了最高峯，此後的文壇，有漸漸變質的趨勢。復興期表現自我個性的作品並不儘被重視；人們在個性得到充分解放以後，開始客觀地反省自我的行動，也不能無所規範，決定自我行動有自然的法則，自然法則是自我行動的尺度，於是探討自然的絕對眞理與確定人類行爲的標準，爲社會所關心。那時宗教改革的呼聲方高唱入雲，宗教家以嚴肅的態度表示個人道德社會道德的意見者也所在多有；如上面所說的拉努著的政治與軍事談論，與夏隆（Charron）著的靈智(La Sagesse)及三種眞理(Les Trois vérités)，笛惠耳（Du Vair）著的斯多亞派哲學（La Philosophie stoïque），都曾討論道德問題的重要。他們認爲目前人們的行動過分自由，外國的思想須要排斥，而往昔的道德權威重有高懸的必要，社會不能以個人的利益與自由爲前提，應該以公共的利益與調和爲指歸，人們能眞正地恪遵社會道德，纔是個人福利的基礎，所以人須要作一個典型的「正直君子」(honnête homme)。這種道德觀念的尊重與社會生活理想的構成，很自然地表現於文學作品中，文學上自由個性的表現減退，社會交互關係的表現次漸爲大家所注意，內容偏重於公共的理想方面，形式也着重條理的配置。這種文學上的特色，已露出了後日古典主義精神的兆徵。

雖然，這文學上的新精神並不順利地發展下去；因爲十六世紀末葉與十七世紀初期，整個的法國又陷於紛亂狀態，思想文學等文化上的東西又被拋在背後了。

這時候法國的變亂是由於宗教與政治兩方面造成的，二者之間存在着聯繫的關係。歐洲十六十七世紀的大事、繼文藝復興而起的是「宗教改革」(la réforme)；宗教改革的潮流發源於日耳曼，不久風被各國。法國的宗教改革運動，在路易十二，佛蘭沙第一統治的時代，喀爾文等卽已發動；那時新教徒的勢力尚未十分雄厚，所以沒有發生因宗教而起的戰亂。不過自法蘭沙第一死後情勢就爲之一變，連年因猛烈的宗教鬬爭胎成的內亂，直到統一爲止，沒有間歇。這種宗教鬬爭實在還夾着政治上的王位問題。佛蘭沙第一死後，由兒子亨利第二卽位，佛蘭沙第一有三個兒子，可是都沒有子嗣，亨利第二死後，王位的繼承時常發生問題；正系之中行了一個兄死弟繼的辦法，可是死兄的戚友朋黨不能相安於他活弟的卽位，於是皇母與皇戚之間的明爭、暗鬬，就不時發生。那時宗教改革的風雲到處密布，法蘭西王室的糾紛誘致了宗教改革的大舉發難，這種宗教改革的潮流一入法境，立刻給這種糾紛的政治背景所利用；以致表面上我們所看到的法國新舊宗教的衝突，實際上卻是各個政治團體的鬬爭。王統的旁支希望將來承受寶座的波旁家(Bourbon)，以喀爾文派的新教爲標榜，來號召一般人民；而已死國王的外戚，又打起維馬舊教的旗號，以雄厚他們的勢力；一般教徒們卻不自知地作了他們政爭的工具。在這兩大勢力的火併之下，所侷促不安的是一命當朝的國王國母，他們使盡方法來消弭這兩種勢力擾亂國土，但是這種爭鬬的根苗其來也漸，其入也深，決不是些許的力量所能遏止，祇能聽其自由發展，於是國境之中益加糜爛。

據說聖·巴多羅貌節（St. Bartholomew's day）一天單在巴黎殺死的新教徒，總在二千人以上，其他各地總計死了幾萬人這簡直不像是宗教上的改革運動，完全是政治上的大屠殺。這樣三個水火不相容的勢力，形成了犄角式的陣容彼此消長無有已時；自相殘殺的慘劇，足足延長了五十多年，直到第三派勢力壓服了其他兩派，法國的新王波旁朝的始祖亨利第四抓到了王位，一場惡鬬纔告停歇。

這連年政治化的宗教戰爭，使政治上經濟上都蒙了巨大的打擊。戰爭的結果在政治上王權旁落，封建勢力有部分的復活增加了地方統治者的領土權力，地方可以擅自征稅地方可以有最高的司法機關，隱隱然有脫離王權而獨立的趨勢。在經濟上人民移精力於破壞，造成國內一般的荒廢農村為戰爭所破壞，耕地面積縮小，農民苦於苛稅力役，四起反抗，都市工業衰微，入超銳增，失業重利等等問題更無法解決。農民商人因受不住重利盤剝，紛紛將土地產業轉嫁給金融業者與朝中官吏；產業集中化，這是後日專制政治的所自來。

自從亨利第四（Henri IV，在位期一五八九——一六一〇）中興，王權又漸漸恢復起來。他即位後唯一的任務就是經濟復興：首先解決了瀕於破產的財政問題，其次圖生產的活動。他確信『耕作與牧畜是哺養法蘭西的兩大乳房』；竭力保護農場，獎勵生產，容許交易制度的自由；農業之外，更改良工商業，廢除舊有的同行組織，擴大工業資本修築道路，獎勵國民經濟的活動，利用關稅政策保護自己的產業，更鼓勵新興的企業，從事殖民地的開拓。這樣不上多少年數，法國在宗教戰爭中的損失，已回復舊觀，向前亢進。亨利死後，路易十三（Louis XIII，在位期一六一〇——一六四三）即位，更是蕭規曹隨地努力繼着前人的基業；不過當時國內尚有地方貴族不時起來反抗王，於是任用羅馬教大主教呂希留（Richelieu，一五八五——一六四二）爲國務大臣兼樞密官，授以絕對權，壓平國內的擾攘局面。呂希留好用武功，經他的連年征討，許多水火不相容的封建貴族相繼消滅，國家重又建立在統一的基石上，同時國外的貿易外交種種方面都得到勝利，法國對外的地位從此也就提高起來。

國內和平了，國內統一了，一切的基礎已經穩定，拋在背後的文學重又爲國家社會所關心。在戰爭的時期，因爲社會秩序的被破壞，固有的文學精神也跟着渙散，而到這時，已是法國文學重振旗鼓的時候。呂希留雖好用武功，但那是混亂局面必要的打開策，一待大局平定，他非但不輕視文化事業，而且特別注重思想文學的提倡，他在黃金時代的文學上，有如復興期的佛蘭沙第一一樣地盡着獎勵誘導的責任。十七世紀的文學有集中化的趨向，當時有三個文人交際或聚會的地方應時而起：一個是沙龍，一個是法蘭西學士院，一個是王門修道院。

「沙龍」（Salon）是貴婦人招待文人雅士的客廳，文人會集的地方。那時的貴婦人饜於宮廷生活過於繁囂，不是論文講學的清靜處所，於是自己創設一種客廳，專門預備邀集名流學者，交換文學的智識。這種沙龍的爲數不少，其中以藍蒲綺侯爵夫人的館第（Hôtel de Marquise de Rambouillet）爲最有名，伊所設的「青房間」（la chambre bleue）是一般最上流的婦女與文人的集中點，在巴黎握着文學中心的權威達三十餘年。夫人自己是一個有學識的人，最愛與達官名士交際，當時的朝廷大臣也都以認識亞倩尼絲（Arthenice，即藍蒲綺侯爵夫人的閨名）引爲莫大的榮譽。貴族的人物，不論男女，文學界的人物，不論上下，大都會集在藍蒲綺侯爵夫人的沙龍與伊的女兒安吉娜（Julie d'Angennes）的沙龍以及另一個嘉薩林（Cathérine de Medici）

的沙龍中。這樣沙龍差不多成了文學家的淵藪，十七世紀的文豪如馬萊勃、賽維尼夫人、拉·法夷德夫人、斯倨苔莉小姐(Mlle de Scudéry)，拉·羅希福考及其他有名的人物，都是這些沙龍的上賓。他們在沙龍中估計新思想的價値，談論新服裝的改變，討論些文字學上的問題，語言文格的如何改進，詩體音律的如何革新等等；一有新的問題，大家紛紛探討，發表意見，一有新的作品，大家拿來觀摩，品評優拙。沙龍在當時也可說是文學上的權門，新的作家要得成名，他的作品一定要得到沙龍中的推許。沙龍既是達官、文人、貴婦人的交際歇憩的處所，所以裏面的一切服飾、禮節、語言，都是上流社會的方式，談吐考求文雅，行文考求優美，這一方面因爲上流社會於享樂的生活中，得有講究表面的餘裕，一方面因爲沙龍的主人是女性，賓客有的爲女性的氣質所濡染，有的爲迎合女性的所好，以致一般的禮儀、風格，都變成纖巧的形式。這樣，他們把過去粗糲誇張的氣質消除，文體要比以前純粹得多，而因爲過於愛好漂亮與過於苛求就範，形式主義的習慣也就日漸深化了。

法蘭西學士院(Académie Française)也是文人聚會研究討論的場所，比了沙龍還占勢力。初起是非正式的社團，只是有少數文人每星期在康拉爾(Conrart)家聚集，討論些文學上的問題，一六三五年爲國會所核准設立，二年以後，因成績卓著，兼得蒲亞洛伯(Boisrobert)的進言，爲首相呂希留所贊助，在一六三七年即受憑照，正式認爲國立機關，到一六四〇年，則已成爲一個極負信仰的文化機關。在法蘭西學士院中，除文學家外，還有有功於國家的人，全院的會員規定四十人，遴選當代博學之士，他們各人的研究雖不求一致，而對於文學、美文等都一樣地有興趣。他們的責任是承受了國家的委託，釐訂言語，修改文字，以造成正確的法國語文，幷確立美的趣味典文學批評的基準來造成一種文學上的權威。當時他們所刊行的學院辭典（La Dictionnaire de l'Académie），就當作一般文字的準則。法蘭西學士院的意識比較保守，凡是一種與現社會異樣的新思潮新作品出現，他們一定要站在傳統的立場上加以貶斥，即使遇到有價值的作品也不肯以「不朽者」(immortel 即 académicien 的別名)的資格加到這些新作家的頭上，即使如高乃衣的西特那樣的大著，因立意與當時支配者抵觸，也不免被他們所嚴重批判。法蘭西學士院至今還存在着，內部的組織大半是繼承以前的；不過以現代思想的複雜，它也沒有像以前一樣地握有權威了。

王門修道院(L' Abbaye de Porte-Royale)爲腓力普第二(Phillip II)所建立，約在離巴黎四十啓羅米突之地，是十七世紀科學家宗教家避難的處所，當時冉森教徒(Jansonists)常爲教會所不悅而放逐，故到王門修道院來做王門隱士(les solitaires de Porte-Royale)，專心研究學問，故其中常產生卓越的作家，如大思想家巴斯加與大悲劇家賴西納等，都曾一度經過王門隱士的生涯。

沙龍的開放、法蘭西學士院的創建與王門修道院的設立在社會大亂之後，吸引到散在各地的文人，使他們集中起來，集中的結果就是文學的貴族化與權階化。過去的文學，縱然封建貴族文學資產者文學佔着優勢，但是文人的意識也很自由而不齊，而且任意流散在民間，統治者對於文學雖有好惡之見，這皆出於感情而無律令上的制限，但到此時，文人從各地方各社會層選拔出來集中於有數的象牙之塔，這不僅是文學與貴族攜手的表現，而且是文學貴族化的開始，文學受君主貴族的控制，文人須承受貴族的意向而創造文學，文學的意識嚴格地與上流社會密接，文學的形式也須規矩而有法度。這些新興文學的特色就是古典主義的胚胎，古典主義文學須到路易十四朝纔達到日麗中天的黃金時代，然燦爛的黃金時代非誕生於一朝，其孕育準備曾經過很長的時間。介乎文藝復興與黃金時代之間的過渡時期，其本身產生的重要作家雖不怎樣多，但戰亂的清除，王權的伸張，社會基礎的穩定，思想方式的統一，這些都是古典文學產生的必要條件。一個大時代的前衛，將榛莽叢葦斬盡，到古典主義之路已開平，黃金時代的到來，還有什麼困難嗎？

第十四章　過渡時期的詩評

波動中的過渡時期詩壇——改革家馬萊勃——其生平——剛直的性格與嚴格的改革——詩歌改革的見解——與七星詩人相對照——作詩的矜愼態度——「慰友人喪女」——反馬萊勃的批評家——萊尼埃——諷刺刻板法則創導絕對自由主義——杜弼業——情調激越與超越法則——維和——優麗派——貴族趣味之修飾——詩人梅那德與服亞朱爾——歐佛與牧歌小說「阿絲特萊」——衰微的華麗——批評家夏普倫——過渡時期的和諧論

在十六世紀末葉與十七世紀前期，法國詩壇正在變形期間，新舊的思潮起伏靡定；因爲固有的泉源漸趨枯竭，而也有一部分的勢力存在，新的標準已見端倪，然正則的發展尙有待，所以詩壇上還呈着一種波動狀態。在這個時候，乍地發生改革運動還不免誘起許多的反響；就如馬萊勃的改革運動，正是這樣的情形。

佛朗沙·馬萊勃（François de Malherbe）是把十六世紀熱情的古典文學引到十七世紀理性的古典文學的一個功臣。他自勉自慰，一心要廓清不健全的法國文字，而把它規範在合理的法之下，尤其繼七星詩人以後，他要以詩壇的整頓與改革者自任。在文藝復興時代，有許多翻譯家把各種各樣的文字介紹過來，如希臘文、拉丁文、意大利文、西班牙文等著作家的創作也都喜歡模倣古文外文，而且有不少採用各省的方言。這種各方面複雜的文字用之不得其當，最容易把一國的文字弄得支離破碎；絲文字的龐雜不統一，形成了當時詩壇的紛亂現象。馬萊勃生在這個時候，看到當時詩壇的這種現象，非常不滿，立志要把他所認爲詩壇上的瘰癧，一掃而空。他深知這工作是艱鉅的，所以用盡忍耐的精神、精密的思慮以及嚴格的方法來肩起這個改革的責任。

馬萊勃以一五五五年生於內省的加恩城（Caen），父親是一個加恩審判廳的顧問，幼年希望他將來做法官；稍長到巴黎進包羅大學（Bâle）與海特堡大學（Heidelberg）研究拉丁文。當時法國的混亂局面使他不能久於做學的生活，年方弱冠即投筆從軍，生活雖有一定，有時諾曼府，有時普魯溫斯，有時馬賽。他在十六世紀末葉，就動手作詩。一六〇五年他到巴黎獻身皇朝，受亨利第四的寵遇，拜爲俾勒嘉公（Duc de Bellegarde）年受千金法郎之賞，此後他有時在呂希留帳下，有時在瑪麗后（Marie de Medicis）的宮中，做宮廷詩人，從事他的改革事業。在路易十三朝，他以七十三歲的高齡死於巴黎。

馬萊勃爲人嚴正，品性剛直，凡事當作要公，不很擅長交際。據說有一天譯聖詩的牧師黛世保（Dësportes）請他到家裏餐宴，當席他吃得很暢快，隨口說道：『你所備的羹湯，比你所譯的聖詩有價值得多哩。』牧師聞言很氣沮，而他卻毫不措意。這種氣性使用到他改革事業上，卻發生奇異的效驗。他對於詩文中應行改革的地方，是毫不容情毫不苟且的。他竭力主張『排除以前文學上晦塞塗飾散漫離奇的弊病』，建立一種純粹確實的文字。當時的許多詩體，如自由抒情體、十四行詩、短歌、亞力山大韻等，馬萊勃都一一整理，在構造上加以明確的規定。他要把文字中詩體中一切外來的成分、個人的成分清除，思想與感情的特點消滅，祇剩着一種明透的、嚴格的、中庸的、古典的形式，不能有思想的參錯，也不能有情感的交流。所以有人說，儘一人之力把冰冷的詩體給與法蘭西的，是詩人兼批評家的馬萊勃。

作爲剛性批評家改革家的馬萊勃，在中年以後享着盛名，握着極大的權威；因爲一方面有政府幫助他，一方面又有同志擁護他。馬萊勃對於詩歌的改革可分兩方面：在內質上，反對模倣希臘、拉丁、意大利的作家，反對引用古代的神話傳說，主張詩歌應當是理智的、一般的、散文化的；在外形上，排斥專詞、俚語、古字、外國文等，主張修辭不能矯飾，句斷不能自由，用字須要謹嚴，音韻須要依照法則。馬萊勃所提出的詩歌的形式與批評的標準，與七星詩人可說恰恰站在相反的立場；七星詩人明顯地受着意大利作家的影響，而馬萊勃認爲當時的法蘭西文須返於古羅馬的純眞；七星詩人的模倣古典文學，形質兼顧，馬萊勃主張模倣古典文學須着重形式；七星詩人以熱烈的情感與豐富的想像爲詩的泉源，而馬萊勃卻以客觀的理智或冷靜的思考爲詩的方法；七星詩人採取了古典、拉丁語、希臘語、意大利語、西班牙語、各省的方言以及古代傳奇中的種種語言，以擴張法國詩歌表現的範圍，而馬萊勃卻主張法國文中應取消一切古語、外語、擬語、新語、複合語與地方語；總之，七星詩人所努力創造的，正是馬萊勃所嚴格限制的。馬萊勃的理想要造成法國理性的新古典主義文學；他的主張，因爲切合挽救時弊，其主要原則且與法國民族性脗合，所以在當時很博得一般社會的贊同。後來繼他以起的波亞洛說：『大家都認爲馬萊勃的見解是合理的。』而他的改革手段因極嚴峻而苛刻，以至同時代的散文改革家巴爾若克道：『他是文字上的專制君主呢。』

馬萊勃不僅以嚴峻的態度建立他的理論與標準，同時還以嚴峻的態度親自實行這種理論與標準。他的詩精到嚴肅，把作詩當作一種鉅大的工程，內容形式要經過長時期的籌思考慮，纔開始着筆，作成以後又要經過多次的修改覆製。據說他寫一節詩要用一令紙；他又曾告誡他的弟子說：『寫百行詩，須得十年休息。』對於寫詩，他的態度謹嚴竟如此。因此他自己作的詩很少，而所作的則都是力作；用字正確，行列句整，音韻嚴格，而不稍苟且。我們在下面一首詩中，可以明顯地看到這種特色：

Consolation à M. du Périer

Ta douleur, du Perrier, sera donc éternelle!
Et les tristes discours
Que te met en l'ésprit l' amitié paternelle
L' augmenteront toujours?

Le malheur de ta fille au tombeau descendue
Par un commun trépas,
Est-ce quelque dédale oũ ta raison perdue
Ne se retrouve pas?

Je sais de quele appas son enfance était pleine;
Et n' ai pas entrepris,
Injurieux ami, de soulager ta peine
Avecque son mépris.

Mais elle était du monde oũ les plus belles choses

Ont le pire destin!
Et, rose, elle a vécu ce que vivent les roses:
L'espace d'un matin.

La Mort a des rigueurs à nulle autre pareilles;
On a beau la prier:
La cruelle qu'elle est ce bouche les oreilles
Et nous laisse crier.

La pauvre en sa cabane, où le chaume le couvre
Est sujet ā ses lois;
Et la garde qui veille aux barrières du Louvre
N'en défend point nos rois.

De murmurer contre elle et perdre patience
Il est mal à propos:
Vouloir ce que Dieu veut est la seule science
Qui nous met en repos.

慰友人喪女

汝之憂患其長終兮！綿綿但有愁心；
慈父之悲於寸衷兮，遂日月而益增！
汝之嬌女墓中葬兮，不幸而歹尋常，

豈汝靈明隨之喪兮，胡沈瞑而欲狂？
余知此女於童時兮，婉妙實令汝迷，
不幸之友殺汝悲兮，當告彼之輕離。
彼女生於悲世兮，美而惡運臨之！
正如薔薇彼所愛兮，一晨之間遂萎。
死之嚴厲難形容兮，人類但有哀求：
惜彼殘虐雙耳充兮，任汝悲號無休。
貧民在彼茅屋之中兮，頃刻遂萎蓬蒿；
白髮之帝居深宮兮，此例亦復安逃。
不須喃喃痛已甚兮，忍耐而遣憂思：
我儕承順帝所命兮，人類終有休時。
——李思純譯。

馬萊勃的理論與方法，爲古典派打開了門徑，他確可算得是古典派的前衞批評家。他的主張在過渡時期抓住了許多法國人的趣味，但他並沒有在新舊形式的爭鬬上得到絕對的勝利；他嚴格的改革辦法，在他生着的時候就有許多人反對他批駁他。其中接受七星詩社影響較深的萊尼埃與杜粥業，就是他兩個有力的剋星。

馬叔林·萊尼埃（Mathurin Régnier）是一個熱與力的作家，是一個修辭的短詩家，也是一個諧謔的諷刺家。他生於一五七三年，死於一六一三年；是牧師黛世保的姪兒，曾爲宮庭詩人。他是龍沙的信徒，接受法蘭西文的擁護與發揚的理論。當時馬萊勃的批評法則正爲一般社會所響應，萊尼埃卻大膽地揭起反對派的旗幟。他自己是一個才情充溢的人，他的短詩與諷詩都是獨創一格的，尤其描寫人物有一種活現人性的能力。他這種才能，同時的人誰都不能抹煞，即使如波亞洛那樣與馬萊勃主張一致的人，也爲他的才力所動，贊成他道：『萊尼埃是大家所公認的莫利哀前最能洞悉世俗人情人性的人。』他所寫的諷刺詩可笑的盛筵（Festin ridicule），波亞洛不及他，他的麥舍得（Macette），莫利哀的名劇僞君子，曾由此取得他的人物。惟其他有充溢的獨創的才情，故反對拘泥於嚴格的詩體，而主張無拘無束地自由發展。他作的詩自然而有力，而組織卻鬆散，得與馬萊勃所訂的形式大相違背。他自己如此，同時還爲一般天才詩人與自由詩人辯護，諷刺那些拘拘於形式的人甘爲詩體作奴婢。他學馬萊勃最不相同之點，就是他承認感情與想像的價值，而馬萊勃則除理法與形式外，常否定其他種種文學要素的價值。萊尼埃對於馬萊勃帶着諷刺的口吻說：

冷視那想像者，到自己表現起事物來，
就弄得韻文出之以散文，散文出之以韻文。

他譏諷馬萊勃一方面於散文韻文之間劃着鴻溝，一方面自己又把這界限混和了。後來英國浪漫派詩人裴倫（Lord Byron）爲他造成積極的法則：

箴言與事實都證明，
散文就是韻文，韻文就是散文。

萊尼埃的諷刺詩並不能與一般謾罵者相比，他所本的自由主義個性主義，也有絕大的理由，所以他的主張並不曾孤獨。他被稱爲「善良的萊尼埃」（Le Bon Régnier），就這名字已與「嚴格的馬萊勃」（Le Rigide Malherbe）針鋒相對。他用豪放的筆寫洋溢的詩，馬萊勃責之爲粗鄙的鹵夫；馬萊勃用謹嚴的法則束縛人情智的表現，他譏之爲野蠻的詩律。

亞格里巴·杜弼業（Agrippa D'Aubigné）生於一五五〇年，死於一六三〇年，與萊尼埃同時。萊尼埃是一個舊教徒與宮臣，杜弼業是一個新教徒與軍人，他們兩人的身世雖不同，而作詩的傾向相彷彿，杜弼業的詩在十六世紀末葉比了萊尼埃要純粹一點，而在十七世紀初期則不相軒輊。杜弼業也是一個諷刺家，他著名的作品有悲劇的（Tragiques），世界通史（Histoire universelle）及法納思的子爵（Baron de Faenests），這些作品在體例上可說是擺脫新舊成規之制限的努力。他很力學，而且博學，對於聖經曾下過極精到的研究工夫，他的悲劇的中間的詩句再造了聖詩中鏗鏘的韻律。還有回憶錄（Mémoires de la Vie d' Agrippa d'Aubigné à ses enfants），是他七十六歲時的名作，回憶髫齡時的情景，氣燄曾不稍弱。他晚年因志望未遂，處境不淑，時常懷着焦慮憤懣之氣，所以他的作風充滿着激越的情調；這樣使他的文體不受形式所束縛，而成爲一種誇張的比擬的精粗混合的寫實體。他的詩大多是情感激動時產生的，故文字常有不少的疏漏，但他終不願意改擴自己已成的文字，爲着他認爲文學是人的一時情趣的產物。他是嚮應七星詩社的表白而反乎馬萊勃的法則的，在表面上他雖不反對馬萊勃的法則，而他因受七星詩人的影響既深，他的作法便無形中與馬萊勃的法則相抵觸，他的重要作品雖在十七世紀初發表，實際上卻代表着十六世紀詩壇的精神。

萊尼埃與杜弼業之外，爲馬萊勃之敵手的還有維和（Theophile de Viau，一五九〇——一六二六），他是一個絕對的自由主義者，他作的大部分是謠詩與悲歌，抒情的趣味極濃。他自謂作的詩乃是對馬萊勃的不敬；對於馬萊勃的理論，飛短流長，到處加以誹議。他個性非常強烈，可惜壯年便遭夭亡。

馬萊勃與萊尼埃等正面反面的勢力正在相傾軋的時候，詩壇上還有第三派的存在。這一派詩人是從藍蒲綺夫人的沙龍中產生的，向帶着濃厚的沙龍風味，後人加他們一個名字叫「優麗派」（Précieux）。沙龍中注重優美典麗，中間有些詩人爲要共同誇飾文學形式之美，於是集合成爲一個詩派。他們的主張與表現的特色，是用字的典雅，幷崇尚平凡中的幽默。這個詩派的起來，沒有什麼可取的地方；而他們從意大利、西班牙輸入所謂「光輝及豔麗的趣味，」尙能迎合當時上流社會的心理，所以也佔着相當的地位。

在優麗派中，抒情詩人梅那德（François de Maynard，一五八二——一六四六），是一個很好的代表。他極馴服地接受馬萊勃的謹嚴與精到的原則，主張每首詩應當含有一個圓到的觀念，每節詩應當自成一個單位或段落。他認爲作詩須有恰切的形式，而因爲標準過於嚴格，以後他所作的詩一百行中終有九十行自己不能滿意。他的詩曾採用中世紀的形式如樂詩、戀歌等，加以一番精細複製的工夫，而成爲一種新的形式的詩。法國的抒情詩，到梅那德成了散文式的正確的常識的詩。服亞朱爾（Vincent Voiture，一五九八——一六四八）

理論的貢獻不及梅那德，而在沙龍中的名望卻勝過他。他的抒情詩差不多將十二世紀南方行吟詩人的優美、正確與纖穠的詩歌在十七世紀初期又回復了一次；他這種抒情詩因矯飾過度，既沒有但丁那樣的熱烈的情緒，也沒有沙孚（Sappho）那樣秀麗的作風，他所具體地表現的特色，就是沙龍中雅緻的風味與女性纖巧的趣味。

優麗派最重要的詩人是奧諾萊·歐佛（Honoré d' Urfé，一五六八——一六二五。）歐佛是貴族的後裔，曾因加入政治的陰謀團體而入獄，出獄後與亡兄之妻結婚，得物質上的安定，回鄉間創作。他的牧歌小說阿絲特萊（Astrée）是極有名的作品，這是一個五卷五千五百頁的長篇小說，第一卷一六一〇年出版，後次第刊行，至一六二七年纔出齊。阿絲特萊是以格里尼（Guarini）的斐陀的牧羊人（Pastor Fido）與蒙台瑪猷（Montemayor）的第亞娜（Diana）為藍本的；其中用分析的眼光去描繪法蘭西南部的地方色彩，比空漠的理想界要真實，比了真正的現實界又具有常人所不之見的特質。全篇的情節在描寫着牧人賽德龍與美麗的宮主阿絲特萊的戀愛事節，中間描寫伊的懷疑、他的出走、兩人中的厄境、冒險以及和解團圓的結局。這是舊牧歌小說的布局，而這個小說的情調與音韻等形式是他所獨創的。牧人與公主的身分是歐佛虛擬的，背後代表着某種男子與某種女人，他想像的虛擬有相當的成功，因為有些地方可以看到虛擬的逼真；不過這段戀愛故事終非人間的情景，有類於飄逸的神巫之愛。其中隱隱可以看出法國國內因連年戰亂，人心厭視了眼前的一切，而懷着憧憬世外桃源的心理；在這一點上，歐佛表現出了那個時代的社會意識。

歐佛的小說是韻文式的散文韻文分不出一個明顯的界限。他的作品，最重視的是形式的修飾；這種修飾，包歧爾兄弟（H. et J.Pauthier）名之為一種「衰微的華麗」，就是外表的麗質已超過了內部的實質，而陷於一種虛文的矯作。歐佛的衰微的華麗的作法找到了無數的承繼者他們以形式模倣形式，於是每況愈下，優麗派的末流終至弄得黯淡無光生氣滅絕，迨後波亞洛出來，優麗派遂遇到致命的反對論。

十七世紀的法國，在建立文學批評基準的時期。批評在這時很為朝廷所重視，尤其社會對批評的新原則非常注意；宮廷中研究，沙龍中討論，以至上流社會的宴席上，也都要提出文學的法則作為談資。自從國務大臣呂希留出來，以國家制憲那樣的精神來建立批評的法則以後，批評界有三個大家先後出現：第一個是夏普倫，代表十七世紀初期，第二個是波亞洛，代表這世紀的中期，還有一個是法納龍，代表這世紀的末期。夏普倫是屬於過渡時期的，他的批評大部是關於詩學的，所以這裏先行敘述。

若望·夏普倫（Jean Chapelain，一五九五——一六七四）在批評的進程上，是介於十六世紀與十七世紀中間的人物。他是一個文學界富有資望的耆宿，對於文學理論各方面都曾下過深切的工夫，他所研究出來的批評的名詞，曾在沙龍中公布為大家所公認。他的批評觀不完全是獨創的，有許多是採取了意大利的批評方式。他實際的批評文字並沒有怎樣過人的地方，不過他所貢獻的批評法則，卻有學理上的根據與價值。他對於批評所盡力不少；他曾把戲曲上的一律說通俗化；又曾貢獻意見與法蘭西學士院編纂法文字典；當大主教呂希留向法蘭西學士院提出通過非難高乃衣的大著西特的批評書時，他也被邀作批評員之一，共同參加意見。夏普倫的批評觀是折衷的，既不拘泥於舊的，也不附和於新的，他所持的是批評上的和諧論；因此有人非難他為中庸的兩可主義者。過渡時期的詩壇評論，正在改革的過程中，新舊兩方以及其他的流派各有所主張，他們各有所持的理由，社會也沒一種成見能批判那一方面是眞理，不過對於新舊的絕對論者的主張，都未能滿意，所以夏普倫所唱的和諧論折衷主義，倒也不乏同情的人。而等到波亞洛出來，古典派的批評得到充分的發揮了。

第十五章 古典主義

路易十四親政——思想上大漲潮與文學上大放異彩的時期——古典主義——產生的背景——重商主義的厲行——絕對君權的成立 唯理思想的發達 路易十四向外對內的治業——籠絡人心的策略——絕對主義專制主義與官僚主義之最完全的典型 絢爛的制度文物之潤色 法國王朝的黃金時代——獎勵文學與羅致人才——路易十四精神與當時法人心理與古典主義趣味的和諧 貴族化文學——古典文學爲模倣希臘拉丁文學形式之產物——古典主義的主要特色——理性的——形式的——社會的——一般的——道德的

黃金時代是法國王朝的全盛時代。法國王朝的基業，在亨利第四與路易十三的統治下已有一番創建：國內龐雜的勢力已被削平，政治上經濟文化上都表現出光明的新氣象；尤其國務大臣呂希留對外提高了法國的國際地位，對內發展生產事業整頓文化事業，他在這幾方面的貢獻是很大的，而因爲財政的手段過於缺乏，任意施行，引起了國內許多政治的敵人與宗教的敵人，他的計劃未得實行而他的身先於一六四二年死了，翌年路易十三也跟着徂亡。於是由幼王路易十四（Louis XIV，一六三八——一七一五——在位一六四三——一七一五）登極，因爲年事過幼由母后安奈（Anne d' Autriche）攝政，并授大權與宰相馬柴林（Mazarin，一六〇二——一六六一）。馬柴林在政治上文學上的措施很有功績，而對於社會基礎之經濟卻異常疏忽，終因人望不敷，誘起封建貴族最後的騷擾，卽歷史上所謂佛龍台黨(Le Fronde)之亂；這次內亂表面上是最高裁判所對於攝政和宰相的反抗，實際上是封建貴族對於財政革命的嘗試。佛龍台黨因內部糾紛歸於失敗，而馬柴林的實權也告喪失；宰相的權位不久取消，由王路易十四親政，舉凡政治、財務、軍事、宗教、文學、藝術的種種支配權都操在他一個人掌握中，所以有太陽王(Le Roi Soleil)之稱號。這是政治上最繁榮而統一的時代，經濟、外交、殖民地經營等各方面都有順利的進展，際此天下承平萬民樂業的時候，承前人的開闢，誘導執政者的提倡獎勵，在思想上成爲大漲潮時期，在文學上成爲大放異彩的時期。

在文學的領域表現着法國黃金時代之精神的，是「古典主義」(classicisme)。古典主義文學反映出十七世紀法國社會的種種姿態。這可見古典主義不是架空的產物，我們要徹底明瞭其原委，必須從根株上考其所由產生的背景；下列三項，就是比較最主要的：

一、重商主義的厲行　在文藝復興期，法國已走上商業資本主義之路，而到路易十四的時候，尤其活躍了。路易十四將經濟方面的權衡分一部分給大臣科爾倍(Colbert)，科爾倍幹練卓識，法國近代資本主義有賴於他的地方很多；他爲推進本國產業計，厲行重商主義(mercantilisme ou colbertisme)。一切的經濟設施，都以重商主義爲基礎；他以減輕農民負擔安定農村爲手段，使穀物的出品增加，價格降低，以增加國際貿易的數額，以便利於價廉物美之工業品的產生；他扶植工廠的設立，免除他們的關稅，網羅德、意各國的熟練勞動者來提高本國的工業技術，凡有特殊發明的工業品，許之以專賣權，當時奢侈品及纖維工業發展極速，重工業也有大大的進步，不僅生產的量增加，同時生產的質也精明。科爾倍的獎勵農工業，乃是厲行重商主義的前提，他的目的在國外貿易，維持貿易上的平衡，他爲發展國外貿易，採用開拓法國工業新市場的辦法及本國商業對外貿易的保護政策，且倣荷蘭之例設立東印度公司。法國的貿易在各商業資本國家並未得到如何的利益，而在殖民地市場上卻沾到了不少的便宜。法國這時重視商業，重視商人，商人自成一個階級，封之爲貴族。『法國不但路易十三在一六二七年下詔准富商得爲貴族，就是路易十四，也准許商人進授貴族封號，而不必離棄原操的職業。』

二、絕對君權的成立　重商主義社會下的重要分子，一種是販賣穀物的大地主，一種是發展重工業的企業家，一種是從事奢侈品生產的手工場所有者，這幾種分子可說是大地主與大小資本家；他們在君主政治下是一種特殊階級，與君主合成國家的鏈環。因爲商業國家的重心在商人身上，而商人資本的發展有恃乎君主的幫助，發展商業資本不但須有統一的政府，而且須要一個有絕對權的君主，一方面向破壞統一的封建貴族作極嚴厲的討伐，一方面制定一種有利於商業發展的法律，如經濟學家魁斯奈（Quesnay）所說的：『國家要增加工業生產，須皈依無限法律的規定。這種法律獨斷地決定着怎樣處置生產者的資本，決定着怎樣的人可以從事作工，決定着怎樣分配作工的時間，作工的報酬，又決定着工廠應使用怎樣的原料等等。』在商業資本發展的需要上，必然地使政治上的政權集中化、專一化，實行專制主義（despotisme）。以國家爲單位的大規模的生產，大規模的交易，須要有一種強有力的統制機關。這時握有絕對君權的路易十四就是好像全國的一個主腦，他君臨於一切之上，什麼都可以顧問，文學也無例外地在他掌握中了。

三、唯理思想的發達　十七世紀普遍而主要的思想是古典的唯理主義（rationalisme classique），哲學是唯理的哲學（philosophie rationelle）。歷史家稱這時期的哲學是組織或系統的哲學。這時期的思想哲學都是尊重理智皈依理性的，注重組織、系統、法則的，對於天地間萬事萬物的探討與研究，對於人間制度道德的建設與修養，都以唯理的思想爲出發。唯理思想的淵源很古，理性的尊重是希臘精神的特色，文藝復興時代的古學復興，就是希臘理智精神的復活；文藝復興時代也是理智進化理性發達的時期，他們以自然科學的精神探討天地的本原事物的眞理；這兩個時代的理智精神，就爲這時期所承受，而吞入近代文明的腹中。不過文藝復興時代與這時期的唯理思想源同而質實相異：文藝復興時代的理性方從中世紀的黑暗中醒覺，在睡眼惺忪中尙希求着自由、新奇與獨創，理性與熱情偕來，故其理性不是純粹的；到十七世紀，熱情想像的自由受彀，已是一個守成的時期，對於許多的獨創反覺得是蕪雜而須加以合理合法的整理，規律與法則成爲十七世紀文明的特徵，故理性也是完整而純粹的。文藝復興期的理性爲什麼夾着跳潑的熱情呢？因爲那時商業資本主義還剛在抬頭，第一步必需求得它的自由，用奔騰的熱情突破舊的藩籬；而十七世紀商業資本社會已經穩定，散漫的情緒非但不需要，反是與新社會的成長相抵觸，因爲情緒過分放逸個性過於發達以後容易引起內部的糾紛，這世紀中葉，正值政治鬬爭、宗教鬬爭、國際鬬爭的大亂之後，國境破碎，社會秩序紊亂，於是人心愈加渴望和平統一，以唯理的思想絕對的君權維持社會的安寧，所以唯理思想是順着當時社會趨向的產物。唯理主義者確信智識萬能理性萬能，因爲十六世紀以來科學智識發達，宇宙之謎一天一天揭穿，哲學家遂相信人智是絕對的，不論神祇的本質、宇宙的原理、萬物的祕奧、靈性的玄妙，苟臨之以理性，無有不迎刃而解，於此他們相信理性之力絕對無限，宇宙之間的森羅萬象都受理性的法則所支配。所謂理性本位主義智識萬能主義是時人所深信而不疑；所謂「智識即權力」、「智識卽道德」差不多也是當時流行的口號。唯理思想當時在法國最爲風行，其他各國也很普遍。英國的霍布士（Thomas Hobbes）、德國的萊勃尼茲（Wilhem Leibniz）、荷蘭的斯賓諾沙（Benedict Spinoza）以及法國的笛卡爾，都是唯理哲學大系統裏的人物。

由上三項，我們已可尋出古典主義的淵源。古典主義是商業資本主義高度發展的產物，它是支配於絕對君權之下，而與唯理的思潮相一致的。古典主義文學的發榮滋長與路易十四有極密切的關係，所以關於他自身的行誼和對於文學的創導，有加以細述的必要。

路易十四是一個眼光銳利的君主，有駕長馭遠的才能，好大喜功的性情；他能彀兼用文治武功，應付對外對內的種種治業。路易十四對外的野心是恢復法蘭西的「自然疆界」（boundaires naturelles），就是要把法國的領土擴張東至萊茵河，南至亞爾卑斯山，西南至庇棱尼斯山，西北至大西洋；爲了實踐這個願望，就東征日耳曼，西侵西班牙，北伐荷蘭與尼德蘭，得了法蘭希貢德（Franche-Comte）、亞爾薩斯（Alsace），斯屈拉斯堡（Strasburg）及庇棱尼斯山麓等地，由此他聲威遠揚，時與各國交涉，法蘭西的語言在歐洲外交上成爲通用的語言；從此法蘭西於國際地位上，文化精神的傳播上，加增了強度。對內的治業，他處在世亂紛紛之後，人民望治心切之時，繼着前人統一的基業，利用當時唯理的精神，認淸國家的需要，體察民心的趨向，將國家統一的基業鞏固起來，把膨脹的君權強化起來，整飭社會的秩序，訂定嚴格的法制，以強有力的中央政府實行監督制度或巡閱使制度，使全國的土地、人民、軍事、財政種種權衡，盡操於他一人之手，來完全他絕對主義專制主義的理想；因爲整個國家的一切在他手中，所以他嘗自豪地說：『朕卽國家』(l' état, c' est moi)。他爲完成他的統治，用兩種方法來籠絡人心：一種是以政府的絕對權採用高壓政策，一種利用社會的繁文縟節來加以習俗上的束縛。這兩種方法之外，路易還唱「王權神授」之說，主張以大皇帝代替上帝而支配人心，有違反羅馬舊教的，輕則下獄，施以刑罰，重則立刻取他的首級。所以路易十四是政治上的專制君主，也是宗教上的大教王；所謂政教合一的精神，就是在他統治下實現的。路易十四的王朝，實在是絕對主義、專制主義與官僚主義最完全的模楷；歐洲列國的君主，大自國政的設施，小至社會的風尙，都惟路易十四馬首是瞻。這王朝中所特出的，猶不僅是舉國承平，上下有序的社會，而且還有極絢爛的制度文物潤色於其表面；所以路易王朝的法國，蔚爲莊嚴燦爛的大觀。

路易十四對於制度文物的注意，不下於政治軍事的設施，尤其對於文藝，他特別操心。他平生爲着治業而奔走忙碌，自己並不曾讀多少書，於文藝並沒有怎樣的修養，只是他深知太平時代的君主，賢明的君主，是須要提倡文治獎勵文學的；他一方面在法蘭西學士院充實文藝、科學、音樂、繪畫、建築各方面的建設，一方面又興築莊嚴典麗的凡爾賽宮(Le palais de Versailles)，作爲當時畫家、音樂家、詩人、劇作家的集中點，使巍峨的宮廷中平添着一番人文薈萃的繁華氣象。他網羅各地方的文人藝人，凡是具有文學藝術之才能的人到他宮中，他一律敬之如上賓，准許他們自由出入宮禁，待之如大官，頒給優厚的俸祿。這般詩人劇作家們在他的支配之下，須循着他所認爲最適當的路線發揮他們的才能，創作的風趣須要合於他的脾胃，他且委託他所最接近的詩人劇作家波亞洛、賴西納及莫利哀三人爲他建造正確的批評標準與優美的作品模楷，所以路易十四自命爲當代文學藝術的中心人物。當時一般文學的趣味確可說是路易十四的趣味。路易十四在表面上是一個規矩的、勤勉的、有禮貌的、愛美的、中庸的人物，他一身兼備常識、自制、威嚴、明達的種種長處，對於文學喜歡整齊、明麗、典雅和有德性。這種趣味原是十七八世紀法國人民共通的趣味，而路易十四能完全具備它們，而且由一般文人具體地表現出來，所以當時古典主義的文學，間接是法國十七世紀民族或社會心理的具體化，直接就是路易十四精神的具體化。因此我們一想到黃金時代絢爛的文學，便會迅捷地聯想到路易十四烜赫的功業；文學史家有很多把黃金時代寫作「路易十四時代」，也有寫作「路易十四的黃金時代」，實際黃金時代的文學非出於路易十四一人之力，而是時代社會多方面複雜的產物。

黃金時代的文學，其內質與外形，純然代表着當時法國的特殊階級意識；這種特殊階級包括着帝皇、貴族、僧侶、朝臣、地方官、工商業者、金融業者以及公證人、土地管理人等實際事務家、法官、律師、醫生、教師等自由職業者；他們的重力都積壓在農民身上，農民在此時是一種喪失人權的農奴（serf）。黃金時代的作家，處在宮廷中一致地反映着貴族意識，這種文學無可諱言地是貴族文學。不過他們在優越的環境與生活中，對於文學形式藝術之精鍊，確是往昔所不及的。

所謂黃金時代的古典主義，是一種模倣希臘、拉丁文學的文學。十七世紀的法國人民，在一般的生活上是守舊的，不論政治、宗教、道德，都遵循既成的標準，個人以服從一般的權威的標準爲義務，爲道德，文學也惟有保守着因襲的形式，希臘、拉丁文學的形式。希臘，拉丁的文學注重統一、均齊、平衡、明晰、規律，這時代模倣他們也是以絕對的態度，認爲古文學的一切是最完美的權威，不能有所更易，須嚴格地保存他們原有的形式，像復興期那樣以模倣爲獨創的手段，模倣與獨創幷行的辦法，爲他們所不許。他們模倣古文學不是模倣他們的精神，而是模倣他們的形式，求形式之整飭美麗就是他們的目的。故所謂古典主義，其最基本的特色就是古文學形式的模倣。關於古典主義的特色，在批評家文學史家勃廉締爾(Ferdinand Brunetière)、法蓋(Emile Faquet)、白得勒(Nathleen Butler)與斯屈拉希(Lytton Strachey)諸人的著作中都有明白的解釋；現在歸納起來分如下幾項說明：

第一、古典主義是理性的。古典主義所貴重的是頭，不像十九世紀初期的浪漫主義所貴重的是心。頭是理性的機關，裏面藏着智慧，不比心是情感的泉源，裏面包着熱血。在古典主義者，以爲我們憑最高的理性，就可以表現眞實的境界。美是從眞實中得來的，除了眞沒有美。他們因爲注重眞實，注重理性，對於虛無縹渺的想像的境界以及具有流動與奮性的感情是絕對排斥的，詩人須皈依理性，不能逞着一己的情感與想像；波亞洛這樣喊着：『愛理性吧，使你們的作品從理性中獲得自己的光與美吧。』而且進一步認爲文學是由理性而來的，沒有理性就沒有文學。所以古典派作品，不論在內容上形式上，都以理性爲核心。

第二、古典主義是形式的。所謂形式的就是注重藝術的脩飾：在用字上要避免紛雜或異樣的字眼，在詩體上須有勻整合度的行列，在辭采上須採典雅古樸的調子，在詩律上須有整齊嚴格的音韻，在形式的種種方面訂出了共通的原理嚴格的標準使一切的創作有所遵循，不能逾越這個規矩。他們模倣古代作家學習古代文學的形式，將希臘、拉丁的作家作品當作神聖不可侵犯的典範。這樣使所有的作品都統一在一種固定的法則之下，求形式上整潔明淨的美質。法蘭西文學的形式之藝術，到這時發展到了最高度。

第三、古典主義是社會的。社會的是指當時的文學須要以保持幷完成現行的社會組織爲鵠的。當時的社會注重表面的溫存、文雅、禮儀、節制，文學也從整飭容貌上用工夫。就作者與讀者的關係上說古典派的作者多半是第三身分 (le tiers états) 的人物，受路易十四的榮寵而代表他的意識，他的讀者也多半是上流的閑暇的人們，他們的意識在同一的雰圍氣中，不論創作或欣賞，對於現社會的秩序道德卻是一致尊崇的，而且都把文學當作豐富的社會生活的裝飾；就作品的題材終是以有閑階級的生活之糾葛作爲中心人物，不消說都是與他們同程度的人們。所以所謂社會的，須加一個註脚——統治者或上流社會的意思。

第四、古典主義是一般的。當時的文學既須要是統一性規律性的，必然地會注重一般的表現而排斥特殊的表現，注重普遍性的表現而排斥個人性的表現。因爲特殊與個性足以破壞統一與規律，一般與普遍可以受刻板的邏輯的支配。在作品中，不但情感與想像須要隱藏，思想也要統一在一條路線上。故他們認爲文學不能有個人性，不能有地域性，也不能有歷史性，祇有民族性、社會性、現實性；因爲他們相信帝王是萬世的基業，黃金時代是常駐的，當時的社會具有不變的永久性，沒有所謂歷史上的時代性。這種觀念我們可以在古典派的戲曲中看出——

——「登場人物就自己的熱情來判斷，分析自我的情緒，在大衆前表白自我的信念：在詩歌中，創造着一種抽象的、邏輯的、超時間超空間的世界，在這世界中有一種不屬於任何時代的抽象的人在作爲、在判斷。」古典主義作家希圖造成一個一般的理想，放之四海而皆準，行之萬世而不變；顯然，這是要維持當時的社會秩序與絕對君權的尊嚴。

第五、古典主義是道德的。道德是維持社會生活的規律，有了這種道德，纔能積極範圍人心。當時的社會尙中庸、禮儀、服務、道德，就以這三項爲普遍的準繩。文學既和政治、宗教、社會、道德站在一條線上，自然也代表了這種道德的精神。爲了表現這時代的光明與繁榮，死滅與恐怖等在文學作品中都絕口不談。

由上所述，則理性的、形式的、社會的、一般的與道德的這五項，便是古典主義最主要的特色。這些特色，都是路易十四王朝的宮廷生活與社會生活的反映。對於這時代的精神，洛里埃曾以如下簡賅的二語盡之——「習俗尙極端的，斯文文學懸至高的標準。」

第十六章　古典派戲曲家

古典派三大戲曲家——古典悲劇始祖高乃衣——法國古典悲劇的前景——高乃衣的先驅者——古典悲劇的規律——高乃衣的生平與作品——其悲劇的特色——悲劇緊張的情緒的表出——社會道德精神的發揮——「西特」梗概——高乃衣悲劇的綜合考察——開闢悲劇之路——高乃衣與賴西納間的悲劇家——古典悲劇家代表賴西納——其生平與作品——其悲劇的特色——性格悲劇——弱者的人物——爲情犧牲——三一律之圓滿運用——「安德羅馬克」梗概——高乃衣與賴西納之比較——代表法國十七世紀前後期趣味的變遷——古典喜劇大家莫利哀——他以前的喜劇——莫利哀的生平與作品——其喜劇所表現之主要意識——舊貴族的辛辣諷刺——新資產者的理想表現——「僞君子」梗概——莫利哀喜劇的綜合考察——集喜劇之大成

法國十七世紀的古典文壇有三個偉大的戲曲家先後出現，他們的現身有如戲曲界發見了彗星，爲黃金時代大大地張目。他們三人在世界文學上的地位，不亞於西班牙的賽文第斯、意大利的但丁以及英吉利的莎士比亞。這三大戲曲家是誰？這就是高乃衣、賴西納與莫利哀。

一六三六年法國的戲曲史上發生了一個劃時代的轉變，因爲這一年正值高乃衣的悲劇上場；這個名劇是法蘭西民族意識社會心理最典型的表現，從此一方面結束了以前劇場蕪雜的現象，一方面樹立了法國古典劇的基礎。前乎高乃衣的法國作家，因不能把中世紀粗淺通俗的戲曲與古典形式的戲曲調和一致，故在十六世紀末葉十七世紀初期戲曲的表現遠不如英吉利與西班牙古典悲劇（tragedie classique），到高乃衣纔正式產生；他取了中世紀的通俗易解而棄其神祕與粗雜，又取了古典劇完整的形式而棄其細節的矯飾，他兼具二者之長，故有完美的戲曲創作。高乃衣是過渡時期古典劇的前衛作家，在法戲曲界他是前無古人的，差不多開闢了一個新紀元。不過他於悲劇的貢獻並非獨力創造的，也承受了前人的許多遺產，他的成就乃是戲曲進化史上的一個突變或飛躍。我們爲把高乃衣的地位在歷史配景中看得更明白更透澈，先得注意他悲劇的前景。

中世紀的戲曲，在宗教的濃霧中徘徊着，它們的題材大多是千篇一律的來世天國等不可思議的情節。到復興期，因靈智的覺醒，迷信的霧圍撥開，演劇也起了轉變。中古式的的劇團，當十六世紀初期卽被解散，而劇壇有一番改革，喜劇、悲劇與悲喜劇的形式具有了，而舊有的神祕劇奇蹟劇卻以新的形式改頭換面而出現，改革仍不得徹底，表面上雖似代表古典復興，實質上還是不離中古趣味。此時中古式的雜色戲曲，因爲通俗的緣故，在民間異常流行。迨七星詩社起來，他們以改革詩壇自命，戲曲也在裏面，他們一方面廓清中世紀的趣味，向舊戲曲挑戰，一方面熱心於古代模倣，龍沙、日一虎等紛紛將古典名劇介紹過來；左特兒更是劇壇革命的健將，他倣古典悲劇而創作，形式酷似，其被捕的克雷巴德一演再演，博得許多人的讚美，遂使舊劇的氣運日趨衰頹。左特兒的後繼者嘉彥葉、拉利佛也承着前人孜孜不怠，爲悲劇締造基業，拉利佛翻譯意大利作品而將其趣味法國化，嘉彥葉才情兼具，以詩人之筆創作文字流利氣勢雄勁的劇本，不過他們因缺乏上演的經驗，故古典悲劇的形成雖爲他們所具立，而悲劇的種子尚未有廣大的傳播。十七世紀開始，戲曲上有新的進步，通俗的舊戲曲被取締，古劇與新劇同時並採，他們的表現能同時師習賽納克而與英吉利、西班牙的戲曲並進。至於眞正跨上悲劇之路的，要算哈迭（Alexandre Hardy，一五六〇——一六三〇。）哈迭是一個專業的劇作家，生平作的戲曲在六百篇以上，他的戲曲大概承續希臘、羅馬的古典劇，而於古典劇的法則並未完全遵循，如亞里士多德所認爲悲劇六大要素之一的音樂，他卽屛棄不用，他創作的劇中那種複雜的情節與衆多的俳優，均合不上三一律的規定。哈迭對於一般的人情和趣味非常熟悉，舞臺的經驗也很豐富，而且能以全生命灌注於戲曲事業，所以他在巴黎戲曲界佔了三十年的勢力，可惜他美文學的脩養太差，不能創造一種有力的悲劇，在戲曲上開一個新紀元，而止於爲一個舞台的解放者。後早熟而譽盛的作家麥萊（Jean Mairet，一六〇四——一六八七）繼着補充他的工作，一六三四年涉孚尼絲勃（Saphonisbe）一劇告成，完全引用三一律的法則，悲劇的形質已臻完備，預料偉大的悲劇可不久產生，果然，不久由高乃衣證之於事實。

高乃衣的悲劇出之於古典悲劇的模型，故對於古典悲劇的法則，這裏有插入說明的必要。

古典悲劇的肇始創作者，是希臘的三大悲劇家，卽阿綫里斯（Æschylus）、歐里比特（Euripides）與沙孚克爾（Saphocles），理論的建設者是亞里士多德，他在詩學（Poetics）上定出許多標準與法則，爲拉丁作家所嚴守。亞里士多德認爲悲劇有六大要素：第一情節，第二人物，第三科白，第四情操，第五場地，第六音樂。情節是劇中發生的事情或故事，人物是劇中的當事人，各各表現其性格，科白是人物內在意識的表現，情操是人物行爲的準則，場地就是背景包括台面的一切，音樂是用以伴奏合唱的這六大要素中，他特別注重情節，對於情節的限制最嚴。在情節上有一個重要的定律，就是「三一律」。所謂三一律包括動作一律、時間一律與地點一律；動作一律就是把情節或事件統一在一個目標之下，時間一律就是全劇的情節必須於二十四小時內演完，地點一律就是全劇的情節須在一個地方演完，不能中途更變。這種限制固然不免偏重形式，然而在戲曲上這個規律是很佔勢力的，直到十九世紀初期一直被沿用着。法國古典派戲曲的出現，使亞里士多德的批評法則復活；不過他們又加上了幾種新的規定：題材不能採與現社會毫無關係的史蹟，而須表現貴族社會的生活；文字須要莊嚴典麗，排斥一切俚語俗語，故劇中人多用長篇的獨白少作隨便的對話；在一個劇中不能混着嚴正的與滑稽的趣味，在悲劇中不能同時有喜劇的成分；全劇都要穩重規矩，激烈的行動是不能有的，如果不得已而須有這種行動，祇能由語言或其他行動中間接表現出來。法國十七世紀的高乃衣與賴西納，都循着這些法則而產生不朽的悲劇。

伯多祿·高乃衣（Pierre Corneille）以一六〇六年生於羅昂，他家庭世代充司法官，父親是一個林業調查官，也曾當過律師。他初起在本鄉的中學校求學，每讀拉丁詩人及雄辯家的著作，輒爲傾倒，故在少年時代對於拉丁文的脩養，卽已嶄露頭角。年十九畢業於高等學校，承先人之後，研習法學，於一六二四年正式執行律師職務。律師的職務並不是他所樂意的，不久轉而饅饋於文學，初起作詩，後從事戲曲，律師的事務雖不是他所願爲，而他的作律師於戲曲上却大有裨益，法庭上的辯論須如何有根據，態度須如何自然，議論須如何有邏輯的條理，對話須如何準確清晰，這些特色都成爲他創作的根柢。一六二九年他的處女作梅列迭（Mélite）完成，技巧頗有成就，由此他確定了終身獻身戲曲的志向。他的文名引起國務大臣呂希留的注意，呂希留要用政治的權力監視文學的創作，正在蒐羅人才，見高乃衣才能可取，請他到宮裏來掌理文書，而且與蒲亞洛伯（Boisrobert）、哥答（Cortet）、萊斯多（Lestoil）與洛特羅（Rotroux）組織「五作家協會」（Compagnie des cinq auteurs），由高乃衣任戲曲方面的監督；只是高乃衣生性剛直，對主人的詩文好任意指摘，而他主人又是一個虛榮心很盛的人，不能容忍他的批評，高乃衣知不得主人的歡心，不久離職，重新從事他的戲曲。一六三五年他脫稿了他的悲劇梅疊（Médée），翌年他的悲劇名著西特（Le Cid）上演，他的人望一時大大地提高。這個劇本的成功，引起他過去反目了的主人呂希留的嫉視，而因為西特並沒有嚴格地遵守古典悲劇的法則，所以給他引為非難的理由，以法蘭西學士院的名義對他發表不利的批評，引起了文壇上的軒然大波；但西特的聲譽，社會對高乃衣的歡迎，並不因此減低，每次上演市民仍爭先到場。自得了這樣的榮譽，高乃衣愈加努力創作，先後成了幾十齣戲曲；他因受到過去的打擊太大，處處自己當心，這些劇本的寫法於古典悲劇的法則完全相合，為着他在戲曲上負了極大的聲譽，一六四三年被選入法蘭西學士院，這是高乃衣一生最光榮的時候。此後他仍繼續努力，成了二十餘劇，只是創作的泉源已竭，不能再有傑出的作品，褒聃德（Perthaite）一劇竟達到他意想不到的失敗。此時他境況蕭條，幾個兒子又相繼死亡，使他再也提不起創作的筆。他隱息了多少時候，在一六八四年死於巴黎。高乃衣一生窮困，他常自己說：『我是飽於名譽苦於金銀的人。』

他的作品除上述者外，較著名的有荷來斯（Horace，一六四〇）、西挪（Cinna，一六四〇）、波里歐克

(Polyeucte, 一六四二)、彭伯 (Pompée, 一六四三)、扯謊的人 (Le Menteur, 一六四三)、聃符陀爾 (Théodore, 一六四五)、扯謊者的結局 (La Suite du Menteur, 一六四五)、羅多廣 (Rodogune, 一六四六)、赫拉克迭斯 (Héractius, 一六四七)、亞拉貢的唐商西 (Don Sanche d'Aragon, 一六五〇)、及尼孔沫德 (Nicomède, 一六五一) 諸種。其中荷來斯、西挪、波里歐克與西特同稱爲高乃衣的四大悲劇。

橫在高乃衣許多戲曲底下，有兩個最顯著的特色：

第一表現出悲劇的緊張的情緒。在一種廣大的場面上，其中的英雄都被各種熱力所支配着，情節充滿着此種力與那種力的矛盾與衝突，而造成不可抗的悲劇。如西特中名譽、義務與愛情的衝突，波里歐克中愛情與宗教的衝突，荷來斯中愛國熱情與家庭生活的衝突，西挪中仇恨與恩惠的衝突；人物都在以堅強的意志與陰黯的命運相抗爭中。

第二發揮着當時社會道德的精神，劇中理智與情感衝突，理智得到勝利，大我與小我衝突，大我得到勝利，恩惠與仇恨衝突，恩惠得到勝利。就以波里歐克、荷來斯與西挪三個劇本爲例：波里歐克中的主人公波里歐克是一個羅馬舊教徒，他娶了一個異教的妻子，爲着固執他自己的信念，一次把在祭壇上的一個異教戶神像打翻了，被判死刑，妻子勸他改教以贖罪，他甯願受戮以忠於教條，他這種舊教徒的精神感動了他的妻子，終於他的妻子改信了舊教。這中間表現出信仰的偉大，決不是情感所能移威武所能屈的。荷來斯的主人公是荷來斯，取材於羅馬共和國的歷史家事情由於在第七世紀時，羅馬與阿拉伯邦交失和，各遣戰將開釁，羅馬方面荷來斯及他兩個弟兄三人，阿拉伯方面派了巨峨斯及他兩個弟兄三人，不幸巨峨斯之妹乃荷來斯之妻，荷來斯之妹乃巨峨斯之未婚妻、荷來斯為羅馬在敵陣中殺掉了巨峨斯、凱旋而回，要舉家同慶，但是喪失了未婚夫的他的妹，却不作國家勝利之歡而痛夫君之被殺，他激於愛國的義憤，連把他的妹子也砍掉在刀下，他開始作着沈勇壯烈的獨白：『為國捐軀多尊貴，衆生都願為此死，只是為國犧牲家眷屬，疆場拚死一家人，殺死妻兄又妹夫，為國忠心斷親誼，奪了生命換鮮血，此種節操惟我先。』這表示小我的家族於大我的家族之下是次要的事，犧牲家族而為國家是完全值得的。西挪中的主人公是少男西挪少女愛美兒，他們為奧古斯丁帝所鞠育成長，而奧古斯丁曾殺害他們的父親，在這種新恩宿仇之下，西挪與愛美兒決計想以暗殺的手段謀刺皇帝，皇帝雖覺察出他們的陰謀，但寬恕了他們這是為着孝道，他們終於恩拜皇帝的恩德而放棄了固有的念頭。這表示忠恕之力足以克服深仇宿怨。總之，高乃衣的戲曲終是表現着當時社會所公認的道德降服了另一種關係；他的人物能秉着這種德性斬去外來的葛籐，顯出一種壯烈之力。

在高乃衣許多出名的悲劇中，西特是他的代表作。西特的主題非出於他的創意，而自西班牙的英雄史詩西特採取來的，高乃衣覺得如把那個史詩中粗暴殺伐的場面照樣移植過來，不合當時法蘭西人優雅的風尚，故加以脩改，易西班牙趣味為法蘭西趣味，將歷史的事蹟改為悲劇的情節，以一二要角為中心，以其他雜角為陪襯，以意志的凱歌作為倫理的基礎，描寫名譽、義務與愛情的糾葛。其情節大概是主人公洛陶里尼，為報父仇，殺掉了情人茜茂的父親，茜茂到國王面前要求取得為伊父仇而又為伊情人的洛陶里尼的首級，結果因洛陶里尼為國立了奇勳，被赦免罪名。洛陶里尼是西班牙的驍將，有西特的綽號，威服敵國，題由得名。全劇分五幕三十二場：

（第一幕）第一場：茜茂的女師傅愛爾斐兒告訴茜茂，伊父親高爾瑪伯爵已經允許了洛陶里尼向伊求婚。第二場：公主婀娜卽洛陶里尼的單相思者私寄情懷與他，伊將這事告訴伊的女師傅萊諾兒。第三場：湯棣巨卽洛陶里尼之父將被升擢爲公主的太傅，對於此職心熱已久的高爾瑪伯爵因祿位的被奪，忌惡湯棣巨，當面把他侮辱。第四場：激怒了的湯棣巨在獨白中發洩他的氣憤，因自知年老血衰，要他兒子洛陶里尼報復此仇。第五場：洛陶里尼登場，父親給他說了高爾瑪無禮侮辱的事，命他報仇。第六場：洛陶里尼在獨白中表示左右爲難的心境，他決定爲父報仇，但對方是情人的父親又使人躊躇，最後他認爲要保存名譽非如此做不可。

（第二幕）第一場：高爾瑪伯爵將侮辱湯棣巨的事向湯列西得意地講了一番，說還要這樣來一下，湯列西忠告他，他不受領。第二場：洛陶里尼向高爾瑪挑戰，高初起避他，後來答應了，兩人走向決鬭場去。第三場：宮中有許多人請求追上去把洛陶里尼引開，免得發生正面衝突。第四場：洛陶里尼與伯爵一同從私邸出發的事被侍從告訴了茜茂，茜茂聞訊追蹤前去。第五場：相思洛陶里尼的公主在心裏憂慮着格鬭的情形，但伊想如果洛陶里尼能打勝高爾瑪，那末他將來有尊爲萬乘之君的希望，而伊也就可以做他配偶的女王了，不禁沾然以喜。第六場：伯爵方面又加入了洛陶里尼的情敵湯桑西，國王覩此頗爲不滿。同時傳報摩爾人入寇，兵隊已逼近賽約城，國王下令防備。第七場：傳說伯爵被洛陶里尼所克服。第八場：茜茂哭倒國王脚下，要求父親的仇人洛陶里尼的首級，湯列西因見洛陶里尼年才英俊，不忍他受難，出而辯護；國王聽了二人申訴，因覺事關重大，決付會議仔細調查，一面命湯桑西先娶茜茂。

（第三幕）第一場：洛陶里尼要進茜茂的邸宅去，女師傅愛蘭斐兒阻之不聽。第二場：茜茂伴了湯桑西入室，湯聲言爲女者不能不報父仇。第三場：茜茂把塡膺的憤激感情告訴與愛爾斐兒，伊願殺了父仇的洛陶里尼自己追着情人的洛陶里尼一同死去。第四場：洛陶里尼會見了茜茂，他願把一身的心情獻給伊，兩人對面相思，互歎身世之不幸。但茜茂誓言無論如何終要報父仇，殺了父仇，自己也同歸於盡。第五場：湯棣巨在散步，心裏想着兒子雖爲他報了仇，但是反覆的報仇，怕他的兒子受到不測，心中非常不安。第六場：湯棣巨遇到洛陶里尼，獎讚他的勇敢，安慰他的勞苦。這時傳報摩爾人已攻破賽約城，人心震驚，洛陶里尼想乘機立功，以見赦於國王，使茜茂歸於沉默，毅然出馬，向前追擊。

（第四幕）第一場：愛爾斐兒進來告訴茜茂，洛陶里尼征敵獲了全勝，茜茂雖讚美伊情人的戰功，但終不肯放棄報仇之志。第二場：公主婀娜到茜茂那裏，勸伊垂憐征服摩蘭人的功臣，但沒有結果。第三場：國王賞洛陶里尼之勞，向他詢問建功經過。第四場：傳言茜茂在國王前請求改更判決之件，第五場：國王爲試茜茂的心意，使人告訴茜茂說洛陶里尼已在凱旋的歸途中身死，茜茂聞言痛自己戀愛之命乖，不覺悲傷而昏厥，直到醒來，伊纔知道洛陶里尼安在人間。伊要求他單身使技，湯桑西爲要做茜茂的選手，也要求出場使技，國王同意，並約茜茂須嫁與勝利者。

（第五幕）第一場：洛陶里尼因覺在這次試技中他情人並無保重他的表示，他便希望自己打死，到茜茂的邸宅作訣別，但茜茂却請他保重身體，不要拋棄對伊的愛情。　第二場：公主對於自己日夜所思念的洛陶里尼，暗中讚嘆，爲保全他起見，希望他爲茜茂所得。　第三場：公主在苦悶與悲歎中告訴伊師傅萊洛兒，決心把洛陶里尼讓與茜茂。　第四場：茜茂是知道洛陶里尼的本領的，但爲着掛念與希望，懷着一肚子的愁腸，在愛蘭斐兒前傾訴。　第五場：打敗了的湯桑西掣劍回到茜茂那裏，茜茂見了，以爲他做了勝利者，不待他開言，大罵殺掉洛陶里尼的怨家。　第六場：國王登場，茜茂伏地作悲哀的請願，他願把自己的財產讓給湯桑西，自己入庵削髮爲尼；這時他却出乎意料之外地知道湯桑西是敗北了的。　第七場：洛陶里尼請賜諭這回他用了新手腕已屈服了茜茂的心，因此要娶伊爲妻；國王攜了洛陶里尼的手給茜茂扭成了一對；爲着洛陶里尼的驍勇與智謀，賜以全赦，勸各從國王約言，茜茂須嫁與勝利者。

高乃衣的悲劇中，將英雄的姿態、超凡的行誼構成偉大的題材，而用不朽的藝術形式表現，於當時的戲曲界他是無比的巨星，他的悲劇在法國劇場上佔了兩世紀的勢力。高乃衣的戲曲並非完全是成功的，其中有優越的，也有遜色的，因爲眞正的悲劇在法國還在創始時期，不合三一律的地方自不能免；且因他爲竭力遷就當時法國的國家意識社會意識，有些情節也不免於牽強；故莫利哀說：『我的朋友高乃衣的寫出優美的詩，好像有一個靈感的神陪着他的樣子；如果這個神不在，他作起來便遜色了。』不過無論如何，高乃衣的戲曲已抓住了十七世紀法國人的心理，也已抓住了古典悲劇的特質，不論在內容上在形式上都顯現出一種新的精神，爲法國的戲曲劃分了一個時代。後來賴西納讚美他道：『他從事著作的時候戲曲界還是在漫無紀律的狀態，藝術上的法則已蕩然無存；而他能在這紛亂的局面中獨闢正路，與當時惡劣的勢力相抗衡，以其非凡的天稟予古典文學以助力，使舞台得有合理的曙光表現。』高乃衣是法國古典劇的創始者，被尊爲法國悲劇的始祖。

法國十七世紀悲劇的高潮，自從高乃衣在一六五〇年退隱以後有過暫時的降落，到一六六七年賴西納第一部大著完成時乂捲起第二次的高潮。從高乃衣到賴西納，其間有幾個作家是值得一提的，卽洛特羅、高耐衣與魁諾爾三人。

洛特羅（Jean de Rotrou，一六〇九——一六五〇）受高乃衣的影響，努力劇作；他的感覺性很靈敏，能分析出各種各樣性格的特點；代表作有聖・蓋納思（Saint Genest，一六四六）與凡塞斯拉（Venceslas 一六四七）。

高耐衣（Thomas Corneille，一六二五——一七〇九）是高乃衣的幼弟；他生性見物動情，善於觀察，兼熟習舞台智識，描寫能得心應手，技巧異常圓熟。他的代表作富豪政治（Timocrate），在當時甚爲風行。

魁諾爾（Phillipe Quinault，一六三五——一六八八）是五十年代到六十年代悲劇的代表作家。他作戀愛悲劇，觀察與描寫都很平凡；不過他就將高乃衣劇中的熱力用另一方式發展，如他的薛維思之死（LaMort de Cyrus）已與賴西納的劇相接近，而表出十七世紀下半期的趣味。這是他的特點。

高乃衣是法國古典悲劇的創始者，賴西納是古典悲劇的代表者。

若望・賴西納（Jean Racine）在高乃衣生後的三十三年即一六三九年生於法國北部發特・米龍(Ferté-Milon)他是一個富家子弟，全家是清教徒。他幼失怙恃，由祖母鞠育成長。初起他在蒲佛斯學校（Collège de Beauvais)讀書，那裏地處法國中部，松林池塘風景秀美，他就在那裏脩養身心，訓練教義，誦讀古文；他耽心於趣味性的讀物，有一次因看一部戀愛小說，被主教查出，投在火中，不久他改入王門脩道院的學校研究文學，精讀希臘阿幾里斯、歐里比特與沙孚克爾的悲劇名著，故在年青時即已深種戲曲的興趣。後他與基督教會的僧侶相往來，言行受了他們的影響，爲清教徒的親屬所不容，改入亞爾谷學院（Collège d'Harcourt）。賴西納努力研究希臘、拉丁、意大利的詩歌，自己也喜歡創作；當路易十四結婚時，他寫了賽納河的仙女(La Nymphe de la Seine)一詩去賀喜，大蒙推獎，出校後受朝廷的津貼。這時他在巴黎文學界中認識了詩人波亞洛、拉芳登與戲曲家莫利哀等人。一六六一年賴西納應他伯父之召，往南國故都遊古羅馬勝地，心有所感，歸後作了兩個悲劇世外桃源（La Thélaide，一六六四）與亞力山大（Alexandre，一六六五）曾爲莫利哀所排演；這是試驗性質的作品，並未怎樣成功。一六六七年他的第一部傑作安德羅瑪克（Andromaque）上演，他戲曲的才能已完滿地發揮，立刻轟動了巴黎城，一躍而爲劇壇的寵兒。隨後繼續寫布列丹尼克斯（Britannicus，一六六九）、伯萊尼斯（Bérénice，一六七〇）、巴稼齊（Bajazet，一六七二）、密斯列達德（Mithridate，一六七三）、義斐什尼(Iphigénie，一六七四)與菲特兒(Phèdre，一六七七)諸劇，中間在一六六八年曾寫過一個喜劇名叫爭訟者(Les Plaideurs)。此時賴西納已成爲法國最大的悲劇家，一六七三年即被選入法蘭西學士院。自從菲特兒一劇成功，賴西納大受人們的嫉視，尤其是一般清教徒。他們想出種種方法來破壞他，他們另造一劇混名菲特兒同時出演，使許多人定了賴西納的菲特兒劇的座位而屆時往觀另一種菲特兒，予賴西納以空場的難堪；這種惡作劇，不久爲龔弟親王(Le Prince de Counti)所取締，賴西納的劇場仍未減當日的熱鬧。然賴西納生性嚴正，富有矯氣，動輒發忿，受不起人家的揶揄，即在此時他離開了劇壇，同年回去結婚。法王委他爲史官，曾作散文體的王門脩道院史略(Abrégé de l'Histoire de Porte-Royale)。在一六八九年因受孟德農夫人之請，爲聖薛爾校(Saint-Cyr)女學生籌款而表演，作了一個宗教劇愛思德爾(Esther)，一六九一年又作了一個純粹的悲劇阿達利(Athalie)，這是他最後的兩個劇本。此時他已不願意再出來獻藝，隱居家庭中，以路易十四所賜的養老年金自給，過着靜穆的生活。一六九九年逝世。

賴西納的悲劇，有如下幾個主要的特色：

第一、賴西納的悲劇是性格的悲劇，不是行動的悲劇。他戲曲中的人物大多採自有名的史籍，加以一番改造，分析出他們的地位與性格的關係，考量他們的思慮與情感，以他們的動機、希求與理解決定情節的發展，情節的本身佔着客體；因此劇中佔着主要位置的是獨白、對話與反覆的自省、冗長的討論。他的努力就是要將劇中人的心理相互交通，彼此和諧一致，俳優於演劇的時候如歷實生活，忘其在演劇，觀衆於觀劇的剎那如見眞境界，忘其在觀劇。

第二、他所描寫的悲劇中的主人公大多是情感豐富的人，他們的理智與判斷力遠不如高乃衣劇中的主人公。高乃衣劇中的主人公常能以堅忍不拔的意志跟惡劣的命運相決鬬，而顯出一種崇高的精神、偉大的魄力；而在賴西納劇中的主人公卻非常平凡，其全生命常在感情的衝動中，他們的意向模糊不定，他們大多數是弱者，在命運之神的巨臂中，無可奈何地作着無力的掙扎，個人沒有一點力量足以違抗不可抗的命運，這在安德羅瑪克與菲特兒中都可看到。

第三、賴西納劇中主人公不幸的結局，主要的是爲着情慾而犧牲。他對於人物的心理分析，具體言之，實在就是戀愛心理的觀照。這些人物之所以爲不幸的命運所支配，是由於情慾的爭奪。他的悲劇好像荷馬的史詩再生，中間一個美婦人往往爲不少男子所愛着，他們中間時常引起醋意的爭端，不幸的災禍隨着都臨到他們頭上，而所有戀愛的人全有爲愛情犧牲的決心，這種澈底的戀愛註定了他們悲慘的命運、不幸的結局。賴西納所寫的愛情，其關係總是錯綜複雜的，多角形的，而中心的美婦人卻只有一個，所以旁人的命運常由伊而轉移。賴西納的描寫愛情有獨到的功夫，我們看他劇中許多人的捧入戀愛中作愛情的俘虜都是自然的，其犧牲也是甘心的。

第四、他運用希臘悲劇上的「三一律」非常純熟，情節能在短促的時間顯出其從容的發展，因爲他以性格決定情節，故自然而貫串人物的動作很迅速，故情節也來得緊湊，在固定的地點，也可表演無缺。他劇中的人物不多，動作也很齊一，使人看到頂點的時候，心情緊張，沒有其他夾雜的動作足以常攪注意的集中。三一律是一種戲曲上嚴格的法則，一般天才的作家要就範他，都有遮了頭露出脚遮了脚露出頭的弊病；而賴西納卻在劇中與這個法則亦步亦趨，毫無勉強的痕跡，這好像並不是他的戲曲根據了這個法則，而是這個法則從他的戲曲中得出。這種古典悲劇的完滿的形式，只有賴西納纔能做到。

此外，賴西納在辭采上也有精到的工夫，他那種豐腴精緻、華麗而和諧的韻文，實在是黃金時代脩辭的代表。我們往往能從簡單平易的字句中獲到深刻的印象，譬如他說的：『但是死亡還在那兒閃避他的偉大受欺的靈魂。』（mais la mort fuit encor sa grande âme trompée），這一句話簡直已囊括着整個悲劇的意義。

賴西納的最大傑作與最能代表他的悲劇的特色的，是安德羅馬克，這個劇的題材取自荷馬的伊里亞特（Iliad）、歐里比特的安特洛馬格、賽納克的安特洛馬格與味吉蘭的歐尼德描寫古代的戰爭與愛情的糾葛，表現愛情的俘虜在不可抗的命運之下掙扎，滅亡。其間人物爲數不多，搆成的情節卻很複雜；其簡單的故事如下：

處在中亞細亞的特洛伊城，爲希臘軍隊所圍困，堅守了十年，卒爲敵方的親王比魯斯用奇謀攻陷，其驍勇的愛國英雄海克多終以身殉難，留下他年青的寡婦安德羅馬克及年稚的孩子，爲敵方比魯斯所擄去。比魯斯是一個年青而未婚的男子，見到安德羅馬克那樣傾城的美貌，決心佔爲己有，向伊熱情求愛，但對方的寡婦與伊先夫海克多恩情頗篤，而且品志堅貞，不爲所動。比魯斯這樣熱心向人求愛，顯然已將訂約了的未婚妻亨彌紅置之腦後，亨彌紅是一個美貌的少女，正爲另一個男子奧勒斯熱愛着，而伊並不愛他，這樣多方面衝突的危機潛伏，不幸的臨頭已經註定。其時希臘人乘大勝之威，要把敵方的種子斬草除根，將在掌握中的海克多的稚子殺死，以杜後患；但比魯斯迷惑於這寡婦的姿色，不肯下手，而想利用這機會來實行要挾手段。他知道安德羅馬克是立志守寡而却最愛伊的稚子，所以向伊提出條件，不是嫁他便是殺害他的稚子；但是伊既不願意破壞貞操，也不願意犧牲兒子，心裏兀自躊躇，後來想到姑且答應他結婚，而婚後即行自盡，這是貞操與稚子兩全的辦法。比魯斯要娶安德羅馬克的消息爲他未婚妻亨彌紅所得悉，伊使大興醋意，妒火勃發，立刻利用單戀伊的男子奥勒斯去謀殺伊的未婚夫，幷口頭允許這男子殺了他就跟他；奥勒斯爲了實現他畢生的夙願，決計冒了大不韙去實行。結果比魯斯被殺了，但亨彌紅見伊疼愛的人兒已死，一時悔恨交幷，撫着屍體發狂，終於自殺。在閉幕時台上祇剩着奥勒斯一人，殺了人不見功，非但所愛慕的人死了，而且犯了莫大的罪名，他還有什麽活着的趣味與可能呢？

看了高乃衣的劇再看賴西納的劇，其間怎樣可以看出法國十七世紀前後期文學的變遷。在高乃衣的劇中，還有不少封建領主的殘餘勢力在絕對君權下作最後的掙扎，所以劇中不能免除市民的鬬爭英雄的爭風等殺伐的事件；但在賴西納的劇中，鬬爭的事件早已結束了，我們所看見的只是功成的帶動者與安穩過活的市民階級，他們在宮廷中心的社會中只有享樂以及性的追求，豔麗的貴族婦女變成這時的中心人物，社會對於女性比男性更注意，故賴西納劇中寫女主人公的典型也要比男子的典型完美得多。這時代的推動，使高乃衣與賴西納各各代表了不相同的特色。就題材說；高乃衣的劇中多豐功偉烈的事績，賴西納劇中多纏綿悱惻的情事。就人物說：高乃衣的人物常採羅馬史上的英雄，賴西納的人物則取希臘史上的美人；前者對其人物有勉勵其上進的意味，後者對其人物有敬而憫之的態度。在情調上，高乃衣的劇充滿着壯烈雄大的氣勢，偏於激越，略近浪漫主義，賴西納的劇含有嫺靜、婉和的趣味，比較平淡，略近現實主義；故在風格上，前者是剛健而陽氣的，後者是典麗而陰性的。至作劇的藝術，前者略有超出古典悲劇的法則處，後者能恰到是處地適合法則。總之，我們在高乃衣劇中所看到的是力，在賴西納劇中所看到的是美；這是因為前者在古典主義開始時代，須要以力來創造，後者在古典主義穩固時期，須要以美敷飾外表。他們兩人之比，正像希臘悲劇家阿幾里斯與莎孚克爾之比。

當賴西納的悲劇剛剛為世人所注意的時候，比他長十七歲的喜劇家莫利哀在劇壇上早已顯赫其聲譽。他在喜劇上的地位與前者在悲劇上的地位無分軒輊，論才智後者且超於前者。賴西納的悲劇是典型的法國趣味，而莫利哀喜劇的趣味則比較是超民族的、國際性的；所以我們如果問法蘭西人你們最偉大的戲曲家是誰，他們準會提出賴西納，如果問其他各國的人問法蘭西最大的戲曲家是誰，他們大概會說這是莫利哀。

莫利哀從龐雜參錯的戲曲界中創造出合理的喜劇，正像高乃衣的創造合理的悲劇。他為散漫的劇員立出一種有機的組織，為零亂的描寫提出一個心理分析的方法，為喜劇的各種雜碎的動作指出一個系統的結構；簡單的說，他要建設起一種喜劇正確的觀念以控制喜劇合理的行動。莫利哀以前的喜劇，在十六世紀是一些民衆的喜劇，還有左特兒與拉利佛介紹的意大利喜劇（comédie italienne）；前者除以世俗趣味給一般無知民衆解頤外，別無意義，後者採鄰國成功的喜劇之長，於法國新喜劇不無微小的貢獻。十七世紀初期的喜劇則分成兩個系統：一般通俗的專業劇團，仍沿着中世紀的道統；一般比較有研究性質的喜劇大都以普魯圖（Plautus）、泰倫斯與亞里斯多芬（Aristophane）諸家的劇本爲模楷，劇中有複雜的情節與典型的人物。其時有幾個聲名較著的作家如聖・蘇林（Desmarets de Saint-Sorlin）與斯卡隆（Scarron）等都在喜劇的園地中耕耘過，他們從中世紀、意大利、西班牙各方面尋求喜劇的源泉，比以前確要進步得多；但是嚴格地說來，他們的成功還是非常有限，因爲他們的喜劇沒有一個中心的標準使各方面的語言動作系統化起來。高乃衣也寫過喜劇，他的扯謊的人師法西班牙亞拉孔（Alarcon）的作品，使用精心的寫實方法作喜劇，表現出那時巴黎社會實際的人物、背景及事件，其觀察與描寫的手段都能自成一法，不過在舞臺的表現上及喜劇其他的必要條件上看來，也是失敗了的。這個時期固然不曾產生重要的作品，而在喜劇進化的歷程上終是已從混亂幼稚的狀態中趨向於澄清與合理的途徑。不待說，這種進步爲莫利哀的新喜劇作了前鋒。

莫利哀（Molière）的真名叫若望・巴第斯德・坡格林（Jean Baptiste Poquelin），莫利哀是他的筆名與俳優的名字。他以一六二二年生於巴黎，這正值莎士比亞死後的第六年。他父親是一個宮中的裝飾師，又是路易十三的貼身隨從。莫利哀年少時在教會設立的克萊蒙中學（Collége de Clermont）習法律，父親希望他成就一個律師，而他因小時常跟外祖父看笑劇，對於戲曲已養成了很深的興趣；在學校裏於功課餘暇，常細讀古典戲曲作品。出校以後，從蓋生特（Gassend）研究哲學，大受他老師的影響，這種學理於他一生的思想行動，隨處有決定的痕跡可尋。不多幾年，他父親害病殘廢，爲了生活，他不得不在皇帝身邊去接差事。一六四一年他跟着

路易十三到冷克陀 (Languedoc) 遊歷，回巴黎後，他一心致力於笑劇，這時他纔二十歲；結合了許多青年同志，在聖·日爾門 (Saint Germain) 搭起臺來自稱大戲院 (Illustré Théâtre)，作演劇的嘗試，不過這些笑劇非常幼穉，嘗試不久失敗，且負了一筆債，被拽入獄。出獄後他離開巴黎，往各省飄泊，幹着遊方演劇者的生活，一連足有十年，流浪的苦痛，人間的辛酸，試嘗殆遍。一六五三年他第一個合規的五幕喜劇輕佻人 (L'Etourdi)，在里昂排演，接着又從里昂到冷克陀，這時襲弟親王在貝錫 (Béziers) 掌管冷克陀國，傾慕他的才能，要請他當祕書，莫利哀卻回絕他道：『王爺，我是個過得去的著作家，也許是個低能的祕書人才。』一六五六年他步行回到巴黎，襲弟親王在歐闌公爵 (Duc d'Orléans) 前保薦他，他的劇團就稱爲「王爺班」；他演高乃衣的劇本，得了路易十四的垂青，且指定他爲王爺班的班長，馬柴林更爲他設置了皇宮大廳 (Palais Royal) 給他們排演。這時莫利哀作了一個有名的散文劇裝腔作勢的婦人們 (Les Précieuses ridicules, 一六五八) 諷刺貴族婦女的脾氣。從一六五八年到一六七三年，莫利哀一共編了三十七個劇本。他仿泰倫斯於一六六一年，編成一個有教育意義的劇本良人學堂 (L'Ecolo des maris)，翌年又作姊妹篇夫人學堂 (L'Ecole des femmes)，他的榮譽於是一天一天擴大。他並不因盛名而懽喜，仍不斷地努力作劇，先後又成唐璜 (Don Juan, 一六六五)、逼做的醫生 (Le Médecin malgré lui, 一六六六) 與憤世者 (Le Misanthrope) 諸劇；由憤世者一劇，莫利哀被推爲法國最偉大的諷刺詩人。此劇內含有很深刻的哲理的描寫，當時人雖多讚美它，而少人完全了解它的。一六六七年僞君子 (Tartufo) 出版，是莫利哀在戲曲的地位上登峯造極的時候，另一方面也是最被人嫉視的時候，一般舊貴族與僧侶因他們的虛詐與僞善的醜態爲莫利哀在劇中赤裸裸地揭出，於是羣起反對，說這種肆意侮辱有乖禮儀與倫誼，禁止他再行排演；不過執有絕對君權的路易十四，是他一個熱心的保護者，終於替他把禁令取消了。

莫利哀是一個身體魁梧的人，赤糖色的臉，濃厚的睫毛下藏着閃鑠的兩顆眼睛，這副形貌最適於滑稽的表情，而且代表着他一部分的個性。他爲人忠厚樸實，對於戲曲無時無刻不在求進步中，一連十四年，劇作家、俳優、劇場導演都要輪到他來幹。每逢凡爾賽節（Les Fêtes de Versailles）宮廷狂歡的時候，他總要出來演劇助興，所演的劇是他自撰的歌劇、牧歌劇、神話劇等，其間描寫着神話中的天神仙女，以與眼前的理想化了的貴人相比擬，他以此能迎合宮廷的趣味，博得了王公卿相的無限歡心。可是他以積勞之身不肯休息，當他排演最後的喜劇想像的病（Le Malade Imaginaire，一六七三）時已感不支，左右勸他休息，他却答道：『這般可憐的工人將怎樣過他們的日子呢？若是有一刻工夫我不替他們掙麵包，我將怎樣對得起我的良心呢？』他這種過分的慈悲與倔強，終於縮短了他的生命。一次他正在排演想像的病，忽然口湧鮮血而不省人事，時在一六七三年。

他的作品非常豐富，除上述者外，其餘著名戲曲還有輕佻人（L' Etourdi，一六五三）、卑劣的人們（Les Fâcheux，一六六一）、強制的婚姻（Le Mariage forcé，一六六四）、醫生的愛（L' Amour médecin，一六六五）、若莉達公主（La Princesse d'Elide，一六六四）、西西利人（Sicilien，一六六七）、慳吝人（L' Avare，一六六七）、安斐屈里翁（Amphitryon，一六六八）、波素涅先生（Monsieur de Pourceaugnac，一六六九）、布爾喬亞的紳士（Le Bourgeois Gentilhomme, 一六七〇）、闊綽的情人（Les Amants magnifiques, 一六七〇）與高乃衣及魁諾爾（Quinault）合作的潑西顯（Psyché, 一六七一）、史嘉本的詭計（La Fourbries de Scapin, 一六七一）及女學者（Les Femmes savantes 一六七二）等。他喜劇中最有名的有四個，即僞君子、布爾喬亞的紳士、慳吝人與憤世者。

黃金時代的法國戲曲，顯然地表現着兩種平行的意識形態：悲劇具體化了當時法國帝王宮廷貴族的意識，喜劇具體化了當時法國商工業資產者的意識；前者見之於高乃衣、賴西納的戲曲，後者表現於莫利哀的戲曲；這種意識形態的表現，尤以莫利哀的喜劇中爲露骨。他的喜劇表現着新社會與舊社會尖銳化的矛盾及新社會對於舊社會高度了的憤恨，莫利哀以他自己階級的立場不時插入發表自己的意見。橫在他許多喜劇之下，我們明顯地可以看到如下兩種最主要的意識：

第一是舊貴族的辛辣諷刺。以資產者出身而同時博得太陽王歡心的莫利哀，對他處在異階級而爲他自己階級利益障礙者的貴族，擺出極嚴厲的態度清算他們的罪惡。在他喜劇中的貴族沒有一個可過得去的，都是虛僞、淺薄、傲慢、欺詐、無恥，而且最後終是失敗了的，裏面有無恥的有爵位者，有奸邪的貴族公子，有交際界無行的蕩婦種種。如在夫人學堂中，一個由爵位而得有家私的富翁阿爾諾夫，容許擔任一個無所依靠的少女愛厄絲的給養，他的動機並不是在發慈悲之心周濟人家，而是貪戀伊的姿色，他想把這少女佔爲己有，施出強制的幽禁的手段，但愛厄絲已有所鍾愛，那伊鍾愛的福拉斯英年多謀，用計娶得了伊，心勞日拙的阿爾諾夫終於不能得逞他的野心。至唐璜中主人公唐璜以貴族的身分而爲流氓、好色鬼，以獵得年輕美貌的婦女爲無上的快樂，到處姦佔人家的婦女，祇要年輕貌美，其他一切不問，他常向僕人們說：『小姐、婢女、主婦都好，給我帶來吧。』但是這種無恥的舉動爲隨處所不容，他垂涎於某農民之妻，農民卻揭破了他的野心說：『你以爲自己是一個貴族，可以到此地引誘我的妻子嗎？』他這種荒唐的行爲給他父親得悉時，又被大罵一頓：『貴族是這樣幹的嗎？你們以爲有了身分、錢財就可爲貴族嗎？有身分而無氣節，有何價值？』他這種下賤的行爲，甚至被僕人也責難：『你以爲僅僅頭戴羽帽，身穿金呢袍，佩着鮮明的衣帶，便可自命不凡，行無所忌而無人可指摘你嗎？』再在憤世者中描寫一個資產者的君子人，一心要崇正鋤奸，鏟除貴族社會的虛文，而他卻偏娶到了一個虛僞淫蕩的寡婦爲妻，而且給貴族社會所染指，這種使他憤世嫉俗，一方面對貴族社會作無力的反對，一方面要在世上找一個與他同道的潔身自好的君子人。這個劇是莫利哀從自己生活中體驗的結果，中間有他化身的人物，對於貴族的憤恨格外嚴厲。總之，莫利哀的喜劇對於舊貴族的大聲攻擊是沒有一處肯放棄的；他用以攻擊的武器就是辛辣的諷刺。

第二是新資產者的理想表現。在消極的方面反對貴族社會的莫利哀，在積極的方面竭力造成資產者合理的典型。他昭示資產者不要追求上流貴族的幻影，不要倣效他們的禮儀風習，也不要以與他們婚姻爲榮譽。資產者中染有這種陋習的，莫利哀同樣加以嚴重的指摘。在所指摘的諸種惡習中，他對於金錢使用問題與家庭婚姻問題發揮得最透徹。在慳吝人中，描寫一個富裕的資產者阿伯聰，他是一個守財奴，把金錢看作生命大宗的銀財，不是放在家裏，便是拿出去放重利，對於一切正當的用途他都捨不得拿出錢來。他既不肯拿錢幫助他兒子的前途，坐使他在外借債，吃人家的重利；他又不肯拿錢為他女兒備妝奩，坐任伊嫁一個窮措大，過去受苦；他自己愛着一個女人瑪莉婀娜，想娶伊為繼室，也不肯拿錢出來，寧可婚事作罷；這種慳吝態度是無比的。有一天他兒子用計使僕人竊取他寶藏着的大批銀幣，向他訂條件，如他願放棄瑪莉婀娜，把伊嫁給他兒子，則銀貨可望送還。他雖寸心戀戀着這個女人，但金錢畢竟是他惟一的生命，所以只有答應。對於這種心中只有金錢而犧牲父道與愛情的人，莫利哀表示無限的痛惜。在裝腔作勢的婦人們中，描寫資產者的少女瑪若弄與嘉淑絲兩人，慕着貴族身分的高貴，抱有極大的虛榮心，會有兩個良好的青年來求婚，伊們看他們的裝束平凡，便不客氣地拒絕；但這兩個青年卻異想天開，遣了兩個僕從，加以華美的裝束前去搭訕，伊們以為貴族公子來了，慇懃出見，傾談衷情，突然給兩主人來揭破假戲，兩女子一時羞憤不可言狀。這表示資產者女性心中門第的幻影崇拜何等的牢固而無意義。女學者中更表示資產者女性受了學問裝飾的毒，而不願結婚的錯誤。其中一個資產者家庭裏有他的夫人與年輕的二女阿曼德與安麗德；長女阿曼德與他的夫人都自誇女學者，看不起凡人，而異常虛心地尊重一個能詩的偽君子，以為惟有他是值得交際的學者。當時有一個青年人向阿曼德求婚，伊卻置之不覆，一待三年，青年又移愛於次女安麗德，這事已得其父親的應允，而其母親卻一心要將次女嫁與認為有才學的偽君子；但二女的叔父已看穿偽君子的原形，寄信給他，佯言家中已告破產，偽君子見無利可圖，戀愛與婚姻就不再談，逕自走了。這時偽君子的原形畢露，全家悔恨不已，次女即嫁與那青年。這些喜劇的用意無非要教示資產者克服那陳舊的貴族意識，而養成他們自己的意識。莫利哀所理想的資產者典型，是在社會上能盡國民的義務，在家庭中能為良夫賢婦的人物。

莫利哀的喜劇中，情節最生動，結構最緊湊，表現最精到而上演最成功的是僞君子。這個劇諷刺的對象並不在封建貴族而在與封建貴族一丘之貉的僧侶；這是因爲莫利哀在當時眼見到日休德派僧侶那種破戒無行的舉動，心有所感而作的。在裏面我們可以看到披起袈裟板起道學面孔的人，既愛黃金又愛美人，闖入純良的資產者的家中，非但要奪取家私，而且想奪取人妻。其情節如下：

全劇是劇中的主人公僧侶泰吉夫與資產者奧爾根一家前後糾纏的事實。奧爾根的母親迷信於泰吉夫，伊頑強地與奧爾根的後妻愛綿爾、兒子德謀、女兒瑪麗並愛綿爾的哥哥柯倫及侍女爭執，竭力讚美泰吉夫的高德，爲他在眼前罵他僞君子的人前面辯護，說着：『奧爾根把泰吉夫請到家裏，這是好意呵！泰吉夫是秉了神的意志，一切都是清潔無穢的。』後待伊出去了，留在屋裏的柯倫德謀和侍女等人，大家都談着奧爾根對這個僧人泰吉夫，不免信仰過度。德謀要求他的舅子柯倫在他父親面前勸他對於他姊姊瑪麗的婚事，既有波萊爾這樣的情人，不要固執成見。柯倫進言勸他，對於泰吉夫不要過分熱心了，說他是一個似是而非的宗教家，表面假裝熱誠，貪求妄慾藏在心裏，對人對事都是取虛僞的愚弄的把戲，眞正的信心與節操是全沒有的，而奧爾根並不聽從他的話，仍然篤信着泰吉夫的崇高；於是柯倫歸於沈默，暗暗歎着他爲他人的虛文與外表所欺騙而執迷不悟。

奧爾根一心勸他的女兒嫁給泰吉夫，在旁的侍女卻插嘴道：『這末一副大家閨秀的身分與才情爲什麼要招一個討飯和尚作女婿？而且委身於一個修苦行的人，尤其是不宜的。』奧爾根非但不聽伊的話，反把伊罵了一頓。在這差不多的時間，瑪麗的情人波萊爾走來，見景大疑，彼此幾至決裂，後來經侍女在旁婉言轉圜，纔解釋了誤會。這時卻激怒了瑪麗的弟弟德謀，他也最討厭泰吉夫，立志要破壞他與姊姊的婚事。一次他母親獨坐房中，泰吉夫走來了，房中祇有他們兩人，德謀匿着傾聽。泰吉夫說：「爲了你，我已向神禱告，情願把我一生來作犧牲。」并且還說了許多對愛綿爾無禮的話。當伊向他談起女兒的婚姻問題時，他卻慨然說道：「我已發見更能誘惑我的人了，世上只有你是我所傾心的。」他儘讚揚伊是美的天使，說什麼我的一生休咎都隨着你的心轉動；愛綿爾卻婉言拒絕，而且希望他不要爲伊女兒與波萊爾的婚事作梗。這時在旁傾聽的德謀忍不住地出來辱罵了他一頓，而且將這事告訴他的父親。誰知奧爾根非但不信，且向德謀聲言已奪去了你的承繼權，不許再上門。而泰吉夫卻從中僞善地說：「請你原諒我，看着你叱咤無辜者的痛苦。」又說：「爲了我，使尊府一門不安，我還是清白地走爲上着。」奧爾根再三勸阻，泰吉夫纔道：「謹從尊言；但將來自當謹愼，在尊夫人前，也當規避。」奧爾根反懇求他不要生氣，請他時常過來，而且要招他爲壻，繼承他的業產，求他答應。泰吉夫念着「神的慈心，」兩人作了婚書。

舅子柯倫見奧爾根如此信任這僭人，只得遷就，對德謀的被逐向泰吉夫請爲緩頰，而泰吉夫倒說他冒言直衝，犯了神怒，無法轉圜；於是柯倫大罵奪人嗣產的賊。這時愛綿爾、瑪麗等都請柯倫想法破壞當夜的婚禮，奧爾根自謂婚書已立，不願翻變；但實際上破壞婚禮的計謀卻已伏下了。當夜泰吉夫到後，愛綿爾佯作歡喜地說：「如今我將坦白地報答你的盛情了。」泰吉夫說：「使你快樂，這是我最大的義務；如蒙靑垂，這是我最大的幸福。」愛綿爾更是甜言密語，弄得泰吉夫心醉神迷。愛綿爾說：「但是你要知道神的審判是可怕的。」泰吉夫卻說：「那有這樣的蠢事！只要不是公然守着祕密，那末天大的罪惡都是不要緊的，因爲祕密的罪惡，就不是罪惡了。」說罷要摟住愛綿爾。從然奧爾根出現了，罵道：「幹什麼？獻身神明的人膽敢如此欺騙我嗎？你這豬狗不如的畜生！」逼他即刻出去。但這時泰吉夫也突然變了態度，說「答應出此屋的是你，何得假裝主人面，這屋是我的所有。」他反厲罵了一番。奧爾根急得只是頓足，忿怒、悔恨、羞慚、畏懼，一時俱來。

他所畏懼的是友人有一個祕密箱子存在他處。他到此完全醒悟了，向柯倫謝罪，把劣跡向家人訴說，而且說「泰吉夫竟要奪我家宅財產，橫掃我一家老少了。」他母親還在不信。而警吏們卻跑出了，勒令奧爾根將家私交出，說這是泰吉夫的所有，證據在此，不由奧爾根分說。同時波萊爾趕來，勸告家人速避，因爲賊僧在陛下前誣你破壞刑法，作了亂臣賊子的幫伙，那祕密箱子，便是彈劾的證據。當場泰吉夫使指着奧爾根說：「國王陛下的判斷，宣告你已是入獄之身。」奧爾根反叱道「不知恩義的小人，忘了在窮途悲苦的患難之中的拯救嗎？」泰吉夫還在假仁假義地說：「此恩不忘，但是忠君義務，當爲第一。」衆人都圍住質問他，他還是擺着神學家的態度說：「任你們怎樣喜笑怒罵，天地神祇臨之在上，我什麼都忍受。」說罷要求警吏執法，但是警吏的繩索卻轉向他頭上套，他們倒向奧爾根安慰了一番，訴說泰吉夫罪狀暴露的始末，並說陛下秦鏡高懸，不容彼作僞賊子漏網，而你因友蒙罪，非出本心，特赦無罪。於是大衆在感謝王恩之下，以驚喜的目光送着那被拘了的假道學惡僧泰吉夫。

莫利哀的容受性異常廣大，舉凡中世紀以來的本國喜劇，希臘、拉丁的古代喜劇，以及西班牙、意大利的喜劇，都能兼收並蓄，所以他集古今喜劇的大成。他又能以卓越的才具站在新興社會的立場，用銳利的眼光，對於當時社會的一切現象，加以極精確的觀察。他的喜劇名爲性格喜劇，注重人性的分析，對於人物的職業、屬性等，都表現得恰稱身分。他喜歡發掘某社會層人共通的弱點，加以淸算或加以糾正；他又喜歡將當時代社會的德性擬人化，故所描寫的理想人物是一般的、典型的。他在各社會層中，發見了人生的眞相，而且表現了眞正的人生。他的喜劇中有現實界，有理想界，他的許多作品綜合起來，乃是路易十四統治下十七世紀法國社會生活的縮圖。莫利哀的喜劇不但內容充實，形式也特別精彩；他的語法洗鍊，各階級層的用語能恰稱身分；其中對話的機智、動人，又是同時代人所不及的。他一身是傑出的編劇家，又是熟鍊的俳優，所以除了初起的作品外，他的劇上了舞台沒有一個是失敗的，卽使表面似乎平淡的劇本，而一上舞台，卽見特殊的精彩。在十七世紀的法國文壇上，莫利哀是一個最偉大的人物。後世批評家尊他爲沙士比亞後的第一近代戲曲家，這並沒有誇張的意義。

第十七章　古典派詩人

詩人兼批評家波亞洛——其生平與作品——其性格與精神——詩的特色——「吟詠臺」的體裁——詩與批評打成一片——諷刺詩集與惡俗作家的罵倒——詩簡詩集——「寄西奈萊侯爵」引例——「詩之藝術」大意——眞實理性及自然的尊重——批評的獨斷態度——以一般概特殊——批評法則成爲金科玉律——寓言詩人拉芳登——其生平與作品——自然詩人的姿態——「寓言詩」是十七世紀社會的滑稽畫——禽獸的人物與自然的背景——諷刺與教訓——形式的精巧與複雜——「狼狐聚訟於猴前」及其他——普遍的讀物——啓示——俾路德

過渡時期的詩壇，還在積極的改建中；馬萊勃那種嚴格的改革辦法，得到不少人的同情，而反對論也從各方面鵲起，介在中間的尙有自由主義、折衷主義等，不時引起論爭。這時期澄清的工夫已下，而龐雜的局面還沒有結束。到一六六〇年路易十四親政，緣政權集中的胎成，完成了詩壇統一的機運。波亞洛猶如文學上的立法者一樣，釐訂古典文學的種種標準，使龐雜的趣味不再發生，確立了詩歌共通的精神。在黃金時代的法國文壇上，與古典派戲曲家發揮着同樣異彩的，古典派詩人，就可以波亞洛與拉芳登爲代表。

爲法國古典文學精神指導者的波亞洛，上面已屢屢提到他的大名。法國古典主義理論的建設工作，開始於馬萊勃，而完成於波亞洛。他們兩人同樣有嚴正而剛直的性情，同樣爲詩人兼批評家，且致力於古典文壇的開闢；

不過波亞洛在文學史上所享的盛名遠過於馬萊勃，他不僅在本國被稱為「詩壇的立法者，」在美、德諸國，如亞迭孫（Addison）、斯尉夫特（Swift）、戈特席台（Gottsched）等都受他很大的影響。美國現代批評家瑪西且認為從亞里士多德到亞諾德（Matthew Arnold），其中最有權威的批評家便要算到波亞洛了。

尼古拉・波亞洛・德斯普魯（Nicolas Boileau-Despréaux）以一六三六年生於巴黎附近的一個島城，那裏是巴黎的發祥地，也是法蘭西精神的搖籃，島上的居民中世紀以來都保有勤勉、節儉、廉直、良知的美德。他的父親是一個裁判所的書記官，家庭小有資產。波亞洛二歲喪母，早年就與老僕在孤寂中長大。初起他進亞爾谷與蒲惠（Beauvais）學校修習神學，後來又進波蓬大學研究法律。父親死後，遺產已足自給，所以能轉其興趣於詩學，埋頭專心研究，很少分力於其他的工作。自一六六〇年至一六六五年間，出版了第一諷刺詩集（Premières Satires）、約貢德論辯（Dissertations sur Joconde）與關於傳奇中英雄的對話（Dialogue sur les héros de roman），漸漸顯露頭角，與當代文壇的名人莫利哀、賴西納、波舒埃、拉芳登等結為契友。繼復又發表諷刺詩集（Satires）、書簡詩集（Epîtres），時常在卷首發表他批評方面的見解。一六七四年吟詠臺（Lutrin）與詩之藝術（L'Art poétique）問世，波亞洛對於批評方面的才智主張差不多已全部貢獻出來。詩之藝術更是他一生不二的傑作，出版以後大得路易十四的歡心，說在政治上替我作整頓事業的是馬柴林，在文學上替我作澄清工作的是波亞洛，並把他列為有功王室（bienfait au roi）者之一。翌年與賴西納同被委為路易十四的史官。一六八四年選入法蘭西學士院。嗣後他修史之外，書簡詩集等仍陸續出版。他以七十五歲的高齡於一七一一年死在巴黎。波亞洛一生的重要著作就是諷刺詩集（十二篇）、書簡詩集（十二篇）與詩之藝術（四篇）三種。

波亞洛生性聰明，富於理性，喜歡明快的文辭、簡易的哲學與普通社會的常識；他以法律的修養，又喜歡條理法則的判斷；而且因爲他從幼年以至長大的生活非常孤單，在寂寞的周圍肯定了他自己的存在與見解，常絕對地信賴自己的趣味，斷然地推行自己的主張。爲了這，他常顯出偏狹的心理、率直的態度和剛健的人格。要了解批評家的他，對於他這種性格與精神是必須注意的。

詩人的波亞洛，有一種一般詩人所希有的特色，就是他愛科學的眞遠勝於美學的美。他把文學認爲是理性、邏輯、智慧的結果。他寫法蘭西的韻文猶如蒲伯（Alexander Pope）的寫英吉利的詩歌，他們兩人的詩的好處都爲明確與洗鍊，而比較上波亞洛缺乏一種想像的光燄與靈感的衝動；換一句話說，就是詩的氣分比較冲淡些；不過其辭句音韻的周密確是一般詩人中所僅有的。就下面幾行也可代表一斑：

Seulement au printemps, quand Flore dans les plaines
Faisait taire des vents les bruyantes haleines,
Quatre bœufs attelés, d'un pas tranquille et lent,
Promenaient dans Paris le monarque indolent.

只在春天，當花神於曠野中
使氣息呼呼的風緘默了。

四頭駕住的牛，緩緩地平靜地，
載着怠懶的君主在巴黎城裏散步。

吟詠臺一詩，可說是波亞洛在詩的形式上的一種新的發見。這詩的體裁原屬於意大利的滑稽英雄詩（poème héroïcomique），由他開始移入法國。不過經了他的移植，形質已不一致：意大利的滑稽英雄詩是以英雄爲主人公，而由他演出一種滑稽的情節；而波亞洛這詩卻以一個吟詩者與俗漢爭奪吟詠臺引起訴訟的事跡爲情節，而用一種莊嚴的史詩體裁去描寫，在題材與體裁的不調和中生出一種滑稽的趣味。

波亞洛不論爲詩人爲批評家，實際上是一致的，因爲他的詩不是在發表批評的意見，便是用以作古典詩的模楷。他是以詩歌爲形式，以批評爲本務，詩歌與批評在他是打成一片的東西。

作爲黃金時代歌者的波亞洛，在正面，他歌頌着路易十四朝的政治、社會、宗教，尊重過去以及當代的壯麗的文學，在反面，他對於舊時代殘存的無主腦的政治、無秩序的社會、無倫次的道德以至他同時代文學散漫的趣味、粗疏的形式，都是他嘲笑痛罵的對象。他的許多諷刺詩集，就是以敏銳的目光，尖利的筆鋒向着與他的理想社會與文學相反的人物挑戰的武器。他以善的趣味與真的藝術爲出發點，對着他所認爲惡俗作家大肆攻擊，尤其斯寇台利（Scudéry）、普拉桐（Pradon）、柯萊脫（Colletet）、魁諾爾（Quinault）與夏普倫幾人，最爲他所猛烈地痛罵。

諷刺詩集是波亞洛第一期文學活動的產物，他第二期活動的產物是書簡詩集。書簡詩乃法國舊詩體之一種。這種詩以詩的體裁作傳情達意的書簡，在當時詩歌中也是流行的詩體之一，其行列音韻也很謹嚴。這裏特舉他書簡詩集第九集中的寄西奈萊侯爵（Au Marquis de Seigneley）一首，以見他書簡詩的一格：

寄西奈萊侯爵

西奈萊兮君且聽：文家每苦不立誠，須知至德穴慧實所珍，熱情愼慮貞可恆，愛美藝術終其身。德如亞歷山大（Alexandre）與瑪司（Mars），或則希彼麥賽尼（Mecène），比勒（Pilées）之子兮阿克莫尼之兒，目光明朗蓄神采，注視藝神（Muse）仙女姿，靜舒逸興樂不疲，精神清超不外馳。譬如我當臥病時，何取盲目譽健肥，又如幻光耀空虛，血液徒沸目眩疲。須知世間最美惟眞實，惟眞實故可愛悅；眞實之力遍宇宙，普被一切無或失。卽彼寓言與小說，玲瓏虛渺幻莫測，其中亦有眞實光，照入耳目非僞色。汝知我詩何爲傳四方，王侯徵求民譽揚？豈由音節甚繁變，美麗悅耳聲鏗鏘，亦非用字果決適頓挫，義法協律合度量；蓋由其中有眞實，掃除虛僞之一切。無論我所目覩或心賞，或良或惡皆允協，更無俗僞汚眞宰，心思靈魂兩融洽。我向讀者之所言，皆彼思及未道及；天地淸明貫眞念，言中有物非虛設。

——李思純譯。

這一首書簡詩，內容卽在發揮他的文學理論。在各方面綜合地發揮他批評觀的是詩之藝術。波亞洛的詩之藝術模倣拉丁詩人荷來斯的詩之藝術，正與蒲伯的批評論以波亞洛的詩之藝術爲藍本一樣。這部書是用韻文寫成的，集積他文學主張的精華，足以概括當時代文學各方面的完備的理論，被文壇上一致推爲「古典主義的大教本」。全詩四篇，各篇綱領如下：

第一篇：關於詩人的教訓。詩人須具備眞實、理性與自然三個條件。「眞實」是優越的作品的不二法門；所謂『世間最美惟眞實，惟有眞實爲可愛』(Rien n'est beau que le vrai; le vrai seul est aimable)。眞實本於「理性」他對於理性的推崇，上面已引過他的話：『愛理性吧，使你們的作品從理性中獲得自己的光與美吧。』他認爲人之所以異於禽獸，就是因爲人類除感情的本能之外有理性的修養，理性是人類的特徵，是文學的要件。他所謂理性的意義，須以良知 (le bon sens) 爲出發，輔以正直 (l'honnêteté) 與機智 (esprit)，使詩的創造與欣賞的過程中存在着高尚的旨趣。他說理性是普遍的永久的，不分東西古今一致的。還有「自然」也是他所看重的，他認爲文學是自然的模倣，希臘、拉丁作家之所以偉大，就在能適當地模倣自然，得到自然的神髓。這所謂自然，並不是指自然界，而是人間的本性的意思。波亞洛主張文學必要的方針是向非個性方面發展，表現須要用古代文學的形式，因爲希臘、拉丁的文學經了久長的時期，還是像蒼松翠柏一樣地長青，其形式的調和之美，有永久的價值。

第二篇：各種詩的形式及其作法。寫景詩須雅緻自然；悲歌須慷慨激昂；短歌須在錯雜中顯出美質；十四行詩如寫待完好，可勝於一篇長詩；諷刺詩如能笑罵其當笑罵者極有勁力。

第三篇：悲劇、喜劇、敘事詩作法。文學是人類行爲的片斷的表現，在文學形式中找不出一個完全表現的例子；沒有一個悲劇是理想的悲劇，不過所謂理想的悲劇，就是分開作個人的研究，以求完全。悲劇的結構須合於三一律。喜劇要是笑味，這種笑味須是無邪的、自然的、合於情理的。敘事詩須精選歷史上的英雄，再取古代神話加以粉飾，以壯聲色。第二第三篇各種詩都有嚴格的規律爲之限制，不但形式上除特殊條件適合之外，尚須合於共通的勻整與調和，而且題材須要表現上流社會的人物，以適應上流社會的心理爲目的，其表現的事物須含有道德的意味。

第四篇：總論詩人須具之完全的人格及與讀者的關係。

波亞洛的批評，採的是裁斷的方式，用的是獨斷的態度，釐訂了許多法則，作爲批評的標準，使同時代以及後起的作家就範。他批評作品的方法，就是將人家的作品與他的法則對較，是否完全相符合，至於作家個人的氣質與才情以及社會的生活與環境等，是一概略去不計的；批評家猶如法官，不問各人的內情，專門按照法規，來判定作家應得的功罪。波亞洛的批評，執一般而概所有的特殊，認爲詩歌不在描寫主觀的情緒所支配的人物，不在描寫特定時代的人物，也不在描寫特定地域的人物，而在描寫從他理想的行爲中判定了的人物；故一般地說來，古典派詩歌缺乏個人性、歷史性及地域性，其所寫的事物僅爲證明某種義理的典型，其所寫的人物僅爲證明某種義人的典型，換一句話說，他要將題材的內容理想化抽象化。這種忽略個人、歷史及地理條件的批評，其確實性的程度實在令人疑問，就是在上面尊重他的瑪西也曾說過：『我們這位法國的詩歌批評家，從時間上地理上說來，是一個村夫。』純然，波亞洛的批評法則，在詩歌形式的簡化純化上，其功績不能說小，而使各種各樣的文學歸於一統，千篇一律，在這種法則的嚴格監視之下，自由自發的獨創感到威脅，文學的單調與機械的程度由此而深化了。然而十七世紀中期下期是絕對主義專制主義的時代，政治的獨斷社會的秩序本是一時代的風尚，應着時代要求而起的波亞洛的批評法則，終於一方面爲文壇所尊重，一方面爲路易十四所推行，不久成爲批評的金科玉律；在法國文壇握了支配的權威，延長至兩世紀之久。

波亞洛的朋友拉芳登，在純粹詩歌上的聲名不讓於他；他們兩人在詩壇上相比較，正如戲曲界高乃衣與莫利哀之比，前者是嚴肅的，後者是嬉笑的。拉芳登是一個有名的寓言詩人，他的詩擷取古人的形式的精華而達到古人所未有的成功，使其他模倣的詩人爲之黯淡無光。他是一個十七世紀最自由自然的詩人，他的詩，除了賴西納與其他作家比較起來，可說是抒情的，他自稱爲「巴拿斯山的蝴蝶」——巴拿斯山(Parnasse)是一個希臘祭祀詩神的名山。

若望·拉芳登(Jean de La Fontaine)以一六二一年生於夏多·蒂萊(Château Thierry)地方，同年即受洗禮。少時的教育受得很簡單，在宗教演說會中念了一些教義的書。他的父親是一個森林水道的管理委員，父親去職以後，由他繼承這個職務，一連擔任了十年光景；在職時他常抽暇看書，養成了他詩學的根基。一六四七年結婚，娶一個年輕多財的妻子，帶了二萬個金幣來作伴嫁；但這個婚姻並沒有好的結果，因爲他放佚不羈，時常棄家遠遊，不盡爲夫爲父的責任，同居幾年，終於夫婦離異。約在三十歲以後，他對於十六世紀以及古代的作品下了一番研究工夫，并開始從事著作。一六五四年將泰倫斯的宦官(Eunuque)用韻文迻譯過來，在文壇上遂佔到了一席地位。拉芳登非但不是一個賢丈夫，而且也是一個拙於實務的人，他既不能好好處理職務，又不能好好支配他的錢財；以至自從他拋棄了職務從事文學以後，生活不能自給，完全仗着幾個財主給養他。由岳父介紹，遇到供養他的恩人富敢(Fouquet)，富敢是一個闊綽的財政監督官，愛他的詩才，把他容納在精緻的別墅和盧(Château de Vaux)中，非常優待，每年還送他一千金幣的年金。從此拉芳登得以安心地發揮他的詩藝，他的和盧之夢(Songe de Vaux)就在詠懷着他當時的生活；不過他當時的詩順着一般的詩人寫些情詩短歌之類，並不曾想到要作寓言詩。後來富敢因失歡於王而停職，拉芳登也就離開了和盧，爲感謝他的恩人，寫了和盧麗人的悲歌(Elégie aux Nymphes de Vaux 一六六一)。在一六六四至一六六六年間，他曾替馬柴林的姪子編了些故事詩(Contes)，這些故事詩是根據十日譚、七日譚等書編成的，篇幅很短，而富有興味，合於兒童閱讀的心理。這時期他已與莫利哀、波亞洛、賴西納等相識，彼此作文學上的交際。一六六八年出版了他最先的六卷寓言詩(Fables)，一六七二年投靠到沙布莉耶夫人(Madame de la Sablière)的家裏，夫人深嗜文學，與拉芳登的性情很相投，留他在家裏當作自己家人看待；拉芳登在那裏一連住了二十年，物質生活的享受非常優裕，繼續寫了五卷寓言詩，又作了些故事詩。一六八三年被選入法蘭西學士院。夫人死後，他又投靠了幾個財主，生活雖不如以前的舒適，但是到處不曾放棄他詩的創作。一六九四年完成了他最後一卷寓言詩，翌年死在巴黎，好像死神知道他的工作已經完了。

十七世紀是重商主義宰主的時期，也是商業資本發皇的時期，農村的財力集中都市，都市的繁榮遠勝於衰蔽的農村。這時期貴族化的文學家，順着社會風尚與趣味，對於田舍大自然不僅隔膜，而且存厭惡的心理，因爲粗鄙無知的農民、失修不濬的道路、河渠錯雜的山崗樹木，遠不如彬彬有理的貴族君子以及巍峨的宮廷、整潔的街市。在這地方，拉芳登的趣味不同於當時一般的作家。他是一個愛好自然風景的詩人，出了繁華的都市，優遊於田舍之間，徘徊於山林，駐足於溪壑，松影石磴，可作歇憩賞心的地方，撇下貴族男女，察看農民的生活，下與鳥獸蟲蟻爲伍，據說他有一次應宴路遇一個蟻穴，因爲它們助理葬事，竟忘失了餐事。他將這些事物表現於寓言詩中，有拉丁詩人崑帝里恩(Quintilien)的遺風。

寓言詩是十七世紀社會的滑稽畫；拉芳登受莫利哀的影響，詩中充滿着一種滑稽的喜劇的趣味。他的題材大都採取自然的景物，人物中最普遍的是村婦、牧童、樵夫、鴉、蟬、蟻、蠅、蛇、鷄、羊、牛、豬、鼠、狐、貓、獅、虎、驟以及種種走獸昆蟲，背景則大都是原野、森林、田園、牧場、小川、池河、狹徑，更參入些太陽、月亮、雪花、微風等作爲點綴。那些人物，互相交錯，演出許多簡短的故事。這種故事決不僅僅是滑稽意味的描寫，其中的人物都是專制主義絕對君主制度下各社會層的現身，那些人物後面各各潛伏着某種人物的背影；如獅子表示王，虎、熊表示貴族，狐表示朝臣，貓表示牧師，猴子表示判官，狼表示惡漢，兔表示君子，驟表示村夫，牝牛表示蠢婦，這種禽獸的等級實在代表着社會上的門閥身分。拉芳登在這些人獸的糾葛中細微地表現出人性的喜劇；各種獸類的品性，也代表着許多倫理上的概念，如善行、惡德、夢想、錯覺、悲喜、殘忍、僞善、虛榮、暴行、利己、親愛、憐愍等等。他的寓言詩中表示出當時的社會是以強權當作公理的社會，善者見欺於狡者，小者被吞於大者，弱者屈服於強者，強者不論何時，終是理由充足振振有辭的。他用諷刺的口吻分析幷判定當時社會人物的美德與缺陷，在根柢上含有濃厚的教訓的意味，每篇短詩中都在露骨地申述他的義理，針砭頑強者的非理，指出人生理想的德性，所以十二卷的寓言詩，外表上作者似乎以滑稽故事的場面出現，骨子裏無處不藏着他社會批評家的氣分。

拉芳登的寓言詩接受了舊的形式，而創造了新的形式。所謂舊的形式是他取法印度、希臘、拉丁以及中世紀的列那狐故事等寓言詩，題材也有不少移借古代而複製的；不過他深懂得寓言詩的處理方法，能彀以自己之長補古人之短，避免印度的冗長，而加以縮短，避免希臘、拉丁過度的簡明，而寓以含蓄，也避免中世紀的散漫而改用緊湊的結構，寓言詩經他這樣改造的工夫，便煥然一新。拉芳登的寓言詩的格式，在黃金時代的法國，找不出與他相類似的藝術家。就用語方面說，當時的詩人方在提倡言語的淨化純化運動，用語的無夾雜，認為詩人極重要的條件；而拉芳登的詩在有些地方時常嵌入古語、俗語、術語，遇必要時且自創新語幷複合語，務使詩意能暢達出來。至於音韻方面，那時最注重謹嚴排列典麗調協，而他主張自由變化，使動作言語的緩急強弱都能在樂音中烘託出來。由上這些特點，所以他詩的氣韻特別能捉摸到生動的趣味；他的二百篇寓言詩，可算是古典派詩歌中最精巧最複雜的作品。為明瞭拉芳登寓言詩的眉目，這里舉其兩首如下：

狼狐聚訟於猴前

一隻狼報告失竊，疑惑是他鄰居一隻窮狐偷的，它們互扭控至猴前，聽他的裁判。這隻猴子從沒有習過法律，它一面聽它們的詭辯，吶喊和咆哮，一面却在法座上出急汗。末後他用狡猾的態度判決道：『朋友們，我認識你們已好久了，你們兩造各擔任訟費，因為狼君你時常在懷疑，即使你不曾失竊。狐君，你呢，已拿過人家向你索還的東西了。』

不求誰是誰非，只要判斷了一個有罪，總是不會錯的。

牝狗與她的同伴

一隻牝獵狗將生產了；她沒有適當的地方，便向她的同伴借屋暫住。過了幾天，母狗已經分娩了，她的同伴回來時，她又要延長十五天，因爲她的孩子還不能行走呢。第二次約期到了，她的同伴便來索還她伊所有的房屋牀榻；這一次不好了！母狗張着她的牙齒回答道：『我是預備同孩子們一同出去的，倘然你能夠把我們母子一并逐出門外。』這時候，她的孩子們都已長大雄壯了。

人們施惠及惡人，必得自怨。語云『放債容易討債難。』小人不但受恩不知報答，且要得寸進尺，逼迫到人家無立足地咧！

——張若谷譯。

還有一個拉芳登最出名的寓言詩就是磨坊父子與騾的故事。原文不便引下，大概說磨坊父子合坐着騾子到城市去，在路上，初起遇到些人說兩個人騎着這樣一隻瘦弱的騾子未免太苦了這動物，於是兩人牽着騾子走；繼而遇到些人說有騾子不騎而反牽着它，甯非呆子，父親便把兒子抱上去，自己在旁步行；後來路旁的老者說年輕的人騎騾，年老的人反走着，這是不孝，父親便把兒子抱了下來，自己騎着；這時路旁的女流又說那個年長者騎着騾，反讓年小的人走着，這是不慈；於是兩人感到無所適從，只好行我所是。據說這故事是拉芳登自己生活體驗的結果，表示他的所以成爲詩人是由於自己立志堅決，在早年不曾爲左右親朋所同化，因此寫了這故事，教訓世人要執着自我的判斷，切不可輕信人言。這些寓言詩的體例題材，都與伊索寓言相彷彿，諧謔的故事，明麗的韻文，由此引起廣大的法蘭西以及世界各國的讀者，其風行的廣闊與久長堪與伊索寓言對等，從孩子到成人，個個喜歡讀他的作品，在孩子是玩味那些有趣的故事，在成人是欣賞那種人性的解剖與韻文的優技，因爲這些寓言詩雖短，而每篇具有兩種性質——故事是它的軀殼，教訓是它的靈魂。

拉芳登的寓言詩故事詩啓示了同時代另一個作家俾路德(Charles Perrault，一六二八——一七〇三)。

他將當時的民間故事，用散文的體裁寫了許多生動活潑的童話；如小紅帽(Le Petit Chaperon Rouge)、灰姑娘(Cinderella)、睡美人(Contes de fées)等，都是後來世界各國最普遍的兒童讀物。

第十八章　十七世紀的散文家

A散文改革家——巴爾若克與新散文運動——B哲學家——笛卡爾——其生平與作品——從懷疑到理性到神學——「方法論」與理性尊重——散文的特色——巴斯加——其生平與作品——他一生思想的兩期——前半身是科學的後半身是宗教的——「沈思錄」與原始基督教立場——科學性的散文——C倫理家——羅希福考——其生平與作品——命定的倫理觀——「箴言集」引例——布律耶——其生平與作品——「品性論」與針砭上流社會同情下層民衆——宿命的人生觀——D書簡家與筆記家——書簡文學之起——賽維尼夫人——「書簡集」與母性愛表現——孟德農夫人——「書簡集」與熱誠教導——筆記家——龔締的戰爭記述——聖西蒙的政情暴露——E宗教家——宗教演說——波舒埃——其生平——「誄詞」「說教」作品與舊教主張的宣揚——歷史著作——作風的優點——法納隆——其生平——「聖徒箴言講義」等與新教主張——「泰來馬克」與民主理想——其餘蒲達松等諸人——F小說家——理想派小說家——代表作家龔倖徽葉——繼承者斯偭苔莉與卡爾普倫特——現實派小說——先驅蘇萊爾——後繼者斯卡隆等的滑稽小說——中產社會小說家費合締埃——心理小說家法夷德夫人——跨上近代小說之路

A　散文改革家

法國的散文十六世紀賴倍萊、喀爾文與蒙戴尼諸大家曾吐了萬丈的光芒。當時散文傾向於自由表現，這種自由表現到十七世紀初期見到弊害；一般散文家不能如前輩作家那樣適當地作自由表現，他們的文字缺乏組織漫無紀律，外來文字任意借用，各省方言盡情滲入，以至歧義雜出文體無定，一般修辭家文法家弄得束手無策。

這樣的現象使執政者覺得統一文字的規律有嚴格推行的必要。自從服格拉（Vaugelas）倡導於前，呂希留響應於後，沙龍與法蘭西學士院陸續定出用字的規律批評的法則，文字的統一化頓時雷厲風行；可惜他們的改革多趨極端，不特使舊派有所藉口，即一般社會使用亦感不便。以是繼起的改革家，不絕如縷；十七世紀法國散文的統制，輪到巴爾若克執行。巴爾若克在當時的散文上，作了與馬萊勃在詩壇上同樣的改革工作。

蓋茲·巴爾若克（J. Guez de Balzac）以一五九四年生於安古來邁（Angoulême），死於一六五五年，他初起在軍隊中服役，後因不得志，改入外交界活動，曾遊荷蘭、意大利等地，在外交界也不得志，於是走到文壇上努力，結果在散文上發生巨大的影響，這是他當初所意想不及的。巴爾若克的散文著作，最重要的是建立了書簡篇，對話篇與論議篇幾種形式。論議篇的代表作要算君主論（Le Prince）與信仰天主教的蘇格拉底（Socrate chrétien），前者是對路易十三的頌辭，後者是政論性質的探討。論議篇所創的文體有類於演說的格式。他的書簡篇更其出名，他的書簡大多表示自己對於各方面的意見，因所言正鵠適切，收到他信的人終必在沙龍中公開朗誦，大爲上流仕女所讚賞。他將以前散文支蔓的長句混雜的複句，換以一種明達曉暢的短句、條理井然的單句，而且在字裏行間含有一種論辯的性質，反覆朗誦，非常適口。這種形式，成爲當時散文的模楷。巴爾若克於當時散文的遣句與造字上，都有相當的建設；他力矯以前誇大揚厲的頹風，把以前的文字簡化純化。他這種理論與工作自命爲新散文運動，爲以後王門修道院的繼起作家所發揚光大。巴爾若克在散文上有澄清文字之功，爲十七世紀初期法國散文的重要改革家。

B 哲學家

十七世紀的法蘭西，不僅是文學上的黃金時代，在思想上也是一個繁榮的時代。許多哲學家時常討論着宇宙或人生的根本問題，一般社會對之也發生興趣：如什麼是眞理，什麼是實體，上帝究竟是有沒有的，人死後有沒有靈魂，宇宙的本質是如何的，天體的運行循着什麼規律，人生的價值如何，人類的本性依着怎樣的方式發展的。這種複雜的問題的思考，當然不是韻文的歌詠所能盡其萬一，而須要用精到豐富的散文曲盡其本意。所以思想的發達，促使哲學家在散文方面加深造詣。故論當時的散文家與哲學家，實有連繫的不可分性。有許多卓越的文人學者是哲學家，同時又是散文家；這中間最偉大的代表人物，是笛卡爾與巴斯加。

在笛卡爾以前，思想界不脫中世紀煩瑣哲學者流的風氣，學者咸抑制個人的創造精神，競致力於古人遺下的瑣屑的問題的討論。到文藝復興時代，唯物思想抬頭，煩瑣哲學曾一度受到打擊，不過當時的唯物思想，僅僅代表科學研究的精神，並沒有一個哲學上完密的體系，所以這種攻擊還不能以新權威代替舊勢力，僅僅順着時代的潮流將舊有的搗壞了就是。煩瑣哲學被蔑棄了，可沒有一個新興的哲學代之而起，於是過渡時期的思想界，呈着一種紛亂的無目的的狀態；在這種情形之下，笛卡爾的出來，好像飛將軍從天而下，爲時勢所迫求。笛卡爾突破因襲的壁壘，揭起「理性」的大纛，要以人類的所謂良知良能的價值代替客觀世界的價值，這是思想上一種革新的運動，而笛卡爾主持之，所以他是近世初期法國最大的哲學家。

勒耐·笛卡爾（René Descartes）以一五九六年生於都蘭納州（Touraine）陋庵（Le Haye）的貴

族之家。他年青時進佛萊希的耶教會高等學校（Collèges des Jésuites de la Flèche）學習，後到巴黎，一六一三年受完了他的貴族教育。笛卡爾自幼心細，富於思考精神，在學校最喜歡研習數學，演釋數理上的定律，後雖一度改習法律，然不久又返於科學研究的路上，準備以全生命貢獻於科學與眞理的探求。三十年戰爭時，他曾隨挪索（Maurice de Nassau）的部隊從軍，轉戰於荷蘭、波蘭、德意志、奧大利諸國之間，且也著有小小的戰績。他的從軍，是當作旅行的一種手段。他雖在行營之中，對於哲學與數學的思考無時放棄。一六二三年退役，遊羅馬，又回巴黎。一六二九年隻身赴荷蘭，蟄居一室，日惟沈思默想是務，以其哲學上發見的心得，後來發表爲他的名著方法論（Discours de la Méthode，一六三七）。在荷蘭，笛卡爾足足住了二十多年，後應女王克莉絲蒂娜（Christine）之召，移往瑞典，終其身在那裏，死於一六五〇年。

他一身是哲學家、數學家，又是物理學家、生理學家。哲學家的他，最爲著名。數學家的他，也有許多重要的貢獻，今日流行的解析幾何學，就是他在一六一九年發明的。他的作品最重要的有兩種：一種就是上面說過的方法論，一種就是一六四九年發表的情感論（Traité des Passions）；都是用抽象的觀念解釋思想上的種種問題。

笛卡爾是法國理性派哲學的鼻祖。他承中世紀的神學之後，一方面對神學加以一個合理的解釋，一方面提出一個人類思考的理性（la raison），將信仰的對象與理性的對象合攏起來，遂形成了他的理性論。他既以理性爲基準，故凡是非理性的學說，便完全加以否定；以是在新舊過渡時代的笛卡爾，其思想是以懷疑爲出發的。他爲闡明合乎理性的行爲是正當的，從科學所發見的眞理是可靠的，所以否認外物之確實性，感覺的可靠性。他說：

「……由是我認識我僅僅是以思想爲要素或天賦的實體。……那末我——換言之卽爲了它我纔成爲我的靈魂——是與肉體成爲兩個東西而且比肉體更易於認識……我思故我在。」

「我思，故我在。」(cogito, ergo sum, je pense, donc je suis.) 是笛卡爾的名言，也是他哲學上的標語。這句話的意思，就是我疑故我在。凡物都可疑，只有一事不可疑，卽疑的本身。疑可靠，思可靠，故在我思維中的一切都可存在。他把我從肉體脫離開來，造成了心物二元論。他把我當作一種萬能的實體，形而上學的實體。換一句話說，他把我神化，認爲我是萬能的，以是從我的背後引伸出一個神來，確定神的存在。笛卡爾不能解釋我與思是萬能的結果，投向神的懷抱中；所以他的哲學走上了觀念論的極端。

理性派哲學是重視數學而以數學爲基礎的，笛卡爾在方法論中主張對於思考的方法採用演繹法，亦卽三段論法，注重推理，不注重實證。他認爲思考須經過分析、解剖、排列與綜合四個步驟：（一）在沒有明確認識某種事物以前，切勿以爲它是眞實的；（二）將要打破的障礙要解決的難點分解爲若干微細的部分；（三）從最簡單的最易知的事物排列起來，以作思考的程序；（四）將排列的事物作一般的調查、綜合的考察，到每件事物都明白透切時纔算完畢。笛卡爾的理性論，認定認識全恃理性，感覺不足恃，想像不可信，因爲感覺是因人因物因時因地而異的，沒有明確的標準，想像是不循理法的軌道而任意眺望的，全是欺人的幻術。眞理是直接的、必然的、普遍的、永久的，由此理推彼理，不容假借，理有一定的法則，非偶然之觸發，理之所在，人同此心，心同此理，時代推移而宇宙間之眞理永遠不變。這種嚴格的理性論，在思想界要統於唯理主義一尊，正與文學上要統於古典主義一尊、在政治上要統於專制主義一尊合流。笛卡爾的哲學是十七世紀法國社會思想系統化的產物。

理性的眞理的表現，是笛卡爾唯一的信念。他說眞就是美，沒有眞的美就不是美，因爲美的根本條件是眞。所以藝術在相當範圍可說是一種科學，在條理井然的方程式中確含有一種至高的美。還有，理智的表現有恃乎意志，意志非但是美滿生活的善良的指導，而且是美滿生活唯一的指導。感情是被意志所統御的，不過如果以想像造成意志，結果一定造成錯誤的行動。關於此點，笛卡爾可說代表了理論的或觀念的方面，高乃衣代表了實踐的或戲曲的方面。

笛卡爾的哲學著作不是用拉丁文寫的，而是用法國文寫的，所以他在哲學上的貢獻同時也就是在散文上的貢獻。他的散文與他的哲理一樣，章法謹嚴，說理透徹，措辭簡賅，作風明潔。他的散文不求美麗，而尙質朴，在質朴中見到美質，因爲他是以理教人，不是以文娛人。笛卡爾對於法國古典派散文的影響很深，他的主要著作被介紹到世界各國。笛卡爾的思想曾爲很多子弟所承受，其中最著名的是神父馬耳日朗希（Père Malebranche）。

笛卡爾是純粹的理性論者，相信世間的眞理發端於我們的內部。較他遲生二十七年的巴斯加，則不信任世間的眞理是由人們的理性產生的，而認爲眞理可以憑信仰來發見。

勃萊斯・巴斯加（Blaise Pascal）以一六二三年生於巴黎之北的克勒蒙佛蘭（Clermont-Ferrand）。

他的父親愛帝乃（Etienne）是一個法官又是一個學者，於數學造詣很深；母親貝供（Bégon）是一個慈悲而純良的婦人。一六三一年他的父親辭了法官從巴黎回來，故巴斯加從八歲起就以他父親爲唯一的導師。他生性熱心於數理之學，家庭要他習文學與歷史，他卻私自埋頭於科學與數學。巴斯加是早慧的孩子，從小就顯出驚人的才機，他父親把數學書拿去時，他卽能獨自演出三十幾個幾何定理；十二歲時寫音響論，科學的才能卽已達到成熟之境；十六歲時寫成圓錐曲線論（Traité sur les sections coniques，一六三九）大爲笛卡爾所驚奇；十八歲時發明計算機（Machine arithmétique），於解決數學問題上有不少幫助。此後他繼續作科學的研究，一六四七年曾在巴黎等好幾處地方作托里拆利（Torricelli）式的氣壓試驗，自己也發明了一種「液體傳遞壓力」的定律，這就是在物理學上有名的「巴斯加定律」（Lois de Pascal）。巴斯加這種種偉大的貢獻，使他很早負了科學家的盛名。但是他生就了蒲柳般的體質，時常爲病魔所累，作了幾次試驗以後，益感不勝健康之苦；以是到一六五二年卽停止了他的研究，爲休養他的疲勞，時常出外旅行，與社交界來往，洞悉了許多世俗人情，慣聽自由思想家的言論，喜讀蒙戴尼的論文集，思想發生了轉變；他本是相信理性萬能的，現在則覺得以理性來探求眞理未必可靠。一六六四年他坐的馬車落水，性命幾危；這件事情，使他決意改宗，從事虔敬上帝，篤信宗教。他家裏全家是冉森教徒，對於教義原是很有根柢的，他的姊姊雅格玲（Jacqueline）是捨身爲尼的人，對於他的信教曾予以有力的感化。這樣以後，他卽脫離塵俗，虔誠祈禱，直到一六六二年身故，一直在王門脩道院過他的棲隱生涯。巴斯加在王門脩道院的幾年，法國宗教上正鬧着派別的鬥爭，冉森教與耶穌教相持不下。冉森教創於一六四〇年，主張刻苦脩行。一六五〇年羅馬教王聽信耶穌教會的意旨，將冉森教斥爲異端而加以禁止；巴斯加於此便寫了些通信出來爲冉森教辯護。這些通信共一十八件，是一六五六到五七兩年中陸續寄出發表的，後集成地方通信(Les Provinciales, où Lettres écrites par Louis de Montalte à un provincial de ses amis et aux R.P. jésuites sur le sujet de la morale et de la politique de ces pères)；中間對耶穌教徒大肆攻擊，幾乎把耶穌教諷笑得一文不值。他的攻擊振振有辭，他的諷笑幽默而深刻，服蘭德認爲這些通信是天才的作品。地方通信偏於討論宗教，他較多方面的代表作品是沈思錄(Pensées)；沈思錄出版於一六七〇年，至死沒有完成，而其關於科學、宗教、哲學、道德各方面的見解大部分已於此闡述。其他還有宗教上的基督教擁護論(L'Apologie de la religion chrétienne)、數學上的算術三角論(Traité sur triangle arithmétique)與倫理上的戀愛的熱情論(Discours sur les passions de l'amour)等，都是各方面專門的著作。

巴斯加一生的思想是多方面的，時常在轉變之中。他初起熱心研究科學，相信科學眞實可靠，能彀得到眞理；所以他說：『如果科學不是眞的，那末人間還有什麽東西是眞的呢？』他以爲自己的頭腦是屬於幾何學的，可以用幾何學的定律解決一切的問題；但是要以科學來發見世間絕對的眞理畢竟是不可能的，要以科學來解決一切問題事實上也是不可能的，結果他覺得科學未必能把握眞理，於是失望地歎道：

『凡百過去的事物，還不是祇能在瞬間看到的呢？永遠不變的定律與認清目標的願望，除使我們永遠絕望以外，還有什麽呢？凡百事物，全都是從無中生出，而消滅於無窮，有誰能彀向他窮根究柢呢？但是人們還在一味要尋求那不可知的事物，放膽費了無數的精神在研究着自然現象。』

又說：

『這是實情，我們對於不論何事何物，不能明確知道，也不能徹底知道；我們惟有在空曠中彷徨，從一個目的游移到另一個目的。我們所認為欲達到的目的，等到目的達到，目的又立刻消失了。我們為要尋求一個確實的現象而麻煩，我們為要建設無窮之塔的永久的最後的基礎而煩悶。然而一旦求得的基礎忽然覺得是不可靠的，人間便在地獄的苦海中苦悶着。』

他以科學探求真理而不得，他覺得科學是不中用的。他感慨宇宙的無窮，人生的渺小，說着：『現今我們所目見的萬物，只是宇宙間的纖塵吧了。』又說：『那些無限空間的永遠的岑寂，給我以恐懼。』於是他滿口牢騷，變成一個消極的厭世論者。他認為宇宙是不可知的，人類是神祕的。『在自然界中，人類是什麼東西？在無窮方面看來，他是微弱的，在微弱方面看來，他是整個的，人類就是整個的微弱的中心點。』自從我們的祖先在伊甸園中誤吞了那蘋果，就此種下了禍根，人類本是崇高的，故不愧為整個的，而又因為祖先做了惡事，使我們成為微弱的。人類的神祕性，科學哲學不能洞悉其究竟，於是他在懷疑與失望的極端，提出一個神來，認為惟有宗教上的神纔能洞悉一切而無礙。宗教的信仰消除了他的厭世論，帶他到另一個境地。不久他轉換他的口吻道。

『我每天祈禱救世主，因為救世主把我心裏所發生的惡劣的感情，及人類的微弱、悲慘、墮落、驕慢、野心，藉着那救世主的寶貴之力——具有一切光榮之力——造成排除上列各種惡質的人間。』

宗教的信仰使他動搖的人生觀變成穩定，悲觀的人生觀化為樂觀：

『人是一根孤立的蘆葦，自然而最微弱的東西，但却是一根有思想的蘆葦……宇宙要消滅這孤立的蘆葦，那很容易：一陣風，一陣雨，可以吹折他的命。不過人愈受宇宙壓迫，便愈覺貴重而有價值，因爲人雖死去，却知道自己的死；而宇宙是渾渾噩噩的，他殺害人，而他却莫明其妙。」

更進一步，他說：

「人比宇宙有智識，便已戰勝宇宙。」

巴斯加前半生是科學的，後半身是宗教的，他的思想行動，前後判若兩人。他一方面是一個科學家，一方面又是一個宗教家，一方面主張理性，一方面又信奉神祕，一方面是一個邏輯家，一方面又是一個幻覺家。這種多重的思想驟視之似乎非常矛盾的，所以有人說，巴斯加的性格眞是千古之謎。實則這也並不足奇：唯理主義哲學家在純粹觀念的立場上要探求宇宙眞理解決一切問題，這條路在最後必然是走不通的，在初起不曾發現障礙時非常信任科學，到困難一再發見，便覺得純理之不可恃，於是在無可如何之中乞靈於神祕宗教，提出一個萬能的神。因爲發見自己理論的矛盾不健全而投入神的懷抱，這是一切觀念論者共通的下場。

上列的話多引自他的沈思錄，沈思錄是巴斯加對於各種問題觀察的紀錄；他本預備以這些材料寫述一部闡明教義與哲理的鉅著，但因爲他的健康失調，死期切迫，不容許他完成這個計劃，所以今日所留下的沈思錄，是一種雜感性質的筆記。這些筆記中的見解，從唯理主義的立場傾向於自然宗教的立場，從自然宗教的立場傾向於原始基督教的立場。他在失望的悲哀中要建立一種宗教的信仰，爲宗教開闢一條康莊大道。依巴斯加的意見，人生是渺小而人的思想卻不是渺小的，這種矛盾爲科學所不能解決，爲哲學所不能解決，更爲自然宗教所不能明瞭，不過如果能貫以原始基督教的犯罪與得救的希望，以這樣來發掘人性的根柢時，那也不難得到解決。到這時，巴斯加完全以神祕的宗教代替理性的宗教原始基督教的信仰成為他不二的立場。不過當他從唯理哲學家轉變到神祕宗教家的時候，他發見了人類的弱點，曾經過一番情智衝突的苦惱他認為苦惱是孕育一種新精神的必經的階段，因此在最後他主張禁慾主義，從禁慾得到眞正的幸福。

巴斯加的思想最後雖轉向到神祕宗教之路，而他散文的寫述則仍秉着他科學的素養，注重自然與眞實，奇特與造作為他所不取。他說：『文以簡單明瞭為貴，論物敘事須恰到是處，不能即小喻大，即大喻小，辭采固然要美觀，但切不可以失眞遷就美觀。過分曖昧與過分誇張都是所不取的，能殼恰到是處的纔是好文。』巴斯加的作品，不但自然而眞實，而且明快而剛健，有些地方還帶着雄辯的意味，在當時的散文上是一個完美的模楷。

C 倫理家

十七世紀初期法國有一個馬西亞克（Marcillac）的王子佛朗沙第六（François VI），即拉・羅希福考公爵(Duc de La Rochofoucauld)他是當時第一流的貴族，也是一個思想家、倫理家、出名的散文家。他以一六一三年生於巴黎，受了一點粗淺的教育，就走入軍界。羅希福考公爵早年懷抱雄心，要傾覆呂希留的事業。他喜歡結交女性，而這些女性都能鼓動他實現雄心；舍維斐斯夫人（Mme de Chevreuse）慫恿他去作冒險的鬥爭，龍格維夫人（Mme de Longueville）後介紹他參加佛龍台黨的部隊，與政府軍作戰。一六五二年在聖・安多納門（Saint-Antoine）一仗敗北，隊伍潰不成軍，自己也身受重傷，回去休養，立志不再參加政治活動。羅希福考這一次野心的失敗，表示在絕對君權形成中封建貴族掙扎的絕望；他自己意識到沒落貴族的孤立的苦痛，養成了悲觀主義的氣分。自此以後，他致力於靜脩的工作，避免強烈的刺戟，常常在沙龍中，與沙勃萊夫人(Mme de Sablé)與拉法夷德夫人等來往，互相交換文學與哲學上的意見。他晚年的生活愈陷於孤獨與痛苦，一六八〇年逝世。他出名的著作有隨筆集（Mémoires，一六六二）與箴言集（Réflexions ou Sentences et Maximes morales，一六六五）兩種。

箴言集是羅希福考的代表作。他學着笛卡爾等人那樣，要把人性放在簡單的原理與定律中。依他看來，人性兼具善惡兩方面，這兩方面在人性中是一種揉合體。他還相信人的機會比意志更重要，人的意志不一定能促成其事業，反之機會常能促成人的事業。人的情感決定於心理學，並非決定於邏輯。人都是自私的、驕傲的及欺騙的，道德僅是隱蔽的罪惡而已。對於人生，他不抱多大的希望，說人不過是宇宙的一粒纖塵；論者多把他列入懷疑論者的系統，不過他對於宗教卻是很肯定的。他把他的箴言時常解釋給罪犯者聽；在不抵觸這種箴言的範圍內，希望他們從上帝處得救。

羅希福考這種思想顯然是從自己生活中出發的。他是一個才機充溢的人，但是一個失望者，所以在他主觀的眼光中，認爲一切都是命定的，個人在命運之神的支配下無可如何。他在孤苦無助的失望中，憧憬着宗教的彼岸，以求慰安。然這些終不會洗刷他心頭的悲愁，使他放棄悲觀的定命論。

在文字上，羅希福考的行筆非常銳利，措辭明潔無疵，抑揚頓挫處自然而動人，在散文上的成就很高。不過在涵義上好像要立出一個跌撲的至理，故辭氣也肯定得有專斷的性質。箴言集共五百幾十句，句句精鍊；現在譯其數句如次：

> 人如果沒有自尊自重的心，沒有人會體恤他的。
>
> 人的幸福與悲哀由於氣性所招致的少，由於命運所發生的多。
>
> 哲理易於克服過去與未來的罪惡，而現在的罪惡適足以克服哲理。
>
> 眞正的方法是欺人的，因爲太相信了它會忽略其他的方法。

倫理家的散文家，大概是在研究人性問題。羅希福考以哲學家的眼光找尋人性一般的特色，比他後一輩的若望·拉·布律耶（Jean de la Bruyère）則個別地研究各社會層男女的人性。布律耶以一六四五年生於巴黎的中產之家，父親是一個租稅檢察官。一六六五年他進奧良大學（L' Université d' Orléans）習法律，出校後初爲律師，後爲加恩（Caen）地方的財政管理委員；公暇研究希臘哲學，頗有心得。一六八四年他因受波舒埃（Bossuet）之召，往親王大孔特（Condé）的公館充他孫兒的師傅；在那裏生活很閑散，常以他的餘裕觀察各種各樣的人生。教育的事告成，主人仍留他在家裏，直到一六九六年逝世，沒有改變他的生活。勃律耶因爲居於王侯的館第，與朝廷官廳的來往極繁，種種社會人事的糾葛，可以供給他觀察的資料。後來他將觀察的結果連同所翻譯的希臘名哲部奧弗拉斯德（Théophraste）的品性論一起發表，名爲品性論與本世紀的品性與風俗（Les Caractères de Théophraste traduits du grec avec les Caractères ou les Mœurs de ce siècle），簡稱品性論，這書在短期間曾有廣大的流行，他的聲名頓時遠揚。一六九三年得賴西納與波亞洛的幫助，選入法蘭，西學士院幷著學院的歡迎辭（Discours de réception à l'Académie）與關於淸淨主義的問答（Dialogues sur le Quiétisme）兩書。

布律耶的代表作是品性論，裏面包括兩個部分：（一）人類普遍的描寫，（二）當代人物的描寫。此書原於郤奧弗拉斯德的暗示，而他的成功卻靑出於藍，他能銳利地洞見當時人的品性，恰如其分地描寫當時人的品性。因爲他常與人間接觸，在當時一般事以瞑想爲務的作家中算是最能懂得人情的人，又因爲他半生在大孔特家，對於宮門與上流社會的描寫尤其本着親見目睹而沒有隔閡。他表現在當時的社會，貴族、世家、身分已失其存在，所有的朝臣成爲君主的臣僕，管理租稅的人橫征暴歛，權勢就是一切公理的尺度。他暴露皇家宮廷生活的窮奢極慾，他又針砭那些言仁義道德而只知利祿富貴是求這樣過虛僞生活的爲上者，把人民的生活、死種種大事全然置之度外；此外對於戰爭的罪惡政制的矛盾，他都曾加以嚴辭駁斥。他不但暴露上流社會的罪惡，同時且描寫下層民衆的苦痛。他描寫農民遇到戰爭的時候，老幼轉輾溪壑那種飢寒交併的慘狀，使我們想見當時農民的生活還不如山林的走獸、市廛的牛馬；他描寫下層民衆的生活沒有上流社會那樣逼眞，而大部分的事實卻不是虛構的。對於當時整個的政治情況，他曾作這樣的評語：『小民無才，大人無心。』布律耶攻擊爲上者的罪惡以及替爲下者伸怨，他已看到了當時社會階級的失調與社會制度的裂縫，對於十八世紀的大革命，他先有預見之明。

對於一般的人生，他是很抱悲觀的。對於人生的結論，他曾說過這樣一句簡單的話：『人生是短促而厭煩的。』（la vie est courte et ennuyeuse）將這句話他接着演繹成爲：『人生是厭煩的，常常在無休息中想望休息。等想望到的時候，就是死期臨頭了」由這些話，可見他怎樣在醜惡的世界中養成了忿世嫉俗的觀念。他以倫理家的氣分也寫箴言像羅希福考那樣用以揭破人們的自私與虛偽。箴言家的他，立言沒有羅希福考的明透，思想不及巴斯加的深刻，描寫不及蒙戴尼的機智，而作為社會批評家的他，卻為當時一般人所沒有的見解：就是能看破當時社會的矛盾而給下層民衆以同情。布律耶的性格描寫，在十七世紀的散文上無出其右，與賴西納在戲曲上的表現可稱雙璧。

D　書簡家與筆記家

黃金時代是各種形式的文學蔚起的時候，不僅詩歌戲曲等純粹文學有卓越的表現，即應用文學中如書簡與筆記之類也有優美的成績。在中古時期，因一般社會智識不開通，交通不方便，書簡的來往很少。十六世紀因商業的發達，書簡的傳遞較增加，其重要性，不過當時的書簡大多用以傳達事務，沒有文學上的價值。到十七世紀，國家統一，社會繁榮，上流社會的交際日繁，討論學術交換意見在在須要書簡之作，於是書簡成為精神交通上所必要的工具。當時的人很注重禮貌，對於書簡的寫述務求優美，故書簡漸漸發生文學上的價值，所謂書簡文學（littérature épistolaire）竟成為一種普遍的文學。當時的大文豪賴西納、波亞洛、拉芳登與巴斯加等，一方面也是有名的書簡家。至於純粹以書簡出名的散文作家也不在少數，賽維尼夫人就是其中最有名的一個。

賽維尼夫人（Mme de Sévigné）以一六二六年生於巴黎，伊父親名舍爾斯・拉伯丁（Celse-Bénique de Rabutin-Chantal），母親名瑪莉（Marie de Coulanges），伊的閨名彙取父母之名的一半，就稱為瑪莉・拉

伯丁 (Marie de Rabutin)。伊是一個珍珠掌上的愛女，不幸在幼年父母相繼見背，因此伊的童年，卽在悲酸中過去。伊十八歲時就嫁給侯爵賽維尼 (Marquis Sévigné)，侯爵是一個寬厚的紳士，那時的賽維尼夫人年輕、貌美、活潑而又好學，常出現於藍蒲綺夫人的沙龍；可是不上七年，侯爵因與人格鬥喪身，留着他的寡婦孤兒與幼女，過着凄涼的守節生活。賽維尼夫人將伊的兒女苦心鞠育成長，將伊全部的心血傾注於他們身上，尤其鍾愛伊的女兒。後來嫁給格列南伯爵 (Comte de Grignan)，不久伯爵往外省作官，伊女兒也隨同赴任；以伊們母女之愛的深摯，離別時不免一番悲傷，別後夫人時常寫信給伊，夫人的書簡大半是給伊女兒的，也有一部是給他兒子的，可不多。一六九六年伊因病死於格列南地方。

賽維尼夫人的書簡集 (Lettres)，與伊的身世有關。伊幼年喪失雙親，深感無父無母之女的苦痛，想到母性愛的可貴；嫁後失掉丈夫，又不曾享久長的伉儷的幸福，於是轉將伊的母愛完全獻給伊的女兒，伊的書簡最可寶貴的地方就是眞摯的母愛。當夫人和女兒兩地相思的時候，伊常常將消息報告給女兒，地方的奇聞逸事，凡爾賽宮的風雅韻事，日常交際所遇到的人物，四時故園的風光；這些報告的書簡，已把伊周圍一切值得記載的資料都吹噓在紙上，要是把它們連貫起來，倒是一種珍貴的日日新聞。當女兒問伊關於治家對人的問題時，又表示了伊不少賢婦人中肯的意見。賽維尼夫人的書簡曾爲巴斯加與高乃衣所賞識。書簡雖屬對伊女兒的譚話，無關宏旨；而伊那種深情脈脈的母親之愛，倒完全是眞情的流露，惟其是眞情的流露，最能打動一般人的心坎。這種專一的母性愛，擴大起來，足以刺戟普遍的人間愛。

孟德農夫人（Mme de Maintenon）也是一個出名的書簡家。伊生於一六三五年，出身寒微，是詩人杜弼涅的孫女。戲曲家斯卡隆的寡妻，後來改嫁，昇為路易十四的皇妃。這段婚姻雖沒有正式宣布，然已成公開的祕密。兩人同居了三十年，孟德農夫人曾操了女王的權衡；伊雖不曾露骨地干涉皇帝的政治，而伊以雋智的見識常暗中規勸皇帝或助理皇帝解決種種問題。伊對於宗教信仰與社會服務，都很熱烈；路易十四死後，伊脫離了煩囂的宮廷，致力於女子的教育，創辦一個聖辟爾女校，并努力於教義的宣揚。死於一七一九年。

伊的書簡集（Lettres）與賽維尼夫人一樣地明麗生動，性質卻與前者不同。賽維尼夫人以為母者的一顆心獻給女兒，孟德農夫人以宗教家的熱腸，勸戒皇帝與百官要放出一點慈心，勸道民衆不要作惡造亂，以教育家的誠心，教導一般女學生要敏勤簡樸，做良妻賢母的典範。為了這些，伊常以身作則，在書簡中敍述伊自己許多不幸的遭遇，而且時常以提高精神生活，減低物質慾望為信念。夫人是一個誠摯、剛毅、篤信的女性，在書簡中反映出了伊的人格與當時代女性的理想。

在當時候，還有一種文人足與書簡家媲美的是筆記家。筆記家用隨筆與記事的體裁，將作者耳聞目見的重要事物記錄下來。作這種筆記的大多是上流社會的人，其中沙龍中的貴族婦女也不在少數，如慕苔維夫人（Mme do Mottevillo），蒙德般西姑娘（Mlle do Montpensior）等；不過最著名而有歷史地位的，要算聾綴與聖西蒙二人。

保祿·龔締（Jean François Paul Gondi）是萊玆（Retz）地方的主教，生於一六一四年，死於一六七九年。他的叔父是巴黎的主教，他自小被家庭迫着委身宗教，而長大後卻是一個野心家，乘路易十四幼年呂希留死後，要排擠馬柴林，奪首相職，曾參加佛龍台黨方面作戰，一生與馬柴林為仇，自言與馬柴林誓不兩立，直到他死後，纔肯到宮廷供職。他的筆記（Mémoire）是戰時的記述，記述軍營戰鬪的情形，描寫參加將兵的姿態，戰地的風光，戰時的空氣，文筆非常生動，只是主觀太重，不免有失眞實與無偏的態度。

聖西蒙（Louis de Rouvroy, Duc de Saint-Simon）的筆記，較龔締要勝一籌。他生於一六七五年，死於一七五五年，是一個公爵的嗣子，父親富有家產，為路易十三的寵臣，後因在朝中失和，家產被呂希留所沒收。聖西蒙繼父親之後，承襲公爵的身分，很想恢復先人的威嚴，在朝造成一部分權勢。他初起為侍臣，想攫取軍事的實權，結果失望；又企圖謀一外交的要職，結果又不如願；路易十四死後被委為奧爾良公爵系（La Famille du Duc d' Orléans）的攝政顧問，但並不為他所滿足。後來他率性拋棄了作官的生涯，退隱田園，從事著作，他的筆記（Mémoire）就在此時寫成；那時大概在一七四〇年，已是十八世紀的中葉。

筆記記述他從一六九一年至一七二二年在職期間的種種事情。聖西蒙是一個頭腦清楚的人，在政治上有深遠的眼力。他看到路易十四末年社會的矛盾現象，覺得有暴露的必要，於是把宮廷帝皇內部的黑幕，官僚活動的醜態，政黨傾軋的陰謀，財政官吏的勒索舞弊，完全表現出來，而且一一說得確有實據，對於政治中人的種種性格，尤其描寫得聲影畢現，躍然紙上。聖西蒙從這些活動寫眞中看到未來社會的大騷動是不免的，其眼光的深遠，大足引人注意。

E 宗教家

路易十四親政時期是法國專制政治與羅馬舊教打成一片的時代。統治者爲維持絕對主義的存在，必須實行愚民政策，而宗教信仰是麻醉人民唯一有效的手腕，故十七世紀迷信風氣的濃厚，是法國歷史上一個顯著的現象。當時的法國，政權須集中於帝皇一尊，思想須集中於理性一尊，信仰須集中於舊教一尊，有敢提倡自由思想者，國家將處以極刑。無神論的著作被列爲禁書，新教的信仰曾被勒令取締。教權操之於羅馬教會，社會上完全以舊教爲虔誠敬仰的對象。在這種專制政治的局面下，政治上不容有什麽集會發表政見，惟有在教會中可以演說傳道。演說和傳道的大多是一地的主教，當時上流社會舊教信仰非常熱烈，每當宗教演說的時候，親王、貴族、官吏等上流社會的人終是擠滿了座位。凡遇皇族貴人舉行葬禮的時候，必集會作一次追悼演說（oraison funèbre），由司教僧正宣讀誄詞，以表揚死者一生的行狀，并分析其德性，來感化時人爲善。這種誄詞有散文上的價值。當時宗教演說家中，最重要的是波舒埃與法納隆兩人。

賈克·貝尼紐·波舒埃（Jacques Bénigne Bossuet）在宗教上是羅馬舊教有力的辯護者，在散文上是發揚巴爾若克的功臣。他以一六二七年生於狄戎（Dijon）的中產之家，父親是高等法院的律師，八歲時就削髮受戒。起初他在本地教會設立的哥特蘭學校（Collège des Gordrans）求學，後他父親到梅茲（Metz）升任最高法院的顧問，他便改進巴黎的那伐爾學院，竟其所學。一六五三年他應襲第王的徵文，發表第一次宗教論文，得神學博士學位，被任爲梅兹地方的牧師，那時他纔二十五歲。在職務之暇，他悉心研究經籍，深感新教徒的教條有違最初的教義。一九五九年波舒埃重到巴黎，大放厥詞，開始作攻擊新教的演講，激起了教義上的論戰，大爲朝廷人士所尊敬，有很多人竟把他推爲舊教的導師。後在恭同（Condon）地方，他連任兩年主教，時常被邀作追悼演說。一六七一年皇家延他充任皇太子的師傅，他一方面悉心教導，一方面把希臘、拉丁的典籍重新整理了一番，同年他被選入法蘭西學士院，他大部分重要的宗教著作都在這時着筆。一六八二年太子學成，路易十四派他到梅和（Meaux）地方作主教。從此他專心過說教生活，積極宣揚舊教教義，排斥新教徒，向清淨派的法納隆挑戰，互相作長久的爭辯，後把法納隆定罪。一七〇四年他因積勞過度，害病死於巴黎。

波舒埃的主要著作，是「誄詞」與「說教」。

誄詞方面的作品有法蘭西的杏莉哀德誄詞（Henriette de France，一六六九、）英吉利的杏莉哀德誄詞（Henriette d'Angleterre，一六七〇、）皇后瑪麗·苔萊絲誄詞（La reine Marie-Thérèse，一六八三、）公主巴拉蒂耐誄詞（La Princesse Palatine，一六八五、）及龔第親王誄詞（Prince de Condé，一六八七）等。這些誄詞，都是爲皇后、親王、公主、公爵、貴婦人所作，其中英吉利的杏莉哀德誄詞，最爲著名。波舒埃在這些追悼演說的誄詞中，表示出他對於人生的態度；他本着宗教上的理想，在反面對於人類因襲的劣根性如自私、尊大、武斷、強暴、貪慾、卑鄙、庸懦等一一加以攻擊，在正面對於前人的寬厚、虔誠、篤信、謹愼、樸實、忠恕、泛愛等種種美德加以表揚，給後人示範。他認爲要造成一種善良的行爲，必先造成堅強的信仰，因此他把上帝的權力高抬在一切之上，在全能的上帝的炯眼之下，任何人都不能從罪罰中漏網過去，因為上帝的眼光是無處不普照着的。

說教方面的作品，留傳下來的有一百六十餘篇，其中比較重要的有政治原於聖書論（Politique tirée de l'Ecriture Sainte）、新教分離史（Histoire des variations des eglises protestantes，一六八八）、清淨派的關係（Relation du quiétisme，一六九八）、傳說與聖父的防禦戰（Défense de la tradition et des Saints Pères）與聖書默想錄（Méditations sur l'Evangile）與神與己的認識論（Traité de la connaissance de Dieu et de soi-même）等。這些說教都是站在宗教至上論上立言的。他認為政治是宗教的隸屬物，王權神授之說確切不移，帝皇是承着神的意志執行神的命令，神是喜歡清廉的，故作官第一要廉潔，那些貪污作孽的官吏在上帝前是無恕的。對於新教，他最熱烈攻擊，認為新教與原始的教義抵觸，自己也沒有一個標準的理論，新教的改革不但是不合理的，而且是沒有希望的，因為派別既紛歧，教徒又缺少殉身宗教的熱誠。波舒埃立志要掃除一切他所認為缺德的觀念、偏激的思想和異教的勢力，以解決宗教問題自任；自己也提出一個確切的立場，主張人類應以虔敬上帝的本則道德，可望高尚，再輔以明確的常識，養成遵守公共秩序與為公共服務的習慣，這種人可稱為善人，將來必得上帝的報償。

波舒埃還以自己的宗教觀點應用到歷史上面，創出一種歷史哲學，以宗教的概念構成歷史發展的一元的系統，他為太子所編著的世界通史講話（Discours sur l'histoire universelle，一六八一），就是這種見解具體化的作品。世界通史講話分（一）時代的創生、（二）宗教的繼續與（三）諸帝國三篇，本着創世記的傳說，解釋自有世界人類誕生、初民的蒙昧生活到凱撒大帝新帝國的建立、救世主的降臨、羅馬教的誕生以至埃及、波斯、希臘、羅馬諸國的盛衰榮枯歷代君主攝政的得失，都曾加以說明。他的結論說歷史的推動人類的進化都有神在冥冥中啓導，如果沒有神歷史就要呆滯而失所依據。

普通宗教家的說教終是沈悶單調的，因爲他們帶着衒學氣，要強制人們信仰；而波舒埃則不然，他有他一貫的主張，可以說服人們。他在說教或雄辯的時候，常帶有莊重的態度，發有力的議論，立論能深入淺出，以平易的常識的語句宣達出來，使一般人能確切了解。波舒埃曾得到希臘、拉丁文的好處，作風兼具嚴峻、雄渾、簡捷、明快諸優點。在黃金時代的宗教演說家中，他是獨步的人物；不僅爲本國的後起者所師承，在英德各國也發生相當的影響。

波舒埃早先的私淑弟子法納隆，在當時的宗教家中是與他針鋒相對的人物。拉・莫特・法納隆（François de Salignac de La Mothe-Fénelon）以一六五一年生於沙拉市（Sarlat）附近的貴族之家，最初在他父親別業中誦讀，繼而到加屋（Cahors）受在巴黎的普來錫學院（Collège du Plesis）與聖・舒爾比斯修道學校（Séminaire de Saint-Sulpice）竟其所學。學成後在新教會擔任了十年職務，時常在教會中發表他宗教的意見，顯出他是一個雋智的青年。久後他與波舒埃相識，由波舒埃的介紹，到宮裏去教導路易十四的孫兒。這孩子長大以後就蒲谷尼公爵（Duc de Bourgogne），這位小公爵因生長宮廷，自幼驕慢放浪，法納隆費盡心力，設法誘導他，使就範於他的理想；他有名的一個故事泰來馬克（Télémaque，一六九九）就是爲這孩子作的。後來蒲谷尼公爵長大，法納隆卽在一六九五年就了康布壘（Cambrai）的主教。當時法納隆因替計雍夫人（Mme

de Guyon)辯護，在主張上與波舒埃一分爲二，爲着道義的不相容，親故的師友間也不惜板起面來作酷烈的論戰，彼此針鋒相對了好久，法納隆終以信仰者寥落，不能制勝，結果且被波舒埃撤職。法納隆新教的主張因受羅馬舊教的抑制，不能貫徹，他的泰來馬克一書又因被路易十四發覺中有不滿意於主的暗示，對他抱怨；在這多重壓迫之下，法納隆深切地感到抑鬱不得志的苦痛，一七一二年，他苦心教導而希望他有一點作爲的蒲谷尼公爵又告死亡，前後的顛倒使他感到生存的乏味，不上四年自己回到康布壘也死了。

法納隆是一個性情溫和人格高潔的君子，研究的趣味非常廣泛，宗教與人生哲學是他主要的特長，其他教育、歷史、文學方面也都有著作表現。他時常作宗教演說，他的演說大多本着腹稿脫口而出，沒有波舒埃那樣的講稿。他常向不信教的青年說，教會是吸收社會上優秀分子的機關，教會如果能彀清明，那末社會上各方面的人才必然會選拔進來，因此青年人但須養成正確的思想與態度，不必先存有一個服務宗教的動機。話雖如此，但是他自己服務宗教遠在他思想態度成熟以前。法納隆的新教思想，大部分具體化於聖徒箴言講義（Explication des maximes des Saints，一六七七）中；他認爲我們應該在與神的關係中忘懷自身，要以基督教爲普遍的人類的贖罪者，不要以基督教爲特殊的個人的贖罪者。這種新教的思想大爲舊教所排斥，但法納隆的主張並不因此而稍變，他雖受抑制，而他學術上的貢獻仍繼續不絕；如死者對話（Dialoques des morts）、寓言集（Fables）、教士服務論（Traité du Ministère des Pasteurs）、論法蘭西學士院任務書（Lettre sur les occupations de l’Académie française，一七一四）、諸王職務之良心的考察（L’Examen de conscience sur les devoirs de la royauté)、與女子教育論（Traité de l'éducation des filles，一六八七）等這多面的著作，在社會上仍不乏他的同情者。關於法納隆與波舒埃法國有一個皇帝在他的文學記錄中用幽默的口吻批評過：法納隆的錯誤由於太愛神，而波舒埃的錯誤在於對人太冷淡無情。

在女子教育論中，波舒埃曾明顯地提出他的人生哲學。他主張人生應以「理性」作行爲上的指導，以「自然」作行爲上的標準。在論法蘭西學士院任務書中，他提出法蘭西學士院在學院辭典編纂完竣以後，應該從事文法、修辭與詩學的整理，他自己也貢獻了文字上、演說上與文學上好幾種標準。他在文學理論上的意見與當時人大有出入：普通認爲十七世紀是散文上前詩歌落後的世紀，他卻不承認詩歌的落後；他說高乃衣與賴西納的悲劇雖簡潔而有力，可是終覺得有強制而不自然的缺點，所以此後悲劇作家創造主人翁不要如以前那樣定型或刻板，必須表現出他們生動而明確的個性。法納隆在文學上曾提出不少新的見解，這種新的見解與十九世紀初期的文學革命有前呼後應之勢。

散文故事泰來馬克，也是法納隆的重要作品之一。這故事用有韻的散文寫成，中間敍述太子泰來馬克漫遊的事蹟。泰來馬克的父王於柳斯與諸王爲遠征特洛伊城，在外十餘年；後來戰事終結，太子隨同一個賢人孟多去尋他回來。他們從海道出發，路過許多國家，沿途考察各處的政績民情，風俗習慣，由孟多隨時解釋，告訴他做國王的義務，應該顧全民衆利益，國王是替人民幹事的，並不是單受人民豢養的，君民的友好要如朋友的友好，個人的靡費與享樂爲上帝所不許。這故事中的人物，泰來馬克差不多代表着路易十四的孫兒，法納隆則以孟多自居，借孟多的口吻在這幼主的腦海中印示一個賢明的君主的典型。其中描寫烏托邦的理想界，提出德模克拉西的思想，差不多已在做十八世紀政治革命的夢。

與上列兩個宗教家同時的，還有幾個出名的作家。路意・蒲達魯（Louis Bourdaloue，一六三二——一七〇四）是比較傑出的一個，他是一個客觀的理智的宗教家，以邏輯化的文辭宣揚道德意旨，在散文上的成功也不小。與他同年生的佛萊希爾（Fléchier，一六三二——一七一〇），以追悼演說著名，口才與修辭近於優麗派。更後有若望・瑪栖榮（Jean Baptiste Massillon），曾為路易十四作誄詞，其說話的機才勝如佛萊希爾，作品遺下一部四旬小封齋（Petit Carême）。

F　小說家

十七世紀的法國文學形式最尙謹嚴，且以返於古代為依歸，因此古已有之的格律謹嚴的戲曲詩歌為社會所推重，吐了萬丈的光芒；方在萌芽的行文自由的小說不適合於當時社會的心理，不免現着沈寂的趨勢。所以這時期的小說，僅佔散文中一小部分的地位。

前乎黃金時代的過渡時期，小說的表現以理想派佔優勢。理想派小說家有不少屬於詩壇的優麗派，理想派小說的巨子歐佛，就是優麗派最重要的詩人，上面在過渡時期的詩壇中已經說過。歐佛的牧歌小說，為後來理想派小說家所熱烈模倣，模倣的結果又展開了另一種形式名冒險小說；內中不是描寫牧人男女的戀愛情事，而是描寫公子、王侯、將軍等歷險的奇蹟。理想派小說的作家，第一個要算到羅伊・甕俾儆葉（Martin Le Roy de

Gomberville，一五九九——一六七四）龔倬微葉是歷史家、地理學者，不過他對文學早有濡染，十四歲時就出版詩集，被年長者讚爲詩童，他在求學時讀到歐佛的柯絲特萊頓時對於小說發生興味，二十歲時即着筆寫成波列山大（Polexandre）；這是他最有名的一部長篇小說，長約二百萬言，敍述國王遠征漫遊世界的事蹟，主要人物有國王、女王、武士等，描寫路溝風險島上決鬬等冒險的情節，其中如各地住民的生活習俗等異國情調的描寫，頗能引人入於縹渺的理想世界。在理想派小說中繼龔倬微葉而起的作家有斯偓苔莉小姐（Madeleine de Scudéry）與貴紳卡爾普倫特（Seigneur de la Calprrenéde），也喜歡作理想化的表現，人物大多善惡極端，地點終是天高地遠。斯偓苔莉有三個小說最有名的：大薛勒斯（Le Grand Cyrus）描寫波斯王爲着求愛，作長途的冒險旅行；伊勃拉因（Ibrahin）描寫土耳其的奇蹟；克萊莉（Clélie）描寫羅馬古史上宮闈的情事。伊因爲是沙龍中人，優麗派的意味極重，不論描寫古時人他國人，他們的禮儀談吐終脫不了沙龍氣，而顯出十七世紀法國貴族的本色。卡爾普倫特爲人很帶着一重衒學氣，他所作的卡桑德耳（Cassandre）、克略巴德（Cléopâtre）與佛拉拉蒙（Fraramond）都是篇幅龐大的小說；內容所描寫的大多以貴族少女的戀愛爲經緯，宮廷生活與冒險征伐爲穿插。理想派小說有生動的情節，纖巧的辭句，曾吸引了不少熱心的讀者。

十七世紀初期，法國因連年內亂，一般社會有厭棄現實社會的心理，故理想派小說盛行一時。到十七世紀中葉，國家的根基已告統一，社會的秩序轉形穩定，人們愛好現實的觀念復活，於是現實派的小說代替着理想派而起了。

法國這時現實小說之起最先由於各國現實小說的介紹，如居士芒(Guzman)與皮斯貢(Buscon)等著作流傳到法國以後便刺戟着現實小說的發生。現實小說的先驅者是查理士·蘇萊爾(Charles Sorel，一五九九——一六七四)，他曾爲朝廷史官博學多能，歷史文學教育辭書乃至科學種種方面都有著述，小說的重要作品有佛蘭仙永的滑稽史(Histoire comique de Francion)與瘋狂的牧羊人(Le berger extravagant)兩種。在滑稽史中作者借着主人公的行爲把沙龍作家所有的無謂的吹噓、卑鄙的趨奉、強作的滑稽與強烈的偏見等都暴露出來；這個主人公並不是踏破鐵鞋去找他情人的少年，也不是爲建立王國而東征西討的皇子，他只是一個街頭的流浪青年，假裝着學者的頭銜行他的拐騙，而所拐的無非是一些庸人與女流，僅能賣弄其末技而已。全書充滿着一種詼諧的情調與深刻的諷刺，在當時流行的廣闊並不讓於歐佛的阿絲屈萊。瘋狂的牧羊人情節大部分與吉訶德先生相似，書中的主人公青年牧羊人也是吉訶德式的，吉訶德以一個鄉村紳士而嗜騎士小說，結果因追慕那些騎士的作爲，鬧了無數的笑話，同樣，這個青年牧羊人最喜歡讀歐佛的牧歌小說阿絲屈萊，以爲書中的人物是實有的，他爲模倣書中的牧人舍得龍而去找尋阿絲屈萊那樣美麗年輕的公主，結果到處是碰壁，到處是笑話。蘇萊爾的作品在清算理想派小說的諷刺中含有豐富的趣味。

蘇萊爾極力反對理想派小說，而現實派小說的機運尙未十分成熟，一般社會仍念念不忘着牧歌小說。迨保祿·斯卡隆(Paul Scarron，一六一〇——一六六〇)的滑稽小說(Roman comique)刊出，現實派小說又重新振起。斯卡隆在三十歲時因患了半身不遂之症，成爲終身的殘疾，不過著作仍勤勤不息，滑稽小說就是他一生最大的傑作。這部小說的主題描寫一個遊方劇團沿途所遇的種種奇情奇節，從內中男女色色的悲歡離合中托出機智、英武、同情、僞善種種氣性，把敦厚樸實的村姑比作同情，把沙龍中詩人的辭句彫求認爲是不必要的虛僞。這小說表面雖在描寫俳優的心理與各地的風俗，而骨子裏無處不藏着對沙龍作家或理想派小說家的嘲笑。斯卡隆一方面在滑稽小說中表示拋棄理想小說，另一方面在化裝的味吉爾(Virgile travesti)中表揚古典精神。化裝的味吉爾在一種寫實的形式中表示出味吉爾那純潔的情感與崇高的精神，并且把他莊嚴的史詩風格介紹到十七世紀的法國，而能把味吉爾原有的情緒保存不失。這部小說的目的，在做出一個榜樣來矯正當時社會貶視古典傑作的心理，用肯定的態度判定牠們的價值。其次西哈諾·柏日拉（Cyrano de Bergerac，一六一九——一六五五）是與斯卡隆同派的一個小說家，他另一方面也是一個喜劇家，其重要作品是月球上諸國的滑稽史（Histoire comique des états et empires de la lune），他諷刺的情調要強似斯卡隆，這部作品與英國斯尉夫特(Swift)的高里佛遊記(Guilliver's Travels)有不少相似處。

在十七世紀的小說中，理想派的牧歌小說代表着封建貴族的意識，現實派的諷刺小說代表着統一專制帝國下的貴族的意識，而以現實派小說的形式站在中產社會的立場的，則自費含締埃起。安多納·費含締埃（Antoine Furetière，一六二〇——一六八五）出身中產之家，他譏諷貴族、沙龍與宮廷中的人物，對於中產者的貴族崇拜與獻媚皇朝者同樣也加以嘲笑；他所著的布爾喬亞外史（Le roman bourgeois），就是這種見解的具體的表現。對於現實小說的態度，他曾說道：『我要眞心告訴你們一些人們的故事，這些人不是英雄美人，沒有軍隊，不是去征人國的。他們是一些中產社會的人民，普通安分守己的走路者。他們不論妍醜巧拙，都是我們日常所接觸最多的人物。』費舍締埃的小說撕破了貴族社會的誇張與官僚世界的虛文，而表現出社會上平凡而實際的生活，這和十九世紀下半期的現實主義與自然主義性質相同，僅有程度之差。

這世紀的後半期，小說愈凋落了。在小說界稍能撐持局面的只有拉・法夷德夫人 (Madeleine de La Fayette, 一六三四——一六九二)。拉・法夷德夫人是路易十四宮廷中出身的才媛，也是一個現實派小說家。伊的傑作克雷芙的公主(La Princesse de Clèves) 曾博得文壇的盛譽；這個小說描寫丈夫與妻子間委曲的關係，能在平凡的情節中顯出不平凡的情感。活潑的妻子與忠厚的丈夫過同居生活，妻子尊敬丈夫而並不愛丈夫，丈夫好比伊的朋友，而不像是伊的愛人，不冷不熱的說話與接吻，這種沒有愛的溫情的生活使他的妻子感到隱痛，而有向外憧憬的希求；但妻子畢竟是善良的婦人，伊有這種希求而不願實行，而丈夫卻因此發生誤會而自殺。妻子終於也以修行守節；在這種不幸的葛籐中，隱隱可以看出兩性間的問題。拉・法夷德夫人抓住了實際生活的矛盾，而用心理分析的方法描寫出來，在近代小說中肩了心理小說先驅的任務。

費舍締埃與拉・法夷德夫人的現實派小說，一個在外在的方面作社會的描寫，一個在內在的方面作心理的分析；他們兩人的意識雖未能與過去社會絕緣，而處理的方法確已跨上近代小說之路。

Voltaire

服爾德

Denis Diderot
狄德羅

Jean Jacques Rousseau

卢 梭

十八世紀法國貴婦女招待文人的沙龍之一

第五篇　十八世紀

第十九章　十八世紀的社會與文學

黃金時代文學之影響於英國　—英國古典主義的衰滅與法國古典主義的動搖—路易十四時代的法國不離封建國家的本色—農村破產與工業資本主義上昇—社會的多重矛盾—專制主義根基的動搖與古典主義源泉的枯竭—啓蒙運動由英傳入—法國啓蒙運動的主要表現—自由主義—唯物主義—個人主義—傳統否定與偶像破壞—文學家從宮庭到沙龍—十八世紀法國的沙龍—十八世紀文學的特色

黃金時代的法蘭西古典文學，其絢爛典麗的形式，風靡於歐洲各地，幾成爲當時諸國的模楷。這些國家中受法國古典主義影響最深的要推英國、德國與西班牙，尤其英國直接受法國的影響，其古典文學的發展有與法國並駕齊驅的趨勢。英國自從沙士比亞死後，文壇的氣運衰微，十七世紀前半期因國內變亂迭乘，思想文學益加低落，淸教徒詩人密爾頓（John Milton），算是僅存的碩果。而至十七世紀後半期王政復古，法國文學輸入，嚴格的規律典麗的形式成了一般文學普遍的特色，英國的文壇卽開始改弦更張，文壇的巨子一時輩出，如詩人德萊登(John Dryden)、蒲伯(Alexandre Pope)與散文家亞迭孫(Joseph Addison)、斯蒂爾(Richard Steel)、斯尉夫特等英國的古典文學迅速地抓上了最高峯，與法國文學幾無分軒輊。但我們也得承認：代表十七世紀上半期英國文壇的淸教徒詩人，其背景非貴族而是中產者，不傾向於古代希臘主義而傾向着中古希伯來主義，同時專制主義在英國的壽命非常短促，不久卽告覆亡，所以古典主義在英國也只如曇花之一現。而且卽在古典作家中，亞迭孫的古典悲劇始終很少人同情，制定英國古典法則的蒲伯，在他的作品中顯現着超古典的感情主義（sentimentalism）。顯然，古典主義在英國不曾生根，而且到十八世紀已告衰歇。古典主義勢力根深蒂固的法國，因時潮之推動，一入十八世紀，也在動搖不定之中。

古典主義的文學是反映着路易十四時代的社會環境。路易十四時代的法國還是一個農業國家，農村較都市佔優勢，全國人口的百分之九十一居住農村，都市方面只有里昂與巴黎稍呈繁華氣象，雖然當時厲行重商主義，獎勵對外貿易，但商業僅在幾個都市裏面，農業的販賣內有不少農產品，國家對於商業採取獎勵與免稅政策，國家的收入或課稅大部分取之於農民身上。所以十七世紀的法國，表面上是重商的國家，實際上仍是一個以農業爲主體的封建國家，不過在絕對君權的統治之下，國境中不會發生龜裂而已。我們要明瞭古典主義在十八世紀是否具備着繼續存在的條件，須看十八世紀法國的社會環境形成了怎樣的姿態。

封建社會的根基建築於官僚地主對農民的剝削關係上，這種剝削關係到十八世紀益見深刻。法國的君主貴族，爲着粉飾太平與享樂的追求，曾在黃金時代大興建築，蒐養詩人藝術家，設宴行樂，歌舞昇平，紙醉金迷，窮奢極慾，作盡人間的威福，不惜剝削民衆的脂膏來作孤注之一擲，以博得頃刻間的愉快。這樣累積日久，國庫漸漸空虛，社會遂形成根衰葉茂的氣象。路易十四死時遺下債務達三十五億之鉅，繼起的財政家束手無策，即有整理計劃，每爲握有特權者所掣制，無法促其實現，而十八世紀上半期連年與波蘭、奧大利戰爭，國費膨脹不已，財政更有岌岌不可終日之勢；於是唯一的打開策就是將膨脹的費用轉嫁到課稅上面。處於這種局面之下，十八世紀的農民，在身分上雖已脫去農奴的名義，而對於納稅的負擔卻反而加重，就地租與領主稅兩項已是可驚之數，而況徵收方法的層層弊竇，負擔更其增重，依當時的法律與從屬關係，農民須繳納新舊租稅的全部，有些地方竟將所得百分之三十六支付租稅，當時農民的收入雖因穀價的騰貴視前增加，而他們的維持力卻日見薄弱，而有紛紛離開農村的趨勢。這種封建制度末期的勒索政策，一方面破壞了農村的生產力，一方面也加速了財政的破產。破壞農村的不僅由於賦稅的加重，同時還由於工業資本生產的上昇。十八世紀的經濟界，廢棄了重商主義而提倡重農主義（physiocratie），重農主義表面上似乎否定商業的重要性，實際上他們主張自由貿易，倒促使國外貿易日益繁榮。十八世紀中後期的法國，在國外貿易上沾到極大的利益，這種資本的增加與積貯，轉而促進大工業的發展；不過當時法國工業的發展正如農業一樣受封建制度的威脅，爲國家的舊法律與稅收所束縛，不能迅速地飛躍，結果法國在大革命前的工業大部分停滯於家庭手工業的階段，所以新興的工業資本主義也以封建制度爲主要的對象。由此我們可以看到，在封建制度下的法國經濟，工業生產的上昇與官僚勒索的加重破壞了農村而造成了大批的失業農民，而工業的上昇又因封建制度的桎梏而不能從家庭手工業飛躍到大工業，以容納許多的失業農民。這種現象使當時社會形成了三重嚴重的矛盾：農民與封建制度的矛盾、封建制度與工業資本主義的矛盾以及農民與工業資本主義的矛盾。但大部分說來，農民與工業資產者的共同對象是封建制度。

上述經濟基礎的動搖，影響到政治上專制主義的動搖與文學上古典主義的動搖。專制主義到路易十四晚年，已成強弩之末，而繼他皇位的五齡曾孫路易十五，又祇學到他黷武與享樂，不會具備他專制的神通，社會的矛盾日益深化，時代的思潮日益高漲，皇帝的威嚴漸漸失墜，統治的權力漸漸薄弱，封建制度已成衆矢之的，專制主義也到了山窮水盡，路易十五臨逝時悽然地說：『我以後便是洪水。』以他的主觀也預料革命是不免的了。古典主義原是反映黃金時代豐富的社會生活的，而黃金時代並不如他們說的是永久的常駐的黃金時代社會的繁榮消失，古典文學的源泉即已枯竭，祇剩着冰冷冷的形式，猶在作空漠的表現，馴至古典主義的末流愈陷於中空外實的形式主義，所謂擬古典主義（pseudo-classicisme）就是古典主義最後的呼吸。

十八世紀的法國社會，在多方面的矛盾與動搖中，有一點是很重要的，就是中產者的地位正在一天一天上昇。中產者爲完成他歷史的任務，在經濟上須經過一種技術改造，在政治上須經過一次人權革命，在文化上須經過一番啓蒙運動。所謂「啓蒙運動」(Enlightenment)是文化上一種除舊革新的運動，含有淸算舊時代文化啓導新社會文化的意義。以前英國的古典主義由法國傳入，因爲法國是專制主義的大本營，現在法國的啓蒙運動則由英國誘起，因爲英國是工業革命的發祥地。啓蒙思想中最顯著的是自由思想，這種思想爲什麽首先會輸入法國，這也有它客觀的原因。法國在黃金時代一方面號稱文明水準極高的國家，唯理思想與古典文學視爲一國的光榮，而這種思想文學僅局限於上流社會，爲王侯、官僚、貴族所專有，另一方面一般民衆還是粗野無知，未脫中世紀的愚昧狀態，一方面似乎唯理與科學的思想突飛猛進，非常開明，而另一方面統治者的籠絡政策與小農國保守的民族氣質，全國差不多還是保守着頑固的舊教，不能適應其他各國的潮流。這種階級文化不平衡的發展，有待於新的改造運動。正好這時英國的啓蒙運動已著非常的成効，政治上宗教上已得到充分的自由；法國爲解脫舊制度的桎梏獲得眞正的自由，有繼起倣行的必要，當時新思想的倡導者爭先渡英，於是英國的啓蒙運動便首先在法國開花結實。

啓蒙運動之在法國與英國，雖同爲社會文化的改革運動，而因彼此民族氣質的差異，所結的花果也未盡相同：薩克遜民族有唯實唯利的傾向，思想偏於實際的經驗的，故運動的具體化是科學發達與工業革命；拉丁民族有唯理唯情的傾向，思想偏於理論的、狂熱的，故運動的具體化是自由精神與政治革命。法國啓蒙運動的主要特質，可分下列三點：

一、自由主義　自由主義是啓蒙運動中一特殊的產物，自由主義代表了啓蒙運動的大部分，因爲中產社會要造成他們的新文化，首先就要從封建制度下解放出來。這種自由主義的解放思想可以分兩方面：一是政治上的自由思想，一是宗教上的自由思想。政治上的自由主義是要反對專制主義官僚主義，以解除人民的一切桎梏與束縛，十七世紀的政治是統制的、君主的，主張君權是絕對的、至上的，帝王有絕對的權力可以干涉國內任何的事情，帝王是神聖不可侵犯的；而到十八世紀，一般思想家主張政治須是自由的、民主的，人權是天賦的、平等的，國民人人賦有正當的應得的權利，不受任何非理的約束。十七世紀政治愈專制，到這時要求自由的聲浪也愈高。宗教上的自由主義是要反對當時的愚民政策與強制的傳教信仰，因爲強制的信仰足以造成普遍的迷信，使人民永遠淪於愚昧狀態而不知自拔，所以要搗壞教會的權威，使各人自由地皈依自己的理智，當時的所謂自然宗教，就是要以自然的法則代替宗教的信仰。

二、唯物主義　唯理主義或主智主義的思想，在十七世紀的法國走上了極端，所以一入十八世紀即引起了相反的思潮，在英國出於培根、霍布士(Thomas Hobbes)、洛克(John Locke)等的經驗主義、功利主義早經發達，這種思想進入法國，即成爲唯物主義、感覺主義。當時研究科學哲學的學者，大多站在感覺主義的立場，認爲一切的精神活動，完全成立於外部的經驗，所謂理性作用，不外是感覺智識的總和，所以智識不是從內部自發，而自外界習得。較感覺主義更進一步的是唯物主義，那時的唯物主義是機械的唯物論，用自然科學的方法解釋人類一切生理的與心理的活動，把人類與動物同樣看作一種機械。這種見解固然不免失之偏激，而在因襲宗教與道德的反對上實有極大的力量，因爲當時的宗教與道德完全在以虛無的靈魂與抽象的觀念來朦蔽人民，自從唯物主義的學者出場，這種迷信的雰圍氣不知撥開了多少。

三、個人主義　個人的自覺、個性的尊重原是文藝復興以來的社會意識的普遍的傾向，不幸這種傾向在十七世紀完全消失於專制主義、唯理主義之下，在專制主義下個人的情感意志被抹煞，在唯理主義下個性被規範，而到十八世紀，正在生長中的工業資產者須要抬頭，須要飛躍，須要取得他們發展的自由，須要取得保護自己的個人的權利，於是受了長時間蹂躪的個人主義重又抬頭起來，至少在理論上已得到充分的發揮。十八世紀的經濟學者倫理學者都是尊重個人的，認爲人類是利己的動物，一切皆以利己爲出發，就是所謂同情、博愛、慈悲等也無非是維繫利己的手段。個人有天賦的人權，任何制度不能加以干涉；個人有他自己的理智與感情，不容任何規律或秩序來抑制個人有獨立不羈的人格，須充分地把他發揚起來。

啓蒙運動的思想，大體上可說是對於傳統的否定、偶像的破壞。啓蒙運動的學者代表着在生長中的資本主義反對在衰頽中的封建制度，要以自由主義代替專制主義，以科學智識代替宗教迷信，他們爲建立新的世界觀人生觀，便以大力向舊有的思想學術猛烈進攻。但是在十八世紀的時候，封建制度雖已到了窮途末路，而生命還沒有告終，所以反映舊時代精神的傳統思想猶在作困獸之鬥，資本主義雖已略具眉目，而眞正的發展尙有待時日，所以淸算舊時代的任務，一時還不能竟其全功。在這樣兩大勢力並存之下，社會制度的矛盾只有一天一天深刻，社會文化的矛盾只有一天一天尖銳，於是在思想界、學術界，在哲學上、政治學上、經濟學上、社會學上、法律學上、教育學上、自然科學上、文學上，不絕地引起攻擊、受攻擊、批判、受批判、淸算、受淸算這種空前的酷烈的論戰。一般地說來，這時候舊有的權威已失掉存在的根據，新興的權威還沒有確立起來，所以十八世紀是一個懷疑主義破壞主義的時代。

在文學上，有一件事足以證明舊時代文學的衰落的，就是文學家定居的移動。在路易十四朝，曾蒐羅天下文人學士於宮廷，文學家是時代的驕子，而一傳至後執政時代的紛亂現象迅速地把他們置在腦後，而且因時代激流的高漲，文學家大多背叛了皇室，回到世家、沙龍以至一般社會。

這時期的沙龍在性質上跟過去的沙龍有所不同：過去沙龍中的人物大多是貴族，幽閑的氣味比較濃厚，裏面大概品評些衣飾容貌等瑣屑的事情，學術上止於討論文學形式等問題；而這時沙龍中的人物大多是智識分子，順着時代的傾向談論文學形式社會好尙之外，政治、經濟、社會、法律、倫理等思想上的問題都可自由討論。所以十八世紀的沙龍不僅是文學的中心，而且是思想的中心。十八世紀時世家貴婦人交換學者名流的風氣不弱似往昔，故沙龍的爲數也很不少。這些沙龍最著名的是玉璽庭(Cour de Sceaux，一七一〇——一七五三)，此庭爲梅茵公爵夫人(La Duchesse du Maine)所設，類於文人的俱樂部，夫人擅長交際，曾招待過不少思想界的偉人，如服爾德、封得納耳等都是伊的賓客。其次，蘭葩爾夫人的沙龍(Le Salon de Mme de Lambert，一七一〇——一七三三）是文學的討論會，也聲聞遐邇，主人自己是一個作家，定期招待文學家，以藝文交相觀摩，著名的賓客有孟德斯鳩、馬利服、聖·伯多祿等。喬弗菱夫人的沙龍(Le Salon de Mme de Geoffrin，一七四九——一七七七)與苔芳夫人的沙龍(Le Salon de Mme de Deffand，一七三〇——一七八〇)以討論哲學著名，時常聚談思想上的問題，狄德羅與百科全書派同志和這兩個沙龍最爲接近，百科全書的印費一部就是由伊們捐助的。還有萊司宓娜司小姐的沙龍(Le Salon de Mlle de Lespinrsse，一七六二——一七七六)，主人是一個年輕伶俐的女子，不僅擅於交際，思想也很新穎，因此在伊門下出入之士人數非常衆多。此外第二流的沙龍還有很多，不再一一具舉。這些沙龍時常集文人學者於一堂，自由討論種種問題，於思想的闡明上其功績不可埋沒。不過因爲這些沙龍的主人大多具有身分，貴族氣味究未能脫除，對於比較激進的思想，不能完全容納，所以後來自由思想發達民主思想高漲時，一般文人學者又拋棄了沙龍走入一般社會。

十八世紀是一個懷疑主義破壞主義的時代，也是一個新舊交替的過渡時代動搖時代。這時代的社會，充滿着各種嚴重的問題以及解決這些問題的各種思想，爲時代先覺者的文人學者，頭腦中所裝的也無非是一團問題一團思想，他們無暇再作文字上的修飾藝術上的彫塑，他們的著作是要清算舊思想灌輸新思想，一方面爲破壞舊時代的武器，一方面爲建設新社會的工具，於是應着時代而起的，有用以鼓吹新思想的革命文學、辯明新思想的雄辯文學、宣傳新思想的新聞文學種種。這時期論文與散文佔先，藝文與韻文落後。從前美麗、雅馴、機智、諧謔、勻整的文學已經過去，正確、簡鍊、明澈、流暢、生動成爲十八世紀文學的特色。

第二十章　啓蒙思想家

A兩個先驅——佩耳——其生平與思想——「歷史批評辭典」——封得納耳——其生平與作品——科學思想之通俗化——B孟德斯鳩與勃風——孟德斯鳩——其生平與作品——「波斯人通訊」——「羅馬盛衰之原因考」——「法律之神髓」在法制上的倡議——勃風——博物學之研究——「風格論」——C服爾德——其豐富的生活與多方面的著作——小說「戇第德」梗概——作風的特色——D百科全書派與狄德羅——新思想之闡明者「百科全書」——全書之範圍、目的與編纂者——唯物論、無神論等思想的立場——百科全書派與舊社會的奮鬥——狄德羅——其生平與作品——他的主要思想——小說批評與繪畫理論——「描寫劇」的開創——E盧梭——盧梭與服爾德對較——其浪漫的生平與豐富的作品——性情的特色——「返於自己」與「返於自然」——「懺悔錄」——「社會契約論」——「愛彌兒」——「新愛綠綺思」——浪漫主義之父祖——影響所及

A　兩個先驅

十八世紀開始的時候，社會狀態非常渾沌，各個大思想家大文學家還沒有登場，文壇上一時找不到重要的承繼人，羅梭(J-B. Rousseau)與聖西蒙之輩雖在文壇的衰季猶能表現雄健的光輝，可是這些前世紀的遺民算不得是新時代的人物。在這時候能代表着十八世紀精神而向舊時代挑戰的，只有佩耳與封得納耳兩人。他們的作品大多在十七世紀臨了幾年發表，而其意識則爲新興思想新與文學建築根基。歷來的文學史家都把他們兩人列爲十八世紀的先驅者。

伯多祿·佩耳(Pierre Bayle,一六四七——一七六〇)是一個哲學家、批評家、宗教的懷疑論者。他最初是新教徒,後因受環境壓迫改宗舊教,然不久復歸新教。他自小精研哲學,一六八〇年在教會學院當哲學講師,曾著慧星觀(Pensées sur la Comète)與那所謂大路易朝下舊教的法國(Ce que c'est que la France toute catholique sous la règne de Louis le Grand)兩書,在法蘭西學士院曾公開反對古典主義的理想,認爲近代的作家不一定在古代作家之下,高乃衣、莫利哀、拉芳登等均足與希臘、拉丁第一流作家匹敵,因此他說當今的崇古無非是迷戀骸骨的偶像崇拜。在哲學上他持着唯理主義,認爲唯一可靠的是個人的理性,除個人的理性外無可信的東西,由這點他否認了傳統的宗教與傳統的道德。爲着這種理論,他被教會判定叛徒的罪名,不但撤消了他講師的資格,而且把他放逐出境。自此佩耳往荷蘭過生活,專心致力於辭書學家的工作,編了一部歷史批評辭典(Dictionnaire historique et critique)在一六九七年出版。這部辭典範圍非常廣闊,凡是哲學、神學、歷史、地理、倫理、神話各方面的名詞都曾搜羅,依字母的次序排列,作一個簡明的詮釋。他發憤編纂這部辭典,是要矯正一般社會的觀念,這個目的在他名辭的詮釋中可以看出;他認爲理性是創造一種學說的,也是將來破壞這種學說的,因爲一種學說在誕生時是根據理性順應理性的,而久而久之往往離開理性以至背叛理性,到這個時候,又需要一種新理性來破壞這種舊理性了。佩耳這種科學的懷疑主義的理論,不消說是爲既成的制度與學說的破壞製造論據。歷史批評辭典是一種通俗的參考書,出版以後曾經過無數次的重版,在當時新思想的傳播上,有不可輕視的功績。服爾德的哲學,曾參證他的意見,狄德羅等主編的百科全書,更直接受這辭典的暗示。

倍那爾・封得納耳先生（Bernard le Bovier, Sieur de Fontenelle，一六五七——一七五七）繼着佩耳之後，是破除迷信且將科學思想通俗化的啓蒙學者。他享壽至一百歲的高齡，為法國文學家中希有的長壽先生。他生性聰明，對於一切事物都有明透的理解力，心情冷靜，無處不用精密的思考，一生不苟言笑，是一個極端理性的人物。封得納耳為大戲曲家高乃衣的外甥，起初學習法律，後追步他的舅父創作戲曲，會發表亞四伯(Aspar)、勃魯圖（Brutus）、潑西顯(Psyché）諸悲劇，他的主要訓練在思想方面，他的貢獻則大部分在科學與評論方面。封得納耳的得名由於在一六八三年發表了死者譚話（Dialogues des morts），迨一八八六年宇宙萬象解說(Entretiens sur la pluralité des mondes)刊行，他的聲名愈其廣遠，不五年即被選入法蘭西學士院，而且被舉為學士院的書記。宇宙萬象解說是貫輸通俗智識的一部書籍，用著者與某伯爵夫人對話的體裁，解釋天體間各種星宿的形成、位置、轉動、各星球的情形以及太陽與各星球的關係，最後以新發明的天文學說作為結論。全書用淺近的事實解釋天文地理的原理，明白而饒趣味。封得納耳自謂要以自然現象的趣味打破超自然的宗教信仰。除了上述諸書外，封得納耳的著名作品還有神旨史（Histoire des oracles，一六八七）與上下古今談（Digression sur les anciens et sur les modernes，一六八八）；在前書中研究民衆迷信心理的發展，把異教人民對於神旨的信仰與基督教人民對於聖蹟的信仰，用科學的眼光觀察，認為一般地都是可笑的迷信；在後書中他表示自己的文義有適度的彈性，使一般學者看了不感腐淺，使一般人民看了不覺艱澀。封得納耳的作風富於條理而且通俗，為的他要將科學智識普及於一般社會。

B　孟德斯鳩與勃風

查理·孟德斯鳩子爵(Charles de Secondat, Baron de la Brède et de Montesquieu)是十八世紀前期的一個重要啓蒙學者，與服爾德、盧梭同稱爲十八世紀思想界的三巨星。孟德斯鳩以一六八九年生於法國西部勃萊特地方貴族的家庭，世襲法官，他自幼學習法律，二十六歲時至波爾陀(Bordeaux)法院充法官，不三年即升任院長。當時正是自然科學勃興的時候，他公暇專心於生理科學的研究，考察人生各部機構的關係，這種研究對於他後來政治組織的創見予以不少的暗示。一七二一年發表了他的小說波斯人通訊(Lettres persanes)，在文壇上卽獲到了盛名，一七二八年被選入法蘭西學士院。這時他決心從事畢生的大著，去棄了官職，先後往奧大利、意大利、荷蘭、英吉利諸國考察，尤其在英國時間最久。歸後他靜心寫述，直到一七五五年在巴黎逝世，完成了兩部巨著：羅馬盛衰之原因考(Considérations sur les causes de la grandeur des Romans et de leur décadence, 一七三四)與法律之神髓(Esprit des lois, 一八四八)前者是歷史上的名著，後者是法學上的經典。

在波斯人通訊中，作者虛構一個東方的波斯人來法國，以客觀的眼光來考察國家的政治與社會的風俗，他將在巴黎所看到的形形色色報告他本國的朋友，如咖啡館裏的情形、街頭風騷的女人、狂熱的賭風等種種街閑瑣事，又如教會的大言欺世、宮廷的窮奢極慾、貴族的荒淫無度等種種國家大事，都會用輕描淡寫的筆致具體化於這些信中。後面還借另一個波斯人的覆信，表現出波斯宮廷與社會情形，用這種借鏡的方法顯出法國政治的腐敗與宗教的黑暗。孟德斯鳩一方面借着人家的口吻對於攝政時期法國的腐敗作酷烈的諷刺，暴露傳統制度的不合理；一方面又表示自由與人權的重要，并提示出他對於政治、財政、法律等各方面的意見。這個諷刺小說作風自由輕快，已脫離古典主義的束縛，有好多地方表現出十九世紀浪漫主義的特色。

羅馬盛衰之原因考敍述的方法大體與波舒埃的歷史作品相彷彿；不過他們兩人最大的不同點，在乎波舒埃作史用天定的宗教的解釋，而孟德斯鳩則採人爲的政治的解釋，如他說的：『世界不是受命運支配的，一國的盛衰自有其精神上與物質上的原因……意外的變故常隨根本的措施以俱來。』根據這個觀點，他對於羅馬帝國的興盛歸之於帝王的才識、共和制度的實行以及民族具備博愛平等種種美德，而衰亡的原因歸之於兵連禍結、風俗澆漓以及民族精神的頹唐。孟德斯鳩以人爲代替天定的解釋，是歷史學上一個很大的進步。

法律之神髓這部名著在歷史上的地位是不待介紹的；全書三十一篇，是十八世紀政治思想的結晶。從人類過去的種種社會生活社會組織研究起，以人類的集體生活爲研究的基礎，依據豐富的史料，用歸納的實驗的方法加以觀察、解剖、比較和綜合的工夫，并且從天時、地理、民族、人口、生產、風俗、宗教等多方面複雜的關係中研究出法制的本質，結果得到「法律」的概念是『理法是事物本性所發生的必然關係。』這部書主要地在研究國家的政體，孟德斯鳩將國家的政體分爲君主專制、君主立憲與民主共和三種。他因受英國立憲政治的影響，主張民主共和制；而且爲實行這種民主共和制，他提出政府的組織應當三權分立，立法、行政與司法各保其獨立性，相互輔助，收分工合作之效，益相互掣制，避免獨裁專斷的弊病。這種政治組織我們不能說它怎樣有革命性，因爲著這會時孟德斯鳩自己曾表示過：『如果我能設法使世人各安其職，各愛其王，各愛其地方與法律，使各人在政府與職業下增長他們的幸福，那便是我莫大的榮幸了。』可見孟德斯鳩對於貴族社會仍是非常讓步的，不過他的政制在大革命後爲政府當局所採用，其學說宛然成爲革命的政治組織的模範了。法律之神髓的價值問題在文學史上遠不如在政治思想史上的重要；不過他那樣用社會學的方法將政治放在地域民族上去研究，在文學理論上開闢了新的領域。當時德國的文學家海特爾（Herder）、哥德（Goethe）受了孟德斯鳩的暗示，以民族的觀點去研究德國文學，哥德說：『他教我們把詩看作人類共有的天賦，而不是幾個學究的私產。』海特爾以民族性解釋一國的宗教、語言、文學，正像孟德斯鳩以民族性分析一國的政制一樣，認爲文學不全是個人獨特的創造，而是一地民族風土各方面印象的自然的結果。這種科學決定的文學理論，也由孟德斯鳩的影響而轉輾產生了。

孟德斯鳩從歸納的批評史上研究政治科學，較他後一輩的勃風則從演繹的批評史上研究自然科學。

勃克萊·勃風（Georges-Louis Leclerc de Buffon）以一七〇七年生於狄戎，他是議員之子，自小有數學的天分，曾遊歷英國、瑞士各處，採集標本，研究博物學，回國後譯了幾種牛頓（Newton）、哈耳士（Hales）的著作，被選入法蘭西學士院，約在五十年代被任爲王家植物園監督，嗣後更能專心於博物學的研究，一七八八年病故於巴黎。勃風淡薄於世俗名利，盡畢生之力於自然科學之研究，從一七四九年至一七八八年前後費了四年的歲月著作浩瀚的博物誌（Histoire naturelle），全書三十六大卷，分別敍述地球、人類、四足獸、鳥類、礦物諸部，還有爬蟲類與魚類兩部是後人替他加上去的。在這部書中他對於動物的分類提出了一個合理的方法，由客觀的自然的觀點分出動物的部屬與天性，各從海陸空的部位上分明魚類、鳥類與獸類。他認為宇宙間一切現象的研究都須使用科學的數學的方法整理出一個系統，否則林林總總的事物將不知從何下手。關於生物哲學，勃風曾提出一個「變異說」（transformisme），認為生物的變異基於環境的影響；這一點，他對於後來大生物學家拉馬克（Lamarck）的用進廢退說、達爾文的進化說，已有預見之明。

勃風雖是一個徹頭徹尾的科學家，但是他的科學著作卻有文學上的價值，因為他有詩人的敏銳的感覺性，而且懂得自然的鑑賞；他以數學的方式與科學的條理，恰如其分地敍述事物，敍述的時候往往視事物的屬性而變換其風格之強弱，他的理論經了這樣的處理，益加增長趣味。勃風不僅是風格的實驗家，而且是風格的理論家，當他選入法蘭西學士院時，他在學院有一篇演講詞，名為風格論（Discours sur le style），被時人尊為風格的權威理論；他對於風格的解釋是『在思想中所給與的配置與聲勢。』他主張行文須有氣，以氣造勢，以勢通全文之聲氣，這種文字纔能通暢動人，一種著作如果沒有優美的風格，即使內容怎樣特出，也不容易有普遍的與永久的流傳，因為人們對於內容的愛好常由對於風格的愛好引起。他又主要風格是人格的表現，各人的個性不同，所表現的風格也不同，所謂『風格是人』（style,c'est l'homme）至今猶為風格上顛撲不破的理論。

C　服爾德

在十八世紀前期的啓蒙運動中，服爾德是一個最偉大的思想家。他之於法國的啓蒙運動，猶如彼特拉克之於意大利的文藝復興，愛拉斯姆之於宗教改革。他不但是十八世紀法蘭西的大學者，而且是同時代全歐思想界的中心人物。

佛朗沙·服爾德(François Arouet de Voltaire)，原名佛朗沙·馬力·亞羅(François-Marie Arouet)，服爾德是他的改名。他以一六九四年十一月生於巴黎，是法庭錄事的兒子，年稚早慧，初起在耶穌教會設立的克雷蒙學校(Collège de Clermont)受嚴格教育，頗得他從師蒲萊(P.P.Porée)與杜納明(Tournemine)的器重，學友中多貴族子弟，他深感社會的不平等。當時的社會哲學家非常活動，使他很早關心思想的問題。出了學校，他充任法庭的記室，氣魄高傲，少年早露鋒鋩，譏評教會，痛罵摩西(Moses)，唱無神論，託詩歌來非議路易十四的專制政治，遂爲執政府當局所操疑。一七一七年被捕入巴士底獄(Bastile)，在獄中創作他的悲劇哀地普(Œdipe，一七一八)一年後出獄將此劇上演，得到非常的成功。其後幾年，過放蕩無賴的生活，爲債務所困；他卽決心先謀經濟獨立，而後專心文學。東奔西走了一些時候，經營商業，獲到意外的巨利，於是專心埋頭於文學哲學，實行他理想的生活。一七二五年因獲罪於一個貴族武官羅亨·耶曰(Rohan-Chabot)，重入巴士底獄。他無辜而受鐵窗監禁，痛恨貴族的橫暴，出獄後卽渡海亡命英國，呼吸自由空氣。他對於英國的政治自由、宗教自由以及言論出版的自由，深表同情，對於英國的憲政設施、新教組織以及一切制度文物，深致敬意；并著了查理十二傳(Histoire de Charles XII，一七三一)與哲學書簡或稱英國通訊(Lettres philosophiques ou Lettres anglaises，一七三四)兩書，在英國三年，他到處旅行考察，交接了克拉克(Clarke)、蒲林布洛克(Bolinbroke)、蒲伯、斯尉夫特等不少名流學者，研究牛頓、培根的科學，洛克、霍布士的政治，還有莎士比亞、康格來夫(Congreve)

等的戲曲，而且發表了他的史詩昂列亞特（Henriade），被英人認爲荷馬與味吉爾再世。服爾德在英國飽吸了自由的空氣，確定了自己的立場，回到法國，卽提倡自由主義，鼓吹自由思想。這種論調大爲法國當局所嫉視，不久起而干涉，英國通訊被焚，服爾德通緝。那時正在一七三四年，他逼着又逃亡到洛蘭納（Lorraine），投靠仗義好學的夏德萊夫人（Mme de Châtelet），夫人善意容納了他；兩人相處日久，且發生親密的愛情。在這清靜的環境中，服爾德對於哲學、科學、歷史、戲曲、詩歌等都加了一番充分的研究，他的作品次漸刊行，他的聲譽也日漸廣遠。一七五〇年德國皇帝忽烈特力第二（Frédéric II）因傾慕他的才能，召他到柏林傳授法國的詩學，領導德國建設國民文學。禮賢下士的忽烈特力，爲着提高本國文化水準的要求，把服爾德契待如上賓；不過他們兩人都有燥急的脾氣，不上兩年終於因時起齟齬而各自分離。時間雖這樣地短暫，而服爾德所給與德國人的影響卻非常深刻：他的唯理主義迅速風行於德國全境，文學的作風都要模倣法國，而且社會上爭以法語爲高尚，法語成爲德國的第二國語。服爾德離開了德國，在一七五五年與一七五八年間遍遊斯屈拉斯堡、哥爾馬（Colmar）、里昂、日內瓦、得利斯（Délices）等地，最後在費爾納（Ferney）住下，埋頭著作，連年發表了很多作品。歷史有路易十四朝（La siècle de Louis XIV，一七五一）與風俗論（Essai sur les mœurs，一七五二）；詩歌有自然律（Loi naturelle，一七五六）與李士朋的災難（Désastre de Lisbonne）；戲曲有湯克萊特（Tancrède，一七六〇）、奧倫宓（Olympie，一七六四）與中國孤兒（L'orphelin de la Chine，一七七五）；小說有贛第德（Candide，一七五九）、查狄格（Zadig，一七四八）與巴比倫的公主（Princesse de Babylone，一七六八〇）等；哲學有哲學辭典（Dictionnaire philosophique，一七六五。）一七七八年他因演劇重到巴黎，時已八十四齡，年高望重，大受巴黎人士所歡迎；可是他終因年邁力衰，不勝繁劇，就在這一年的三月中與世長逝。服爾德一生爲哲學家、歷史家、政論家、詩人、戲曲家、小說家，差不多是一個全能的學者。他生於路易十四朝，壯年在路易十五朝，晚年在路易十六朝，全生涯佔了十八世紀的四分之三。他一生遍歷歐洲諸國各地，又曾接觸上上下下各社會層，嘗試過各種各樣人生的況味。無疑地，服爾德這人是十八世紀歐洲社會的縮影。

作爲十八世紀大思想家的服爾德，他的思想是多方面而且複雜的。首先在文學上他不失爲一個古典主義者，因爲他作品的根柢固持着濃厚的唯理主義，將唯理主義常識化而當作啓蒙運動的工具，故他的所謂唯理主義與以前的唯理主義不同；前世紀的唯理主義在鞏固專制主義與舊教勢力，而在十八世紀這兩種東西已在動搖不定中，中產社會的自由經濟與民主政治正在構成中，因此服爾德的唯理主義變成宣傳社會思想政治思想的手段，其意義與以前的兩樣甚至相反，從而建築在這種唯理主義上的古典主義不僅不是封建社會意識的表現者，反是封建社會的否定者，不僅是封建社會的否定者，而且是資產社會意識的歌詠者了。其次在政治上，他是一個資產者貴族的代言人，他代表着新興工業資產者貴族的利益而否定舊有封建貴族與商業貴族的利益，他在英國找到立憲政治的立場，來攻擊現存的專制制度，在名義上標榜實利主義者的「最大多數的最大幸福」的口號來反對特權階級操縱之下的官僚政治，竭力主張縮減君主的威力，認爲君主是不可以有的，但不專擅統治的事情，統治者須另選一般賢能的智識分子，這並不是服爾德主張要實行社會的平等，我們看他曾說過這樣的話：「世界上愚者是永遠非有不可的，大概地主們必會同意於我，如果民衆能殼有思想，那一切要完了。」顯然，他在代表資產者貴族利益的立場，也不承認平等的思想與民衆的利益。復次在哲學上，前面已說過他是唯理主義者，且帶着功利主義自由主義的理想，可不是唯物論者，因爲在他的觀念中神與靈魂還是存在的，所以對於倘爾巴赫（Holbach）等的唯物論表示反對。最後在宗教上，他是羅馬舊教的反對者，他最痛恨舊教，熱烈地向舊教宣戰，主張打倒僧侶，取消教會特權，沒收教會財產，他破壞了舊教的偶像，可不是根本否定宗教，他承認神是存在的，不過不主張受神的啓示，而須返於人的理性，這種理論出自英國的屠蘭特（John Toland），名之爲自然神教（déisme），自然神教即脫離舊時宗教束縛的合理的宗教，合理的宗教是自由思想的濫觴。由上各方面，可見服爾德是一個資產社會的革命的思想家，而他的革命意識含有不少妥協的成分，所以他可說是一個新舊時代的過渡人物。不過他一生爲唯理主義、自由主義與專制主義、迷信觀念奮鬬，在啓蒙運動中實是一個驍勇的戰士。

在服爾德的歷史著作中，可佔上歷史地位的有查理十二傳、路易十四朝與風俗論三書。查理十二傳材料非常豐富，開始敍述查理十二前瑞典的情形，繼述丹麥、俄國的戰敗與波蘭王的卽位，後又述瑞典的敗績與查理十二的出奔，最後說他回國、防禦與死。敍述用故事的結構、小說的筆法，一反向來歷史家記賬式的直敍法，將那些刻板的史蹟描寫得生動如畫，內中有時代搖撼的影片，有社會風俗的寫眞。路易十四朝是一部純粹的歷史著作，無小說或故事的意味，分別敍述當時的戰事、政治、經濟、法律、社會、宗教、商業、財政及科學、文學、藝術等各方面，他的王朝史不留意帝王個人身世性格的敍述，而特別注重社會環境時代精神的表現，內中指摘宗教假皇權以作惡阻礙理性與自由的發展。他的蒐羅史料不避其煩，整理非常精審，不失爲歷史家的態度。風俗論的分量與價值都要超過前二者，書是通史性質，以當時代的現實生活爲出發點，敍述從謨罕默德起一直到路易十四的軍政狀況，幷論及中國、印度的古文化，注重表現人類社會文化的發展，使人洞悉現實社會生活的淵源。他著述這部書是要引起他情人夏德萊夫人讀史的興味，使伊知道在自然科學以外，還有歷史也是解釋人類生活的一種科學。他的歷史觀類於孟德斯鳩，同樣否認天定說提出人爲說，他曾說過：『人類須超脫上帝的力量，自由自在地去建設他們自己的王國。』孟德斯鳩以因果法則分析羅馬興亡的機運，服爾德以進化觀念提供路易十四朝人文活動的淵源，他們的方法與論斷，都是歷史學上一種重要的貢獻。

詩人的服爾德，由史詩昂列亞特得名。這部史詩他竭力模倣味吉爾的歐尼德與中世紀的敍事詩，可說是一種法國國民的英雄詩，不過英雄詩的主要條件在有神話式的英雄與誠樸的情調，而昂列亞德則在表現十六世紀法國宗教與中產者的鬥爭，新教與舊教的鬥爭，服爾德猛烈地譏刺舊教的黑暗，所以英雄詩到他手中已經變質爲諷刺詩。此外哲理詩自然律與李士朋的災難等，對於舊教的所謂神的啓示加以嚴重的批判。

服爾德的詩歌遠不如他悲劇的重要，他一生所作的悲劇不下數十齣，其中最有名的是哀地普、湯克萊特、中國孤兒與凱撒之死 (La mort de César) 幾種。他的悲劇繼着高乃衣、賴西納用詩的形式表現，結構仍保持古典悲劇的法則，如三一律他是沒有逾越的；不過他的作風則模倣英國，莎士比亞的色彩特別濃厚。所以服爾德的悲劇是以古典派的形式而嵌入浪漫派的情調。至於他的意識則在向絕對主義、基督教以及傳統文化提出相反的意見，與前世紀的古典悲劇恰好相反。服爾德的悲劇完全在宣傳他的思想，他並不會客觀地顯現人物的身分與性格；他的悲劇時過境遷，後人不但不會受到什麼指示，而且幾個生硬的人物在舞台上說理也不能引起觀衆些許的興味。這些悲劇僅僅是服爾德精神的具體化，因此後人給他們這樣的評語：『看服爾德的悲劇，我們只見有服爾德，不見有悲劇的展開。』

他的小說，特別值得注意的是戇第德。戇第德是一種旅行日記體裁的長篇小說，主題描寫主人公戇第德一貫的信念與前後的遭遇，服爾德借此來發揮他樂天主義的人生觀。全篇的情節簡單如下：

戇第德是某男爵的一個義兒，小時學得了從師哲學博士潘古魯的訓條：『什麼東西都是爲世界至善的人存在的。』他便一生抓住着這個觀念。戇第德後因與男爵的愛女發生愛情，見逐於男爵，他毅然出去從軍，歷盡戰場的痛苦，目擊戰地淒涼的慘況，最後因營中糧盡，私自從陣中逃去。那時心中他猶念念不忘他的情人耿勒苦。他脫離了軍隊後，就過着流浪捱餓的生活，後來幸而遇到一個荷蘭的慈善家收養了他，於是戇第德對於『什麼東西都是爲世界至善的人存在的』信念更加鞏固了。他在街頭偶然碰到他舊日的從師潘古魯，看去已憔悴無人形；問他關於男爵一家的事，答說男爵與男爵夫人都已死去，耿勒苦也死在亂軍之中，戇第德聞言一慟幾絕。不久他偕同潘古魯還有一個慈善家買舟到李士朋去經商，中途遇險浪舟覆，慈善家葬身魚腹，兩人幸而脫險，到得李士朋，那時正經過一七五五年一番地震之後，城中斷街殘壁，淒涼不堪入目，潘古魯師生本着他們『什麼東西都是爲世界至善的人存在』的教條，激於天良，到處勸慰人們，但是這種舉動卻爲地方官廳所誤會，以爲他們在宣揚邪說，宣布了他們的罪狀，明正典刑，潘古魯絞刑，戴第德鞭韃。這時意想不到耿勒苦聞訊奔來，把他們從法場救出，這種拯救不消說是違法的，以是三人都各自逃逸。最後，戴第德到威尼斯，探得耿勒苦在君士坦丁堡執奴役，沿途往訪，在船上無意中發見潘古魯在當櫓夫，他當初的信念，一直沒有改變。戴第德到目的地救贖了耿勒苦，兩人安靜地到田園過着愉快的生活。

服爾德多方面的作品於散文上所得到的成功，在當時的法國獨一無二，他的陳義抒情都有科學家的工夫，層層分析，簡潔而明快，他筆下所表現的一切，找不出一點艱澀難解的地方，他的思想淺顯，他的作風平明，稍具常識的人都能了解，所以他的著作能在啓蒙運動中發生巨大的影響。服爾德的作風平明之外，還兼有生動、犀利、雄渾、幽默諸多特長。摩萊（Morley）曾這樣批評他道：『服爾德有奇異的權威，不僅他的表現明晰無比，也不僅在他的目光尖銳異常，而在他能獨具隻眼，捉摸到一般人靈性上所不能捉摸、啞疤似的欲言而不能言的東西。』服爾德的作風是十八世紀法國散文的代表作風。

此外服爾德的政論也是極有名的。他政論的見解自然不出他上述的政治思想，這些政治思想雖不是他自出心裁的創造，而將這種政治思想權威化的卻須歸功於他的政論。他一方面高舉民主政治與自由精神的旗幟，一方面向專制主義官僚政治作致命的攻擊。他銳利的筆鋒足使當時的官僚主義者恐怖無地，未來大革命的種子差不多已在他手中秧蒔。我們看他致蘇惠林公爵（Marquis de Chauvelin）的書簡，可知道他怎樣已意料到他身後的大革命必然的爆發：

『我所耳聞目見的一切，都在播種着革命的種子。革命的產生已不能免，不過我怕沒有眼福見到了。法蘭西對於不論什麼事情都太落後，但現在已駸駸趕上，這種光明發佈在各處，一旦成熟，卽刻會爆發起來。那時眞熱鬧呀，少年人眞幸福，能望見未來的多少大事。』

D　百科全書派與狄德羅

法蘭西大革命的前夜，代表着新興社會的立場，在啓蒙運動中，盡着闡明新思想的積極的任務的，得力於一部偉大的辭書。這部辭書叫什麼名字？——這就是當時轟動法國全境的百科全書（L'Encyclopédie）。

在十七十八世紀，辭典辭書的風氣非常流行。如十七世紀爲推行古典文學，卽有學院辭典之刊行；到十八世紀新舊思想的衝突激化，辭典辭書成爲傳播新思想的利器，佩耳開始編歷史批評辭典，服爾德繼着編哲學辭典。正在這時，英國應着需要脩訂康伯士百科全書（Cyclopædia by Chambers），邀請狄德羅（Diderot）參加工作，因此引起他編纂法國的百科全書的動機，歸後卽分頭從事預備，集十八世紀的天文、地理、歷史、數學、生物、物理、文學、藝術、文法以及哲學、政治、經濟等種種思想之大成，蔚成當時思想人文的總成績。關於此點，百科全書的緣起上也曾表明說：

『這部全書有兩個目的：既名「百科全書」，自須將人類系統的知識與其他有關係的智識一并申述；既是科學、藝術各方面的全書，自應將科學、藝術的理論與實踐、原則與細則完全具備……』

百科全書由狄德羅任編纂主任，亞朗倍爾（Jean Le Rond d'Alembert，一七一七——一七八三）任副編纂主任。部分的編務各有專司，負責編纂的人都是當時第一流的思想家、前進的學者；如魁斯奈（Quesney）與杜爾閣（Turgot）之主編政治經濟，馬孟德（Marmontel）之主編文學，荷爾巴赫（Baron d'Holbach）之主編生物學，麥萊勒（Marellet）之主編神學，盧梭之主編音樂，孟德斯鳩與服爾德也是其中的編纂者。此外還有一些學者思想家他們不曾正式參主編務，而因宗旨相投或友誼的關係，直接間接同情或幫助這全書的刊行；這些贊助人中最有名的如心理學者龔第亞克（Condillac）、倫理學者愛耳惠特（Helvétius）以及政治經濟學者康多塞（Condorcet）等，或在文學上撰稿，或在實力上臂助，都於全書的完成有極大的助力。

百科全書的範圍雖如此廣大，編者雖如此繁夥，而他們的見解在大部分有共通的一貫的立場，最可注意的，他們的理論都從感覺主義、唯物主義與個人主義出發。荷爾巴赫在認識論上堅持着感覺主義的主張，以爲認識的來源只有智識，『我們唯有從知覺、感覺及物質所給與我們的觀念而知道物質。』狄德羅在解釋自然界時曾發表他這樣的唯物論的主張，他說：『由古代遺留至今的自然界含有特殊的原素，這種原素由其結合的可能結合起來，從它的產生經過多次的改建，終於成爲運動、感覺、思維、情感、語言、法律、科學、藝術，今後或有更進一步的發展。』他們既以感覺主義、唯物主義出發，必然地成爲無神論者、反宗教者，因爲人類的行爲基於感覺與理性的理論與人類的行爲基於精神與神祇的理論完全是不兩立的，唯物論是無神論的基礎，而無神論是舊教與教會的克星。感覺主義、唯物主義適用到倫理上成爲功利主義、個人主義，因爲從感覺主義出發的要求就是要避苦而取樂，而爲避苦取樂便採取樂利的手段；愛耳惠特說：『利爲萬能之魔師，可使各種東西在各人眼中形成不同的樣式。」他們本着霍布士、邊沁（Bentham）的功利主義，造成個人主義的理論，認爲人類根本是利己的爲我的動物，苟強制克制其慾望與個性，這是違背自然原則的，因此他對於主張克慾的宗教表示敵對，對於與宗教一氣呼吸的專制政治表示反叛。由此可見百科全書並不單單是辭句與概念等的詮釋，實在是要樹立起唯物論、無神論的基礎，以與理性論及舊教教義對立起來，并鼓吹個人主義以爲新興資產社會製造論據，對封建制度作猛烈的批判。

百科全書是法國十八世紀新思想的啓導者，頗爲一般社會所同情。有一部分覺醒了的舊社會人物，也接受他們的思想。不過因爲這部書理論非常前進，遭受到教會的仇視統治者的壓制，時常逮捕編纂者，全書出至第二卷即遭禁止，賴主其事者的沈毅進行，仍繼續出版至第七卷竟遭焚燬，但狄德羅等仍打破萬難，暗中進行，後因統治者與教會內部起了糾紛，且有馬來什勃（Malesherbes）在政治上的保障，又得喬弗菱夫人的捐助，纔於一七七二年出齊二十八卷，告成大功。計自一七五一年起到一七七二年，中經二十一年，如果沒有狄德羅與百科全書派同人那樣苦心孤詣奮志不懈地去奮鬬與設法，這提倡新思想貫注新精神的百科全書，在專制與迷信的黑暗勢力下怕還不能一時得見天日而在啓蒙思想上盡着偉大的任務。

百科全書派同人大多是哲學、科學等各方面的人物，在文學的範圍特別值得提出的，除服爾德與盧梭外，只有狄德羅一人。

台尼·狄德羅（Denis Diderot）是全書的編纂主任，又爲全書的最出力者，所以他的名字與百科全書連在一起，提起百科全書卽會想到狄德羅其人。狄德羅以一七一三年生於朗格萊城（Langres），父親是一個操賣刀業的，家境淸寒，幼年在本城的教會學校讀書，才力已超富有的子弟，後由他父親送入亞爾谷學校；而因學費不濟，不久出而任私家的記室、投機事業機關的司賬、門館教師。他結婚很早，與一個貧家女兒得子也早，這樣使他的生計愈陷於窮境。只是他能努力，一有空閑卽致力迻譯英國的名著。一七四六年他的處女作哲學思想錄（Pensées philosophiques）發表後三年，又刊行盲人書簡（Lettres sur les aveugles），爲當局所禁止，曾一度被捕下獄。狄德羅一生在窮苦與厄運中奮鬬，前半生譯著哲學、小說、戲曲各方面的作品，後半生把百科全書當作唯一的事業。對於百科全書，他除總編務之任外，在各部分如哲學史、政治史、文法、藝術等他也親自執筆；百科全書的得以編纂成功與發刊行世，狄德羅之功實佔其大。他竭精殫力，一連二十多年，自己每年僅取生活費一百二十金幣，因此他常爲窮困所包圍，晚年迫不得已，竟將他心血所積存的書籍出售。俄國女王加薩林第二（Catherine II）愛他的才，憐他的貧，出五萬個金幣買他的書，哲學方面的書仍許他自由存閱。狄德羅蒙此厚恩，在一七七三年親到聖彼得堡宮中謝恩，女王賜以名譽勳章。翌年回巴黎退隱，死於一七八四年，死時還有一部政治史的著作沒有脫稿。

他的重要著作：哲學方面有德行價値論（Essai sur le mérite du vertu，一七四三）、亞朗倍爾之夢（Le rêve de d'Alombert）、自然教之充實論（De la suffisance de la religion naturelle）、哲學思想錄與盲

人書簡評論方面有沙龍(Salons de 1764–1781)；小說方面有賴模的姪子(Le Neveu de Rameau，一八一三)，這不是無稽之談(Ceci n'est pas un conte，一七九八)與宿命論者賈克(Jacques le Fataliste)；戲曲方面有家庭之父(Le Père de famille，一七五八)，私生子(Le Fils naturel，一七五七)，劇詩講話(Discours sur la poésie dramatique，一七五八)與關於笑劇者的管見(Paradoxe sur le comédien，一八三〇)；至於自述他身世與遭遇的有他的書簡致法耳哥納書(Lettres à Falcounet)與致和蘭小姐書(Lettres à Mlle Volland)；這些作品有不少是他死後刊行的。

狄德羅一生貧苦不如意，而他生就一副好性格，外形質朴，胸襟曠達，對人誠摯率眞，對事不避艱辛，而且虛心求是，無偏執獨斷的態度，所以他能匯合這許多性情素養不同的學者思想家而完成這樣浩瀚的巨著。他的思想，受拉梅脫里(La Mettrie)的影響很大，是一個堅決的唯物論者，認爲我們只有能從物質的變化中看出宇宙現象的本質，精神僅僅是隸屬於物質的一種性質。他說人與動物沒有根本的不同，只有組織的差異，黃鶯、畫眉、家禽等動物，它們的卵育成長、飛行、來去、喜怒哀樂與人們正行着相彷彿的生長過程與肉體及精神的生活。他在亞朗倍爾之夢中說：

「在宇宙間，人類、動物只有一個實體，風琴是木片構成的，人體是血肉構成的，但是不論木片或血肉，其來源同，其構成同，起點同，終點也同。」

他認爲世界是一架非常複雜的機器，惟有用自然的法則可以解釋一切，解決種種問題；所以他主張科學應當取宗教而代之。這樣爲無神論者的狄德羅，其宗教的主張比服爾德還要徹底，服爾德止於攻擊教會的組織，他卻根本否認神的存在。在注重科學或自然法則的立場上，狄德羅更認爲過去的社會文化是反自然的，當今所有人間的苦痛與罪惡，都是這種反自然的社會文化所造成的，因爲舊有的社會文化是代表着某一個社會層，用以作抑制人民或朦蔽人民的工具。狄德羅以唯物論的思想在消極方面反對了封建社會與舊教教義，在積極方面表現着正在興起的工商業資産者的意識。

在文學藝術方面，狄德羅發揮他同樣的思想。他小說中最成熟的作品賴模的姪子，描寫他古時出身貧苦的工商業者受封建貴族社會的歧視，對於當時代的風俗習慣用冷嘲熱諷的藝術手腕痛下針砭，此書曾爲歌德譯成德文。他的藝術批評著作沙龍，專門表揚許多在舊社會下懷才不遇的藝術家，對他們的作品用新的眼光加以再評價。在繪畫方面他本着科學的論據提倡自然趣味的繪畫原理；納開夫人（Mme de Necker）曾讚譽他說：「在狄德羅前的圖畫，除給與我們一點呆滯的色彩的印象外，不能給與我們什麽，而他那銳利的眼力卻給這些色彩印象以新的生命新的意識。我們要感謝這位天才。」至於他在文學藝術方面最重要的貢獻，則在戲曲。

在討論戲曲文學的時候，狄德羅最注重眞實的合於自然的表現；因此他對於注重表面而忽略眞實的古典派戲曲尤表不滿，認爲古典派戲曲忽視實際的人生是莫大的錯誤。他說悲劇與喜劇是兩種各走極端的戲曲，一種以極端的悲哀使人流淚，一種以極端的歡樂使人愉快嬉笑，事實上這種心理不是常態的而是變態的，常態的戲曲須要是表現人生的實情，僅給觀衆以印象，而不以引起他們的啼笑爲目的。由此他自己創始了一種戲曲名

「描寫劇」(drame)，又名悲喜劇(tragi-comédie)；這種戲曲介於喜劇與悲劇之間，在喜事中雜以悲事，悲事中雜以喜事，目的不在專門表現人的苦樂，而在描寫社會或人間的實情，力求近情，不失眞實。狄德羅所創始的描寫劇，於以前的戲曲有兩點重要的改革：第一，將古代的或國外的王子、英雄、爵士等悲壯或勝利的奇蹟代以當代的本國的工商業者、教師、律師、醫生、農民等一般社會的日常生活；第二，將人類的抽象的性格如沈毅、虛僞、貪婪、善良等的表現減少而集中描寫職業、家庭等社會的實際現象。狄德羅認爲戲曲家不但應當將現社會的生活搬上舞台，同時還應當提出人生的社會的嚴肅的問題，注重道德的教訓。他的家庭之父與私生子兩個戲曲，就是描寫資產者的家庭生活，表揚資產者的道德的。所以狄德羅這種劇本也稱做「家庭悲劇」、「市民悲劇」與「嚴肅喜劇」種種。

狄德羅是資產社會戲曲的建立者，他在戲曲內容上有一番改革，在形式上也有一種新的建設。其一主張戲曲的文字不宜用韻文而須用散文，因爲韻文不宜於表現日常生活，只有散文。其二主張劇中少用獨白多作對話，對話以外還要用呼喚、頓語、靜默等，以表現眞情。狄德羅自己的劇本並不曾怎樣成功，描寫劇或現實的戲曲在他僅僅開了一個端，繼後有梅錫埃(Mercier)與波馬賽(Beaumarchais)等在理論上補充，在實際上施行，而到十九世紀下半期奥奇埃(Augier)與小仲馬(Dumas fils)纔底於大成。不過爲近代法國資產者戲曲開一條新路的，畢竟是他。

E　盧梭

在十八世紀的思想家中，由服爾德、狄德羅進而說到盧梭。如果我們說服爾德代表着資產者貴族的意識，狄德羅代表着工商業中產者的意識，則盧梭可說代表着農民與手工業中產者的意識。盧梭在哲學上與服爾德一樣是自然宗教者而非狄德羅那樣的唯物論者，不過在政治上他主張民權革命較之服爾德要前進得多。服爾德是一個最後的唯理派的思想家，而盧梭是一個最早的唯情派思想家，他們兩人的思想的差異可代表十八世紀與十九世紀初期的差異；而這種差異由他們個人的身世與處境所造成。服爾德的少年時代在繁華的巴黎過活，盧梭則在瑞士幽靜的山谷；服爾德初期的教育受之於羅馬舊教的學校，盧梭則在新教的學校；服爾德的教育受得很完全，盧梭幼年的教育卻很欠缺；服爾德一生與帝王朝臣等上流人物來往，而盧梭一生多與僕役苦農等下層社會接觸；服爾德相信思維能促人類的行爲向上，而盧梭覺得思維反會降貶人類善良的行爲；服爾德唯一的神是理性，盧梭唯一的神是情感；服爾德自己的情感在理性的抑制之下，而盧梭自己的情感則衝破了理性的抑制。他們兩人的差異，在思想與文學的發展上值得注意。在文學上，盧梭以前的作品以抒情爲大戒，即是抒情的作品也要以理智爲歸束；而到了盧梭，抑制情感的、人爲的、理智的文學被他蔑棄，自然的情感的文學被他解放出來。從此風氣一變，文學上注重熱情奔放的表現了。

若望·賈克·盧梭（Jean Jacques Rousseau）是十八世紀最前進的主張自由的唯情的思想家、文學家。他以一七一二年六月生於瑞士日內瓦的湖畔，那裏湖光山色是天然的勝地。他的父親是一個鐘表匠，賦性活潑，佚蕩不羈，母親是一個牧師的女公子，嬌弱多病，富於情感，他們倆的性情也就決定了兒子的性情。盧梭甫到八聞，母親即告病故，父親不負教養之責，把他寄養在姑母家裏，姑母對他姑息放任，使他幼小時即養成放浪不羈的習慣；他又喜歡讀普魯泰克的英雄傳，因此又養成了騷動的心情。他八歲時與表兄弟同在村校中讀書，爲周圍綺麗的風景所吸引，時常拋卻正課而遊山玩水。後因不慣於教師的責罵，甯願走入雕刻店當學徒，日與無賴惡少爲伍。不久他離了職業過飄泊的漫遊生活，沿途任意執奴僕的賤役，罔知自愛。他經過薩服亞（Savoie），看到那裏山野朝絳夕照的瑰奇風景，爲之目醉神怡，大自然之美質已深印在他的心坎。十六歲時，他經一個牧師的介紹，投靠華倫夫人(Mme de Warens)，夫人是一個二十餘歲的美人，歡喜他宗信舊教，兩人不久發生戀愛，後來盧梭向夫人要了款，又出去找尋新的活動。到里昂從樂師習音樂；往瑞士各處遊歷風景；曾投靠在一個攝政官的家裏，病了好久，病中研究笛卡爾、馬耳白朗希、萊勃尼玆、洛克的哲學與拉丁文、數學等。繼後又到一個公館裏任私家教習。最後又回到華倫夫人那裏，這時夫人已另有所愛，他只得重上漂泊的征途，以賣文作曲度日。他很任性，不肯安心作事，職業都不能長久，不過連年奔走，文學界的人物格里姆（Grimm）、狄德羅、勃風、服爾德、聖·伯多祿等都爲他先後所認識。一七四九年在狄戎地方的學院以「科學藝術復興能否有澄淸風俗之効？」(Le rétablissement des sciences et des arts a-t-il contribué à épurer les mœurs?) 一題懸賞徵文，他以一篇反對傳統文化的文字應徵獲獎，於是盧梭之名開始聞於文壇。嗣後他與狄德羅接近，爲百科全書主編音樂一部門，但不久因與百科全書派意見不合，又反目他去。在蒙台模侖西（Montmorency）他得某上將的保護與鼓勵，先後完成他畢生鉅著新愛綠綺思（Nouvelle Héloïse，一七六〇）、社會契約論(Le Contrat social，一七六二）與愛彌兒

(Emile, ou L' Education, 一七六二）諸書。後兩書因觸動了當局的忌諱，逼着逃往瑞士，發表了山中書簡(Lettres de la montagne, 一七六五）瑞士也不能容他，正好休謨 (David Hume) 找他，他即轉赴英國，開始寫他的懺悔錄 (Confessions, 一七八一——八八）而不上一年又和休謨鬧翻；逃回巴黎，在各處尋找職務，終因他個性過於強烈，不能見容。盧梭這時因懺悔一身放浪自願與一粗鄙的婢女同居，在巴黎郊外賃了一椽茅屋，生下五個孩子，都送到育嬰所去，自己無力亦無心教養他們。晚年他缺乏同情了解的人，生活愈陷於孤苦，寫了對話錄 (Les Dialogues) 與一個孤獨漫步者的沉思 (Les rêverie d'un promeneur solitaire) 以自遣。一七七八年七月在哀芒諾維 (Ermenoville) 逝世。

他的重要著作，除上述者外，還有人類不平等起源論 (Discours sur l'origine de l'inégalité, 一七五四)、村神 (Le Devin du Village, 一七五二)、波蘭政府的考察 (Considérations sur le Gouvernement de Pologne, 一七七二)、論植物學書簡 (Lettre sur la botanique) 與音樂辭典 (Dictionnaire de musique, 一七七六)。

盧梭的性情非常怪癖，歸納起來有三種顯著的特性：其一是矛盾的。盧梭喜怒無常，哀樂無定，他有時是一個平和的人，有時卻暴躁如雷；有時是一個誠厚的人，有時卻傲態畢露；有時是一個圓通的人，有時卻執拗萬分；有時是一個樂天主義者，有時卻憤世嫉俗；他喜歡交哲理的師友，而個性強烈的他到處落落寡合；他有愛女性的偏癖，而又膽怯不敢上前；他感覺很敏銳，而談吐很呆滯；他思想力極差，而內省力極強；他在愛彌兒中提倡家庭教育，爲父者須要以教育兒女自任，而他自己的五個孩子，生下來即送入育嬰所，自視爲柏拉圖的理想國(La République）裏的父親。其二是感情的他的所以喜怒無常，矛盾百出，完全由於他情緒特別發達，他情緒的起伏猶如潮汐之漲落，使他的心情動盪不定；他豐富的熱情由敏銳的感覺而生，他自己說：『我一生被感覺所支配：美麗的聲音，美麗的春天，美麗的風景，美麗的湖光，花呀，香呀，流轉的雙眼，溫柔的顧盼，激動了我的感覺，直透到我的心坎。』他因爲推重感覺、感情，所以輕視理智、理性，他說人類的好惡其動機出之於情感，非出之於理智，笛卡爾的唯理主義在他看來太冷酷而無趣味，眞理不是用理智分析來的，而是用情感體會來的，他大呼『情感是不會欺人的！』他用灼熱的情感燃燒了他的時代。其三是病態的。盧梭這種狂熱的情感，一方面由於他的遺傳與不健全的教育，一方面由於他在極端理性的支配之下要求極端情感的燃燒，他的情感是極端的，所以他的行動都是不平衡的，他厭惡當時流行的社會，厭惡之極甚至想入非非，他的極端的情感與不平衡的行動，根柢上存在着嚴重的病態。他狂喜狂怒之後時常感到抑鬱，抑鬱之極視一切如蛇蝎，連對自己也咀咒；他常爲無意識的慾望而煩惱，他常爲理想不可遽即而消極，此情緒之矛盾常使他倒在苦悶之峽裏無法自救。後來浪漫派詩人那種感傷的情調，多少是由盧梭傳染的。

盧梭的思想也非常複雜，大體說來有兩個主要的傾向：一是個人主義。盧梭在傳統的控制個人抑制個性的社會上，提出他的自返哲學，喊着『返於自己』(rentrer en soi-même)，要以天賦人權與絕對君權對立起來，以個性主義與唯理主義對立起來，他以前被蔑視的「個人」或「自我」給以再評價，擴張他的意義抬高他的價值。他的作品大部是他個人內心的表白自敍傳式的作品佔了，不少如懺悔錄山中書簡一個孤獨漫步者的沈思等，其他許多作品也不外在借着旁外的事構成他自己的理想他以個人的情感激發普遍的同情他以自我的表現擴張到全人間的心胸他一切的思想情感都在自我中發見他從不在個人以外找尋眞理。二是自然主義。十七世紀以至十八世紀的社會，最注重人爲的矯揉造作，自然的本性汨沒殆盡，盧梭痛切地看到這種情形，使大聲喊出『返於自然』(rentrer à nature)的口號。盧梭生長瑞士少年遍歷法蘭西、意大利各地，飽嘗大自然的美味、農村誠樸的風趣，壯年到里昂、巴黎大都市過活，眼見虛僞罪惡的塵寰，都市齷齪的習氣，相形之下，彌增他對自然主義的信心。盧梭厭惡流俗社會愛好自然風景，常獨自步行郊外，投入大自然的懷中，種豆以自食，栽花以自賞，仰天際之雲山俯地面之花木，觀鳥獸之出沒，聞夜鶯之歌唱，他要將自己的心與大自然俱化，洗滌他的塵煩俗慮，他沈醉於自然環境中，歷數近代文明的罪惡，所以他主張掃除一切繁文褥節，返於原始社會的自然狀態。因爲他重視自然，認爲人性本是善的，不必加以理智的誘導、成範的拘束，在愛彌兒中開頭他就說：『凡物出於自然的，都是好的，一經人手就變壞了。』惟其以自然爲出發，所以他提倡自然教育、自然宗教與自然文學，一切以自然爲歸束。個人主義與自由主義是十八世紀法國最前進的思想，『返於自己』與『返於自然』這兩個口號不僅是法蘭西大革命的先聲，而是最近代歐洲文明的鑰匙。

盧梭的作品，最有價值的是下列四書：（一）懺悔錄、（二）社會契約論、（三）愛彌兒與（四）新愛綠綺思。

懺悔錄是他的自敍傳，爲晚年的作品。中間坦白地陳述出他一生經歷的事蹟，懺悔他過去頹廢與錯亂的行爲，他懊悔自己不會受良好的教育，一生作過無賴、竊賊、色情狂者、罪徒、不義者，引爲一身無可補救的恨事。他把自己的這些劣跡一一和盤托出，希望世人諒解他的身世；實際上由他的直陳，雖然人們會知道他是一個無行的人，但讀者倒並不因此而非難他的人格，而對於這種率眞的態度反予以深切的同情。懺悔錄的內容情感眞摯，作風婉約多姿；這裏試引他一段敍明自己怎樣創作新愛綠綺思的心景如下：

『現是暮春天氣，疎影橫斜，春鶯亂啼，水聲幽咽，感此柔腸百轉，愁懷萬端。回憶少年時際，此春光明媚，與柯玲小姐和伊女友同騎之快，還添巴氏、拉氏諸人倩影，一同來擾方寸，以至威尼斯那歌妓也不時縈繞心頭；勞彼衆美多嬌齊來，煽動我慾火，致弄得血液沸熱，頭暈腦醉，任他鬢邊白髮絲絲，這日內瓦端莊的賈克，年近四十五歲的盧梭，竟一變而爲風流牧童……』

懺悔錄至今爲廣大的人們所傳誦，在世界文庫中算是極有價值的自敍傳之一。

社會契約論是一部政治學上的名著，人權學說的經典。這部書的理論大部分出之於想像，多抽象的假設，沒有經濟事實的根據與嚴格的歷史意義。盧梭回溯原始自然人的充分的自由，而痛惜着這「天賦人權」一到社會卽被剝奪，社會一裂爲強權者與弱小者兩方面，造成不平等的厲階。他基於平等的原則，要創造一個理想的社會。他宣說人類的結成社會是基於自由的契約；自由的契約保障天賦的人權，國家是從自由平等的財產與生活上成立的。在政治思想上，這是國家起源的社會契約說。盧梭心目中的國家組織須以人民的利益爲前提，由人民選舉出來的官吏僅僅是實行人民的意志；民衆以契約委託官吏，同時又以契約監督官吏。這種政治的理論，由專制政治到民主政治，由統制政治到自由政治，實在是後來大革命的前導。社會契約論一書由他的論文政治制度論擴大而成，此書前後共費了二十年工夫，文字謹嚴，與他其他情緒濃烈的作品迥然不同。

愛彌兒是一部教育的名著，小說的體裁。這部書中，盧梭竭力主張自由教育、自然教育，反對強制教育、書本教育。他的教育理論，注重鍛鍊兒童的身體，訓練兒童的感官，發展兒童的個性。書中假設一個兒童名愛彌兒的，把他的教育分爲嬰孩、孩提、髫齡與少年四期，依其各期的生理心理施行各種適宜的教育；第一期注意身體方面的活動，第二期注重感官的訓練，第三期利用好奇心教授自然科學的智識，第四期注重道德的暗示。愛彌兒到了成年，又想到他的成親須娶匹配一個健全的女性，所以最後一章盧梭論女子的教育；他認爲理想的女子須要是管理家務的，不應當受男子的教育而應當受爲男子的教育。他說：『爲人女的，須皈依母親的宗教；爲人妻的，須皈依丈夫的宗教。』換一句話，他要以女子作爲男子的輔車，女子的教育就是要造成良妻賢母的典型。盧梭在資產社會的立場上，以女子爲男子的附庸，他的教育否定女子有獨立的人格，這是爲後人所非難的地方。不過他注重個性與自由的教育，繼後有不少的教育家如裴斯泰洛齊(Pestalozzi)、佛祿倍(Froebel)、赫爾巴脫(Herbart)、斯賓塞(Spencer)等都受他影響，即在今日，如蒙台梭利(Montessori)等那種嚴格的個性主義教育，還保有他一部分的勢力。

新愛綠綺思取材於十二世紀經院學派高僧亞倍拉(Peter Abelard)誘惑少女愛綠綺思的稗史，加以一番改作；寫述的方法受了李查遜(Richardson)的克拉列沙(Clarissa)的暗示，用書簡的體裁，描寫朱麗哀與聖普勒的戀史。朱麗哀是牧師聖普勒的女弟子，年輕貌美，爲伊師所引誘，兩人開始掉入戀愛中。然而聖普勒是一個平民的身分，朱麗哀是一個貴族女子，依當時的社會制度兩人是不能結婚的，戀愛終於成了殭局，朱麗哀在嚴格專制的父權下只能另配他人。這時聖普勒也就離開了伊，後他重新回來，伊丈夫發覺他們倆過去戀愛的祕密，決定由他們重訂舊交。朱麗哀是一個貞淑的良家女子，又是一個多情重義的女子，一方要忠於自己的丈夫，一方面又忘不了以前的情人，伊內心的苦悶達到極度，最後終於以一死了之，死時還將伊丈夫與兒女的事重託聖普勒。

在這個小說中，盧梭發揮他「返於自然」的戀愛觀，表現自然的愛與傳統的愛的習慣衝突所造成的悲劇；他一方面鞭打貴族社會傳統的偏見，一方面又提出靑年男女理想的戀愛，他認爲眞實的戀愛須要衝破門第身分的障礙，實行婚姻上的平等。丹麥批評家勃蘭兌斯（George Brandes）說新愛綠綺思最能顯出盧梭的幻想，他舉出全書的三個特點：一、將中世紀歐洲武士遺風所養成對於女子的慇懃以及側重儀式的愛情給了一個致命傷；二、特別寫出一對情人的懸殊，表示在超脫虛僞的社會中，熱情是平等之母；三、不但以熱情代替了虛飾的戀愛，懸殊的地位代替了相當的門戶，並且以婚姻的神聖，從實踐道德上所獲到的確證代替了因妄自尊大的心理而起的貞操。

注重個性、自由解放、返於自然與富於熱情，是盧梭的人生觀，也是他文學作品的特色。以個性代替理性，以自由反抗專制，以自然矯正人爲，以情感衝破理智，這是建設新文明的主張，也是破壞舊社會的武器。在盧梭以前的十八世紀文化界，於思想上已有幾度的革新，而文學上卻沒有多大的進展；一般前進的思想家，還是固持着與古典主義相類似的理智的作風。直到盧梭出來，他那情感熱烈、夢想迷醉的作品，纔在文壇上激起了軒然大波，將古典的風氣矯正過來，使後起的作家拋棄了崇古的舊習，脫卻了法則的規範，而自由自然地創造文學的新生命。這種自由自然的新創造，即所謂浪漫主義的文學，浪漫主義文學的父祖就是盧梭。

盧梭的作品，尤其是愛彌兒與新愛綠綺思，對於德國人有可驚的影響，當時的德國人，尤其是婦女，最喜歡讀這兩部書，這兩部書中的感情主義，幾養成了一般上流社會的風氣。文學史家佛蘭克（Francke）曾說：『要是沒有盧梭的愛彌兒與新愛綠綺思這兩部傑作，德國的「狂飆突起」（sturm und drang）怕還不至於起來吧。德國的浪漫主義原於盧梭感情主義的文學，是誰都不能否認的』。更進一步，法國文學專家巴林說：『盧梭是近代法國文學的鑰匙。他創造了浪漫主義與自然主義，他也是第一個研究人的靈魂的作家。我們還可進一步說盧梭是所有近代文學的鑰匙：在盧梭的作品中，不但有浪漫的自然主義的根苗，如裴倫（Byron）、夏德白里安（Chateaubriand）與若望·保祿（Jean Paul）的自然的浪漫愛，不但有現實的自然主義的根苗——這就是我們在哥德的詩裏，喬治桑（George Sand）的小說裏所找到的眞實的愛與自然的美——而且他的作品裏還含着所有內省、分析、心裏的一切近代文學的種子。盧梭比了龔哥兒（Goncourt）、左拉（Zola）等現實主義的小說作家，更新穎，他比巴爾札克（Balzac）還新，他爲俄國文學如雷芒托夫（Lermontov）的誇飾的浪漫派、託爾斯泰的問題的研究與杜思託夫思基（Dostoyevsky）在靈魂深處藏着神的文學，都着了先鞭，盧梭的懺悔錄暗示了高爾基（Maxim Gorky）與現代俄國作家，正像現代的法國作家普魯斯特（Proust）與季德（A. Gide）一樣。」

第二十一章　詩歌小說與戲曲

十八世紀詩歌表現力的微弱——擬古典派詩人羅梭、弗爾連安等——諷刺詩人吉爾倍與描寫詩人——小說繼承前世紀的基礎——哲學小說——十八世紀小說的代表作家——風俗小說家勒沙琪——其作品與特色——「吉·伯樂」——戀愛小說家普萊服——其作品與特色——「曼儂·萊絲戈」——異國小說家聖·佩耳——其作品與特色——「保祿與委琪尼」——戲曲的各方面——悲劇與克雷弼雍——殺伐與情慾的錯亂的表現——悲喜劇之發揚者梅錫埃與拉旭舍——流淚悲劇與黛司多希——初期的喜劇家勒虛爾與但谷爾——前後期的大喜劇家——馬利服——其作品與特色——愛情之細緻的表現——波馬賽——其身世與創作——「賽維埃的理髮匠」與「費家六的婚姻」——中產者革命意識的表現

十八世紀的散文有長足的進展，在新舊思想的鬥爭中散文成爲時代之驕子，而詩歌在這種情形之下無從舒展其靈感，因此其表現力非常微弱。

黃金時代詩壇的繁榮在這時已經消失，波亞洛的謹格的古典詩律不爲一般詩人所遵循；其保持着前世紀風範的只有一部分所謂擬古典派詩人。擬古典派詩人中最著名的是羅梭（Jean Baptiste Rousseau，一六七〇——一七四一）、他被同時人稱爲抒情詩人之王，他的詩的長處是技巧的優美與音韻的叶調，短處是缺乏抒情詩的生動與感與的泉源，而他乃以抒情詩人之王見稱，也就可以想見當時詩壇的貧弱了。其次有寓言詩人

弗魯連安（Jean-Pierre Florian，一七五五——一七九四）專心模倣拉芳登，其韻文流麗婉轉，但模倣的作品毫不能表現作者的才情，故其成就遠在前者之下。畢龍（Alexis Piron，一六八九——一七七三）與格來賽（Jean Baptiste Louis Gresset，一七〇九——一七七七）以寫小詩（petits vers）著稱，帶有優麗派的趣味。此外福達耳（Lanotte-Houdar 一六七二——一七三一）與路易·賴西納（Louis Racine，一六九二——一七六三，即若望·賴西納之子）諸人大多競向詩歌外表的修飾，而忽略內在生命的表現。

與上述的擬古典派詩人相反的，諷刺詩人吉爾倍（Nicolas Joseph Laurent Gilbert，一七五一——一七八〇）是值得注意的一個。他以農村中基督教徒出身而後走上無神論的都市，從多方面觀察同時代的人品，他的十八世紀（Dix-huitième siècle）用諷刺之筆給當時流行作家以正確的評價，一方面鞭打虛偽的趣味，一方面表揚優良的風俗。吉爾倍詩中評論的意義間接影響到同時人的「描寫詩」（la poésie descriptive）脫去了人間虛浮的趣味來描寫自然界的景物，如聖·朗倍（Charles François de Saint-Lambert，一七一六——一八〇三）的四季（Les saisons）、洛休（Roucher）的十二個月（Douze mois）與得利愛（Jacques Delille，一七三八——一八一三）的園（Les jardins），等他們都以熱烈的興味描寫春花、秋月、白雪、青蛙、金蟲、夜鶯等自然界的形形色色，這些自然的描寫詩在古典派以後的詩壇上貫注了一種新的生命。

這世紀中還有兩個大詩人，即服爾德與賽尼哀；前者已於上節述及，後者容待下節細說。

其次說到小說的方面。

在前世紀散文的領域中，開拓出了小說這個部門。小說在意識上是比較前進的一種文學，當詩歌、戲曲、宗教演說等所有的種種文學在歌詠着貴族的光榮表演着黃金時代生活的合理時，獨有小說的領域中表現相異的色彩，提出反抗的精神，故當時的小說除一部分現實派的作家如蘇萊爾、斯卡隆外可說是不曾與一般古典文學合流的，而且在形式上小說是比較自由的文體，故當古典主義法則盛行的時候小說曾受到一度的奚落，不過到世紀末葉一般的古典文學已呈衰微的氣象，獨有拉·法夷德夫人等的小說能與未來的社會理想相脗合而保持其幸運。因此，十七世紀的小說是最先表現了近代新興文學的展開。

十八世紀的小說繼續着前世紀的基礎。小說從傳統的雰圍氣中飛躍到自由的新天地，主要地表現舊時代的反抗精神。一般啓蒙思想家在發揮他們的思想哲理之外也不曾忽略借小說的形式來發洩對於王權與宗教的憤恨，與自由主義自然主義的啓示；孟德斯鳩曾作過波斯人通訊，服爾德曾作過戇第德，狄德羅曾作過賴模的姪子，盧梭曾作過愛彌兒與新愛綠綺思，這些都稱爲哲學小說，在大體上表現着同一的傾向。

這些哲學小說在前節敍述啓蒙思想家時已分別介紹，茲不具論，就十八世紀一般的小說而論，題材方面最主要的是現實生活的觀察與記錄，形式以適應於題材的表現爲法則。這世紀中最著名的小說家要算是勒·沙琪、普萊服與聖·佩耳三人。

勒·沙琪（Alain René Le Sage，一六六八——一七四七）是十八世紀法國小說界第一個前導者，他的作品被稱爲「時代風俗的畫絹。」他是一個小說家而兼戲曲家，早年學習法律，後棄了法律而從事文學，一生沒有改變。一七〇八年他模倣西班牙蓋伐拉(De Guevara)的作品，發表了他的處女作跛足的魔鬼(Le Diable boiteux)。這部小說描寫的程度介乎拉·布律耶的品性描寫與眞正小說之間；所謂跛足的魔鬼就是一個專圖淫樂的惡鬼，這個惡鬼被魔術法師捕獲幷封鎖於罐中，後來書中的主人公把魔鬼救出了，魔鬼受恩圖報，領他到馬得利境中觀察從最上層到最下層的全部社會生活，於是作者借主人公的觀察，描寫出他所經歷的種種情景。全篇的含義非常平淡，對於性格的描寫也散漫而不集中；不過將各種人物、各種風俗與各種逸話連結起來，充分地表現社會生活的狀況，這是他的特色。

跛足的魔鬼是勒·沙琪次要的作品，他的最大傑作是吉·伯樂(Gil Blas de Santillane)。這是一部傑出而精到的風俗小說，作者在這上面前後曾化了二十多年光陰，一七一五年成第一篇，一七二四年成第二篇，全書完成則在一七三五年。全書的情節簡單如下：

主人公吉·伯樂是西班牙的靑年，在他作牧師的伯父那裏受教育，學得了希臘文、拉丁文與邏輯，方十七歲時即立志要到西班牙京都一所著名的大學脩學，不意在旅途中遇到強人打刼，把他所攜帶的箱籠財物全部捲去，他在無可如何之中迫着只得也加入匪黨，出去刼掠其他旅客，有一次擄到了一個多財的貴婦人，吉伯樂見機會已到，便使用機警的手腕私自與那婦人偕逃，那貴婦人的家庭是大貴族，他隨同到那裏，得到了一筆極大的財產，從此得以自由往來各處，與貴族、官吏、律師等交際，又觀察俳優、浪人與盜匪的社會，這樣周旋日久，各社會層的經驗都給他得到了。後與王公大臣相好，自己也成爲一個貴族、政治家、寵臣，聲勢煊赫。晚年退職歸隱，把他一生所經歷或體驗到的一切人情世故、善惡苦樂以及他對於文學藝術等的見解記述下來。

在形式上，這部小說祇是連環的故事，隨着主人公命運的昇降表現種種情狀，沒有一個完整的情節。而它的優點正與跛足的魔鬼一樣，是表現出當時的社會狀況，各社會層中上至王公、大臣、貴族，下至無賴、竊賊、盜匪，這種種人物的性格行爲以至相貌衣飾他都有精確的描寫，連帶着這些人物的社會風尚他也有明顯的表現。他表現這些人物風尚時常插入他諷刺與教訓的口吻，這中間可以看出勒·沙琪所理想着的眞的人生。

普萊服（Abbé Antoine François Prévost d'Exiles，一六九七——一七六三）生於法國北部的一個小城市，幼年受教會教育，十六歲卽投軍作戰，後任脩道院長，曾遊歷英國、荷蘭各處。他一生下了三十五年的苦功，著下一百二十卷書籍，著作大半是小說，故以小說家知名。普萊服與勒·沙琪不同：前者是模倣的風俗小說家，後者是獨創的戀愛小說家；他雖讀過英國李查孫的戀愛小說，而他的創作不曾受他的影響，他那種創作的才力，使同時代一切模倣的作品相形見拙。他的創作小說有五十九册之多，其中堪稱爲傑作的有克雷孚蘭先生傳（Histoire de M. Cleveland，一七三六）、基勒林的祭司長（Le Doyen de Killerine，一七三五）幾種，而情節曲折、情熱充溢而最具吸引力的是曼儂·萊絲戈（Histoire de Chevalier des Grieux et de Manon Lescaut，一七三三），這是普萊服的代表作品。全書的情節是這樣的：

女主人公曼儂是一個天生麗質、富有熱情與醉心於物質享樂的女工，十七歲時在某旅館中與一個貴族青年武士格里安邂逅兩人一見傾心各訴彼此的情愛，格里安甯願拋棄貴族家庭的幸福，挽曼儂一同私奔到巴黎，過着甜蜜的同居生活。而貪圖物質享樂的曼儂又爲錢財所誘惑而鍾情於鄰居的一個富翁富翁因與格里安發生醋意，投函給他父親領了他回去格里安回家經一度監禁以後卽進教堂一心脩身學道。某天，曼儂與他在教堂中巧遇，伊卽向他痛悔前非，申訴伊愛他出自本心，格里安爲上帝的緣故，恕了伊的前愆，兩人重歸於好，作再度的偕奔，自此他們益加放蕩不羈沈醉於享樂之中。這樣日久，囊資漸漸不支，格里安爲滿足他情人的欲求，不惜犧牲貴族的身分做出賭博偸盜的勾當，曼儂也犧牲了伊的色相，用計拐了一個老色鬼的巨款事爲官廳得悉伊卽被逮入獄，格里安殺掉獄吏把伊救出潛逃，而不久都被捕獲，格里安爲他父親保釋。曼儂則放逐至美洲，格里安不忍他情人獨往，兩人一同出發。到得美洲，曼儂爲州長之子所垂涎，以至與格里安決鬥，結果把州長之子弄傷，兩人逕逃英國，而因遠途長征，曼儂中道不勝勞苦而逝，格里安在把伊埋葬之時，凄然不省人事。

這個戀愛小說與其說是一種小說，毋甯說是一種故事，因其結構鬆散而不嚴密，描寫又單純而無技巧。不過它的內容是値得注意的男主人公那種灼熱的情感差不多燒紅了全書的紙，而他們兩人從頭至尾都爲着相互的愛情而奮鬬。我們在這裏可以看到純粹的愛已打破了貴族與平民的界限，貴族格里安情願愛着女工曼儂，他們爲了相互間愛的維持，男的不惜犧牲身分，女的不惜犧牲貞操，而且甘心忍受長期流浪的苦痛，這故事雖以悲劇結束，而男女主人公的熱愛之情已衝破了傳統的習慣，這可說是資產社會小說的前奏曲。作者那種哀切動人的戀愛故事，是社會情狀的恰切的表現，其心理分析的描寫方法爲後起抒情小說家所熱烈模倣。

聖・佩耳（Bernardin de Saint-Pierre，一七三七——一八一四）是盧梭的忠實信徒，異國小說的作家。他初起學習工程，獻身工程，在充王家工程局長時，爲考察各國建築曾遍遊德、奧、俄、荷蘭諸國。後在巴黎與盧梭納交，受他的啓示，也崇奉自然的美，拋棄工程而從事著作。他發展自然主義的著作哲理有自然之研究（Etudes de la nature）與自然之和諧（Harmonies de la nature），小說有瑪賽漂流記（Voyages et aventure de Jacques Massé）、蒲賽納冒險記（Les Aventures de Beauchêne）與保祿與委琪尼（Paul et Virginie，一七五七），以後者爲最著名。保祿與委琪尼是一種牧歌小說，描寫純潔的戀愛與性靜的自然；書中敍述一對天眞的小情人保祿與委琪尼，在熱帶的島上一同度着自然的和愛的生活，後來委琪尼受伊叔父之召到巴黎一次，但伊念念不忘着伊親愛的人兒，不久設法還來，這消息傳到島上，保祿與伊母親在碼頭守候，他們看到那船觸礁沉沒，委琪尼爲着他的情人拼命捱向海岸，但是伊纖弱的四肢終於因不敵波臣而覆沒了。

他的小說主要的特色是自然的描寫，自然的描寫又以異國情調佔着本位，故他的小說是異國小說或冒險小說的開端。聖・佩耳自己曾身歷歐洲諸國，考察各地的情形，而且當時海路航運已開，探險家貿易家紛紛外出，這種情形刺戟起人們對於異國的想像。在他的作品中，那些寂寞的草原、海天的檣帆、瑰奇的海景、荒島的頑民、海賊的出入以及海外珍奇的動植物等都當作最主要的背景而描寫着。他所描寫的自然有聲有色，而且描寫時襯托着人間的愛，倍覺動人；這樣的寫法，近者影響到十九世紀初期的浪漫派先驅夏德白里安，遠者影響到二十世紀初期的海外小說家綠綈。

復次論到戲曲，可分悲劇與喜劇等幾方面說。

十八世紀前期的悲劇比較保守形式，仍遵守古典悲劇的法則；作家稀少，比較值得重視的只有服爾德與克雷弼雍兩人。關於服爾德的悲劇，前面已經敍述，這裏不再重覆，祗說克雷弼雍。克雷弼雍（Prosper Jolyot de Crébillon，一六七四——一七六二）早年愛看賴西納等的古典悲劇，同時耽閱當時的傳奇稗史，由此兩方面的影響交織成他創作的態度，他的悲劇是循着因襲的法則而表現新奇的意境。他從一六八〇年起從事劇作二十五年，留下了百餘齣悲劇，主要的作品有賽米賴米（Sémiramis）、墮落（Egarement）、亞屈萊與戚絲特（Atrée et Thyeste）、意陀梅耐（Idoménée）及賴達米德與釋諾弼（Rhadamiste et Zenobie）幾種。克雷弼雍的悲劇中有與高乃衣、賴西納劇中同樣的緊張與衝突，不過其間緊張與衝突的性質不同。高乃衣與賴西納劇中的衝突大多是情感與意志、名譽與愛情、國家觀念與家庭觀念等的衝突，而克雷弼雍劇中的衝突是野性與野性、本能與本能的衝突。他的悲劇有兩種顯著的特色：一是殺戮的場面，一是情慾的錯亂的表現。在他的劇中，父親可以殺他的兒子而飲其血，妻子可以殺伊的丈夫而藏其屍，兒子可以與父親母親格鬥，類似的這種自殺被殺的殘酷的恐怖的事件連台排演；還有他的劇中，母親可與兒子通姦，閨女可與中年男子姘識，年青的人荒淫無度，年長的人也浮沉於情海之波，類似的這種淫人被人淫的顚倒的錯亂的情節成為普遍的題材。克雷弼雍這些題材並不是現實的觀察的結果，而是架空的、捏造的產物，常常將現實與夢境、認識與錯認混亂起來，以人們所意料不到的異出的場面給觀衆以強烈的刺戟。克雷弼雍對於殺戮與情慾的恣意表演給年輕男女以不良的影響，所以他被稱爲不道德的藝術家。由此可見他雖在形式上遵守古典悲劇的法則，而內容則已表現與以前相反的狀態。自克雷弼雍起，古典悲劇已一蹶不振了。

與克雷弼雍同時的悲劇家，遠有貝魯以（De Belloy，一七二七——一七七五）、雷米埃爾（Lemièrre，一七二三——一七九三）與蓿林（Saurin，一七〇六——一七八一）可都不佔重要的位置。

悲劇之後，應當說明喜劇。不過介乎悲劇與喜劇之間還有悲喜劇與流淚喜劇。「悲喜劇」就是描寫劇，這種劇創始於狄德羅，繼起的梅錫埃（Mercier，一七四〇——一八一四）發表了一部戲曲藝術論（L'Art dramatique），根據了他的原則在理論上加以發揮。他認爲古典派的悲劇與喜劇都犯了各走極端的弊病，悲劇家覆述古人的傷心事，猶如僵尸的出祟，實覺無聊；喜劇家揑造不近人情的言動，強博觀衆的歡笑，徒增惡心。他們把人的悲與喜看得太機械，太極端，這由於不理解淚與笑的來源。淚與笑都是從心頭感發的，悲喜無常，足證因襲的悲劇與喜劇不合情理，因此他斷言過去的戲曲走了岔路，而且勸戒同時代的戲曲家開闢新路：『我們不要作無謂的誇張，說用喜劇可以使人笑，用悲劇可以使人哭，應當真切地表現人生，使觀衆能在觀劇後明瞭他人，覺察自己。』梅錫埃從理論上鞏固了他的立場，且以之運用到舞台上，撇下古之王侯、英雄，而對於農民、手工業者等社會上常見的人物作一番切實的表現。梅錫埃外，拉·旭舍（La Chaussée，一六九二——一七五四）也是著名的悲喜劇作家，他所著的時髦的成見（Préjugé à la mode）、梅拉尼德（Mélanide）、丈夫學校（L'Ecole des

Maris)母親學校(L'Ecole des mères)諸劇，其中對貴族心理的反抗與站在資產社會上的道德教訓，於當時人的意識大有影響。「流淚悲劇」(comédie larmoyante) 爲黛司多希(Philippe Néricault Destouches, 一六八〇——一七五四)所樹立，黛司多希在倫敦研究幾年戲曲回來，深感過去的戲曲過於形式化，他說普通以爲喜劇必須完全是滑稽的場面，其實眞正人生的愉快也必帶有悲酸的淚痕，所以他提出一種所謂流淚喜劇。他的重要作品有假的仇恨(Fausse antipathie)與不知不覺間的哲學(Philosophie sans le savoir, 一七六五)，中間描寫貴族的偏見與一般社會的性格與職業，運用含淚喜劇的法則，非常眞摯動人，黛司多希的理論與劇本一方面在喜劇的滑稽的意味中滲入悲哀的意味，泯滅了喜劇與悲劇的界限，另一方面拋棄非現實的題材描寫現實的人物事物，劃分了理想劇與現實劇的陣容，他是從理性主義到感情主義的過渡人物。

十八世紀因襲的悲劇還不絕如縷，悲喜劇與含淚悲劇雖然已經產生，而表演得最有成績勢力最大的還是要算喜劇。十八世紀初期的喜劇不曾脫掉模倣的時期，尤其莫利哀的作品成爲後起喜劇家的範本。這世紀初期的喜劇家，可以勒虞爾與但谷爾爲代表。勒虞爾(Regnard, 一六五六——一七〇九)的喜劇師法莫利哀，注意分析人間的心理，他慣在劇本中傾瀉滑稽的情緒，構思非常自然。他的代表作是賭徒(Le Joueur)，用機敏的手腕表現出賭博狂者臨場慳吝與嫉妒的心理，使人爲之哄笑。但谷爾(Dancourt, 一六六一——一七二五)以創作風俗喜劇見稱，他常抓牢一個時事問題加以精細的考察，而後用簡捷的方法描寫出來，所以他的喜劇完全是當時生活的捉摸，從沒有從現實游離。他的代表作是時髦的武士(Chevalier à la mode)，他劇中最普通的人物是貴族、騎士與銀行家，他常從一羣性質相同的人中抽出他們相似的性格，作爲時代風俗的表徵。

勒虐爾與但谷爾不是當時重要的喜劇家，十八世紀喜劇的代表作家在前期是馬利服，在後期是波馬賽。

馬利服(Pierre Carlet de Chamblain de Marivaux，一六八八——一七六三）生於巴黎法官之家，幼受古典教育，後習法學，但以創作喜劇知名，爲人才智機敏，感覺敏銳，態度温雅，擅於交際，出入於當時貴婦人的沙龍，到處受人歡迎。這種生性與態度很合於喜劇的趣味。他著名的傑作有愛情與畬緣的調戲 （Le Jeu de l'amour et du hasard)、誠實的人們 (Les Sincères)、磨難(L'Epreuve) 與假祕密 (Les Fausses confidences)幾種。馬利服的喜劇的特點就是以他敏銳的感性描寫兩性的愛情，他因爲時常在沙龍與貴婦人接觸，對於女性的優美、纖細、柔和、嫉妒、怨恨的性情特別嫻熟，故描寫起來倍覺親切。關於愛情他當作他喜劇的泉源而表現，他說我在人心中窺探着愛情的巢穴，當其隱藏不顯露的時候，我每能以喜劇使之顯露。在他的心目中以爲一般的愛情都是祕而不宣的，惟有他能明瞭而且加以具現。在馬利服的喜劇中，分析着各種各樣愛情的姿態：如愛情的希求、愛情的長成、常態的愛情、變態的愛情、情場的波瀾、情慾的波動，還有結婚的理想、婚後的生活等等，他都有精微的刻畫。他分析戀愛的才能足與前世紀悲劇家的賴西納相匹敵，故被同時人稱爲戀愛喜劇的聖手。馬利服所描寫的愛情是一般社會的愛情，較之以前的愛情，他算是把愛情解放了。馬利服有獨創的機才，不屑模倣任何人的作品，他曾說過『我甯願參與創作家之末列，而恥於立在許多文學猢猻前面。』他喜劇的形式，不論布局與作風都是獨創一格的，批評家特別稱之爲「馬利服式」（Marivaudage），可見他在當時被人注目的一斑了。

波馬賽（De Beaumarchais）一七三二——一七九九）原名奧古斯德・嘉紅（Pièrre Auguste Caron），是一個皇家鐘表匠的兒子，本繼父業，後與宮中的一個貴族寡婦結婚，取得了身分，因就他妻子的采地冠稱波馬賽。他很擅活動，不久做到宮廷的音樂教師，而且昇任貴族的財政管理，因從中舞弊，幾為法庭扣留。他當時作了一個回憶錄（Mémoires），將審判時的法官形容盡致，即此已顯露出他滑稽的才能。從此開始創作戲曲，往來排演；又經營出版事業，又出入權門，為政治偵探。大革命時因攻擊革命黨，家產盡失，逃亡至漢堡，後不得意而死。波馬賽的喜劇，他初起的歐澤尼（Eugénie），兩朋友（Les deux amis）發表時不曾引起社會的注意，直到他的三部曲賽維埃的理髮匠（Le Barbier de Seville，一七七二）費家六的婚姻（Le Mariage de Figaro，一七八四）與帶罪的母親（La mère coupable）出世，纔轟動了文壇。費家六的婚姻內容有觸犯時忌的地方，初起被禁止排演，後經作者的多方疏通，纔於一七八四年出演，這劇一上舞台，即為觀衆狂熱地歡迎，一連演了百餘次之多，開莫利哀以來喜劇上未有之光榮。波馬賽是第三身分的偉大的喜劇家，他以資產社會的立場對於貴族社會作辛辣的諷刺，他的喜劇自然不會見好於當時的王者。他為表現自己階級的喜劇，曾嘲笑流行的悲劇說：『生在十八世紀的我們，一定要知道雅典、羅馬的事件幹什麼呢？對於那些貝洛布索主上之死、阿甫利達公主之犧牲，有什麼趣味可言？這一切和我們毫不相干，這一切全無意義。』進一步他說：『告訴你們，當今的戲曲就是要表現不幸的中產者！……可笑的市民與不幸的帝王——這是要盡量表現的對象。』波馬賽的最大傑作就是他的三部曲，三部曲中除最後一劇帶罪的母親較微弱外，餘賽維埃的理髮匠與費家六的婚姻表現得都有力，這兩個劇是前後篇，有一貫的情節，現在抽述其梗概如下：

〔前篇〕醫生巴達洛年事已老，而蓄意要娶一個年輕美貌的女子羅舜尼爲妻，他自幼把伊贍養成長，幽禁在家裏，早已把伊當作掌中之物。而另外有一個公爵亞馬發也有意於羅舜尼，他的舊僕費家六此時正在賽維埃充理髮匠，爲人機敏有幹才，公爵得他的籌劃，居然將年輕美貌的羅舜尼從醫生巴達洛手中搶了過來，自此羅舜尼成了亞馬發公爵夫人。〔後篇〕公爵夫人有一個婢女瑟尙，也有驚人的姿色，費家六以促成主人婚事的功勞要求把這婢女嫁他，但好色的亞馬發也頗垂涎於瑟尙的姿色，因此要利用當時貴族的陋習初夜權，在費家六面前奪取瑟尙。然而機警的僕人費家六，巧計多端，一天當亞馬發與瑟尙約會的時候，利用公爵夫人的妒意，使伊假裝前去以婢女自代，亞馬發見來者是他的妻子，纔知道機祕已經失漏，慚悚交加，無可如何，只得讓費家六與瑟尙完成了婚姻。

在這喜劇中，僕人費家六從公爵亞馬發手中奪得他的妻子，表示平民與貴族鬥爭的勝利，在平等的原則上，只要臣僕的才能優於領主，同樣可以高居上風，這不啻宣佈了貴族身分的取消。在費家六的婚姻中波馬賽還借了劇中人費家六的口吻，向貴族官僚作辛辣的諷刺：『爲着塡滿尸位，有生出一個計算官的必要，而擔任這職務的，是一位跳舞家。』這指摘官吏的尸位素餐。『賣官鬻爵的事，是這樣地風行着……可惜這事只有那做到官的人是便宜的。』這指摘官吏的舞弊。『一般人認爲當朝臣是一件難能可貴的事務——實則不過是受、取與求，祕訣盡於此矣。』這簡直說官吏除貪贓枉法之外是無所事事的官吏和貴族的底情既不過是如此，那末當僕人的費家六又何嘗不可取而代之，故當有人問他是什麼身分時，他不客氣地說是貴族。在社會地位上向來淪於下位的費家六，現在是躋於平等的地位了。波馬賽這劇本已成一般中產社會代表的要求，這要求爆發於將要來到的大革命。

第二十二章　大革命時期的文學

法蘭西大革命意義的重大——大革命前的社會階級——革命時期大勢——革命文學之發生——A詩歌文學——「馬賽歌」與「出軍歌」——犧牲於革命的大詩人賽尼哀——其生平與作品——高貴典雅的古典形式與十八世紀趣味的內容——愛美與大自然的歌詠——「青年之四女」——B雄辯文學——米拉波、伐宜峨、但東、羅伯斯比爾——C新聞文學——黛莫林、羅蘭夫人——中產階級的勃興與浪漫運動的崛起

法蘭西大革命在歷史上有重大的意義，這件大事與意大利的文藝復興、日耳曼的宗教改革及英吉利的產業革命齊稱爲近代歷史上的四大運動。一般說來：文藝復興是文化上的革命，宗教革命是信仰上的革命，產業革命是經濟上的革命，法國革命是政治上的革命。實際說來，這些革命運動沒有一個不受經濟的支配，不過有明顯的與不明顯的吧了。法國革命名義上雖偏重政治，實際含有經濟革命、社會革命等多方面的意義。這次革命爆發與蔓延在法國內部，其普遍的影響則及其全歐。

法國革命是一種舊制度的摧毀。在革命以前，法國是一個君主專制的國家，政治的勢力完全操在貴族與地主手裏，同時十八世紀末葉法國的中產階級，他們的生產雖未經技術革命的過程，不曾脫離手工業的狀態，而資本的龐大與集積使廣大的生產一天一天加強，可能也是不可否認的事實。但是資產者的自由發展感到一種威

脅，在當時的社會制度之下，階級的劃分非常森嚴，有四個階級是明顯地存在着的：貴族是第一階級，僧侶是第二階級，資產者或中產階級或市民階級是第三階級（即所謂布爾喬亞 Bourgeois），平民或勞苦大衆是第四階級（即所謂普羅勒塔列亞 Proletariat）；貴族、僧侶是享有特權的剝削階級、壓迫階級，資產者與平民是喪失人權的被剝削階級、被壓迫階級，前者爲維持他們已成的優勢利用着政治的權力不容許社會上有平等的自由發展的機會，因此資產者要發展他們的生產是不能的，除非他們奪得了自己的政權。這時資產社會的勢力足與封建社會相抗爭，於是在政治上激起了高度的矛盾。而平民以被壓迫階級的地位是與資產者同其命運的，故也同情於他們。所以這一次的革命，是中產階級與平民聯合起來革貴族與僧侶的命。不過平民苦於沒有智識缺乏資本，他們雖在革命運動中盡了多少力，而他們是屬於被動的地位，領導的地位乃是屬於有智識有覺性的中產階級。這次革命爲中產階級所宰主，也就決定了革命成功的性質。

這次革命的運動不是突如其來的，在路易十四的統治之下已伏下大革命的種子。十七世紀末葉與十八世紀的法國文學，銘刻着新舊社會推移的過程。在路易十四的宮中有高乃衣、賴西納等用光輝的詩歌歌詠着黃金時代的繁榮。而一傳至後，新興社會的人物如錄事之子服爾德、賣刀業之子狄德羅、棄兒亞朗倍爾以及鐘表匠之子盧梭、馬利服等出現，用辛辣的詞鋒向舊時代挑戰了，他們到處鼓吹新思想，革命的運動已秧蒔於他們之手，成長復成長，終於在一七八九年，革命的怒潮如排山倒海一樣地爆發了。

革命的情節非常複雜，這裏僅能略述其梗概。路易十六即位時因鑒於革命的呼聲日高，爲適應一般社會的要求，見好於人民，謀保持自己的地位，便用經濟學家杜爾閣爲相，改革租稅制度，以期財政出入的均衡，訂出種種計劃，但因特權階級的反對，無法施行而辭職。繼起的財長是納該（Anne-Louise-Germaine Necker），他雖才能卓越，然遇美國的獨立戰爭，經濟界不景氣，也無法打開財政的難關。法國的經濟陷於殭局了，爲解決這嚴重的課題，政府於一七八九年五月召集一個三級會議（Etats-Généraux），集貴族、僧侶與中產階級於一堂，討論應付的方略。但是在選舉時後者被前二者所壓伏，中產階級的代表退出，另外另集一個國民會議（Convention nationale），會中達維德（David）聲言『國民會議的代表者們宣誓在他們沒有制定憲法以前決不解散。』路易十六見大勢如是，也祇能勉強承認，而且重召納該整理財政；但是他聽了后妃與羣小的讒言，忽而又把納該革職。巴黎的羣衆聞訊，卽開始暴動，用棍棒鐵鐃衝向凡爾賽宮，搗向巴士底獄，把宮人衞兵大肆屠殺。大革命的先聲已如迅雷震耳，各地的農民，都因凶年歉收，租稅難繳，紛紛起來反叛，打倒地主與貴族；國民會議把貴族、僧侶所享有非分的特權，立卽取消。從此法國根深蒂固的封建制度已摧毀了一大半，同時在國民會議中憲法也制定了。然而第三階級的革命不免還帶有溫情或妥協的成分，於是巴黎的平民另外起來組織了一個巴黎市政府，把路易十六夫婦就法。這時候革命已轉到一個激烈的路向，君權推翻以後，國家的大權落在巴黎市政府之手。巴黎市政府的領袖如但東（Danton）、馬拉（Marat）與羅伯斯比爾（Robespièrre）等都是過激派，他們凡是看見稍有王黨嫌疑的人，或有反革命嫌疑的人，都要把他們送上斷頭台，便是同樣在革命者中與他們政見不符的人，也有捕殺的可能；那時巴黎被殺戮的人不知有多少，這是歷史上的一個恐怖時期（règne de terreur），也是所謂巴黎的暴民政治。當時在革命黨中鼎足而三的是雅各賓黨（Jacobin）、吉隆黨（Girondists）與平原黨（Plain）。雅各賓黨代表平民，卽革命的過激派，實行巴黎的暴民政治，羅伯斯比爾等是該派的領袖人物。吉隆黨代表中產階級，卽革命的溫和派，領袖如羅蘭夫人（Mme de Roland）等是些溫文爾雅的人物，而當雅各賓黨得勢時卻大遭屠殺。平原黨是中立的舉足輕重的黨派。雅各賓黨因領袖過分激烈，引起了外間的非難與內部的分化，巴黎市政府崩潰後，就由國民會議起來主政，改建共和，做些訂定憲法等工作。不過法國革命到此時，國內的糾紛與國外的干涉，應付一天爲難一天；於是有氣蓋一世的英雄拿破崙（Bonaparte Napoléon）出來，打破難局，扎法蘭西再造過來。

在革命期間，照理當是文壇衰落的時候，如歷史家克羅齊（Crouzet）所說『人們正在忙着革命的破壞與建設，沒有時間來詠歌著文。』固然在革命急切的時候，人們不會有餘裕去創作那種安閑的文學，而以文學反映社會意識的功能，對於革命中那些義士的勇毅的精神與悲壯的情感，在革命文學中也會充分地具現。這時期的文學與革命表現着密切的關係，在革命前文學作爲宣傳的工具，在革命時文學作爲鼓動的利器，在革命後文學作爲事蹟的記載。

法國大革命時期的文學，簡要地可分爲詩歌文學、雄辯文學與新聞文學幾方面來敍述。

A 詩歌文學

詩歌文學（chant）有熱烈的情感與鏗鏘的聲調，比較最富於鼓動性。那時的詩歌文學，如馬賽歌、出軍歌等，策勵羣衆，振作士氣，對於革命行爲確有許多推動。

馬賽歌（La Marseillaise）在大革命初期，鼓動一般革命分子本着無畏的精神以與君主抗爭，爲主義而犧牲，絕不要瞻前顧後。這個歌是馬賽革命軍隊中唱的軍歌，當馬賽的革命軍直抵巴黎的時候兵士就高唱此歌，其悲壯熱烈的調大爲巴黎人所感興。馬賽歌的作者是羅日·李士耳（Rouget de Lisle），他以軍人而兼長樂歌，據說他成此歌祇費一晚工夫，而其偉大的情調卻歷久而不磨。共和成立的時候，這個歌即代替了法國的國歌。

出軍歌（Chant de Départ）目的在鼓動壯士的鬥志，使軍人臨陣時能格外提起精神殺敵。這個歌共分七節：一、人民代表，二、母親，三、老，四、孩提，五、妻子，六、處子，七、軍人；用多方面的口吻勉勵軍人從容赴義，爲民除暴。這裏引它第一節人民代表如下：

戰神衝鋒歌聲揚，
自由神已在前行，
天南地北悲笳響，
齊催壯士赴疆場。
國之敵惟君王，
驕暴吮人血，鬧此心彷徨。
吁嗟乎！民衆神聖俱前進，
殘賊指日可滅亡。（曾仲鳴譯）

每節歌後都附着這樣一段的尾聲：

共和之神喚我起！
成敗存亡皆在此！
男兒生爲共和生！
捐軀亦爲共和死！

這個歌的作者約瑟夫・賽尼埃（Marie-Joseph de Chénier，一七六四——一八一一）他是詩人、戲曲家而又是熱心參加革命的人曾任國民會議立法委員他的戲曲查理第九（Charles IX）與亨利第八（Henri VIII），竭力暴露王室的罪惡，而出軍歌是積極鼓動摧毀暴君的。

賽尼埃之弟賽尼哀，模倣古典形式而作抒情詩，可算是十八世紀最偉大的詩人。

安得萊・賽尼哀（André-Marie de Chénier）初起曾從事革命而後被革命黨人所處死，浪漫派稱他爲賴西納後最大的詩人。他以一七六二年生於君士坦丁堡，父親魯意（Louis）是一個駐土耳其的法領事，母親安得萊（André）是希臘有才的貴婦女，因此賽尼哀從小就受到希臘文學的濡染養成他後來作詩的才能。一七六五年離開君士坦丁堡到巴黎進那伐爾學院求學，在學校裏卽已表現出充溢的詩才。一七八二年與幾個青年同志到斯屈拉斯堡從軍，他的身體不慣於軍隊生活，不久害了重病，離開軍隊，從事休養，化了一年的工夫遍遊瑞士、意大利的名勝，一七八七年隨着駐英大使到倫敦的法國公使館充任祕書，他不很同情於英國的民族氣質與制度，在英供職幾年卽回本國。由此他開始從事文學著作，懷着滿腔的熱情與自由的想望，以莊嚴的讚歌稱揚革命，自己也參加革命的運動；不過他因貴族出身的緣故，革命的理想非常保守，主張實行君主立憲。及後雅各賓黨出來，他看到那種過激的行動與恐怖的政策，覺得革命過於殘忍，便向右轉在水星報（Le Mercure）上爲文反對，在他熱烈的詩句中表示對於革命黨的忿恨，幷且同情於被弒的國王，爲殺革命黨人馬拉的果耳兌（Corday）辯護。因此觸動了雅各賓黨的仇視，在一七九四年三月，幽禁在獄中作了許多光輝的詩歌，到七月二十五日在斷頭台上被處死刑。他死後的兩天雅各賓黨的領袖羅伯斯比爾也被反對黨送上斷頭台，所以賽尼哀之死是很不幸的。他祇活了三二歲，還懷着充溢的詩才不會得到充分地發揮。

他的著作散佚大都是身後人們替他蒐集刊行的。詩歌有田園詩集（Idylles）、悲歌集（Elégies）、牧歌集(Bucoliques)、長詩斷篇（Fragments de Poèmes）及長短詩句（Iambes）如著名的乞兒（Le Mendiant）、盲人（L'Aveugle）、青年之女囚（La jeune Captive）、少女戴侖汀（La jeune Tarentine）。散文的作品有許多新聞論文與政治論文的小册子。此外，他還編了一本馬萊勃詩詮釋（Commentaire sur Malherbe）。

在十八世紀末葉，希臘、拉丁的文學在法國有部分的復興，這復興與服爾德、孟德斯鳩、蒲林布洛克新的歷史學說有關，他們的歷史學說表示歷史重在一般人民生活的紀錄，不重在帝王言行與戰爭成敗的述說，這種社會學的歷史觀的實際應用，使當時不少學者又回復到希臘、羅馬那樣人民生活的研究。在這一點上，歌德代表了德國，賽尼哀代表了法國。賽尼哀之於希臘、拉丁文學的模倣，在形式而不在內容；他自幼於希臘文有可驚的造詣，初起他習作散文，即將希臘、拉丁文學中的精辭鍊句優美的意境加以熔裁，作爲創作抒情詩的基礎，他的作詩能彀將古人的精華吞下經過一番精密的複製，重又吐露出來，化模倣爲創造，織成綺麗的詩歌，這種詩歌不失希臘的古典型，可不曾爲古人所束縛，有他自己的意境，有他特殊的風韻。他喜用龍沙的六律詩句而使古詩的體裁增加美與力，嶄露他自己的才氣。他慣用十二綴音的韻語作詩，而加以諧和地配置之後。十八世紀詩人通用的形式卽平添不少生趣。因這些理由，賽尼哀可說在詩壇的衰季賦與抒情詩以新生命。他出神的比喻與靈活的描寫，使繼起的詩人紛紛效法；他作風的高貴典雅，爲批評家所一致承認。

賽尼哀的抒情詩，其形式熔裁了希臘、拉丁的古典文學，而內容卻是典型的十八世紀的。他的詩中，古典的禮讚與市民的禮讚相互地交叉着。他自己說：『我在新思想上作古代的詩。』他接受科學的眞理，排斥神學的迷信，指摘宗教的僞善，提出愛美的要求。他把愛美的理想當作是異教的禮讚，他的愛美是伊壁鳩魯派（Epicurean）的、縱慾派的，這愛美的觀念從狄德羅等所提倡的感覺上發生的，故是官覺的愛、肉體的美，描寫的美女、豔花總具有濃烈的色香。因賽尼哀的發揮愛美，浪漫派詩人遂崇奉他爲先驅。不過賽尼哀的愛美是現實的、感覺的，與浪漫派的理想的、抽象的愛美顯然不同。雖然如此，賽尼哀的詩歌的內容決不止於是十八世紀的，他對於自然界的愛好與歌頌，開發了近代文學的新路。他用典麗的辭采，整齊的格律，歌唱着自然界的種種美景，新月、明星、亂鴉、斜日、青山、幽谷、叢林、走獸，這些景物觸到他溫情的筆，便顯出大自然與人間的融合。這一點，爲浪漫派詩人所熱烈模倣，所謂大自然之愛，是浪漫派詩的一大特色。

最足以代表他抒情詩長處的，是賽尼哀在獄中作的詩。在幽森的獄中，他感到百無聊賴的時候，便絞他的心血，使用出神奇的手腕，寫下那絕唱的詩句。而且與他同獄遇到一個被累的少女柯綺尼（Coigny），纖美淒怨，賽尼哀在同情與憫憐之中寫下那傑作青年之囚女；特引他的全詩：

青年之囚女

葡萄夏嫩怯機壓，麥穗秋熟思鎌鋤；余身韶美亦如彼，鬱鬱愁苦長囚居，安能甘心盡此軀！

斯多亞徒甘就死，北風海冥烈無比；余悲俯首復昂擧，人生雖苦亦有美，蜂蜜雖甘有棄時，鏡海亦有風災期。

千層幻想塡胸脯，祇彼獄牆如虛無，希望之翅附余軀，黃鶯爲伴升天衢，飛鳴冲擧何歡愉！

余眠余起坦然靜，余豈能死不自信，會當有日脫囚時，歡迎萬目何睽睽，余雖柔弱容顏癯，亦爲鼓舞精神愉。

余身如登佳旅程，終局尚遠待步行，道旁楡樹排列生，僅越其一餘未經；復如盛饌初延賓，杯酒僅接於朱脣，杯中之酒方盈盈。

余今尙在初春前，竟望秋收心懸懸，祇彼紅日推移間，遂欲從速了全年；園中枝柯曙光白，余目亦僅見曉色，遂欲從速了全日。

『死兮死兮汝其去，有人羞慚色憔悴，汝欲從之一死遂，余今尙不輕此身；帕勒司猶驅羊羣，戀情濃醉接吻溫，才藝美麗歌喉清，余方厭死而樂生。』

——李思純譯。

囚女韶妙而含悲，其聲怨歔清以淒，愁中明確誰拯之，聲出妙脣掩抑餘，天眞坦白詩如之。

此詩諧和柔響醲，使彼戀人心忡忡，欲爇彼美求其蹤，婉約之辭麗之容，凡人若過彼美側，則如彼美愁惻惻，但愁命短死促迫。

賽尼哀的詩歌代表十八世紀新舊詩歌的交會：其謹嚴的形式上承古典文學，算是古典派詩光輝的殿軍；其大自然歌頌的開始，又爲浪漫派詩的祖先；此外注重色香之表現，且開了高踏派詩的先例。

B　雄辯文學

雄辯文學（éloquence）——政治的雄辯文學（éloquence politique）是前所未聞的名詞。在以先，文學本是沙龍與書室中鑒賞的東西；而在革命時期，文學須要鼓動羣衆喚起羣衆，便不能不用直截爽快的過勁的詞鋒在大庭廣衆之中厲聲疾呼以號召革命的羣衆，增植革命的勢力。雄辯文學是法國革命時期特有的產物。

大革命時期辯才中最著名的，要算伯爵米拉波（Comte de Mirabeau，一七四九——一七九一）。米拉波原名列蓋蒂（Honoré Gabriel de Riquetti），生性倔強不羈，幼年卽與父親衝突，曾被囚三年。他喜歡研究政治與外交，有急智與辯才，當他進了上議院，每次開會終必發表他的宏論。他認爲當前的政治根本須要改革，而他所主張的是君主立憲非民主共和，故被激進派目爲不徹底的革命黨人但他立定主意堅持着他固有的主張；曾說：

「以前的我主張立憲政體，現在的我仍是主張立憲政體，將來臨死我當然還是一個擁護立憲政體的人。人們的毀譽我不計，我是要打倒特權階級的，與民衆爲友……」

由此我們可以看到他慷慨激昂的氣概。他留下的文字很少，只有他的政治講稿普魯士的君主政體論（Essai sur la Monarchie prussienne）與書簡致蘇菲書（Lettres à Sophie）。他的演講熱烈雄壯，動人心魄，而文字則比較粗疏，沒有說話那樣適勁；這是因爲他的稿子重在講的，不重在讀的。米拉波的性格，在致蘇菲書中看來，熱烈的情感堅強的個性有些像盧梭，不過他的熱情是透過理智的；他那邏輯編列的情感與蠱惑人的風采，使他成爲革命時期最大的雄辯家。

米拉波之後吉隆黨的伐宜裘（Vergniaud，一七五三——一七九三）也是一個有名的辯才。他是國民會議立法議會的重要分子，熱心擁護革命而且致力革命，當歐洲各國與法國王室勾結鎮壓革命的時候，他便忙着到處演說，鼓勵民衆爲自由而奮鬭，齊赴疆場殺敵致果。他是吉隆黨人，溫和派的革命黨，雖然主張廢除帝制，卻看不慣雅各賓黨的暴民政治，即不時在演說中表示不滿，遂遭了羅伯斯比爾的嫉視，被送上斷頭台。

但東（Georges Jacques Danton，一七五九——一七九四）與羅伯斯比爾（Marie Isidore de Robespierre，一七五八——一七九四）是雅各賓黨的兩個領袖，也是革命中的兩大演說家。他們兩人都是由律師出身而從事政治活動的。但東在革命過程中曾盡了極大的力，當王黨起來撼動共和政體的時候，他竭力出而宣傳拉攏，使滲淡經營的共和政體不要被一朝摧毀，當其他各國軍隊侵入法境干涉革命的時候，他便調兵遣將，鼓動一般民衆去共禦外侮，使法國的領土仍能保持完整，革命事業不至中途失敗。他與羅伯斯比爾同黨，但不滿意於後者的任意虐殺，結果也遭虐殺。羅伯斯比爾是徹頭徹尾於民主政治的人，站在眞正平民的立場，用持嚴厲的態度直逼着君主政治，他竭盡心力推倒君主政治，他的態度峻嚴而毫不妥協，故還嫉視不徹底的溫和派的革命黨人，他忍可殺盡異己的人，不肯犧牲他獨斷的主張。所以一待他握到政權的時候，只要是他異己的人便格殺勿論。這種暴民政治恐怖政策終於是不可長的，黨內黨外的人一致起來反對，在一七九四年焦月（thermidor，即七月二十日至八月十八日）九日自己也被送上斷頭台了。羅伯斯比爾的雄辯沒有米拉波那樣生動感人，而他的演辭都經愼重的考慮，而且銳利、剛性而有力，這也表現出他革命家的特色。

上述四人以外，還有慕里（L' Abbé Maury）、奚世那（Isnard）及聖·舒斯（Saint Just）等也是革命時期雄辯文學的健將。

雄辯文學是藉以鼓吹革命的，新聞文學（journalisme）也是代表革命的言論的。自從君主推翻以後，言論已完全公開，機關報紙也一天多似一天，像什麼政論日報（Journal de Débats）、民衆之友（Ami du Peuple）種種都先後發刊。

C　新聞文學

當時新聞記者中最著名的要算黛莫林（Camille Desmoulins，一七六〇——一七九四）他堅決地抱着革命的信心，要以新聞爲宣傳革命的工具，第一次巴黎革命，他是主要份子。他處事很精明，而且能耐勞苦，曾代表巴黎民衆出席國民會議，後在雅各賓黨爲但東祕書，主編黨報，又主司法部的部務。雅各賓黨那時暗中已分成兩派，一派是擁護羅伯斯比爾的，一派是擁護但東的，黛莫林屬於後者。他眼見當時羅伯斯比爾的殘忍舉動，殺戮無辜者，心有所不忍，於是在他主編的黨報上提出特赦的建議，痛論殺戮之非計；這樣自然爲羅伯斯比爾所不容，與但東在一七九四年一同被殺。黛莫林的新聞文學在當時有極大的號召力，他的文筆明快，情理雙到，有時讀了使人思，有時讀了使人感，緊張而有節，最能打動讀者的心坎，每天報紙出版，終日購者蜂擁，途爲之塞，若拿中國文形容起來，眞是所謂一紙風傳，洛陽紙貴。黛莫林在新聞文學上的權威，於此可見。

羅蘭夫人（Mme de Roland，一七五四——一七九三）也是一個新聞文學的健者，伊閨名菲莉蓬（Marie Jeanne Philipon），丈夫羅蘭是一個革命黨人，伊助理丈夫的事業，而且做報紙的通訊記者。伊也是溫和的革命黨人，對於雅各賓黨的暴民政治時常在文字中加以針砭說『以暴易暴，不知其可也！』伊的氣魄不類尋常女兒，當伊被捕入獄時內心還是鎮靜如素，寫信給伊的女兒、朋友，表示生死無常志不可奪；就是臨到斷頭台仍是態度安詳，祇點頭歎着說：『自由自由，有多少人借着你的名而行其罪惡呀！』

法蘭西大革命經了長期的波瀾曲折，犧牲了無數的志士學者，終算替貴族社會擊了喪鐘，在一七九二年奠定了共和國家的基礎。在劇場上於是演出嘲笑王者的劇，羣衆們喊着：『貴族們，先生們敗北了呵！』在羅伯斯比爾得勢的時候，平民的氣燄十丈，雅各賓黨黨人戴起紅帽穿起短褲在街頭散步，文學藝術表現着所謂短褲化 (sans culottisé) 的趨勢，即平民意識的徵候。然而平民政治的運命非常侷促，自從領袖羅伯斯比爾被殺，恐怖時代告終，短褲化的支配隨着失墜。不久拿破崙以軍事勢力握到政權，一七九九年專制政治重又開始，訂定法典，資產社會的新秩序漸漸形成。中產階級大交洪運，平民是失望了，客觀的條件不能成熟，使他們得到了的政權又滑入資產者的手中；法國資產社會的新基礎正在建立，舊制度被連根拔倒。文學方面，經過一番革命潮流的洗禮，已由宮廷、沙龍而至一般社會；往昔那種拘束於理性的古典主義在革命潮流中掃蕩以盡，思想經了一番清算，情感已解放出來，浪漫運動取得它的新生命而順時崛起。

Madame De Stael

斯黛爾夫人

Chateaubriad

夏德白里安

天馬行空　天馬背上，雨果當先，尾後帶領哥締埃，Cassaghac, Francis Wey與Paul Fonché一輩；Engène Sue扶豎直上，高與之齊；大仲馬喘息追踪前來；斯時也，拉馬丁方高臥雲端，仰天長想。

Victor Hugo
雨果

Lamartine
拉馬丁

Alfred De Vigny
維尼

George Sand
喬治桑

Alfred De Musset
繆塞

Théophile Gautier
哥締埃

Stendhal
斯丹達爾

第六篇　浪漫運動

第二十三章　浪漫運動

十九世紀文學的解放與社會化——浪漫運動——其於社會上是對封建制度的抗爭——其於思想上是對唯理主義的反動——德國的理想主義思潮與浪漫運動——第一文社與第二文社——「克倫威爾」序言——「一八三〇年代」——浪漫主義的特色——個人主義的——抒情主義的——唯美主義的——中古主義的——自由主義的——理想主義的——浪漫主義與古典主義適成對比——浪漫主義所最反對的是擬古典主義

十九世紀的法蘭西文學是值得大書特書的一個時代，社會複雜變化與文學光輝的表現超乎以前諸世紀以上。文學上旗幟鮮明的運動顯示着時期的分劃；我們依着運動的分野確定敘述的體系先述一八五〇年之前的浪漫運動，次述一八五〇年之後的現實主義。

這一世紀的法國社會自貴族隨專制政治沒落，一般社會的智識漸漸解放，文學的創作與欣賞再沒有特殊階級的標記，上流社會的世家與沙龍也失其存在。這種趨向十八世紀時猶在轉變期間貴族文學的氣質還沒有完全消滅，而到十九世紀，文學已從特殊階級的權威下解放及於一般社會；如浪漫運動歌頌新時代的熱情現實主義描寫生活的技巧，都表示文學已在廣大的領域，趨向社會化一途。這時期的文壇上，開始表現出以前時代所未有的蓬勃的自由的熱烈的生氣。

「浪漫運動」(le mouvement romantique) 是文學上一個革命的運動，也是近代法蘭西文學演進的一個交會點，上承十八世紀末葉文學的情緒，下啓現代文學的諸流派。這個運動不單在法國有之，在英國有之，在德國有之，在歐洲各國莫不有之，差不多是西洋文學發展上共通的一個潮流。這個運動在文學上的表現，不待說爲社會背景與思想背景所支配；我們要徹底了解法國的浪漫運動，須從這兩方面加以考察。

歷史家克羅齊說過：『文學上有浪漫主義，猶如政治上有大革命。』如實說來，文學上的浪漫運動基於政治上的革命運動，而政治上的革命運動又基於當時的經濟背景。法蘭西大革命在表面上雖似君主專制的破壞與民主共和的成立，實際上是表示舊有的封建制度農村手工業的衰落與新興的工業資本主義都市工商業的勃興；因爲所謂專制政治是以封建勢力農業經濟爲根基，所謂民主政治是以資本主義工業經濟爲前提。所以轟天動地的大革命，可以直截爽快地說是一個貴族沒落中產階級抬頭的樞機。十九世紀初期歐洲社會上與人類生活上發生了一個極大的變化，這就是歷史上很重要的產業革命 (révolution industrielle) 產業革命發生在英國，法國也是一個先進國家；在這世紀的上半期，法國竭力追步英國，努力工業資本的發展，礦工業、紡織業、機器業大見活動，財政與金融市場也有突飛猛進的趨勢。當十九世紀第二個二十五年的時代，法蘭西已儼然成爲一個工業國家。拿破崙的實行「大陸政策」，禁止英國貨物進口，就是要發展法國方興的機器工業。在此本國的實業家都在亟亟造成他們的企業基礎的時候，凡是阻礙他們發展危害他們的基礎的封建勢力以及植根於封建勢力的唯理主義古典文學惟有出於反抗與破壞一途。

在封建制度崩潰的前夜，著名的烏託邦社會主義者聖·西門（Saint Simon，一七九八——一八五七），在他社會的見解中早有爲新興產業的發展作辯護的論調他認爲法國如果喪失了貴族、地主與官僚，對於社會的物質與文化可說全無損害，不過企業家與財政家一旦喪失，則智識勞動者與體力勞動者的生活就很危險了。聖西門以企業家與財政家爲社會的支柱，以勞心勞力的分工建設爲社會的建築，他的意思顯然是指產業的勢力足以扶植新的社會組織與文化運動。這種理論，在十九世紀的初期已到實行的時候。文學上新興的浪漫運動，以鮮明的旗幟破壞古典主義的遺型，其爲社會經濟的條件所決定，非常明顯。

浪漫運動在社會發展的過程上看來，是對封建勢力的抗爭。再從思想發展的過程上看來，乃是對唯理主義的反動。

喜新厭故，人之常情。唯理主義的宰主法國以及全歐的思想界，在十七世紀與十八世紀間差不多已有一百年至一百五十年之久，人們的情感與思想都爲唯理主義所束縛，不能充分發展，而時時刻刻渴望着自由呼吸新鮮空氣；迨至英、法、德各國的新興產業衝破了舊有的生產關係，法蘭西大革命掀起了解放運動的巨響，頓時使一般自由精神的渴慕者聞而與起，活躍的思想與熱烈的情感猶如狂潮泛濫，一發而不可復制。於是浪漫運動從唯理主義的桎梏下飛躍而起。

首先唱出自由思想的是盧梭，他返於自然要求自由的呼聲，搗破因襲的習慣與傳統的規律的主張，早已向陳舊的唯理主義挑戰；他不但是法蘭西浪漫主義的祖先，而且是全歐浪漫運動的前鋒。盧梭所引導的浪漫主義與唯理主義是不同的：唯理主義與啓蒙思想以理性或理智爲基點，注重客觀的外部的規律或法則，浪漫主義則以內在的意志與情感爲本原，注重主觀的自我的個性與人格；他們以爲唯理主義者是在做規律或法則的奴隸，浪漫主義者是在做情感與想像的主宰，他們要以自我的主觀創造出理想的境界。這一點，浪漫主義與理想主義有深切的關係，而且在某種程度可說與理想主義是相一致的。理想主義與浪漫主義雖然不能混爲一談，而文學上的浪漫主義在理想主義的哲學中找到他的源泉，其間確有密切的聯繫。這種聯繫的表現，在德國尤其明顯。

在德國，歌德與席勒 (Friedrich Schiller) 所領導的浪漫運動——即文學史上有名的「狂飆突起」確實可算是理想主義思潮具體化的表現。他們的思想間接淵源於康德 (Immanuel Kant) 的批判哲學，斐希特 (Johann Fichte) 的意志哲學，直接與批評家希來格爾 (Friedrich Schlegel)、宗教家薛萊馬色 (Schleiermacher) 及美學家謝林 (Schelling) 的浪漫主義發生關係。康德以道德意志代替自然法則，排斥外來的經驗，而確定自我卓越的人格，顯示個人意志的尊嚴。斐希特出來更爲康德的學說張目，承認自我活動是創造的，道德的，外部的規律非但毫無用處，而且徒然束縛人性的發展，人生以自我戰勝一切，創造一切，就是發展他最高的價值。這種自我中心的思想，是浪漫主義極好的根據。希來格爾的見解與斐希特相似，且把他的見解使用到藝術上來，說：『自我就是創造的本體，藝術之美的創造，就是他的特徵。愛情也是主觀的重要活動。一切現實的藝術化、美化與愛化，都是人類的天性。現實的世界充滿着矛盾與缺陷，浪漫主義的精神就是要把這不完全的世界，用藝術與愛情的火焰把它掃滅，而造成地上之美的天國。』希來格爾是主張藝術至上的，薛萊馬色以藝術來解釋宗教；他說『靠他來理解無限之神的，不是理智的活動，而是直覺與感情，惟有直覺與感情，纔能覺察宇宙的無限與和諧。』至於謝林，則明顯的是浪漫主義的代表人物；他的自然哲學，大意以爲科學所解釋的自然現象是呆板的、平凡的、無生命的，而藝術的自然是活潑的、奧妙的、有活力的，他把藝術推崇爲人類精神活動中最高的一種，說人類的活動不外代表智識活動的哲學、代表行爲活動的道德與代表直覺活動的藝術三者，而哲學偏於智識，道德偏於行爲，惟有藝術是綜合智識行爲的最高活動。總上各家的見解，不外是認識自我意志、個人活動與藝術表現的價值；消極方面否定唯理主義的學說，積極方面提示浪漫運動理論的根據。

德國浪漫運動之有明顯的思潮，一方面由於他們那時的環境，要創造國民文學，非得將舊時的思想廓淸不可，另一方面他們的國民性是深沈的、唯心的、空想的、哲學的，不論什麽運動都是理論產生在先，這跟唯實的英國國民性正好相反。歐洲各國中浪漫主義思潮最鮮明的是德國，其有意識的運動也首先在德國。英國雖然最先萌芽這種運動，法國雖然在更早以前有盧梭這種人出現，可是他們的運動是受德國影響的，他們的理論是根據德國的；所以德國的這種思潮不但是德國一國的，而是各國浪漫運動共通的思潮。

浪漫運動在社會背景上是對封建勢力的抗爭，在思想背景上是對唯理主義的反動，已如上述。進一步，我們看法國浪漫運動的本身是對古典主義的反抗。這個文學上的革命運動，爲着前進作家分子間力量的集中有

「文社」(cénacle)的組織第一文社第二文社宛如無產階級國際運動之有第一國際、第二國際與第三國際一樣。第一文社成立時雨果、維尼等也曾參加，他們是浪漫運動者，不過像雨果等那時的主張並不急進而且有許多社員自身未能脫除古典氣質，所以他們的工作是妥協而不徹底的。第一文社不久解散另組第二文社，第二文社中加入了許多生力軍，如拉馬丁、繆塞與哥絺埃等，而以雨果爲領袖，這時浪漫運動的人才集中，聲勢浩大，乃是浪漫派對古典派酣戰最烈的時候。法國的浪漫運動起來得很遲，因大革命時的破壞與一般社會文化水準的低落，一八二〇年至一八三〇年十年中經文社一番奮鬭之功，纔開始著下相當的成績。

浪漫派與古典派競爭的孰勝孰敗，須看那一方面的表現能博得大衆的歡迎；所以這競爭的關鍵不是文人學者在書室裏紙上談兵所能見到結果，而必須在舞台上當大衆面前以求解決。雨果在他的歷史劇克倫威爾(Cromwell，一八二七)的序文上，指摘古典主義的錯誤，曾發表如下的意見：

「時間一律與地點一律都是無意義的。無理地限定在二十四點鐘裏的行爲與無理地限定在一間房間裏面的行爲，是同樣的矛盾。一切的行爲都必須要特殊的場所適當的時間。把時間的同一的使用加在所有的事件上面，把場所的同一的制限加在一切的東西上面，這是跟說那同樣的鞋無論什麼腳都可穿得一般地可笑。」

這表示浪漫劇需要打破古典劇的「三一律」，而主張藝術應當是個性的自由的表現。他還說：

「天才是無法保持平衡的。沒有懸崖，也不會有高山。如果以高山填滿谿谷，你想亞爾卑斯山脈將化成沙波隆平原，那時世上不是都化成一片平凡的莽原嗎！」

浪漫運動的眞正佔到勝利，是雨果的悲劇哀爾那尼（Hernani）上演爲觀衆所熱烈稱道的時候。哀爾那尼演完以後，觀衆對於浪漫劇卽刻發生極深刻的印象，當時大家的心理都認爲像浪漫劇的這種新穎的趣味與輝發的光華，足使陳舊的古典劇黯然無光，無形衰歇。那時正在一八三〇年，文學史往往把「一八三〇年代」（mil-huit-cent-trente）當作法國浪漫運動的稱呼。從此，古典主義的勢力日漸衰微，而浪漫主義也就雄霸了法國的文壇。

浪漫主義（romantisme）積極的特色，可概括地分如下幾項：

第一，浪漫主義是個人主義（individualisme）的，態度是主觀的。他們相信個人的才力，注重自我的表現，以爲文學大部分是個人靈感的表現，所寫下的無非是作者自己的喜怒哀樂，所以主張發展個人的才具與想像力。俾利西葉（Pellissier）說浪漫主義者袒開自己的胸膛，直到心的深處，陪着他們淺唱低吟的琴絃，乃是他們心血的結晶。他們不但描寫自己的情懷是如此，便是對於自己的描寫，也着上了濃厚的個人主觀的彩色。

第二，浪漫主義是抒情主義（lyrisme）的，有時是抑鬱而感傷的。所謂情緒的（sentimentale），是浪漫主義的本質；浪漫主義詩人所表現的大都是喜怒哀樂七情六慾，他們打破理性的束縛，發洩狂熱的情感，拉馬丁、繆塞等一身都在感情的波浪中浮沉，甚至絕俗犯法也所不問。情感的抒發雖是個人的，而這種情感的強度，在人類普遍性的感覺上，足以打動一切人的心坎，抒發個人情感的浪漫派文學，實在也是人類內心生活的代表。浪漫派文學旣是抒情的，而情感也是因處境而異的東西；當時的法蘭西革命不能盡如人意，國內的長期戰爭，反動勢力的不絕如縷，都足使他們的精神抑鬱，意志沮喪，而且因爲他們的理想過於高超，隨時會碰到失望的悲哀，故憂鬱與感傷的情調也就成爲浪漫主義的特色。浪漫派的重要作家繆塞、維尼等，都借着詩歌來傾訴他們悽傷欲絕的情懷。

第三，浪漫主義是唯美主義（dilettantisme）的。他們唯一所推崇的是雅緻（pittoresque），最憎厭的是平凡。他們因爲厭倦人間的凡俗無聊，轉向美妙的自然界找求慰安——描寫自然，歌頌自然；他們聽到秋蟲秋葉的聲音而嗟歎人生的短暫，見到江海的波濤而聯想到人世的浮沉，自然界的一切會使他們留戀，作爲文學的資料。還有對於女性的姿態也是他們時常刻畫的，眉髮的深淺、容貌的妍媸以及衣巾的樣式，爲他們普通歌詠的對象。總之，他們愛美的傾向是極強烈的；正如繆塞說的：『世間的一切只有美是眞的，除了美什麼東西都是僞的呀！』

第四，浪漫主義是中古主義（médiévisme）的，且富於異國情調與地方色彩。他們因對於現實失望，要從中古的神祕主義汲取理想的源泉。他們崇拜中古宮殿的偉大，基督教的奧旨，聖經的詩趣，由虔誠的信仰中以求精神上的慰安。至於中古武士雄偉的氣魄，嫡凡美人飄然的仙態，還有萬里尋荒可歌可泣的傳說，在他們的心目中都發生新奇的趣味。浪漫主義作家因初起爲統治者所嫉視，有許多懷着滿腔離騷飄泊到國外，過着異國的生活，生出許多感懷。還有浪漫主義重在獨特的、個別的，其描寫自然的景象，都能表現出一地特有的風光；所以異國情調與地方色彩，在浪漫主義作品中表現得特別明顯。

第五，浪漫主義是自由主義（libéralisme）的。他們要求自我絕對的解放，不受任何的制限，打破傳統的習慣與法則，造成充分表現自我的王國。

第六，浪漫主義是理想主義（idéalisme）的。他們不受現實界的限制，心之所至，一刻可回復到中古去，一刻可飄遊到異邦去；他們要找出現實中所沒有的美的世界，又要找出現實中所沒有的理想世界，感情可以自由抒發，想像又得隨意境而擴張。這樣，文學表現的領域擴大了，新的語調與形容詞也跟着內容一起豐富起來。

浪漫主義的諸特色，在英國文學家赫德孫（William Henry Hudson）的話中，可以得到一個綜合的概念；他說「從各個人的個性與才具上，分別表現其等差的自由、主觀與中古的情感及想像，這是浪漫主義的要領。」

浪漫主義與古典主義相較，恰恰成爲一個相反的對比：古典主義從上古探求源泉，浪漫主義從中古汲取靈感；古典主義主張作品須是社會的、一般的，而浪漫主義則是個人的、獨特的；古典主義重形式，注意技巧的刻畫周到，浪漫主義重內容，務求心情的充分抒發；故古典主義是拘束的，限止天才發展的，而浪漫主義是自由的，解放天才的；古典主義是莊重的，不能背乎所謂道德的善，浪漫主義是活潑的，集中注意於藝術的美；還有，古典主義作品的範圍是限於實有的、思維的，而浪漫主義作品的表現是架空的、想像的。總之，古典主義訴於人的腦，是理性的表現，浪漫主義訴於人的心，是感情的表現，這是二者根本的不同點。

不過這裏須得說明的，法國浪漫運動所最反對的倒不在路易十四時的古典主義，而在十八世紀末期的

「擬古典主義。」因爲路易十四時的古典主義雖然重理性與形式，而理性與情感想像以及形式與內容實質尙能調和一致，不過到十八世紀末期重理性輕情感想像、重形式輕內容實質的風氣，卻達到積重難返的地步，擬古典主義不像以前的古典主義從古代光輝的文學中找求源泉，而僅在前一世紀的古典文學中拾取渣滓，這就引起當時後起作家的反感，而以猛烈的運動起而推倒。

法國浪漫運動的成熟，較之德國英國要遲二三十年；所以法國的浪漫主義作家，對於英國的華茨華斯(William Wordsworth)、裴倫、斯各德與德國的哥德、席勒及狄克(Tieck)等，都受到很深的影響。

第二十四章　世紀初文壇與浪漫派先驅

法國浪漫運動的雙重桎梏——帝制勢力的抑制與古典勢力的深固——從國外燃起浪漫運動的火炬——兩個先驅者——浪漫運動之母斯黛爾夫人——其反抗與著作的生活——「文學觀」的幾個重要概念——「德國論」的幾種重要介紹——小說「德爾斐納」與「柯莉納」——浪漫運動之父夏德白里安——其生平與作品——「基督教的神髓」的精義——「殉教者」——「阿達拉」與「萊納」——世紀痼疾之表現——爲新文學開闢途徑——浪漫運動的上昇

法蘭西的浪漫運動，其光華與熱力不讓於英、德兩國，而開始時的困難比各國爲甚。十九世紀初期的社會的紛亂，古典主義的勢力又深印人心；在這兩種嚴重的桎梏之下，浪漫運動一時不易抬頭。

十九世紀初期的法國，還在動搖不定之中。社會上經累次革命的騷動，一切制度、交通、社會秩序全都破壞，人們的思想情感一時不得自由弛放。國境以內，遍地是殺氣，遍地是戰聲，丁壯苦軍旅，老弱轉溝壑，人們的運命差不多繫於戰神之手。物質生活既沒有一刻穩定，精神文化必然跟着歉收。拿破崙在忙迫的軍事中雖然不曾忘記鼓勵智識文化的努力，以造成一種新的氣象；然而在他那種專制主義的威力之下，所產生的文學，至多不過像路易十四時代歌頌皇朝戰績的東西，不然便是保守緘默，至於有強烈的個性充溢的生命力的作品的產生，是不可能的。

再有古典主義雖經十八世紀一般思想家的嚴重批判，而其根深蒂固的勢力仍盤踞着當時的文壇，沒有放鬆一步，對於浪漫運動的抬頭，竭盡阻撓或抑制的能事。其直接予浪漫運動以打擊的是柯里葉（Paul Courier，一七七二——一八九五）、巴爾尼（Viscomte de Parny，一七五三——一八一四）、勒布侖（Pierre Antoine Lebrun，一七八五——一八七三）及方丹納（De Fontaine，一七五七——一八三一）這般人，他們寫詩歌、寫劇本、發表思想，完全謹守着古典主義的形式，模倣古人的作品，排斥自由解放的新文體。那時正在帝政時代，不但對於浪漫運動要加以嚴厲的取締，便是對於革命運動也採重力壓迫的政策。有名的買特爾兄弟（Joseph et Xavier de Maistre）與大學教授瞿叔（Guizot），竭力幫着帝王統治者張目，專門與革命份子挑戰，他們把服爾德、狄德羅與盧梭等的比較自由解放的思想一概抹煞，而專把以前馬萊勃與波亞洛的法則當作金科玉律，想藉這種統一的法則作為控制一般人的思想與行動的武器，以維護固有統治的權力。至於有一般學者，如宗教家賴曼南（Lamenais，一七八二——一八五四）、法律家賴戈德（Lacordaire，一八四二——一八六一）與哲學家庫孫（Victor Cousin，一七九二——一八六七）他們都有文學的素養，且有進步的思想，在各方面都能獻身於政治社會改造的運動，可是他們的行文卻非意識地牢守着傳統的方式，無裨於新運動的展開。其他如社會革命家蒲魯東（Pierre Joseph Proudhon，一八〇九——一八六五）他大膽地喊着打破現社會的經濟組織，辦了許多刊物，宣傳革命，其思想的急進足以接引未來的新時代，對於文史哲學都有精湛的研究，其文辭中抒情說理的那種磅礴的氣魄多少與浪漫主義文學是同調的；不過他的作品在文學上的價值，遠不如在思想上的地位，並不能算是純粹的文學著作。帝政時代的許多舊貴族、商業資產者的文人方在趨炎附勢地替拿破崙說好話，要求斗升之助，時代將循着怎樣的動向，他們是意識不到的。當時英國、德國浪漫主義的先進作品介紹到法國來，社會對之竟沒有若何顯著的迴響。而且，凡是人民團體的出版物，必須先經過政府的審查，其對於帝政的制度不相諧和的思想，都被認爲有危險性而禁止。在這種情形之下，法蘭西的浪漫運動一籌莫展。

然而烏雲的背後還有陽光，法國的浪漫運動決不儘這樣消沉下去。拿破崙專制的壓力愈重，所刺戟起來的反抗力也愈大。不論築堤者的防遏如何謹嚴，而涓涓之流終是有孔卽洩的。文學的革新運動，在國內因阻礙重重，不能順利，於是在國外發動起來，法國的浪漫運動是由外部達到本土的；因不甘於內國的壓制而漂泊外國吸收自由空氣的斯黛爾夫人與夏德白里安，他們首先在外國燃起浪漫運動的火炬，他們的熱情的感傷的作品使本國的文壇聞而興起，他們兩人被稱爲近代浪漫主義之母之父，他們劃時代的貢獻，誘致起了法國絢爛的浪漫運動。

斯黛爾夫人(Madame de Staël)是一個女流中豪放而極富情感與反抗的魄力的人。伊的閨名安娜·納格兒(Anne-Louise-Germaine Necker)，以一七六六年生於巴黎顯宦之家，父親納格兒，是路易十六的寵臣，日內瓦的銀行家。伊幼年非常聰慧，口舌伶俐，喜歡讀先哲名著，十幾歲就讀通服爾德、狄德羅與盧梭等的作品，就中最私淑盧梭的思想與文學。二十歲時與瑞士的法大使斯黛爾子爵(Baron de Staël-Holstein)結婚。這結婚不能使伊滿意，同居不久，就告離異。一七八九年發表了盧梭的人性與作品論(Lettres sur le caractère et les écrits de Jean-Jacques Rousseau)，伊由對於盧梭思想的信仰漸漸傾向於革命的行動。起初伊很同情於革命黨人的義勇，欽服拿破崙的英才，後來因看到他們曖昧的行動與專制的措置，使伊大失所望。不久因意見不和，自行去國，避居日內瓦的湖上，連年埋頭編著了許多書籍，發表政見；那時正是羅伯斯比爾失敗的時候，伊的見解頗為時人所傾聽。一七九六年發表了伊兩部作品，一部是小說論(Essai sur les fictions)，一部是熱情於個人與國家幸福的影響(Influence des passions sur le bonheur des individus et des nations)。一八〇〇年著文學之社會制度的印證觀(La Littérature considérée dans ses rapports avec les institutions sociales)，二年後又刊行著名小說德爾斐納(Delphine，一八〇二)。這些書因為對於自由的要求過重，觸動了拿破崙的盛怒，此後伊不得不仍在國外過活。在德國與意大利，伊都住了好久，先後作成柯莉納(Corine，一八〇八)與關於德國(De l'Allemagne，一八一〇)二書。伊正在遍遊澳大利亞、俄羅斯、英吉利諸國的時候，聞到拿破崙覆亡的消息，又回到巴黎。回巴黎二年即死，時在一八一七年。留着遺著法國革命的考察(Considérations sur la Révolution française)，在一八一八年出版。

斯黛爾夫人最著名的作品，要推文學之社會制度的印證觀與關於德國兩種。

在文學觀中，伊開闢了文學批評的新紀元。伊用寬闊的眼光，站在種族、政治、社會與時代的立場上來觀察文學，伊說研究文學，『我主張考察宗教、風俗、法律對於文學所發的刺戟與文學對於這些事物所生的反應。』大意是指文學有獨特的地方色彩，典型化的古典主義是不適用的。這部書的內容非常複雜，不能詳說，只就其中對於浪漫主義歷史較重要的幾點摘引如下：

一、自由與德性並不是隔離了社會的事實而出現，乃是皈依了社會的事實而產生。文學上的大時代一定是社會上的大自由時代。

二、人性是可能向上求到完全的。這種進步的理想是唯情論者的最普遍觀念之一。它解釋了教育上感情主義的學說，又解釋了自然人的感情崇拜。

三、斯黛爾夫人既不承認社會是由自然狀態升擢到文化狀態，同時也不主張人類會由文化狀態中墮落下去。伊祇相信羅馬比希臘偉大，現代比羅馬更偉大，從這一點上，伊確定浪漫主義的價值。

四、近代國家是日耳曼的、基督教的；這就是說人們必須從人們自己的宗教中汲取最眞實的靈感。斯黛爾夫人於此主張拋棄古典文學所定下的法則，伊相信這種法則的存在是會妨礙近代人對於他們的情感與理想的表現。

五、伊還把歐洲的文學分爲南歐的與北歐的兩種：法蘭西與意大利的文學是南歐文學，以「古典的」爲呼吸，德意志與英吉利的文學是北歐文學，以「浪漫的」爲靈感；南歐的代表詩人是荷馬，北歐的代表詩人是奧欣（Ossian）。斯黛爾夫人找出北歐文學中可愛的性質——憂鬱情感性、唯情主義以及自然的愛。

關於德國內分四部：第一部是德國及其風俗，第二部是文學與藝術，第三部是哲學與道德，第四部是宗教信仰，其中以第二部爲最重要。斯黛爾夫人提出一個基本原理，認爲浪漫主義文學，其本身就富有健全性的，因爲它是『在我們自己的園地中生根的，惟有它能長出新鮮的果子，發生蓬勃的生氣；它表現我們的宗教，反映我們的過去，單就它給與我們的印象說，就足以鼓動我們的情緒。』每種文學的轉變終是日臻完滿的。古典文學本身是健全的，而近代作家一味去模倣它們的形骸，這纔自損其健全性，糟塌了自己的創造力。伊頗醉心於德國的意志哲學、自然詩與浪漫劇，在書中，把萊新（Ephraim Lessing）哈登堡（Hardenberg）、溫克爾曼（Winckelmann）與哥德、席勒等這些哲學家文學家的學說作品，盡力導引過來。伊還介紹德國的新派繪畫，使法蘭西人的耳目爲之一新。伊主張一國的文化須吸取他國的思想，自己纔有進步；不過伊並不主張專以德國的文學移殖到法國來，因爲伊認爲有生命有活力的文學須要拋棄歐洲列國未開始時希臘、羅馬的古文學，直接從本國的中世紀去發現靈感。伊說浪漫主義的文學，因爲中世紀遺產的豐多，獨宜於法國，『一國的文學必須眞是這一國的，然後纔能算是活的。』這是浪漫主義的重要註解。

斯黛爾夫人的著名作品，除上兩種理論之作外，還有小說德爾菲納與柯莉納兩種。

德爾菲納是淸算伊憂愁的第一種試驗。情節大概描寫着一個年輕、美貌、善良而純朴的寡婦德爾斐納，到處本着自己的心意活動而不注意世俗經驗的，而伊所傾心的情人萊洪，卻是一個熱情而具有世俗經驗的青年。青年因不滿於伊任情任性的行動，捨而與另一女子結婚，後雖懊悔，然已不及，有一次他以賣國的亡命貴族之罪被處死刑，德爾菲納聞之也服毒自殺。這種品性不同的男女的愛情，是戀愛悲劇的根由。卷末赫然兩句警語：『男子終盡力侮辱世間，女性則順從世間。』這是斯黛爾夫人從生活中體驗得來的。這部小說，是伊模倣李查孫與盧梭，用書信體寫的。柯莉納是懷才不遇的可憐女性的紀錄。情節大概描寫一個優美纖雅的女詩人柯莉納，爲全意人士所歎賞而在羅馬行一個戴冠式，適有丁父憂的英國年青士官懷爾特參加，蠱惑於伊優雅的姿態，不久兩人因愛慕而成爲伴侶，然而懷爾特不能捉摸到才情充溢的柯莉納的愛苗，卻自認失敗自遠其願地跟另一個女子結婚，柯莉納痛而自殺，又造成了一齣戀愛悲劇。

這兩種小說是斯黛爾夫人的自傳，書中的主人公是伊自己的剪影。其中表示才情與俗例的衝突而誘起的不幸，這是伊一生反抗因襲社會勞而寡効的悲痛的紀錄。不過斯黛爾夫人的描寫力非常薄弱，遠不如伊理論上的貢獻；至於兼備理論的貢獻與創造的才能的，要輪到伊的同時人夏德白里安。

佛朗沙·奧古斯德·夏德白里安（François-Auguste de Châteaubriand）比斯黛爾夫人遲兩年出世，以一七六八年生於法國北部的聖·瑪魯（Saint-Malo）地方，家庭是小貴族的破落戶。他幼年在杜爾（Dol）、萊納（Rennes）與地南（Dinan）諸學校受了些無規則的教育。走出學校即考取海軍守衞；爲了候差，在公堡（Combourg）與他的父親及家族賃屋而居，一連住了二年。這時他與嚴肅的父親、多病的母親及怨愁的姊姊爲伴，不期然而然養成了一副沈悶而陰鬱的性格。後到那伐爾一度在軍隊中服務，不久又往巴黎與文學界接近。大革命起來的時候，他因祖傳貴族與皇家有關，就離開本國，一七九一年到美國，遍遊西北各部，看到國外的荒郊原野，增加了他不少幻想與希冀之心。他回國時，路易十六已經被抓。他即參加太子的軍隊，從事復辟運動；這種運動勞而無功，且使他自己在軍隊中受傷了。由此他亡命逃到英國，發表了他的革命論 (Essai sur les révolutions，一七九七）在本國還有一部分附和他，他蓄積的悲愁也發散了一些，不過這時夏德白里安的思想是保守而不足注意的。在英國幾年，他對於英國的風尚，濡染很深，而且因得暇讀書研究，思想文學大有進步。十九世紀的第一年回國，他預備對於本國有所貢獻，陸續發表他的名著阿達拉 (Atala，一八〇一）與基督教的神髓(Génie du christianisme，一八〇三）這兩個作品在政治上文學上都有重大的影響。拿破崙也很賞識他，先後任他為羅馬法使的秘書與瓦萊 (Valais) 的公使。後來他思想漸漸轉變，成為帝政的敵手，隨辭去了外交官的職務。從一八〇四到一八一四十年間，他不是往東方諸國旅行，便是隱居山中，連年寫了許多新的作品，如小說勒納(René，一八〇五）史詩殉教者 (Les Martyrs，一八〇九），遊記由巴黎至耶魯撒冷之行 (Itinéraire de Paris à Jérusalem) 謗書拿破崙與波旁家(Bonaparte et les Bourbons，一八一四）等。不久復辟時期又到，他重又走上仕途，開始政治生活；在朝廷當大臣，在柏林、倫敦、羅馬充大使，又任外交部長。一八三〇年七月革命發動，他就告退還鄉，以研究歷史終其殘年。一八四八年病死於巴黎。其歷史著作有歷史研究(Etudes historiques)、威洛納的國會(Congrès de Vérone) 等，墓外遺集 (Mémoires d'outre-tombe) 是他死後出版的。他還譯過英國大詩人密爾頓的失樂園 (Paradise Lost)。

夏德白里安的許多作品中，最足以代表他思想的，對於浪漫運動最有貢獻的，要推基督教的神髓這部書。在當時，以中世紀基督教的精神排斥十八世紀哲學家的學說，已成劃時代的思想。這部研究基督教的大著，夏德白里安自己也曾表示目的在證明：『基督教在所有的宗教中是最富於詩意的、人類性的、最有利於自由、藝術與文學的發展；近代世界的一切須皈依基督教，世間沒有一種東西比基督教的德性更神聖的，也沒有一種東西比基督教的信條、教義與文化更可愛而尊嚴的；它對於天才有鼓舞之功，對於感情有醇化之効，它能發展廉潔的情操與活潑的思想，予文人以高貴的形式，予畫家以完美的格調。』基督教是中古的宗教，是情緒的宗教，是哥特式藝術（art gothique）的宗教，近代人皈依宗教的精神，須以信仰代替思想，情緒代替理智。羅馬舊教在以前是被一度擯棄了的，到革命以後又有復活的趨勢；夏德白里安這部書就是理論上的建設。他同時還造成基督教與文學的連鎖，認爲新文學應該拋棄希臘、羅馬的氣質，直接從中世紀的本國汲取靈感；因爲中世紀的文學帶有純潔性、向上性，爲其他時期所不及的。像聖經那樣的偉著，尤其是卓絕古今的大文學，值得百讀不已。眞正的藝術家乃是從情緒中找求題材，不是從理性中找求資料；藝術家須要對自然發生興趣，對風景要有一種美的感覺。

爲了證明上述基督教在文學上的價值，他寫了一個長篇史詩殉教者。其中盡力將中世紀的神祕傳奇描寫得崇高無比，而將古代的神話敘述得平凡無奇。而事實上他抒述後者的活潑遠過於前者的板滯，使讀者引起了反面的感覺。這裏地方，在夏德白里安已盡了力，而在一般基督教徒看來，他僅僅是一個淺薄的虔誠者。不過這本書在歷史的領域中，卻找到了直接的承繼者，狄哀萊（Augustin Thierry）看了他的書，竟發憤立下作歷史家的志願。

在小說方面，阿達拉與勒納是他的兩個傑作；前者表現自然與神，後者表現他憂愁的性格。阿達拉描寫一個基督教的少女解救了一個被俘虜的異教酋長，兩下發生愛情，月夜偕逃，在原野中森林中，遇到狂風暴雨，當着這種自然的威迫之下，他們因聞到雷聲而各自澄清了頭腦，俄頃碰到一個老宣教師救了他們倆。異教酋長要求結婚，這個少女是愛他的，可是伊篤信教義，已立志終身不嫁，這種情慾與信仰的不可解決的矛盾，在伊心中激起了無限的苦悶，終於服毒自殺，倒在伊情人的懷中，一方面表示伊永遠忠實的愛情，一方面又保持着伊始終純潔的身體。作者的意思是說，在人類自然的本能之上，還君臨着上帝的教義。故事以亞美利加爲背景，其間描寫北美的風光，茫茫的原野，蔚藍的天光，使人如親歷那岑寂的處女地。這種異國情調的描寫，達到了非常的成功；而那種少男少女熱情純潔的戀愛故事，又是浪漫派情趣的中心。勒納是著者變相的自敍傳，又是他同時人的寫照。中間所描寫的主人公勒納，是一個具有十八世紀懷疑態度而身歷革命怒潮的十九世紀初期人，心中懷着熱烈的新希望，而因無由實現而焦灼，他的夢想是宏大而美麗，只是覺得狹小的現實世界不足以容納。他要探尋新的感興，決心出門旅行，遊希臘、羅馬，又遊英國、意大利，訪問了許多名山大川之後，對於旅行，終於也疲倦了。他一生充滿着一種莫名的不安的苦痛，對人生抱悲觀，過事膽怯，未戰先逃，神經過敏，無病呻吟，與社會周旋，愈生疲憊的難堪。他說：『你該如何地可憐我，使你心中不安，我心中也將如何地不安，久經世故的你，將作怎樣的感覺呢？對於一個無力無德的青年人心中懷着憂戚，除自作自受外，又將怨誰？』那時，這種神經質的人不止是夏德白里安的化身勒納一人，而是所謂「世紀痼疾」(le mal du siècle) 與不平衡的時代下所產生的必然的人物，這種人物不但在法國的夏德白里安的作品中有之，在同時代英國的裴倫與德國的哥德的作品中都可以找出來。

夏德白里安的理論與作品的顯露頭角，足使當時人對於十八世紀的思想家漸漸忘情，對於希臘、羅馬的古文學漸漸冷淡。他誠心誠意地提出中古主義與基督信仰，有聲有色地描寫異國情調與地方色彩，含酸含淚地抒發感傷音調與憂愁氣質；這各方面已抓住了他以後浪漫主義一般的特色，使社會對於文學轉變了一個視線，新興的文學實爲他開闢了一個途徑。批評家尊他爲法蘭西浪漫運動之父，這不是偶然的。

法國的浪漫運動，自從盧梭蒔了種，斯黛爾夫人與夏德白里安加以一番栽殖養護，其胚胎日益發榮滋長。加以拿破崙的沒落，波旁家重執政權，長期的戰爭消滅，社會又回到和平狀態，在這種狀態之下，浪漫運動的怒茁，遂一發而不可復遏。在整個的浪漫運動中，斯黛爾夫人與夏德白里安只是兩個先遣隊，他們過後，接着還有大隊人馬整齊步伐趕來參加這轟轟烈烈的運動。如詩人拉馬丁、哥綈埃，詩人而又爲戲曲家的維尼、繆塞，多方面雄偉而多產的作家雨果，戲曲家而又爲小說家的大仲馬，小說家喬治桑、斯丹達爾及梅麗美等，都是一時代的巨子，運動中的健將。

第二十五章　浪漫派詩人

浪漫派詩形式的革新——格律的解放——用字的擴大——浪漫派詩的感興性——浪漫派五大詩人——開宗詩人拉馬丁——其身世與作品——情緒的波動——透過感覺印象的自然與理想化的愛情——「秋」——瀟洒的風人之致——哲理詩人維尼——其身世與作品——悲觀主義者的姿態——由厭世消極而發揮斯多亞派哲理——「狼之死」及其他——浪漫派領袖詩人雨果——一生從政與著作的五個時期——浪漫運動領袖的姿態——「克倫威爾」序要點——抒情詩諷刺詩與敘事詩——意識的健全與技巧的精到——「呵，我的戀書」——色情詩人繆塞——其生平與作品——沉淪於愛情之海——眞情的流露——技巧的特色——「幻影」——唯美詩人哥締埃——其生平與作品——從資產社會游離——形象的冷靜的唯美的——藝術至上主義——從浪漫派到高蹈派——平民詩人——倍朗澤——巴比愛——杜邦——其他詩人

從黃金時代到十九世紀，是詩壇上一個萎靡的時期。原因由於黃金時代的詩歌過於囚於形式的法則，詩人的才情不能如心所欲地發展，十八世紀思想界方風靡着懷疑主義，散文的表現壓倒了詩歌的趣味；而且，這兩個世紀是唯理的時代，不適宜於唯情的詩歌的產生。到十九世紀初期大革命告終，資產社會抬頭，浪漫運動的高潮喚起了藝術的昏睡狀態，這種運動的熱情在枯脆的詩壇上好像灌注了興奮的靈漿，頓時使詩壇的氣象爲之一新。浪漫運動以奔放的熱情搗壞了舊社會的秩序，在詩歌上首先表現着形式的革新。革新的方面有二：一格律的

解放，二是用字的擴大。

一、古典派的詩律不啻是詩情的牢籠，那種嚴格的法則的束縛，使有生氣有活力的詩歌無從表現。浪漫派詩人認爲形式是爲內容而存在的，不是內容爲形式而存在的；所以凡是有礙於內容表現的形式法則，都在廢棄之列。他們把馬萊勃、波亞洛的種種法則廢棄不用，亞力山大詩體也被改變過來，音調的長短、強弱、緩急，隨着表現的方便，完全以詩情詩境爲轉移，再也沒有固定的制限。傳統的詩律一旦解除，詩情的抒發，有如鳥出樊籠，高翔於自由的天空。

二、古典派詩歌的用字，歷來以典雅與一般爲原則，粗俗與新奇引爲詩歌的大忌。譬如賴西納在他的悲劇中用了一個「狗」字，因爲狗字不是上流人通用的字眼，所以許多人都認爲這是不可饒恕的疵點。明明是一條狗，他們偏要把它改爲「忠心職守的家畜」；詩歌的用字經過這樣轉灣抹角，眞實的意義完全喪失。古典派要以詩歌局限於特殊階級的趣味上，就把字彙大大地縮小，縮小到不足以描寫人物的個性與事物的特色的境地。浪漫派詩人出來，便首先把字彙大大地擴張，將用字的鎖鍊打開，加入了以前所未有的字眼；不論新舊，無分雅俗，只要適合於表現對象的字眼，都可採用。如雨果的詩中，就開始用前人所認爲不雅觀的porc（猪）字，用得很自然。用字既得自由，種種悲哀詼諧的情緒與神奇怪誕的幻想，都可以用新鮮的字眼描繪出來。這樣，詩歌表現的內容比以前豐富得多了。

浪漫派詩歌特別富於情感與想像，浪漫派詩人大多浸沉於深情脈脈的潤泉中，憧憬着未知的理想界。這種熱情與好奇的表現最富於感興性，尤其一般青年最易激起共鳴的情緒。所以浪漫派的詩歌首先爲一般青年所同情。

浪漫派詩人中最著名的有拉馬丁、維尼、繆塞、雨果與哥締埃五大詩人。首先看拉馬丁。

亞爾風斯·拉馬丁(Alphonse-Marie-Louis Prat de Lamartine)被稱爲哀情詩之王。他以一七〇〇年生於買貢城(Macon)沒落的貴族之家，父親曾熱心王黨的活動，大革命恐怖時代卽遁跡鄉間，故拉馬丁的產地是素樸的鄉村，有美麗的風景敦厚的風氣。在家庭中有和愛的父母，溫存的姊妹，使他在幼小的心靈中早就養成了自然的趣味與溫愛的性情。後來他從一個任性與燥急的教師學習，性情漸漸孤僻而沉鬱起來；時常喜歡隻身遊釣，獨自吟哦，閉門讀斯黛爾夫人與夏德白里安的作品。一八一一年他曾到意大利作一度的遊歷。回國二年他投入路易十八幕下當護士，不久又捨而他顧。一次他在法國南部山中的溫泉池與美麗的夏爾夫人（Mme de Charles)邂逅相遇，彼此發生熱烈的愛情。正在情愛摯熱的時候，不幸佳人卽歸天上，拉馬丁撫着愛情的創傷，一腔幽怨憂思發爲詩歌，成了他第一個詩集沈思集(Méditations poétiques,一八一九)，詩中所詠的愛爾薇兒實際就是他的情人。這個詩集出版，就確定了他詩壇上的名譽。後在意大利使館工作，得暇卽從事創作，一八二三年出版了新沉思集(Nouvelles Méditations poétiques)與蘇格拉底之死(Mort de Socrates)兩個詩集。一八三〇年被選入法蘭西學士院，其間又發表進香者的最後一曲(Dernier Chant du Pèlerinage d'Harold,一八二五)

及詩歌與宗教和諧論（Harmonies poétiques et religieuses，一八二九。）不久他到近東遊歷希臘、敍利亞、巴勒斯坦諸地，回國作東方遊記（Voyage en Orient，一八三五。）繼後又陸續出版約瑟玲（Jocelyn，一八三六、）嫡凡的天仙（La Chute d'un Ange，一八三八、）雜擬詩集（Les Recueillements poétiques，一八三九。）諸詩集及史書吉龍黨史（Histoire des Girondists，一八四七。）此時的拉馬丁已跳上政治舞台在議院大放厥詞，主張德模克拉西。七月革命以後，一八四八年他被推爲臨時政府領袖。同時著了拉斐爾（Raphaël，一八四九、）奧祕錄（Les Confidences，一八四九、）新奧祕錄（Les Nouvelles Confidences，一八五一）及格拉齊拉（Graziella，一八五二）諸書。後來帝政復活，他又歸於沈默。晚年因貧窮困守愁城，生活非常慘淡。到國家明定給他撫恤的獎金時，不上一年他在巴黎死了，時在一八六九年。

拉馬丁的一生愴感萬端，悲喜不定；正像他自己所說的，憧憬着自然的美景，追求着女性的愛戀，有時卑怯得像個土耳其人，有時慷慨得像個阿拉伯人。這種內心波動的血潮，發揮而成爲他充溢的詩情。

拉馬丁的人生觀觀念論的色彩非常濃厚，他年輕時讀到拉芳登的寓言詩，就覺得人生的醜厲物質世界的恐怖，他逃避了醜惡的與可怕的現實界，倒在美的、自然的理想界的懷中，歌詠自然之美，歌頌信仰的高超。「自然」與「信仰」乃是他詩中兩種重要的對象。他歌詠自然並不是要攝取自然之美的形象，而在由自然之美抒發自己的情緒。所以他是將自然的景象作他自己的詩，不是以眞空的胸懷反映自然的景象。他詩中所寫的曙光、斜陽、春風、秋月、池柳、庭花、鳥語、花香，乃是透過了他感覺印象之紗所表現的自然的姿態，其中詩人自己的意趣比了自然的線調還要明顯；這種客觀事物的主觀印象之表現，與後來高蹈派的詩歌正好相反。他尊重信仰，他信仰的表現往往是借題發揮的；譬如他描寫愛的時候，卽把愛理想化，使其帶着神聖的意味，結果，宗教的氣質便完全顯露。約瑟玲與嫡凡的大仙是他兩部有名的哀情詩。約瑟玲歌詠一個少女與一個青年教士戀愛的事蹟，他們徘徊在信仰與愛情兩可的路上，青年教士爲着自己的職務將本能的情慾克制，其中表現出宗教與愛情的矛盾，宗教的熱情戰勝了情人的熱情，表示十九世紀初期一般宗教信仰者虔誠的願心。嫡凡的大仙受裴倫的影響，歌詠一對純潔的情人，在人生道上經過種種磨難，他們的信仰與意志歷刼不磨，終於博得上帝的垂愛，獲得圓滿而愉快的結局。其中對於自然的風光、農村的景色，都表現得具體而微，非常細膩。拉馬丁雖然心景沈鬱悲哀，有蒼然遺世之慨，不過他詩中對於純潔的信仰與高遠的理想，卻操守很堅，世紀的痼疾並未滲入他的心中。

他的詩名出於他沈思集與新沈思集兩個詩集，這是詩人自己心中不可抑制的情感的流露，又是從詩人靈魂深處迸裂出來的音調，故比了那些描寫詩、敘事詩要生動而活潑得多。他的詩中，秋（L' Automne）與湖（Le Lac）是最有名的兩首，對於自然與人生合一的詠懷，使人愛好與驚奇之情，油然而生。秋一首表現人生苦短，應當留一點餘馨在後，不論辭意都足以代表他的詩的特色，特引之如下：

秋

翠靄點綴幽林巔，黃葉萎散荒草間；哀哉佳日此餘年，哀哉喪禮葬自然，使我悅目傷心肝。

惝恍步入小徑悲，最後一盼正此時；斜陽蒼白光熹微，射入幽林黯四圍，但從腳底知餘暉。

斯時自然咽餘息，彌留一顧增感惜：正如良友遊天國，最後微笑在脣側，斯脣永閉不言訊。
生命既盡當別離，失望長日垂淚悲；我生尚未逢窮期，歡然一盼彌留時，此時之樂我心知。
日星原隔如畫圖，鼻旁貽以滴淚珠；空氣醲烈含清虛，日色下照美且都，死者一盼棄難俱。
人生之味一盃水，仙醪膽汁雜甘苦；我生如酒芳且旨，願將傾盡連渣滓，或有餘蜜一滴美。
萬望俱絕當此時，或有餘福在來茲，我心我魂此庶幾；或有心魂相感維，聊用酬此汁腸悲。
花落日斜生命華，但以餘香付西風；我生有時咽餘息，一縷心魂無斷絕，願發微音振淒宿。

——李思純譯。

拉馬丁是一個瀟洒的詩人，猶如中國晚唐的詩人，他不拘拘於詩律與章法的彫求，而只是充分地抒發他胸中的情思。他自己說：『我的歌唱，好像人們的嘘唏，好像鳥兒的吱吱，又好像颯颯的微風，淙淙的泉流。』惟其如此，他的詩既不考量邏輯的規範，又不苦求藝術的精巧；然而他的歌唱是自然的眞摯的，有熱烈的情緒，有和諧的音調。他不求美觀而美觀自然流露於他的筆下，他不求諧和而諧和自然含蘊於他的詩中；這是由於他感覺衝動與他心情俱化的音調本身已轂顫動人的靈魂。雨果在十八歲時讀了他的作品，立刻詫異地說：『這纔是詩人的詩，詩中的詩。』拉馬丁的詩是一種才情煥發的自然的結晶，與那些斤斤於詩律拘拘於章法者完全異趣。他的詩情悲傷欲絕而詩意深遠曠達，不失風人之致。

其次說到富有哲理的詩人維尼。

亞爾佛萊・維尼（Alfred de Vigny）在浪漫派詩人中另外開創了哲理的抒情詩。他以一七九七年生於陸舍（Loches）地方，也是沒落的貴族出身。他的父親是一個軍官，他自己在十六歲時就加入皇帝衛隊當憲兵，一連當了十四年，升到步兵聯隊的隊長。後來他覺得長此下去，他廣大的懷抱勢必埋沒於軍隊中，不能發展，他便深深地覺到軍隊生活的無聊。那時他已刊行了雜詩海倫娜（Heléna，一八二二）、愛羅亞（Eloa，一八二四）及小說商馬斯（Cinq-Mars，一八二六）社會上已有詩人的稱譽。一八二七年卽與部隊辭行，決心從事文學生涯。他卽參加文社作浪漫運動，一同反對古典主義，創作了幾個新派戲曲奧色羅（Othello，一八二九）、安格爾的上將夫人（Maréchale d'Ancre，一八三一）、夏德通（Chatterton，一八三五）以及小說斯推羅（Stello，一八三二）等。一八三五年，他以軍人的威權與義務（Grandeur et servitude militaire）的題目作成了一個小說，這個小說在題材上形式上都算得浪漫主義的極有聲色的作品。不過他因爲是沒落的貴族，含着宿命的嗟怨，故生性孤獨，甯願落落不羣，不肯遷就着與中產社會多所接觸。沒有到晚年的時候，他便攜妻子，回故鄉棲隱，與世間隔：聖柏甫說他從此一個人進象牙之塔享清福去了，那知他的避世，心願實含蘊着不可名言的苦悶。一八四六年被選入法蘭西學士院。一八六三年客死在巴黎。留下他著名的遺著命運集（Les Destinées），在是年刊行。

他寫述的作品不少，而發表傳世的無多。其較著名的，除上述者外，還有古詩新詩合集（Poèmes antiques et modernes，一八二六）及一個詩人的日記（Journal d'un Poète，一八六七）等。維尼刊行的作品雖不多，而傳世的倒全是精彩的作品。在他僅有的幾卷詩集及小說戲曲中，已將他對於宗教、人生及藝術的觀念發揮得非常透徹。他的詩，不像其他浪漫派詩人專以顯露自己青春的熱情而是對於人生體驗的產物；所以他行年愈長大，他詩中所含的哲理便愈圓熟。

從他的作品日記種種方面看來，維尼是一個悲觀主義者。他以沒落貴族的身分，過去的幻影追求使他成爲一個具有傲骨的人，他所懷抱的理想很大，而實際上未能使他完全滿意。這種有志未償懷才不遇的命運：一方面使他生出一種忿世絕俗的心理，從社會脫離開來，終至與世俗老死不相往來，他說着：『我聽不見你們的狂呼，我聽不見你們的歎聲，人間的一切，我全不曾感覺到，人家說我是你們的慈母，實則我不過是一個孤墳吧了。』另一方面使他倒在苦悶的懷中，對於人生一切抱悲觀，他說着：『求生的聲息是永恆的悲吟。』又說：『希望是最大的癡狂。』甚至一般浪漫派詩人所認爲生命之潤泉的愛情，他也加以否定，說：『依我看來，愛情不過是一個幻夢，一層羅網。』以至說『我們不過是這可悲的世界的陰影。』『我們可能信仰的，惟有苦悶與死亡。』這些，都是一個貴族詩人苦悶的悲音。

離開了社會羣的維尼，他的絕望並不曾走到極端，他的苦悶並非毫無底止，他還有從傲骨中生出來的強烈的自信，努力於詩的創造；他說：『懦怯卑劣的野獸每每成羣出遊，惟有雄獅獨自徘徊，在洪荒之中瞻前顧後。詩人也是這樣地獨往獨來。』『我自信……我深深地自信……那不曾解釋的天職所賜與我的一切……我相信我們的內心生活應當常常與外在世界搏鬥……孤獨地自由地完成他的使命。』這樣地從強烈的自信中解放悲觀的思想進一步以堅強的意志克服情感，以卓絕的精神戰勝命運。他告訴我們，人生世上，不必怨天尤人，惟有孤苦忍受，把穩着我們的舵，在迷霧蒙着的生命之海程中勉力向前。這種思想顯然含着於斯多亞派（stoicism）忍苦的哲理。

這種哲理，具體化在他大部分的作品中，尤其在命運集的狼之死（La Mort de Loup）一詩中，表現得最爲明顯；這首詩描寫一隻狼被獵人打中，負傷跑到海濱，獨自忍痛待死，它沒有乞憐的表示，也沒有示弱的哀吟，因爲它深知道運命之神已卸去了它的責任，懦弱的表示大可不必。這隻狼在臨死的剎那，叫着：

『有忍耐，你得修鍊心靈，
永遠該默慮深沉和旁觀冷靜，
這種禁慾的高超，是你的前程，
却是我山林客早成就的本能。
呻吟，飲泣，祈禱，都是懦怯的行狀，
祇要背起你長途重載的行裝，
向命運註定的旅途忍苦趲程，
最後，像我創傷死去不哼一聲。』

他的意思表示人生應當像這隻狼一樣，勉強掙扎到死，忍耐一切，不作無用的呻吟與祈禱。因此他主張我們一切事要自己爲力，不能皈依幻想。在橄欖山（Le Mont des Oliviers）中，他發揮反對上帝的意旨，描寫耶穌受縛時的厄境，反面表示出上帝置若罔聞的忍心。他說：『放棄責任的上帝是不可恕的，將來末日來到，一定是人類審判上帝，不是上帝審判我們。」表示人類應該自己努力，爲上帝所未爲的事，犧牲自己，普救羣衆。在海上瓶子（La Bouteille à la Mer）中他又提出科學建設世界的主張，敍述冒險的航海故事，雖然海船在巨浪中覆沒，而在附帶於海船的浮海的瓶中，對於逆流的度量卻完全測到，不久消息傳到巴黎，成爲科學上的發明，爲後來者應用，所以在詩末作者說了這樣的話：『有學識的勤勞者呀，你們不能懼怕風浪，把海洋耕犂轉來吧。純金不會沈，其榮譽亦無疑義。』這些詩，不外表現着由忍苦精神達到偉大的創造。

由此看來，維尼的悲觀主義在最後不是消極的，反是積極的。他鼓勵人們堅持忍苦的精神，不絕奮鬥；如果人人能毅集中沈毅的精神，能戳犧牲自我作高貴的創造，那末世界可以造成新的完美的形式。故維尼雖在個人抑鬱不得志中不滿人羣而且脫離了人羣，但是在根柢上他脫離了人羣反深摯地愛着人羣。在拉馬丁詩中，苦痛有時認爲是高貴的，而在維尼詩中，卻進一步忍苦幾認爲是必要的了。浪漫派一羣詩人中，像他那樣沈毅而深沈的，是沒有的；一般的浪漫派詩人僅受人讚賞，而維尼則受人膜拜。他自己也曾說：『每當我受了想像感化的時候，詩就成爲我莊嚴的情人。這不是思索玩味的時候，而是敬仰膜拜的時候。』

維尼的詩中，個人的喜怒哀樂閑情逸致是全被克服的，他所申述的完全是深湛的哲理。所以讀維尼的詩不會引起熱烈的感興，而會使我們得到冷雋的教訓。他爲陪襯出這種深湛的哲理，用的是象徵的方法，將意象隱喻哲理；這一點，可說開了象徵派詩歌的先河。

果頭上。

浪漫派詩人中，拉馬丁是運動中的先驅，維尼很早遁跡於山林，於是浪漫運動領袖的巨任落到了同時人雨

維克多·雨果（Victor-Marie Hugo）是十九世紀法國的國民詩人，與德國的哥德、英國的華茨華斯同稱為浪漫運動中三個最偉大的詩人。他的意志堅強，才情充溢，有創造新文學的能力，有指導新運動的熱誠。他的情感不像拉馬丁那樣浮動，他的思想不像維尼那樣冷靜，他的一切才情智慮，在消極方面足以征服舊時代的勢力，在積極方面足以創造新文學的模範，他多方面的努力普遍於各種文學的形式，他蠱惑人的風格博得同志們的敬佩；因為這種種緣故，他戴上了浪漫運動領袖的榮冠。雨果以一八〇二年二月生於白桑松（Besançon），一八八五年五月二十二日死於巴黎，享了八三歲的大年，一生遮蓋了十九世紀六分之五的時間。他的生平可略分為如下五個時期：

一、準備時期（一八〇二——一八二七年）雨果出身於小資產者之家，先代業農，祖父曾為木匠，父親萊義帕耳（Le Conte Leopold）是一個伯爵，在拿破崙手下帶兵，生活沒有一定。雨果小時，跟着他父親東奔西走，意大利、西班牙是他們常到的地方，南歐瑰奇的海景與綺麗的山川，他童心上鐫着深刻的印象。後來拿破崙的軍隊敗北，他跟他的親屬回到巴黎，在一個名叫花楊蒂納（Feuillantines）的脩道院中讀書，那裏園林幽勝，又有溫愛的慈母弟妹在一起生活，非常愉快，功課方面當時未見特出，只是讀詩的習慣與寫詩的才能自小具有。這樣的生活從一八〇八至一八一三連過了五年，他文學的嗜好大體確定。他平時很景仰夏德白里安，覺得人生應當如

此纔有意義。他父親要他進軍工學校，但他卻志在文學的職業。一八一五年法蘭西學士院徵文，雨果暗中作詩應徵，居然得到獎金，這是他初次的成功。那時他纔十五歲。此後他與他的弟兄亞倍爾（Abel）、歐贊納（Eugène）合辦了一個文學刊物文學的保守派（Le Conservateur littéraire）。一八二二年將他歷年的詩刊成一個處女作短歌與民曲集（Odes et Ballades），兩年以後，又有一部小說漢·伊斯蘭（Han d'Islande）出版，諾締埃（Nodier）與夏德白里安見了都大加獎讚，路易十八（Louis XVIII）也爲感動，因他的意識近於保守派，卽賞他一千法郎的年金，後加到二千法郎。從此雨果成了哄動詩壇的寵兒，他的物質基礎已彀使他專心從事文學的著作。那時文學的革新運動已經萌芽，第一文社成立的時候，雨果也參加活動；不過第一文社的浪漫運動頗不徹底，雨果的眞正顯出是一個浪漫主義者，還在以後。

二、成熟時期（一八二九——一八四五年） 克倫威爾出版，在序文中雨果正式表示反對古典主義的態度與浪漫主義的主張，在第二文社中他卽被推爲浪漫運動的首領。一八二九年出版的詩集東方雜詠（Les Orientales）與戲曲瑪里紅·德羅昧（Marion Delorme），更強烈地表現出浪漫主義的色調。一八三〇年他的哀爾那尼一劇上演，壓服了古典派戲曲，浪漫派不但在戲曲方面佔到勝利，其他一切作品都爲社會所熱烈歡迎，浪漫主義到此已登峯造極。所謂「一八三〇年代」的光榮，雨果有促成的的極大的勞績。此後他仍不斷地發表新著，以證驗浪漫主義的理論：小說如一個死囚的末日（Le Dernier Jour d'un Condamné，一八二九）、巴黎聖母寺（Notre-Dame de Paris，一八三一）；抒情詩集如秋葉集（Les Feuilles d'Automne，一八三一）、徵明歌集（Les Chants du Crépuscule，一八三五）心聲集（Les Voix intérieures，一八三七）光與影集（Les Rayons et les Ombres，一八四〇）戲曲如南面王（Le Roi s'amuse，一八三二）路克來斯·蒲琪亞（Lucrèce Borgia，一八三三）瑪麗·都鐸（Marie Tudor，一八三三）安格魯（Angelo，一八三五）及呂意·布拉斯（Ruy-Blas，一八三八）這些作品出版時都曾轟動社會，引起熱烈的辯論與批評。一八四一年他被選入法蘭西學士院。

三、從政時期（一八四五——一八五二年）　雨果的文名正在竿頭日上的時候不幸他的愛女與女壻游水溺斃於賽納河（Seine）中，雨果悲憤之後，再也無心提筆；加以他的衛戍官（Burgraves，一八四一）一劇上演，遭到意外的失敗，更使他心灰意敗，於是他決心轉向政治方面去活動。他政治的主張是與文學的見解是一貫的，初起他被選為上院的議員，時常宣揚自由主義的主旨，在報章雜誌上發表他德模克拉西的政見，針砭拿破崙第三的專制行為。二次革命起後，他被推為國民制憲會委員。不久，拿破崙第三東山再起，雨果從事聯合巴黎民衆起來反抗政變而不成，結果被流放到異國，時在一八五二年。

四、流放時期（一八五二——一八七〇年）　雨果被流放出去，初起到比利時，繼後到會爾賽（Jersey），最後到蓋納賽（Guernesey）；他在這些地方孤獨地漫遊，重又得到創作的餘裕。寫成傳世的作品，詩歌有迴憶往事的靜觀集（Les Contemplations，）諸世紀的傳說（Légende des Siècles，一八六九、一八八三）街頭與森林間之歌（Chanson des Rues et des Bois，一八六六）小說有悲慘世界（Les Misérables，一八六二）海上勞工（Les Travailleurs de la Mer 一八六六）及笑着的人（L'Homme qui rit, 一八六九）此外他還寫了些雜著小拿破崙（Napoléon le Petit, 一八五二）、一件罪史（Histoire d'un Crime, 一八五二）與刑罰（Les Châtiments, 一八五三）等，表示對於帝政殘餘勢力的憤恨。雨果在蓋納賽島上居留了幾年，跟當地一般勞苦無告的人們接觸，不期然而然增加了他對於下層民衆的同情。這些他所目擊的情形都會表現於他的作品中。

五、衰老時期（一八七〇——一八八五年） 一八七〇年拿破崙第三爲德國所敗，第二帝政跟着覆亡，雨果在這一年的九月回國，設法使被圍的巴黎城重復自由。這時社會對於這位老詩翁倍極尊敬，把他選爲國會議員，幫同執政。一八七一年他刊行可怕的年頭（L'Année terrible, 一八七二）紀念他回國時危險的戰爭。他因年老，不久從政治中告退，專心於兩個孫兒的教育，爲他們作爲祖父的藝術（L'Art d'être Grand-père, 一八七七）。雨果年事雖老，而精神如少壯；當一八八二年巴黎民衆替他作八十壽慶時，原祈這健康的詩翁還有九十壽可慶，不知一二年後，他卻如紅日西沈，離開了他代表的時代。遺骸葬於賢人墓（Panthéon）。雨果老年時的著作生活仍不稍怠，其較大的著作，戲曲有秃格瑪達（Torquemada, 一八八二）、自由劇場（Le Théâtre en Liberté 一八八六）；小說有九十三年（Quatre-vingt-treize, 一八七四）；詩歌有教皇（Le Pape, 一八七八）、崇高的憫憐（La Pitié Suprême, 一八七九）、自由自在的精神（Les Quatre Vents de l'Esprit, 一八八一）、滿韻詩（Toute de Lyre）及最後的一束（La Dernière Gerbe, 一八〇二）等；其他還有不少次要的作品，足徵他晚年創作的豪興，猶不失他年富力強的精神。

雨果是一個生性豪爽胸襟曠達的人，也是一個富於同情而感覺敏銳的人；所以他在豪爽中沒有粗糲的疵點，在曠達中沒有廣泛的弊病，我們祇要對於他的作品細加分析，就可看出他那種雄厚的天稟、豐富的熱情、博大的智慮及深邃的思想，實已滲透了宇宙社會的森羅萬象，使他在各方面都得有體大思精的表現。他一生是大詩人、大戲曲家、大小說家，又是大政治家、大政論家；而且，在他作品的意識上看來，他不但是一個文學家、政治家，而且也是一個大哲學家、大思想家、大社會學家，具有卓越的歷史學者的眼光及預言家的口吻。他的作品有過去的追憶，有現實的描寫，有未來的透視，實在抓住了那時代——十九世紀上半期的上下左右——的靈魂。雨果被尊爲浪漫主義的中心人物，同時代作家的創作都以他的趣味爲中心。因爲他有這樣的才力與聲名，同時的人們沒有一個不向他表示尊敬；據說哥緹埃初次見他時，爲他的威儀所怔住，站在門口甚至瑟瑟作抖呢。

雨果所領導的浪漫運動，其理論大部分具體化在他克倫威爾的序文中。這裏特舉出其主要的三點：

一、一切的自然與人生須要有特殊的藝術具體表現出來，自然兼有美麗的與平凡的兩方面，人生兼有莊嚴的與滑稽的兩方面，藝術應當熔化二者爲一，不能有所偏畸，或表現了一方面忽略了另一方面。古典派作家循着因襲的統一的法則，往往以爲悲劇的趣味是莊嚴的，不許有一點生動的情感滲入其間，於是將情節表現得板滯牽強：莎士比亞是從這種刻板的法則下解放出來的，他的戲曲就表現了千心萬魂的博大與宏富。雨果也竭力主張拋棄這種成規。克倫威爾中所表現的主人公有綜錯的性格，有時是個俊傑，有時是個呆子，不一而足。

二、雨果以為現代作家的師表應該屬於賴倍萊、亞里裘斯多（Ariosto），賽文締斯與沙士比亞；由此他給與法國浪漫運動以一個鑰匙。雨果與同時代德國的先進作家一樣主張返於中古時期，不過他主張在浪漫運動開始的時候須以中古主義與古典主義混合的形式先行遏止純粹的古典主義趣味，再謀浪漫運動正則的發展。

三、雨果最反對古典派典型的形式。他排斥古典主義作品那樣把種種表現統一在千篇一律的形式下，抹煞作者獨特的表現。他指示出各種題材都要依着表現的方便而造成活動的形式。雨果所表現的人性決不像古典派所表現的某種範圍內的人性，雨果所表現的自然也不像有些浪漫派作家的風情的描繪，而是透過了他的心與目的混合體。他的克倫威爾沒有上演過。這個戲曲既不是一個純粹的悲劇，又不是一個帶有對話的哀詩，總之這是一個無所拘束的藝術品。

雨果的作品，既擺脫了傳統的方式，使得無所拘束地表現。他說：『凡存在於自然中的一切，也必存在於藝術中。』關於森羅萬象的自然與人間，都能生動活潑地再現於他的筆下。他的用字尤其顯出一種特色，斯屈拉希曾作如下的形容道：『文字從雨果的筆下畫出，好像光線從太陽裏放射出來一樣……有了這種工具和這樣的手腕，那就什麼神奇的事都能寫述出來：他能造出最怪異的幻景；他能喚起古代的神祕與魔怪；他能溫和地或熱烈地唱出愛的節奏；他也能用熱力、用喜怒、用預言的方式警示人們，而且喊出人類精神上苦痛的祕密問題。』

將他用字的特色發揮得最優秀的要算是他的詩，尤其是抒情詩。抒情詩的描寫，他自小就顯現出豐富的才情，他早年的短歌與民曲集雖未盡能擺脫古典詩的遺風，而因受了夏德白里安的暗示，表現着中古的神祕色彩，其題材與意識，已顯出新詩的姿態。東方雜詠富有裴倫式的情調與傷感，裴倫悲哀希臘文化古國的被人蹂躪，不惜拋了一枝文人的筆，拔劍赴義，雨果卻將中古的史料昇華而爲詩歌，引起人們對於老大古國的惋惜之情，詩中熱烈悲壯的情緒正與裴倫磅礴的氣概異地相應和。此後所出的詩集，大多是作者自身以及社會環境的寫照。在秋葉集中，對於他的內心生活作了一番內省的工夫，用眞切的詩情表現出他寬大與樂觀的心理狀態，柔和與溫馨的家庭樂趣。在微明歌集中，銘刻着新舊時代推移的印痕，在黑夜正蒼蒼黎明猶有待的辰光，新舊的勢力并行，懷疑與正義搏鬥，在這黯澹與恐怖之色中，賴着人們堅決的信仰終於舊有的黑暗漸漸稀鬆，新的政治制度、宗教意識及個人主義的微明漸漸顯露出來。心聲集是多方面複合的表現，描寫綺麗的風情，動盪的時勢，童年的有趣的迴憶，貴族驕奢的生活，還有對於患世紀痼疾者的箴言；其中對於自然、社會、家庭與個人，用他明確的智慧都有所啓導。還有光與影集，描寫大自然的聲、色、香、味、光，又描寫大內在的理、情、智、慾、意，其中諷刺與教訓參雜，更表現出他敏銳的感覺力與深遠的想像力。這些詩集不論內容或形式，都已達到非常圓熟精鍊的地步。

他的諷刺詩多半爲譏刺那時第二帝政而作，大部分包括在刑罰集中，辭鋒尖銳，機智與潑刺，味雙到，不失爲難得之作。不過在雨果整個詩歌的著作中，比較最成功的乃是敍事詩，卽史詩。

史詩的代表作是諸世紀傳說，這個詩集在其觀察與結構上看來，都可算得是雨果一生名貴的作品。這集子中間行節分明，有古代的渾朴狀態，有中世紀的神祕主義，有文藝復興的新生時代，每個時代都顯示出當時人們的生活、文化的程度、倫理的意識；全詩分析開來可說是社會進化各階段的横剖面，綜合起來是一幅歷史活圖的覆現，裏面時代精神與地方色彩在他精到的筆下有部緒分寸，好像畫家設色之有遠近景、主客體一樣地逼眞入理。雨果作史詩的才能在他同時的詩人中沒有一個能比他更特出的。

雨果的詩歌的長處綜括起來可分如下兩點：一是意識的健全，一是技巧的精到。

首先他詩歌的意識，非常健全。雨果沒有像拉馬丁那樣的悲觀，沒有像維尼那樣的超然，也沒有像繆塞那樣的繚亂，又沒有像哥締埃那樣的淡漠。他看準了他周圍社會最廣泛層的一切，以廣博的智識與雄大的氣魄把握了時代的意義。在光與影集的序文上他說：『凡是眞正的詩人，除了關心外來的眞理，還應輸入他的時代思潮。』他的詩起初以革命爲主題，指摘封建君主制的非理，非難十八世紀的無神論，揄揚反貴族的革命黨。一待新社會的秩序趨於穩定，他便大聲倡導德模克拉西，宣揚自由主義。這些詩歌，一面表現着貴族政治的葬禮行進曲，一面表現着中產社會勝利的凱旋歌。他不但爲中產社會革命成功而鼓舞，而且小資產階級出身的他，由艱難困苦中奮鬥出來的他，未嘗忘情於時代底層下的無產者。當他流放時期，飄泊在異國以及許多孤島上，常與下層社會接觸，無形中喚起了他對於他們同情與憫憐之心，進一步且爲他們大聲叫屈。所以雨果的意識在最後是與社會主義合流的。這種意識，我們在後面可以看到在他小說中有更明顯的表現。

其次，他詩歌的技巧也有獨到的地方。雨果的作詩，不僅表現自己情緒的衝動，他還注意運用方法，以怎樣的方式來詠懷容易打動人們的心坎，他用字的魔術，除了莎士比亞與普希金 (Pushkin) 外，其他歐洲詩人少有能及得上他的。他懂得修辭上反喻的藝術，故他的情感與想像表現起來格外有力。對於叶韻他也很注意，像史文朋一樣，每句詩的呼吸都是通過了音樂的韻律，韻律的運用又有停頓變化，不落尋常科臼，使吟詠起來，可不斷地發生新趣。

雨果既有那樣健全的意識，又輔以這樣精到的技巧，他的詩自然成了多方面完美的作品。他的心情與時代相調和，他的詩歌是他個人與社會的和諧的合奏曲。

讀雨果的詩，跟讀旁的詩人的作品不同：普通的詩人在長篇的詩中，終能找出二三或四五句精粹的地方；於雨果的詩的精粹的地方卻如沙粒中的金子一樣地四散着，非把這整個的詩讀完時是不能領略到意味的。下面引他秋葉集中的呵，我的戀書（O Mes lettres d'Amour）全首，以見他抒情詩的一斑：

呵，我的戀書

我的戀書，充滿着貞白與青春，
這就是你！我還陶醉你的沉酣；
　我讀你在膝上。
容許我有一天，提同你的好年光！
儘量讓我渾忘了一切的智慧幸福，
　同你一塊兒哭！

那時我才交十八！我祇有癡想！
歌唱着心願，夢魂也把我搖盪。

　　照耀我一明星！
我當你神一般私喚在我的心！
啊喲！便是那孩子，在人面前，
　　到如今還靦腆？

充滿着夢想，才能風情的時代！
每晚祇等着輕彩飄過的餘彩！
　　吻到丟的手套！
但願一世裏，戀愛，權威，榮耀！
是醇潔，是矜貴，是高尙，相信
　　獲到一切眞純！

到現在我已覺得，見到，——我知道。
如少迷誤，去閒我們轉時的哀嘯，
　　那有什麼關係？
呵！這火熱的年歲，倒像我悽其，
艷福邊頭，遮蓋了我一片陰影，
　　而今才現光明。

我的青年啊，我對你做了什麼？
這般飛快的逃避，遙遠地離我，
　以爲我滿足嗎？
當你不能再把我在你翅邊掛，
啊喲！能再來，我愈覺得你婀娜，
　我對你做了什麼？

唉！過去的溫甜，了無痕的妙齡，
連帶着結合我倆的霽白的紗綾，
　重踹我們的路，
偶徬徨在那裏，頓覺淚的酸苦，
留在你手中守着的幻現韶光
　裏淡墨殘賤上。

青春逝了，我們快忘！我們快忘！
祇管讓它隨着四季風去顛狂，
　送到黑的天際。
一些不朧；祇朧些作品的篇題。
不問人與魂，一樣沒過去痕迹

永遠印在牆壁。

——病夫譯。

到一八三〇年，法國第二次浪漫運動高漲的時候，詩壇的代表人物要推繆塞與哥締埃。先看「時代受傷的孩子」繆塞。

亞爾佛萊·繆塞（Alfred de Musset）是一個神經質的年青詩人，以一八一〇年生於巴黎的官僚之家，自幼養尊處優，穎慧早熟；在亨利第四中學（Collège Henri IV）求學時，已被認識為一個聰明絕頂的孩子。父親給他幾本盧梭的書，他看了愛不忍釋。十八歲時，因朋友的介紹，加入浪漫派文社，頗為社中先進所賞識。不久往南歐遊歷，二十歲的一年發表他的詩集西班牙意大利遺事（Contes d'Espagne et d'Italie，一九三〇）引起社會褒貶不一的批評，由此他的詩名漸次聞於文壇。這個作品多少受着雨果的影響，寫景敍事，喜用描繪的方法，表現濃厚的地方色彩，舊派譏為土風，新派卻讚為生氣。接着他又變了一個心機，自己另創一種獨特的新奇的作風；二年以後所發表的坐井觀天（Un Spectacle dans un Fauteuil，一八三二）這種寫法已經成功。方期這位青年詩人繼續努力，竿頭日上，而他卻輕浮好動，不遑席暖，追逐戀愛，日與女性來往。他曾與大他六歲的喬治桑相識，風流的詩人與浪漫的女小說家投合，情愛格外熱烈。一次兩人同往意大利，遊威尼斯，旅途繆塞攖病，喬治桑在旁看護，伊被替他治病的醫生的魔力所吸引，兩人偕赴巴黎，撇下繆塞在威尼斯。這次戀愛的失敗，繆塞認為是奇恥大辱，對喬治桑終身不肯饒恕，聽說臨死不許伊走向病床他們情變的緣由與經過，爲雙方各有理由表白，很難斷定誰是誰非。繆塞自從精神上受了這重大的刺戟，胸中塡着無限的悲思，感傷的情懷使他沒有一個快樂的日子，於是借着詩歌傾訴他九折的愁腸，連年創作了許多絕唱的詩集。著名的有夜（Les Nuits）、致拉馬丁書（Lettre à Lamartine）、所希望於上帝者（L'Espoir en Dieu，一八三八）、一個虛度的晚上（Une Soirée perdue，一八四〇）、迴想錄（Le Souvenir，一八四一）、朗誦之後（Après une Lecture，一八四二）；在一個雜誌兩世界評論（Revue des Deux Mondes）上又發表他的短篇故事集（Contes et Nouvelles）還有幾齣戲曲。這次失戀給繆塞的人生觀以極大的轉變；原先繆塞是一個年輕活潑的美少年，懷着一顆快樂的童心，他不識得憂愁也不曾嘗試過苦痛，他說過：

『當我初上社會的時候，來去很隨便，快樂而又勇敢地。』

但是到這時他的心境已大不相同了。在他悲哀欲絕的心上，覺得宇宙間一切都是惱人的音色，就是和煦的陽光，綺麗的風景，也無非是造成他哀思的資料。他在詩中唱着：

力與生命已消逝了，
沒有個兒朋友，也沒有點兒歡暢；
往日所養成的自尊的信心，
而今已跟着消逝了。

他失望，他悲哀，甚至說：『這世界所給與我消受的，就是幾點眼淚吧了。』此後他的生活益加趨於黯淡，沒有一點光，沒有一點熱。因爲失望的緣故，他率性走向消極享樂之路，整天浸沉於醇酒與女人之中，他說：『痛苦之後，仍願苦痛。戀愛之後，仍願戀愛，永永地去戀愛——女人呀，眞有不可思議的威權。』他這樣地放蕩、縱慾，不知自拔，終於斲傷了他的身體。社會上敬仰他的詩名，一八五三年把他選入法蘭西學士院。但這多情的詩人已爲色情所中傷，悲愁所剝蝕，不上六年就在巴黎害心病死去。死時年纔四十七歲，尙有未盡的詩情不幸跟他的身體一同凋萎。

他的詩歌，除上述者外，還有早年詩鈔(Premières poésies)、新詩集(Poésies nouvelles)與世紀的孩子的懺悔(La Confession d'un enfant du siècle)等。後者在某種程度上，可說是他自敍傳式的一部小說；裏面鬆散的寫法，正是他心情撩亂的反映。此外他還有戲曲的作品，留待以後再提。

作爲沒落貴族之歌者的繆塞，在新興的社會上是一個孤立者，他逃避了現實的社會生活，從來不談政治，也不懷着什麼理想，他只是效着西班牙人作戀愛的色情狂者。「戀愛」是他唯一的哲學，也是他唯一的宗教；一切可以懷疑，一切可以否定，獨有戀愛是與他共存滅的。他好像一葉無意志無理智的孤舟，飄在波濤洶湧的愛之海上，既不前進也不泊岸，一任風暴雷雨的震擊，以至於沈沒。他又像赤子涉於愛情的鹹水中，愈涉愈深，以至沒了他的頂。他爲求愛之愉快，就是遭受痛苦也是甘心的。繆塞患了不可醫治的世紀之痼疾，他把生命的本質假設作是苦痛的，要在生的時候解放苦痛，惟有放任於縱慾的享樂，所以他一生放浪形骸，沈淪於愛情的深淵，沒世於其中，從未一盡人生的責任或人間的義務。

但是繆塞的脆弱點正是他詩情的着力點，他的不幸是激發他才力表現的源泉。他的詩情是他生命的表現。當他的詩情輕快的時候，就是他歡暢的時候，當他的詩沈悶的時候，就是他苦痛的時候，他的詩猶如他的血脈心臟的診候器。他的詩把他自己的喜怒哀樂七情六慾都坦直地袒露出來，沒有半點兒掩飾，可以說是眞情的流露。他自己曾傾訴他作詩的祕密道：『感動你的心，天才就在這兒。』又說：『文學家與詩人應具有情感。當我寫詩，感覺到我歷來的那種心兒躍動的時候，我便知道那是我極好的創作。』他以爲洩露他的情感就是發揚他的才具。他的詩歌大多是他情緒高漲時所一氣呵成，不加技巧的斟酌；所以在章法方面，確不及雨果那樣的有機性，辭采方面也不及維尼那樣的整齊；其中非但音律有違常規，卽連措辭有時也不免於顚倒。這些，都是他藝術上的缺點。不過如上所述的，他的感人之點自有他的魔力，他那種年青人的奔騰的熱血，最容易引起讀者心情的膨脹；到了這種情緒交流的狀態，技巧的疏忽顯然爲讀者所遺忘了。

許多人把繆塞比作英國的裴倫，而且說他的詩是模倣裴倫的。誠然，在他們乘興創作使出氣勢的地方，確乎不無類似之處；但是繆塞的詩沒有如裴倫那樣的豪放或粗厲，而有味吉爾那樣的活潑與通暢。當他聞到有人說他的詩模倣裴倫的時候，他就起來申辯道：『我最討厭的是抄襲，我的詩沒有人家的偉大，而卻是用我自己的杯子喝酒的。』在當時，浪漫派詩人大家主張擯棄古文學於不顧，而繆塞獨以爲希臘的古文學是不應完全擯棄的，而應當掇取他們的精華，加上自己的精神，創造出一種優美的詩來。繆塞以一個浪漫主義者而又不遺棄古典文學的優點，所以他的詩歌能有活潑的情調，在浪漫派詩人中顯出一個非常的姿態。他這種作詩的特色，對於同時候的俄國文學有比較顯著的影響。這裏引他的一首幻影(Vision)，由此可以看出他的情趣與風格：

幻影

朋友，你我本是同胞，
我並不是什麼仙妖，
不招災，也不能降福。
我愛誰，也沒有力量
叫他把腳步那邊放
跳出我們的泥漿谷。

我非神，也不是魔鬼，
叫我兄弟眞個貼配，
這樣稱呼纔是合式，
你前行，我在後面跟，
伴着你跌坐石頭根，
直等到一生的末日。

你的心天已交給我；
愁悶時，別儘自蹉跎，
趕緊來向我這廂縮、

我伴你一路遣程

可不能伸臂近汝身，

朋友，因爲我跟「孤獨」。

然後，我們看稱爲高蹈派之祖的哥締埃。

在浪漫運動洶湧的海波中，戴奧非爾·哥締埃（Théophile Gautier）駕着扁舟，揚帆西去，另外找尋着他新的王國。哥締埃比繆塞小一歲，以一八一一年生於達布城（Tarbos），愛着法國南部的風景。他幼年就到巴黎學畫，預備作一個畫家。他很崇拜雨果，不久加入文社，從事文學創作詩歌。當雨果的戲曲在舞臺上演的時候，他往往穿了紅半臂在戲院中像足球的拉拉隊似地大聲吶喊喝采，以壯浪漫劇演員的聲勢，使一般在座的古典派作家以及崇拜古典劇的縉紳先生自形微弱，他是一個浪漫運動中的得力分子。他的成名是由於一八三二年出版了一部詩集亞爾柏圖（Albertus）。次年發表的小說少年法國（La jeune France），描繪當時法蘭西社會的意識與趣味；批評文字滑稽大王（Les Grotesques）表彰十七世紀懷才不遇的詩人，也是成功的作品。他一八三五年出版的小說毛賓姑娘（Mlle de Maupin）與一八三八年所刊行的詩集死的喜劇（La Comédie de la mort），對於塵囂與世俗帶着諷刺的口吻，另外提出一個優遊自得的別緻的世界。這些作品刊行以後，他的趣味轉向到鑒賞方面，他的工夫移用到批評方面；天天在新聞紙上作了些文學藝術的批評文字，以發表他文藝理論的見解。他歡喜浪跡國外生活，一有餘裕即往各地旅行，西班牙、意大利、希臘、土耳其及俄羅斯等地都有他的足跡，而且作了許多遊記，如在西班牙（En Espagne，一八四〇）、在意大利（En Italie，一八五二）在東方（En Orient，一八五四）及在俄羅斯（En Russie，一八六六）。晚年閉門著書，不問世務；他有名的琺瑯與彫玉（Emaux et Camées，一八五二）就是在此時作成的。一八四八年法國政變，一八五二年帝政復辟，社會上發生很大的騷擾，而哥締埃卻與一個貓兒作伴，態度鎮靜，仍過着他恬靜的生活；他說：『不論我的窗子如何被雨打風吹，我還是寫述我的琺瑯與彫玉』。這種強烈的藝術的嗜好，是同時浪漫派一行詩人中所沒有的。哥締埃死於一八七四年，遺下不少著名的作品。除上述者外，小說有木乃伊故事（Le Roman de la momie，一八五八）少尉弗拉喀斯（Le capitaine Fracasse，一八六三）與批評作品二十五年來戲曲藝術史（Histoire de l'art dramatique depuis vingt cinq ans，一八五八）及浪漫主義史（Histoire du romanticisme，一八七四）等書。

作爲一生是詩人、批評家、小說家的哥締埃，跟繆塞一樣，從一般社會脫離開來，與政治無緣。他雖是資產者出身，但他的性行卻與新興的資產社會格格不入，社會把他視爲出世的異端，他也厭惡社會的流俗生活，這種趨勢形成了資產社會的社會生活與藝術的失調現象。『政治上的急進主義與哥締埃所代表的資產者飄泊者的傾向，毫不發生關係……哥締埃撇下平靜的生活而獲取漂泊生活，不重結婚的生活而重戀愛的生活；而且以一種異出的裝束，以一種奇特的紅襯衣，儘表現出資產者的姿態；他順着飄泊者之國所吹來的幽閑的風之吹拂，以歌唱着自由的生活；因此他可說是一個貴族的飄泊者之名譽會員』。他超逸在一般社會以上，對於什麼人生問題社會問題他是不問的，他傾全力於美的鑑賞與美的創造。他寗願玩賞野薔薇，不情願旁聽政治演講。他一生浸沈於藝術生活中，藝術是他的生命、他的宗教、他的上帝。

在哥綈埃的藝術理論與作品中，可以找出三個顯著的特色：

第一是形象的。哥綈埃原是一個畫家，他畫家的生活雖在早年拋棄，事實上終身沒有拋棄；因爲他拿畫家之筆作詩著文，描繪刻畫有色彩、有調子、有背景、有主客體，仍是一種畫家的氣分。好像他描寫一朵花，一定要寫出花各部的式樣、色調、風趣；描寫一個美人，一定要從頭到脚打量伊的容貌、姿態、身體的曲線，完全覆現出來。他認爲非如是不足以盡藝術家的任務。

第二是冷靜的。他自己常說我是爲眞確地表現一種自然與人生而生的，他的工夫，重在客觀地冷靜地觀照事物的體貌，不重在以他的主觀熱烈地抒發自己內心的情緒；他的詩不是要使人由他的情緒中發生感動，而要在他描寫的事物上發生趣味；所以他描寫起事物來只求覆現事物的原型，不作大自然的猜謎。他表現自己的詩意將情意隱沒於題材中，毫不透露絲毫個人的氣質，這種冷靜的態度，有異常的謹嚴性。

第三是唯美的。『藝術何所用？藝術是用以求美的。如果一件東西要求實用的，那就失掉它的美了。』哥綈埃醉心希臘文化，主張藝術求美。不過他的求美是求表現對象之本身的美，又異於一般浪漫派的求對象感與之美，他對於一個女人的發生興趣並不在伊溫情的感人，而在於伊嫵媚的姿態；換一句話說，他的求美是求畫家式的形象之美。惟其如此，他對於形式的考求，最盡心力，盡力用他洞察的觀照力與精工的修辭法，表現出自然與人生的美質，猶如彫玉鐫像一樣地細磨細琢；他曾說過：『許多字的連綴而又含有音律的，這便是詩。』他的文字，不論韻文或散文，技巧方面如辭采、韻律，都運用得精工完璧，沒有一點疵點。尤其是他詩中的隱喻，更能把他感覺力所及的對象描繪得神采俱到。

關於唯美的見解，是哥締埃一生堅決地主張着的。他認為藝術求美，非關實用，藝術是超於一切思想道德以上的，藝術除本身外不能有第二個目標，人生應當傾注其全力於藝術之上。由此他唱出了『為藝術而藝術』(l'art pour l'art)的口號，樹立起「藝術至上主義」之旗幟。在他看來，世界上一切事物不久會成為過去，獨有藝術經萬世而不移。這一點他在詩中曾明白地告訴我們：

呀，神仙們且免不了死，
那不朽的
比青銅還堅強的
惟有那至高無上的詩歌。

哥締埃這些形象的描繪、客觀的描寫與唯美的篤信種種方面，已從浪漫派遊離開來。因為浪漫派最注重以主觀的情緒振動人的心弦，哥締埃卻耽心客觀地描繪出一個完全的事物，供人賞玩。若把哥締埃與繆塞相對較，恰成一個對比：繆塞以他的滿腔熱情，歌唱出自己的快樂與悲哀；哥締埃以他精明的觀察，描繪出事物的特徵與美質；繆塞是憑着個人的才情與主觀性，但求傾訴出自己的情感，而忽略了詩歌形式的整齊；而哥締埃憑着冷靜的眼光與客觀性，表現出外在的世界，而傾其極大的注意力於形式之完璧。哥締埃的這種主張與特色，跟後來現實主義的散文合流，而且為後來高蹈派詩人所接受。高蹈派的先驅波特萊爾(Baudelaire)與領袖列爾(Lisle)，都是哥締埃的門人。他的主張直接扶植高蹈派以成長，在文學史上被公認為高蹈派詩人之祖。

最後，再舉他琺瑯與雕玉中的一首春之初笑(Premier Sourire du Printemps)，以見他描繪工夫的一斑：

春之初笑

塵勞多煩憂，
坌氣無愚智，
淺笑三月天，
風雨釀春意。

萬彙黯然眠，
春先到雛菊；
剛領垂雪纓，
鏤紐綻金簇。

果園衛萄地，
東皇潛理妝，
擎來白鵠羽，

爲杏點輕霜。

大塊自偃息，
蒼馭降荒莊，
薔紅結衣鈕，
絨綠裏胸當。

吹萬成天樂，
曼響効鸝簧，
雩瑄泛牧場，
梵闍散林薄。

警鹿辣而飲，
泉芹悠然生，
雩掌寂無朕，
抽放鈴蘭鈴。

離離原上草，
下有米色莓，

採葉編成帽，
爲君避炎威。
棣通建首功，
少陽用事畢，
回頭望四月，
春來汝何武！
——病夫譯。

十九世紀上半期浪漫派的詩壇上，拉馬丁、維尼、雨果、繆塞與哥締埃是五大詩人；他們的出身有的於貴族，有的於中產者，不論他們爲資產社會的歌頌者或離叛者，他們的意識總逃不出上流社會的圈子。不過，同時期法國還有幾個代表下層社會意識的平民詩人，也不容我們忽視。

平民詩人中最著名的要算倍朗澤（Pierre Jean de Béranger，一七八〇——一八五七。）倍朗澤的身世非常艱苦，幼年既不曾受到良好的教育，青春又在巴黎淪落中消失。一八〇四年他得魯先恩（Lucien Bonaparte）的提攜，介紹到皇家大學（L'Université Impérial）當書記。他出身貧民窟，童年與勞苦無告者接觸，對於下層民衆的疾苦，早有明白的認識，這時得有生活餘裕，便在詩歌中開始歌詠出來。他的作詩，自己曾確定一個目標，他說：『我跟女詩神（Muse）都眼釘着民衆，把整個的生命交給民衆了。』倍朗澤起初是讚頌大革命的，著了些老勤務（Le vieux sargent）、老隊長（Le vieux caporal）、兩個精兵（Les deux grenadiers）等集，鼓勵人們上前衝鋒陷陣，而且狂熱地喊着自由、平等、博愛的口號。不過到拿破崙失敗、帝政復辟的時候，他當初的理想全成泡影，同時看到中產社會除攫取自己的利益外，並沒有深遠的目標，他們領導第四階級的民衆起來革命僅僅利用作爲自己的工具；於是轉向他的頭來指摘當權者的罪惡，喊出下層民衆的苦痛。如侯爵加拉巴（Le Marquis de Carabas）、優等狗們的請求（Requête presontée par les chiens de qualité），是抨擊貴族與復辟政府的；如惹人厭的春天（Le Printemps maudit）是描寫寒士生活的清苦的，如紅鬍髭若納（Jeanne la rousso）是描寫平民在專制政治下無端坐牢的，還有七月間墳墓（Les Tombeaux de juillet）是哀輓七月革命中戰士之忠魂的；總之，他的詩歌是時代壓榨之下民衆的悲聲。這些詩歌的音調，淺顯而富變化，很適應於民衆歌唱的心理；故出版以後，能迅即風行民間，一時被當作勞動者們的福音。而因其中他盡力指摘當代的政治，以致以蠱惑羣衆罪被判幾度入獄；然他爲民衆服務的信心，歷久彌堅。在倍朗澤的詩歌中，可以見到產業發達的新興社會中含着內在矛盾所投下的陰影；他不但在消極方面暴露這個陰影，而且在積極方面遼望着未來社會的姿態。他曾這樣說着：『偉大的智慧，當世紀到了那最理想最完美的一天，世界上所有的民族都忘懷了過去，在勞動的旗幟下聯合起來的時候，你就跟你的榮譽分手了吧。當親者仇者都享受了共同權利，彼此成爲你兄我弟的時候，你所有的戲曲與小說將於我何所有呀！』在憧憬着未來合理的世界一點，他帶着顯著的浪漫主義者的氣分。

方在十九世紀初年，有一個以遒勁的諷刺詩攻擊當時政治社會之腐敗的，是古典派詩人賽尼哀的弟子巴皮愛（Henri Auguste Barbier，一八〇五——一八八二）巴皮愛本習法律，後拋棄法律寢饋於文學。初起他創作小說，覆現中世紀法國的傳奇故事。到七月革命的時候，工人們都勇敢地穿着短衣，裸露肩臂，荷鎗實彈往戰地肉搏，看他們含笑而去，都能抱着犧牲精神，而中產者們於此時卻大多裹足不前，看着民衆流血，自己躲在安全地帶探聽消息，含蓄着筋力準備從平民手中奪下他們的勝利。他眼看到這種情形，在義憤之下，著了一部有名的抑揚詩集（Iambes），抨擊當時的中產社會；他說：『不過那般手帶皮套子、身穿綢汗衫的朋友呢，是不是在荷鎗實彈地前進嗎？不見得，當偉大的民衆或崇高的暴徒捨身上前拚命的時候，我不見有他們在裏面。』就這幾句話中，他把中產者的狡猾的性格與卑鄙的行動已暴露無遺了。

在四十年代，二月革命時更有一個以勞工出身的詩人杜邦（Pierre Dupont，一八二一——一八七〇）。他對於民間的影響不下於倍朗澤與巴比愛。他是製革工人出身，而有驚人的才能；十八歲時已能詩善文，刊登雜誌報章，爲時人所讚賞，曾獲得法蘭西學士院的獎金。當時他的詩歌的意識還不甚鮮明，等到他的麵包歌（Chanson du Pain）出世，他纔能爲一個眞正的平民詩人。這個歌兒有兩點顯明的好處：第一，他自己是勞工出身，對於勞工的疾苦知道得非常透徹，表現得格外眞切；第二，他的歌有聲韻，可在口頭歌唱，也可配上樂譜。當時法國城市的街頭巷尾，茶寮酒肆，麵包歌差不多跟着勞動者的蹤跡遍散各處。杜邦這個名字在文學史上是不會佔地位的，實際，依他在民間所發生的影響言，其廣闊的程度且遠駕於維尼與繆塞之上。

十九世紀上半期是詩壇奇花怒放的時候，有名的詩人不可勝數；有許多才力充溢的詩人，因被同時代更大的詩人所壓倒，而不爲世人所注意。如卜禮素（Julien Brizeux）所作的瑪麗（Marie），表現純朴的鄉土氣質，是一個縝密的作品。范爾慕夫人（Mme Desbordes Valmore）所著的哀情詩集（Elégies），其悽惋悱惻的情致，有拉馬丁的風格。慕羅（Hégésippe Moreau）所著的沃爾齊河（La Voulzie），其幽靜閑適的逸趣，類於中國唐代王維的詩。戈恩普侖（Gouinplein）所著的笑的人（L'homme qui rit），形容飢民餓莩的慘苦，有使人哭笑皆非的潛力。還有一個抒情詩人納伐爾（Gérard de Nerval），他保存了古典的優美的形式，更加以浪漫的生動的活力，他的創作薛爾維（Sylvie）與譯作浮士德（Faust），都是精心的產物。

第二十六章　浪漫派戲曲

「哀爾那尼」上演與浪漫劇的勝利——浪漫派對於戲曲的革新——雨果的戲曲——反抗封建貴族的意識——「哀爾那尼」梗概——理論的貢獻與實際的貢獻——大仲馬——其生平與作品——「亨利第三及其宮廷」與「安東尼」——愛情凶劇的神奇性與感動性——維尼的戲曲——「夏德通」與對中產社會的憤懣——繆塞的戲曲——純粹情感的表現——古典劇之死灰復燃

十九世紀初期，法國文學受到德國與英國的影響很大。戲曲方面，希來格爾的戲曲文學講義（Cours de littérature dramatique）的翻譯，浪漫詩人對於萊新、哥德、席勒的模倣以及對於莎士比亞的崇拜，使法國戲曲界形成浪漫派戲曲與擬古典派戲曲對立的陣容。在法國劇場上樹立浪漫運動的旗幟，最得力於雨果的哀爾那尼一劇。這個劇本在一八三〇年上演時，造成了法國古來劇場上希有的盛況。在上演的前一日，有一種新聞紙日日報（La Quotidienne）上載着：

「大家都說這是哀爾那尼第一次上演。我們全不懂得在視聽之前的人們是否反對新戲曲，站在一條戰綫上要他失敗。但作者的朋友們却一定用盡力量在那裏要保留他的劇本達到成功的地步。人們也明白這眞是他們看作浪漫主義存亡的大事……」

上演的消息傳出，所有的社會人士都瘋狂似地巴望臨場觀瞻，要求定座的名人信件有如雪片一樣地遞來；下面那樣的信札，雨果每分鐘都可以接到：

『先生，我要向你提出一個也許是失望的要求，我怕也許太遲了。龔斯當夫人（Mme de Constan）與我，我們像全法國人一般熱烈地要看哀爾那尼。可能為我們留一個包廂或包廂裏面的兩個座位嗎？倘若那樣辦不到，我們可否在演習時到場呢……我希冀着應允我們和一切觀衆得到一樣的眼福。』

哀爾那尼的上演轟動了當時的社會，引起無數人的好奇與欣賞、無數人的憤恨與仇視以及無數人的熱情與顛狂。那時，反對者與捧場者各成一個相對的集團：所有的舊貴族、守舊派與擬古典主義者是反對者，所有的資產者、革新派與浪漫主義者是捧場者。雨果的親戚朋友以及願看新戲曲勝利者人人自願效力。新戲曲的一般特殊的捧場者穿着奇裝異服，以眩耀人的姿態出現於觀衆之前，有蓄紫髯的，有披長髮的，有裹天鵝絨的，有穿西班牙大帔的，有着羅伯斯比爾的背心的，有戴亨利第三的無檐帽的，怪模怪樣，不一而足，尤其是哥綿埃，身上穿着大紅半臂，頭上戴了長與腰齊的厚髮，睜着一副犀利逼人的眼睛，使一般舊貴族、古典派看了害怕。在演劇以前兩方面都磨拳擦掌劍拔弩張，開幕時全場滿是叫囂之聲；而演到中間的時候，大家為劇情所吸引，兩方面都寂然無聲，就是反對者也綿視靜聽、靜穆無聲了。劇情緊張的時候，觀衆中發出自然的一陣鼓掌、歡聲，全場沒有反對、異動；僅有少數守舊派喃喃地說着：『浪漫主義者是癡人，』『浪漫主義者是蠻子，』『浪漫主義者是惡漢，』作失意的反詈。然而浪漫派終於在競爭中已壓服了古典劇的勢力。

自從哀爾那尼一劇佔到勝利，浪漫派戲曲便如日麗中天，光焰滿地。

浪漫派戲曲不消說是戲曲上的一種革新運動，這種革新運動表示中產社會的藝術領域不須要貴族社會的古典劇，所以主張『戲曲須要積極與時代的色彩相諧和。』古典派戲曲要把情節、人物、背景中所有的特色統一在一致的法則下，形式的規範下，以表現專制帝國尊嚴的秩序，貴族人物典雅的趣味，但是浪漫派戲曲要把情節、人物背景從一切法則與形式的規範下表現出來，以表示中產社會自由的精神與個人主義的自我的表現。他們表現什麼對象時都要找出它獨特的性質：一個時代有一個時代的時代精神，一個地方有一個地方的地方色彩，一個人物有一個人物的特殊個性；故描寫十七世紀的時代，其文物制度一定要像十七世紀的方式，描寫西班牙的地方，其風土人情，一定要像西班牙的樣子，描寫克倫威爾的為人，其個性行為一定要像克倫威爾的姿態。由此，他們認為描寫的方法因對象而不同，人們須要以描寫的方法來湊合特殊的對象，不能以描寫的方法去局限特殊的對象；所以固定的法則有促成描寫的機械化的危機。還有，人生在世，苦樂不常，有時而悲，有時而喜，決沒有像悲劇與喜劇那樣簡單與絕對，悲的儘悲，喜的儘喜，實際生活，有傷心處，也有快活處，有莊嚴處，也有滑稽處，惟其如此，劇情纔能與表現的對象相符合；所以悲劇喜劇的分明也是它無意義的。還有，浪漫派戲曲家以為要戲曲有情致，必須插入韻文的唱白，但不要像古典派那樣刻板，一定要十二行的，雖要合乎韻律，而分段用字則須非常自由，或用抒情詩，或用敍事詩，或用劇詩，一任其便；這樣纔能創出戲曲的新的格調。總之，浪漫主義者對於戲曲的主張，在消極方面打破悲劇喜劇的界限，廢除三一律等一切法則；在積極方面，將抒情詩、敍事詩或劇詩插入戲曲中，以使戲曲趣味化。這些，在十八世紀戲曲中已見端倪，到浪漫運動時已底於成熟。

浪漫派戲曲家中，最著勞績的不待說要首推雨果。雨果不但對於戲曲有宏富的著作，而且他的戲曲最明顯地表示了一種革新的運動。他的克倫威爾與哀爾那尼兩劇就爭得了新戲曲的勝利，爲浪漫派戲曲建立起壯烈的界碑。雨果一身在戲曲的理論上實際上都有重要的貢獻。理論方面的主張，前面已將克倫威爾序的三要點略加說明。這種理論雖然在他的戲曲中實踐了，不過他第一個作品克倫威爾，因結構與情節不便扮演，始終沒有上演。在雨果的戲曲中，一貫地表現着反抗封建社會的意識。好像克倫威爾中的主人公克倫威爾，便是反對封建貴族與專制君主而領導政治革命創導議會政治的人物。其他如呂意·布拉斯、南面王及哀爾那尼等，其中描寫宮廷貴族的社會，都投下黯澹的陰影。這些戲曲中的人物，都有一副好惡交錯的性格；這種性格的形成，又爲他們的客觀的處境所決定。如呂意·布拉斯中的主人公布拉斯，是一個有才沒有德的人；他以勤務出身，起初被帶到西班牙宮庭中去反叛女皇的，因爲他過人的才能，徐徐升擢，給他做到一命當朝的首相，這時他卻爲以前提拔他到宮廷來的恩人的非難所羞辱，於是迫着他將他的恩人殺死，以保持着他的地位。其中表示舊社會的秩序與貴族身分的維護者，已爲着過去的幻影而犧牲，而新社會非貴族出身的人物成爲舊社會秩序與貴族身分的反叛者，而握到政權。南面王一劇，描寫一個癡漢爲着想取悅於皇帝，一心要替他物色一個皇妃，而皇帝卻把他的女兒帶走了，結果成爲悲劇；其中的主人公屈列布是一個帶有笑意的滑稽大王，宮廷貴族社會的丑角。這表示出舊社會下尊重秩序的虛僞與醜態。雨果最出名的戲曲自然是哀爾那尼，因爲這個劇本是古典劇與浪漫劇的分水嶺。劇中的主人公哀爾那尼是一個沒落貴族出身而投身綠林的人，在人性上與席勒的強盜（Robbers）一劇中的主人公卡爾如出一轍。全劇分五幕十六場，情節大概如下：

哀爾那尼是一個西班牙的貴族武士，他有一個美麗的情人素兒。他的父親不幸有一次給國王所斃，他為報父仇，便投身綠林。於是素兒跟了另一個侯爵。同時國王也很垂涎於素兒的美貌，痛恨哀爾那尼不該先行玷汙，下令緝拿。哀爾那尼恰巧逃到侯爵家裏，那夜正值侯爵新納素兒，大排筵席。他一見光景，不禁大興醋意，爽直地說出我便是下令通緝的哀爾那尼，誰要得賞格的就來；但是侯爵以主人的身分、武士的氣度願意保護他，請他放心。一邊素兒向他陳訴流落的苦衷，願在他面前自殺，為他所阻。

這個風聲傳到國王的耳朵，他帶兵要來生擒哀爾那尼，要侯爵把他交出來；侯爵為了實踐他的諾言，沒有答應。國王就把素兒帶走作質，隨時以哀爾那尼出來交換。於是侯爵揮劍去向哀爾那尼搏鬥，哀爾那尼不忍動手，情願讓他捉去抵贖；同時說出了國王對素兒的野心。侯爵憐他的義氣，捨過了他，轉向國王搏鬥，而為哀爾那尼所勸阻；說不忘救命之恩，自當為你效犬馬之勞，為自己報仇，為素兒脫險，為侯爵洩恨，而且立下誓言，交他一個口笛作證，願將生命獻他。

後來，哀爾那尼為國王所擒去，明政典刑；但是素兒不忘舊義，出來願同一死。國王見他們的恩深義重，不但赦了他的罪，而且仍封他為貴族，容許他們完婚，自己做一個禮義的國王。而哀爾那尼也願終身保護國王，以報大恩。於是一對青年，重又快樂的團圓。這時，他先前的饒恕他的恩人侯爵卻來用口笛要索他的命了。哀爾那尼見狀，無可奈何，要保持武士的尊嚴，只有自殺，素兒也擁抱着他同死。侯爵見他心愛的素兒已死，自己沒有生人之趣，也一同自殺了。

雨果的戲曲非但哀爾那尼，大都帶着濃厚的傳奇色彩，有中古的武士與美人的奇情奇蹟，而且插入抒情詩的唱白，很婉轉動人，修辭的美麗尤其為一般所沒有。只是他因富於幻想，故情節鬆散，人物虛構，動作多出牽強，不合事理之處所在多有。他的從事戲曲理論上的貢獻遠過於他實際上的貢獻。所以他的戲曲，在歷史的改革方面值得尊重，而本身並不是浪漫劇中最成功的。關於這方面成功作品的出現，則有待於他的同時人大仲馬。

亞力山大·仲馬，即大仲馬(Alexandre Dumas Père)以散文運用於戲曲見長。他比雨果小一歲，以一八〇三年生於維勒·谷德來(Villers-Cotterets)，死於一八七〇年，早雨果十二年。他父親大維(Alexandre Davy)是一個將軍，曾參加征意征埃及諸役。父親死後，家道中落，境況蕭條，遷到巴黎，母子度日，非常艱苦。後來經人介紹在某公爵家裏當幾年書記，這個職業僅為解決他的生活，非他所樂意。在職時他一有空閒，即喜觀劇，退後且能自己匠心習作。他二十六歲時，作了一個戲曲名亨利第三及其宮廷(Henri III et sa Cour，一八二八)，在法蘭西喜劇院(La Comédie-Française)開演，博得不少觀衆的稱頌；這向來無人知聞的小書記，於是被認識為浪漫派的大戲曲家。從此他的思慮與技巧都發展得很快，作品產量日漸增多，他的聲名也日漸廣遠。大仲馬是一個體格魁梧的人，精神雄健，可惜他生性狂放，不知保重，仗着自己的雄健，任意消耗精力，以至不上雨果那樣的年紀，生命早就告終。他所留下的作品不下數百卷，除戲曲外，還有許多著名的歷史小說。現在將他戲曲方面的重要作品，枚舉如下：

悲劇——克莉斯丁納(Christine)，查理七世在他的侍臣家(Charles VII Chez ses grands Vassaux)，嘉列瞿拉（Caligula）。

歷史劇——嘉蒂利娜(Catilina)、紅屋武士（Le chevalier de Maison-Rouge，一八四七。）

國民劇——亨利第三及其宮廷。

大衆劇——納斯爾之塔（La Tour de Nesle，一八三二。）

近代劇——安東尼（Antony，一八三一）、理查・達靈東（Richard Darlington）。

在他這些劇中，最有名的代表作是亨利第三及其宮廷與安東尼兩劇。亨利第三及其宮廷描寫歷史的事蹟，敍述一個在朝中握大權的公爵，其公爵夫人與另外一個官僚發生了友情的關係，事爲公爵得知，公爵疑其夫人不貞，迫伊寫一封情書，作作約會招那官僚到來，公爵在中途用伏兵把他殺死。內中情慾的殺機，猛烈逼人。安東尼有與前者類似的情節，主人公安東尼是一個身世可憐的人，他因爲自己的母親偷了漢子，到處爲社會所擯棄，好像他身上刺着「私生子」的字一般；安東尼受此不平的委屈，不期然而然懷着忿世的念頭。他有一個情人阿旦兒，因嫌他在世俗的醜譽，對他也生歧視，一次乘他出外旅行的時候，背着他與一個軍官結婚。安東尼旅途歸來，睹此情形，不勝悲傷；正想向伊求愛言歸於好，而軍官聞訊趕來了，安東尼躲避不及，手出其刃殺了他的妻子轉眼忿忿地向着軍官說：「伊不跟我，我就殺死了伊也吧。」

大仲馬喜歡寫貴族社會激化的情慾鬥爭，類似上述的情節他的劇中非常普遍。因爲大仲馬自己身體魁梧，勇敢好鬥，所以喜歡歷史上神奇兇狠的事蹟；他又有粗獷的情慾，常喜取爲着情慾的佔有而打架動刀的情節作爲描寫的對象。他劇中的人物大多強悍任俠，有嗜慾兼有血性，他們時常鬧着愛情凶劇，使觀衆看了靈魂上起着強烈的震動，在心頭時時發出戰慄的印象。這種奇出的情節最容易抓住觀衆的注意，這種生動的情節很適於舞台的表現。而且他劇情的配置也很得當，愈到末後情愈緊張，能彀層層逼進，引人入勝。他的戲曲在當時劇場上有深固的勢力；在當時觀衆的心理中，有巨大的影響。

雨果、大仲馬之外，浪漫派詩人維尼與繆塞在戲曲上也佔重要的地位。

維尼的戲曲與雨果與大仲馬異趣：雨果的劇以激越的熱情感動人們，大仲馬的劇以強烈的事蹟驚動人們，而維尼的劇是以細膩的情致、高深的哲理、象徵的意味與心理的描寫，使人體會使人深省。他的戲曲作品夏洛克（Shylock，一八二八）與色羅兩劇是模倣沙士比亞的。安克爾上將夫人除了害怕（Quitte pour la peur，一八三三）與夏德通諸劇，更爲著名。夏德通一劇，是他的代表作。

夏德通描寫一個不遇的天才，表示從事觀念生活的人永遠被當時社會所藐視，物質生活苦盡了他的一生。劇中的主人公夏德通是一個幼年稱爲神童的天才詩人，家道非常寒微。在住屋附近的一個農家有一位賢主婦時常溫情憐惜他安慰他，使在困苦的物質環境中感到一點精神上的興奮，日後彼此發生愛情他爲着圖存只能匆忙地寫一些詩文，然而當時的社會「周圍的人正苦痛着善人大呼求救，淡泊的工作皆被漠視，法律也被損壞，和賣花女一樣地球要求詩人憑公理以反對那些爲金錢掘盡土地的人。」飢餓凍餒侵襲着夏德通生命幾瀕於危；當時他想到他父親的一個世交受任了倫敦市市長職馳書要求重用，以發展他的才具，不意回信叫他去執灑掃的賤役，每年僅許他一百法郎的工資，還打了一句官話說：『人人應該做對於自己國家有利益的事。』夏德通這時窮困，失望，又遭此厚侮，因感如此國家已不容再有純粹從事文學者的立足地，終是服毒自盡，他的情人得悉後不忍獨生，也跟着殉難。全劇的情調非常淒楚。維尼這齣劇裏表示不幸的貴族的嗟怨，對於中產社會的憤懣，中產社會的重物質不重精神，連容納一個有才的詩人也沒有氣量，還不如一個農家的賢主婦；這個新社會的統治者用機器與別人的勞力積貯了財富之巨庫，而他們都是一毛不拔的自私自利者，心腸猶如鐵的機械一樣地硬，從不肯花一點積貯在高尚與愛美的藝術上。這裏面維尼的用意是很深刻的。

至是繆塞的戲曲，又與維尼不同。他的戲曲沒有思慮，只有情感，在同時代的戲曲家中，可說最富於浪漫主義者的氣質。他的作劇完全皈依他的所謂靈感，等到靈感充溢的時候，他一下子就創造出許多他所企望的人物及所幻覺的情節。對於劇中人物每隨他的喜怒而加以褒貶，劇情更一任他的方便而配置。這是因爲他自從失戀以後，他的心差不多已從他的身遊離，時常感到『倉皇的情緒，野火燒紅灰白的天空，狂飆掃動。』他的著作詩歌與劇原不過爲發洩他的情緒，解除他的痛苦。他曾寫下不少劇本，如瑪利安納的私情 (Les Caprices de Mariunne，一八三三）、愛情可不是好玩的(On ne badine pas avec l'amour)羅倫若索(Lorenzaccio，一八三四）及不得稍加判斷(Il ne faut juger de rien，一八三六）等初起他都是不預備上演的，所以也沒有顧到舞台的情形。但出版以後，卻被徵求在法蘭西戲院排演；結果，出乎意料之外地很能得到觀衆的同情。其人物與情節雖有許多是參錯悖理的，而他淒惋的眞情的傾吐、理想世界的刻畫以及他那美麗的對話與鏗鏘的音調，終於掩飾了他的疵點而博得觀衆的感動與歡迎。

浪漫派戲曲，以一腔熱情將擬古典主義者的戲曲在舞台上一下推倒，不過浪漫派戲曲本身的根柢未見得穩固，壽命也未見得長久。雨果的衞戍官一劇失敗以後，古典派戲曲卽有死灰復燃的形勢。不久以前的竇拉維納(François Casimir Delavigne，一七九三——一八四三）的歷史劇，如路易十一(Louis XI)與法勒利義(Marino Falerio)等，又爲人們所喜歡。同時又有兩個值得注意的作家帶着他們的悲劇喜劇走上舞台：一個是彭沙爾(François Ponsard，一八一四——一八六七，）他曾迻譯過裴倫的曼弗萊特(Manfred)，一八四三年他的魯克勒絲(Lucrèce)上演，情節適切，情趣充溢，頓時使浪漫派戲曲增了一個勁敵。一個是斯克利勃(Augustin Eugène Scribe，一七九一——一八六〇）他從事戲曲有四十年的經驗，先後作成戲曲有七十六卷，其杯水(Le Verre d'Eau)、女人的吵架(Bataille de Dames)上演，機智巧慮，在觀衆狂熱的喜悅中，竟把浪漫派戲曲的情趣完全排擠。不過這裏須得注意的：浪漫派戲曲的衰落並不是爲了古典派戲曲還能挽回它固有的地位，還有足以踐留的理由，而是因爲浪漫派戲曲本身已與當時的社會心理漸漸游離，不能維持它固有的歷史。中產社會由向上達到安定，現實的建設問題成爲一般視線的焦點，對於歷史上的陳迹，不再作儘多的留戀；浪漫劇的浮動的情緒與抒情詩的格調，不能儘使人感到新鮮的趣味。所以浪漫派戲曲衰落後代之以起的並不是乘機取得優勢的古典派戲曲，而是對社會能加以仔細觀察與指示的現實派戲曲。

第二十七章　浪漫派小說

小說的抬頭與發展　A歷史小說——維尼的小說——「商馬斯」「斯推羅」及「軍隊之威權與服務」——雨果的小說——三種「定命」的表現　「巴黎聖母寺」——「悲慘世界」梗概——「海上工人」——空想的社會主義者的姿態——大仲馬的小說——英雄崇拜與武俠傳奇——其歷史小說的特色　B理想小說——喬治桑——其生平及作品——討論家庭問題的小說——研究社會問題的小說——描寫田園生活的小說——伊小說的特色　C心理小說及其他——斯丹達爾——其生平與作品——注重心理解剖——「紅與黑」與「巴姆城的修道院」——其表現的特色——諸家之斯丹達爾評——梅麗美——其生平與作品——「嘉爾曼」與「哥龍巴」——浪漫的題材與現實的描寫——勃蘭兌斯的梅麗美評

文學的形式隨着歷史而演進。古代人的生活比較簡單，韻文的形式大體已發達出人們的情感與意識。後來由劇詩發展爲散文的戲曲，又開闢了一個表現的門徑。不過近代人的生活一天一天豐富，社會的關係也一天一天複雜，單用訴之聽覺視覺的藝術方法，非但不能引起深切的趣味，而且也表示不出複雜的生活；於是小說遂以描寫自由化的優勢，在近代文學上佔了重要的地位。在十八世紀，法國已有幾個傑出的小說家出來，哲學家如服爾德與盧梭等，也曾借小說來寄託他們的理想。到十九世紀上半期，浪漫運動的巨潮高漲，小說也跟着詩歌怒放其肥葩；斯黛爾夫人與夏德白里安的自傳體小說，已經開了近代小說的楔子，繼後的小說作品更是層見疊出，內容技巧，一天一天趨於完璧。迨十九世紀下半期，現實主義與自然主義起來，文學的領域，差不多大部分爲小說所佔據。

A　歷史小說

浪漫主義小說開始時旗幟鮮明的是歷史小說（le roman historique）。浪漫主義所標榜的就是過去情感的復活，他們要從歷史的急流中提示出過去被冷淡和遺忘了的生動的事實，使它們重新爲人們所認識所同情；他們的取材是屬於過去時代的，但是他們卻借着歷史的題材以表現個人的情調與自我的精神。正當法國浪漫運動高潮的時候，蘇格蘭小說家斯各德的作品風動着全歐；斯各德是被稱爲「英國近代小說家之鼻祖」的巨匠，他那種將歷史事蹟加以美化趣味化的章法與作風，成了當時各國小說家所師法的模楷；法國作家受他的影響也很不小，尤其法國歷史小說之起，直接間接受了斯各德的刺戟。法國這時的歷史小說家最著名的是維尼、雨果與大仲馬三人。

作爲詩人與戲曲家的維尼，前面說過了。他在小說界，也佔着重要的地位。他的著名作品有商馬斯，是純粹的歷史小說，描寫十七世紀專制主義的皇朝；斯推羅，是帶有社會性質的歷史小說，描寫固持自己熱情懷抱而終於爲社會所犧牲的三個詩人；還有軍隊中的威權與服務，是回憶性質的歷史小說，記述他早年在軍隊中的所聞見的事實。

商馬斯的主題描寫過渡時期路易十三朝的情節，由樞密官呂希留提攜而成爲天子的寵臣的商馬斯，他卻跟他的同伴們一致企圖打倒呂希留，以完成封建貴族的陰謀。其間維尼表示同情於新起的領袖商馬斯，而不滿意於促成專制政治的呂希留。商馬斯的制作，維尼很受斯各德的影響；不過他的人物嚴格地保持着歷史的眞實性，在小說中且隱喻濃厚的哲理，這些地方，又與斯各德各各保着自己的特色。

斯推羅由下三個故事合成：怒蚤的故事（Histoire d'une puce enragée）描寫十八世紀的詩人修倍爾，貝爾的故事（Histoire de Ritty Bell）描寫英國的詩人察當東，恐怖時期的故事（Histoire de la Terreur）描寫法國犧牲於大革命的詩人賽尼哀。這三個故事中的詩人，他們與有一個男子名叫斯推羅的一樣，據醫生診斷犯着奇病，命定他們傾注一生的心、力於詩歌的創作，醫生用一種處方教他們說詩人應從政治生活脫離開來，詩人應該成爲神聖的孤獨者，孤獨地完成他的使命。維尼借着醫生的話而寄寓他的哲理；對於社會上奉詩人之名而賤詩人之人的風氣，維尼爲詩人辯護而表示反抗。

軍隊中的威權與服務是集下列三個短篇小說而成的：朗萊德或紅漆封（Lanrette, ou le Cachet Rouge）溫散奈之夜（La Veillée des Vincennes）及籐杖（Cannes de jonc）。維尼描寫軍隊中的所謂服務就是奉公的精神，上官的一句話權力足以決定所有兵士的命運。軍隊叫各個人的性格造成一個固定的鑄型，軍隊的生活始終都是刻板與單調的連續。如朗萊德中的主人公因紅漆封的令文，不得不將一個諷刺政府的無辜的青年處女殺死，將人家向他托孤的少女拋棄，而自己在責任與良心的交戰之中以至自殺於戰場上。溫散奈之夜中的特務長，因深夜火藥庫爆發而結果了他的一生。這些守法奉公是太可怕了。在籐杖中，一個大尉受了夜襲令而衝入敵營，當殺到一個年僅十四歲的敵伍士官，聞到他臨死呼爸呼孃的聲音，使大尉良心發現而厭棄戰爭；但是爲軍隊的律令的緣故，自己又以克盡厥職自慰。對於軍隊生活的內幕，維尼以他實歷的體驗刻畫得周詳而逼眞。

其次論到雨果的小說。雨果的小說作品是很繁夥的，不過在著名的巴黎的聖母寺、悲慘世界與海上工人三部小說中，已把他的意識與才力充分地表現出來。這三部小說有一貫的思想，雨果在海上工人的序文上說。

『宗教、社會、自然，這是人類的三種爭鬥，這三種爭鬥同時也是三種需要：必需要信仰，由是而有廟宇；必需要創造，由是而有城市；必需要生活，由是而有犁頭和航船。這三樣解決法包有三項戰爭。人生不可思議的困難統出於這三項。人類常有事於迷信形式下的障礙，成見形式下的障礙與環境形式下的障礙。一個三重的「阿南刻」（Ananke 即定命）高壓在我們的上面，獨斷的「阿南刻」，法律的「阿南刻」與事物的「阿南刻」。在巴黎的聖母寺中著者表示出第一個，在悲慘世界中著者表示出第二個，在本書中著者表示出第三個，

這包圍人類的三樣定命相混合於內在的定命，極高的「阿南刻」——人心。」

在這三部小說中，雨果繪出了道德家、社會學家與社會主義者這多方面的姿態。

巴黎的聖母寺是一部歷史小說，把法國十五世紀的風情都恰如其分地描寫出來。中間指示着宗教、愛情與人道各方面的葛藤，情節非常複雜。伊美拉旦是一個天眞美麗而浮萍身世的舞女，有法蘭西人的熱情與吉卜賽(Gipsy)人的勇敢。愛伊的人各方面來各有各的愛法：伊的母親居破兒以自己是一個爲男性蹂躪爲衆人唾棄的賣淫婦人，在苦悶的時候愈想起愛伊的女兒。一個軍人孚哀弼，爲要顯出軍人保護柔弱者的精神在患難中拯救伊，又爲看上伊肉體的美麗而在救助後熱愛伊。神父克洛特及聖母寺的鐘樓守魁西摩兩人以愛苗突破了冷

酷的宗教而共同愛上了伊，因爲彼此發生師生之誼與男女之愛的衝突，造成情緒上不可解決的苦悶。伊美拉且認定只有孚哀㣊是在困苦中眞心愛伊的，時常夢想地反覆說着：『眞的若是一個舞女和一個軍官結婚，那成什麽體統？我眞瘋了，會想到這一層。不，孚哀㣊，不，我要做你的情婦——做你的消遣品——做你的娛樂品——當你願意的時候——我是一個屬於你的專屬於你的姑娘。我是爲此而生存的——爲人玷汚，爲人憎厭，爲人毀謗——還有呢——爲人愛！』這時，情慾不得遂的神父，起了毒謀之心，以殺害情人的寃罪加於這少女伊美拉且身上，而使伊處了死刑。當伊行刑的時候，神父克洛特與鐘樓守魁西摩在聖母寺的鐘樓上出神地看着，忽然神父從樓上掉下地來，抱住了伊美拉且的髑髏，鐘樓守又在伊墓地跟着尋死。雨果把狎褻虛僞的神父的人性與巍然高聳的巴黎聖母寺的姿態對立起來，表現中世紀以來巴黎的迷信與熱情所決定下來的無可奈何的命運。

悲慘世界描寫從滑鐵盧（Waterloo）戰爭到七月革命復辟時代的社會生活，其中不僅演奏着政治反抗的行進曲，而且描繪出一個合理化社會組織的模式。情節以瓦爾勤一生的波動而展開着：

瓦爾勤是一個無產者，做碎工的，一個冬天因憐憫他姊家的孩子挨餓，向店舖偷了一塊麵包。因此給官廳捕去，過了長期的鐵囚生活。他自覺這種刑罰加之於他是不公平的，於是對天抱怨，對人生恨。徒刑期滿回家，又找不到一個安身之地，接着一腔怨恨之情轉變而爲報仇的心理了。他在飄泊的途中向一個慈悲的僧正求宿，當夜偷了僧正的許多貴重的銀器圖脫，後卽爲僧正所發覺，他不但不把瓦爾勤處罪，反將這些東西贈他。僧正的這種善行使他良心發現，重新燃起愛人類的情炎。

在馬德命的化名之下，他在某鎮經營事業，獲到了非常的利益。他爲贖償以前的罪過，行一種薄利厚施主義，周圍的人都受到他的益。『在他未到此地以前，人們的生活非常萎頓，現在一切都活躍起來，顯出健全的勞力的生活了。各方面興隆的事業，覺到精神上的興奮。失業者和窮人都無形消滅了。沒有一隻荷包不鏘鏘作着錢響，也沒有一個茅舍不露着快樂的燈光。』全市都感他的德行，而公舉他做市長。

這德行高超的市長，被某警官發現他是瓦爾勤的化身，但對於這藹然仁者，他不願加害。不幸同時另一個男子被誤認爲瓦爾勤而被捕，他不欲人家替他受辜，情願自投獄中受罪，但是他卻想起了已負一個娼妓的重託，將伊自幼出賣的可憐的女兒柯賽德向一個台拿地的宿店贖回。爲了實踐他的諾言，只得從獄中逃出，把這事做畢。那時娼妓已死，他領了柯賽德到巴黎住下，兩下成立父女的關係，將他的錢好好地養育着柯賽德，使這蓬頭垢面的婢女一變而爲閨閣千金。他自己仍一介布衣，而且不時將他的財產向貧苦者布施；因此又爲官廳所注意。警官爲了責任在身，又來捕捉，兩人都幸而逃脫。

不久，柯賽德與靑年革命黨人麥呂思發生愛情。麥呂思的父親曾受宿店老闆台拿地的救助，而此時台拿地卻和瓦爾勤糾纏不淸，見到贖償出來的柯賽德，又想有所需索。麥呂思處此，對於救父的恩人與情人的愛父竟不知助誰纔好，結果袒護了瓦爾勤；警官帶人來捕台拿地，連瓦爾勤也被嚇走。一八三二年革命黨人暴動，麥呂思任主角，瓦爾勤幫助救護傷者；這時警官也被捕，瓦爾勤不念連連逮捕他的舊惡，釋放了他。不久暴動被制止，瓦爾勤守護着負傷的麥呂思奔逃；正值警官在捉拿逃獄的台拿地，兩下遇到，這次輪到警官放走瓦爾勤了。

但是警官是責任心與良心俱富的人，疏忽了他的職務與成全了他的恩人兩事在他的胸中作戰，終於在不可解決中投了賽納河。

柯賽德與麥呂思的關係到此沒有阻礙了。年老的瓦爾勤，自覺責任已盡，將家產送給他們，自己孤獨地了他的一生。

在悲慘世界中雨果提出中產者與無產者義務與責任的交互關係。在海上勞工中，他進一步指示出一個理想工人的典型：

吉利亞是一個蓋納賽島上貧苦的水手與漁夫，一個筋肉勞動者，但也是一個略有智識而富於理想的人。一次某島上有一個企業家，他們備着載貨的汽船在嚴層中擱淺了；吉利亞眼見這種情形，便奮不顧身地架着扁舟帶了器械去搭救。他一個人在波濤洶湧中，不怕風，不怕浪，也不怕飢餓，鼓着他的勇氣，盡着他的體力與自然決鬥。他這種涉水衝波的剛毅的精誠，終於使他成爲自然的戰勝者，精神的勝利者。他不但有犧牲爲他的精神，還兼有克制私情積極愛人的勇氣。他搭救那企業家的船同時也爲了要得企業家的女兒的愛；而當貨船平安地泊岸的時候，他向對方求婚時方知對方早有親心的愛人。在普通人，一定要鬧三角戀愛的怪劇，然而吉利亞不僅卽刻放棄了自己求愛的念頭，反而盡力促成對方跟伊固有的情人的婚姻。舉行婚禮的時候，領他們到教堂之路，替他們做證婚人；過後又目送這一對青年夫婦駕着幸福的船遠去，自己愉快地回來。

『站在羣衆的先頭，不顧人們的毀譽，像火炬一般地顧着羣衆，向光明之路前進。』雨果這句話，在他的小說中表現得毫無遺憾。他的小說中，有歷史的眼光，有集團的意識，也有社會主義的理想。他的社會主義是怎樣的形式呢？在悲慘世界中所表現的利他思想，乃是維伯·渦文（Robert Owen）式的空想的社會主義；在海上勞工中所表現的博愛精神，乃是託爾斯泰式的基督教社會主義；這些與馬克思（Karl Marx）與恩格斯（Engels）等的科學的社會主義不同其面目，因爲他所表示的勞資合作與社會協調的思想，僅僅表現出社會民主的精神。在根本上說來，浪漫主義作家的雨果，中產社會的意識是非常濃厚的；不過出身小資產階級的他，經過了一番社會生活的磨鍊，直接與下層民衆接觸以後，居然能在中產社會方興的時候，克服自己階級的個人主義意識，看穿社會的病態，而爲下層民衆聲訴他們的苦痛，其眼光的深遠，在同儕的浪漫主義作家中，確不愧爲領袖的資格。

在歷史小說家中，除維尼與雨果外，大仲馬也是一個值得重視的作家。

大仲馬之爲傳奇小說家之名，是與戲曲家之名不相上下。他幼年時有拿破崙煊赫的武功的記憶，以後的七月革命、二月革命都是他親眼目睹的，當拿破崙第三的時代，一八七〇年普魯士軍進攻巴黎，大仲馬就在隆隆的礮聲中死去。他一生所經歷的法國軍事的波瀾，促成了他傳奇小說的創作。拿破崙沒落後不久，法國人對於國家過去不安的印象漸漸淡漠，拿破崙時代的光榮的迴憶與英雄崇拜的心理重又風靡於各社會層。大仲馬就在這個時候作成歷史小說數十卷；其中最著名的有三個火鎗手（Les Trois Mousquetaires，一八四四）、皇后瑪兒姑（La Reine Margot，一八四五）、蒙蘇婁夫人（La Dame Montsoreau，一八六〇）、二十年後（Vingt Ans après）及水晶島王（Le Comte de Monte-Cristo，一八四八）等，這些差不多全是一種武俠傳奇，當時法國人胸中洋溢的英雄情熱的表現。三個火鎗手是這些小說中最蜚聲世界的，描寫法蘭西第一次大革命時的情形，使人驚心動魄，其中布托斯、阿士斯與亞雷米三人在讀者心中深切而不易遺忘。大仲馬的武俠傳奇的感人之深並不在他的戲曲之下。他以熱烈與興奮的氣質所寫的冒險和決鬥的事蹟，充滿着烈烈轟轟的生命力，慷慨激昂的英雄氣概。在他的作品中，那些搖晃的甲盔、厚重的長靴、鬆眉的大臉都有特殊的刺戟力，能喚起人們壯烈的情緒。尤其是年青人見了他作品中的人物，歡喜追慕他們的遺風，猶如中國孩子看了七俠五義、水滸傳一樣，喜歡作打架動刀的遊戲。大仲馬小說中的人物與情節，主要部分都是歷史上實有的，只是微細的地方有不少的杜撰。他曾自豪地說着：『歷史是掛我的圖面的釘子。』他藉着他奔放的情思、大膽的想像，把歷史的人物形容得格外生動而有個性，創造那潛伏在正史下面的巨大的世界，故雨果批評他的故事爲『比諸歐羅巴人更爲宇宙的。』總之，大仲馬巧妙地把握着社會的好尚，蠱惑了無數世界的讀者，這也是文學史上的一件盛事。

十九世紀的時候，新聞紙的社會使命日漸重大。大仲馬的通俗的武俠小說以及惡魔手記（Mémoires du Diable）的作者蘇里埃（Frédéric Soulié）與巴黎祕密（Mystères de Paris）的作者舒由厘（Eugène Sue）等通俗小說的流行，開了當時報紙小說的先例。

B　理想小說

歷史小說在當時風行了一時，時間也並不長久。一方面浪漫派小說的本身在推移之中，一方面讀者的心理並不願儘駐足翻看那些過去的人物與風俗。社會的視野漸漸轉向現實生活，小說也開始着手於風俗人情的描寫。不過，以浪漫作家熱烈的情感與豐富的想像，驟然傾其注意於現實的事件上，仍不免顯出濃厚的理想的色彩。所以從歷史小說到社會小說的變形期間，發見着理想小說（le roman idéal）的存在。理想小說的代表人物是喬治桑。

喬治桑（George Sand）是法蘭西第一流的女流作家。伊不但是一個意識上的浪漫主義者，也是一個行動上的浪漫主義者。關於這個女作家的生平，在伊一八五四年所作的我之小史（L'Histoire de ma Vie）上自白得很清楚。伊以一八〇四年生於諾安（Nohant）的鄉間，以一八七六年死於伊的生地諾安，一生享了七十二歲的大年。伊是一個貴族的後裔，父親是軍官，母親是大家的閨秀，不幸都早逝世，留下喬治桑在伊祖母的別墅中長大。別墅的周圍是恬靜的鄉村，佳木葱蘢的田野風光，敦厚質朴的農民習俗，在伊的童心上鐫下深刻的印象。伊的閨名是胡羅兒·段本（Lucile-Aurore Dupin），十八歲嫁給一個男爵段德旺（Dudevant），改稱男爵夫人。但是識見高超的喬治桑，不能滿足於伊庸俗的丈夫，他們同居了九年，生下一男一女，終於在一八三一年兩人不堪同居而各自離異分飛。不久喬治桑與桑德（Jules Sandeau）發生戀愛，在巴黎共同從事著作；將 Sandeau 的名字縮寫成 Sand，自己又加上了英國女流作家通用的 George，於是成了喬治桑的筆名。伊最初的兩部小說紅與白（Rose et Blanche，一八三一）與恩第安娜（Indiana，一八三二）是與桑德合作的。後一二年，華倫蒂納（Valentine）與萊莉亞（Lélia）先後出版，喬治桑的聲名大噪。一八三三年，伊又與繆塞發生戀愛，兩人同遊意大利，但不久又丟了他。一八三四年出版小說賈克（Jacques），一八三六年又出莫布拉（Mauprat）此後陸續有作品問世，很少間斷。直到一八四八年國內發生革命，伊纔拋棄了文筆生涯。在繆塞以後伊所愛的人是多着，但沒有一個能持久，由於伊最愛理想的緣故，從破壞伊理想的現實中不絕地憧憬着新的理想。在那些伊愛過的人中賴曼南與勒魯（Pierre Leroux）曾給以思想上的影響，前者暗示以神祕主義，後者介紹以社會主義。最後伊對於大音樂家蕭邦（F. Chopin）的情感比較最為長久，前後繼續了十年之久。這時喬治桑已經徐娘半老，愛情的熱力已漸減退。回到伊出身的鄉村，過着安靜的生涯，在田間耕種菜蔬，在家庭教育兒孫，在鄉里敦睦誼，有「諾安的好太太」的稱號。在這種鄉村生活中安度了伊的晚年。伊晚年的作品不少，較著名的有伊與他（Elle et lui, 一八五九）、山人若絮（Jean de la Roche, 一八六〇）、維勒謀侯爵（Le Marquis de Villemer, 一八六一）、一個少女的懺悔（Le confession d'uue jeune Fille, 一八六五）、薛爾惠斯特先生（Monsieur Sylvestre, 一八六六）、梅爾廣姑娘（Mlle Merquen, 一八六八）及南農（Nanon, 一八七二）等書。

喬治桑一生寫了四十餘年的小說，其作品有八十四種之多。這些作品，可以把它們概括為如下三類：其一討論兩性問題的；其二研究社會問題的；其三描寫田園生活的。

關於討論兩性問題的小說，最著名的有恩第安娜、華侖蒂納、萊莉亞、賈克、莫布拉、佛洛連安尼（Lucrèce Floriani）等。喬治桑因幼年受盧梭自由主義的影響，自己的婚姻問題不能滿意，又因為伊秀麗愛嬌，頗易的男子所傾心。故伊竭力主張戀愛的結婚，而且創導性的解放與浪漫的戀愛觀。伊對於當時桎梏自由戀愛的社會風倘因襲道德，表示萬分的憤懣。從伊的作品中的主人公的例證上可以看出，伊認為婚姻須要有戀愛的基礎，絕不是一點身分與金錢可為條件的，現在的社會組織不健全，婚姻制度不合理，但是青年們就不能因此而斲傷他們畢生的幸福。沒有愛情的生活是死滅的生活，夫婦間原是應該保持着愛情的義務——相互的貞操，相互的忠實；不過事實上如果遇到任何一方面發生不滿意的時候，就應當宣告離異，萬不能因為一種教堂的參拜在先，儘勉強地忍受下去。而且結婚離婚的自由也不能因有兒女而受限制；兒女生出以後，養育與教育的責任須歸諸社會之手。總之，神聖的愛情的理想是應當珍重的，阻礙這種愛情發展的任何制度與禮教，均在革除之例。喬治桑對於舊有的兩性關係不啻擲了一個炸彈。實際，在伊那個時代，封建勢力已經破壞，女子已離開家庭能獨立謀生，女子的權力膨脹，過去的禮教與制度無疑地已經失掉控制伊們的力量。在喬治桑的小說中，我們可以看到那跟着資產發達所必然發生的婚姻革命、家庭改造與兒童公育等等問題。

關於研究社會問題的小說，可以伙伴（Le Compagnon，一八四〇）、康絮錄（Consuelo，一八四二）、安琪伯的磨坊主人（Le Meunier d'Angibo，一八四二）及安多納先生的犯罪（Le Péché de Monsieur Antoine，一八四七）等為代表。喬治桑從恬靜的農村到繁華的都市，以舊貴族出身而踏上資本主義的社會，眼見繁華的都市中充滿着種種悲慘的不平等的事象，如銀行家的重利盤剝，交易所的投機事業，有閑階級的窮奢極慾，工資勞動者的面有飢色，深深地感到都市文明只是金錢勢力所造成的罪惡之淵藪。這樣使伊想起舊時的農村經濟、手工業、小農制何等地甯靜而富有詩意，伊讚成中世紀所留下來的基爾特組織，伊歌頌鄉村武士的爭門技術，揄揚農民自食其力的美德。伊痛心於資本主義勢力擾動了農村固有的組織，剝奪去農民的生計，咀咒那些如狠如虎的新興資本家賤價收買貴族的采地農民的勞力；以至伊描寫農人們不願進工廠作工，甯願老死於磨坊之旁，描寫一個靠勞力營生的人，等他富有的情人赤貧的時候纔問伊求婚。伊看到那些失掉田地的農民的貧無立錐，出賣勞力的工人的飢不得食；伊幻想着要爲他們造成一個福地，回復固有的農村生活，在遠離都市繁囂與機器臭味的地方建設一個共產主義的新村，使他們擺脫資本家的壓榨，過着平安的日子。在這裏，喬治桑已提出了農村經濟問題，社會道德問題及勞工生計問題等等救濟策略。不過這種策略，與雨果同樣地是空想的社會主義者的理想。

關於描寫田園生活的小說有若納（Jeanne，一八四四）、魔沼（La Mare au Diable，一八四六）、小發台特（La petite Fadette，一八四九）及漂泊者佛朗沙（François le Champi，一八四九）等。喬治桑因爲幼小時對於鄉村既有深切的愛好，年長走上都市，又看到市廛的惡濁，不時懷念着伊理想的鄉村。伊覺得鄉間的太陽月亮格外地皎潔，花草樹木格外地葱蘢，鄉間的鳥獸有無限的活力，田園野景有無限的生機，農村的風味有特殊的質樸幽靜，人物有特殊的眞摯誠意。伊時常歌詠着：我愛在陽光之下看花草的長大，我愛在月光之下看木石的峥嶸；我愛在這些地方過活，我要分享它們一點淸福。在伊的目光中，一切的自然景物好像都是活的有情致的，伊將法蘭西所特有的風味描寫得聲影俱到；這種田園生活的覆現，造成了一種輕鬆的感覺，使人心焉嚮往。

喬治桑的小說的特色，就是熔現實與理想於一爐。伊所描寫的人物都是迷離撲朔、眞僞參半的；這是因爲伊一方面是一個感覺敏銳的人，容易看清眼前的現實，另一方面又是一個富於理想的人，不能滿意於現實的事物，所以伊的人物都是現實中虛構出來的。不過不論那些人物是實有的或虛構的，而看來都是很生動很自然的。因爲伊的著作，爲現實爲理想，在根柢上都潛伏着優越的感覺性，體驗到當時人的意識與情感的狀態。誠如批評家勒南（Renan）所說的，伊的作品綿亙着十九世紀的各個時期，傳達了一切的音響而毫無遺憾。俄國的大作家屠格涅夫（Tourgueneff）看到伊的作品爲之贊歎不止，尊伊爲「我們的仙子。」

C　心理小說及其他

浪漫派小說自夏德白里安經過維尼到雨果、大仲馬，已達到登峯造極的爛熟的時期，接着必然地轉向現實生活表現之路。這個轉變的契機；一條是上面說的喬治桑的理想小說，另一條是分析人生內心生活的心理小說（le roman psychologique）。心理小說的著名作家是聖柏甫與斯丹達爾，而以斯丹達爾爲代表他在小說現實化的途徑上，盡了重大的任務。

斯丹達爾（Stendhal）原名亨利・白耳（Heari Beyle），以一七八三年生於格萊諾勃（Grenoble）地方，這地方可遙望到亞爾卑斯山的連峯之雪。那時正是拿破崙治業的全盛時期，他見到拿破崙威嚴的行伍，心中頓時起着感奮的跳躍，拿破崙過後兩天，這個少年決定志願越過亞爾卑斯山的險阻，毅然參加意大利的出征軍；從一八〇六年至一八一四年，他的生活完全消磨在行營中。在耶拿與格拉姆的大戰中他經過一番奮勇的戰門後,曾作着這樣的豪語:『什麽,這算得什麽!』繼後他又列入俄羅斯的遠征軍,站在高丘上,俯瞰着莫斯科的大火而高聲喊着『一個人只要能安靜地眺望這壯觀,只要有風雅的朋友來分嘗這愉快。』一八一〇年至一八二一年,他因故被驅逐到米蘭,後回巴黎。一八三〇年起他被委爲特列斯特(Trieste)的領事,繼又往雪維達韋起亞(Civitavecchia)。他在職時常喜歡寫述拿破崙沒落後更專心從事創作小說。他初起的作品並不專一,著有羅馬,拿不勒斯與佛羅棱斯(Rome, Naples et Florence, 一八一七)、意大利繪畫史(Histoire de la peinture en Italie)、戀愛論(Essai sur l'amour, 一八二二)及賴西納與莎士比亞(Racine et Shakespeare)諸書。一八三七年開始寫小說,出他的第一部亞芒斯(Armance),後繼續出紅與黑(Le Rouge et le Noir, 一八三九)及巴姆城的修道院(Chartreuse de Parme, 一八三九)幾種。一八四二年死於巴黎。他一生除軍隊生活與著作生活外,還經驗了許多戀愛生活,遺留下『生過——寫過——愛過』的墓誌銘。

斯丹達爾崇拜感覺派的哲學,喜歡研究龔第亞克等發揮官能的學理,相信人生是避苦趨樂的,人生應當與環境決鬥,超出時代,然後有生路可找,樂園可求。他的觀察不重在外部的現象,而重在內部的意志,所以寫起小說來,不喜歡作風景的描寫,而擅長作心理的解剖。紅與黑及巴姆城的修道院可說是他的兩部代表作。

紅與黑的主題描寫製材所出身的青年蘇萊爾的一生。他立志要投身軍隊而顯其一世之雄,但拿破崙沒落後,他的抱負失去了時機。接着他決計爲平民向貴族復仇而生存。他的頭腦才能都可算是一個傑出的少年。他進神學校習好了拉丁文後,卽進名門萊那爾家做家庭教師,誘惑他的夫人,後入慕爾侯爵家,誘惑他的女兒。他找到了一個騎兵中尉的位置、卻被萊那爾夫人阻撓而不成，憤怒之下，欲圖殺萊那爾以洩他的忿恨，事泄，被送上斷頭台。主人公蘇萊爾的堅強的意志、充溢的才能以及行動上所表現的燃燒的熱情，這種超越一切的利己主義者的姿態，斯丹達爾用犀利的心理分析的方法算是毫無遺憾地描寫了出來。

巴姆城的修道院的青年主人公唐谷，是與蘇萊爾類似的兼備熱情與意志力的人。他因崇拜拿破崙的煊赫的英雄主義，私自逃出了家門，跟着拿破崙參加滑鐵盧大戰。後來爲他立身之基而入教會。不久因某種政治案件而連帶被捕，幽閉於巴姆城的要塞中，在獄中熱戀着典獄官的女兒克萊莉亞。出獄後他任巴姆城的主教。到克萊莉亞死了，他抱着他們倆所生下的小孩，寂寞地過着修道院的生活。這個作品在描寫着滑鐵盧戰爭的地方，有很多人比之於雨果的悲慘世界；不過雨果的描寫戰爭是用俯瞰全局的眼光，描寫戰爭的雄大與壯烈的，而斯丹達爾的描寫戰爭，是以主人公的經驗所得，來分析戰地局部的情形，或戰士的個別心理的：前者是綜合地要鼓舞人們，後者是分析地觀察人們。

斯丹達爾在浪漫小說中主人公的熱情與意志力的地方，不曾脫去浪漫主義的基本色彩。不過他已不滿意於普通浪漫派作家虛構的人物與空疏的情緒；與此相對，他取材於當時社會現實的人物，常捉住一個社會上的利己主義者爲其主人公。他描寫戀愛時，努力祛除色情狂的猥褻的色彩；據說他在寫巴姆城的修道院時，不時在翻着一部民法總則，可見他對於合法合規的注重之一斑。將人類的心理與性格，有如他那樣作精嚴的分析與精密的表現工夫的，在他同時代的浪漫派作家中是沒有的。若問斯丹達爾是怎樣的一個人，那末把他與英國的女

流小說家奥斯丹 (Jane Austen) 相提並論最爲恰切，因爲他們都是以獨立的精神將書中的人物作深刻分析的；雖然小部分的差異是不免的，如斯丹達爾的描寫對象廣闊而奥斯丹比較狹窄，斯丹達爾的作風剛性而奥斯丹比較柔和，但在大體上，其積密的觀察與精細的表現是沒有兩樣的。斯丹達爾因爲要分析精微複雜的近代人的內在生活，他的作風瑣屑而細膩。這種作風，在浪漫派的趣味上看來，當然是不合格調的，因爲自夏德白里安以下的浪漫派作家，都是主張豪放與爽快的；所以斯丹達爾在當時的文壇上是孤立的。但他自己也不乏自知之明，他說過我要到一八八〇年纔被人認識。實際，早在他預料的時期以前，巴爾札克就認識了他的價值，而引起諸家的重視：如尼采 (Nietzsche) 說他是一個法國最新的心理學家；泰納說他是一個近代最大的心理學家；託爾斯泰也說：『斯丹達爾給我那兩部偉大的傑作，我眞感謝他。我是由他纔懂得了戰爭。請再讀一遍巴姆城的修道院中滑鐵盧戰爭的敍述。在他以前，誰能寫像他這樣令人如同親眼目擊的情形呢？』當代的小說家蒲爾澤 (Bourget) 對於他的紅與黑曾作這樣的讚美道：『這個小說不反抗，它引誘。它所觀察的豐富可與巴爾札克的人間喜劇相匹敵。不過巴爾札克須用四十大册來寫書中的人物，他作的是壁畫，在一堵宮殿的牆上。紅與黑還不上五百頁，這是一幅較大的圖畫，而是非常精緻的，在這較大的圖畫的短幅裏，包容了世界的全體。』蒲爾澤不但稱頌他的優點，而且師摹他的作法，在當代的法國文壇上從新樹起心理小說的旗幟。斯丹達爾的作品，跟着浪漫派文壇的傾圮而益加被人們認識；因爲他以恰切的心理方法所描寫的自我已從浪漫派超現實的立場上分離開來，而置於複雜的現實生活的交點上，他的小說可說是浪漫派小說中的現實派先驅。

與斯丹達爾同時，在浪漫派小說的變形期中佔着特殊地位的還有梅麗美。

普洛斯伯·梅麗美（Prosper Mérimée）是一個浪漫主義末期的新派作家，從事建立現實派文學的道統的。他以一八〇三年生於巴黎，是一個畫家的兒子。一八三〇年在政界曾任幾次要職，在帝政時期大受榮寵，帝政沒落，他跟着失勢。他的遊歷非常廣闊，足跡遍西班牙、科西加（Corsica）、希臘、土耳其等地。一八七〇年死於肯納（Cannes）。梅麗美一身是一個考古家、歷史家，又是政論家、新聞家，生平雖然歷任顯官，但未染官僚的習氣；在任期內不是出外考察，便是埋頭研究，對於歷史一門，酷有心得。他曾翻譯俄國普希金、屠格涅夫、哥谷兒（Gogol）諸家的作品。自己創作的小說也有二十多種。他的小說擅長短篇，而且主張用短篇寫述，不主張用長篇累牘的文字去反覆累疲讀者，常說小說應當短小精悍，寫出最精密的一段。他的理論與作品，對於嗣後短篇小說（nouvelle）的流行是不無影響的。他的著名作品有查理第九朝編年史（Chronique de Charles IX，一八二九）、法爾歌納（Falcone，一八三〇）、跳舞場的誘惑（L'Enlèvement de la Redoute，一八三〇）、泰夢谷（Tamengo，一八三〇）與哥龍巴（Colomba，一八四〇）、嘉爾曼（Carmen，一八四五）。

查理第九朝編年史是一部模倣維尼的商馬斯的歷史小說，以十六世紀新教與舊教鬬爭時代聖·巴多羅邈節的新教徒殘殺事件爲背景，裏面寫着新教徒梅琪與美人段已的戀愛。梅麗美這個小說是以其純粹的歷史家的手腕寫的，但在小說上看來，布局殊欠積密，雖有局部優美的文字，可無法補償他大部分的散漫。這是他的名作而不是他的傑作。他的傑作可以嘉爾曼與哥龍巴爲代表。

嘉爾曼的故事描寫一個西班牙的女騙子嘉爾曼，專用盜竊賣卜的技倆蠱惑世人以伊傾城的麗質與可驚的表情吸引人們。第一個情人被伊勾引騙了人家的財物而被處徒刑，等他滿罪找嘉爾曼的時候，這個浪漫女性早已愛上了一個鬬牛的武士。於是他便在憤恨與嫉妒之中將伊殺死，拽入林中自己同時也戕殺了。哥龍巴描寫科西加地方蠻民的風俗人情，從他們的對話與爭論中表現出蠻民是恐嚇欺詐成性的，他們往往將顛倒的措置使你入彀。特拉勒卡一家因此而遭了慘變，他們是奧梭與哥龍巴兄妹兩人，奧梭爲士人的奸詐所迷惑，而哥龍巴卻洞悉個中的詭譎，使出伊驚人的手段來應付這環境。這些作品，在取材上很多關涉到激烈的官感與緊張的情緒，地方色彩也非常濃厚，但是其描寫或處理題材的方法卻完全站在客觀的立場上，隱蔽一己的個性，抑制主觀的情感，精心作嚴密的心理分析，注重表現機微的感覺性。他的作風澄澈而冷靜，冷靜得有如高蹈派的詩歌。小泉八雲（Lafcadio Hearn）說：『除了北方民族與古代作家外，再也沒有比嘉爾曼更簡明的風格。』浪漫性的題材與現實性的描寫，這可說是梅麗美的小說的特色。

作爲浪漫主義末期一巨子的梅麗美，丹麥的大批評家勃蘭兌斯（George Brandes）曾有精密的估量。依他的意見：梅麗美賦性高傲，思想邁進，行爲卻羞澀趦趄，他的害羞折去了他的勇爲，所以他的態度常在輕佻之中帶着恬淡的憤世，輕輕地向流俗趣味挑戰，儻願激起時代的反感；以至他的題材有時代離心之譏。其小說中的人物，常表示自由自發的姿態，以堅強的意志指揮自我的行動，爲熱情熱血所驅使，乖異的作爲出乎常人的意料；女主人公如果涉入愛情，從發誓起到接吻擁抱只是指顧間的事，社會對伊的如何譏議顯然是不問的，男主人公如果有了冤家，不費多少考量，一劍一戈，就可結果對方的生命而報仇洩恨。其小說中的人物，靈魂深處無往不藏着「力」的表現——人格以及生活史上的斷然行爲之原動力。因此梅麗美的小說終是充滿着激宕殘酷與恐怖的情緒，而以「死」爲下場。梅麗美不是不明瞭作家的任務是要溝通個人與社會，然而他捨不得自我的尊嚴，只在情節及人物的綜錯的關係中襯托出來。所以在小說中的他，是視而不見聽而不聞求之而不得的。勃蘭兌斯這段話，可說是梅麗美爲浪漫主義作家而有現實主義傾向的鐵證。

第二十八章　歷史及批評

十九世紀初期歷史研究的新進步——歷史科學的建立——狄哀梨——其生平與作品——民族史的研究——米賽萊——其生平與作品——「法國史」——發生的方法——文筆的優點——瞿叔——其生平與作品——文明史的研究——歷史哲學的創建——歷史家的兩大陣營——歸宗狄哀梨的與歸宗瞿叔的——分析的與綜合的之差——文學批評的新改革——維爾門及批評的新標準——後繼者季拉丁——尼沙爾與古典派批評的最後掙扎

十九世紀初期的法國文學，在歷史研究的部門發見了新的進步。在這個時期以前，歷史家的園地，曾經各種各樣不同的人物耕耘過：如神學家以他們信仰的理想作歷史哲學家以他們一貫的世界觀作歷史，道德家以他們的倫理觀念作歷史，詩人以他們感興的詩情作歷史，這般人的脩史各各熖染着自己的色彩，不曾站在純粹歷史學的觀點上用工夫。在敘述方面，各本他們的主觀揣求片面的事實，或爲了表現自己立場的方便，任意扭曲事實的眞相。到浪漫主義時期，歷史有了一個極大的轉機。人自從科學的智識發達以後，科學的方法成爲一切學術研究的普遍的工具；一切都從求眞的方面着想，歷史學開始從廣泛的人類進化的觀點上着手研究。從此歷史學漸漸由神學家、哲學家、道德家、詩人的手裏，轉嫁到純粹的歷史家的手裏，而建立在一個科學的基點上。

這時從事歷史方面研究，最值得注意的是狄哀梨、米賽萊與瞿叔三人。

奧古斯丁・狄哀梨（Augustin Thierry）標榜用科學與藝術之力使往事復活於今世。他是一個法國的勃羅亞（Blois）地方人，生於一七九五年，死於一八五六年，一生曾任教員、公務人員、新聞記者，而他所希望得到成就的在乎歷史。當他擔任着職務的時候已有歷史方面的貢獻，後因感到治學治事的處處相牽制，決意拋棄了職務，專心從事研究工作，閉門謝客，把整個的生命寢饋於歷史的著作中。後來因用功過度，身體大受虧損，眼睛失明，身子軟癱；但是他活着的時候，始終不曾有一天荒棄他的作業，終於以身殉歷史科學。他的重要著作的法國史的書簡（Lettres sur l'histoire de France，一八二七）、諾曼人征服英吉利史（Histoire de conquête de l'Angleterre par les Normands，一八二五）、梅洛溫經朝紀事（Récits de temps mérovingiens，一八四〇）及第三身分的形成與進步史論（Essai sur l'histoire de la formation et des progrès du Tiers-état，一八五三）。

狄哀梨是一個最先將科學方法使用於歷史學研究的人。他否定過去的僅僅敍述些皇家隆替與朝代興衰的歷史，他主張創建一種民族史（une histoire nationale）——研究民族本身全體的歷史。所以他的歷史著作不單將歷代的戰爭變故說明白後就算了事，而且從民歌、傳說、稗官野史中探求，詳細說明戰爭的淵源、戰士的心理以及社會的風尚、民間的生活。他把過去歷史家所忽略的題材重新整理出來，使得以後讀歷史的人可以看到那個時代民族生活的全豹。他作史的藝術也很圓熟，時代的背景，生活的內部，在他生動活潑的筆下都毫無遺憾地描寫出來。在法國近代歷史的新建設上，狄哀梨有特殊的貢獻。

朱理・米賽萊（Jules Michelet）作史的目的，依他自己說在表現出法蘭西的精神或法蘭西民族的生命，他生於一七九八年死於一八七四年。他是巴黎的無產者出身，父親是一個印刷工人，業務慘淡，家庭寒酸，童年時所受物質生活的痛苦非常深切，賴他在窮逼中不絕奮鬥，纔取得了查理曼中學（Le Lycée Charlemagne）求學的機會。在學校時他刻苦力學，屢獲佳獎，雖在中學生的地步，而每次甄別起來卻已達到大學的程度；故一八二一年以一個中學畢業生而出任中學教員。不久因爲他編譯了一部歷史的鉅著，被聘爲大學教授，講述中世紀的歷史；當時浪漫運動正達到高潮，中世紀思潮很切合當時學者的心理，故一時聲望鵲起，國立的歷史古物保存所就請他去當主任。這時他可儘量參證他的史料，對於他畢生的著作大有助力。他從種種方面觀察，認爲歷史的基礎是在乎最大多數的下層民衆，並不在少數的貴族與權威階級，同時他自己又是平民出身的，所以最同情平民主義；有時政府機關請他到法蘭西學士院演講，他終是反覆宣揚這個意旨。這樣便觸動政府的忌諱，不久自動去職退隱，卜居南特鄉（Nantes），脩他的史籍。這時他時常與大自然的景物接觸，著了些鳥（L'Oiseau）、蟲（L'Insecte）、海（La Mer）、山（La Montagne）等散文詩。他晚年的生活在恬靜中過去。他的歷史著作有近世史要（Précis de l'histoire moderne，一八二七）、羅馬史（Histoire romaine）、十四世紀史（Histoire de XIV siècles，一八七六）、大革命史（Histoire de la Révolution）及法國史（Histoire de France，一八三三——一八六七）。此外他還有些哲學的作品，如愛情（L'Amour）、女人（La Femme）與民衆（Le Peuple）等。他不僅是一個歷史家，還是一個滲透哲理的思想家，寫事傳神的散文家。

米賽萊最精心的著作要算法國史，他是典型的浪漫派作家，相信所謂『一國的文化須要是這一國的，而且要從中世紀找到他的源泉。』這部書的自序上他就說：『呵，我偉大的法蘭西，如果一個人爲要找出你的精神而赴湯蹈火，我想他還是高興而樂意的。』可見作本國史的熱誠。在這部書裏他把法國怎樣會產生的，產生的條件怎樣，怎樣會成長的，成長的過程又怎樣，還有關於法蘭西民族獨特的氣質、制度文化獨特的精神，都敍述得非常精詳。他構成這些材料，不但窮古籍，攷古物，而且遍到處考察風物，海岸、山陵、地形等等，從民間文學中去搜求，從社會生活中去搜求，以獲到歷史事蹟的究竟狀態。從古書古物上考據國家的起源或發生，從史料與觀察上看出國家的發展或演進。這種歷史的方法名爲「發生的方法」，與生物學上哲學上的發生的方法是同其趨向的，只是所涉的方面不同而已。米賽萊在歷史上運用這個方法，非常成熟。

至於他的作風，具有雨果那樣的雄渾與華美。他的文章有明快的辭采，濃厚的情調，有明暗、緩急、參錯的調節。他描寫事物，不論地土山川、民族，往往喜歡把它們人格化，賦與一種生命的活力，使形成一種穿插的詩趣，如他寫的：『亞爾卑斯山少婦隆起的乳峯。』『歐羅巴的水城，歐洲的心臟。』『大西洋岸的怒潮，海神之脈膊。』

佛朗沙·瞿叔(François Guizot)要從歷史的事跡中找求一個一貫的體系，建立一種綜合的歷史哲學。他是法國南部尼美(Nîmes)地方人，生於一七八七年，死於一八七四年。他出身貴族之家，初起學習法律，後來轉向於歷史的研究。他曾爲史學講師，先後講學於沙蓬大學、巴黎大學。後來路易·斐律普(Louis Philippe)在政治上握到實權，要他去幹政治工作，故隨後他當多年的政府要職；先是內政部長，繼而教育部長，又爲駐英大使，最後任外交部長。第三次革命起來，他離開了官職，從事學術的事業；設立了一個大規模的歷史研究所，在法蘭西學士院時常宣布他歷史的主張，被當時一般學者推崇為歷史哲學派的導師。他一生除了政治生涯，大部分的精力都用在學術研究與建設方面。他的重要著作有法蘭西史論（Essai sur l'Histoire de France, 一八二七）、歐洲文明通史（Histoire générale de la civilisation en Europe, 法蘭西文明史（Histoire de la civilisation en France, 一八四五）、英吉利革命史（Histoire de la Révolution d'Angleterre, 一八二六——一八五六）及現代史備考（Mémoires pour servir à l'histoire de mon temps, 一八五六——一八六〇）等書。

瞿叔因任駐英大使，居留過英國，對於英國的歷史、民族、及制度等，考察得非常透切。他觀察到英國的民主政治怎樣從專制政治下爭得到手，他觀察到英國的宗教怎樣在十七世紀得到了自由信仰。他是以貴族出身而同情於中產社會的，對於英國中產社會上所構成的平等的政治制度與自由的宗教信仰非常醉心；他將英國人的這種制度文物以及唯實的國民性介紹到法國來，希望法國人從這些地方學得他們的優點。關於文明史的作品，他從進化與遺傳的觀點上找出近代文明的三個要素：第一是羅馬的傳統，代表政治上的權力與統一；第二是日耳曼的傳統，代表經濟上的封建制度與自食其力的獨立精神；第三是基督教的傳統，代表個人的道德信仰與藝文的愛好，從而提昇出一種一視同仁的觀念與和衷共濟的精神，達到平民自由解放的社會，以表示上流社會與下層社會的和諧與合作。這種解釋，他認為不是一種揣測的結果，而是根據了社會學上「相互關係」的原則，用科學的眼光將社會機構從動的進化的觀點上去考察它的前因後果，再用批判的眼光所得到的一個未來的預見之明。他相信『在永恆之神與全能之神的手中，民族歷史的生命不絕如縷，既不會終止，也不會重複。』以科學上進化的觀點創建一種新的歷史觀，這一點，瞿叔開了後世歷史哲學的先河。

當時法國的歷史家大概可分為兩大陣營，米賽萊是超然的，狄哀梨與瞿叔各執一派。附從於狄哀梨的，有執政府時代與帝政時代的歷史(Histoire du Consulat et de l'Empire)的作者狄厄士(Adolphe Thiers, 一七九七——一八七七)、佛朗沙第一與嘉祿第五的敵對(Rivalité de François I et de Charles V)的作者彌納(Mignet, 一七九六——一八八四)等，趨向於瞿叔的有意大利革命史(Les Révolutions d'Italie)的作者瞿納(Edgar Guinet, 一八〇三——一八七五)、美國的德模克拉西政治(La Démocratie en Amerique)的作者屠格維(De Toqueville, 一八〇五——一八五九)等；前者主張用分析的方法整理舊史，找出歷史綜錯的關係，後者喜歡用綜合的眼光從許多史跡中找出一個歷史推移的法則。

再講到文學批評。

從十九世紀起文學批評跟着文學作品產量的增加而增加其重要性。不但量的方面增多，質的方面也比以前不同。以前的批評，像波亞洛那樣完全拿一個人或上流社會的審美觀念，定出一種法則或主義判定作品的優劣，而這時的批評是從歷史的或發生的觀點上研究作品產生的淵源，考量作品所反映的社會環境。這時代的文學批評，以一種名爲地球（Globe）的雜誌作中心，這個雜誌創辦於一八二四年，對於當時新興的文學運動文學思潮的流行，盡了不少推進與策導的功力。批評家大都致力研究，用一種無偏的眼光將歷史上的以及國內外的作家重行作一個新的估價，同時還以客觀條件之指引使作家把握他們主觀努力的方面。

在這時代的批評界中首先能建立一個新的標準的要推維爾門（Abel François Villemain，一七九〇——一八六七。）他認爲文學是時代背影下人類心靈的告白，它是循着歷史、地域與個性的不同而表現其特殊的趣味，囿於一種法則的批評，非但容易抹煞作家獨特的才情，而且陷於強將時代、地域、人性劃一的錯誤。各時代有各時代的文學，如希臘、羅馬有希臘羅馬的文學，中世紀有中世紀的文學，文藝復興時代有文藝復興時代的文學；各地方有各地方的文學，英吉利有英吉利的文學，意大利有意大利的文學，法蘭西有法蘭西的文學；各有它不同的背景；不過文學是有風靡性與傳布性的，在近代文學中能找出古代的趣味，在此國文學中能找出彼國的趣味。維爾門有名的法蘭西文學講義（Cours de la littérature française）便是循着這種比較的路線研究的。譬如他研究十八世的法國文學，便分析出那時法國文學與英國文學的關係，覓得服爾德、孟德斯鳩與盧梭等創作的淵泉，從新作一個比較性質的評價。這種研究的態度與方法，到現實主義時期有更進一步的發揮。

維爾門的這種批評觀爲他的高足弟子季拉丁（Saint-Marc Girardin，一八〇一——一八七三）所承受，還加以倫理方面的補充，如分析人性的善惡、人情的愛憎等。他的見解大概具體化在他的戲曲文學講義（Cours de littérature dramatique）中。

此外還有與維爾門站在相反的立場上的尼沙爾（Jean Marie Nisard，一八〇六——一八八八，）也是很出名的批評家他曾著法國文學史（Histoire de la littérature française）與反對簡易文學宣言（Manifeste contre la littérature facile）等書。他不像維爾門那樣主張用科學的方法，而是堅持着理想主義的。他不問歷史社會對於作家的創作有什麽鉅大的影響，他只想在純文學的趣味上創造雋永的美的形式；他認爲合於這個形式的便是健全的可存的文學，不然便是失掉價値的該受擯棄的文學；他并主張文學須要合於善的原則，纔能引起公共感覺的趣味。對於浪漫主義他肆意攻擊，指摘其漫無紀律與好惡顚倒等疵點。當時他的理論，還得到一部分守舊派的信仰；實際他的主張，大部分循着波亞洛的遺規，他只是在浪漫主義高潮時候爲古典派批評作最後的掙扎。到聖柏甫出來，他的主張使完全打破了。

B a l z a c

巴爾札克

Sainte-Beuve

聖佩甫

Gustave Flaubert

孚禄倍尔

Émile Zola

左 拉

Ernest Renan

勒　南

Charles Baudelaire

波特萊爾

第七篇　現實主義

第二十九章　從浪漫主義到現實主義

浪漫主義泉源的枯竭與現實思潮的高漲——從浪漫主義轉變到現實主義——三個基點——社會基礎的推移——自然科學的急速發展——實證主義思潮的風行——十個過程——從理想到實際——從情感到理智——從主觀到客觀——從個人的到公共的——從宗教到科學——從唯心到唯物——從求美到求眞——從異常到平凡——從爲藝術的到爲人生的——從韻文到散文——浪漫主義與現實主義的對立與統一

當唯情的浪漫運動如野火燎原地風遍法國全境的時候，文壇上另外一種思潮又起來了。

浪漫主義正在十九世紀開始時，曾以理想、愛美與情熱取代了古典主義；他們宣說：『我們要使我們的力量與自由以及我們的夢想與詩情得到充分地奔放。我們只要聽我們自己的心音；我們不專屬於那一世紀，也不專屬於那一流派。藝術與人類的社會與哲學與政治或道德都沒有共通的特點。藝術就是藝術，不能再是其他的東西。』他們追求理想而理想是可望而不可卽的東西，人們儘是插着想像的翅膀飛向幻美的國土，那幻美的國土必致愈求愈遠，使想像的翅膀疲憊而感到空虛的失望。同時他們所閑卻了的日常生活問題，又嚴重地破壞他們這種非分的幻想，迫着他們走上如實表現的路途。他們憧憬着美，而美不是凌空造成的東西，他們多多接觸社會生活以後，便會知道世間還有與美相對的醜，覺得人間紛繁的事象非徒事愛美所能解決；因此一般社會的心理，對於世間的事物，不論是美是醜，對於人間的活動，不論是高尙是下劣，都存着客觀研究的態度，以求得確實的眞相。他們耽於熱情，而熱情不是長久不變的東西，熱情達到最高度的時候，不是愈流愈激，流於狂放浮誇，便是冷淡下來，變成無病呻吟；當時富有熱烈與生氣的精神，而今退化爲點染萎靡的表現了。至此，理想漸漸破滅，愛美漸漸倦頹，熱情漸漸消失，浪漫主義的泉源枯竭，一般的心理傾向於現實的方面，人們的意識，遂爲新興的現實思潮所佔據。

在文學上，代表現實思潮的現實主義（réalisme）於是繼着浪漫主義而稱霸於文壇。

現實主義是浪漫主義的反動，開始於一八五〇年，與浪漫主義平分了十九世紀。現實主義並不是突如其來的，趨向實際的反動，在浪漫主義作家的作品中已不乏這種表現：浪漫運動自一八二〇年拉馬丁的沈思集出版而風靡一時，到三〇年代雨果的悲劇哀爾那尼上演，算是達到登峯造極，此後便呈降落的趨勢。一八四一年雨果的衞戍官的失攺，可說是浪漫派戲曲衰歇的預兆。他中年以後的小說，如悲慘世界與海上勞工等，已不是純粹的浪漫派小說；哥締埃在主張恰切的描繪一點，與現實主義的見解相接近；喬治桑的小說，熔現實與理想於一爐，已表現出從浪漫派到現實派小說的過渡形態；至於斯丹達爾與梅麗美兩人的作品中，寫實的色彩非常濃厚，有人且把他們歸入現實主義作家的行列。到巴爾札克出來，更清楚地劃下了浪漫主義與現實主義的界線，他本身差不多就是一塊界石。

「藝術是社會的表現。」文學上的轉變不能從文學本身索解，要眞正認識現實主義的興起，必須從產生這種文學的基點上加以考察：

一、社會基礎的推移　自從產業革命以後，機器發明，生產技術改進，人們的物質生活發生了很大的變動：舊時的經濟關係與社會組織自行動搖，家庭手工業爲大規模的工廠企業所代替，鄉村的農民麕集於都市，歷來農村中心的法國也步着英國的後塵實行工業化了。法蘭西大革命是推翻封建制度的破壞行動，到此時即按步就班地着手建設的工作。當浪漫運動時乃是工業資本主義方興亦即中產社會抬頭的時期，而到現實主義時已達到資本主義成熟亦即中產社會穩定的時期。中產社會的地位一行穩固，好像人到了成年時，經驗漸漸豐富，多用理智，其年青時的熱情漸漸減退。資本主義既上了台，自然將熱烈的進取精神移到保守的方面；此時第三身分已經暫時沒有與他爭奪的敵人，遂翻然自己省察起來，所以現實主義的文學不像浪漫主義是自我情感的抒發，而成爲自己理智的批判。當大革命剛剛完成第三階級方興的時候，他們自己似乎有無限的企業可以開發，一般民衆以爲從此可以擺脫專制的羈絆，他們對於他們的前途各各懷着許多玫瑰色的夢；但是革命過後，中產者眞正登上了支配階級的台，又迅捷感到原料的缺乏、市場的狹隘與嚴重的社會問題無法解決，一般民衆爭得了民主政治的名義，實際上被剝削之下的工資勞動者，其所受的痛苦反甚於前，他們對於先前所懷抱的希望，都感到約束得無一實現，夢一朝醒覺以後，眼前橫着的只是苦痛的現實，因此文學上的醜惡與沒有理想也是實際生活的反映。還有，這時的社會生產率與貿易額逐漸上昇，金錢的勢力矇蔽了一切，一切的社會生活都爲金錢的勢力所侵淫，與凡愛情、友誼都可當作商品而拿金錢收買，故他們把以前的超人主義殉情主義看作是了無足重的成例；文學作品的本身同時也成爲一種商品，作家所得到的已不再是榮譽的報酬，而是金錢的報酬，書店與作家之間宛然存在着一種買賣關係。金錢在社會上已成爲魔道，即使在文學的領域也是唯一要件了。

二、自然科學的急速發展　十九世紀是自然科學的世紀。自然科學上的發明如蒸汽機械等，不僅促使產業革命支配着的社會基礎推移，而且科學求眞的方法還直接運用到精神文化上來。達爾文（Charles Darwin）的種源論（Origin of Species）發表物競天擇的原理除當作生物學及人類學上的眞理外，而且成爲一切科學的基準。這樣影響到人們觀念的改變，引起一般人的好奇心，對於個人及社會的生命問題都要加以研究和解釋，感情的地位遂爲理性與經驗所排擠，一切理想、假定與臆說之類都不能有自圓其說的容身餘地，爲一時代科學進化產物的小說更完全由科學的基石上，構成它存在的理由（raison d'être）。十九世紀下半期法國本土的科學界人才輩出：如倍特朗（Joseph Bertrand）之於數學，巴斯篤（Pasteur）之於生理學，貝那爾（Claude Bernard）、倍德羅（Berthelot）之於物理化學及醫學，他們都有優美的說理的文筆，貫澈幷傳播他們精微的學理。這種客觀的科學態度實驗的科學方法迅捷地被應用到文學上來，如左拉根據了貝那爾的學理，用科學方法解釋文學，用實驗醫學組成小說，是一個出名的例子。他們所處理的人物不像以前是那種形而上的人，而是支配於物理化學及生理等自然科學法則之下的自然人，所謂「實驗小說」「醫學小說」已是文壇上流行的名詞，好像中世紀普遍的「紀功歌」「英雄詩」一樣。這時文學與科學不特表示了從矛盾到統一的過程，而且如高蹈派詩人列爾所謂：『藝術與科學，因爲知慧努力的方面不同，故歷來成對峙的局勢，但是這二者非互相密接不可，不，二者簡直非完全同化不可。藝術是在外的自然之中含着的理想的「原始的啓示」，科學是理想、明快而透切的說明。然而在藝術上這種原始的潑刺味，已經喪失，所以使藝術回復到已經遺忘了的各種傳統，及在適當的形式之中甦生，這是科學的任務。』二者有融化爲一的趨勢。

三、實證主義思潮之風行　現實思潮淵源於文藝復興，因爲文藝復興就是屏絕了來世、天國的神祕主義而造成現在、此地的現實的人生觀運動。這種現實的人生觀到了十九世紀下半期，科學的智識高度的發展的時期，纔達立於鞏固的境地。根據了自然科學上的發明與發見，擴張幷充實人類社會的生活，實是法蘭西以及整個歐洲最近代文明的基調。從文藝復興時代到十九世紀下半期的現實思潮，中間經過十八世紀末葉及十九世紀初期的理想主義與浪漫主義；理想主義與浪漫主義其本來的性質並不與文藝復興以來的現實思潮相違背，而是補葺啓蒙思潮與唯理主義的缺點，使現實思潮的文明更能充實與深刻化的，然而理想主義與浪漫主義到了末流漸漸失之於空洞蕪雜，蔑視事實，竟至陷於荒唐怪誕，因此達到理想思潮頂點的黑格爾（Hegel）哲學在其極端推重理想的思潮中，如視宇宙全體爲邏輯發展階段的思想，已明白地宣示着向現實思潮的轉變，所以十九世紀的初期現實思潮乃是對於空虛散漫的理想主義與浪漫主義的反抗。法蘭西因爲經過幾度的革命思想比較開明，所以與產業革命的發祥地英吉利同爲現實思潮的搖籃。在現實思潮中形成一個哲學體系的是「實證主義」(positivisme)，實證主義在某種程度是與浪漫主義相反而與現實主義同義的。集此種思想的大成者是孔德（Auguste Comte，一七九八——一八五七年），他對於一般所認爲浪漫派哲學之基礎的，庫孫的折衷主義，就認爲狹隘虛弱而毫無理由。他說所謂心理方法的原則其根本價值等於零，而內省方法的使用，結果言人人殊，絕非探求眞理之步驟。人們如果要了解自己，必須離開自己的地位以求，個人不是他人的判斷者，反之，個人所知道他人的，倒是自我批評的明鏡。換句話說，眞理不是主觀的、理想的，而是客觀的、實證的；所以他堅決地主張除了現實以外無思想可言，除了經驗以外無智識可言。孔德的六大卷的偉著實證哲學（Cours de philosophie positive），其根本觀念是以各種科學改造社會。他以爲大革命以後應繼之以建設，建設新社會的基礎須要科學——事實的科學。社會的進化與科學的進化是相和諧的；要社會穩固必須有一種思想結構跟旁的科學一般地穩固的科學，這種科學就是孔德在科學系統中新加入的社會學（sociologie）；他以爲社會學是一種倫理、歷史、經濟與心理諸科的哲學。社會的進化分三個階段：神學時代、哲學時代與實證時代。十九世紀科學發達，已進於實證時代；在實證的階段裏，經驗支配一切，與事實相符合的是眞理。人類生活中有意義的惟有實證的科學的智識，惟有以科學智識爲基礎的社會纔能達到眞正的幸福。所以孔德的中心思想與其說是尊重科學智識，毋寧說是尊重社會理想，因爲他說一切的學問，窮其根柢不外是求社會生活的進步。孔德又把社會學分爲社會靜學與社會動學兩部分：社會靜學研究社會形態的結構，其公律爲分工合作；社會動學研究社會發展中的文明，其公律爲進步。進步賴着權威，權威有精神的權威與世間的權威兩種，因爲合作必須有智識與情緒，也要行爲。精神的與世間的權威的關係是每一個時代的大問題，每個時代曾有一個解決，在近代也必須重新解決：因爲精神的能力已成爲科學而世間的能力已成爲工業了。這種思想顯然是工業資本主義社會文化的精髓。

文學上的現實主義既然不是憑空產生而自爲因果的，所以歸根不外是上列三種背景的產物。現實主義與浪漫主義是十九世紀文壇的兩大思潮，在近代文學上都佔着極重要的位置；但是代表中產社會青年期代表神祕宗教與代表理想主義的浪漫主義，跟代表中產成年期代表實驗科學與代表實證主義的現實主義，二者站在對立的地位。從十九世紀上半期的浪漫主義轉變到十九世紀下半期的現實主義，在下面十個過程中可以顯示出它們各各不同的特質。

一、從理想到實際　浪漫主義的文學逞着高超的和遼遠的空想，而忽略了眼前的和切身的現實；好像閉着眼睛做夢，憧憬着美滿的仙界無窮的樂園，然而一覺醒來，與他們眼簾接觸的仍是平凡不足奇的世界，所謂理想，只是一個幻影。於是實事求是地從實際上下工夫，遂成爲人們醒悟了以後的重要任務。

二、從情感到理智　浪漫主義者往往是一團高興，以爲熱情可以制服一切；豈知熱情不特於事情的解決無補，反容易掩被客觀的眞相，而且熱情到了高度的時候接着發生的必然是失望。所以受了科學洗禮的現實主義者，便不肯輕易用情，對於一切事物處處注意觀察，重視冷靜的理智。重視理智，本是現實主義與古典主義共通的地方；不過前者的理智在用思維找出事物的法則，而後者的理智在用實驗探究事物的眞相，這是二者不同之點。

三、從主觀到客觀　浪漫主義者大多自己先有了一種理想，而後蒐集各種材料，來做這個理想的論據，所以是主觀的;他們作文不是發洩牢騷,感慨身世,便是以一己的見地吸引人家,教訓人家。而現實主義者卻絕對不是這樣,他們胸中沒有半點成見,完全是客觀的冷靜的態度,好像生物學者在顯微鏡中檢視一樣,細心觀察事物的眞相,他們的職務是把事物的眞象人生的眞相如實地認眞地描寫出來,讓讀者自己去領會,作家不參加絲毫意見。

四、從個人的到公共的　從個人的到公共的,這是從主觀到客觀的結果。浪漫派的作品是作家胸中自發的,故須要作家自己先作哭笑,然後能引讀者大家哭笑。現實派的作品是作家接受的外感,作家不管外界的事物是美是醜,是善是惡,是好是壞,是喜是悲,都一視同仁地寫下來,他自己好像是個鐵鑄的人,漠然無所感覺。所以,在浪漫派作品中作者的個性是很顯著的,而在現實派的作品中作者的個性隱藏在客觀的紀錄中。

五、從宗教到科學　浪漫主義的作家如夏德白里安與維尼等,他們的頭腦中充滿着宗教哲學的觀念,他們的意識有點與中古的神祕主義俱化。然而宗教哲學是過去時代的遺骸,到大革命以後,自由平等的思想盛行,科學思想發達,人類從猿猴進化說成爲定論,上帝的謬說揭破,宗教失盡了人們的信仰;人們都拋開上帝自己來觀察事實,接受客觀的眞理。現實主義的文學是科學的產物,現實主義的作家大多具有科學家的研究態度。

六、從唯心到唯物　浪漫主義的作家最注重「心」,把文學當作是心靈的產物,祇要心有所領神有所會,便可不加思考不加觀察地任意寫下來,所謂靈感(inspiration)似乎是作家不可少的祕寶。現實主義的作家最注重「眼」,把文學當作是實物的表現,他們認爲不論什麼事物,一定要加以仔細的觀察與考查,直接去經歷或體驗作家描寫一種人物，必須要對於他的環境、遺傳、思想、性格與行動非常熟悉，客觀的事物是作家唯一的模特兒。在浪漫主義者看來，靈感可以創作一切，在現實主義者看來，事物可以決定一切；靈感是抽象的不可捉摸的東西，多少帶一點神祕的性質，而事物是具形的實體，完全是機械的東西，所以前者貫澈了生機的唯心論的觀念，後者認定了機械的唯物論的立場。

七、從求美到求眞　浪漫主義作家要把握他們高超的理想，捨下了眼前的醜的世界，憧憬着美麗的詩的境界，所以要創造美。現實主義作家彷彿是幻影追求失敗後的覺悟者，理想中有神仙的愉快的世界，他們不願去，他們甯願抱殘守缺地接觸着不足留戀的現實界，不論善惡好壞都保存它的眞相，所以要表現眞。

八、從異常到平凡　浪漫主義與現實主義所希求的對象不同：前者是美的創造，創造隨着作者的理想而神馳，可以自由自然無遠不屆；後者是眞的表現，表現須本着眞事實物，眞事實物的獲得賴日積月累的經驗爲實際的羈絆所束縛。因此，浪漫主義作者的筆下可以有雲譎波詭的奇情奇跡，氣蓋一世的英雄與傾國傾城的美人，而現實主義作者的筆下只是一些柴米油鹽家常瑣事的生活，一些貪鄙的資本家、無恥的新聞記者、勞苦無告的工錢勞動者與佃奴階級的凡人俗物。十九世紀下半期物質的勢力支配了一切，人不過是大社會之中的一員，他們不能有異常的驚人的作爲。

九、從爲藝術的到爲人生的　在以前中產社會方興的時候，他們以一種樂觀的心情瞭望着希望無窮的未來，在浪漫主義文學中所表現的藝術是無拘無束的，所謂「藝術悠長，人生苦短，」看不清一種藝術的歸宿或止境，所以主張爲藝術而藝術，建設着象牙之塔藝術之宮，談吐些風花雪月，玩味着醇酒美人，嚴重的人生問題社會問題連做夢也不曾想到。而至此中產社會已達到長成的時候，他們眼見到生存競爭的劇烈與生活問題的困難，覺得人生的背上駝上了厚重的擔負，辛苦忙碌，嚴重的問題與應付的乏力，就是在午夜夢回常是繚繞心頭，他們沒有工夫談風花雪月，也沒有能力去玩味美人醇酒，象牙之塔不可能，藝術也不是超然物外的東西，於是翻然改悟，覺得藝術是從實際生活中產生的，除掉生活就無所謂藝術，藝術爲人生的見解成爲所有文人共通的觀念。現實主義文學的所以處處著重人生的描寫及問題的提供，就是這個緣故。

十、從韻文到散文　浪漫主義與現實主義作品的內容既表現出極度的不同，爲表現這不同內容的藝術方法自然惟有跟着變動。以感情爲主的求美的文學重在吟詠，宜用韻文，以理智爲主的求眞的文學重在描寫，宜用散文。韻文祇能表現一點模糊的觀念與情感，而不能表現錯綜複雜的事跡；反之曲折流暢的散文可以到處深入，如約安納（Johannet）所說的『小說的魅力人們是無可抵抗的，舉凡閉鎖着爲形而上學或神學或經濟學的論文所不能進的，小說都可探門而入。』十九世紀下半期的社會形形色色，多模多型，非冗長豐富的散文無法窮其繁蕪盡其枝節，所以左拉說：『而今時代文學的王子傳給小說家了。』

還有，在編年史上法國浪漫主義的全盛時期大約在一八三〇年代，現實主義的全盛時期則在一八六〇年代。

從上面所提供的轉變的過程，我們可以了解：浪漫主義如何推崇理想、情感與個人的主觀，而現實主義如何重視實際、理智與客觀的事物；浪漫主義者所推崇的正是現實主義者所蔑棄的，現實主義者所注重的正是浪漫主義者所忽略的，它們二者如何地站在相反的立場、或對立的地位。

然而，現實主義雖然與浪漫主義是對立的，而同時也是統一的：第一，浪漫主義與現實主義的背景同是屬於資本主義社會，爲代表封建社會的古典主義的反動；所不同者，前者代表中產者抬頭的時期，後者代表中產者穩定的時期。第二，浪漫主義與現實主義的處理態度同樣着眼於內容而排斥以前刻板的形式主義；所不同者，只是如上面所臚列的內容的性質的不一致。第三，浪漫主義與現實主義的精神都是相信忠於自然而反對虛構與造作；所不同者，前者歌詠如實的情緒，後者描寫如實的事物。因此我們如果考究浪漫主義的作品，裏面有時含有現實的成分；同樣在現實主義的作品中，有時也帶有浪漫的氣質。英國的批評家白得勒看到了這一點，認爲浪漫主義與古典主義是本質上的差異，浪漫主義與現實主義本質相同，祇因各種要素的配合不同形成了不同的姿態。他且提出說：現實主義一方面雖然是浪漫主義的反動，而在他方面又是浪漫主義的繼續。

第三十章 現實主義與自然主義

現實主義的深究——科學的解釋——事態原型的保存、心理與生理的證驗、病理的解剖、遺傳的考察、地理與社會學的研究——客觀條件——目擊與細察、無掩飾的描寫以至暗黑面的托出、機械的定命論——人生的藝術——人生問題、社會問題、道德問題——日常生活的描寫——平凡無奇人生的斷片、無情節無角色——表現方法——個性表現的精到、描寫的技巧、散文的運用——現實主義與自然主義的分別——由定義言——由理論言——由創作言——二者差異之總觀察——二者的統一——其他歐洲諸國的現實派文學

現實主義與浪漫主義之間相對立而又相統一，已如上述。顯然，在對立的地方可以看到現實主義的特色。現實主義的特色上面已經說了一個梗概。這裏更就較重要的（一）科學的解釋、（二）客觀條件、（三）人生的藝術、（四）日常生活的描寫與（五）表現方法五項，加以進一步的申說。

首先，我們看科學的解釋，現實主義文學用科學的方法來處理文學的題材，其重要特色如下：

第一，事態原型的保存。現實主義文學是科學精神的產物。科學家的態度是冷靜的，他在實驗室裏用着解剖刀剖驗一種動物除觀察它的眞相外，決不存絲毫的同情與厭恨。同樣，科學的文學作家對於周圍的事實，除用他超然物外的態度客觀地觀察、如實地描寫外，也不存一點好惡的觀念，不攻擊惡人，不揄揚善人，悲劇讓他悲劇的

地發展，喜劇讓他喜劇的地發展，他自己無用其心理上的緊張與寬弛，他也不提出一個理當如何的批判或解決。作家只是將事態的原型照樣保存，一切眞僞是非都是由事物自己負責任；如果提出自己的意見那就有傷科學家客觀的態度。泰納在說明「實驗美學」的時候曾明白地表示了這個意見；他說：『舊美學第一先作美的定義，說美是道德的理想的表現呀，美是不可見的事物的表現呀，美是人類情感的表現呀，諸如此類的條文當作法則一樣地重視，由此出發的作品表現事物起來終不出於褒貶獎戒之道。我這裏所欲試作的近代方法，——現實的——不外將人類的尤其是藝術作品看作事實或製作物，最重要的是指出其特色，研究這個特色的如何產生，不能贊許它、違禁它，只能證認它、說明它。』

第二，生理與心理的證驗。現實主義作家具有科學家的態度，科學家的任務在窮究事物的根柢，故他們描寫人物、觀察人的行爲，不僅僅着眼於表面的情感與性格，而要窮究那決定這情感與性格的底部，——即生理與心理的考察。人情與氣魄大部分是以身體的構造爲條件，譬如不健全的人愛孤僻，神經質的人富理想與情感，這都可以從生理上得到了解。還有，人的行爲是以心理的情景爲條件，周圍的刺戟支配了他的行動，如果不能了解其間的交互關係，便無法對於這個人作恰切的描寫。所以，現實主義作家都以生理學家與心理學家自任，把生理學的智識與心理學的觀點使用到文學作品中來。

第三，病理的解剖。生理與心理到了變態的時候發生「病理」。現實主義作家既重視生理與心理的證驗，自然不會忽略病理的解剖。近代人在畸形的社會制度下造成了病態與不健全的怪習，現實主義便以尖銳的病理學的觀察力抓住這種普遍的病態，如礦石一樣地分析，分析出一個究竟來；如左拉的描寫性慾，莫泊桑的描寫瘋狂，都會滲透了病理的解剖。

第四，遺傳的考察。遺傳與上述的生理相關聯，是人類學及社會進化上研究的重要對象。近代文學中有許多作品把遺傳看作決定人類行爲的重要因子，如挪威易卜生（Henrik Ibsen）的羣鬼（Ghosts），便是把不可救藥的病的遺傳構成他通篇的題材。這在左拉的小說中有更豐富的描寫，他的大著魯公家的流運可說完全是一部家族遺傳的進化史；他在序文上明白地說：『集個人而爲家族、爲社會，在其間關係未明白以前，我們必先假定那舊家族遺下十幾個子弟都歸死滅，這十幾個男女的子孫，我們更假定那各因舊家族一脈相承的遺傳及不幸的境遇，而產生了許多悲劇。在這時，我們非將遺傳與環境這兩者分開研究不可，更非細密地考察從其中之一而產生其他的原因不可。』

第五，地理與社會學的研究。現實主義的作品，不但注意事物本身的描寫，同時還提供了顯出事物的背景。背景有自然背景與人爲背景兩種：自然背景卽地理的背景，人爲背景卽社會的背景；前者就是地方色彩，後者就是環境或周圍。地方色彩的描寫在浪漫運動時卽已有之，而到現實主義作家手裏，一地的風光被當作人物的個性一樣地精細描寫；都德作品中所表現的南歐氣質，莫泊桑作品中所表現的諾曼底鄉土，好像池水映柳一樣地深淺合度。環境可說是人物的映畫，好像俳優之於佈景，舞女之於燈光，非此不足以顯出他們的情節與線調；描寫人物如果離開了時代與社會，那使什麼也不能得到了解。現實主義作家把這些都描寫得非常清楚；使我們看到他的時代而了解他的人，看到他的人而明白他的社會。

其次，我們看客觀條件。現實主義的文學是不容個人的主觀的，完全以客觀的眼光觀察一切，表現一切；其重要的特色如下：

第一，目擊與細察。現實主義要保存事態的原型，所以注重實地觀察，作家都要自己深入社會，把親眼目擊的事象寫述下來，使文學的描寫與世間的實事完全一致。現實主義作家在這點上用力很深：弗祿倍爾的波華荔夫人，以他家中的父母以及熟知的親戚朋友做模特兒，書中關涉到植物學的地方，僅僅五六行，乎他特地去請教專門的植物學家，而且還發了好幾封信向各方詢問；當他描寫到女主人公服毒的時候，他甚至不惜一嘗砒霜的滋味。左拉的創作一篇，以當時有名的畫家瑪奈做模特兒，他寫酒店一篇時，要形容酒徒的姿態，竟跑遍了巴黎的酒店。還有，細察的特色是要免去以前作家那樣把人物情節粗枝大葉地僅得一個模糊的印象的弊病，他們要確切地知道那事物的眞相，就是一舉手一投足的瑣碎的地方也不肯忽略。在這些作品中，爲形容一個人的容貌姿態而化了五六行七八行去描寫，是常有的事。

第二，無掩飾的描寫以至暗黑面的托出。所謂無掩飾的描寫是赤裸裸的描寫，社會上或人間有這樣的一回事，文學中便須有這樣的一段描寫，不論美的、醜的、親的、疏的，如莫泊桑所說：『若是在創作，他不能自己禁制，把他的一切所見所聞所了解所熟悉的寫到文字中，而且對於親長朋友都沒有例外。用酷虐的公平態度赤裸裸地寫出他所愛或所恨過的人的心狀。』文學的描寫既須與事實一致，那末人間的暗黑面也就毫無忌諱地反映出來。暗黑面的托出包括着性慾描寫與醜惡描寫。性慾一事在以前是認爲卑鄙齷齪的東西，人們都忌諱着不談的；但是在自然主義作家以科學家的態度卻把性慾看作爲人類祖先的猴子傳下來的本能，是人類所共有的，也爲動物界所公具的，性慾非下賤，戀愛何嘗是神聖，只是與犬馬貓狗同具的一種生殖本能而已。自然資本主義抬頭，封建社會的貞操觀念打破，因爲都市的繁榮，肉慾成爲公開，近代人追求官能刺戟也跟着強烈；這樣反映眞實的文學，增加性慾的描寫與所謂「醜化」的機會，也是必然的事。所以，在現實主義作品中幾乎沒有一部能脫掉情慾的描寫。還有，醜惡是包括了性慾以外的暗黑面，掠奪、貪婪、無恥諸如此類惡德的東西。在近代物質文明的社會中，人事的接觸愈繁，名利的追逐與機會的奔競也愈劇烈，人們的墮落喪失人格與無恥的舉動滔滔然舉世皆是；現實主義作家負着實地觀察與描寫的使命，便大膽地以此披露出來。自然，這種描寫在道德家不免要認爲猥褻，失掉高尚的旨趣；然而事實放在眼前，現實主義作家爲保存它的眞相，又不能不如是作的。

第三，機械的定命論。在大革命前後，英雄主義的思想非常風行，確定自我，懷疑一切，故有超然的人生觀。而到了產業發達以後，物質主義處處限制着人的自由，個人在羣體之中又覺得自己的渺小，自由意志在社會控制下的脆弱，這樣就產生了機械的人生觀。機械的人生觀本於科學精神，將一切研究的對象放在一個機械法則支配之下，世間所有的事象、人類所有的活動只是爲物質條件經濟條件所機械地決定，這就是所謂定命論（déter-minisme）或稱宿命觀（fatalisme），所謂『一切事都已定局，不論怎樣着力都沒有辦法。』客觀的條件在後面支配着，人們的努力只是勞而寡効。這種悲觀的論調，是機械的定命論的主旨。這種爲命運排佈的人物，也是現實主義作品的重要對象。

再次我們看人生的藝術現實主義的文學要捕捉人生的眞，所以處處苦心表現着人生切身的實際問題；其重要的特色如下：

第一，人生問題。浪漫主義的文學可說是生活餘裕的產物，現實主義的文學可說是苦悶的象徵。因爲以前的作家多少有點幽閑的態度，能從現實中逃避出來，悠遊於藝術之宮；然而到了這時，人生的問題紛至沓來，苦痛與不安橫在眼前，使他們縱欲巡迴於理想界亦有所不能，嚴肅的與緊張的現實界促使他們到自覺之路，文學與人生發生密切的關聯，人生的意義、人生的價値諸如此類的問題時常在現實主義的文學中反復繚繞，雖然文學作家本着科學的態度不會參加意見，加以解決，然而他們所表現的斷片的生活、目睹的事象，至少提供了人生的各種形相、各種問題。

第二，社會問題。現實主義作家重視人生問題，必然也捉摸到支配人生問題的社會問題。法國自然走上資本主義的路，都市的情形頓形複雜，社會問題層見疊出，現實主義作家幾乎大半沈潛在這種社會中蒐求問題的癥結，左拉甚且說小說是研究當今最成爲問題的政治、社會、經濟、宗教與習慣的。他的作品除極少數外，差不多完全是指出社會問題的，如失業，描寫生產過剩下的社會資本家的如何無辦法而停業，勞動者的如何無工作而捱餓。又如酒店，描寫在畸形發展的社會中青年男女如何爲醇酒、色慾與貧困所包圍，而如何墮落而以至自行毀滅。這些，都表示着社會問題的嚴重性以及社會改革的迫切性。

第三，道德問題。現實主義作家從無掩飾的描寫以至暗黑面的描寫，把人世間的性慾衝動、欺騙恫嚇的種種罪惡赤裸裸地和盤托出，不期然而然使人得到人性即獸性的概念，這樣遂爲教育家與道德家所強烈非難。教育家認爲現實主義的作品亂世迷人，是有害無益的東西。道德家認爲現實主義的作家誇大揚厲，都是缺德與無聊的分子；他們把孚祿倍爾當作破壞公共秩序、傷風敗俗的文人，把莫泊桑當作挑撥肉感的性慾小說家，把左拉當作是野獸喜劇的作者。實際，現實主義作家以科學家的態度，發掘人生的眞相，道德不道德顯然是他們不關心的；不過他們筆下所描寫那時的社會實況本身確然表示了因襲道德的破產、因襲道德與現實生活的矛盾。這種現象的揭露，在熱心的教育家認爲悲觀的，而冷靜的科學家卻認爲必然的；在因襲的道德家認爲惡心的，而現實派的文學家卻認爲實在的。現實派作家並不存心表現道德問題，但是道德問題自己投在他們的筆下。誠如孚祿倍爾在他寄給喬治桑的信上所說：「對於小說中的一切，我沒有發表意見的權利。如果讀者看不出書中應該看出的道德，那不是讀者懵懂，便是我書的失實。」然而文學家與道德家之間，在當時卻引起了許多劇烈的論戰與繁膩的辯解。

復次，我們看日常生活的描寫。現實主義文學不作生活以外的描寫，所描寫的是切身的現實生活，而切身的現實生活十之七八都是日常生活；其特色如下：

第一，平凡無奇。現實主義作家腳踏實地觀察實在，表現目前；目前與實在的事不是驚心動魄的奇情奇蹟，而是我們耳聞目見的日常瑣事。現實主義作家就要在這日常瑣事的題材中，顯示出人生的眞義。他們爲了求眞，需願拋去理想而求現實，撇下新奇而就平凡，因爲平凡的生活最與眞的人生接近。現實主義的文學旣是平凡無奇的，照例該是平淡無味的；然而事實不然：日常瑣事的描寫不能使我們感與卻大足使我們體驗。突然的冒險與流血的事，雖能給我們心情上暫時的緊張，而不能給我們事後的迴味，常態的與我們接近的實生活，雖不能立時使我們起何種回響，但事後於我們的生活中體驗起來，卻有足以無限吟味的地方，由此可見浪漫主義文學在非凡之中顯示着平凡，而現實主義文學從平凡之中顯示着非凡。日常瑣事，誰說不能引人入勝呢？

第二，人生的斷片。日常瑣事中精到的地方只是一段，作家要用他敏銳的眼光把這精到的一段截取下來表現之於文學，好像博物學者實驗植物學一樣，取其發展得最平均的地方用銳利的刀片把它截成一片，作爲標本。表現斷片人生最適當的是短篇小說，短篇小說寫得最成功的要算莫泊桑；現代批評家法蓋曾說：『莫泊桑如果表白他自己藝術的信念的話，他將作如下觀吧——美是眞，被精確觀察被完全明瞭而所截取的現實，這正是眞。我將把實生活極錯綜複雜的東西分割成絲絲斷片，而呈獻於讀者諸君眼簾之前！』現實主義作家擬取了人生的斷片，而描寫成斷片的人生。

第三，無情節無角色。斷片的人生是無頭無尾的，爲忠實表現斷片人生的作品的成爲無頭無尾，而沒有情節沒有角色，這是意料中的事。浪漫主義文學要以瑰奇鼓動讀者，故注重情節與角色，有曲折迂迴的奇情奇蹟與縱橫馳騁的英雄偉人。現實主義的文學要迫近眞實的極限，重在短距離的接觸，自然不能有很長的情節，同時人物爲了重感覺性的緣故，也顯其淡漠了。在小說中有以情節爲主的，帶着說明與敍述性質的，也有不以情節爲主的，純用描寫手腕的；這兩種方式表示着近代小說的兩大分野，現實主義作品取了後者。固然全然沒有情節、角色的故事，在小說中——即使是短篇小說——是絕無僅有的，然而現實主義作家尊重描寫而輕視情節與人物，是事實吧。

科學的解釋客觀條件、人生的藝術與日常生活的描寫，這四項已經說明，最後我們輪到看表現方法了。現實主義表現方法的重要特色如下：

第一，個性表現的精到。現實主義作品的正確與細緻，在表現個性的地方尤其精到。以前文學作家胸中都懷着一個抽象的概念，描寫起來往往把人物事象嵌在概念中，故其所寫的一切都是典型的；古典主義立出刻板的法則，使作品流於千篇一律，這是形式上的典型。浪漫主義預先存着一個頌揚偉人的觀念，使其描寫人物都流於雷同的理想化的，這是內容上的典型。典型含着偶像性質，重視了典型就輕忽了個性；而現實主義作家卻以感覺代替了概念，仔細觀察事物，各種事物有它們的個性，一時代、一地域、一人生各各都有他們獨特的個性，個性看清以後典型即成爲虛位。注重個性的描寫是現實主義的特色，個性表現的精到是現實主義的長處。從個性的觀察與個性的表現，可以滲透事物的核心而達到正確細密以至獲到「眞」。

第二，描寫的技巧。表現個性不比表現典型，可用敍述說明，表現個性要描寫出他的特點，這樣沒有精工的技巧決不能描寫得生動有味，所以現實主義的技巧成爲必要。然而一般都說現實主義是無技巧的，這又作何解？我們可以說：現實主義是要技巧的，但無取乎專事彫塑的形式主義技巧，他們著重在恰切表現出眞實的技巧。現實主義作家多半是注意技巧的：如孚祿倍爾的小說，一字不諧都要思索半日，他的弟子莫泊桑在練習寫作時曾耗去了等身的稿子，列爾的詩歌對於諧音處最不肯苟且，即如龔哥兒兄弟那樣反對上面幾人的爲辭面點綴所拘束的，而他爲刻畫眞實，不惜破例自創文法，也何嘗不是在技巧上用工夫。

第三散文的運用。現實主義的作品十之七八都是散文，他們運用散文的理由已如前節所述。法國的散文，文藝復興時代、十八世紀的作家都曾有精到的表現；不過他們大都在發表思想，闡明學術，純粹文學描寫的散文，第一要推到現實主義時代。現實主義在散文上可驚的成功，幾乎是無古無今打破一切國界的；有幾個現實主義作家所用的品瑩的字眼，成爲各國文壇上所熱心摹擬的模楷。

上面，已將現實主義的重要特色或重要理論，逐項加以細密的解釋。不過這裏有一個疑問：現實主義與自然主義有沒有什麼分別？上面的幾個特色究竟是屬於現實主義的還是屬於自然主義的？我們的解釋是：現實主義與自然主義是有分別的，上面的幾個特色有屬於現實主義的，有屬於自然主義的；只是在沒有明確地加以分別以前，單用現實主義這個名詞——這個名詞是把它當作兼含現實主義與自然主義的廣義地運用着。

十九世紀下半期的文學，有的說它是現實主義，有的說它是自然主義。現實主義與自然主義，有的把它們當作一個東西，有的把它們當作程度不同的東西。如丹麥的大批評家勃蘭兌斯，不但把這兩種主義同視，且把它們與浪漫主義混同。法國現代批評家勃廉綿爾，也把二者放在一起泛指爲自然主義。尼契與達爾根（Nitze and

Dargan）略較進步，把二者認爲是程度上的差異，說自然主義的見解要比現實主義深刻；而沒有更進一步認出性質的差異。現實主義與自然主義在性質上是有分別的；這裏容分別加以考察。

首先，從它們的定義說起。

什麼是現實主義（réalisme）？法蓋會解釋道：『現實主義是明確地冷靜地觀察人間的事象、再明確地冷靜地把它描寫出來的藝術主張。……現實的藝術屏除情熱，眞理以外無所偏愛，從整千累萬的現實事件中，摘取并整理出最有意味的事象，使之在我們心中生出相同或更加強烈的印象。』俾黎西又解釋道：『文學上的現實主義最先不相信有所謂理想的社會，而是事實之外無宗教、感覺之外無信仰、觀察之外無手段的社會之精神的表現。』

什麼是自然主義（naturalisme）？英國麥・杜華爾（Arthur McDowell）解釋道：『自然主義一詞，古典主義時代的波亞洛曾用過，把它當作模倣一般所承認的眞理解釋。在哲學與科學上也應用這個名詞，把它當作嚴密地將宇宙由機械的與肉體的徑路所成立的一種體系解釋。文學上的自然主義，歸根是哲學上的或科學上的自然主義的轉用，主張把一切題材從機械觀上當作科學的材料，而用科學的方法來評價、來分析。』

所以，客觀地觀察，冷靜地表現而閑卻自已的見解，是現實主義的特色。嚴密地透視機械地解剖而用科學去解釋，是現實主義的特色。換言之，前者非意識地表現事象的表面，後者有系統地剖析事象的眞髓。

其次，從它們的理論上檢討。現實主義與自然主義的學說，批評家聖柏甫與泰納多少可以代表不同的兩方面。

聖柏甫的批評最注重實際生活，而不主張執定一種見解，他不絕地眺望幷研究現實的世界，以得到他正確的估價。他說：「我不絕地預備着改變我對於題材的判斷。我發見我的判斷有可疑處，我常肯犧牲我已成的判斷。下列兩件事情是我希望的：第一，除了我思索的以外，不說一句廢話；第二，把我所信以爲眞的一切充分地說個透徹。我要使我的說話發生「歷史證劵」的價值，非這樣辦不可。」他幷主張在表現藝術的方便上需要以科學爲助手。

泰納是批評史上的巨子。他所唱的「科學批評」是當時實證哲學與生物科學的實際應用，他最注重科學，把文學作品看作是實驗科學方法的產物。他說：「美學是跟植物學一般的科學。在植物學上對於橙樹、桂樹、松樹，有無分彼此的同等趣味。植物學的研究方法不僅僅限於植物一途，在描寫人間的作品上也可直接使用。」又說：「藝術與科學間所存在的相互關係，是相互間的光榮。授予藝術以主要屬性，是科學的光榮。在眞理的基石上立着高大的建築，是藝術的光榮。」泰納判定了藝術與科學的關係，而且把科學看作藝術的根基。

所以，尊重眞實的人生而要借重科學以把握人生的眞實，是聖柏甫的主張。徹底地根據科學以科學方法闡明人生的眞理，是泰納的見解。換言之，前者要造成科學的文學，後者要造成文學的科學。

復次，從作家的創作上觀察，孚祿倍爾可以代表現實主義，左拉可以代表自然主義。

孚祿倍爾創作的見解，認爲客觀的事實早就呈現在客觀界，只是要人們去發現纔能得到；所以他說：「藝術是一種表現，我們必須在這表現上努力。』申言之，藝術與作家須劃清界限：藝術自藝術，作家自作家，作家的責任在將所欲描寫的對象如實地表現出來，他自己沒有權利插嘴一句話或顯出個人的氣分；作家的自我，須沈潛於客觀界中，將事態的原型加以忠實的複製，要在作品中達到無我的境界，這纔是藝術的成功。

左拉創作的見解，完全取着科學家的研究態度。他把文學的表現認為是「在人間和社會的研究應用自然科學的實驗及報告的研究方法」的東西。他自己申言你們與其把我當作小說家，毋甯把我當作醫生；因為他曾像醫生診斷病人的病源那樣地用實驗醫學的方法考究社會的病態，從了解病源的來由注意到救藥的方針。為此，他要從平凡與瑣屑的事件中發現出其間本然的淵源與必然的趨向。這就是說，他要從文學的材料中找出一個人生之科學的體系。

所以，以眞空的胸懷處理人生的現狀，是孚祿倍爾的特色。以科學的方法發現人生的規律，是左拉的任務。換言之，前者重在藝術的表現，後者重在科學的探討。

由上列各方面的考察，至少可以看到現實主義與自然主義怎樣各有特殊的見解，而不容混視。這裏更就詹姆遜 (J.D. Jameson) 教授的解釋，加以補充：

『現實主義的小說造作着社會的歷史，現實主義的小說家特別着重於人物及其態度的精密的觀察，他們並不要造成一種科學的學說，他們是歷史家而不是生物學家。自然主義有兩點是對於現實主義理論有所裨補的：一、小說不僅是人生及其態度的報告；而是一種社會理法的指示。小說家不僅是一種純用觀察的歷史家，而是一個科學家、生物學家，而且在他觀察的見地上，發見出一個人類行爲的一般的定律。因此現實主義是社會的觀察，自然主義是一般定律的科學方式。二、自然主義改變了小說家的技巧。現實主義作家從觀察一般的情景中發明出其間的特殊事故，以使一般的情景生動。自然主義作家依照了他的學理，無論如何不能有所發明。他用的文字必須是用在他描寫人物上的實在文字。他寫他的小說必須準備作着註解。他不能像孚祿倍爾那樣僅把可能的事實蒐集，而必須表現他們曾經發見的恰切的事實。』詹姆遜把現實主義與自然主義的分別認爲是方法與趨向上的不同，這也是一種很有意義的解釋。

總之，現實主義與自然主義的立場有種種不同的地方。其不同的地方：前者在觀察眞實、感覺眞實、表現眞實，後者在測量眞實、實驗眞實、解釋眞實；前的從客觀出發歸束到眞實，自始至終保存了藝術的本色，後者從事實出發歸束到理法，由科學的手段傾向於理想的把握。至於二者興盛的時期：現實主義約在一八六〇年代，自然主義約在一八八〇年代。其作家的分別：巴爾札克與孚祿倍爾等屬於現實主義，龔哥兒兄弟、都德、左拉與莫泊桑屬於自然主義。

現實主義與自然主義的區別既明，對於上述的（一）科學的解釋、（二）客觀條件、（三）人生的藝術、（四）日常生活的描寫與（五）表現方法五項中的諸特色，何者屬於現實主義，何者屬於自然主義，何者爲二者所兼，亦不難明瞭。不過有一點須要注意的：「一切的見解都是從事實歸納到理論」，所以要眞正理解現實主義與自然主義各各的特色，必須從他們的作品中去探求。

現實主義與自然主義，誠如蘭姆遜所說，乃是方面與傾向的不同，其根據資本主義社會的背景，科學及實證哲學的方法，反對以前浪漫主義理想主義的地方，還是保存着相當的統一，恰如現實主義、自然主義與浪漫主義在注重內容、反對形式主義與所表現的社會意識幾個大前提上保持着統一一樣。

十九世紀下半期，資本主義社會高度上升與中產階級的迅速發展，是歐洲諸國一致的趨向。在文學上，歐洲諸國差不多也走了共通的路徑；現實派——現實主義與自然主義——的文學不論在那一國都佔着極大的優勢。英國是最先進的資本主義國家，現實主義的文學最先從浪漫主義的幻想的領域中擺脫出來，如薩克萊(William Thackeray)、迭更斯(Charles Dickens)、第斯雷列(Disraeli)等，都從社會的底層裏描出人間的病痛，表現社會改良的急切；英國是一個唯實的民族，他們縱有深刻的描寫，卻沒有理論上的成績，而且因為早熟的緣故，其衰退也早。德國是科學最發達的國家，這時也以徹底研究人生眞相為必要，有名的詩人荷爾茲(Arns Holz)、霍普特曼(Gerhart Hauptmann)用激進的態度以與傳統思想挑戰，而歸根卻又與社會主義連結。這時向來不被注意的北歐文學卻大顯聲色，如俄國的屠格涅甫、託爾斯泰、杜思託以夫思基，挪威的易卜生、般生(Björnson)以及瑞典的斯特林堡(Strindberg)等，他們有的提出政治問題，有的提出青年問題，有的提出農民問題，有的提出婦女解放問題，這些雖然不都是嚴格的現實派文學，然而所含現實的氣質非常濃厚。北歐文學與法國文學是十九世紀下半期在歐洲最風行而有潛勢力的。不過北歐文學有卓越的作品，而趣味非常不齊，理論上找不出一個標準與系統；而法國文學既有優越的作品，又有明白的理論，理論與作品且能保持諧和的狀態。所以，法國現實派文學在那時歐洲各國的文壇上，佔着最重要的地位。

第三十一章　現實主義小說家

從浪漫派轉變到現實派的巴爾札克——其生平與作品——小說法則——法國資產社會的風景畫「人間喜劇」——兩種重要表現——從商業資本主義轉變到金融資本主義的社會姿態——「皮洛多的興家與蕩產」——金錢勢力的籠蓋一切——物質主義哲學——巴爾札克與雨果的比較——「人間喜劇」的估量——現實主義中堅人物孚祿倍爾——其生平與作品——孚祿倍爾與巴爾札克的同異——從憎厭中產社會走進象牙之塔——純粹的客觀態度積密的觀察工夫精到的藝術手腕——「波華荔夫人」梗概——「感情教育」與「蒲華爾與潘克囂」——其他現實主義作家——非現實主義作家

法國現實主義小說中最重要的兩個是巴爾札克與孚祿倍爾。

巴爾札克被稱爲從浪漫主義轉變到現實主義的作家。當所有的浪漫主義作家都在避去他們的社會逃向理想的王國之時，他卻把現實的枝芽伸長出來，與他的環境與社會意識密接，在小說中加以描寫。伊科維茲(Marc Ickowiz) 說他『以可驚的才能，稀世的努力，強大而豐富的想像力，在他的作品中，把浪漫主義所忽略的整個社會、社會時代表現出來。』他自己對浪漫主義者喊着：『我的資產者小說比你們的悲劇更悲劇的。』法國現實主義的作家不自巴爾札克始，斯丹達爾與梅麗美的作品卽表現着明白的現實意識，而斯丹達爾與梅麗美是現實主義作家而沒有現實主義形式的人，所以仍被歸到浪漫主義作家之行列；巴爾札克是現實主義作家而在他死前十年中獲得現實主義的藝術的所以被視爲現實主義作家的先鋒。

倭諾累·巴爾札克（Honoré Balzac）以一七九九年生於都爾斯，當時法國的農村小工商業正在衰落，都市的大商業正在往上猛進，這種社會對於這位作家的影響自不必說。他的父親是一個南方的富有感情的人，母親是一個巴黎的嫻熟於實務的女子，因之在遺傳上也使他兼有浪漫與現實氣質的兩方面。他出身平民家庭非常寒酸。幼年曾在溫東中學（Collège de Vendôme）讀書；但不久爲了謀活，跑到巴黎在一個律師家裏做書記。他很早懷着從事文學的志願，在二十歲時就寫了一齣悲劇克倫威爾（Cromwell），不曾得到出版，而他於此時租了一個破窄的小閣樓，立下不在著作上得一點地位不與世人相見的志願。他這時窮苦萬分，每天只吃一些水潤的枯焦麵包，每次吃時用粉筆在食桌上畫出許多高貴的食器的樣子，在其中寫着他想吃的山珍海味，這樣他枯焦的麵包便爽然嚥下了。此後他寫了許多神怪小說之類的東西，用假名售出，爲維持他的生活，這種無意識的工作一直繼續了好幾年；這些書稿大部分爲他後來所毀去。他那時看到商人們的繁榮，自己也想在產業方面找個獲利的機會，於是從事經營書店印刷業與活字廠；只是他沒有營業手段，非但不能得利，反折了極大的本錢，身上還堆滿了累累的債務。此後他的生活便愈弄得侷促如轅下駒，爲償還這些債務，只有拼命地寫，寫出一點稿費來。巴爾札克自恃身體好，能耐疲勞，因爲他身體碩大，相貌粗糙，發言動作都有強力，而且喜歡狂笑，人們有的稱他爲「快活的野猪」，有的稱他爲「文學的大將」，他自己則以「文學界的拿破崙」自命，常翹首企足地說：『在藝術界足以揮發榮光的唯有勇敢。此種勇敢是常人所夢想不到的。』所以他工作常幾個月閉門不出，日以繼夜，夜以繼日，燃巨燭，喝咖啡，每日十二小時、十四小時、十六小時以至十八十九小時，不斷地寫述。他因為用腦過度的緣故，有時竟至不辨他在小說中生活還是在地上做人，結果造成了種種笑話。據說有一天，一個朋友到他家裏，巴爾札克突然走到他的面前大聲叫苦，說着：『你，你使這不幸的少女自殺了！』那朋友弄得莫明其妙，嚇得退了幾步；後來仔細問他，纔知道他所說的少女，乃是他正在寫着的小說中的女主人公葛蘭苔。又有一次，一個朋友告訴他妹子病重的消息；巴爾札克打斷了他的話說：『朋友，好極了，不過言歸正傳，我們不是講着葛蘭苔嗎？』巴爾札克這種勤勤不息的寫作一直延續了二十多年。後來他與一個安斯嘉夫人（$\mathrm{M^{me}}$ de Hanska）結婚，生活比較寬裕，然而過度的工作已不能使他持久了；終於在一八五〇年因心臟病死於巴黎。他一生祇活了五十歲。不過靠他精勤不息的努力，卻在文學上造下巨大的成績。

巴爾札克的大著人間喜劇（La Comédie humaine）——有人譯作人曲，以與但丁的神曲相對——是畢生重要作品的集成，於一八四二年集起來的。這部大著共九十七卷，依其性質可分如下五個部門：

一、個人生活寫真：哥倍斯堪（Gobesk，一八三〇），惡貓之家（La maison du Chat-qui-pelote），三十歲的女人（La Fomme du trente ans，一八三一——一八四二），少尉夏伯（Le Colonel Chabert，一八三二）。

二、外省生活寫真：歐色尼・葛蘭苔（Eugénie Grandet，一八三三），山谷中的百合花（Le Lis dans la Vallée，一八三五），失去了的幻想（Les Illusions perdues，一八三七——一八四三），歐舒・米羅納

(Ursule Mironet, 一八四一）一個少年人的家事（Un Ménage de garçon, 一八四二）。

三、巴黎生活寫眞：老者哥里裒（Le père Coriot, 一八三四），皮洛多的興家與蕩產（Grandeur et décadance de César Birotteau, 一八三七），表妹裨特（La Cousine Bette, 一八四六），表兄彭思（Le cousin Pons, 一八四七）。

四、政治生活寫眞：一個恐怖時代下的斷片（Une Episode sous la Terreur）一樁曖昧的事(Une Ténébreuse affaire, 一八四一）。

五、軍隊生活寫眞：王黨的黨人們（Les Chouans, 一八二九）。

五、農村生活寫眞：鄉下醫生（Le Médecin de campagne），村中的教士（Le Curé de village, 一八三九——一八四七），鄉人（Les Paysans, 一八四四）。

其他還有關於哲學研究的，如粟革的皮（Le Peau de chagrin）、絕對的探討（La Recherche de l'absolu）。關於心理研究的，如伉儷生活的小厄運（Petites Misères de la vie conjugale）。

人間喜劇是巴爾札克至死未完成的鉅著然而在其中表示出了一幅十九世紀法蘭西社會的全景，已殼其不朽的價值。在這個總集的序文中，他提出幾個小說的法則，這幾個法則在文學史上的重要不下於他作品的本身。這裏把特就其重要者概括爲如下四點：

一、小說家的任務在用與科學家敍述普通動物同樣的方法去描寫社會的動物。人在社會上，其生活的變異及環境的變異是基於人的環境的變異。小說家的工作在描寫人與物，『質言之，就是人及給與他們思想的物質型態。』

二、一個種族的風俗習慣是最有意義的、最富哲理而且最有趣味的。歷史家不會寫出人們的風俗習慣是他們的大錯。所以小說家成爲當時社會的歷史家。他不但要報告那時代人民的風習，而且要報告他們的文化，他必須描寫出他們的服飾、住屋與種種事情——總之，要使後代人對於這個時代得到完全的了解。

三、不過這種社會史不能祇寫出一個或兩個人物。因爲一兩個人物不能表示出一個社會羣所有的變異。這種社會史必須要包含幾百個人物，每章必須成爲一篇小說，而每篇小說尤須成爲一種科學上的貢獻。

四、最後，社會史家寫小說不能祇包含社會本身的描寫；他必須要指出原因與事實的關係。總之他是一個科學家，分辨出釀成某種結果的各種原因，是他的功課。

這幾個重要法則，支配了十九世紀下半期小說的形式，成爲現實主義的基準。英國的現實主義已趨衰歇，而法國則特別在小說方面大著成績；英國斐爾亭(Henry Fielding)在百年前所提出的原則，到這時在理論上與實際上都給巴爾札克完成了。不過，對於巴爾札克的現實主義有兩點應注意的：第一，他很關心小說家的任務，卻沒有提示出小說家如何採取題材；第二，他重視行爲本身的表現，而對於人類行爲一般的學理卻未加如何注意。等到二十年後，自然主義作家左拉出來，貢獻了一個採取題材的方法，且由社會史進而着重社會心理學的研究，於是又造成了自然主義的學理。

十九世紀上半期法蘭西社會的經濟狀態正是在資本主義上昇的過程中大工業與小工業大商店與小商店、大銀行與小銀行同時並存交相競爭的時候中產社會之躍進正在從商業資本主義轉向金融資本主義的過程中。巴爾札克生當此世，旣能應用客觀的科學方法描寫歷史家所忽略的風俗史，如他所說：『法蘭西自身在創造自己的歷史，我只是一個盡紀錄之責的書記。』自然會充分地把這個社會的原型表現出來。他那部龐大的小說總集人間喜劇，俄國佛理采（Vladimir Friche）把它稱爲『從資本主義以前的商業資產者的觀點所描寫的法國資產社會的風俗畫』在這些小說中，我們可以看到法國帝政復辟與七月專制時代社會的全景。他所描寫的那些股東、重利盤剝者、銀行家、新聞記者、經營投機事業者、律師、官僚、僧侶、戲子、強盜、竊賊、鄉人、警察，各色各樣的人物都在他書中出現，尤其是那種在上昇中的資本主義社會中的資產者格外顯現得生動活躍。

在巴爾札克的作品中，橫着兩種表現是最重要的，也是最明顯的。

第一表現從商業資本主義轉變到金融資本主義的社會姿態。法國這時資產社會進化的過程，正在商人與銀行家的交替之中。巴爾札克所描寫的商業資本家有好多是抱着投機熱的：如惡貓之家中的商人嘉默，欲從販羅紗的生意轉而經營大規模的買賣。茄孫勤之家（La Maison Mucingen）中的銀行家茄孫勤，他出世的經歷爲三個小夥計所津津樂道。這一篇小說與另外一篇皮洛多的興家與蕩產，巴爾札克自認爲裏面含着整個社會的教訓；尤其是後者代表了他本身設身處地的見解。

皮洛多的興家與蕩產中的主人公皮洛多，是一個農民的代表，懷着發財的熱望從鄉下到巴黎，在一家百貨商店裏做夥計。株守了多少時候，因店主去世的機緣，得到繼承店業。靠他的克勤克儉，後來又發明了幾種香水，終於成爲一個富商。皮洛多是一個心地純潔行爲清白的人，他對人謙遜和藹，有同情互助的天性，博得周圍一切人的愛好；他又是一個精明善賈的人，對事小心謹愼，有駕長馭遠的識力，使他不論經營什麽事業，都有完美的結果。在家庭中他也是一個慈父良夫；他事業的成功，大半由於這種種商人的德性。商人所希望的是天下承平，因爲在強有力的帝王的安甯的統治之下，他們纔有獲利的機會；所以當法國革命發動，皮洛多便參加舊貴族的隊伍。一起來反對革命後的獨裁政治，表示對於王政的忠心。當布旁家的貴族政治復位的時候，皮洛多便升擢到市長的地位。爲大商人而兼攬政權的他，與舊貴族及巴黎的資產社會呵成一氣，造起館第，過着他理想的生活。這是他一生最幸福的時候。此後他還要以大商人進而在金融界謀發展，將他的資產投入地產公司作投機事業；不幸公司倒閉，他自己也跟着破產。而他肯盡出其積貯料理債務；這種商人尊重信用的美德，一時轟動了全市的商人，那時國王也認爲節操可風，特地撥出一筆費用去津貼他。不久他自族在商業上贏了厚利，替他把抵去的產業贖回。在他故居歡宴賓客，一切仍歸繁榮，而年老的皮洛多卻正在此時與世長辭；臨逝的刹那在座的脩道院長喊着：「誠哉義人之死！」

皮洛多是一個帶有宗法意識的舊家長，又是一個具備商業道德的理想化的資產者。這種舊資產者在金融資本主義急速發展時原呈動搖現象，果然他爲了從事投機事業不旋踵而沒落。保存原有的商業資本主義與趨向金融資本主義，是當時資產者的兩條路；巴爾札克代表了前者，他不願意看他自己階級的沒落，所以獎讚他的商業道德，而使之借他家族經商得利的機緣重光他的門庭，借修道院長的話獎讚他的死，在皮洛多破產的審判時，他還借着法官的話辯明破產之罪不在商人而在金融家，而且說：『這幾年來比較舊時君主政體下破產的案件特別多。』可見他對於僧侶與君主政體的好感，因爲這些東西根本是保護家族財產的。巴爾札克對於家族與私有財產的觀念篤信很深；這不但在皮洛多的興家與蕩產作如此表現，其他在鄉人中如此，在鄉下醫生、村中的教士中，亦莫不如此。所以有人把他的作品取名「產業詩」，這不是沒有原因的。

第二表現金錢勢力是籠蓋一切。在人間喜劇中他根本就是在表現金錢勢力浸淫之下的種種社會現象。他寫盡了爲金錢而金錢的人、利用或利用於金錢的人、投機事業狂的人、因投機事業而立成巨富或赤貧的人，爲金錢的佔有慾而發生的種種吝嗇、收買、妬忌、僥倖、浪費、絕交、坐牢、殺戮各種各樣的表現，無奇不有。因爲自從資本主義興起以來，產業的估計與交換，金錢成爲唯一的尺度，金錢的勢力支配了一切，得到金錢就是得到人間的一切，人生的慾望與追求無一不是以金錢爲出發、爲歸束，人生好像就是從積貯貲財到享樂貲財吧了。人間喜劇爲首一篇葛蘭苔其中所描寫的主人公便是一個浸沉於金錢生活中的人，除了喜劇的一面外，什麼思想、感情、意向都是爲金錢勢力所左右的，書中明白地說：『金錢便是一切，這支配着法律、政治、風俗、習慣的東西。』物質主義是巴爾札克的哲學基礎。在他看來，社會上是無所謂禮讓與客氣的，誰懂得弄錢的方法誰就勝利幸福，不然就是自取失敗滅亡。巴爾札克是主張產業競爭而讚頌強者的；他所寫的人物不論上下都是強者，盜竊着人類而謀一己的利益。『巴爾札克的眞實世界是商業的世界，這裏面有的是陰謀和誹謗，敗類的銀行家，輕賤的政客和依賴成性的紳士——一個世界裏面的國王是一個流氓，皇后是一個娼妓。」不但如此，巴爾札克還將人性中素來所認爲高貴的名譽與純潔的愛情也物質化了。在他的目光中，所謂名譽，不過是金錢的勝利，所謂結婚，不過是商業的合同。在金錢勢力浸淫一切的時候，巴爾札克洞見了生活的醜惡的方面，所以他於我們面前所呈的社會與人性的印象也往往是黯慘而不能卒讀。人間喜劇，除極小部分外，大體可說是一大束悲劇。巴爾札克是一個金錢的禮讚者，同時又是一個社會生活的病理家。

巴爾札克是描寫貴族與資產者的能手，他對於他們的生活品性確能刻畫精到；但對於無產者與下層社會，他顯然沒有注意到。雖然他自誇「上上下下，世態萬象，不論法律、宗教、歷史、現代，我都加以分析與觀察。」然而爲都市中人的他，於法國最大多數農民的生活根本是隔膜的；描寫勞動者的描寫，在他所有的作品中只佔極小部分，而就是在鄉人中有佃民存在，也不曾描出他們的眞性格，只是模糊地寫了一些農村的破落戶與落魄的鄉村教師來充數而已。所以，所謂十九世紀上半期社會史的人間喜劇，事實上疏漏了當時不曾得勢的無產社會。

擅長散文的敍述與描寫，是巴爾札克與雨果的共通點；但在主要的部分，他們卻顯出不同的趣味。斯屈拉希說：「第一，雨果是精於修辭的，而巴爾札克則反之；第二，雨果常忽略了人生的眞相，而巴爾札克則反之。在後者，是巴爾札克的長也是雨果的短。雨果帶着幻想的翅膀在一大衢遊行，是雨果的內行處，而着重於地上的事，驅着車子在巴黎的街上走，卻是巴爾札克的內行處。他的粗疏而偉大的多產精神，使他產生了豐富與堅強的作品。因此他把雨果在悲慘世界中欲言不能的事做成功了。」

人間喜劇在形式上雖然是一大串的小說，實質上卻是一部整個的巨著，在相當程度也可說是一部系統的經濟論文，裏面有許多地方都是眞確的事實。他曾在親戚朋友中找他書中的人物，又在一條街上找房子給他們住，關於各種用具、衣服、綢緞、飾物的熟悉不下於一個拍賣商人，他觀察了一個地方，立刻能彀知道這個環境與他書中人物的關係；所以在他的作品中，可以找到確切的地方性、特殊的個性。這些，都是他成爲現實主義作家的原因。不過人間喜劇中所注重的是人類的狀態，不是人物的本身。他爲了要實現寫出整個社會的野心，不得不把無窮的社會萬象縮在有限的人物身上，因此在初起他固然是如實描寫的，但是到後來，浪漫的氣質上升，就任放出他的想像力，把他們形容過度；結果主觀性的讚頌，無意味的誇張、溫熱的脩辭文格，都顯露了出來。所以，巴爾札克可說是一個浪漫氣質尙未脫盡的現實主義作家。

巴爾札克是在浪漫運動時的現實主義先鋒，正當現實主義時的中堅人物是孚祿倍爾。

巨斯達夫·孚祿倍爾（Gustave Flaubert）以一八二一年生於法國北部的盧昂市。他父親是一個市立外科醫院的醫生，這種醫藥的環境大部分表現在他以後的作品中。他承着他母親的諾曼底的血統，生就一副剛健而魁梧的體格。初起在本地的中學求學，喜歡讀詩人蒲意萊（Louis Bouilhet）的作品。十九歲時爲他父親送到巴黎習法律，但法律不能使他專心，他時常喜寫文學作品，而且喜涉男女交際的事，在情場中浮沉，於戀愛他不得成功，經過幾次失敗的打擊，使他的性格與人生觀傾向於懷怨與消極。此後他往各地旅行：一八四〇年往背羅溫斯與哥爾斯(Corse)一八四五年往意大利，一八四七年往不勒塔涅，一八四九年又跟友伴往埃及，從自然與人事的接觸，他的文思日益進步，遂即立定志向從事文學。不久他父親棄世，又使他有擇業自由的機會。他與母親兩人卜居離故鄉不遠的賽納河畔的克魯亞舍(Croisset)，終日閉門創作。此後他的生活除往東方旅行一次，及到巴黎跟幾個文人作幾次會面外，一直沒有離開這個地方。一八五七年發表了他的得意之作波華荔夫人，非但不曾得到世人的好評，反爲司法當局加以猥褻的罪名。其他繼續作成的幾種作品也遭到同樣的冷遇。他最親愛的母親不久又告病死；種種方面使他陷於失望與悲哀，漸漸養成一種忿世嫉俗的觀念。他排斥理想，排斥宗教，排斥權威，除了自己與觀察外，不信任何事物，他終究成了一個疑忌人生嫌惡人世的宿命觀的，又成了一個愛好寂寞甘於冷酷的孤獨者，連知交也割席，連家人也討厭，獨自深閉書室，在凝視着虛空苦心思索中過了他的晚年。他在孤獨與失望中生活，並不因此而自擾方寸，愈是失望，他的心愈冷，愈是孤獨，他的眼愈明，他在遭世遺棄之下得到清楚地觀察人生，他在遠離人生之後得到明確地複現人生。較之旁人更遠離人生而更明白人生況味，是他的生活，也就是他的藝術。他慨歎道：『人生虛無，藝術纔是一切。』對於藝術與實際生活間的矛盾，有如他那樣痛切地經驗到的恐不多吧。孚祿倍爾以一八八九年因中風死於巴黎，臨逝尚有蒲華爾與潘克憲一稿在手頭沒有完成。

孚祿倍爾一生並沒有多量的作品留下，而傳世的卻都是傑作。他的作品大部分是小說，有波華荔夫人(Madame de Bovary，一八五六——六一)、薩朗坡(Salammbo，一八五七——六二)、感情教育(L'Education sentimentale, 一八六二——六九）聖安多納的誘惑（La Tentation de Saint Antoine, 一八七四）三個故事（Trois Contes, 一八七七內含愛和梯雅 Hérodias、聖・如厲央的傳說 La légende de Saint-Julien、一個簡單的心 Un coeur Simple）與蒲華爾與潘克憲（Bouvard et Pécuchet, 一八八一）諸篇。此外尚有兩個戲曲候補者（Le Candidat）與心的第宅（Le Château de Coeurs）。

孚祿倍爾是繼承巴爾札克而起的，但是他們之間的趣味有同點也有不同點。以一個開創現實主義的作家而不能脫盡浪漫主義的氣質，這是兩人共通的地方。巴爾札克在山中的百合花中處理着浪漫的題材，孚祿倍爾也有浪漫主義的作品薩朗坡，是一部敘述迦太基（Carthage）叛亂的小說，聖安多納的誘惑是一部描寫中古主義的小說，充滿着浪漫意味的神祕之愛；他為了寫小說讀遍了歷史與考古學的書，以明白當代人的宗教儀態。他們的取材是屬於浪漫的，他們的寫法是屬於現實的。朗松說：『孚祿倍爾的位置介乎浪漫主義與現實主義之間。他從浪漫主義出身而站在現實主義的觀點上，以浪漫主義的的特色修正現實主義，故他的藝術是兩派性質的混血兒。』至於他們兩人的異點：第一，巴爾札克自身屬於中產者而對中產者表示好感，加以讚頌的；孚祿倍爾自身也屬於中產者而對中產者表示惡心，施以攻擊的，他自己說：『描寫近代的資產社會，於我是奇異的不快。』第二，巴爾札克不絕地寫作而成為多產的作家，孚祿倍爾不絕地寫作而成為縝密的作家。巴爾札克與孚祿倍爾的相同處，是他們同為現實主義作家的原因；他們的相異處表示了各各不同的特色。不消說，在相異處可以幫助對於孚祿倍爾的明瞭。

孚祿倍爾對於自己社會環境的厭棄，完全由他生活的失望而起。他懷抱的理想不能實現，他巨大的貢獻爲人忽視，這樣就使他對於當時資產者的貪慾、下賤、庸俗、無情、無知起了強烈的反感，盡他畢生之心力施以攻擊；甚至說：『我認爲一切東西中最下賤的，那就稱爲資產者。』孚祿倍爾從資本主義社會中失望出來，他並不要走上社會主義之路，而卻鑽進了象牙之塔。他覺得世界已充滿了利己主義 (égoïsme)，人還是去找尋世外桃源的好；他說：『我管我，帝政管帝政，我們還是關起門來，從我們的象牙之塔，一直往上昇，昇至天齊。縱在高處不勝寒，然而又何妨！我們眺望着那燦爛的明星，將不聞塵囂之喧譁了。』

他鑽進象牙之塔，一心建造他的藝術之宮。厭忌一切，以藝術爲他唯一的慰安。在聖安多納的誘惑中，他描寫安多納當感到人世的苦痛而發生厭世觀念時，忽然爲藝術的靈感所動，決心盡畢生之力去從事；作者如何在表白他對於藝術的信心。俄國的批評家梅裘考夫思基 (Merejukovsky) 說：『孚祿倍爾對於美的態度，猶如守財奴之於金錢，野心家之於權利，情人之於戀愛，抱住不放。他的作品恰如苦心孤詣之結果的自殺一樣。他傾他全身的精力用狂人般的熱心，殉教者般的服從，聖蹟劇上之僧侶般的虔敬，來從事藝術。』孚祿倍爾是一個鞠躬盡瘁於藝術的作家。他對於藝術的態度，有如下三點值得注意的：

第一是純粹的客觀態度。在作品中不顯露他的人格，他的感覺，讓事態的原型自然地反映在作品中。他說：『不論怎樣惹人看的東西，不論怎樣無意味的東西，都非當作同一的東西來描寫不可。留着在我們心房中的，只是目今所有的東西，至於應有什麼東西，我們毫不理會。』同時又說：『醜惡，須和其他的事象一樣地把它當作描寫的對象。醜惡，在其特色的一點上觀之，還有超其他而上之地去描寫它的理由。』乎祿倍爾描寫事物無所用其情感，他雖在愁與不如意中過他的一生，而從不曾傾訴他的絲毫情緒，完全保持着他謹嚴的現實主義者的態度。

第二是積密的觀察工夫。乎祿倍爾的作品決不是任意下筆作成的，都曾經過積密的觀察：所寫的環境是他經歷過的，所寫的人物是他日常所熟知的，有很多是他的親戚朋友，所寫的情節是他實地觀察到的，甚至親自去嘗試。巴爾札克的人物在眞確中是可疑的，乎祿倍爾的人物則是在地上站得穩的。乎祿倍爾的這種觀察工夫，他的弟子莫泊桑在伯多祿與若望的序文中曾引過他的教言：『爲着要發見普通所不能看出以及不能說出的狀態，我們對於自己所要說的一切，應該在充分的長時間以充分的注意去觀察。在不論什麼事物中間，總有「不曾被發見的事物。」因爲我們觀察事物時，我們的眼光卽已被前人所想過的事物之記憶所限制。』以充分的時間充分地注意觀察，乎祿倍爾確能以身作則；他作成波華荔夫人化了六年苦功，作成薩朗坡化了五年，作成感情教育化了七年。

第三是精到的藝術手腕。乎祿倍爾所煞費苦心的，是表現他觀察所得的藝術。他告訴他的弟子莫泊桑，說天下沒有兩粒沙、兩個蒼蠅、兩隻手、兩種鼻子是一般無二的，要描寫它，非發見它的異點不可。因此他說：

『我們不論描寫什麼事物：要表現它，惟有一個名詞，要賦與他運動，惟有一個動詞，要得到它性質，惟有一個形容詞。我們須繼續不斷地苦心思索，非發見這個惟一的名詞、動詞與形容詞不可，僅僅發見與這些名詞、動詞與形容詞相類似的詞句是不行的。也不能因思索因難，用類似的詞句敷衍了事。』

這就是脩辭上有名的「一語說」（théorie du mot unique）。他認爲內容之於形式，猶如靈魂之於軀殼，不可須臾相離。孚祿倍爾在文字上的慘澹經營，至今傳爲文壇上的佳話。往往工作了一星期之久，稿紙還沒有轉頁；作成的文稿，也不惜幾次更改。所以他的文辭能兼備精確、遒勁與自然的好處，在法蘭西散文上留下光輝的成績。

孚祿倍爾與巴爾札克一樣是描寫資產者的能手：不過巴爾札克把他們看作理想的英雄，孚祿倍爾把他們看作愚劣的傻瓜。要理解孚祿倍爾的人生觀與藝術，他的幾個長篇是非看不可的。這里先引他的波華荔夫人：

這部小說的重要人物是波華荔醫生、波華荔夫人與萊洪、羅陀甫四人。波華荔醫生名夏爾，是退伍軍醫的兒子，而從事行醫的人。幼年因被母親過度的撫愛，使他成爲怯弱無能的懦夫。他因爲貪錢，與一個有錢的寡婦結婚，但是因懼伊的辣手而感到苦痛。這個寡婦不久死了。於是他又因愛色而愛上了一個病家的女兒恩瑪，不久兩人結婚。恩瑪成爲波華荔夫人。恩瑪是一個美貌的村姑，有強烈的感能，抱着幸福的結婚生活的幻想；但是結婚以後，立刻覺到伊幻想的失望：夏爾是一個無才藝、無能力、無志望的凡夫俗子，跟他一起生活沒有一點與趣與快感，所感到的只是無聊與單調。伊開始對於伊的結婚生活倦怠，對於伊的丈夫厭惡，幾乎屢次想把夏爾這個名字登在報章與雜誌上，使天下人盡知他是一個沒頭沒腦的糊塗蟲。伊心裏常說：『男人是多可憐呀！男人是多可憐呀！』同時伊很想找一個才貌相稱的男子來解悶，而爲這個理想一籌莫展，終日困於愁城，變成易怒多氣的女子；伊丈夫以爲由於水土不服，於是易地以處，把家搬到桑維爾城。這時恩瑪生了一個女孩，在夏爾當然很高興，而伊卻更覺苦痛了。那時會有一個青年書記萊洪精詩歌，善音樂，恩瑪一見傾心，萊洪亦懷好感；只因相處日久，兩下並未一訴衷情，萊洪睹此情況，以爲戀愛失敗，逕走巴黎。恩瑪捨此，中心異常懊傷，生活益加倦怠。這時，另一個富豪的男子羅陀甫因找夏爾治病的機緣而出現。他是一個年富力強的壯男，情場的能手，見了恩瑪，卽向伊誘惑。起初伊尚無意思，而後來終於降服在他的慇懃之下了。一次在森林中兩人騎馬，發生了肉體關係，給恩瑪以奇異的興奮。伊耽於這個戀愛的生活，把戀人看作裴倫那樣的人物，甚至家事也不顧，親友也疏遠，恩瑪與羅陀甫的關係漸爲人家所知道。恩瑪夢想着永續這種歡愛的生活，決心要兩人偕逃，向羅陀甫建議：而羅陀甫是一個實際的人，他個人在慾望滿足以後，任伊留在空想的境界中，對伊敷衍，拒絕，以至拋下伊，逕自走了。這個殘酷的失望使恩瑪一痛幾絕，病倒了好久。夏爾這時一面看伊的病，一面又羅致借款。病愈以後，夏爾爲使他愉悅，同伊兩人到盧昂看戲，在這種紙醉金迷的環境中，重又燃起了恩瑪的幻想之火。同時意外地遇到了三年前的戀人萊洪，兩下舊夢重溫，捲入了強烈的肉慾中。到此伊已變成一個十足的浪漫女性，對肉慾無節制，視金錢如廢物，家中的女兒已沒有襪子穿，伊不管，自身的債務已弄得償不清，伊不問。萊洪說伊發瘋而遠離伊，恩瑪的理想都成爲幻影，眼前的現實又駸駸逼着伊，伊在無可奈何之下終於服毒自殺了。臨死的時候，崇拜妻子的夏爾絕望地痛哭了一番。關於恩瑪一生通姦的事，他一無所知，直到有一天整理案牘，見到伊的私信，纔發覺他的妻與萊洪與羅陀甫的葛籐。他反芻了自己的傷心，忿怒萊洪與羅陀甫的昧良；然而當他遇到他們兩人時，仍不敢稍動聲色，顯出他庸懦無能的本性。不久夏爾在抑鬱中死了。他的家產已蕩盡，留下一個無依的孤女，投向姑母家，姑母家無力撫養，把伊送到廠中作工。

在波華荔夫人中，孚祿倍爾把中產者所有可厭可憎的醜態都具體化了。夏爾的愚昧無意志、無魄力、無感覺，崇拜妻子，把妻子當作財產地供奉，甘於作伊的奴隸，無光無熱地像猪仔般地過了他的一生，蠢得可憐。羅陀甫的虛僞，對人沒有誠懇，沒有信義，把女性當作泄慾器，一旦慾望滿足便拋棄不顧，完全是一個實利而無恥的市儈。萊洪的浮薄愛好虛榮，賣弄他的聰明才具，對人佯作禮貌，對婦女假作親柔，面堆着得意的笑容，骨子裏做着攀龍附鳳的名利夢。在這種卑鄙庸俗的環境中，使帶着理想的恩瑪照常呼吸成爲不可能，結果便以一個悲劇了事。我們在這個蔑棄了中產者的伊的姿態中，隱隱可以看出孚祿倍爾自己的姿態。

憎厭資產者並描寫他們的愚妄，是孚祿倍爾在所有作品中一貫的態度。這種態度，在他與波華荔夫人並稱爲三大傑作的感情教育與蒲華爾與潘克藷中有更明顯的表現。

感情教育描寫一個主人公莫羅，是與夏爾一樣脆弱無能乾燥乏味的人，靠着遺產過他安分的日子。他的愛情教育施給四個女子：一個是已婚的婦人亞爾諾夫人，一個是賣娼的婦人羅沙耐特，一個是金融家的貴婦人湯伯羅夫人，還有一個是村姑羅珂小姐；莫羅卽在革命的炮火聲中展開他們的戀愛生活，然而他們都是聞炮聲而戰慄的膽怯的人。另一方面，大資產者的議員湯伯羅以政治家、銀行家、投機事業者而出現；一生只知打算奉承，而至死不肯放棄他的權利與金錢，他臨死的時候就驕傲他一生靠着得勝的多重人格。此外，尙有地主、豪紳、社會主義者等的姿態。凡是十九世紀中葉法蘭西社會的種種形相，孚祿倍爾在現實性上一一加以表現。

蒲華爾與潘克憲描寫兩個小資產的放債者，他們一生在無聊與夢想中過活。他們沒有事情做，到鄉下隱居去；隱居覺得乏味，從事栽菜栽菜感到無聊，研究學問涉獵理化文史哲學等科，但是他們狹窄的頭腦不能理解，研究了幾年仍是茫然；於是想到自殺，恰爲僧人所救，終於理舊業以自終。在這種地方，孚祿倍爾對於盤剝利息的寄生階級生活空虛怯弱的小資產者心理，實已描寫得窮盡形相。他寫着：「呀呀，法蘭西！你雖是我們的國家，但由這證明，卻是無足輕重的。愚拙的洪水，愚蠢的波浪淹沒了法蘭西，我們似乎也是淹沒在中間了。」

孚祿倍爾是現實主義作家中的一個領袖人物，他的純粹的客觀態度、稹密的觀察工夫及精到的藝術手腕，不但鞏固了現實主義的根基，而且使後起的龔哥兒兄弟、都德、左拉與莫泊桑諸人繼承着他一部分的遺產，而開闢了自然主義的途徑。

在現實主義作家中，巴爾札克與孚祿倍爾是最能把握到社會的眞實性的兩大作家。此外，比較次要的還有兩個作家值得一提的：一個是邱弼萊(Victor Cherbuliez，一八二九——一八九九年)，一個是法布爾 (Ferdinand Fabre，一八三〇——一八九八年)。邱弼萊出身於巴黎大學與柏林大學，一八六四年曾爲兩世界評論的編輯，他爲人非常智慧，對於哲學、藝術、科學等各方面有廣泛的脩養。他第一次作小說用了(G. Valbert)的假名。他的小說主要的是討論家庭問題、社會問題，且擅長心理分析。他的傑作是布爾希的冒險(Aventure de Ladislas Bolski)、季思蘭伯爵的天職(Vocation de Comte Ghislain)等。他同時也是一個批評家。法布爾自稱鄉士藝術家，起初出版了一些詩集，他的代表作第格蘭牧師 (L'Abbé Tigrane) 是法國小說界的奇書，描寫法國教士生活，其觀察的深刻，實是同時代的作品中所少有的。啓明星（Lucifer）描寫教士中絕對主宰派與不服教皇命令者兩派的鬥爭，是有歷史意義的著作。其他如牧師洛台萊（Roitélét）與諾里納（Norine）諸作，對於自然界的調和與美感，描寫得也很生動活潑。

這個時期，法國的文壇雖然已被現實主義以及自然主義的作家所據有，然而理想派的小說家不是完全沒有。桑德（Jules Sandeau）與孚伊埃（Octave Feuillet，一八二一——一八九〇年）諸人的愉快而優雅的想像小說，無形中給現實主義作家以撩擾。桑德與喬治桑曾發生一度的愛情，他的名字上面也已提過。他的傑作海蒲爾（Herbault），以滑稽的情緒感動人心；袋子和羊皮紙（Sacs et parchemins）有不能忘記的價值。現實派戲曲家奧奇埃精讀了這本書，纔引起創作名劇波西葉先生之婿的動機。孚伊埃在描寫人物與情節的典型上用工夫，雖然只能說有一半的成功，而他的嘉模爾先生（M.deCamors）、朱麗亞·脫萊構（Julia de Trécœur）、一個窮少年的小說（Le Roman d'un jeune homme pauvre）諸作，畢竟在文壇上也留了極大的痕蹟。

還有一個作家，不能把他歸入任何流派，而本身卻有值得注目的貢獻的，是亞波（Edmond About，一八二八——一八八五年。）他是一個很有才調的歷史小說家，他的作品碎耳朵的人（L'Homme a l'oreill cassée）、錄事的鼻子（Le Nez d'un notaire）、三十與四十（Trente et quarante）、日耳曼（Germaine）等對於歷史的觀察雖不深刻，而別饒風趣。他曾寫了一本馬德隆（Madelon），模倣巴爾札克。他也寫了一位好先生的故事（Le Roman d'un bon Monsieur），攻擊左拉及他的同派人。他的光陰大部分消耗在新聞事業中；與沙耳賽（Francisque Sarcey）合辦一個報紙十九世紀（Le XIXe Siècle），流行了二十餘年。

第三十二章　自然主義小說家

純粹的自然主義與印象的自然主義——龔哥兒兄弟——兩人的身世及作品——創作的特色——現實的歷史的——唯美的印象的——社會的民主的——「日米尼·拉綏朵」梗概——形式的考究——都德——他在自然主義作家中的姿態——其生平及作品——創作的特色——南方氣質的描寫——「達拉斯貢的戴達倫」——帶有浪漫氣質的自然主義——蠱惑人的趣味與風格——左拉——自然主義大師——其生平及作品——創作的態度與方法——觀察與實驗——「魯公麥加爾家叢書」——所表現的社會狀態——「魯公麥加爾家叢書」與「人間喜劇」比較——理想主義色彩——科學基礎與理想主義的矛盾——左拉創作的短長與對於各國的影響——莫泊桑——莫泊桑與左拉對較——其生平與作品——小說的原則——六個長篇中所表現的人生觀與創作態度的發展——「她的一生」梗概——以身殉文學——明澈的作風——自然主義小說的極峯

現實主義的小說一天一天發展，發展到某種程度使由量變質而成為自然主義。

關於自然主義作品在態度上是客觀的，在方法上是描寫的，上面已經說過。不過上面僅就籠統言之，因為所謂客觀也有程度分量之別：有純粹客觀的，有主觀參入的；前者名之曰「純粹的自然主義」，後者名之曰「印象的自然主義」。

純粹的自然主義，是如泰納所說的沒卻作者的個性而竭力將客觀事象的本身加以實地描寫，有如鏡子反映物體一樣地保存着事態的原型；作家與藝術不能有共通點，作家須略去自己的氣質而委身於藝術。在純粹的自然主義者，至少朝着這目標做去。然而事實能否達到如此，這是一個問題。人心有活力，決不如鏡子，狹義的主觀固然可以沒卻，而擴大的主觀無論如何不能消失。究其底蘊，如實地觀察如實地描寫，只是通過了作家的眼、心與手的如實地觀察與如實地描寫而已。就是左拉那樣堅持純粹自然主義的作家，他的作品中事與願違的破綻也不難找出。故一部分自然主義作家便試用主觀參入的方法別闢蹊徑，造成印象的自然主義。印象的自然主義發源於繪畫上的印象派（impressioniste）。如米勒（Millet）與瑪奈（Manet）的風景畫就被稱作印象派的風景畫，因爲他們的繪畫常冠以某種印象的字樣，批評家認爲此中的印象是「映入眼簾之印象的原型。」印象這個名詞，多少含有主觀鐫於心影的意思。印象派所表現的不是客觀地存在着的東西，而是由感覺印象中所接受的東西。印象派繪畫不注重線形輪廓而注重色彩調子，就是這個原因。文學上的印象的自然主義，正如繪畫上的印象派，以作者對於事物的印象爲主體，將作者的擴大的主觀造成一種情調，事物透過了這種情調而顯現出來。

純粹的自然主義與印象的自然主義並沒有本質上的分別，而只有程度上的差異；因爲純粹的自然主義要想看透那外界的自然，屏絕主觀而以眞空的心情接受事象，在事實上只是一種可望而不可卽的極限，偶一屏絕主觀稍鬆，很容易變成主觀參入的印象的自然主義。由此可知，純粹的自然主義與印象的自然主義的分野，卽在屏絕主觀的程度上，所以二者的分別也不像現實主義與自然主義那樣明顯。不過印象主義有從自然主義走到象徵主義或神祕主義的傾向，這表示了文學形式推移的過程。英國的批評家俾林格曾說過：『自然主義有兩派：一是印象的自然主義，以接受自然的印象來作表現自己人格的手段；一是純粹的自然主義，以獲到絕對的客觀現實為目標。龔哥兒兄弟與都德的作品屬於前者；左拉與莫泊桑的作品屬於後者。』現在循着這個次序來敍述。

首先，我們說作為自然派小說最初的維護者龔哥兒兄弟。

龔哥兒兄弟（Frères de Goncourt）被人們稱為近代小說之母，以與近代小說之父孚祿倍爾對照。他們兩人都獻身藝文，兄名愛德蒙·龔哥兒（Edmond de Goncourt），一八二二年生於南錫，弟名朱烈·龔哥兒（Jules de Goncourt），一八三〇年生於巴黎。他們出身富家，父母早故，兄弟共處，靠着巨大的遺產，過優裕的生活，對於社會生活與政治生活不感興趣，說政治不過是表面虛名的玩意，惟有相信藝術從事文學纔能獲到人生的意味。他們將自己的家屋佈置成美術館的模樣，蒐羅古董繪畫，尤其喜歡日本的玩具。兩人一起共同從事研究的生活。初起研究社會學，著有革命時代的法國社會史（L'Histoire de la société française pendant la Révolution）、執政期間（Sous le Directoire）與十八世紀的底情（Portraits intimes de XVIIIe siècle）等。十八世紀的底情一書刊行，曾被政府禁止發賣，於是他們折向藝術方面研究，討論詩與繪畫與戲曲的創作的問題，且著有十八世紀的藝術（L'Art du XVIIIe siècle）、十八世紀的女性（La Femme du XVIIIe siècle）等書。後來兩人合寫小說，他們的寫述是很耐人尋味的，兩人每寫一頁，然後互相比較，取捨選擇，合成一頁，這樣地完成一部小說。這種方法，用了好久，兩人對於外界的觀察與感覺漸漸相同，細微處雖有出入，大體終是一致，所以兄弟兩人實在只是一人。他們兩人都是神經過敏的，感覺非常敏銳。他們自己表白：「凡是我們的創作，全是建築在神經病上的，這或許是我們獨創性的所在。我們一面研究自己解剖自己，一面對於人生極小的煩惱也發生尖銳的感覺性。」他們的寫作精勤，下筆不苟，一行一節之間，常煞費苦心，東西探索資料，考驗題材。他們對於藝術這樣忠心，而得到的報酬卻非常冷酷：不但每個作品的讀者只有二三百人，而且他們別闢蹊徑的描寫方法，常遭到批評家嚴重的攻擊。弟弟朱烈本是身體孱弱的人，受到了這種精神上的打擊，又因操勞過度，於一八七〇年抑鬱致死。留着愛德蒙獨自創作，非常悲傷。一八七〇年普法戰爭後，法人敗績，國內的文明有了轉機，社會的心理也跟着變動；龔哥兒兄弟的作品才漸漸受人歡迎。加以一八八〇年佘祿倍爾死後，法國文壇更爲其兄愛德蒙所支配。但他時常嘆息弟弟的早夭，說着：「唉！如果我弟在世的話——」他晚年常聚文士於別墅，談論文學。一八九六年他病死於巴黎後，留下他的遺產，就把這個地方擴充，創立爲龔哥兒學院（Académie des Goncourt）。這學院的創立本是對於官廳的法蘭西學院的對抗，現已成爲文學界極有聲望的評論機關，他對於文學所貢獻之無上的實質的獎金，是所有法蘭西青年作家所想望的。

龔哥兒兄弟二人合著的小說，有文家達瑪奚（Charlos Demailly, les Hommes de Lettres, 一八六〇）、看護婦菲羅美尼（Sœur Philomène, 一八六一）、萊納・摩褒琳（Renée Mauperin, 一八六四）、日米尼・拉綏朵（Germinie Lacerteux, 一八六五）、馬奈德・沙羅孟（Mannette Salomin, 一八六七）及裘惠賽夫人（Madame Gervaisais, 一八六九）等。後愛德蒙獨著的作品，有齊格諾兄弟（Les Frères Zemgano, 一八七九）、少女愛蓮沙（La Fille Elia）、浮斯登（Faustin。一八八二）、親愛的女人（Chérie, 一八八五）諸書。

他們弟兄兩人的創作，有如下幾個特色：

第一是現實的、歷史的。龔哥兒兄弟的作品，應用科學的方式作人間生活的記錄。他們自稱爲記錄所見所聞的文家，把眞實的事象翻譯出來。愛德蒙在龔哥兒兄弟日記（Journal des Goncourt）上說『現代小說的完成，不論口述或筆寫，都須以眞實爲根據，如同撰史的根據文獻一樣。歷史家是往事的傳遞者，小說家是現實的敍述人。』他們常不惜金錢與時日蒐集可靠的資料，以達到敍述眞的現實。描寫日常生活的平淡瑣碎，比了孚祿倍爾還要冗長。龔哥兒兄弟作品的不能有普遍的影響，於這點是不無關係的。不過他們創作的目標固然是要記錄人間的生活，而等到題材到手的時候，態度卻轉向對於感覺的玩味。這就是說，他們開始的目的是要描寫眞的人生，而他們的手段卻漸漸和人生游離了。

第二是唯美的、印象的。讀龔哥兒兄弟作品的人，不要忘記他們曾用一個主人公的話說明了他們自己：『美是他們的信仰與良心。美的繪畫、美的雕刻、美的線度，是他們徹底研究的對象，給他們以幽深的快感。』因爲對於美發生快感，故特別喜歡描寫女性，他們對於女性決不存絲毫的慾念，只是看作一種繪畫上的模特兒。龔哥兒兄弟所描寫的人物或自然，不是純客觀的人物和自然，而是映於感覺中的人物或自然。他們努力捉住那剎那間深深刺入官能的印象，由斷片的印象，描寫出震撼自己心情的世界。這是他們創作的要點。他們的官感非常敏銳，故在作品中常有病的情調流動着，這是由於他們好跟病人爲伍，常去調查醫院；其作品如看護婦非羅美尼、萊納·摩褒琳與文家達瑪奚中對於精神細密的描寫病態心理的研究，恰像一些醫學的專著。眞的，龔哥兒兄弟的作品幾乎全部是心理的或社會的研究，他們自己也說過：『現在的小說是建設文學研究或社會研究的一種嚴峻而充滿活力的形式。想把解剖和心理研究，暫時變爲倫理學史』。浮斯登顯然是都會溫室之中養育成的少女之心理和生活的研究，裘惠賽夫人是一個婦人的病的宗教心理的研究，少女愛蓮莎無疑的是賣淫女的忍痛生活的素描；在這些作品的心理解剖中所含的唯美的與印象的氣質，是最明顯的。佛理采曾簡賅而中肯地說過：他們的寫實派不僅是寫實派，尤其重要的在世界觀的意義上是唯美派，在詩的技巧的意義上是印象派。

第二是社會的、民主的。龔哥兒兄弟雖以遺產爲生活而不大關心於政治與社會，而他們當作藝術對象的題材，確是社會最大多數的下層民衆的生活。其中的人物如看護婦、女僕、賣淫女、織工等占了大部分，似乎惟有他們的生活確是時代的典型生活。在日米尼·拉綏朵的序文上他們曾用反問的口氣寫着：『生在普通選舉、民主主義與自由主義的十九世紀請問平民社會在小說中竟無占一席地的權利嗎？』這種見解可說是透過了他們藝術觀的社會民主思想。

日米尼·拉綏朵是龔哥兒兄弟的代表作品，現在引其梗概如下：

女主人公日米尼是法國鄉村織工的女兒。自小失掉父母，僅有的哥哥也病故。在親屬家寄養成長，十四歲時就跟伊兩個姊姊到巴黎，在一家咖啡店裏充侍女。在那邊受盡了一般男僕與客人的欺凌，店主也欺他年幼，庇護伊的只有女店主與老僕約瑟。伊和約瑟相好，結果卻被他沾汚了；經過四個月的懷孕生了小產。不久日米尼另找雇主，在瓦朗締爾老婦家住下。此婦身出名門，在孤獨中過了伊的青春，爲人寬厚仁慈，日米尼服侍伊親之如母。暇時日米尼常到村外施乳舖閑談，有時也幫他們應酬客人。這時有個少年學生裘皮隆時常走過，伊把他當作弟弟一般地歡迎他，買糖果給他吃，以見到他面部愉快的表情爲無上的慰安。稍後，裘皮隆漸長，有與鄰近女僕相好的趨向，日米尼便趕先着手與他私通。伊雖對他深情厚意，而伊那垢穢的亂髮與一面的痘疤，終未能討好於裘皮隆。後來伊有了身孕，生下一個兒子，把兒子寄養在人家，每星期兩人偕往探望。這，在日米尼認爲是畢生最得意的事。而不久兒子死了，裘皮隆又爲他姪子所引去，留着日米尼隻身焦苦無已。後伊又覺到懷孕，將此事告訴那男人，不受青睞，失望之餘，自暴自棄，日惟覓醉是圖。一天，因狂飲白蘭西而墮胎，女主人老婦回來，伊以放血自飾，且在主人前用力做事，以示不弱。對於裘皮隆，雖然憤恨他的薄倖，而遇到的時候，仍不惜以金錢買男子的歡心，甚至偸女主人的錢來補湊。這時的伊日就暈朦糊涂，形容骯髒，身發惡臭，爲男子所棄絕。棄絕以後伊倒能照常做事，爲主人效勞。可惜不久又與漆匠發生肉體關係，同時又自甘墮落，晚上在街上淪爲乞兒。某晚在街頭邂逅遇到裘皮隆，伸手向他要錢，男子的姿態搖蕩了伊的心，迎上前去，那男人卻背着走了。伊通夜逗留在外邊，內面的虛弱、外面的侵襲、使伊患了很重的肺炎，而在主人前又不願稍露形跡，努力作事，終於送掉了伊的命。當女主人得知幾年來被伊隱瞞着的祕密，立刻怒從心起，而一想到五十年未得絲毫男性滿足的自己，不禁又深深地歎息起來了。

龔哥兒兄弟的創作還有一個特色，就是對於形式的攷究。他們本着藝文的深僻的愛好與素養，對於當年流行的作風不能滿意，於是另外創出一種柔和、微妙的風格，以適於病態的和神經過敏的感覺的表現。他們主張用字自由，不限僻字，布局自由，不拘一格；行文自由，不落尋常窠臼。他們自命這是藝人的風格，也就是印象派的風格。左拉說：『他們以其特別的語句，來傳達他們以前任何人所不曾注意到的瞬間的印象。在這件工作上，他們無疑地是個巨匠。』在理論上，如他們下面所說的：『將其標題寫在論文上面，而走出書本——在這標題下他用其主題來寫着即與的書本——的框外，以揭出此主觀的個人的變化。』在相當範圍可說是印象主義批評的原則。爲自然主義作家的龔哥兒兄弟，最後又是印象主義批評的創始者。

其次，看法蘭西人稱爲「我們的迭更斯」的都德。

亞爾風斯·都德(Alphonse Daudet)之爲小說家，承着如下三個道統：在題材上，他是左拉那樣的純粹的自然主義作家；在態度上，他是龔哥兒那樣的印象的自然主義作家；在人格上，他是雨果那樣的浪漫主義作家。從他的作品中，可以看出都德不像其他自然主義作家沒卻自己人格而爲題材所役使，他要將自己的人格從自然主義作品的制限中解放出來。左拉與龔哥兒的自然主義，拿出科學家的態度，觀察事物、描寫事物，不容有情緒在其中交流。在這種藝術的制作中，沒有靈感的地位。而都德的自然主義比較是著重個人的接近所謂靈感的表現。不過這種靈感的表現，是密接地爲事實所控制的。都德的藝術，靈感與想像的內省力，被他日記中所記述的眞正事實所控制，眞正事實的蒐集與識別也爲靈感與想像的內省力所燭照，這兩種因素始終保持着交互反應的調和狀態。還有，左拉所研究的是法國下層的中等社會，而都德所研究的是法國上層的中等社會由上幾點，都德在自然主義作家中是一個怎樣的姿態，也不難明白了。

都德是一個法國的南方人，以一八四〇年生於尼美地方的一個舊教家庭，家庭非常窮困，身體又很虛弱，在他的小說小物件（La Petite Chose）中曾吐露自己幼年的苦況。他幼年曾在里昂中學讀書，初起因貪懶逃學，常爲師友所欺侮。畢業後無力升學，只得找一個小學的學監位置棲身，暇時喜歡研究詩學戲曲，在這種情形之下他磨折了他極寶貴的青春時期。後來由他哥哥的幫助，到巴黎當人家公館的記室，刊行了他的處女詩情人集（Les Amoureuses），但未被注意。後來他因厭巴黎的浮囂，就在普羅溫斯內地蒲堪耳（Beaucaire）附近山谷的坡上，買了一座荒棄已二十多年長滿莓苔的磨坊，一個人住在那裏，從事文學生涯，寫成了他的出世之作磨坊文札（Lettres de mon Moulin），於一八六六年登在大事報（L' Evénement）上，那時他只有二十六歲，未登出的前夜他還是一個無名之士，第二天他竟譽滿文壇了。翌年結婚，他的妻子非常賢明，明書知禮，獎勵他的丈夫勤勤工作。都德受惠於他妻子的地方很多，他的作品多半由伊誘導出來，他溫柔的好性格也是跟伊一起養成的。一八七三年又刊行一個集子月曜故事（Les Contes des Lundis）。普法戰爭時，都德曾參加警備軍，法國慘敗的創痛，在許多的作品中生動地表現着，他爲作刺戟愛國心理的小說，甚至因過度工作而不勝健康。晚年在家中，伴着他賢明的夫人創作，死於一八九七年。他平和而有趣的生活，決定了他作品的特色。

他的著作，上面說過的磨坊文札與月曜故事是非常優美，內中如賽根先生的羊、星星、教皇之禮鞋、最後一課、柏林之圍、爲母者、渡船童俠諸篇，都是典型的美文，至今還被學校採作模範文選。他的長篇：描寫巴黎風俗的有富豪（Le Nabab, 一八七七）、薩芙（Sapho, 一八八四），前者寫爲富者受人取利的情節，後者是年青男女濃豔的戀愛故事。描寫南方氣質的，有戴達倫三部曲：即達拉斯貢的戴達倫（Tartarin de Tarascon）、在亞爾卑斯山上的戴達倫（Tartarin sur les Alpes）及達拉斯貢海口（Port-Tarascon）三書。描寫平民生活的有少年佛洛孟與長者李斯婁（Froment jeune et Risler aîné, 一八七四）與夏克（Jack, 一八七六），很像迭更斯的大衛・柯伯斐爾特（David Copperfield）與賊史（Oliver Twist）等作。此外，如飄流王子（Les Rois en Exil, 一八七九）、不朽（L'Immortel, 一八八〇）、愚麥・洛昧斯當（Numa Roumestan, 一八八〇）與佈福音者（Evangéliste, 一八八三）等，也都是描寫自然菁華之作。在戲曲方面，如阿萊城的姑娘(L'Arlésienne)生活的競爭（Lutte pour la Vie)等，至今還不絕於舞台。

都德的創作，有如下幾個特色：

第一是南方氣質的描寫。對於法國南方風土人情刻畫的細膩與生動，是都德在文學史上出名的一件事。他出外天天終是帶着筆記本子，把他見聞的卽景筆之於書，故其地方色彩的描繪，處處見得活潑逼眞。其尤著的，在愚麥・洛昧斯當中，寫一個法國南部的政治家於被選入巴力門後的實際生活；在達拉斯貢的戴達倫中，對於法國南方人民性格的諷刺，表現出充滿着地方色彩的滑稽記事詩的本色。達拉斯貢的戴達倫是都德的代表作，主要的情節在描寫一個達拉斯貢地方誇口的紳士戴達倫的經歷。戴達倫好大喜功，以得到朋友中的讚美爲生命的呼吸，他一心要成爲一國大名鼎鼎的獵人和探險的偉人。一天他跟達拉斯貢的的一羣獵人往郊外打獵，其實他是個打獵的低能兒，什麼也不會做，什麼也不能得到，有時只把自己的帽子拋在半空中當作目的物以擊中爲得計。因此有人開始懷疑到他的玄虛與沒有能力；他見勢便負氣立志要到亞爾極山上去打一隻獸中之王的獅子來。他背了許多箱子，帶了許多火藥與藥品，一口氣跑到亞爾極山，隻身去找求對象，而每次終是空手而歸，連獅子的影蹤也不曾見到。後來到南方去找，經了許多艱險，纔看到一隻獅子，被他打中，那是一隻可憐而盲目的老馴獅。他便得意洋洋，先把獅子皮送到達拉斯貢，自己隨後回來，全鎮的人有如發狂似地歡迎他，尊他爲獵人之王，這個榮冠而且永遠爲他所保持。在這種地方，都德借題將法國南方人民的心理形容得淋漓盡致了。法朗士曾推薦這部書道：「這是我們法國的吉訶德先生。」

第二是帶有浪漫氣質的自然主義。都德是個自然主義作家，他在巴黎里昂以及他生長地的法國南部，身之所歷，人物自然沾染有素，其所描寫的人物，都可以在他親故友朋中找出，所寫的景物，都可在他居住地找出，沒有假借，所以勒美特爾(Lemaître)說：「都德是從來未有的眞正寫實派作家。能恰當寫實派作家之名者，倒不是左拉而是都德，都德的作品完全由他記下來的印象所造成，雖然這些印象是片段的，而在片段中卻存着生動的氣象。」題材中帶着生動的氣象，是都德成爲印象的自然主義者的原因。他處理題材往往用着敏銳的感覺，能彀深切入微，他描寫事物往往藉着幽默的靈感，打動人的心坎。他不像左拉那樣是純粹的自然主義作家的態度，偏重科學，沒卻個性，偏重理性，略去感情，他所描寫的情景中無處不有情緒在內中流動。他詼諧的情緒有如賴倍萊，他同情的感性有如迭更斯。他是自然主義作家，而浪漫的氣質並不是完全沒有。

第三是他蠱惑人的趣味與風格。都德的作品常給人以奇異的趣味。在冷酷的自然主義的作品中，人物的命運常被客觀的環境與先天的生理所命定着，所給與讀者的只是宿命與悲觀的緊張而絕望的情緒。都德作品中的人物，雖常爲境遇所壓迫，嗜慾所顛倒，而他們的生命力終是放着相當的光輝；當他寫一個可憐人在無可如何的境遇下掙扎的的時候，他不吝以同情的憫憐爲他舒氣。這種以想像潤色空虛、以同情修補缺陷的趣味，博得了許多讀者的愛好。他將客觀條件輕微抖動的地方，常能引得人們的微笑與眼淚。他的作風，尤其是富有淸新之趣。這是因爲他是一個藝術家，不是學者，作品沒有書香，只有人味；所以他的文筆能彀富麗淸脆。在修短合度的篇章句段中，含有詩情逸致。這種雋永有趣的風格，使許多批評家忽略了對於他悠閒的人生觀的訾議而加以愛好。甚至有些對於所有的自然主義作家起反感的人，於都德仍感到趣味。在讀者的印象中，都德算是世界文學家中極耐人尋味之一。

再次，我們說作爲自然主義大師的左拉。

愛彌爾·左拉（Emile Zola）跟龔哥兒兄弟與都德這些自然主義作家不同。龔哥兒兄弟與都德之爲自然主義者並不曾揭出明白的主張，只是他們的作品內容已切合到自然主義的原則；而左拉是先在理論的基礎上建設起論據，然後依此創作他的小說的，他是明白地標榜出自然主義名義的第一人。龔哥兒與都德的從事文學大部分是爲了對於藝術的愛好而訴之於感覺印象的，除了在藝術上的價值外，對於當時的社會情形並不能給我們明白地表現；而左拉寫小說卻一本對於人類的誠意，而用科學的方法觀察實驗，把握到當時社會的實際情形。左拉的作稱爲「人生的實錄」（document humaine），伊科維茲說我們在他的作品中可以看到明確地描寫的經濟基礎，就是一切複雜的機構，日漸擴大的鐵道網、機械之大規模的應用、商業勢力的繼長增高以及與產業發達俱來的勞苦大衆的貧窮苦痛，舉凡我們耳聞目見的，無非是資本主義發展期中的社會現象；所以他順着德國經濟學家宋巴脫（Wernor Sombart）說我們果欲研究資本主義社會的經濟，則左拉的小說是非讀不可的。在自然主義小說家中，左拉是一個中心人物。

左拉與都德同年，以一八四〇年生於巴黎機匠之家，父名佛朗沙（François），早故，留着寡婦孤兒，靠着針線度活。這位未來的小說家生性駑鈍，年至七歲還不能讀書識字。後在聖路易中學讀書，在教室不用心聽講，學業不能修完，二十歲時卽中途退學。出校後不願從事固定性的工作，而羨慕詩與戲曲的生活，後來果然給他找到了一個亞色德書店（Hachette）店員的位置，薪水雖薄，環境卻好，常能跟那般作家、新聞記者與批評家們接觸，受書店主人的勸告，從事小說創作，他很能努力，初起寫了些短篇贈給尼農的故事集（Contes à Ninon）、贈給尼農的新故事集（Nouveaux contes à Ninon）及文評我所憎惡的（Mes haines）、我之沙龍（Mon salon）。不久他因故與書店脫離關係，編輯日報副刊，致力文學批評，對於浪漫派作品大肆攻擊，常說：『浪漫派文學老是給人以虛僞的教訓，我已經吃了它的虧，知道它的荒誕；所以不但討厭它，而且反對它。」他一手擎起現實派的巨子巴爾札克、孚祿倍爾，一手撐持起自然主義的門面，用犀利的筆鋒天天與異己者相駁難，因態度過分激烈，被官廳禁止。這時他還不上三十歲，已著相當的文名。此後他仍轉向小說方面努力，雖遇艱苦的環境，也不折他的志向。一八六五年刊行了他第一部長篇克勞特的懺悔（La Confession de Claude），繼後四年每年續出一個死者的心願（Le Vœu d'une mort）、馬賽的神祕（Les Mystères de Marseille）、泰萊斯・拉肯（Thérèse Raquin）。馬德倫・菲拉（Madeleine Férat）諸作。普法戰爭時他剛剛結婚，那時書籍滯銷，新聞紙停頓，乃是他最拮据的時期。後來他得到一個青年印刷企業家名夏邦傑（Charpentier）的優待，生活就安定下來，可以工作無礙。一九一七年開始着手他的畢生鉅著魯公麥加爾家叢書（Les Rougon-Macquart），每一二年出一部，直至一八九二年，纔出滿了二十卷，大功告成。其間也曾出過幾部批評及論文集子，如民主國與文學（La République et la littérature，一八七九、）實驗小說論（Le Roman expérimental，一八八〇、）劇場中的自然主義（Le Naturalisme au théâtre，一八八一）諸作。其間也不絕地與舊派論爭，而且因他的創作方法不爲時人所好，被人攻擊之處也很多。他多次爲法蘭西學士院的候補員，但終沒有被選入。魯公麥加爾家叢書完成以後，又作魯爾特（Lourdes，一八九四、）羅馬（Rome，一八九六）及巴黎（Paris，一八九八）合成三名城（Les Trois villes）。一八九八年，法蘭西發生了風動一時的德萊斐斯大尉事件（l'affairede capitaine Dreyfus），這是十九世紀末年法國政治及社會上希有的大疑獄，大尉被法庭加上賣國的罪名，左拉爲着替無罪的大尉伸冤，在曙

光報 (L'Aurore) 上發表了以我控告 (J'accuse) 為名的上大總統書，牽涉到許多海軍要人的人格問題，因此觸動了當局的忌諱，下令逮捕左拉亡命英國，直到翌年經再審判決大尉無罪，他纔回國。他這種為人道正義奮鬬，確可算是一個偉奇的國民英雄。這時他雖已年老，仍不息著作，做新約 (New Testament) 與託爾斯泰表示他的社會理想，作多生子女(Fécondité, 一八九九、) 勞動 (Travail, 一九〇一、) 眞理 (Vérité, 一九〇三) 及正義 (Justice) 合為四福音 (Les Quatre Evangiles)。一九〇二年九月正在寫着他未完的正義，在房中中了暖爐的煤毒而死。一九〇八年法國政府命把他的遺體改葬於賢人墓。

左拉的創作小說有他明白的態度與方法。這種態度，在泰納的英國文學史序文上受到一般的啓示，鑄成了他定命論的觀念。這種方法，在萊多奴 (Létourneau) 的情慾的生理學 (La Physiologie des passions) 與盧卡博士 (Dr. Lucas) 的本性遺傳之專題研究 (Traité de l'hérédité naturelle) 上得到科學的根據。至於他寫作的目的，在實驗小說論中講得很清楚：

『在略去個人人格的小說中，小說家只就是一個事實的報告者，沒有權柄可以下判斷，遺結論，他要像科學家那樣檢點自己對於「自然」作精密的研究，約束情感，懲惡揚善的小說家，勢必礙及他的實錄，因為他將牽主偏見與錯誤的情緒混亂了眞實。一個小說家必須純然是一個科學家，分析家，解剖學者，他的作品必須具備準確堅實及一個科學工作上的實地應用。』

又說：

『我寫起小說來，首先致力於主人公性格的表現。為了要表現出這種性格，我便細察主人公的氣質，家庭，教化，處境，關於跟主人公接近者的性行，習慣，職業，遭遇等等，我也加以研究。譬如我要描寫劇場與酒店的格式，我便要去親自觀察實情。因為事無大小，我相信一定有它自然的或必然的法則，因此對於那因人物的性格環境而產生的結果，我盡力加以研究。這些地方，我猶如偵探那樣，從細微處找出嚴重的罪案。」

觀察和實驗，這是左拉藝術理論的基礎，也是左拉創作的方法。他以藝術家的資格來涉獵自己所欲描寫的經濟或文化生活的書籍，外，還實地去觀察對象中情節發生的地點與當事的人物接觸；譬如他要描寫祈禱式，便先往寺院居住，描寫炭礦夫便往北歐礦穴探視，描寫市場便不舍晝夜地巡迴於街頭，描寫浣衣女，木石工，賣淫婦，他常想法跟他們接觸談話，使他所寫的不要有一點失實。所以他自從表白——「實驗小說」之名以反對虛構小說之時，雖然在當時文壇上引起了迴鋒叱咤的嚴重批判，而以他堅實的理論基礎，終於得到最後的勝利。左拉是當時有名的實驗醫學家貝那爾的弟子，貝那爾給與他的影響非常之大；所以他的創作不但觀察人物環境的精確性，而且還實驗人物遺傳的來原性，常把人物放在心理學及生理學的徵候中，將他們的行為歸之於他們的體質。貝那爾說：「實驗的製造者是自然的檢察官。」左拉却改變了一個說法：「小說家是人類及其情慾的檢察官。」進一步他主張說：「我們承着藝術家作觀察與實驗的工作，正如生理學家承着物理化學家一般。我們必須像化學家與生理學家處理人體那樣來處理人類的性格，情慾與社會的種種事件。」從人物的外形行動考究到他們的血肉神經，他完全表出是個自然科學家的身分。如果孚祿倍爾是現實派中的藝術家，那末左拉簡直可算是現實派中的科學家。

左拉一生最偉大的貢獻是他的魯公麥加爾家叢書，註着「第二帝政下一個家族的自然的與社會的歷史」

(Histoire naturelle et sociale d'une famille sous le Second Empire)；所謂「自然的」是含有遺傳與定命等意思，「社會的」是含有人類與環境交涉的意思。叢書全部共二十卷在一個家族的綜題之下，分出各種階級、各種職業、各種思想、各種活動的成員而展開，這每卷小說；其展開的情形如下：

魯公家是一個主要的家族。魯公是個貧苦的僕人，娶了一個田家的女兒為妻生下一個兒子名伯多祿，高攀一個小店主的女兒；就寫了魯公家的流運（La Fortune des Rougon，一八七一）。伯多祿生下三男二女，第一個兒子若納，成為政治家而做到拿破崙第三的朝臣；就寫了由廛·魯公閣下（Son Excellence Eugène Rougon，一八七六）。第二個兒子亞列恩狄特，是一個經營投機事業的人；就寫了餌食（La Curée，一八七二）與金錢（L'Argent，一八九一）。第三個兒子巴思加，學做醫生；就寫了醫生巴思加（Le Docteur Pascal，一八九三）。一個女兒瑪爾達，寫了普拉桑的略取（La Conquête de Plassans，一八七四）。另一個女兒西苔尼寫了夢想（Le Rêve，一八八八）與生之享樂（La Joie de vivre，一八八四）。繼着魯公家，另外又出現了一個主要的家族——麥加爾家。麥加爾是個造酒業者，與伯多祿的未亡人再婚，生了些兒女。女兒伊麗娜，後來嫁給商人；就寫了戀愛的一頁（Une Page d'amour，一八七八）。兒子安多納又生了許多兒女：兒子有作為農夫的賈克；寫了土地（La Terre，一八八七）與潰散（La Débâcle，一八九二）。有作為機器工人而亦名賈克的；寫了人獸（La Bête humaine）。有作為炭礦夫的約締恩；寫了陽春（Germinal），有作為藝術家的克羅陀；寫了創作（L'Œuvre，一八八六）。女兒有嫁於商店老闆的莉查，寫了巴黎之腹（Le Ventre de Paris，一八七三。）有以浣衣過活的吉爾凡兹寫了酒店（L'Assommoir，一八七七。）有論於賣淫生活的安娜寫了娜娜（Nana，一八八〇。）魯公及麥加爾的兩個家族系統以外，還有一個摩萊的兒子跟魯公家伯多祿的女兒瑪爾達攀了親成爲另外的一支。他們結婚後又生下幾個兒子：有作爲百貨公司老闆的奧克達夫寫了火鍋（Pot-Bouille，一八八二）與婦人的幸福（Au Bonheur des dames，一八八三。）又一個是作爲宣教師的賽耳澤寫了僧院長摩萊的犯罪（La Faute de l'abbé Mouret，一八七五。）以上各書的情節綜合起來：一方面表示魯公家的子孫向上發展發展到資產者的地步，另一方面表示麥加爾家的沒落沒落到無產者的地步；其中反映出十九世紀下半期法國整個的社會。

在魯公麥加爾家叢書中，左拉對於當時產業發展的程度與社會階級的蠕動，都有正確的描寫。產業可分工業商業與金融業三項。就工業發展的情形說：第二帝政下的工業較之十九世紀上半期要深化得多，產業部門中已加入了新興的合股公司與舊有的獨立資本家競爭，而有後者居上的趨勢。政治上，大規模的企業須要有鞏固的政府，在倫理上勞動者須有克勤克儉的道德。這在陽春與勞動中都有描寫。再就商業發展的情形說：第二帝政下的商業較之十九世紀上半期有大大的進境，小規模的商業日漸淘汰，大規模的商業把所有的顧客一天一天收刮弄來，幾年中的財富十倍百倍地向上增加，管理商業的有具備眼光膽力深謀遠慮的長才爲大商人典型，安置商業的有三十九個發行所六十來部汽車、三千多店員八千萬交易額的大商業機關。這在婦人的幸福中有描寫。就金融業發展的情形說：第三帝政下的金融業比之十九世紀上半期更突飛猛進，除了以前的金銀家高利貸以外，還有大規模的證劵交易所，證劵市場瞬息萬變，具着投機業與陰謀術者常能以異樣的力操縱貨幣價格，不勞而積巨貲。他們好像市場的心一樣地宰主着金融血脈的循環。金融界的要人可以拿金錢的勢力收買僧院報館，做他們的代言人，藉此取得他們的信譽。誠然，金融界的霸權是執在財富最雄厚的人手中的，而同行中劇烈的競爭，終於使他們達到破產的地位。在這種金錢的鬭爭中，我們可以看到社會主義者所希冀的集產主義組織。這在金錢中有詳細的發揮。資本主義的發展是更高度更飛躍了，這種社會之下的生活如何呢？在政界可以金錢賣官鬻爵，在司法界可以金錢顛倒是非，在婚媾上可以金錢作誘惑利器，在名譽上惡德的資產者可以金錢的勢力博得諛美的輿論。資產者的生活到這時而完全趨於墮落。

在都市上與資產社會對立的我們看勞動之世界。在勞動無產者之羣中，不是如酒店、娜娜中所描寫的男爲狂醉漢、女爲賣淫婦過着頹廢消極的生活，便是如陽春、人獸、勞動中所描寫的日當勞役。夜臥廢屋。身穿襤褸之衣、口食血腥之飯的工廠勞動者、礦山勞動者；他們因受壓迫不過而起來罷工，他們又因無工可做而起來運動。在失業中有與家推餓的失業工人，在陽春中又有社會主義與無治主義的街頭宣講者。因經濟組織不合理而引起的鬭爭，左拉的作品中已淸楚地顯現出一個端緒。

此外對於都市中的小資產者，在巴黎之腹中有描寫；對於農村的農民生活，在土地中有描寫；其餘僧侶、藝術家及醫生的生活，也各有描寫的專篇。總之，第二帝政下都市農村所有各種經濟情形、各社會層的生活，大體上已被左拉表現無遺了。

左拉的魯公麥加爾家叢書與巴爾札克的人間喜劇是現實派中前後呼應的兩部巨著。左拉的下手這部巨帙的著作多少受着巴爾札克的影響，在某種程度是繼承了巴爾札克的遺產，同時也完成了巴爾札克所不曾做到的工夫，提出採取小說題材的方法——實驗小說，定出人類行爲一般的學理——生理研究。他們兩人同樣都把握到社會發展中的經濟基礎。從巴爾札克的作品到左拉的作品，其間可以看出資本主義發展的過程：巴爾札克所描寫的資本主義還在方興未艾的時期，左拉所描寫的資本主義已到絢爛透熟的時期；巴爾札克的作品中，小商業大商業與銀行家還能彀彼此並存，左拉的作品中，小商業已被大商業所併吞，機械工業迅速發展，金融業中從銀行外還多出交易所等部門；巴爾札克描寫人物主要的是貴族與商人，除了有時略爲說到農民外，沒有提到都市的無產的勞動者，左拉的描寫人物着重在大資產者，無產者也一樣的極佔地位，可不大注意貴族，因爲貴族在那時已是無足輕重；巴爾札克所描寫的資本主義社會是在繁榮而圓滿的時候，金錢的勢力可以籠蓋一切，他自己也取着歌頌的態度，而左拉所描寫的資本主義社會是在繁榮中見到黯淡，圓滿中見到破綻的時候，他自己是取着暴露的態度。總之，巴爾札克與左拉代表了不同的兩個時代：九十七篇的人間喜劇是代表一八三〇年到一八四八年帝政復辟與七月專制時代的法國社會的風景畫，二十卷的魯公麥加爾家叢書是代表一八四〇年到一八七〇年第二帝政時代的法國社會的風景畫。

左拉暴露了在資本主義下包容的罪惡，一面抨擊資產者的狠毒，一面同情於無產者的苦痛，因此有許多人加以「社會主義者」的徽號。實際，左拉在根柢上不曾離開小資產者的根性：他的意識游移不定，他一方面喜歡看着人們努力走向資產者地位的成功，一方面眼看到無產者無告的痛苦，又不禁起了憫憐的同情心；但他畢竟是旁觀者，對於善良的社會止於想望，他晚年的作品四福音，更染着明白的人道主義與理想主義的彩色。

以立脚在科學的基礎上而又傾向於理想社義的左拉，他的創作不論在態度上在方法上以及在藝術上都陷於矛盾的狀態。左拉徹底地暴露社會的罪惡，赤裸裸地描寫人間的肉慾，因此被人看作猥褻的作家；實在他是以人道主義的理想而這樣做着，他不是明白地說過嗎？『我們的任務，在乎蒐集社會的罪惡的原因。』『啓示一切，不然什麼都不能矯正。』他是預定了目的去蒐求人間的罪惡，所以他所觀察的人間的獸性，並不是存在於人間的獸性，而是獸性中的人間，他不曾看到眞的人間。這在態度上不能算是公平。左拉徹底地把握了自然科學的方法，要將人物像物理化學一樣地實驗，像生理學一樣地解剖；可是，文學決不就是科學，生長在大社會上的人也決不能實行實驗與解剖的方式，將藝術的描寫屈伏於科學的解剖之下，只有把人生當作機械，而抹煞其所有的情緒活動，他愈拘執於科學的眞實，愈不能恰如其分地描寫人生。這在方法上不能算是完美。左拉對於他各方面廣泛的題材，爲着專門在觀察與解剖上用工夫，往往文筆失之粗獷，他不懂得藝術家的文筆須如何婉轉動人，文學作品的結構須如何積密得體；他的文字中不時夾着文法的錯誤，文字構造上的形容詞助詞很多失實，還有他作品中的無意義的反覆與無價值的冗長，在藝術上都留與讀者以不愉快的印象。由上三點，可以看出左拉以理想主義者的態度而又要施用科學方法，使他的作品存在着無可調和的矛盾。在部分描寫上，像他那樣執拗於科學的方法，是沒有的，而在根本精神上，像他那樣束縛於偏狹的理想，也是沒有的。他雖主張冷靜地觀察事實，而實際上卻往往誇張地形容事實；他一生不辭勞瘁地攻擊浪漫派的觀念與想像，而實際上自己也未能與觀念及想像絕緣。歸根結底，左拉不失爲一個理想主義者——一個以科學的人生觀爲基礎的理想主義者。

左拉的作品固然含有上述種種的缺陷，但他畢竟是重要而不可忽視的；因爲他主張的當否是一個問題，他作品的價値又是一個問題。在資產者的社會中揭起無產者自覺的理由書，提出一種新的科學方法剷除舊文學的勢力而建立自然主義的中心理論，左拉是一個勇者，固不待言；即在藝術上，他的作風雖不免粗忽，而他那種有組織性的描寫最適於表出勞苦羣衆的集團心理及社會騷動的狀態，帶有建築上的美質，已開新寫實主義作風的端倪。左拉之爲作家固然不能十全十美，而作爲造出自然主義文學的尺度的終得歸功於他。所以他對於這時代文學的影響，確超乎其他一切作家以上。在本國的莫泊桑、於思曼固不必說；其他各國，左拉的作品及與左拉類似的作品竟被標作「左拉主義」而流行着：在意大利、有加布亞那（Capuana）浮爾加（Verga）與丹農雪烏（d'Annunzio）；在西班牙有伊本訥滋（Blasco Ibánêz）與巴洛雅（Pis Baroja）；在德意志，有何爾玆（Arno Holz）霍普特曼與魏台金（Wedekind）；在斯干地那維亞有瑞典的拉裘羅甫（S. Lagerlöf），挪威的包以爾（Bojer），丹麥的柏格斯屈隆（Hjalmar Bergström）及荷蘭的柯帕勒斯（Louis Coperus），無不受過左拉的洗禮；就是自然主義色彩比較淡漠的英、美文壇，如英國的高爾斯華綏（J. Galsworthy）、梅列笛斯（Meredith）、慕爾（George Moore）、哈代（Thomas Hardy）與後期的勃納特（Arnold Benett）、瑪肯西（Compton Mackenzie）、勞倫斯（D.H.Lawrence）、喬治（W.L.George），以及美國的哈爾脫（Bret Harte）、特萊賽(Theodore Dreiser)、詹姆士(Henry James)，都曾受到他的影響。

最後，再看被稱爲「短篇之王」的莫泊桑。

比左拉遲生十年的巨一·莫泊桑(Guy de Maupassant)，與左拉同爲自然主義最重要的作家。但是不論爲人爲作家，他們間都顯出非常的異趣：左拉眺望着世界未來的光明，顯出理想主義者的本色，莫泊桑看透了人間現實的醜惡，顯出悲觀主義者的氣質。左拉以社會改良家的熱衷來寫小說，處處表現他爲倫理觀念束縛的矛盾，莫泊桑以純粹人間的觀察者的責任來寫小說，始終得保持着他藝術見解的澄清。左拉立志要表現出世間的外觀，莫泊桑卻苦心挖掘人生的內心；因此左拉可說是唯物的自然主義者，莫泊桑可說是觀念的自然主義者。左拉接受了當時自然科學上的學理，以學者的身分爲自然主義找理論上的根據，莫泊桑卻本着平如秋水的心湖，以作家的藝能充實了自然主義的內蘊；在這一點上，左拉作了自然主義的領導者，莫泊桑進一步爲自然主義的完成者了。

莫泊桑的身世小傳是文壇上極耐人尋味的資料。他以一八五〇年生於諾曼底，先世都是貴族，父親巨斯達夫(Gustave)是一個巴黎的經紀商，母親蘿爾(Laure)是一個書香之家的貴女，生下莫泊桑，從小就一表非凡，敏慧過人。他父母親因智識與性情的相歧不久宣告分離，莫泊桑卽跟着他母親在近海的一個別墅一起過活。他母親教他念拉丁文，常能立卽穎悟。他的性情活潑好動，母親說他如同一隻逃走的小馬，喜歡在蘋果園裏遊玩，在草原羅馬打獵，在海濱遊釣或泅水，還喜歡與農民、漁夫、船夫及獵人為伍；這種情景與生活常在他以後的作品中出現。莫泊桑因幼年過着放任的嬉遊生活，身體異常強健，個性強烈，完全保存着諾曼底人剛健的本性。他以貴族出身而習於農村生活，這就是所謂「貴族的農民氣質」。十三歲他進伊惠多（Yvetot）修道院念書，因貪往海濱遊玩，不大理會功課，而卻相信看莎士比亞的戲曲，有時喜歡習作詩歌，自然那時他的詩是無足重輕的，不過有幾行確已顯出他生長中的才情，如人們所稱道的：『人的生命，有如船在海上駛過的水痕，慢慢兒遠，慢慢兒淡。』後進盧昂的一個中學，得到一個詩壇的講師蒲意萊先生的親心教導，他的作詩更其進步。一八七一年，他到巴黎海軍部辦事，識孚祿倍爾，以師禮事之；孚祿倍爾鼓勵他用功做詩，要把生命放在詩裏，用五官感覺做詩的工具，仔細觀察以獲得詩的資料，在藝術上痛下工夫，教他「一語說」的意義，替他修改辭句。由他老師的介紹，莫泊桑得與當世的有名文人如左拉、都德、龔哥兒、於思曼與寓法的屠格涅夫等相識，心中很私淑左拉，屠格涅夫也很高興，他這時他就拋下詩來從事小說。在海軍部留職七年，一八七八年又到教育部當祕書，公暇努力寫小說。孚祿倍爾一心希望他得到大成，防他得志過早，不肯為他發表，對他說：『天才無他，長久的耐心而已。』等到他稿紙寫得等身高了，有一次他加入文藝講譚會，莫泊桑就說了一個「羊脂球」的故事，寫成一篇羊脂球（Boule de Suif）；後來與文藝講譚會各友所寫的短篇小說合訂一集，統名梅塘夜談（Soirées de Médan），寄給他的先生，孚祿倍爾看了，一時欣喜過望，立刻回信向他道賀，說他的文章已到大成，這個小說刊布，莫泊桑的名一飛沖天，在文壇上有如突然發現了一個慧星，這時他纔三十一歲。自此他脫離政界，立志一身從事小說，他的先生希望他『照此寫成一打，』其實何止一打，可惜孚祿倍爾不久就死，不曾看到他弟子的如何發皇有爲，不然又不知將狂喜如何呢。此後的他，一直在有次序地創作中。他的文名一天一天廣遠，在三四月中可以得到一萬個法郎的報酬，這些錢除周濟他的親屬貧苦者外，還自已造了精雅的別墅。然而他不慣於久居，常常出去旅行，旅行的生活在莫泊桑一生中占了不少。一八八〇年曾到高爾斯，一八八一年到非洲，遊撒哈拉沙漠等不毛之地，一八八二年到不勒塔涅州，一八八五年到意大利，翌年又往倫敦，西西里的海岸，維蘇威的火山，拿不勒斯的夜市，南方人民的風土人情，以及水調歌頭，田夫情歌，都是寫小說的絕好資料。

莫泊桑是個活潑潑的人，愛旅行，愛划船，愛說笑話，是他的習慣，他身體雄健，腦力發達，甚能耐勞。然而正因爲他太要活潑，反使他引起煩惱不快；正因爲他太恃強健，旅行不憚餐風宿露，著書不辭心神勞倦；正因爲他太會思考，便會務求徹底，發掘事物的究竟，人間的盡頭。人生有限的快樂經不起無限的追求，他自己有限的精力經不起無限的浪費，世界有限的事經不起無限的探求；這種種，都使他鬱鬱寡歡，而他的病根也就伏下了。他漸愛孤獨，沈默，冷眼觀着人世，覺得人生的可悲，衆生的無聊；同時愛好刺戟品，從絕望中找求幻想妄想以至發狂，醫藥罔効。他身體上的痛苦以及精神上的痛苦越發加深，他幾度要拿手鎗自殺。到一八九三年七月六日他好像燈盡油乾，在巴黎醫院與世長辭了。安葬的那天，巴黎的藝文界都來送殯，在墓門前左拉演說道：『莫泊桑的一生，他自己已經比喻過，如同天上的虹，雖然時間很短，卻很明亮，很有光彩。現在他的人雖然已經長眠，但他的著作總是永永在世醒着，我們和我們後來的人，都能敎隨時在他的著作裏看見他的人。』莫泊桑享年僅四十三，他的早夭是法國文學上的一大損失。

至於莫泊桑的小說是大可觀的。他的老師孚祿倍爾，以每日十小時的工作繼續了二十年，只遺留下四個長篇和幾個短篇而才情輝發的他只在十年之中便產出六個長篇及二百多個短篇。他的短篇小說集有羊脂球集（一八八四）、華屋集（La Maison Tellier, 一八八一）、菲菲小姐集（Mlle Fifi, 一八八二）、山鷄的故事集（Contes de la bécasse, 一八八三）、月光集（Clair de Lune, 一八八四）、亞梨埃女士集（Miss Harriet）、弄多利姊妹集（Les Sœurs Rondoli）、多納集（Toine, 一八八五）、苡威狄集（Yvette）、短篇與中篇小說集（Contes et nouvelles）日間與夜間的故事集（Contes du Jour et de la Nuit）、巴朗先生集（M. Parent, 一八八六）、小盧格集（La petite Roque）、霍拉集（Le Horla, 一八八七）、于松夫人的薔薇花集（Le Rosier de Mme Husson, 一八八八）、左手集（La Main gauche, 一八八九）及無用之美集（L'inutile Beauté, 一八九〇）。長篇小說有她的一生（Une Vie, 一八八三）、伯多祿與若望（Pierre et Jean, 一八八八）、死一般強（Fort comme la mort, 一八八九）及我們的心（Notre Cœur, 一八九〇）。遊記有太陽中（Au Soleil, 一八八四）、在水上（Sur l'Eau, 一八八八）及飄泊生活（La Vie errante, 一八九〇）。此外，還有一齣喜劇風笛（La Musette, 一八九一）。他的書每部終是幾十版，各國都爭先要求翻譯。

莫泊桑是一個純粹的創作家，不大表示對於創作的見解。他能鎮靜着自己的態度，將自己的氣質與生命藏在作品背後，一點不肯露臉。不過後來因為讀者對於他作品的無謂的褒貶過多，他終於在伯多祿與若望上寫了一篇序文，那序文一方面矯正讀者的幼稚心理，進一步提出他小說的原則，由此可以看到他創作的態度。他說：

『往昔的小說家，在描寫生活的變態，心靈的尖端，目下的小說家，在描寫心靈與智慮的常態。如其要得恰如其分的效果，即要得到簡朴眞實的情緒，幷表示其間欲言的藝術教條，明言之，即如欲在當世人眼裏啓發他們一種觀念的話，則目下的小說家應當只涉及他司空見慣的和眞實可靠的實情。』

這可見他主張的「眞實」的原則。又說：

『不論什麼東西，其間必有潛在着的某物(quelque chose)。只是我們的眼睛慣於回顧先人所思慮的方式，以至不能看出潛在着的某物。事物不論如何纖小，其間必然潛在着不可知的物量，我們非發見這潛在着的某物不可。』

這可見他主張的「深刻」的原則。又說：

『我們自己的耳目口鼻與脾味，有如世界上的人們那樣地創造出許多的眞理。我們的頭腦，因五官的關係，各盡其能而所得的報告也不同，因此之故，我們彼此間好像各具種族一樣，各有不同的觀察，不同的分析，以及不同的判斷。由此，我們彼此間只有各人自己的幻覺(vision)——只有因各人天性不同而生的一切詩意的、感傷的、愉快的、憂愁的、愚昧的幻覺吧了。作家除了本其所習得的一切自由的技巧，將此幻覺如實地加以描寫之外，別無任務。』

這可見他主張的「感覺」的原則。又說：

『小說家須要如同他爲生動的情景所感動一樣地來感動我們，他須要在我們眼前用一種精粹的寫照，將他所見的世界表現出來。因此他創作的時候，須要用一種如何靈巧如何縝密的章法，如何簡潔的形式，以及隱蔽他自己的布局，指出他的圖案，發見他的意旨。』

這可見他主張的「精粹」的原則。還有一聯，朗松在法國文學史中說得很清楚：『私情的克制以及對於事象的稹密的研究，是沒有人能及得上莫泊桑的。孚祿倍爾之後現實派中最純粹的表現只有求之於他的作品。他沒有同情的流露與智識的攷慮他與其說是纖巧毋甯說是嚴密。在他的作品中，從來沒有有易使眞實變形的心理及觀念。』法朗士也說過：『我只知道莫泊桑是務求實際的；他決不會因凄涼的月色而悲歌他決不爲人生的不治之症找求丹方。』這可見他作品中「無情」的特點。

作品的內容常不離作家的生活。莫泊桑出身農村，具備着貴族的農民氣質，壯年又在官廳供職，所以他作品的題材中所取的人物大都是他最熟悉的法國北方的貴族的農民與巴黎的中產者。

在六個長篇中，可以看出莫泊桑的人生觀與創作態度的發展：

第一部她的一生，描寫一個女子一生的遭遇初起以一個愛嬌的女兒遇到執拗的求婚者，被那男子的貪慾沾汚了少女的純潔，打破了靑春的好夢，接着演出男子的獸性、吝嗇種種的劣跡，伊在丈夫生時爲丈夫所苦，丈夫死後爲放縱的兒子所累，終於斷送了伊一生幸福。這中間已顯出莫泊桑初期的宿命觀。

第二部美男子，描寫一個窮漢因受人的提攜而漸漸得志更靠他的美貌到處以引誘貴婦人爲升官發財的階梯。其中描寫女子的醋意與小人的得志，顯出莫泊桑視衆生爲無聊的玩世觀。

第三部鄂列峨山，用纖巧的文筆描寫戀愛，分析男女的性格；此書雖然不値得多大的注意，但卻表示了他作品的轉機，因嚴峻而趨平和，顯出莫泊桑的心情已日漸蒼老。

第四部伯多祿與若望，描寫一個小康之家的生活，嫡子與螟蛉子弟兄兩人互相和好，勤儉能幹，都是足以崇敬的人物，其間沒有惡漢調子，尤其柔和。這時的莫泊桑在多病多痛之中，表現着人間扶持策勵的可貴。

第五部死一般強，是一齣極嚴酷的悲劇，描寫非常錯亂的戀愛，主人公的人品與耐心是同事中所欽服的，而因一時的情慾衝動，與情婦的女兒發生非法的關係，鑄成了大錯，這與其說是一種罪惡，毋甯說是一個災難，本能與理智衝突的不幸結局；其中有一處莫泊桑借一個老畫工的話道：『從前我看世界上的東西，覺得滿眼都是作畫的資料，而且表現的方法也不止一端，使我可有斟酌的餘地；如今不然了，凡在我眼前經過的，總是不稱我的意，就是勉強稱意，我也找不出方法表現它。』這是他自抒心中的感慨。他因晚年心頭苦痛，下筆終是作心理分析。

最後一部我們的心，也是情慾的心理分析，描寫三個朋友遭難者，依舊是多才多藝的人，莫泊桑自己曾代表了其中的一個，故性格的描寫格外能聲影畢現。然而他在此時的筆調中，充滿着寂寞、憂愁、死亡等種種可怕的情緒，可以看到他的天才已經枯竭了。

她的一生是莫泊桑早年的作品，那時他的身體健康，他的觀察沒有晚年的一點病態，他的作風也保持着他少壯時的魔力與生氣。爲明瞭他的藝術，記其梗概如下：

一個理智豐富而性行善良的父親，與一個意志薄弱而纖雅溫柔的母親，生下一個天真爛漫而又美麗愛嬌的女兒若納。這就是全書的主人公。伊從小幽閉在一個不與人事相往來的修道院中，當伊十七歲出院，回到海濱故居白楊堡的時候，第一個晚上就夢想着伊未來無限美妙的戀愛生活。果然戀愛不久飛來了，漂亮的子爵汝厲行闖入伊的生活中；在二度訪問之後，若納的心就被這少年吸去，兩人幾次偕遊，若納完全墮入愛的渦流中了。經過伊父親替伊裝扮與牧師替他們倆祝福的儀式之後，若納意識到自己已經結婚——此後伊將走進伊所期待的幻美之國嗎？莫泊桑告訴我們這位充滿着理想的少女在新婚的第一晚就感到幻滅的悲哀。這裏我們可看到一段性慾的描寫：

「他拚命地將伊抱在臂懷裏彷彿想把伊吞到肚裏去一般；他在伊的臉上，頸項上，親了許多迅速的吻，發癡似地接吻百般的嫵媚將伊弄得頭昏目眩，伊托開了兩手，在他這種暴力之下簡直沒有一點氣力了，伊不知伊做了什麽，也不知他做了什麽，在這樣思慮的擾亂中，什麽事都不明白了，但是一種銳利的苦痛忽然將伊扯碎了伊蜷縮在他的臂懷裏呻吟，當他亂暴地玷污了伊的時候。

後來是怎樣的呢？伊完全記不得了，因爲伊先已發昏了。」

若納立刻成了愛的俘虜，這時伊纔窺見了「愛」的眞面目，「現實的醜臉」從「理想之宮」裏現身出來，在幾小時前伊所想像的愛是如何聖潔如何神祕的，而今知道決不是那麽一回事。在蜜月旅行中，高爾斯地方溫暖的空氣與美麗的風景，還能引起這少女的熱情，而帶與伊暫時的官感享樂，使伊感到沈醉的愉快與嘗到肉感的歡愛；但是不久，回到白楊堡，汝廉行的吝嗇，愛重金錢與不愛重伊，汝廉行的放浪，整天乘馬出獵，把伊置之不理，空虛寂寞之感又來包圍了伊，使伊倍覺人生的難堪。『一切都完了！』這個凄怨的歎聲表示若納的青春已經消失。此後的生活中還有更醜惡更難堪的現實等待着伊。一次在雪夜伊發見伊丈夫跟使女陸若梨的姦情，他們的情話像鐵錐似地擊痛了伊的心，伊如發昏發狂似地在原野的深雪中，穿過叢林濠溝跑向海濱，準備投崖，在路上暈倒，卻被家人救了回來。又一次伊發見伊丈夫跟鄰居的一位伯爵夫人私通，若納起初雖懷醋意，後來也索性不理會了。伊這時生下一個男孩保祿，伊把愛情貫注在這孩子身上，丈夫的愛情伊不再希望。隨後伊母親害病逝世，伊丈夫也因姦淫喪身，伊的生活愈弄愈寂寞了。

此後的若納又走上了一生的第二期，以前的舊理想破滅，另外又代以新理想。伊把幻想與希望全部貫注在孩子身上，孩子長大，伊覺得這種理想又難免失望；果然，保祿進校讀書，每次終是藉故推託，連幾個星期都不看他母親一次，後來有人來白楊堡向伊索保祿的賭賬，這個少年的荒唐行爲就被發見。不久保祿又背着他母親約了一個女子背了款到哈弗勒，等到家中人追蹤去的時候，已往倫敦；在那裏，時常寫信來要錢，若納爲了愛兒子，終是一次一次寄給他。一次他差人來把他應得汝廣行的遺產淸算去了，還常常要求接濟。又有一天一個消息傳來，保祿負了巨債被捕，伊父親聞訊急病死了，家中的姑母等也相繼死亡。親故的喪亂、災禍、貧困使若納的感覺日漸遲鈍，後來賣去了白楊堡與老處女陸若梨住着，時常茫然地回憶往事。伊在反覆思量之後，常常撫躬自問：爲什麼伊不能如別人一般被人所愛？爲什麼伊不能也得到平靜的生涯或簡單的幸福呢？伊覺得上帝不公，伊覺得命運不濟，『凡是我的，一切都變做壞的，我命運不濟！』伊絕望地承認人生是醜惡的受罪的。然而在深深的絕望之底裏，最後又露出了一個新希望：保祿所迷戀的一個女子產了一個女孩以後身死，現在保祿決定可以回來；陸若梨先去接那初生的女孩回來，當若納在車站上迎接伊們的時候，抱着溫暖的嬰孩引起了伊的快感，最後說着：『你瞧呀，人生不是如人們所想像的那般好，也不是如人們所想像的那般壞。』

「人生不是如人們所想像的那般好，也不是如人們所想像的那般壞。」這是莫泊桑所得到的人生的法則。他眼看着女主人公若納，在這法則的支配之下，在希望——幻滅——希望——幻滅……的苦痛中犧牲了伊的畢生幸福，而他卻袖手旁觀，不動聲色，一任無情的命運戲弄人生；莫泊桑那種以謹嚴的態度探求人生眞相的精神，於此概見。他的創作，不像左拉那樣爲生理、心理、哲理以及其他方面的「間接智識」所束縛，純然用他的感官觀察，無成見無私情地將人生的眞相表現出來。莫泊桑所求的眞不是左拉所求的「人生的眞」，而是「眞的人生。」他們同是被人認爲描寫獸性的，但是左拉是找求人間的獸性而得到獸性的人間，莫泊桑是找求眞正的人間而得到獸性的人間；求獸而得獸的左拉，安在人間，求人得獸的莫泊桑，卻由絕望、精神錯亂而死了。他不憚以自己的生活作實驗資料，以身殉文學，這種徹底的自然主義者的態度，恰恰合着孚祿倍爾告訴他的那句話：『文學家應該爲文學犧牲，應該把自己的生命當作文學的工具。』

莫泊桑的作品的成功，短篇尤甚於長篇，這也是由於他那種客觀無情的人生觀照態度，在人生精采與機微的斷片中容易控制，而在描寫人生的長途中容易錯亂弛放的原故。

至於他的風格，完全可以「明澈如鏡」四字來形容，事實從他而前經過，照得淸楚無遺。在自然主義諸作家中，龔哥兒兄弟的那種冗長瑣碎與左拉的那種粗獷笨重，他是完全沒有的；孚祿倍爾是他的先生，都德是他的朋友，但是他卻不曾受到他們的絲毫浪漫氣質；他的文筆簡單、正確、明澈、輕逸、明快、自然，每個字眼好像晶瑩的明珠與寶玉。談到莫泊桑的技巧，法蓋竟說我們屢向希臘喜劇詩人梅南德（Ménande）說：『天呀！你跟莫泊桑究竟是誰學誰呢？』莫泊桑雖然有他的師友，而他這種描寫法子是前無古人的，這一點，我們可說莫泊桑是一個不能有先生的學生。後人有許多模倣莫泊桑，但是他們決不能模倣他那種深刻的性格與態度，這一點，我們又可以說莫泊桑是一個不能有學生的先生。自然主義小說到了莫泊桑，已經登峯造極，莫泊桑算是自然主義的強弩之末了。

第三十三章　現實派戲曲

到現實派戲曲之路——風俗喜劇——問題劇——小仲馬——其生平與作品——資產社會道德精神的繪畫——戲曲須是有意識的啓發與指導——「茶花女」與家庭的婚姻問題——「金錢問題」與金錢的分配問題——技巧的特點——奧奇埃——其生平與作品——中產者縉紳的姿態——解決家庭問題的方案——取得金錢的道德觀念——技巧的特點——通俗歌劇——沙爾陀——其他作家

十九世紀下半期法國現實主義文學，其主要的發展分小說與戲曲兩方面。現實主義與自然主義小說，以其人才之衆影響之大現實派戲曲自不免瞠乎其後。法蓋所說的『戲曲是文學的支流，常常比文學遲二十年左右出現』這話把文學與戲曲拆成兩起，而且將年期概乎言之，固然含着語病，而現實派文學的以小說爲主戲曲爲副，其誕生的較遲，確然也是事實。不過一八五〇年至一八八〇年現實派戲曲所支配的戲曲界在文學史上自佔着重要的地位，不容忽視。現實派戲曲與十七世紀的古典派戲曲與十九世紀上半期的浪漫派戲曲，先後映輝成爲法蘭西戲曲史上的三大時期。

現實派戲曲，其源流不是產於一朝，在十八世紀已見到端倪。狄德羅所創的描寫劇，在喜事中雜以悲事，悲事中雜以喜事，只求近情、不失眞實的那種方法，把古典劇之喜劇與悲劇的界線輕輕抹去，取材放棄了古代的奇情異蹟而描寫社會的實際事象，已隱約顯出現實派戲曲的生命腺。其後浪漫派戲曲登場，他們一方面主張表出時代精神、地方色彩及人物個性，打破了古典派戲曲的因襲而刻板的法則，另一方面抒情詩、敍事詩或劇詩仍在戲曲中用之無禁，而且他們的題材大都採自史事，雖然極力謀與當時的時代背景相諧和，而爲過分要以狂熱的情緒博得觀衆的感動，取材限於過去生動的情節，忽視了當時眼前的社會生活，它本身就存在着濃厚的幻想性，沒有眞實性的價值。自從大革命過後，到第二帝政時代，社會上因資產發達而引起的許多問題，急待解決，爲社會反映的戲曲何能久事逗留於情感與幻想之中；浪漫派戲曲的衰落，遂爲時勢所迫成而難逃命運。以一八三〇年哀爾那尼一劇而達到最高峯的浪漫派戲曲，僅僅隔了十三年，一八四三年雨果的衛戍官一劇的失敗，浪漫劇卽陷於一蹶不振的地步。那時因賓拉維納與彭沙爾的光輝的悲劇與喜劇，古典派戲曲一時有死灰復燃的趨勢。作爲多產的戲曲家彭沙爾，在初起苦心所創作的悲劇，是代表着古典派向浪漫派的還擊，而後來他拋棄悲劇而轉致力於描寫劇與涉及社會問題的喜劇，倒成爲現實派喜劇的先驅者；他在文學史上的重要，後者甚於前者。

現實派的戲曲的目的，跟小說一般，要將客觀地存在着的世界如實地表現出來，不過表現與鑒賞各有其不同的方法。現實派戲曲家所作的大部分是風俗喜劇 (comédie de moeurs)，或稱社會劇。他的戲曲不像賴西納那樣，僅僅重視形式的精鍊，表現一些貴族的身分與社會的秩序，使人嚴肅；又不像莫利哀那樣，以詼諧的情調，揶揄當時的上流社會，使人發笑；也不像雨果那樣，選出歷史上的幾個奇人，插以宏富的情感與想像，使人興奮；而是要像巴爾札克那樣，用平心靜氣的歷史家或科學家的態度，把現實社會認眞地描寫出來，將現階段的歷史，如環境、風俗、習慣及意識等，利用舞台的情景覆演於觀衆之前，助長觀衆對於現實社會的認識。因此，劇中的陳設服飾要合於社會的好尚，語調舉動要恰稱身分，使人看了生出實感。斯丹達爾說：『小說是隨路而走的鏡子。』拿這句話來形容現實派戲曲也是確切而不移。

現實派戲曲並不止於社會風俗的表現，還要在社會風俗的底層發見其意義，把握其趨向。所以，風俗喜劇更進而形成一種問題劇。自從資產者在大革命中將封建貴族推倒以後，新社會的生產關係與舊社會的倫理意識之衝突激起了種種社會問題。其中最重要的：譬如，舊時代的門閥身分已經推翻，而新時代的利潤工資應如何分配，這就成爲金錢的分配問題。又如，舊時代的婦女臣屬於男子的時候已經過去，自由結婚與離婚成爲一般的趨勢，而男女的婚媾與生育如何處理，這就成爲婚姻與家庭問題。上兩個生活與男女的問題，是現實派戲曲家反覆表現得最普遍的。資本主義社會下的道德須要重新估定，戲曲是表現這趨向的一方面，戲曲家爲更清楚地表示出這些問題與問題的解決，常借着劇中人物的對話反覆討論，其中重要的角色也常是作家的代言人。如小仲馬在私生子中借着公證人亞列斯德的話說：

『人在家庭的內部與外部是不同的：有的是子，有的爲夫，有的作父，自然的目的是在人有多子，教育之使成爲有用之才，養護之使享受未來的幸福。這樣在自己身體健全之時施行結婚，不拘階級如何，但求儘好貞淑的女郎，傾全心出全力以愛之，共與忠誠之妻，亦卽多產之母，生男育女，死時留於他們以自己的模範——這便是眞理。』

由此可知，現實派的戲曲中素含有教訓的意味，不僅使人知道它，而且要由它獲取行爲上的準繩。

現實派的戲曲家中，最重要的要算小仲馬。

亞力山大·仲馬即小仲馬(Alexandre Dumas fils)是浪漫派戲曲家並小說家大仲馬的兒子，生於一八二四年，死於一八九六年。他是由大仲馬與一個非正式的情婦所生的，所以自幼被人家呼作「私生子」，不論在學校裏，在社會上，都受到奚落，受到欺侮，把他認爲一個世界上非法的多餘者；這事在他一生認爲最不能隱忍的痛苦，後來在私生子一劇中極力反對父權而要求母權及子女權，反對歷來民法之不公，而主張從新確定婚媾的親生關係，爲他自己吐一口氣。私生子大都聰明穎悟，小仲馬自幼讀書，終是趕在他們之前，雖然他的一個放浪的父親中曾表現大仲馬生性放浪，對於兒子略不負教養之責，幸賴他的聰明勤懇，秉承了他父親的文才，早年得有生動的文筆，對舞台上的情節發生興趣，而且學會了編排劇本的機巧。小仲馬的性情與他父親不同：大仲馬情感豐富而氣勢狂放，小仲馬則感覺敏銳而性情柔和；這也就是大仲馬成爲浪漫派作家而小仲馬成爲現實派作家的原因之一。小仲馬起初先寫小說，二十四歲時就寫成一部出世作茶花女(La Dame aux Camelias)，後來將這部小說改編成劇本，在舞台上試演，卻得到了可驚的成功，一時成爲文壇的寵兒。此後他便放棄小說，專心從事戲曲，繼續出了二十餘種。在量的方面雖及不上他的父親，在質的方面遠駕於他父親之上，其戲曲影響的深遠，也強似乃父多多。他的重要作品有茶花女(一八二五)，半上流社會 (Demi-Monde, 一八五五)，金錢問題 (La Question d'argent, 一八五七)，私生子 (Fils naturel, 一八五八)，一個放浪的父親(Une Père prodigue，一八五九）婦人之友（L'Ami des femmes，一八六四）奧勃萊夫人的念頭（Les Idées de Mme Aubray，一八六七）婚禮的一個拜會（Une Visite des noces，一八六九。）喬治王妃（La Princesse Georges）一八七一）克羅德之妻（Femmes de Claude，一八七三）亞爾風斯先生（M. Alphonse，一八七四）外國女人（L'Etrangère，一八七六）巴格達的公主（La Princesse de Bagdad，一八八二）台尼斯（Denise，一八八五）與佛朗西榮（Francillon，一八八七。）此外尚有小說茶花女與克勒滿梭事件（L'Affaire Clémenceau）兩種。

小仲馬在戲曲上的貢獻，伊科維茲以社會史的觀點解釋得很明白：『小仲馬的戲曲是一八五〇年法國資產社會道德精神的繪畫。在這裏，舉凡當時資產社會的家庭生活與風尙、感情問題、以及對於戀愛賣淫通奸的見解，都完全地表現着。而且資產者所焦慮着的一切問題，都在小仲馬的作品中提示出來，有時我們還可以見到努力於解決當時的問題的那些優秀的代辯者。』小仲馬算是劃分浪漫派與現實派戲曲的界線的一個人，他的戲曲不像浪漫劇那樣作爲傳達感情的一種方法，而是當作反映社會生活的過程以至改良社會道德的工具。在他看來，戲曲家對於社會負有重大的使命，啓發觀衆倫理的意識，指導觀衆道德的行爲。他的作品就在企圖糾正舊社會的成見，估定新道德的價値。這樣，則戲曲非要有意識的目標不可；他在私生子的序文上說：

『將悲劇、喜劇及描寫劇等凡是適於我們表現的方法上，我要建立起一種裨益人心的戲曲來。……至於那些不求完滿、無道德觀念、無健全理想的文學，總之，它如果無裨於人的，都是些發育不完全的、有爲害性的、無存在可能的文學。』

這幾句話，是小仲馬創作的根本態度，爲風俗劇、社會劇作者的他，主要的提出了家庭婚姻的問題與金錢的分配問題，前者可以茶花女爲代表，後者可以金錢問題爲代表。

茶花女是小仲馬一生最得意的傑作，在當時連演了二百餘次；這齣劇本在劇場上所引起的盛況爲莫利哀以來所稀有的。其簡單的情節是如此的：

全劇的主人公瑪格麗特，性愛茶花，因以茶花女爲號。伊是一個年輕貌美的妓女，生性最喜交際，跟伊來往的富人貴族不知凡幾；他們都親近伊，愛重伊，趨奉伊，但是在伊的心中卻沒有一個是伊的知音。有一次伊害病不起，臥床幾月，初起看候者不絕於門，而不久漸漸稀少，甚至沒有了。當時有個名叫阿望的青年，熱愛着瑪格麗特，天天來看伊的病狀，只是從來不會留過姓名，後來他與瑪格麗特謀面，傾談之下，情意相投，瑪格麗特也頗鍾情於他。兩人接觸的機會漸多，愛苗也就成長起來；終於有一次兩人離開巴黎到鄉間實行同居。阿望決心與伊共過一生，瑪格麗特得到了親密的愛，也想託終身於他，以恢復以前的不名譽。他們到鄉間後，瑪格麗特常暗地向人借款，甚至變賣了許多貴重的飾物，以維生計，伊爲着安慰阿望，不使他知道；阿望也時常回到家中，割讓其產業，以供兩人的使用。不久，這事爲阿望的父親所知道，照着地址來尋訪他，碰見瑪格麗特，以保重兒子的前途爲辭，要求伊並且逼迫伊跟他的兒子脫離關係，其中有一段阿望的父親向瑪格麗特說的話：

「這樣的結婚，既無所謂貞操的基礎，又無所謂宗教的根據，並且更無所謂家庭的結果。在青年人，或許可以應允這件事，但在老年人，你想能彀應允嗎？怎樣還容許他有志望呢？又怎樣容許他有生路呢？……世間，尤其是鄉間的世間，更其爲難。對於你，因着感情的關係，在阿望的眼光中或我的眼光中看來，雖是怎樣的清高，但在世間一般人的眼光中看來，可不是如此。世間的人對於你，只看見你的過去，他們因此將殘酷地對你饗以閉門羹。」

瑪格麗特聽了之後只有自怨，為了成全伊愛着的人的前途，決定犧牲了自己，忍苦含淚地寫信給阿望，佯言己身已屬某男爵，叫他與伊離開。阿望接信以後，果然誤認瑪格麗特是一個朝秦暮楚，願為金錢收買的薄倖女性，但是他對伊還是戀戀不捨，侮辱了伊一番之後不肯動身。無何，瑪格麗特即以堅定的口吻說出伊愛男爵而從不曾真心愛過他，他聞言頓時憤然將他所有的錢鈔丟在伊面前，逕自走了。瑪格麗特好容易得到的情人而今走了，伊日夜悲傷，終至害病不起，呻吟床第，一心懷念着伊惟一的情人阿望。伊的病勢日見沉重，這時阿望的父親從伊的病情中認識了伊崇高的人格，他就寫了兩封信，一封給阿望，告訴他此事的真相，一封給瑪格麗特，表示歉意，並告以寫信給阿望的事。瑪格麗特得了信，日夕盼望着伊情人的到來，果然阿望不久來了；而在悲歡交集的時候，瑪格麗特卻香消玉碎了。

小仲馬這齣戲曲的情節雖簡單，然而他表示的見解很明白：娼妓之節操是下賤的，娼妓之名是社會所不齒的，在當時的社會道德之下，這種人是不許入於資產家庭的。即使如瑪格麗特，伊的純潔之愛是那樣堅貞，伊的節操是那樣崇高，可是在一般社會的眼光中是決不會見諒的，社會上的幸福伊已經沒有享受的權利，伊非在這可憐的境遇中消失不可；至於後來對伊所發的同情與憫憐，僅表示一些無可如何的惋惜的情緒而已。在這一劇中，小仲馬的道德主張，表現無遺了。

金錢問題一劇,更表示出金錢在資產者的家庭中佔着如何重要的地位,社會的種種原型,都以金錢問題為中心而展開着:

首先出現的是貧苦的花匠的兒子季魯,因從事大規模的金融事業以及投機事業的活動,成了一個暴發財主;在巴黎置有壯麗的家屋,並養着月費五千法郎以上的情婦。談起商業買賣,他終是用俏皮的話回答:『容易得很,這不外是他人的錢呀!』其次,我們在杜立夫的家裏,又可看到金錢佔着支配的地位。杜立夫甯願娶着一個沒有嫁粧的妻子,可以拿出主人對奴隸的身分,因為:『僅由一方出錢給另一方使用,夫婦間的爭執是永不會起的。』復次,我們看到在破產了的隆克耳家中,有一個姑娘名愛利沙的嫁給他,沒有帶嫁粧來;這是很可憐的,因為在社會習慣上,『沒有嫁粧的女子結婚不是出嫁而是出賣。』此外,我們還看到,社會主義的技師德嘉猷,提出金錢問題的解決方法:獲得金錢的唯一方法是勞動。那些不願勞動的人,可找人代為勞動,但是全年的收入也須贈與代勞者。這樣,德嘉猷預言利己主義可以消滅,靠了彼此互助之力,人人以工自食之法,將使金錢日漸豐富,而人類也會有更好的未來出現。

在這個作品中,一方面我們可以看到金錢可以給人幸福、可以汩沒人性,可以剝奪人權的萬能的勢力,另一方面我們可以看到金錢須以正當的手段獲得的改良主義的思想。對在後者,在觀衆的讚賞之中,曾有一部分反對者起,認為這是危險的思想,對於有產者的一種侮辱。不過在大體上,小仲馬的戲曲中的思想,是與當時資產社會的道德相脗合的。有一個小說家愛梨果(Hericourt)說:『為了要求家庭事件的指導,於是資產者社會承受小仲馬的忠告。」這是小仲馬在當時受到盛大歡迎的一個主要原因。

在技巧方面，小仲馬的觀察力很敏銳，結構很謹嚴。對於愛慾與道德的錯綜，常能加以細密的分析，而且喜歡創立一個人物的典型。情節雖多簡單，而含義却在機警的對話中表現得很清楚。此外人物的言語服裝的恰稱身分，舞台的佈景及結構的配合劇情，都是他的優點。只是他在客觀中常露出主觀，喜歡借用人物宣揚他的意見，多少仍留着浪漫劇的意味。至於他的影響，不消說，茶花女一劇至今還是各個舞台所極流行的劇本之一。

與小仲馬同時而在現實派戲曲中佔重要地位的是奧奇埃。

愛米爾・奧奇埃（Emile Augier）比小仲馬長四歲，生於一八二〇年，死於一八八九年。他出身貧庵家庭，童年受到良好的家庭教育，十歲時卽已明書知禮，鄉里中人都同聲稱讚。早年到巴黎在亨利第四中學讀書時，才情已見，而且性情纖雅和善，為師長同學所一致敬愛，尊為好學生。學成後在一個富裕的同學的私人圖書館中任管理職；閑靜過書齋生活，博覽羣書，執筆為文，常竟日不下樓。一生少經波折，與小仲馬那樣常在厄境中掙扎者不同。他因有平靜做學的清福，故很博學，且很曠達，性情謙和，對人懇摯，在社會上有君子之稱。他的行為是富裕的中產者的典型。奧奇埃從事戲曲的生活可分兩個時期：初起作韻文劇，詠懷希臘的史事，模倣古典劇，私淑彭沙爾，作歷史劇笑劇死刑草（La Ciguë）、女獵神（Diane）、女冒險家（L'Aventurière）、嘉布里爾傳（Gabrielle）、斐禮柏特（Philiberte）諸劇；在女冒險家中，表示向浪漫主義的攻擊，嘉布里爾傳形式雖仍為韻文，而內容已注意到婚姻問題。自從小仲馬揭示了社會劇的意見，一八五二年茶花女上演，奧奇埃不禁大爲感動，於此他便正式用散文的體裁從事風俗喜劇的創作，其作品有波亞葉先生的婿（Le gendre de M.Poirier，一八五四）、金帶（Ceinture dorée，一八五五）、奧倫布的婚姻（Le Mariage d'Olympe，一八五五）、窮牝獅們（Les Lionnes pauvres，一八五八）、一個美滿的婚姻（Un beau mariage，一八五九）、無恥之徒(Les Effrontés，一八六一）、蓋林老師（Maître Guérin，一八六四）、傳染（La Contagion，一八六六）、卡惠萊夫人（Madame Caverlet，一八七六）及福昌蒲一家人（Les Fouchambault，一八七八）。

奧奇埃是一個優裕而健全的中產社會的縉紳，對於這種社會形態下的風俗教化，認識得非常明白；而且他開始就是一個戲曲的能手，能彀將所認識的社會風化精闢地表現出來。他的取材是多方面的，而他最著重的也是婚姻問題：他一方面竭力宣傳結婚與家庭的神聖，以防救現存社會的分解，一方面又盡力指出現有婚姻的錯誤，作爲來者的警戒。在他的傑作波亞葉先生之壻中，描寫一個商業資產者，慕着過去封建貴族的門第，與名門攀親，情願出一筆極大的嫁金連同他的女兒一同送去；不久這個貴族之家因了錢的緣故生出一種機害心，希圖捉弄他的女兒，幸而這個女兒機警勇爲，不曾上當；雖然如此，而向日所希望的家庭之福畢竟是無望了。還有在一個美滿的婚姻中，描寫一個驕傲的技師入贅到一個豪富之家，卻受到奚落，討了許多的沒趣。在窮牝獅們中，描寫一個清寒的學者，因慕着貌美的配偶而娶得了一個蕩婦，他一身的勤勞所得還不足伊一時的浪用，所費終於他的妻子別向圖歡去了。這些地方作者再三反覆，意思很簡單，無非要使人們知道婚姻要取同一階級、職業相類似、性情相彷彿的，不然便沒有美滿的愛情，也不會有良好的家庭。萬一如此，則惟有如卡惠萊夫人一劇中所表現的，出於離婚一途。離婚是使錯誤的姻緣不至一誤再誤的解決辦法；不消說，奧奇埃是贊成離婚的。其次對於金錢問題，也是他數數關涉到的。他對於當時因金錢勢力膨脹而起的奢侈、欺騙與怠惰，深致不滿，劇中人如上下其手的理財家、浮滑敷衍的祕書、出賣輿論的新聞記者以及野心勃勃的政治家，都是他深惡痛嫉的，所以他說：『金錢並不能予人以福分。』金錢須以正當的手段獲得。他所提出的這個道德觀念，與小仲馬如出一轍。

論到奧奇埃的藝術，一般人終是把他與巴爾札克相比，因爲巴爾札克在人間喜劇中，有巴黎生活、外省生活、私人生活、政治家生活，把七月革命時代的資產者社會的一切已表現無遺；奧奇埃的風俗喜劇中，有市民階級、地主階級、智識階級、流氓階級，把第二帝政時代的資產者社會已包羅萬象；而且在人物中創造典型一點，奧奇埃也像巴爾札克，創造了波亞葉、蓋林、彭謨、夏利哀等人物。描寫方面，奧奇埃的客觀的態度，較小仲馬爲純粹，因爲小仲馬還喜歡利用人物說話，有時帶着穿鑿的情節，奧奇埃則態度平易，思想穩健，完全把人物作現身說法，不加一點烘托，就是他所含蓄的道義心也在人物的自然的動作中表出，使人對於劇情生出實感。其他如人物的生動、對話的明利與文筆的質朴，都是他技巧上的優點。

現實派戲曲，除風俗喜劇即社會劇外，還有一種通俗歌劇（vaudeville）。通俗歌劇是一種間有短曲的小劇，較之風俗喜劇要富趣味性些。創作這種戲曲最重要的作家要推沙爾陀（Victorien Sardou，一八三一——

一九〇八。）沙爾陀是斯克利勃的弟子，有他先生同樣的魄力與才情，他創作的方面：社會劇、歷史劇、喜劇、鬧劇、無所不涉，描寫風化的工夫雖不及小仲馬與奧奇埃，而編劇的技巧如結構及佈景等，卻能補償前人的闕漏。他的怨恨（La Haine）、國家（La Patrie）、托斯加（La Tosca）、惡婦（La Sorrière）、好村民（Le bon villageois）及悖諾東的家庭（La famille Bénoiton）諸劇，都會在舞台上風行一時。

與沙爾陀齊名而以通俗歌劇見稱的有拉比希（Eugène Labiche，一八一五——一八八八）與巴奚隆（Edouard Pailleron，一八三四——一八九九）。拉比希的長處在乎修辭，奧奇埃說他的劇本沒有一句敗筆或一個可省的字眼；褒連松先生的旅行（Le Voyage de M.Perrichon）是他的代表作。巴奚隆以諷世見長，不滿意於那些文人學士的虛僞，惹人厭的世界（Le Monde où l'on s'ennuie）是他的代表作。

此外梅綺亞克（Henri Meillac，一八三一——一八九七）與哈萊維（Ludovic Halévy，一八三四——一九〇八）的戲曲，也不時在小歌劇場（opérette）上出現，著有美人海倫（La belle Hélène）、衣裙的呼囉呼囉聲（Froufrou）等，那是完全在戲調上做工夫了。

第三十四章　批評家及史家

運用科學精神的文學批評——近代批評之祖聖柏甫——其生平與作品——跨着浪漫與現實二時期——批評主張的變遷——從整個人生中理解文學——研究作品的科學方法——「精神的博物學」——科學批評的始祖及印象批評的先驅——科學批評的建立者泰納——其生平與作品——批評的根本任務——「美學者植物學也」——藝術作品產生的社會學的法則——「種族」「環境」與「時機」三要素——泰納的科學批評的評價——勒南——勒南與泰納對較——其生平與作品——徘徊於宗教與科學之間——「以色列民族史」討論——懷疑論者——嫵媚的作風——史家谷朗澤——谷朗澤以後的歷史家

與小說及戲曲同時循着現實主義的規跡平行的，是批評及歷史。前者樹立了現實主義文學之理論上的根據，後者在表現社會生活上與小說及戲曲相補充。

法國的文學批評，最盛行於現實主義的時期，要正確地談文學批評，也應從這時候說起。因爲以前的批評，僅以個人的趣味與社會的好尚爲主體，沒有一種堅實的根據，而到十九世紀下半期，自然科學的方法實證主義的精神均已引用到文學批評上來，建立一個科學的體系。他們秉着『自然是無關心』的態度，對於善惡美醜都無畸輕畸重之別，凡是現實的，都可作爲描寫的對象；而批評家的任務也不在空洞地褒貶作家，而在研究作家創作的泉源。不但如此，他們還進一步將爲自然科學極致的機械觀與定命論應用到文學的範圍；個人的精神或活力，被歸入種族之合成力文學作品也被認爲種族發展的記錄。在新的批評家的眼光中那些素被認爲人類靈感的產物的文學，其過程無異於蠶吐絲蜂釀蜜的高等動物的活動。文學批評到此時完全被看成一種科學了。批評的方式都以「現實的」「自然的」作爲主要的根基。

在實現這種文學批評的新傾向上，惟一的代表可算是被稱爲「科學批評」的建立者泰納。不過在他之前，聖柏甫已先替他打開了一條路。

查理·奧葛斯丁·聖柏甫（Charles-Augustin Sainte-Beuve）是有名的「近代批評之祖」。他生於一八〇四年，死於一八六九年，一生跨到了兩個時期，他的主張前後也不一致，所以有的人把他歸入浪漫主義作家之羣，有的人把他放在現實主義作家之列。他生於法國北部的蒲羅尼（Boulogne）地方，是一個遺腹子。母親英國產，愛秩序方法，有實務才幹。他自幼隨家人信舊教，年十四往巴黎進查理曼中學（Collège de Charlemagne）及布旁中學（Collège de Bourbon）讀書，思想已傾於唯物論哲學。出校後一面習醫研究生理學，一面在地球雜誌上爲文，從事批評。他的科學訓練給與他文學批評以不少的助益。地球雜誌是擁護浪漫派而排斥古典派的，他也反對古典派末流形存神亡的文學。他私淑斯黛爾夫人，主張介紹外國文學，喜歡讀英國浪漫派詩人華茨華斯，柯勒律己與騷賽（Southey）等的作品；及受雨果的介紹，與維尼、繆塞、大仲馬等相識，他便成爲浪漫派熱烈的讚助者，替他們揄揚，同時並批評文藝復興時代的文學，刊行十六世紀法國詩歌概觀（Tableau de la poé sie française au XVI Siècle)，聲言七星詩社的詩歌是富於浪漫氣質的，表示浪漫派的興起不是沒有根據的。一八二八年巴黎評論(La Revue de Paris)發刊，他陸續寫波亞洛、賴西納、高乃衣、莫利哀、狄德羅等的批評文字，注重作家身世作品的研究；又在兩世界評論陸續發表他的作家研究(Portraits littéraires)，批評現存作家。其間他也曾試作詩集八月詠懷(Les Pensées d'août)與小說肉慾(Volupté)，但不曾得到怎樣成功，所以仍回到批評的老路。一八四〇年他發表了一篇從事文學十年(Dix ans après en littérature)，他的批評觀大變，一反從前推崇浪漫派文學的態度。他的五卷大著王門修道院史(Histoire de Porte-Royale，一八四〇——一八六〇)就可以看出他對於浪漫主義態度的始末：第一卷充滿着豐富的情緒，完全在浪漫主義的籠罩之下；第二卷浪漫主義的氣分已經沖淡；第三卷起是完全沒有了。一八四九年起為機關報憲制報(Le Constitutionel)編副刊，每星期一發表他的批評文章，後來集為月曜譚話(Causeries du lundi，一八四九——一八六一)。一八六一年起的文章大都讚揚現實派的作家，對於孚祿倍爾、龔哥兒兄弟以及後起的作家如奧奇埃、泰納等的作品，都有明確的剖析，一直至死，集為新月曜譚話(Nouveaux lundis，一八六一——一八六九)。其間除曾一度當教授外，一生不曾脫離文筆生涯；恰如他自己所說的：『我將整個的生命付給批評家的職業，我不絕地努力想做一個更善良更高超的批評家。』一八四五年他曾被選入法蘭西學士院，是當代批評界的權威。他最重要的著作，是王門修道院史(五卷)、月曜譚話及新月曜談話(十三卷)。

聖柏甫的批評作業開始於反對波亞洛的詩學、生硬的形式主義，以及排斥為古典派批評作最後掙扎的尼沙爾的主張；他自己的主張，也一直在變化不居中。朗松曾明白地說過：『極端活動而敏感的聖柏甫，對於一切環境，如基督教式的浪漫主義、十八世紀的懷疑主義、醫學、聖西門主義等，都是一個過來人。什麽事都沒有把他拉住。對於事物，一經明白，他就撒手不管了。』這是因為聖柏甫有好奇的特性，對於什麽事物都喜歡用好奇心去窺探，得悉其表面後，終必窺透其核心；加之他生就一副友誼的同情，易為強烈的人物所感動，而暫時敬重他，所以他能循着時代的新運動以進，常做一個改宗的教徒，不作不相干的旁觀者。但是他能抽身事外，回復他的自由；故他的批評依舊能保持客觀的態度。文學上每種新運動的誕生，聖柏甫起初必是一個信仰者，然後又發見其弱點而加以攻擊。他對於浪漫主義前後的態度，以及對於宗教前後的態度，都不外是他特性的表現。

他既反對刻板的形式主義的批評，便在反面提出尊重自己印象的批評。他批評的眼光不僅僅在文學本身中理解文學，而在整個人生中理解文學；他自己說：『我並不特別看重文學上的見解。文學上的見解在我的生活與思想上並不佔着特別重要的地位。眞正支配着我的生活與思想的，乃是人生的本身以及人生的事象。』他一方面看重實際的生活，一方面又看重對於事物所生的印象，而要得到健全的印象，對於作者先要有一個確切的認識；他所說的『要研究作家，須從他小時候研究起。』這句話，是文學批評上的名言。因此他的批評方法是先做作家的傳記；在月曜譚話中他說：

『在批評學上面，我覺得能使人讀之生快感而長見聞的，最好是替偉大的作家做生動而詳明的傳記。……攢在作家的身中、懷中，用種種方式作使活動、發言，并觀察他的時代、習慣及生活。這樣纔算得是個眞正的批評家。』

又說：

『我最愛調查一個大作家的書簡、談話、思想，找出他性格與習慣的要點。……我常在二週間閉門不出，對於一個已故的知名詩人或哲人反覆研究，向他發出疑問，猶之他在目前一樣。……在初起我茫然地覺得他是一個空泛、抽象的典型，久之他個性中的眞實性，次第鮮明地具象化出來。』

聖柏甫認爲研究一種著作須研究作者的全著作、全著作的精神以至作者整個的生活狀態。進一步，他對於作者的「環境」也很尊重；對於作者出身的家族、父母的才能兄弟姊妹師友的性格以及天才的發展與衰退期等，都要加以研究。聖柏甫本此態度所寫的批評，自己名之爲「自然主義」的批評。批評家將作者的作品、爲人及環境研究清楚以後，還要如自然科學那樣加以分類，因爲他是一個醫學者、生理學者，他說過：『我想做的，是由生理學取了些事理，拿到批評範圍裏來。』他稱自己的著作是博物學，聲言不借生物學的幫助，不能成爲眞正的批評家。他認爲具有精神與自由的人類，雖不能如飛禽走獸一樣分門別類，但是我們相信科學進步以後，終能如願以償而建立一種科學的批評標準。他在注重環境與科學研究的地方，明顯地影響了他的弟子泰納的科學批評。

不過，聖柏甫固然一方面注重科學的正確，而他方面又試行自由精神的批評，重視對於作品仔細研究後自己的印象，把他的批評自己又名爲「精神的博物學」（Histoire naturelle des Esprits），因爲他認爲自然是充滿了日日新的變化，文學除了客觀的條件，還有主觀的氣性，刻板的法則是有損於明徹的觀察與寬闊的賞玩。故勃廉締爾批評他是個沒有批評體系的批評家；這一點他曾自己也早就承認：『人們如果能把我的作品詳細研究他準會知道我是一個很到家的批評家，但卻是一個無固定法則的批評家。』其實正因爲他不曾確立一個固定的體系，所以能在客觀研究方面做科學批評的始祖，在主觀玩賞方面做印象批評的先驅。他的影響，不特風靡於當時歐洲各國文壇，就是二十世紀初期，還有無數後起的批評家師承他的理論與方法。

繼承聖柏甫的遺產，踏着他所開闢的新路，走上批評的實驗科學之路的，是晏波里德·泰納（Hippolyte-Adolphe Taine）。泰納是首先與觀念論絕緣，而嚴格地樹起「科學批評」(critique scientifique) 的旗幟的第一人，也是指導現實主義文學的理論的大師。

泰納以一八二八年生於華齊埃（Vouziers），一八九三年死於巴黎。他一生過着平凡的研究生活，沒有多少足以記述的地方。幼年在波旁學校讀書，聰慧勤懇，愛好秩序，在校時識力已超儕輩。畢業後轉入高等師範學校肄業。一八五三年提出他的論文拉芳登的寓言詩（Fables de la Fontaine），得博士學位。後從事教書，不久感教書生涯過分忙碌，無研究著作的餘裕，遂辭職研究哲學。很佩服十七世紀荷蘭大哲斯賓諾莎之說，思想上傾向於有定論（nécessitisme）；這對於他未來之成爲定命論者，是不無關係的。一八五六年第德·李夫論（L'Essai sur Tito-Live）一文，縱論第德·李夫的天才不外雄辯之說，大受一般人的注意，得到巨額的獎金。他的興趣與才力漸漸移到文學批評方面。嗣後兩年，刊行他的十九世紀的法蘭西哲學家 (Philosophes français au XIXe siècle，一八五七）及批評與歷史論文集第一卷（Essais de critique et d'histoire，一八五八、第二卷直到他死後纔刊行。）這時他對於批評的見解與文筆，都已達到成熟之境。一八六三年他的大著英國文學史(Histoire de la littérature anglaise)更在文壇上奠定了他的聲望。爲慕他的才名，巴黎美術學校在一八六四年請他去當藝術史及美術諸科的教授。他一面講授，編著講稿，陸續成四卷：一卷是意大利的藝術哲學（Philosophie de l'art en Italie，一八六五）一卷是藝術的理想（De l'idéal dans l'art，一八六七）一卷是希臘的藝術哲學（Philosophie de l'Art en Grèce，一八六九，）還有一卷是荷蘭的藝術哲學（Philosophie de l'art dans les Pays-Bas，一八六八，）這四卷講稿在一八八一年又合成兩函，綜名爲藝術哲學(Philosophie de l'art)；一面研究，廣泛地涉獵哲學、歷史、心理及生物諸學，以使他文學批評的基礎更堅實，更豐富，在心理學上作了有名的智慧論(L'Intelligence，一八七〇）最後又開始他歷史上的巨著當代法蘭西的淵源(Les Origines de la France contemporaine)，內分古代期、革命期及近代期幾部，從一八七六年起到一八九〇年，成了許多卷數，可惜不曾完稿就死了。他留下的重要著作，除上述外，還有庇棱尼斯山紀行（Le Voyage aux Pyrénées，一八五五）與英遊散記（Notes sur l'Angleterre，一八七二）是散文的遊記，作風與情趣，都嫵媚動人。綜觀泰納一生的著作，最重要的要算英國文學史與藝術哲學二書。

泰納的才能是多方面的，詩文小說都見長，於小說宗斯丹達爾，於詩歌宗波特萊爾，他最專長的，不消說是批評。批評的基準本着實證哲學與自然科學，因爲他是孔德的門徒，斯賓塞(Herbert Spencer)的弟子，又喜歡研究彌爾（John Stuart Mill）與達爾文，受實證哲學與進化學說的影響很深；而且他本身對於各種科學又曾加以廣泛而深切的研究工夫，所以他對於以前形而上學的美學者的美醜善惡等概念完全置之腦後。在他看來，藝術作品是由實驗科學的方法創造出來的，故藝術的研究非客觀地應用科學的方法、指出作品中的各種特色及造成這些特色的原因不可。要之，對於人間萬象，不加選擇和判斷，而努力容受並說明之，這是泰納所認為批評的根本任務。

在科學的立場上，泰納把自然與人生完全看作受同一法則所支配的東西。他所說的『美學即植物學也』這話，是最有趣的鐵證。他又曾說過：『由物理的溫度(température physique)的變化，決定各種植物的出現。同樣，有精神的溫度(température morale)的變化，決定各種藝術的出現。——人間的精神的生產與活着的自然相同，只能由其環境以為說明。』這樣，泰納就確定了藝術作品產生的社會學的法則：『藝術作品的形成決定於環境的風尚與精神等一般的狀態之全體。』他以社會學的觀點研究藝術，在藝術哲學裏曾有一段精闢的話道：

『對於藝術作品、藝術家及藝術之流派，如要求明瞭，則對於他們那個時代的風尚及一般的精神狀態應先加以研究。峨特式的建築(architecture gothique)，一方面是跟着封建制度而確立，另一方面是當十九世紀中葉及文藝復興時代那為諾曼人與蠻子被騷擾的社會剛剛安定的時候發展出來。嗣後獨立小貴族的軍事制度以及跟着產生的一切風尚，則十九世紀末葉因近代專制主義的興起而消滅，接着峨特式建築也趨於消滅。同樣，法國的悲劇在路易十四的貴族的專制主義建立強固的帝國，豪華的宮庭生活、優美的戲曲及優閑纖雅的風尚在貴族當令的時候出現，迨至貴族社會在大革命中破壞，優閑的風尚也就跟着同歸於盡。』

他認為一個作家不論如何偉大，在表面卓然獨立，但實際上終不能無所依據，不能超然物外。關於藝術作品的產生，他在有名的英國文學史序文上表示得很明顯，不外是「種族」、「環境」與「時機」三種因素的合力的結果。這三種因素是怎樣的呢？這裏略表如下：

所謂種族（la race）是『人間生就了的遺傳的因素及傾向在人間的氣質與體態上有顯見的差別這因素依了人種的差別而不同人類好像牛馬一樣，有種種天然上的差別。……種族的遺傳的因素及傾向有一種顯著的勢力，人類雖也因環境與時間這兩種因素而發生種種變化，但種族的勢力是最應注意的。』他舉出亞利安族（Aryans）散處恆河畔各處，雖歷三千年的戰亂變革，在各種環境氣候下顯示了千姿萬態的文明，而取其宗教、哲學、語言、文學一加觀察，其一脈相承的體質及知能至今還顯示出可驚的相同程度。

所謂環境（le milieu），其影響於文學是很大的；『人類非能在世界單獨存在；自然環繞着他，別的人類包圍着他，偶發的後天的傾向能改變先天的種族的傾向。』環境是指政治的與社會的諸條件。還有氣候，對於民族的生活也有很大的影響。他舉出亞利安民族分開的兩支：在寒冷、潮濕、滿是森林沼澤的日耳曼人的居處，生着秉性深沈強烈而粗野好鬭的人民；反之，在風和日暖到處山明水秀的希臘與拉丁族的居處，卽有賦性活潑好動而崇理愛美的人物。

所謂時機（le moment），是指最初的作業影響於後來的作業。『一個偉大的藝術家是先驅者，其餘是後進者，前者沒有模範，而後者有之；前者親自接觸事物，而後者有待前者介紹而見之；而且後者往往不能樹立藝術的本幹，而許多細的枝葉卻很完全，印象的單純性和偉大性減少，而快感和美的形式卻增加了。』

依泰納的意見，文學藝術之優劣是視種族、環境與時機三種因素的錯綜之程度而定，所以文學與藝術的研究，完全應從這三方面着手。這是泰納的科學批評的基準。

泰納的這種批評方法，站在嚴格的科學的根柢上否定舊美學家偏狹的善惡美醜的判斷，用分析的眼光找出構成文學藝術的客觀條件，從社會學的觀點研究文學，確會給與我們前所未有的科學批評的新途徑。然而所爲科學批評，其間也不無疵點可尋。就方法的運用說：他將歸納法應用到歷史科學上來探討文學，固然是從事實上找出他的結論，只是結論一經成立，他往往扭曲事實以遷就結論，注意事實的一方面而忽略了另一方面。以構成他邏輯上的歸結；而且在他科學的分析工作中，有時情不自禁，便以天性所近的美麗的辭藻誇張立言；這種偏於武斷而不能嚴格使用方法的態度，是有損於科學的尊嚴。再就方法的本身說：他認爲人類的一切活動完全爲生理、生物與歷史、地理的客觀現象所客觀地決定，沒有一點自由伸張的餘地，這種定命論與宿命觀的見解，多少陷於機械的唯物論的錯誤；而且他所認爲決定藝術作品的社會環境，只是着眼於靜的自然力方面，卻忽略了社會變進中最重要的經濟基礎；這不能不說是他學說上大大的缺陷。所以左拉說：『泰納只是一個具有分類天才的編纂者，他是書齋的學究，不明白人生是什麼，從而蔑視活着的東西；一言以蔽之，他沒有跟我們呼吸着同樣的空氣。』不過就大體說來，泰納的學說的重要性畢竟無可否定；他主張文學不是個人瞑想的產物而是社會風尚的表現，把文學從形而上學的體系中導入科學的領域，以有力的文筆提出新的研究方法，指導現實主義運動，在十九世紀的批評界，他的貢獻實在任何人以上。就是歐洲當時第一流的批評家丹麥的布蘭兌斯與英國的亞諾德 (Matthew Arnold)，也惟泰納的馬首是瞻。

在現實主義的文學理論家中，尚有一個與泰納齊名的愛納斯·勒南（Ernest Renan），也佔極重要的位置。勒南與泰納的研究都涉及文、史、哲學、批評各方面，而專長於歷史與批評；只是泰納之爲批評家更甚於歷史家，勒南之爲歷史家更甚於批評家。他們兩人都是相信科學的；而泰納集中注意力於客觀的事實，拘於科學的法則，所以是一個定命論者；勒南以寬闊的眼光眺望種種現象，主觀的理想與客觀的事實時常在胸中起伏不定，所以是一個懷疑論者。

勒南比泰納長五歲，以一八二三年生於不勒塔涅州的脫萊奇村（Tréguier）。他的生平，在他童年青年迴憶錄（Souvenirs d'enfance et de jeunesse，一八八三）上寫得很詳盡。他出身於船員之家，五歲喪母，賴一位賢姊的扶持，纔能在生計困難的家庭中長大。勒南幼年非常沈默，怕羞，有女兒態。在聖舒爾比斯（Saint Sulpice）修道院中求學，常落落不羣，不是伏處斗室念書，便是走向田野賞玩鄉景。他因環境之濡染，心中常懷着神祕觀念；親友都希望他成爲一個牧師，他也以未來的牧師自許。繼後進晏西（Isey）修道院，擴大了學習的路線，愛好文學、哲學，喜讀哥德、康德諸人的作品，使他對於宗教漸漸抱懷疑的態度。他在教義上經過一番深切的探討之後，終於大失所望而退出教會。此後他專心研讀德文，窺得了科學的堂奧，思想上成爲徹底的反宗教者。他在二十五歲作的那部科學的將來（L'Avenir de la science，一八四八），是他思想從宗教轉變到科學的重要著作。不久，政府派他到意大利考察古物，在那裏遊覽許多的羅馬古蹟，又刺戟起他藝術與愛美的趣味，他便高唱「科學與藝術應當訂婚」之說。一八五二年，在巴黎大學他將研究猶太詩人亞惠羅埃所得作成論文亞惠羅埃與亞惠羅埃主義（Averroès et l'averroïsme），得文學博士學位，同時又以精鍊之筆從事文學批評，常爲各大雜誌撰文。中年他又被派往近東各國考察，遍遊斐尼幾、敍利亞、耶魯撒冷與巴勒斯坦諸地。巴勒斯坦是耶穌的故鄉，他在那裏對於耶穌的生世與基督教的起源查攷得非常淸楚，回國後在法蘭西學院（Collège de France）當教授，并著述耶穌傳（La vie de Jésus，一八六三），對於現存教義的悖理性與教會的虛僞行爲，痛陳不諱，出版以後，一時聲名大噪，一方面引起無數讀者的同情，一方面卻遭到教會中人的仇視。普法戰爭時，舉國在擾動中，他獨靜心深究歷史、倫理、哲學各科，發表了許多名著。晚年學富望重，一八七九年被舉爲法蘭西學士院的董事長，一直到一八九二年客死巴黎，都在勤勞研究之中。

他所存的重要著作，除上述外，歷史與宗教方面有：宗教史研究（Etudes d'Histoire religieuse，一八五七）、基督教的起源（Les origines du christianisme，一八六三——一八八一）、使徒行傳（Les Apôtres，一八六六）、聖保羅傳（Saint Paul，一八六九）及以色列民族史（Histoire du peuple d'Israël，一八八七——一八九三）等。文學與文字學方面有：塞米語通史及比較觀（Histoire générale et comparée des langues sémitiques，一八五七）、文字起源論（Essai sur l'origine du langage，一八五八）等。倫理及哲學方面有：道德與批評論集（Essais de morale et de critique，一八七六）、現代諸問題（Questions contemporaines，一八七八）、智識與道德改造議（La Réforme intellectuelle et morale，一八七一）及哲學談片

(Dialogues et fragments philosophiques，一八七六)。

勒南一生實可代表宗教與科學兩方面。他幼年受宗教教育，他生性富於感情與瞑想，他初起的精神生活完全巡迴於遼遠的天國與熱烈的理想之間；但是十九世紀下半期急速發展的自然科學勢力與實證哲學精神映現到他的腦際，他的宗教理想開始為科學所動搖、毀滅，終於他拋棄宗教而從事科學，甚至以科學反對宗教了。他二十五歲所起稿六十九歲纔刊行的科學的將來明示了這個轉變；在這書中他說：『科學必然是將來的眞的宗教，我們希望他一天一天進步帶着人類向前進步。……如今，我們的責任在乎啓導民衆底智識，我們先要給他們以「美」的興味與「眞」的宗教。』他這時對於科學的尊重不亞於當年對於宗教的信心，甚至說：『科學的壽命一定長過人類；恐怕人類滅亡的末日，正是科學萌芽的時候。』

徘徊於宗教與科學兩峽之間的勒南，與十七世紀底巴斯加可說是歷史上無獨有偶的兩個人物；不過，從科學的領域退到宗教底境地的巴斯加，不能不說是一個弱者，反之，從宗教的境地跨上科學的領域的勒南，卻算得是一個勇者。拋棄了宗教的勒南，把握着科學以從事研究各種學術了。在科學的將來中他又說：『歷史與傳記，要配準着科學之各方面底意義的，纔能算是十九世紀的作品。這種作品須要艱難、刻實、勤勞而克制私情，纔能堅實耐久，這樣纔能與我們最後的目標相符合。』就他各種學問中最專長的歷史言，那部以色列民族史可算是一生最大的貢獻。這部作品以科學的方法在宗教思想底發展中找求研究之題材，對於希伯來的民族、道德理想、宗教哲學以及一個民族的命運與別的民族底歷史關係，各方面都有詳盡的觀察。他曾說過：『要批評基督教的起源必須先有澄清的見地；如果帶着宗教的成見，即不能有精確的作品。』不過以色列民族史也算不得是嚴格的科學底著作，其中所含的宗教成分非常濃厚。他把宗教當作民族的經營看，固然有相當的理由，只是因爲他是個尊重自己理想的人，故對於舊教的理論有如承認藝術有超然美的形式一樣地加以承認；這種地方早已離開科學底方法與實證主義的精神。事實上，這部以色列民族史只是科學精神與宗教精神合力的結果。其餘幾種作品的觀點，也大抵是如此。

因此，勒南之爲科學家抑爲宗教家成爲問題了。好像嘉納（Canat）說的『勒南是信上帝的呢？還是信人類進步的呢？我們眞是茫然。有好些重要的問題，他自己常無定見。他有時以爲上帝存在，有時又以爲不存在。』確然，勒南是無定見的；他一方面是一個詩人、幻想家、宗教家，一方面是一個批評家、歷史家、科學家。詩人的他，逗留於美與情感的國土；而批評家的他，使用了客觀的法則規範題材；幻想家的他，憧憬着夢的理想界，歷史家的他，在清算着過去與現在的現實界中蘇醒過來；宗教家的他，懷着熱烈的信仰與情操，科學家的他，卻把握了冷靜的自然律觀察一切。這種感情與理智在他心中時常交戰着，終於成爲一個懷疑論者。這種人格上的二重性，朗松曾爲他作如下的解釋：『勒南的學識見解可大別爲二：自然科學與藝術哲學。他想藉自然科學獲得科學方法並增長自己學識。他又想藉藝術哲學傳達他的思想與情感。』如果我們把泰納當作把近代的科學精神導引到文學上來的代表者，那末我們可以把勒南當作把近代的科學精神與過去的主觀信念表現到文學上來的第一人。他的文學上的作業，對於後來的法朗士有很大的影響。

勒南在生前是一個極負盛譽的人，而死後批評家並未給他怎樣尊重的評價。只有對於他的作風，是衆口一辭地加以讚賞。他的文筆，不論寫景言情，都恰到是處而嫵媚動人。這裏就譯引他童年青年回憶錄的爲首數行，以見他作風的一斑：

"Je suis né déssillés aux yeux bleus, de parents barbares, chez Cimmériens bons et vertueux qui habitent au bord d'une mer sombre, hérissée de rochers, toujours battue par les orages. On y connait à peine le soleil; les fleurs sont les mousses marines, les algues et les coquillages colorés qu' on trouve au fond des baies solitaires. Les nuages y paraissent sans couleur, et la joie même y est un peu triste; mais des fontaines d'eau froid y sortent du rocher, et les yeux des jeunes filles y sont comme ces vertes fontaines oũ, sur des fonds d'herbes ondulées, se mire le ciel."

（譯大意）我從野性的父母生時，張開着碧綠的眼睛，在善良與敦厚的齊美利安人世中，他們住在一個陰黯的海岸，聳立的巉巖，整天地被風潮摧激着。人們不容易見到太陽；在孤寂的海灣深處，所謂花者是一些海藻，五彩的海菜與魚介。天雲失掉了色彩，快樂也帶着憂愁；只有冷的泉水從山石中流出，那少女們的眼睛正像這碧綠的泉水，從波動的草的深處，凝視着天空。

在上述的三人中，聖柏甫是一個純粹的批評家，泰納兼長歷史與批評而專於批評，勒南兼長歷史與批評而專於歷史。他們是法國十九世紀中葉與末葉的歷史與批評上的三個巨子。此外還有一個純粹的歷史家費斯台．谷朗澤（Fustel de Coulanges, 一八三〇——一八八九），也是很值得注意的。谷朗澤一生當教授、著作家，無時不在歷史上用工夫。他兩部最大的名著是古代的城（Cité antique, 一八六四）與法國古代政治制度史（L'Histoire des institutions politiques de l'Ancienne, 一八七五——一八八九）。在前書中，他敍述羅馬全部的社會生活，指出原始人因宗教信仰而擴張成家族的勢力，希臘、羅馬的家族由此而生，婚媾關係、尊卑名分、家長權力以及私有財產之承繼均由此而定，更由家族的勢力擴張成城市，由城市的確立而釐訂法制發展商業，人類社會文化的發展，於是日新而月異。在後書中，他提出了歷史變進的法則：第一，兩民族接觸而發生的新建設新文明，不是靠着征服者的武力的結果，而是民族間互相反應互相影響的產物；第二，制度之興革其變也漸，一個新制度的形式可以忽然產生，而舊制度的勢力卻不能一朝消滅；總之，他認爲歷史的推移根本由於民族的互相接觸與生活的漸次變進，所以歷史是蒐尋現狀之淵源與變遷的關係之科學，這是他對於歷史的根本解釋。谷朗澤把歷史當作一種科學而從事，故在史籍中找求史料務必用嚴密的分析的方法，在著作中敘述史跡務取質朴的簡鍊的文筆，使方法與技巧都完成了歷史科學的任務。

谷朗澤以後的歷史家，都在歷史科學上努力。在十九世紀末葉與二十世紀初期，法國史學上的人才輩出：如民族史的作家穌萊爾（Albert Sorel）、拉維斯（Ernest Lavisse），政治史的作家烏里維（Emile Ollivier）、荷沙奚(Henry Houssaye)，革命史的作家奧拉耳（Alphonse Aulard）、與樊達爾（Alberd Vandal），古代史的作家麥斯偉羅（Gaston Maspéro），新聞史的作家唐雋（Thureau Dangin），文化史的作家賽諾波（Charles Seignobos），還有美術史的作家褒羅（Perrot）等，各有專門的研究與獨到的見解。他們大多承着谷朗澤的衣鉢，認爲歷史不是一種藝術，而是一種純粹的科學，歷史家不必像藝術家那樣要體驗深刻敘述美妙，他的責任在乎考驗史料解析史實，執行一種科學家的任務。此時歷史之於文學猶如心理學從哲學的體系中分化出來，自成一支，不復屬於文學的範圍。

第三十五章　高蹈派詩歌

從浪漫派詩的極境打開高蹈派詩的門路——高蹈派詩的先驅——波特萊爾——其生平與作品——疲勞、罪惡、悲哀與恐怖——惡魔詩人的姿態——「惡之華集」——愛好人工與尊重感覺——深遠的影響——龐維葉——客觀的形式美的考求——高蹈派詩人之社團及其主張——「反對浪漫主義返於古典主義」——高蹈派領袖列爾——其生平與作品——對人間消極對藝術積極——「古代詩」與詩學的主張——倘無的佛教哲學——其藝術與無感性——普呂東——「正義」與「幸福」——詩境的完璧——海雷第亞——形式的完璧——哥貝——歌詠無產者——其他高蹈派詩人——高蹈派的衰微與象徵派的代興

存十九世紀，詩歌與散文的小說、戲曲及批評的步調很不齊一。大概詩歌的萌芽早於散文，其枯萎與變形也常在散文絢爛的時候。浪漫派詩人在一八五〇年差不多已經刊盡了他們所有的傑作，其詩歌的內容與技巧都已達到登峯造極的地步，無可復加；法國的這種詩歌，在一八五〇年直至一八二五年還不絕地以改頭換面的形式出現於歐洲各國，他們中雖不乏才力卓越的詩人，但終不能重新燃起一次詩壇復興的火炬。浪漫派詩歌發育過早，其壽命因此縮短了不少；原因是由於浪漫派詩歌在那樣光鋩畢露的時候，繼起的詩人無法更把原有的遺產發揚光大，同時工業資本主義的趨於穩定與社會意識的轉變，這種種，都促使詩人們另外打開一個門徑。雨果的壽命雖還要到一八八五年告終，而一八五〇年以後他已成爲所謂「偉大的老人」，詩壇的領袖地位早已

喪失。爲他私淑弟子的哥緜埃，原是浪漫派的健將，而他的詩在形式上師摹賽尼哀的技巧，摘取希臘的古字，在理論上又喊出「爲藝術而藝術」的口號顯然已跟雨果一般人分道揚鑣。他們兩方面的不同大概是這樣的：浪漫派的詩抒發內心的情調，其中交流着澎湃的熱情，而哥緜埃的詩不以抒發內心爲目的，而專於外物作精細的刻畫；浪漫派輕視詩歌的一切法則，搗毀古典主義的成規，以情調的強弱決定詩律的抑揚，而哥緜埃的詩是要從新回到古典派的法則，一心在音調與韻律上用工夫，希望在和諧的音調與鏗鏘的韻律上創造一種美的感覺。哥緜埃的詩直接影響到高蹈派的產生，文學史上稱他爲高蹈派之祖。有人說『高蹈派不能跳出浪漫派的圈子，』眞的，哥緜埃是從浪漫派出身而另闢高蹈派的路徑的，高蹈派是在浪漫派的母胎中孕育出來的。

高蹈派的詩，到勒貢德·列爾出來纔正式完形。不過在他之前，除哥緜埃替他們開了門路外，哥緜埃的弟子波特萊爾與龐維葉也已着了先鞭。

查理·波特萊爾（Charles Baudelaire）是一個近代詩壇上可驚的奇人。他以一八二一年生於巴黎舊貴族之家，幼年受父親的薰陶，卽有尊重禮儀與法則的習慣。他自小聰明絕頂，在學校有神童之稱，惟神經過於敏銳，不免帶着病態。他因父親早世，很早就離開學校。後來他母親改嫁給一個公使，公使希望他的繼子能從事實際事業，波特萊爾卻立意委身文學，以致家庭失和；他甯願一個人流浪出去，駕舟長征，渡印度洋，走紅海，遍訪錫蘭、波龐南方諸國，親臨神祕的恆河的聖水，對於熱帶地方的色彩、音響與香味，都沾染有素。二十一歲時他回到巴黎，與一般放浪不羈的文人爲伴常服刺戟品，以他生活的試驗作爲文學的資料。在二十八歲時他認識了哥緹埃，兩人結爲極好的師友，波特萊爾一生受他的影響非常深刻。波特萊爾此時還是一個無名英雄，直到一八五七年起刊布他的大著惡之華集(Les Fleurs du Mal, 一八五七——一八六一)，他纔被認識爲詩壇上的一個「雋智的怪傑」他在激賞與謾罵不一的批評之下轟動了他的大名。有許多對於藝術鑒賞極有見地的批評家都把他尊爲雨果以後法國詩壇的唯一巨星。不過這時波特萊爾因不絕地憧憬着怪誕的幻影世界，已經染上了無法擺脫的心病。雖然蒙了大名，但淡泊的他一點不引爲幸福。他可怕的心病也沒有一個朋友可能爲他拯救。他找求着永遠不可知的東西將永遠找不到，而他將永遠苦痛着永遠去找求。這樣使他的神經一天一天震顫得衰弱、痲痺，以至不能工作。爲着安靜他的神經，他更濫吃鴉片與痲葉煉成的痲醉藥(hashish)，殊不知吃了這些東西更增加他的幻想，使他的生活陷於無休息的疲勞狀態。他的病漸漸沒有起色，神經的錯覺癲狂的中風，弄得他活着的時候死的消息已傳到巴黎。他的身體不能動顫，他的耳目不能視聽，他的口不能講話，他的手不能寫字，呻吟牀第了三個月，終於在不魯舍爾氣絕，時在一八六七年。

他的作品不多，除惡之華集外，小品散文詩(Petits poèmes en prose)也是很有名的。此外他還譯了美國詩人亞倫坡(Edgar Allan Poe)的奇史(Histoires extraordinaires)與新奇史(Nouvelles histoires extraordinaires)等小說。

波特萊爾一生是一個不可名言的疲勞的犧牲者；這種疲勞是近代物質文明都市生活特有的疲勞，又是勞而寡効地在這世界受難的疲勞。他原是一個後期的浪漫派詩人，熱衷於求美求快感，但是當他發見近代社會與人生理想的根本的矛盾時，他便不幸地倒在神經煩惱的悲哀的懷抱中；因爲他求善而得惡，求神而得魔，求生之快樂而得死的恐怖。他是感覺敏銳絕頂的詩人而又生長於巴黎，對於都市下蘊藏的醜惡最先感受到；他的悲哀將成爲近代都市的機械文明下所有人生的悲哀。波特萊爾很纖巧地在肉體的顫動與精神的創痛中描寫人性罪惡的底蘊；意大利作家司徒陰（Sturm）曾說道：『他的詩，很甜蜜地說出腐敗與死，而且細語他們的坟墓的祕密到美的耳鼓裏。他所寫的男子是那些月光用了伊的空幻所照過的人，是那些愛好一望無際的海與一碧萬頃的水的人，是那些愛好聞所未聞見所未見的女人的人。他所寫的女人是曖昧的娼妓，伊的美麗是罪惡的變形，伊在豐滿的肉體之下遮蓋着伊靈魂的醜惡。他愛他們而又不愛他們。他們是殘酷的、怠惰的、而且充滿着怪癖。他們被異國的香與色所薰醉着。他們睡在六絃琴的聲音上面，或是抑鬱地在陰影中間搖動着扇子。』波特萊爾所表現的差不多完全是死的陰影、罪惡的象徵，這等等不絕地引起人們新的恐怖與戰慄，所以社會贈他以惡魔詩人（poète malsain）之名。波特萊爾所表現的遮蓋智慧的罪惡，司徒陰也有解釋：『這所謂罪惡並不是肉的罪惡，也不是流俗以爲罪惡是肉體的錯誤的罪惡，而是形而上學的腐敗的罪惡，是純智墮落的罪惡，是在地獄中用六絃琴的聲音和甜蜜的香味遮蓋他們墮落的天使的罪惡——他們不能有肉體的不純潔，但是精神的純潔在他們是可怖的東西。』波特萊爾爲求美求善不可得而苦惱，卻反過來率性歌出人間的罪惡而讚頌它；這種變態的心理也是時代生活變態的最清晰的反映。

波特萊爾的人生觀的輪廓，已如上述。至其生活與性格呢？威倫納（Verlaine）說得很簡賅：『腦爲烟毒所薰，血爲酒精所沸。』他對人的態度非常傲慢、厭惡，他完全是一個冷酷的人；冷酷到猶如他說的：『對於他人不滿足，對於自己也不滿足，我在黑夜的孤獨與靜寂之中救出自己。』冷酷到猶如他在暗殺者之酒（La Vin de l'assassin）寫着的；

我妻死，我自由；
我可痛飲我之酒。
囊中無錢回家時，
再無人來咒我死。

再有，他在散文詩游子一首中，差不多提示出了他的全部哲學：

告訴我，你謎的人，你愛誰呢？你的父親，你的母親，你的姊妹，你的兄弟嗎？

『我沒有父親，沒有母親，沒有姊妹，也沒有兄弟。』

那末你的朋友呢？

『你用這一個字，直到現在，在我是無意義。』

你的祖國呢？

『我不知道它所在的緯度。』

那末，美呢？

『我很願意愛伊，那不死的女神。』

那末，奇異的遊子，你愛什麼呢？

『我愛那雲——那過去的雲——那邊——那神異的雲。』

波特萊爾的最大傑作是惡之華集，全集包含長短詩篇共八十首。這是他對於物質文明繁榮而同時又爲罪惡淵藪的巴黎生活的寫眞，其中崇拜醜厲，歌頌罪惡，描寫獸性，刻畫汚穢，完全以不健全或病態的事象爲題材，使人讀了，如感麻醉，如中狂疾；而其詩的形式之美，已達到他獨創的至高的境界。這裏引他的鬼（Le Revenant）一首，以見其奇特的詩趣。全詩在表現罪惡的象徵詩如下：

鬼

我來臨汝牀，褐服如仙使；臨汝步無聲，一瞥陰影裏。
與汝一接脣，脣冰似冷月；魔蛇纏汝軀，近彼幽墓窟。
清晨天灰白，汝尋不見我；冥冥入黃昏，陰冷慄肌膚。
當汝之生平，韶美心太平；我永弄幽怪，使汝長怖驚。

——李思純譯。

惡之華集這個詩集在當時的詩壇上引起了軒然大波，對於他這種發展到詩的極致的表現，許多作家都表示贊嘆；如奧萊維列（Aurevilly）說：『但丁進入地獄，波特萊爾卻出了地獄。』他更說：『惡之華集以後的詩人只有兩條路可走：不是抹煞他的頭腦，便是做一個基督教徒。』表示到了極致的波特萊爾的詩，後起的人誰也不能有比他更進一步的表現。雨果看了他的幾首詩，也寫信給他說：『你用了人家所不懂的死滅的閃光裝飾了藝術的天堂，你創造了一種新的戰慄。』這句話變成了文壇上的權威，使後起的作家都模倣他的詩風，抱着創造一種新的戰慄的願望。

波特萊爾的藝術，最顯明的有兩種特色：一是愛好人工，一是尊重感覺。愛好人工，由於他最痛恨自然和純粹自然的東西，因爲他認爲這種東西不過是宗教的狂熱的變形；他說道：『自然不能給與我們什麽，不能教導我們什麽。……犯罪是自然的，是天生的一種傾向，而道德卻是人工的、超自然的；……罪惡的行爲是用不到努力的，是自然而然的，而且是命定的；善的行爲卻常常是一種藝術的產物。』他主張用藝術的手腕把自然變得不再是自然的，故他在技巧上很費苦心；如哥緒埃曾說過他道：『他調整他的句子，往往只用最精到的名稱，他用了一種異出的神氣推敲着一個一個字眼，似乎想把它們特別注意起來，并且給以一種神祕的重量。』『他愛好人工，要將自然用人工變成一種象徵，引導自然到象徵又皈依着聲、色、香這些東西，這就走向感覺的方面去了。關於感覺的歷程一點，波特萊爾自己有所說明，他說：『感覺都變成非常銳敏而且纖巧了。雙目穿了無窮，雙耳在最尖銳的雜音中捉到最不能捉到的音響。錯覺起來了。外界的事物都呈露了從來沒有過的奇形怪相。……那最簡單的雙關語和最不可說出的觀念交換起來了。音響覺得有了色彩，色彩覺得變成音樂的了。』由上兩種藝術上的獨到處，所以波特萊爾常能只用一行不朽的詩句包括種種顛倒的麻痺的印象，常能只用一二個有力的音節使人起着恐怖的戰慄。

反對自然而注重人工，注重技巧而訴之感覺，是最近代文學的基調。所以波特萊爾的詩是一種獨創的、最近代的。他的詩不單本身是獨創性的，而且也成爲他人獨創性的原因；給與音色與感覺，成爲高蹈派的先驅；以聲形色。以色形聲開象徵派的門路。他是法蘭西最近代詩的開創者，他的影響同時還伸過英吉利海峽，而刺戟起了英國唯美派的文學。

台奧陀耳・龐維葉（Théodore Banville）在當時幾與波特萊爾齊名。他生於一八二三年，死於一八九一年。他生當浪漫派的衰季高蹈派方生的時候，所以他可說是浪漫派的殿軍高蹈派的未成熟者。著有人形柱（Les Cariatides）、鐘乳石（Les Stalactites）、流放徒（Les Exilés）諸集；理論之作有詩學管見（Petit traité de versification）等。

龐維葉與哥締埃同樣是異教徒詩人，不過在哥締埃的作品中還不時露出沈重的信仰色彩與幽憂的宗教情緒，龐維葉則完全表現輕靈的事態與愉快的心情，帶着一顆歡樂的童心憧憬一切，不囿於思想，不累於情慾，更不拘於道德觀念。他的詩趣與十八世紀的大詩人賽尼哀相彷彿。他最崇拜客觀的形式的美，他認爲詩人要做好他的詩，最重要的便在調遣字眼，要使許多字眼形成一種複式的節奏，而且要使他們調和而不至衝突。龐維葉配置音律的手腕非常婉妙，他將 rondeau, villanelle 等等法蘭西古詩的形式復活過來加以複製，又成了一種蒨麗的新體詩，而且用得自然靈活，毫沒有牽強矯作的痕跡。龐維葉的詩，音節辭采的和諧與美妙確是他傑出的優點；可惜他對於廣大的社會太疏忽了，對於人生的見解也太淺薄了，所以他詩的內容有才力不雄氣魄未厚的缺憾。

上面波特萊爾與龐維葉給高踏派以色彩與聲音的感覺，他們是高踏派的先驅者。現在進述高踏派的本身。

「高踏派」(parnassiens) 這個名詞也有直譯作巴那斯派。巴那斯 (Parnasse) 是古希臘東北部的一座名山，相傳是詩人住居的地方；高踏派便借用這個字在一八六六至一八七六十年間於巴黎的勒沫爾書店 (Lemerre) 刊行了三種詩選，取名當代的巴那斯 (Parnasse contemporain)，其中執筆者有勒貢德·列爾、普呂東、海雷弟亞、哥貝、孟代士、威倫納與馬拉爾梅 (Mallarmé) 諸人；這些詩人除了威倫納與馬拉爾梅後來另外建立一個象徵派之外，他們在詩壇上自成一個系統，稱爲高踏派。他們之中，雖各有特長，各具風味，然而有一個趨向卻是共通的，就是「反對浪漫主義，返於古典主義。」他們決不像浪漫派詩人訴之於感情，往往觸景生感，見秋月而懷鄉，見落花而興嗟，而是訴之感覺的，在春天，以眼觀春之色，以耳聞春之聲，以鼻嗅春之味；他們認爲春天自有春天的意味，秋天自有秋天的價值，我們只要注意將它們表現出來，這就是藝術家的責任，歌頌感歎只是一己感情的衝動，決不能成爲藝術的對象。所以在態度上，他們一反浪漫主義的主觀的情調，而主張客觀的表現，以客觀的眼光表現自然的眞相。其表現的特色是特別注重形式的美；他們排斥浪漫派的那種重複的語句、雜亂的觀念、任意扭曲事態與任性表現個性等等過火的地方，而苦心注意於辭采的簡鍊、了當、冷靜，尤其是對於音節的調和，是他們藝術上嚴格而不肯放鬆之點。高踏派的側重詩的形式，孟代士所說的『我們對於詩歌的凌亂無序表示憤慨，』普呂東所說的『高踏派的着重處就在詩的完形，』都是代表的名言。高踏派詩人因爲過分推崇客觀而排斥主觀，過分看重感覺而輕視感情，不免帶着主知與重形的傾向，所以當時有許多人說他們是無動於中

(impassibles) 的人，普呂東與哥貝兩人，左拉曾說他們『替詩壇上樹立了自然主義的旗幟。』高踏派詩歌，在其注重形式的美與音節的調和之處，可說是在步古典主義的後塵，在其注重客觀的表現與科學的眞實性的地方，又是與自然主義合流的。

在高踏派的一羣詩人中，被推爲領袖的是勒貢德·列爾。列爾的詩才可與波特萊爾相伯仲而映輝，前者是雋智的奇才，後者是沈毅的詩哲。

查理·勒貢德·列爾 (Charles Leconte de Lisle) 長波特萊爾一歲，以一八二〇年生於非洲東南隅的一個羣島上，幼年的生活不詳，但是知他自小有旅行及好奇的癖性，年輕時曾漫遊近東各國。他的祖先原是法國人，故他到了相當的年齡便回到祖國，從事學習，當他在萊納省 (Rennes) 的時候，專心探尋古蹟研究古物；後來在那裏創辦了一個報紙，自操筆政，留心社會事業。那時空想的社會主義者福利愛 (Fourier) 正在提倡理想的共產社會，列爾不禁爲之所服，對他表示贊助的熱忱。迨至法蘭西興起第二次革命的波瀾時，他遄往巴黎參加政治運動，期待着理想社會的出現。但是事實決不能如所理想，不久他對於革命失望，政治的興趣冷淡下去，使他移愛於詩歌上來。在第二帝政成立以後，他傾全心全力於文學的作業，不是集友朋討論詩歌，便是窮日竟夜地編譯古典名作；這樣下去，他的生活一直很少變化。一八八七年繼雨果後被選入法蘭西學士院。死於一八九四年。享了七十六歲的大年。遺下詩歌的譯著雖不怎樣繁夥，然都是精粹的作品。計自著的有古詩集 (Poèmes antiques, 一八五二)、異國情調集(Poèmes barbares, 一八六二)、哀詩集(Poèmes tragiques, 一八八四)及近詩集(Derniers Poèmes, 一八九五)。迻譯的有台我克列特(Théocrite, 一八六〇)、伊里亞特(L'Iliade, 一八六六)及奧特賽(L'Odyssée, 一八八五)諸作。

勒貢德·列爾因為生於孤僻的島上,他的性情也不免於孤癖;惟其孤癖,故近於沈靜,涉於神祕,流於冷淡。勒貢德·列爾自己也承認他是一個沈靜而帶有神祕目光的人。這種性情與那種富於社會性的善於交際的法國的民族是完全不調和的,他雖然進入這個環境,也曾改變他的性情;參加人間的種種工作,幹着社會改革的事業,但是他看到一般社會的浮俗與中產階級革命的無聊,使他對於人間消極,轉而傾向他固有的性癖,從古書與詩歌中找到他生活的興趣。結果他變成了這樣的一個人:對人世抱悲觀,對藝術抱信心。這一點他與厭棄了自己的社會環境而鑽進象牙之塔的孚祿倍爾是同道的,對於高唱着為藝術而藝術而追求着理想境界的哥締埃,又不愧為繼承他道統的一個得力分子。

勒貢德·列爾是一個偉大的古典學者,他迻譯了荷馬、阿契里斯莎孚克爾與荷萊斯的作品,他的自己作品,也都是從古詩中所發見的靈感的結晶。他最崇拜古詩,在古詩集的序文中他甚且說自從上古時代完畢,就沒有詩歌;中古時代是野蠻時代,浪漫主義大半是從夏德白里安的基督教的神髓裏產生的,而這本書就是不正確的;他認為詩歌的本身是很美麗的,很寬闊的,同時又是很簡約潤澤而費工夫的,他說看了哥締埃的詩,纔覺得大詩人又世出了。勒貢德·列爾的詩大半是讚揚或歌頌古代的英雄與宗教的,一部古詩集差不多是在吟詠印度、希臘、希伯來、日耳曼及北歐諸國的宗教傳說這種淵博的取材與禮讚的藝術，與雨果的諸世紀的傳說很相彷彿。列爾的詩肖似雨果以及受雨果的啓示，這是實情；不過他們兩人的基點仍是相差很遠，甚且互相背馳的。雨果的思想、想像與情緒是熱烈而充溢的，主觀的個性表露得非常明顯，在形式上也是以表達情緒爲主而不苛求修飾的；反之，列爾則竭力減低想像與情緒的擴張，注重感覺隱沒個性，形式上須加以特殊的修辭與配置，完成藝術之美。列爾聲言現代詩人不應當再重個性的表現，而應該在人類學方面加以深刻的研究，使其理路更爲正確；從前浪漫派詩人也曾取材於古史，但卻不能設身處地去敍述，而往往將近代思想嵌到古人身上，雨果的諸世紀的傳說無非要引用古人史實以寄託他個人的思想與情感，所以不免有將信仰與理想攪在敍事詩裏的缺點。列爾自己的詩卻是秉着歷史家的無偏的眼光與科學家的客觀的態度，敍述古代史蹟、野蠻民族以及種種衰微的宗教；惟其他能屏除了自己的主觀，纔能把古代複雜的意識形態表現得無所偏倚，他的作品也就能表着冷靜與沈重的堅韌的氣質。列爾與雨果這些個人的不同點，在相當範圍也就代表着浪漫派詩歌與高蹈派詩歌的不同點。高蹈派在完成藝術之美質上，採取了古典派的原則；另一方面，在用感覺性客觀地襯託事物上，完全是用着自然派的方法，這我們不要忘了，在本章第一節曾引過列爾的話，他認爲藝術與科學非互相密接非彼此同化不可的。

作爲厭棄了自己社會環境的詩人勒貢德·列爾，是一個叔本華那樣的悲觀主義哲人。他在詩中所表現的憂思與愁苦不下於維尼詩中所表現的，不過維尼所篤信的是斯多亞派哲學，而列爾所傾向的是佛教哲學；因爲他相信目今所存在的世界是三界唯心，四大皆空，芸芸衆生，來也無窮，去也無踪，終必湮沒於歷史的印痕中，他感到世界的空虛，人生的幻滅，一切都是夢中之夢，人生要免苦痛，只有去人欲，除成見，超然物外，達到忘我的境界。列爾從現實的失望中逃禪到理想的淨土，變成一個虛無主義者。他認爲人生無聊，自然界亦多煩惱，花的枯萎，鳥之悲鳴，海的長嘯，無往而不是苦悶的象徵；所以人類萬物要得到永遠的安靜，惟有到長眠地下的時候。這樣列爾以至禮讚那「死」。在哀詩集中他唱着：

長眠在惡草之下，
不動的肉身盡是剝削時間；
可惜我不能在這漫漫的長夜，
去跟着大海的嘯聲同歸於盡。

變成滲透了禪理的虛無主義者的列爾，他的悲觀達於極點；然而他畢竟是死的讓步者，他還是在虛無的世界中運用他冷靜的智慧，彫刻着藝術上美的基石，以寄託他自己的才力。他詩歌中勻整的辭采，鏗鏘的音律，顯出詩歌藝術上卓越的光輝。他所寫印度平茂的原野，古木參天的森林，一望無垠的處女地，使人如臥遊瑰奇之景。他那種沈靜、幽森、恰切、精鍊與堅實的風格，被比作堅硬晶瑩的大理石。不過他的詩意過分超逸，沒有情感，不易引起一般的興趣；一般人所感到他的是冷酷與無感。實在說來，列爾也並不是無感的，只是他的情緒潛而不顯而已。他在詩中也表出他倔強與孤癖的個性，悲觀與虛無的人生觀，他在不知不覺中露出自己是不會忘情的。他希求速死而仍爲死而着慌，這都給與他所謂無感與客觀以相當限界。列爾在蠻詩集中的一首月光曲（Un clair de Lune），隱寓黑暗中藏有微光，在內容和題材上都可以代表他部分的特質。詩如下：

月光曲

大海灰色靜，遊目無界止，無夜亦非日，無終亦無始。
深淵無片波，遠空無點星，不熄亦不耀，非暗亦非明。
海鷄雜鷗鳥，刺耳鳴長空，海豚銜水逝，入望愁朦朦。
不喧不呼吸，大海搖艇身，濛濛僅辨影，銅質耀舟脣。
如鷄處籠中，人目亦無明，注視而點覺，升降波千層。
忽爲向東方，微光無纖塵，遙天若薄現，銀幕初展開。
深浮復分布，幅射周四方，銀色柔霧裏，迴旋穿細光。
慘白光漸朗，海波照奔騰，天色珍珠柔，皓月漸漸升。

——李思純譯。

高蹈派詩人既推崇列爾是領袖，他們的作詩的法則自然都竭力以與列爾相近爲歸趨；其中普呂東、海雷第亞與哥貝，可說是列爾以後最有名的詩人。

勒納·薛梨·普呂東(René Sully-Prudhomme)生於一八三九年，死於一九〇七年。他本學工程，畢業於工業專門學校，充當工廠技師；但他不慣於機聲軋軋烟煤繚繞的工廠生活，所以不久拋棄了高深的數理智識與熟練的工業技能，走上詩人與哲人之路，結果在這兩方面都得到非常的成就。他著的詩集有長短詩集(Stances et poèmes，一八六五、)嘗試集(Les Epreuves，一八六六、)寂寞集(Les Solitudes，一八六九、)空愛集(Les vaines tendresses，一八七五、)正義(La Justice，一八七八、)幸福(Le Bonheur，一八八八)

理論的著作還有詩之遺囑(Testament poétique)、終極原因的問題(Problèmes des Causes finales)及社會之連繫(Le Lien Social)諸書。

在根本上，普呂東與其他的高蹈派詩人一樣要熔科學與藝術於一爐，致力於形式之勻整。不過他還私淑浪漫派詩人繆塞，他的感覺力很強，故描寫漸漸深入內心，而趨於自我分析方面。他以哲人的眼光解釋世界之迷津、人類的命運、神祇的象徵種種人生問題宇宙問題，對於解釋的結果，以他詩人的胸懷不免動着傷感。這種傷感不僅是個人的苦悶，而是人類普遍的求援的呼聲，當他喊出這個呼聲的時候，他的同情心博愛心擴張，使忘懷了自己的苦痛而渴念着人類的正義，這樣他便成爲一個道德家、人道主義者。作爲詩人的普呂東，實在是一個多方面的完人：他以科學家的脩養哲學家的眼光解析或探索人生的眞諦，這是求眞的努力；他以藝術家的手腕力求技巧的細膩與雋逸，又不會捨棄情緒、思想這些詩歌的要素而賦詩以新生命，這是他求美的用心；同時，他還以道德家的心腸在詩歌中表現愛地方、愛國家、愛人類的博愛觀念以及要求人類的正義與幸福的遠大理想，這是他求善的熱衷。所以，普呂東的詩，可說是各方面完整的作品。

普呂東對於人類所抱的理想，可見之於正義與幸福兩首長詩。正義中取求者與回聲兩者作問答，求者爲要搜求正義，先拿着一枝科學的火炬，可是照遍了自然法則所支配的萬事萬物沒有找到；繼而求之於自己的良心，所得到的答覆是：人間除同情外找不出所謂正義，同情是良心與科學的總和，可見正義不外是情感與理性的集成。幸福中寫浮士德因感人生之艱辛，問道於科學家與哲學家，都不得解答，但是他不忍旁聽着人類的哀吟，決計拋開一己的享樂，爲人類求眞理，到歷盡挫折的時候，給他發現了正義在人類的良心中發見，幸福從犧牲中得來，這是正義與幸福二詩的簡賅的意義。

他作詩的態度，很明顯地要借着詩歌的外形摸索人的內在生活，發揮道德哲學上的見解；他的分析力又精到，故能細緻入微而滲透人心的祕奧。法國的哲理詩，在他之前也不乏巨匠，如十八世紀的服爾德、賽尼哀，浪漫派中的拉馬丁、維尼，都曾留下光輝的作品，不過能帶着濃郁的情緒談眞理，在理性與情緒中顧全德性，又能以精到的形式表現，這種各方面兼長的詩歌，到了普呂東，纔算底於完璧。普呂東的詩能以情緒來扶植思想，故與一般高蹈派詩人的固守着客觀態度與形式主義又不同，普呂東那種比較廣闊而中和的趣味顯然已不爲高蹈的原則所限制；惟其如此，他的詩纔有情理充溢的吸引力而爲廣大人們所愛好，尤其在一般少男少女的心中鐫着極深刻的印象。他內在生活集（La Vie intérieure）中的破瓶（Vase brisé）、臨終（L'Agonie）、銀河（Voie lactée）幾首，在法國幾乎是人人都念的。這裏引他的破瓶一首，以見他葱鬱的詩意與精緻的詩句：

破瓶

持扇敲花瓶，花瓶忽龜裂；斯敲僅輕觸，無聲難察及。
可憐斯輕傷，蝕損玻璃心：傷痕日延展，人目辨未眞，遲久復遲久，遂已周全身。
新水點滴瀉，瓶花精液竭。人目既不察，瓶破未疑及。嗚呼愼勿觸，斯瓶既破裂。
人當戀愛悲，拊手撫其心，其心亦龜裂，中延一破痕。可憐愛情花，愛竭枯不榮。
日日貌如常，心痛人不覺。安知日增悲，背人方暗哭。傷痕雖纖細，其深裂心曲，斯瓶既破裂，嗚呼愼勿觸。

——李思純譯。

普呂東的詩歌嚴格說來，已經超過了高蹈派的藝術原則。和他相反，最謹嚴地遵守高蹈派原則而最足代表此派特色的，是海雷第亞。

約賽・瑪利亞・海雷第亞（José Maria de Hérédia），是列爾最忠實的信徒，生於一八四二年，死於一九〇五年。父親是西班牙人，母親是法蘭西本國人。生海雷第亞於美洲的古巴國，後來隨着父親經商到法國，在法國長大，在法國受教育，久之成為法國人了。他從小好學，畢業於考古學校，對於經典史籍，都很通曉。他很早就認識列爾，從他學習詩歌，後以詩人得名，且被選入法蘭西學士院。他的作品差不多全是十四行詩，起初在各種刊物上發表，一九八三年集成一個詩集名戰利品（Les Trophées），這是他僅有的詩集；其所詠史事或異國風光，從希臘、羅馬、蠻族、中世紀、文藝復興以至遠東熱帶種種，都曾涉及。作者很有意把它寫得有諸世紀傳說那樣的成就，然而他沒有雨果那樣的才力，也沒有他從師那樣的深沈，他的長處足資一道的是技巧的完璧。

海雷第亞的詩純粹是客觀的、冷靜的，沒有一點情感，也絕緣於想像，人們讀了很少會感覺興趣的。他的作詩是煞費苦心的，先從歷史上找題材，復在科學上用方法，然後遣辭押韻，寫述出來，猶如雕刻繪圖，完全循規蹈矩，猶如作曲製譜，完全按律就格，作了之後，必定改之又改。他的作品，歷史家煥服（Faive）說它字如珠玉，文學史上又說它堅如青銅。海雷第亞詩的形式上所下的工夫，確是圓滿無瑕的，不過內容的空泛，在高蹈派詩人中也惟他最著。所以，他與其說是一個詠懷的詩人，毋甯說是一個詩句的巧匠。他形式上的完璧，可說是高蹈派中一種最正統的成績。

佛朗沙·哥貝（François Coppée）是與普呂東、海雷第亞等同屬於高蹈派詩人之羣，自己又獨具心裁而成爲一體。他以一八四二年生於巴黎，死於一九〇八年。他一生貧苦，當機關小職員，住貧民窟，耳聞目見，對於巴黎一般無產者的生活，非常熟悉。他很景慕雨果、列爾的詩歌，公餘之暇時常研究寫述，作了許多史詩，又作了許多寫實詩。在文學上的貢獻，後者甚於前者。他的見知於文壇，是由於他在一八六九年刊行了他的戲曲過路人（Le Passant）。他在文學方面的活動是多方面的，作品也非常豐富，最成功的要算是寫實詩。主要作品有神龕（Le Reliquairo，一八六六）、忠心的人們（Les Intimités，一八六八）、鐵匠的罷工（La Grève de forgeron，一八六九）、窮苦的人們（Les Humbles，一八七二）、散步與家居（Promenades et intérieurs，一八七二）、晚景（L'Arrière-saison）與由衷之言（Paroles sincères，一八九〇）等篇。當他寫最後一詩時，他已傾向於羅馬傳教。

歌詠無產者的生活，這是哥貝的詩的特點；他原是想在史詩上用工夫的，然而他的處境卻逼使他走上現實之路。他常取巴黎市外的貧民社會加以精細地描寫，如機器工人的生活，小商販的生活，乳娘的生活，窮寡婦的生活以至街頭苦力貧家小女兒的生活，是他作品中最普通的題材。他對於這些人的處境以及由處境造成的粗魯無知，他們的質朴坦白以至他們的苦楚與歡樂，大多形容得眞切動人；因爲他所描寫的人物背景都是日常所接觸到的，不是憑空虛構的。他的鐵匠的罷工一詩，寫鍛冶工受不平的待遇的痛苦，過着非人的生活，其中纏綿悱惻之處，誰都會被感動，想到『他們也是高尙的人，只是被生活桎梏了呵！』尤其給那般賃銀勞動者看了，他們準會喊着，『這是在寫我們呵！』所以他當時有「窮人們的詩人」(poètes des humbles)的稱號。哥貝這些詩大半是寫實的，在形式方面爲要簡明達意很少矯作，而且不避俗語。這樣做法使大受列爾的非難，認爲這是有意離開了高蹈派的原則而趨時好的東西。高蹈派的詩歌本是反映貴族意識與資產社會虛文的，而哥貝卻在另一個立場暴露了無產者的痛苦，自然是被認爲叛徒了。

除了詩歌之外，哥貝的小說與戲曲也是很著稱的。其較重的，小說有韻文故事集(Contes en vers)、散文故事集(Contes en prose)；戲曲有克萊蒙的琴師(Le Luthier de Cremone)、耶各賓黨人(Les Jacobistes)、王冠問題(Pour la couronne)。王冠問題描寫家庭的愛與國家的愛的糾葛，演成錯綜的悲劇，在當時舞台上是極流行的。

上列幾個詩人之外，屬於高蹈派或取法高蹈派的詩人，還有孟代士、拉普賴德、瑪虞埃、黎賽本等人。孟代士(Catulle Mendès)是一個音律大家，他的詩句機巧靈敏，即景見物都能迅速表現，確是一個極有才力的人。拉普賴德(Victor de Laprade)多詠自由與家庭等資產社會的組織，刊有福音詩(Poèmes évangéliques)、公民詩(Poèmes civiques)等集。瑪虞埃(Eugène Manuel)是一個大學教授，而卻能描寫下層民衆的痛苦，其內篇(Pages intimes)、工人們(Les Ouvriers)、平民詩(Poèmes populaires)諸作，表現出他含着人道主義的勞動階級的代言人的姿態。黎賽本(Jean Richepin)才情雋逸，歌詠光棍遊手好閑者的不幸，所著的乞丐之歌(La Chanson des gueux)、流浪者(Le chemineau)，被政府加以蹂躪公共道德的罪名而下述；他的獨創力與意志力，非常強固，不過不能算是眞正的高蹈派詩人。

高蹈派詩歌，其尊重形式及嚴守格律的特色，完全是資本主義穩定時期的產物。因爲資本主義飛躍到某種程度不能再謀進一步的開展，於是社會上處處看重既成的秩序，注重研究與觀察實有的事象；詩歌上的無感性與形式主義，是跟着社會的進程亦步亦趨的。但是資本主義儘停滯於固有的地步，其所形成的平凡而醜惡的社會環境，卻不能儘爲詩人所滿足，於是後起的詩人有不少從固有的秩序與實有的現象中脫離出來，高翔於空想的夢幻境中。這樣高蹈派詩人要一逕保持着無感情無想像的原則，也是不可能的；而且他們過分崇拜形式的結果，勢必陷於古典主義末流的形存神亡與文勝於質的覆轍。在這種周遭社會心理的變進中以及詩壇趣味的推移中，高蹈派的詩人到了後來也不盡能彀遵照固有的原則，有的游泳於情感之河，有的插起想像的翅膀，不再爲堅硬的形式所束縛，刻板的邏輯所支配，他們的智慧與夢想，都要從這種桎梏之下求解放。法國的詩壇上在高蹈派還不曾走盡他的路徑時，就有一種新的運動樹着象徵主義的旗幟出現，而後期的高蹈派詩人轉變到象徵派的也日多一日，以至有許多在一八七〇年至一八九〇年的法國詩人，其應屬於高蹈派或象徵派，竟成爲文學史家困難的問題。象徵派是繼高蹈派而起的法國十九世紀末葉的一個詩派，其後進者在二十世紀初期的詩壇佔着極重要的地位。所以關於象徵派的詩人及其作品，留待下章再行來細說。

Jean Moréas

莫萊亞斯

Henri De Régnier

萊尼哀

Edmond Rostand
洛斯丹

La Comtesse Mathieu De Noailles
諾雅葉

Maurice Magre
馬格爾

Lucien Descaves
黛世嘉甫

Louis Bertrand
倍特朗

Pierre Louys
魯意斯

Pierre Benoit
貝諾亞

Romain Rolland
羅曼羅蘭

Francis Carco
卡爾谷

Porto-Riche
波多里希

Henri Lavodan
拉惠堂

Colette
柯萊德夫人

Maurice Donnay
童耐

Tristan Bernard
伯拿爾

第八篇　二十世紀

第三十六章　二十世紀初期的文學思潮

新思潮的出現——「科學破產」與「靈的覺醒」——自然主義的懷疑與主情主意文學上場——從自然主義轉變過來的作家——於思曼與洛特——新文學的三種背景——政治社會的影響——哲學思想的轉變——北歐文學的刺戟——新浪漫主義潮流——印象主義——象徵主義——新理想主義——二十世紀初期文壇一般的情形——作家的增多——青年作家出馬——表現自由化——派別的複雜——感情的激化

二十世紀初期的文壇，又有一種新的思潮出現了。前世紀末葉本世紀初期的時候，法國因政治經濟國際形勢的推移，使時代思想與社會心理變了一種性質；風行於十九世紀下半期的舊思潮迅速地淹沒於歷史的激流中，順着新時代傾向的一種新思潮取得了文壇的霸權。這種新思潮，在十九世紀末葉已經萌芽。

十九世紀下半期的法國文壇，自從浪漫運動衰落，現實主義代興，其加速度的發展以至由量變質而成爲自然主義，文學的領域差不多全爲自然科學所支配。自然科學是客觀的、機械的、純智的，表現科學精神的文學也就是不關心的、命定的、無情的，忽略意志，閑卻感情。自然主義作家以絕望的眼睛辛辣的筆法眺望着幷描寫着鐵一般的現實，人生在這種現實的支配之下，只是顯示着沉淪的苦痛與無可奈何的掙扎，理想是虛空，精進也徒然，嚴格的物質主義使人們的心靈不能有一刻舒張；自然主義這種宿命觀與否定人生的態度，結果彌增人們一種煩悶、不安與悲觀的心理，世紀末所表現的「世界苦」（Toska），達到以前各時代所未有的程度。然而生的慾望生的衝動是人的本能，人們在極端苦悶與絕望中開始反躬自問：人生果眞是一架機器嗎？人生在物質的支配之下果眞無一點生命力可表現嗎？經了這樣的幾度反問，對於自然科學的法則與自然主義的態度也就抱了懷疑的態度。法朗士在他的批評論集文學生活（La Vie littéraire）中說：

「現代思想中有一種奇異的刻薄性。我們的文學不再相信事物的善良。不論我們傾聽一個如綠締那樣的夢幻者，像蒲爾澤那樣的智士或像莫治桑那樣的肉慾主義者，或是我們聽聆與妖覺術語相類似的聲音。我們不再看到曼達納（Mandane）或克萊莉（Clélie）以德性克服靈魂與官能上的弱點的勝利。十七世紀的藝術，至少在賴西納以前，是推崇德性的……十八世紀的藝術是相信理性的。十九世紀的藝術起初如奧德白里安、喬治桑與浪漫主義者是相信熱情的。至於現在，自然主義者的十九世紀藝術是什麼都不相信，只有本能。」

對於自然主義的只顧生理不顧道德，法朗士起着懷疑；進一步他懷疑到自然主義的科學基礎，在同書第三集序上說：『靠着科學爲主或預卜的事物，在這世界絕不多見。一首詩或一個詩人，斷乎不能受制於科學。』法朗士這些話一方面指摘自然主義的缺陷，一方面又給科學效用以相當的限界。在以前理想主義與浪漫主義落潮的時候，有所謂「科學萬能」之說，以爲不論什麼事可用科學解釋而無礙；而今事實證明，這只是一個迷夢，科學所能解決的事非常有限，即如德國某權威生理學家所提出的對於運動的起源、生命的本原、感覺及認識的發生、物質與力量的本質等這些根本問題，科學全然不能解決，所以法國批評家勃廉締爾就爽直地喊出『科學破產』的口號。當自然主義全盛的時候，在物質主義與自然科學之下，宗教哲學要受抑制，個人的意志感情也被屈伏；現在可不再這樣了，英國西蒙士說：『跟着人們思想的變遷，文學在他靈的眞髓上也很劇烈地變化了。爲着對於物質的觀察與調查世界靈的方面饑餓太久了；如今靈又歸來，這便發生了新文學。』戲曲家梅特靈克（Maeterlinck）在他的貧者之寶藏（Le Trésor des humbles）中，進一步喊出『靈的覺醒』，他說道：『固然有過「靈」安眠着的時代，可是現在，「靈」是在彰明較著地大活動了。「靈」到處出現，而且急如星火，有不能使人猶豫的情勢，握着龐大的威力。』精神的威力已從物質主義按捺不住的情勢下穎脫而出，科學勢力支配一切的時代已經過去，自然主義漸漸被拋棄，而給另外一種新的主情主意的文學上場了。

這種主情主意的文學並不是驟然新生的，在自然主義末期的作品中，即不乏這種表現。就中較顯著的，如於思曼（Joris Karl Huysmans，一八四七——一九〇九）他是從自然主義轉向象徵主義的過渡作家，一生的文學生涯代表了最近代文學的兩個路向。初起他信奉左拉主義，對於人間獸慾的描寫比了左拉還要大膽而露骨，得到「野獸的自然主義者」的稱號。他初期的作品如華黛耳姊妹（Les sœurs Vatard，一八七九）等是極端自然主義的，但因爲走上了極端，故要找到極端以上的事物，使他非達到靈的覺醒不止。在他有名的小說倒逆（A rebours，一八八四）中，借主人公愛散德的話，讚揚馬拉爾梅的作品：『一個詩人在這樣普遍選舉的世紀，商業資本主義的時候，因厭恨塵囂的愚蠢而遁跡，一方享受着他智慧的發見與腦髓的幻想。』從這個作品以後，他的心靈從物質中間脫逃出來，而他的自然主義也煊染了一種心靈的彩色。嗣後他發展的四部作品那邊（Là-Bas，一八九一）、途中（En route，一八九四）、大寺院（La Cathédrale，一八九八）與舊教典籍（Pages catholiques，一八九九）全是描寫一個靈從粗雜的物質主義進到高超的神靈信仰，在基督教的聖殿靈光中他常以靈肉一致的姿態扮作主人公而出現，不論其內容其作風都由精神的自然主義而走上純粹象徵主義之路。還有瑞士人而為法國文學家的洛特（M. Ed. Rod，一八五七——一九〇九），曾著有今日之道德觀念（Idées morales du temps présent，一八九二）、人生的意義（Le sens de la vie，一八八九）、戴西埃傳（Michel Teissier，一八九二）等書。他原是推崇左拉的一個多產的社會小說作家，不過不久因受外在世界變化的影響，覺得自己必須轉變一個方向，於是說：『我們不能滿足於現實主義，現實主義是物質的狹隘的東西，我們漸漸感覺到不安。我們要愛好精神的無限的東西。』他認為當前的重要問題須要把人類神聖化，把人類生活提昇到動物以上。嗣後他的小說，趨向於如蒲爾澤那樣的心理描寫了。即如作為自然主義大師的左拉，他是首先確定文學上的物質主義與科學法則的人，而他晚年的作品如三名城、四福音等都充滿着理想主義、人道主義與社會改良主義的精神，就是他的作風也一變往昔之平易質樸而趨於象徵化神祕化了。

所以，自然主義的衰落，固然受了外部反向的威脅，而內部的分化與變質也不容忽視。

新文學是主情主意尊主觀尊道德的，一反自然主義文學是唯智唯理重客觀重科學的。這個轉變的動向順着何種影響而起的呢？無疑地這有它客觀的背景。朗松教授在他的法國文學史最後一節「構成中的文學」

(La littérature en formation) 中，認爲新文學的構成大體上受社會環境的影響、思想哲學的轉變與外國文學的輸入三者的影響。這裏依他的次序說明，幷加以補充：

一、政治社會的影響　十九世紀下半期的法國因產業的向上發展，幾與英國並駕齊驅，國家的威權一天一天伸張。會有與他比鄰的德國、也在積極擴張軍事勢力，法國一方面因自誇拿破崙時代的武功，每持着好大喜功的傲氣，一方面爲擴張己國的勢力欲執歐陸的牛耳，不惜與德國破壞邦交，尋釁開戰；然而一八七〇年的普法之戰，法國方面非但自取辱國喪師的禍殃，大大減損國際上的信譽，而且喪失了亞爾薩斯（Alsace）與洛蘭納等許多領土，工商業與國家財政幾瀕於破產。法國自受這一次鉅大的創痛，刺戟起了他們的國民精神，年青的人永遠不忘這一次的恥辱，以臥薪嘗膽光復失地爲約言。然而不久帝制派失敗，共和黨執政，注重內部政治的整頓，不主張重造戰端，特別在智識文化的領域、顯現出以前所未有的活躍。當時大學教授約各勃（Prof. B. Jacob）說道：『如果我們的國家能彀在世界上保持固有的光榮，這是由於我們的科學、藝術精巧的工匠氣度的寬大簡單的說，就是對人寬厚的特性；除了和平活動以外，我們找不到其他的出路。』眞的，以與德國的熱中於產業與軍備的擴張比較，與英國的耽溺於商務與政治的擴張比較，法國的專心於哲學、科學、藝術與文學的研究與創造，算是保持着文化國的特色的。

在社會的方面，達到爛熟期的法國資本主義，重工業、金融業以及集中化的經濟集團托拉斯、嘉帖爾等在都市上正在繼續發展，與這種經濟制度俱來的普遍的社會問題自然惟有不絕地深化。這種社會的不安反映到智識界上表現出以前所未有的緊張，因而他們不相信機械唯物論者的定命論，而要起來把握着一般人的智慮與生命力解決這些社會問題。同時德國的集產主義（collectivisme）、俄國的無治主義（anarchisme）盛極一時，間接引起他們社會改良運動的興味。不論文人學者，大率跑出他們的圖書館實驗室，竭各人的智力於社會問題的解決，民衆痛苦的解除，各標一幟，紛紛表示意見，形成各種主張不同的集團，時相論戰。二十世紀開始時智識及文學界所表現的社會改良主義運動是以前各時代所沒有的；中古時代的文學歌頌神教與封建領主，文藝復興時代的文學表示商業資產階級的勝利，黃金時代的文學表現專制帝國的繁榮與禮儀秩序，十八世紀的文學表現懷疑主義啓蒙思潮，浪漫主義的文學是中產階級勝利的凱歌，現實主義的文學表示對於中產社會的厭惡，到二十世紀的文學，不論站在保守的資本主義的立場，或站在進步的社會主義的立場，對於當前迫切的社會改革都有所主張。

二、哲學思想的轉變　十九世紀中葉，孔德的實證主義風行一時，科學的規律被應用於人事的解釋，最著名的自然主義小說家左拉、文學批評家泰納，都受了這種影響，根據生物學生理學上的公律，解釋人類的行爲，根據時代、種族與環境諸因素，以敍述、描寫并批評人類。好像人類與動物無分軒輊，同受生理本能所驅使，而沒有內心生活的存在。這樣未免把人類的精神看得太渺小，於是十九世紀末年的哲學思想完全從唯物論的藩籬中解脫出來；自從賴惠松（Flix Ravaisson，一八一五——一九〇〇）揭出了「新觀念論」（Néo-Spiritualisme）以後，勒諾維葉（Charles Renouvier，一八一八——一九〇三）、傅意也（Alfred Fouillée，一八三九——

一九一二）居友（Jean Marid Guyau，一八五四——一八八八）蒲特魯（Emile Boutroux）與柏格森（Henri Bergson，一八五九——）等都集中於他的旗幟之下成爲一個「新觀念論派。」勒諾維葉唱「新批判論，」竭力闡明人格主義；傅意也唱「觀念力論，」主張智識與生命連成一氣；居友唱「生命主義，」力主生命的緊張與擴張；蒲特魯唱「偶然性論，」認爲科學法則中也有自由的活動與偶然的機會；柏格森唱「直覺主義」主張以靈智克服物質的抗力；在大體上他們都反對機械的唯物論，認知人格發展的重要，主張充實並擴張人類的自由精神與生命力。這些哲學家中，尤其應該重視的是居友與柏格森，他們兩人那發揮新觀念論哲理的美妙之筆，在相當程度也是一種極好的創作。居友的研究着眼於倫理問題人生問題，他特別凝視生命擁護自由，輕視物質的勢力，主張人格的擴張，他的哲學普通稱爲價值哲學，是尼采價值哲學的先驅。『人生最高的價值是使他的生命力高化、深化以及強化，生命力愈強，其生命力愈大，其價值也愈高；生命力不深，則其生命力愈小，其價值也愈低。』人類生命力最深最強的，在居友看來是人類社會的同情與協作的狀態，這樣以後人類的生命纔可放出異彩。居友在美學的理論上發揮很多。柏格森將屈服在科學勢力下的哲學解放出來，認爲科學的對象爲物質，哲學的對象是精神，二者不相爲謀，科學不能侵入哲學的範圍，因爲哲學不是分析的科學，而是綜合的直觀。他表示我們應該從物質的機械的小天地飛躍到廣大的自由的大天地，這種對於現實主義的反抗，是非常有力的。柏格森的哲學又名新實證論（néo-positivisme）。在舊的實證主義外，又輔以理想主義，他的思想與美國的實用主義（pragmatism）者詹姆士（Henry James）相似，主張內省認識須從直覺（intuition）出發。

命實在是時間，時間是純粹的綿延；綿延有緊張的，有弛緩的，創造與自發的程度視綿延緊張的程度而定，萬物中最不緊張的是無機的物質，稍緊張的是睡眠着的植物，又稍緊張的是具着本能的動物，最緊張的是具有智力的人類；愈弛緩的接近物質，愈緊張的接近精神。我們要時時刻刻緊張，以求不斷地創造不斷地進化；他在他的名著創化論（L'Evolution créatrice，一九〇七）上說得很簡賅：『生命的特徵重要的是創造、成長、進化，有綿延的歷史與成長，就是生命與精神，而物質是沒有怎樣的歷史、創造與成長。精神現象是宇宙整個生命之創造的發現，而感情、想像、直覺就是精神作用的中樞。自我及自我周圍的不絕的創造、組織與進化，就是一切精神現象的特徵。』柏格森的這種以精神抵抗物質、以人格戰勝外力、以生命創造未來的主張，間接予自然主義以打擊，其尊重意志、感情、想像、本能以及以直覺領悟一切的神祕思想，奠定了新觀念論思潮的基礎，影響於文學上自由的、美的、力的創造很大。此外，勃廉締爾的倫理主義、蒲爾澤的心理主義、法朗士的懷疑主義等，都未曾逃出上述理論的範圍。這種新觀念論的思潮，在二十世紀初期佔着重要的地位。

三、北歐文學的刺戟　一種文學的產生，其主要動力須歸於社會背景，而他國文學思潮也常有促成的功能。在法蘭西文學史上文藝復興時代的文學受了意大利的影響，十八世紀的文學受了英吉利的影響，浪漫主義的文學受了德意志的影響，而今二十世紀的文學，可說是受了北歐諸國的影響。北歐的現實派文學與法國的現實派文學是十九世紀下半期最鮮明的兩支，北歐現實派的主要作家是俄國的杜思託以夫思基、託爾斯泰、挪威的易卜生、般生及瑞典的斯特林堡諸人。他們在反抗浪漫派文學、描寫人生的黑暗面、表現現社會缺陷這幾點，是與法國的現實主義自然主義同調的；不過他們畢竟與嚴格的現實主義自然主義不同：他們雖承認現實的人生非光明，現實的社會充滿罪惡，而並不曾把人生當作機械，也不曾把未來看作絕望；他們曾否定自然科學的濫施威權，託爾斯泰痛切地說：『自然科學，對於物質的性質、組合、機械的特性都能明瞭透切，而獨對於我們首要的生命不能瞭然，那末這許多科學上的發明、學術上的發見結果將於我們有什麼價值呢？……西歐的工藝的與物質的風潮，愈是引誘人類的生活趨於物質的、獸慾的、虛無的方面，卻不曉得指示人們應當如何做人。……然則今日滔滔不竭的物質文明，不是愈加引誘人生走入邪路嗎？歐洲文明，不是因此而更加沉沒在腐敗與墮落的深淵嗎？』所以北歐的文學家在根底上不是不容許人們有自由、有理想、有精神的，他們認爲不論現實的人類生活怎樣淺薄無聊，不論現實的社會情狀怎樣醜惡腐敗，其靈魂深處終有一線的光明可以引導，人們如果能彀緊張精神，也未始不能創造更好的局面；故他們描寫一個人的罪惡常存敬而憫之的態度，描寫一個社會的罪惡常存糾而正之的態度。他們表面上似乎屬於自然派的，而在內容深處所含的廣大的同情與深刻的教訓，實充滿着理想主義的色彩與人道主義的精神。北歐文學這種精神的澗泉，正好救濟法蘭西的自然主義極端的物質主義的枯竭，自從俄國文學給俄基（De Vogüe）介紹過來，挪威文學給普羅蜀（Cornto de Prozor）介紹過來，他們的作品都深印在一般人的頭腦中，尤其是易卜生與託爾斯泰兩人，幾乎成爲法國青年作家日夜思慕與模倣的對象；以至人道、宗教、神祕與理想的種種氣分，竟因之而滲透於法國二十世紀開始幾年一般的作品中。

由於上述的種種背景，自然主義在與背景的不調和中被拋棄了。依靠社會改良主義、新觀念論與人道主義合力造成的新文學是主情主意的，這種主情主意的文學統稱之爲新浪漫主義。

「新浪漫主義」(néo-romanticisme)是如西蒙士所說的『眼力所及的世界已非現實，眼力所不及的世界並非夢境』的一種文學。它是否定了自然主義的科學性而回到浪漫主義的理想界的。新浪漫主義與自然主義顯然是相對立的：自然主義所根據的是唯物論，注重客觀的物，新浪漫主義所依憑的是新觀念論，注重主觀的我；自然主義以科學爲出發，注重理知法則，新浪漫主義以道德爲指歸，注重情操意志；自然主義苦心表現事物的外觀，爲經驗所拘束，新浪漫主義一意探求事物的內心，以擴張精神的領域。總之，自然主義代表着物質科學的體系，新浪漫主義是精神哲學的具體化。所謂『踏過物質界，走向夢想國』兩句話，足爲新浪漫主義最好的註解。

這樣說來，新浪漫主義將回到浪漫主義的舊路嗎？這又不然。資本主義在方興的時候，浪漫主義文學所表現的許多理想之夢，後來爲現實的社會問題所打破，現實主義文學表現出許多眼前的醜態，使人們感到失望，失望之極，覺得非重找一個理想之夢以充實空想的心靈不可。新浪漫主義所表現的就是資本主義從動搖中求鎮定的新希望。在追求理想與重溫舊夢一點上，新浪漫主義與浪漫主義是共通的；但是新的理想新的夢境決不是過去的理想過去的夢境，正如柏格森所說的一切皆流一切皆變的，新浪漫主義的理想，因爲受過一番科學的洗禮，已不是浪漫主義所懷的空想，而成爲一種合理化的理想，新浪漫主義的夢境，因爲經過一番現實的實踐，已不是浪漫主義的幻夢，而成爲現實與想像交織的夢境，新浪漫主義在思想上感覺上都要比浪漫主義深刻與敏銳得多浪漫主義從現實的根柢上蘇醒過來的時候，它已是一種變了質的新浪漫主義，其間經了一番進化的過程。

新浪漫主義這個名詞，僅泛指自然主義後主情主意的文學而言，其內容很難確定，就重要的說，可包含印象主義、象徵主義與新理想主義三者：

印象主義（impressionnisme）是從自然主義轉向新浪漫主義的第一個流派。自然主義作家要沒卻作者的個性而描寫出客觀事態的原型事實，證明這是可望而不可即的理想，因為通過了作者心眼的客觀已經不是客觀的原型，所以在表現客觀的程度上分化出純粹的自然主義與印象的自然主義兩種。印象的自然主義實際與印象主義已很接近，本身兼備着客觀的物質與主觀的心靈兩種屬性。印象主義作家大部分是通過了客觀的事物而表現着作者的自我，明白地說，他們借着具體的外物來寄託作家非具體的內心。印象主義與自然主義無絕對的界線，即如龔哥兒兄弟，有的把他們置於自然主義作家之列，也有把他們歸入印象主義作家之羣。印象主義作家可以法朗士為代表，在批評的範圍他是印象批評的主唱者。

象徵主義（symbolisme）在態度上主觀的程度較印象主義為重，差不多完全借着外物以喻內心。象徵主義可區分為兩部分，表現思想的是高級象徵，表現心情的是情調象徵。象徵主義發生於前世紀下半期，盛於末葉與本世紀初期。象徵主義以法國為老家，繼後傳到英國，為施文朋王爾德（Oscar Wilde）等所模倣，後又傳到美國，被亞倫坡等所模倣。象徵主義的特質，德國象徵派先進擺黑（Hermann Bahr）曾說：第一、象徵主義的藝術，是注重情調的神經的藝術，不是思想或感情的藝術；第二、象徵主義的藝術，以竭力注重人工與自然隔離為主旨；第三、象徵主義的藝術喜歡表現事物底蘊的祕奧；第四、象徵主義的藝術，渴求新奇，厭惡平凡，努力找求新的境界；總之，象徵主義的藝術無非是神經過敏的近代人耽愛刺戟所發生的藝術，其中注重情調一點，是象徵主義的根本精神。象徵主義努力想從目前已知的世界找求將來的未知的世界，所以它的本質是很神祕的。法國象徵主義的表現大都是詩，這在下節還要細說。

新理想主義(néo-idéalisme)是懷着改善社會生活純化人類行爲而成立的一種文學，它最顯明的標語就是「藝術爲人生」(l'art pour la vie)。新理想主義與自然主義正好相反，自然主義以機械的人生觀消極地否定人生，而新理想主義以大勇的人生觀積極地肯定人生，愛護人們的生命，加強人們的意志，救濟人們的不幸，鼓勵人們的前進。新理想主義最好的代表，在俄國是託爾斯泰，在法國是羅曼羅蘭(Rolland)。託爾斯泰的作品在表面上保持着自然主義的態度，在骨子裏充滿着社會改造的理想與人道主義的精神。羅曼羅蘭是大勇主義者，他受了柏格森的直覺主義的影響，主張人們要不絕地緊張起生命來找求理想。他觀察人生而又愛人生，他喊着『世間只有唯一的大勇主義，纔能恰如其分地觀察人生而且愛他。』主張正面對着人生，不逃避，不懼怕，充分地經驗着不幸而且克服它，人須把握着永遠戰鬥的自由意志向前邁進，而且要改善自己非改善他人不可，愛護自己也非愛護他人不可。這是新理想主義的重要意義。新理想主義帶着濃厚的人道主義色彩。

這三種主義或流派，在部分上各有各的特色，在根本都集中在反自然主義的路線上，保持着新浪漫主義的精神。

謎樣的二十世紀法國文學，其錯綜複雜的程度達到極點。要找出它清楚的頭緒，非但我們感到困難，就是法國的文學史教授也要引爲棘手。不過如下幾點，可說是最一般的情形：

一、作家的增多　自從現實主義的批評家從科學性上確定了文學是社會生活經驗產物的原則以後，舊時以文學爲天才產物靈感結晶的謬說全然不能立足，以前認爲文學須有才調的人從事的，而今只要在自己生活經驗範圍有所發現的時候便可發爲文學作品；文學爲社會上超然自成一階級的時代已經過去，現在廣泛的社會層都有做作家的可能。這樣的情勢無形中增加了作家的數量。二十世紀文壇上以政治家、勞工或農民出身，對於自己階級的生活作深刻的描寫，而成爲第一流的作家，這種例子，不勝具舉。

二、青年作家出馬　青年作家多數拙於技巧長於才情。在講求技巧的時候，青年作品大都居於下位，而在注重生活內容描寫的時候，青年作家容易進身成名；因爲技巧的脩養須假以時日，而生活的表現有了體驗就行。當此舊理想舊信仰隳失的時候，青年往往以新穎的立場與凌厲無前的姿態嶄露頭角於文壇；降至今日，年老的作家思想漸嫌陳腐，新文壇上聲名鵲起的反給青年作家佔先了。

三、表現自由化　法國的文學向來注重技巧、風格的形式脩養；如古典派那種謹嚴的詩律，現實派那種精緻的散文，一直被人所尊重所傳誦。不過到二十世紀初期，文壇上對於表現的方法卻有兩種不同的意見：少數老作家多主張技巧脩養，而多數青年作家則主張表現自由化。年高的批評家如杜密克（Doumic）看着這種不可挽回的情勢，在青年人（Les Jeunes）上曾痛切地說：『那般未成熟的藝術家，平庸的作家，年青的文人，只知求名……而毫不注意到訓練與脩養，忽視風格，損壞文字；戲曲家只注意怪模怪樣的舞臺佈置，而忘掉了布局的構思；詩人夢想着無音韻、無節奏、無旋律、無原則的詩歌；至於那樣年青小說家，有的是不會作文的，有的更是不能作文的……這倒是嚴重的現象。」杜密克的意見應否重視這且不論，而從這段話中可見到現代法國文學表現自由化的趨勢。

四、派別的複雜　「現在已無所謂派別，沒有一個齊合許多作家的原理或法則，也沒有大多數相同的作家……審美的自由已經成爲牢不可破的定論，各人都按照自己的趣味創造他所愛好的詩趣的藝術。」朗松教授在十年前曾說過這樣的話，實際這種文學上複雜的趣味隨着嚴重的社會病態俱來。在二十世紀資本主義沒落期的恐慌已畢現，社會上普遍的不安反映到作家的感覺中，他們各各本着自己的階級、素養、趣味而向各方面求打開出路，於是在文學上就表現了羅馬舊教、國家主義、社會主義種種思想，形成種種不同的流派。這些不同的趨向，當二十世紀初期尙能在反自然主義的立場上集中於新浪漫主義的旗幟之下，而自新浪漫主義的勢力分化，這些錯綜複雜的流派便不約而同地各立門戶了。

五、感情的激化　因爲青年作家好用情的緣故，因爲表現自由化的緣故，因爲派別對壘的緣故，文學作品不論表現個人的個性，或社團的信仰，或社會改造的理想，都顯現出強烈的感情激化的感情。

二十世紀的序幕揭開，當代法蘭西文學的形形色色卽展開於我們的眼前。

第三十七章　二十世紀的詩歌

A象徵主義運動——象徵主義來由——象徵主義解釋——寓意、曖昧、音樂——自由詩——B象徵派大師——先鋒威倫納——其放浪生活與作品——逃避了現實悠遊於幻想——詩式的改革——「秋之歌」——奇才蘭波——其錯雜的生活與天才之不平衡的發展——推崇靈魂注重感覺、創造音色——蔑棄了資產社會凌空於靈魂世界——領袖馬拉爾梅——其詩壇領導生活與作品——實驗音律、捉摸感覺、拋棄言語——「聖詩」引例——C象徵派詩人——理論建設者莫萊亞斯——薄命詩人拉孚爾格——豔詩王子萊尼哀——自由詩運動者康——D北方詩人——佛蘭特與比利時詩壇——纖巧的病態詩人薩曼——古代色香的詩人羅登巴哈——產業主義詩人威哈侖——E象徵派的衰落與分化——舊勢力的死灰復燃——自然主義——新古典主義——新浪漫主義——新象徵主義——F舊教派詩人——殖民地說教者賈曦斯——農民寫眞者梅西爾——國際外交家克樂台——殉身國家者俾基——G女流詩人——諾雅葉夫人、杜維葉夫人與瑪德侶夫人——H當代詩壇諸流派——激動主義——動力主義——同時主義——一致主義——新奇主義——未來主義——立體主義——大大主義——超現實主義——純正主義——華萊莉——絕望的清淨——「海濱墓場」

A　象徵主義運動

「爲藝術而藝術的傾向，是由於藝術家與他的社會環境之間存在着絕望與不調和時發生的，擴張的這絕望與不調和，愈使藝術高翔於他們的環境之上，便愈明瞭地反映在藝術作品中。……浪漫派、高蹈派以及法蘭西初期的現實主義，正是如此。……不過浪漫派、高蹈派以及初期的現實主義者，他們雖叛背了他們社會環境的凡俗道德，而對於這些凡俗道德所由產生的社會關係，並未若何反對；反之，他們咀咒資產階級而尊重資產階級的組織，初起是出於本能的而以後則傾其全意識的。……而且如果他們愈尊重着有意識地奮起，則他們對於作品的思想內容，不能持之以冷淡的態度了。不過他們對於革新整個社會的新潮流的態度，就使他們的見解爲之謬誤、狹窄、偏面，也就使他們作品中所表現的思想的質爲之低落。於是必然的結果，在法蘭西現實主義的窮途末路，使經過現實主義以至自然主義的流派而來的作家中，喚起了頹廢的醉心及對於神祕主義的傾向。』

樸列汗諾夫（G. V. Plehanov）在藝術與社會生活上曾說過如上一段簡賅的話，從社會心理的轉變上觀察爲藝術而藝術的傾向的復活，象徵派的怎樣繼高蹈而興起，算是透徹地說明了。

「象徵主義運動」（le mouvement symbolique）的撐持者自然是象徵派（les symbolistes）。象徵派亦稱頹廢派（les décadents），這個命名原是無意識的；象徵派最初的大師威倫納爲不再服從那衰微了的貴族的古典遺型，曾唱着一句『我是頹廢到壓根的帝國』（je suis l'empire à la fin de la décadence）。當代的著名小說家亞堂（Adam）曾辦了一個短期的文學雜誌名叫頹廢（Le Décadent），其中刊過作品的人就被命爲頹廢派。象徵主義是什麼東西，馬拉爾梅大體曾這樣表示過：象徵派詩人是要用外表現象的世界作爲內在精神的實質的象徵，這內在生活的實質，就是詩人所欲表現於藝術中間的。這幾句泛泛的話並不曾從歷來的詩歌外找出什麼異質，後來莫萊亞斯（Moréas）在費介六日報（Le Figaro）上所發表的象徵派宣言中所說的『象徵派的詩是要想法把理想裝成感覺敏活的形式，但這並不是它的最後目的，不過要用以說明老是主觀的理想吧了。』這雖似說得較明白些，但也未能中肯地說出象徵派是什麽。實際上「象徵主義」這名詞因其本身模糊不清，要加以明確的解釋很不容易，而且是徒然的。所以要認識象徵派主義是什麽，最好從它的特質上去探討。

「象徵」與「比喻」與「寓意」在某種意義上有連繫的關係：「比喻」是以這事比之那事；「寓意」是錯綜的比喻連合許多事件而相比喻；「象徵」是自然不變的寓意，詩人在以這事象徵那事，因爲他從前這樣感覺，現在又這樣感覺。將我所見的事物的印象告訴讀者而指示出自己的心靈，這已不是一個冷淡的寓意，而是明顯的象徵；——故「象徵」一詞，就是很好的寓意。象徵派作家的慣用象徵，只是他們所採取的方法，並不能就代表他們。他們所以自己認爲象徵派作家的緣故，是由於：（一）他們一遇到不明瞭的時候，就慣用象徵來假設；（二）因爲他們對於曖昧的事情特別有好感，這一層，我們在後面不難可以看出來。

從技巧上說來，在消極方面，象徵主義反對高蹈派詩的過於簡約單純，沒有含蓄，好像雕刻的一樣。感覺是不確實的，模糊不定的，視而不見的，若用雕刻的筆法勉強把它明白地表現出來，則已失去了原意。他們所以採取這種筆法，正是由於他們沒有感覺的緣故。在積極方面，象徵主義的特色第一就是不確實，無定形，看不見，摸不到，半隱而半現。因爲眞理，尤其是感覺的眞理，是在無定的色調裏，好像勒南說的『鷄辨得和鴿的頸一樣』，其中有曖昧、半影、混圈、半色、混沌等現象，不待說，象徵也是做成曖昧的妙法之一。第二愛好音樂也是象徵派的重要特色。一八八〇年的法國詩人受德國音樂詩人華格納爾（Wagner）的影響，實行把音樂的組織搬到詩學裏面。象徵派詩的藝術是表出靈感、思想和宇宙間萬物之印象的藝術，而音樂藝術恰足以幫助詩歌表出這些事物。所以在這一點，象徵派在形質上自有他們合理的邏輯。

因爲要打破高蹈派詩嚴格的形式，象徵派詩中產生了一個新體詩——就是所謂「自由詩」（le vers libre）。這種詩體，是對待着莫利哀的喜劇上流人中的主人公佐頓先生所主張而言，佐頓認爲一切文字不是散文便是韻文，不是韻文便是散文；象徵派詩人否定這酷嚴的區別，而竭力認出散文與韻文的相近。他們相信：韻文與散文之中有二十個中間的音韻；古典派與高蹈派以及有些硬化的韻文，簡直是無韻的散文，雨果的詩標點起來很自由，哥絺埃的詩還要自由，至如莫利哀的喜劇厭世者，拉芳登的寓言詩，都是最不規則的韻文。象徵派詩人打破平常用一個韻來表示意念與感覺的例子，他們如拉芳登寫寓言詩一樣，極力創造新韻，使之與他們的意念與感覺相諧和。他們也知道這種音韻有時不大正確，而他們仍要這樣做去，因爲他們認爲意念與感覺本身是浮泛而不正確的，所以用作顯現它們的音韻，也不妨浮泛而不正確。象徵派對於他們形式與內容的交互關係，是這樣地解釋着的。

「你知道象徵主義是什麼東西呢？這個字似乎很好看，而事情實是很簡單的。要以象徵表示平常得很，當一個在靈魂中有了表現的對象時，不要在靈魂的狀態中表現，只要以物質象徵着那狀態罷了。」當時年青早謝的詩人部利爾（Jules Tellier）曾如上地說過。這幾句話從上面看來確是很中肯的，而且由此我們可推想到這種詩的作法在法國文學史上並不是到這時纔有的；里昂派的詩的精神進化說解放文法；夏德白里安、巴爾札克在散文中普遍地運用象徵，拉馬丁、維尼在韻文中深刻地運用象徵，這些都是象徵派詩的先例。所以巴萊(André Barre)說拉馬丁提攜了威倫納、維尼提攜了馬拉爾梅，並不是憑空的附會。

象徵主義運動的起來無疑地是對高蹈派的反抗，在思想的基礎上，高蹈派本着孔德的實證主義，象徵派本着柏格森的新實證論，可不待再說。象徵派詩人中，拉孚爾格（Laforque）的變形主義，基爾（René Ghil）的進化主義與威哈侖（Verhaeren）的產業主義表示對於科學的定命論的反動，威倫納、馬拉爾梅與蘭波（Rimbaud）的皈依直覺的靈感，表示對於機械唯物論的反動。還有，高蹈派返於馬萊勃，象徵派返於浪漫主義，這一點，批評家法蓋已明白地爲我們說過。

象徵派在理論上沒有十分明白的主張，在實際上也沒有若何顯著的運動，只是一般詩人的趨向都站在一條路線上。當十九世紀末葉與二十世紀初期，象徵派詩壇上眞是人才輩出，多至不可勝數。就其最重要的說，威倫納、蘭波與馬拉爾梅被稱爲象徵派大師；莫萊亞斯、拉孚爾格、萊尼哀（Régnier）與康（Kahn），各有他們的特色表現；還有生長在北方的薩曼（Samain）、羅登巴哈（Rodenbach）與威哈侖三位詩人，也有卓越的聲譽。上列幾個較大的詩人在這裏分別加以說明；其餘二三流的詩人還多，不再一一具舉。

B　象徵派大師

保祿·威倫納（Paul Verlaine，一八四四——一八九五）初起是一個高蹈派詩人，後來因不滿意於那些謹嚴的詩體起來改革，轉變為象徵派的先鋒。威倫納幼受父母的嬌養，頗有一點敏慧的才調，中學畢業後因家庭無力繼續栽培，在政府機關辦事，一連七年日常的瑣務沒有把他在生長中的詩才斲喪。早年寫了土星詩集(Poèmes saturiens，一八六六)與佳節集(Fêtes galantes，一八六九)與美歌集(La bonne chanson)諸詩，不脫高蹈派的氣質。他的詩不久為一個文人所賞識，找威倫納到他家裏入贅，將女兒配他。威倫納得到這樣的機會，生活很能安定，男女的愛情也很調和。然而他生性不能安靜，喜歡喝酒胡鬧，初則失歡於岳母，繼遭白眼於妻子，而且喜歡遊蕩的威倫納也不慣於資產家庭簡單的享樂生活，見此情形，終於鄙而遠去；飄泊江湖，浪蕩外省，浪漫的習慣養成他作詩的靈感也很充溢。他將往昔作詩的客觀觀照的態度，一變為歌詠自我的主觀的態度。無言之歌(Romance sans paroles，一八七四)發表後，他那新奇的作風與雄偉的才調立刻被社會所發見。七年以後，又發表十四行詩智慧集(La Sagesse)，借舊約「箴言」上的題材來歌詠宗教。他一方面熱中於靈的信仰，一方面又因渴求於肉而苦悶。他因欲解除苦悶常飲嗜好品，以至痼疾叢生。為着作詩的關係，威倫納與蘭波相識，迷戀於他的男性美，發生了曖昧的男色關係，挾之浪遊歐洲各國，在比利時因懷了醋意，鎗傷他的好友，被禁在牢獄裏。出獄後因顛倒於母親，被處以忤逆罪，再度入獄。出獄後又迷戀於一學生，撫為嗣子，相偕歸田，結果嗣子死亡，田園荒蕪。於是他倉皇奔到巴黎作浪蕩的詩人，與象徵派詩人相接近，組織了一個學派；他的聲名一天一天廣遠，被稱為「象徵派的首領」「詩人中的王子」。但是他仍是窮苦無聊，顛倒於酒池肉林，不久狼狽地死於巴黎的貧民窟中。威倫納的一生，瘋狂癡醉，放浪顛倒，他的生活正顯示了頹廢派的特色。

在晚年，威倫納的作品很多，舉其要者，有惡魔詩人傳（Poètes maudits，一八八四）、昔與今（Jadis et naguère，一八八五）、平行集（Parallelement，一八八九）、幸福集（Bonheur，一八九一）、悲歌集（Elégies，一八九三）、諷刺集（Epigramme，一八九四）、詈罵集（Invective）等，都充滿着感傷欲絕的情調。

威倫納逃避了現實的社會而悠遊於空想與幻覺之中。他的詩是他的感覺、愛憎、希望、絕望等情緒的表露，每句詩是他種種感想的迴音，完全表示着他生命的波動，有時心懷神祕，有時氣盛破法，有時虔誠致敬，有時悔恨悲歌，有時欣喜禮讚，有時破口詈罵，故他的最大的特色就是親切動人。而達到這種親切動人，他的方法是很多的：聯想是一種方法，這種方法他一生用得最爲普遍，往往在一首詩開始寫第一行時，一陣心酸，聯想的怔忡來了，有時輕輕地跳盪過全首，有時詩境已完，聯想的餘波還在悸動着；他要想法避免平庸，把聯想作着惆悵的曲譜。他詩中嘮叨的談心與用偶然的心境說得津津有味的手腕，也是達到親切的一個方法。他日常生活的苦樂的曲折的象徵，雨點打瓦、風動竹竿、樹木打戰、白牆挺立、燈光發威等這些微妙的象徵，使人感動而忘我；他認清感覺不在深廣，而在眞切，故他能捉住了瑣屑的事物歌詠得興味盎然。還有他覺得要詠懷惆悵，須表現得恍惚，利用情緒瞬間的閃礫，好比將提琴的絃輕輕撥動，可使平淡的詩情發生裊裊的餘音。譬如他寫難受時的心境：

想起往日，
我嗚咽。

這種以輕描淡寫而哀惻動人的詩句，遠勝於繆塞以愁腸九轉的怨聲去詠懷他坐牢的苦痛。他常能在眞切的邊岸上略略一轉，展開一塊柔嫩的草原，朦朧地一暗示，他的心情便寄託在卽景中。卽物寄心的象徵詩的靈敏，在威倫納詩中已達到了極境。

至於詩的形式，威倫納曾加過許多改革。他運用十一個以至十三個音階，極力要使詩的音調更幽咽而顫動；這種疊音法諧音法的創舉雖然只是詩體上小小的革新，而在當時詩壇上所起的影響卻很大，新派詩人差不多完全跟着他使用「灰色的有音字母。」由這種新的音韻法可使象徵時更達到音樂的境界。他自己的秋之歌，就是用這種方法而得到成功的絕唱。爲明瞭起見，引他的全詩如下（且以第一節作疊音法、諧音法之例：）

Chanson d'Automne

Les sanglots longs (L, n, l, o, l, o, n)
Des violons (o, l, o, n)
De l'autonne (l, au, o, n)
Blessent mon cœur (l, o, n)
D'une langueur (n, l, n)
Monotone (o, n, o. o, n)

Tout suffocant
Et blême, quand
Sonne l'heure

Je me souviens
Des jours anciens
Et je pleure.

Et je m'en vais
Au vent mauvais
Qui m'importe
Deçà, delà
Pareil à la
Feuille morte

——"Poèmes daturniens"

秋天裏，
璦珴璘，
長咽聲。
孤獨的，
沒精神，
傷我心。

聽鐘聲。

息爲窒，
色爲灰。
淚雙垂。
思往事，
不勝悲，
風冷冷，
吹我魂，
無定棲。
如落葉
之飄零，
東復西。（田漢譯）

關於威倫納詩的動人與如何動人，英國有個評傳家在下面一段話中從各方面解釋得很清楚；他說：『對於最嚴格的威倫納詩選，只要瀏覽一遍，定會感到一種極生動親切以及普遍的個性之情。傳達這種印象的方法是全然明顯的，不用詳細分析。威倫納好詩的親切不是無謂的鋪張。它本質上沒有繆塞的眼淚，沒有雨果誇大的自傳，沒有巴爾札克記賬的那樣子。它不可捉摸，非言語所能形容，它的效力第一在於節用與善用形容詞，在於信手拈來，卻又栩栩欲活地提起小事情；這些小事情，在他面前，情味深長，神采煥發。我們並非對於這些事情本身有若何興趣，我們並非眞爲它們與威倫納的感情發生的關係感動了；只是這樣一提起，我們聯想的感覺觸動了；只是一想到和我們很熟悉在他們經驗裏確有這種關係的別的事情，快慰的心弦撥動了。』

由威倫納說到他的同性愛人蘭波。

若望·亞搭爾·蘭波（Jean Arthur Rimbaud，一八五四——一八九一）是一個如黎賽本所說的『人中之特有的天才而在相當時期有意地抛棄他的天才』的人。他生於亞丹納（Ardennes）的夏爾城（Charleville），父親是一個步兵大尉，母親是一個安頓的小康的田家女，生下蘭波，卻犧牲於狂放底下。他的面貌淸秀如天仙，幼年卽是一個絕頂聰明的孩子；他對於家庭、學校以及故鄉所有的一切都不起興趣，甚至發生厭惡，同時巴黎給他以奇異的誘惑，從十五歲起他幾次逃到巴黎，終因人地生疏，囊中無錢而回家。蘭波對於詩歌略有不學而能的才氣，他不常作詩，而他在十七歲時已寫出蠱惑人的熟鍊無比的好詩；以此寄給威倫納，威倫納立刻找他到巴黎，於是兩個喜歡浪蕩的詩人一起飄遊去了。在旅行中他盡力作詩，作一些人家從沒有作過的詩，作一些自出心裁的詩，在他自己生命力突破過去一切的天才之淵泉中泅泳，他爲着要成爲世界最有力的人而與橫逆、厄境、憂患奮鬬，但是他那種不平衡的天才的發展使他的詩歌與生活發生矛盾，他說：『詩歌不能節制行爲了，它要在前進行。』這樣一年以後，他的奮鬬成爲孤立，他的天才近於枯竭。與威倫納相處，因爲彼此的神經過敏，不久反目，一八七三年在比京便爲威倫納打了一鎗，一個在牢獄裏關了二年，一個逕自返鄉去了。蘭波的心理自傳詩《一

個地獄季 (Une Saison en Enfer)，便在那時寫成。他的天才雖受損傷，而他的奮鬭之志始終不渝，他創造一個精神上的自由宇宙自己居住着。在一八七四年至一八九一年之間，他的生活過得出乎尋常的滑稽：在家鄉做過農夫，在德國做過大學生，在意大利做過漂泊者，在蘇門搭臘做過荷蘭兵，在萊茵河畔做過好色鬼，在地中海的島上做過工頭，在丹麥京城做過馬戲場的職員，在某海灣做過掮客，在非洲北部做過探險家，東奔西竄，他的心力瘁矣。一八九一年被人送回馬賽，不久死去。他留下的詩絕少，除一個地獄季外，怕只有威倫納替他刊行的靈光集 (Les Illuminations，一八八六) 與詩稿全集 (Poésies complètes，一八九五) 了。

蘭波像其他象徵派詩人一樣，極力追步着表現波特萊爾那樣的人生的幻覺、高蹈派那樣的人工的感覺，他也像威倫納與波特萊爾一樣，膽敢任意選取題材，不拘一隻麥酒的玻璃杯及一個女人撐着一把洋傘等諸如此類的細節，他當作題目而寫出；他又像馬拉爾梅等一樣，徹底考究詩句的音樂行列的配置，以求深入讀者的意識。蘭波的作人與作詩，共有三個特色：一是推崇靈魂，一是注重感覺，一是考究韻律。對於靈魂，他猶如向上帝一樣地尊重，他認爲支配着人身的有三種勢力，除思想、感情外，還有意志；意志是靈魂的產物，靈魂是改變世界的原動，他一生不絕地奮鬭爲此，他的作詩，根據他所表示的目的：『詩人應該把那與他同時而在世人靈魂中蘇醒着的未名之事的數量估定一下。』也正爲此。對於感覺，他早在十七歲時已費躊躇，他給朋友的有一封信上說：『詩人對於人道固然負了責任，就對於衆生也是如此，他應當使人對於詩人的想像加以嗅覺、觸覺和聽覺的動作。』他預備給人們創造一種新的感覺，貫注人們以新的靈魂。對於韻律，他作詩時一直認爲一件大事的，比旁的象徵派詩人更注重想像的音色、獨創的排配；醉之酒（Le Bateau）與母音詩（Sonnet des Voyelles）是出色的例子。在母音詩中開首就表示他感覺交錯的技巧理論：『母音中A是黑，E是白，I是紅，U是綠，O是青。』（A noir, E blanc, I rouge, U vert, O bleu, voyelles）這種對於音色的象徵，盡了藝術上神經過敏的極致。

蘭波的看重靈魂，並不是由於他的生性特別與靈魂接近，乃是由於他揮發的才調不能屈服於現實，現實的圍繞着他四周的資產社會生活的墮落，使他生出無限的輕蔑之心，而要高翔在自由創造的靈魂世界，從卑劣平凡的環境中振拔出來。在蘭波的作品中，社會現實性的顯露比威倫納明白得多，伊科維玆曾把蘭波比之孚祿倍爾，同樣是爲藝術而藝術的作家，而對於自己階級表示蔑棄與反叛，這是很恰切的，他還這樣地把他描寫着：『強烈的革命的氣息貫着他少壯的詩，使這具有莫大的情熱與戰鬭的氣燄。這不是那音韻柔和、節調鏗鏘的東西，這是一片擾亂、電光的放射、火山的爆發，每行中都含蓄着情熱。那極端的憎惡或愛好或侮蔑而不能加以節制的情熱，在這裏衝突着、粉碎着。』蘭波的巴黎復興（Paris se repeuple）一詩，以電掣風馳的力，對從動搖中到暫時穩定的資產社會作迴聲之叱咤；其詩曰：

呵，污穢的心使戰慄的口！
更強地動着，污臭的口！
爲了可恥的、麻木的、桌上的酒！
你們的腹將以恥辱而裂，呵，勝利者！

社會，一切都再建了。大宴會
往昔日娼家，放着舊家的啜泣，
照赭着城牆的熱狂的瓦斯，
對着青白的天空，悲慘地燃着！

威倫納與蘭波兩人雖一爲象徵派先鋒，一爲象徵派奇才；然而他們都沒有提出象徵主義的理論，也沒有齊集詩人起來成派，以至象徵派領袖的冠冕落到了馬拉爾梅頭上。

作爲象徵派領袖的馬拉爾梅，雖不曾懷着怎樣出衆的才具，而他的僅有的詩與批評的片斷，卻在詩壇上發生號召的力量，爲一般青年詩人所歸從。

司台發納·馬拉爾梅（Stéphane Mallarmé，一八四二——一八九八）生於官吏之家，世代有文學的嗜好；馬拉爾梅從小受到家學的薰陶，很早對於文學抱了願心。當他成年在機關執業的時候，他的英國文學已研究得很好，不久充當英文教授。他跟威倫納一樣，起初是一個高蹈派詩人，龐維葉是他的先生，晚年的雨果曾賞識他，名之爲「可貴的印象派詩人」。截至一八八四年他曾刊行了許多短詩，毫沒有影響，直到於思曼在小說反正中用清新的語調頌揚了他以後，他的人望頓時增加，許多青年詩人都圍繞着他尊他爲大師。在巴黎羅馬街他的住宅裏，每星期二有他無數的信徒來聚談，如其後以至今日成就大名的佛納翁（Félix Fénéon）、基爾、康、拉孚爾格、萊尼哀、戴阿德（Laurent Tailhade）、味來·格里芬（Vielé-Griffin）以及克樂台（Claudel）、季德

(Gide)、魯意斯（Louys）、莫克萊（Mauclair）、梅里爾（Stuart Merrill）、辣特（Retté）及華萊莉（Valéry）等，都按時在親聆他的教誨。他那種平易近人的態度，豐富淵博的學問，抑揚頓挫的語調，有奇異的吸引力；在咖啡餐事的桌上，他們含笑談眞理的情趣，至今傳爲文壇上的逸話。拉柴爾（Bernard Lazare）在當代費介六上所記他的一段話，是很耐人尋味的：

『只要那些屢屢有規則地赴聚會的人，他便會知道馬拉爾梅是一個怎樣明智而深刻的美學大師。要明白他這種明徹而富有趣味的心智，至少要聽他的話上幾年。羅馬街上那種可愛的聚會參加的人誰都會在記憶中神馳於馬拉爾梅親密的招待之前。在他燈光柔和的客廳裏，照耀得像一個殿堂與講廳的樣子，馬拉爾梅在對着這般忠實的信徒啓示用無上的蠱惑人的態度解釋他對於詩歌、藝術、詩的散文、音樂以及戲曲的種種迷人的宏麗的道理。在馬拉爾梅的青年中，有幾個愛他把他認爲一個最純粹最公正的詩人，他們聽他講以及愛重他的話，在一生有如色諾芬（Xenophon）之於蘇格拉底（Socrates）。他們將要在他的十四行詩上一行一行註着親切與精到，爲了以純潔的志向啓示青年以展開未來，馬拉爾梅是一個那樣高尚、沈重而可敬的藝術家。』

他不但與許多靑年詩人過從甚密，就是那時法國的名畫家瑪奈，老詩人雨果，散文家李書・阿丹（Villiers de l'Isle-Adam）與音律家孟代士等，也是天天會面的好友。一八九五年他得到教授的養老年金，退回賽納河與玉泉池（Fontaine bleau）的森林中間的家屋，以恬靜的吟詩生涯消磨了他的晚年，後以急病身死。馬拉爾梅所留下的作品並不比蘭波多，有一個田神的下午（L'Après-midi d'un Faune，一八七六）、馬拉爾梅詩集（Les Poésies de Stéphane Mallarmé，一八八七）、詩歌散文合集（Vers et Prose，一八九三）及詩稿全集（Poésies complètes，一八九九）四種。

馬拉爾梅一生致力於藝術，相信「文學是人生最後的目的，也是唯一的目的，」因此他與哥締埃的信仰很相接近，而且他早年是高蹈派詩人，於哥締埃與波特萊爾的影響受得不淺。不過高蹈派詩人是在他們的詩中畫圖，而馬拉爾梅及其信徒是在將詩導入音樂之境。由他從師波特萊爾的指導，他對於詩中的音律發生興趣；高蹈派把音律當作次位，而馬拉爾梅把音律當作首位。高蹈派詩人專心於創造詩的意像，馬拉爾梅和他的同志卻專心在詩韻律格上實驗，以求子音母音適耳的配置。馬拉爾梅極力要在音樂上找出詩歌的新價值，他說音樂之妙處就在造成一種非言語可形容的意境，以使印象與記憶相連繫，這種連繫是這樣地密接而神祕，竟至我們的感覺不能窺其奧妙；音律的調和足以抓住人的感覺而放棄一切的行為，用音律來象徵事物，可把所有人的靈魂收刮在一起。所以，『全部的靈魂正在找着連成一串的響聲。』這種大膽的話也竟由他口中吐出了。

馬拉爾梅為實行他所謂找出詩歌的眞價值的理想，除了音律上的雕求外，在辭采上也有出奇的主張。他認為韻文只有能含蓄的，纔是眞正的詩，故詩應該以象徵出之，象徵重暗示，表現不在明顯而在曖昧。西蒙士曾引他的兩句：『明言的是破壞，只有暗示是創造。』這就是馬拉爾梅主義的要領。關於此點，馬拉爾梅自己有較長的說明：『靜思事物，瞑想事物，當由這喚起的心中的幻覺飛躍的時候，這便成了「詩歌」。以前現實主義時代的高蹈派詩人，把事物詳詳細細講出，那就什麼神祕也沒有了。這樣，要讀者讀它而感到像自己創作時那樣的快感是無望的。指着事物而明白地說出是這是那，詩興已逃去四分之三；只有在徐徐推考它所暗示的地方，這纔生出了詩味。』所以他說：『詩，必須是謎語。』表現神祕，傳達不能作曖昧的表示。因此他又說：『言語是詩的痼疾，拋棄言語」甚至否定文規，不顧邏輯。不過拋棄言語是不可能的，象徵派詩人所做到的只是把言語變形或改造。哥締埃許他們的話倒是很中肯的：「象徵派的風格，是進步到言語的能力的最高階段言語本身的最後的努力。」

因爲他對於音律上的過分雕求，對於辭采上的最高努力，馬拉爾梅的詩只有少數人能懂它，普通人是不能領會的，許多人對於他的詩只是隨便附會想像而已。馬拉爾梅的詩是根本不能翻譯的，翻譯起來也不會妥貼。這裏舉他有名的聖女詩（Sainte）後二節原文，藉觀他詩術的一斑：

A ce vitrage d'ostensoir
Que frôle une harpe par l'Ange,
Formée avec son vol du soir
Ponr la délicate phalange.

Du doigt que, sans le vieux santal
Ni le vieax livre, elle balance
Sur le plumage instrumental,
Nusicienne du silence

馬拉爾梅這種耽美於藝術的怪癖，無疑地是表示對於現實性的社會的逃避。這種逃避的原誘他在有一處地方也說過：「老實說，我認爲現代那種無能參加時代生活的詩人，是找不出領袖的。現在是動搖的時代，也是青黃不接的時代。我們帶着神祕的意味不息地工作，是要對於生着的人送幾張卡片，免得使他們因存在而對它施以攻擊，如此而已。」馬拉爾梅這幾句話，倒是他以及其他象徵派詩人的一幅自畫像。

C　象徵派詩人

若望·莫萊亞斯（Jean Moréas，一八六八——一九一〇）是象徵派的重要詩人之一，他起草的那篇象徵派宣言能使巴黎有名的費介六日報接受，他的才力已可想見。莫萊亞斯原名若望·巴第亞芒都坡魯（Jean Paradiamantopoulos）出身希臘，而醉心於法國文學。他因找尋職業而到德國，到意大利，又到法國，就在巴黎住下習法律，不久轉到文學創作上去。自從他初期的兩個詩集刊行，就被威倫納稱爲象徵派的後起之秀，巴雷士（Barrès）也很器重他，自此他常在費介六日報上發表象徵派詩的新理論。莫萊亞斯的詩的題材平淡而通俗，不過經了他精細地描寫，玲瓏地諧音，就成爲很有意義很有情致的詩。莫萊亞斯並不是一個純粹的象徵主義者，他前後的思想非常複雜，正如孚爾（Fort）說的：『談到莫萊亞斯，我敢說非言語所能形容。』他一生在文壇上的活動可分前後兩期。初起他是一個象徵主義者，在各雜誌發表的象徵派各種宣言論文所集成的象徵主義的前鋒（Les Premières Armes du Symbolisme，一八八九）就是這時期的代表作品。他認爲神祕的觀念在平凡的詩中是不會存在的，這種概念必須在抽象的形式中經過暗示纔能顯其眞形；象徵的表現須突破陳規而創造新語。不過後來他主張現代詩人不應廢掉歷代文學的遺產，他的態度漸漸轉變，傾向於古典主義，終於脫離了象徵派，另外樹立一個羅馬派，這在後面還要說到。莫萊亞斯較大的詩集是詩句集（Les Stances）共六集，前三集是一九〇一年刊行的，餘四集發表於一九一〇年。

比莫萊亞斯遲兩年生的朱烈・拉孚爾格（Jules Laforgue，一八六〇——一八八七），是一個才具卓越不幸短命而死的詩人。他年輕時即敏慧不類常人，他家庭境遇很苦而能專心於文學。他的行為清白，志望純正，絕沒有其他象徵派詩人的病態。他曾與康等一起提倡詩的解放運動，創作自由詩。拉孚爾格性沈靜而富哲理，當他在德國充當皇后講官的時候，時常讀叔本華、康德、海爾丹納（Hertaner）的作品，他的思想與詩情，就在此時形成這三家的混血兒：叔本華造成他的懷疑思想，康德造成他的倫理觀念，海爾丹納造成了他的神祕的詩情。這種思想與詩情都在民衆悲歌集（Complaintes，一八八五）與詩稿全集（Poésies complètes，一八九五）中具體地表現，其中愁苦淒絕的情緒、靈魂深處所藏着的想像、以及屈曲藏鋒中不失平易的辭采，都露骨地表現出他絕世的才華，為詩壇同輩所驚歎。當時有很多人以未來的龍沙期許拉孚爾格；然而他雖年輕而享有盛名，而他悲思的心情實已非常蒼老，不久因患肺炎逝世，年僅二十七歲。哥爾蒙（Gourmont）稱他的詩是一個天才的少年人的詩，嬌養而被損害的小孩子的詩。

昂利・萊尼哀（Henri de Régnier，一八六四——）是現存法蘭西詩人中最貴族而典雅的人物。當他十五歲在斯丹尼司拉學校（Collège Stanislas）讀書時，即已發表他第一個詩稿。起初他研究法律，不曾執行律師職務，不多幾時，即努力於作詩，成為詩人的萊尼哀，承繼着高蹈派與象徵派兩個道統；因為他一方面是高蹈派大詩人海雷第亞的女婿，普魯東的好友，常常受他們兩人的薰陶，一方面又崇敬着馬拉爾梅，對於他的理論與藝術特別愛好，所以他既可算是高蹈派詩人，又可算是象徵派詩人。不過當高蹈派漸漸衰歇的時候，萊尼哀從馬拉爾梅爲師，正式加入象徵派實驗自由詩，而與高蹈派絕緣了。萊尼哀有生以來的作品是極多的，舉其著者，有明朝（Les Lendemains, 一八八五）風物（Sites, 一八八七）穿插（Episodes, 一八八八）古代詩與傳奇詩（Poèmes anciens et romanesques, 一八九〇）村戲與神戲（Les Jeux rustiques et divins, 一八九七）第一詩集（Premiers Poèmes, 一八九九）水城（La Cité des Eaux, 一九〇二）時間之鏡（Le Miroir des Heures, 一九一〇）一九一四——一九一六年（1914-1916, 一九一八）等集。他還著小說，也負盛名。他曾入選於法蘭西學士院。萊尼哀作詩，古詩與自由詩並行，自己發明一種「抒情短曲」形式，略帶古代意味，而內容意境則是當代的。他的象徵派作品，常向希臘的神話與傳說中汲取題材。他好用古事，這並非崇古，而要從古事中找出新意，恰像在舊瓶子裏安置着新酒。如他吟的：

又一天
在赭色與金色的樹林之葉裏，
我見到那田神
提着他的金毛腳在跳舞。

萊尼哀的詩，大都吟詠美的風物、夢的人生、愛的情趣。他的詩句，猶如樹木綠翳的春山，鮮花芳草的幽谷，潔淨處有如古代的味吉爾，典麗處有如十八世紀的賽尼哀。這種細膩的詩情，大爲一般上流社會的少男少女所愛好，而贈他一個「豔詩王子」（prince charmant de la poésie）的美名。哥爾蒙說他猶如在雲母石與紫金宮裏做想像的夢。當此動搖的社會，衆生方在奔走忙繁，而萊尼哀則仍心如平湖。據他所說，我縱不鑽進象牙之塔，也得安心於幽靜的書齋。象徵派詩人的逃避於幻美之國，萊尼哀是一個典型的代表。巴谷爾（Pierre Bacourt）評他得很有理：『萊尼哀是一個夢想者、詩人、藝術家，他的願望純然要創造美以慰藉同儕，因爲色香等美的事物是唯一解除痛苦的平和劑。……然而要找尋現代世界紛歧的問題，他的作品是無濟於事的。』

還有，巨斯達夫・康（Gustave Kahn，一八五九——）雖不是怎樣的大詩人，而於提倡自由詩上是極著勞績的。他初起研究史學及語言學，及飄游宮（Palais nomades，一八八七）問世，他對於自由詩實驗的辛勤立刻被人發見，象徵派詩人中，蘭波、莫萊亞斯與萊尼哀等也曾作解放的自由詩，只是純粹依着自由詩信條的詩集這還是第一部。當時法國人愛美國惠特曼（Whitman）的影響，自由詩運動的呼聲很高，康這種工作不啻給他們創造了一個模範。對於自由詩的提倡，康在理論方面的貢獻比實際方面更大；他在最大的作品第一詩集（Premiers Poèmes，一八八七——一八八九）序文上，把自由詩曾從各方面加以詳細的解釋。他說自由詩是無定韻無定句無定節的解放詩，全視作者的直覺而轉移；所謂衝動的音節（l'accent d'impulsion）決定了全詩的和諧，要全詩和諧，一定要打破固定的形式；他對於自由詩不僅主張形式的解放，而要從形式的解放達到思想情感的解放，務使在自由的形式中作者的本能可有充分發展的餘地，因爲他覺得藝術不是要就前人之範，而要創造一種新的生命。康這種見解，比之威倫納、蘭波與馬拉爾梅等要徹底得多。至於在象徵派的社會性上，康的認識也比上述幾個象徵派詩人清楚不少；他在象徵派與頹廢派（Symbolistes et Décadents）裏曾有明確的表白：『藝術須是社會的。』這就是說藝術應該丟棄資產者之成文於不顧，而向智識的無產者說話，以喚起民衆對於藝術的趣味。』象徵派的文學是個人小我的最後解放，而在康的觀念中，已將個人小我的解放推向社會大我的解放。

D 北方詩人

象徵派詩的解放運動，打開了夢幻境，使好用想像的北方國家聞聲而起；佛蘭德（Frandre）與比利時詩壇一時人才輩出，蔚爲大觀。勒·啓以（Le Roy）歌詠人心之愁苦，厄爾絲剛（Max Elskamp）浪遊於舊教的神奇，計而金（Iwan Gilkin）的那番茄似的辣味，萊伯日（Van Lerberge）的那誘惑性的音樂感覺，梅特靈克的那心靈的祕密，以及基爾對動詞配置的奇例，莫克爾（Albert Mockel）對象徵派詩批評的新理研究，象徵派的人於這些不能有所忽視。他們學步法國的象徵派，滲入了比利時與佛蘭德的地域性，在象徵派詩日趨寥落的時候，又激起了一個異樣的巨流。這般詩人以法國爲中心說起來，稱爲「北方詩人」（Les Poètes du nord）。北方詩人中除了有些因戲曲上的盛名被人忘其爲詩人外，最著名的要算薩曼、羅登巴哈與威哈侖三人。

亞爾培·薩曼（Albert Samain，一八五八——一九〇〇）是一個纖弱而帶有病態的詩人，他的詩多表現對於人世間厭倦悲哀的情緒。如在金車（Chariot d'or，一九〇一）中的一句：『我的靈魂，好像一枝百合，在圍牆中過去。』多少可以看到他的心情。他的技巧，很巧妙地熔波特萊爾、列爾、威倫納與馬拉爾梅於一爐，要做到如他所希望的「爐火純青」的地步。他的詩，蠱惑人的魔力不亞於萊尼哀，他最後一句詩的優美，人們曾有趣地形容過，好像迷霧蒙着的花宮，使一個生相思病的婦人走進去忘記伊的情人。在兒童之園（Au Jardin de l'Enfant，一八九三）中每頁充溢着婦人私室裏藏着的郁香。有些寫景詩細膩得好像希臘亞力山大時代的圖案，有些悲歌清脆得好像巉巖上的鳴泉。他詩中的那種女性的懷柔的氣質，除魯意斯外，不是其他的青年詩人所能學像眉目的。

喬治・羅登巴哈（George Rodenbach，一八五五——一八九二）也是一個幽雅而閑靜的詩人，表現古代的色香。他住在中世紀繁榮的廢都勃呂色斯（Bruges），看着那疲乏的老馬似的運河載着弛緩的流水，流過那老態龍鍾的鐘樓，這種廢都的陰影嵌入這時人的腦中，使他的筆下留下靜寞慘淡的心情，而且不時夾着憧憬中世紀的神祕觀念。他的兩種傑作就名恬靜的御宇（Le Règne du silence，一八九一）與廢都勃呂色斯（Bruges la Morte，一八九二）。他這種閑適的詩情加以雅緻的藝術，他的詩就有使人瞑想忘我的魔力。

不過，薩曼與羅登巴哈雖有足以動人的技巧，然而除了逃避現實的一些纖巧的情感與遼遠的想像外，並不曾給我們看到動盪中的時代姿態。其能以雄偉的氣魄與明透的智慮表現出現代生活的靈魂的，則是與梅特靈克並稱為「比利時文學的兩顆巨星」的威哈侖。關於他，有較詳說的必要。

愛彌爾・威哈侖（Emile Verhaeren，一八五五——一九一六）是象徵派中唯一表現出從十九世紀末葉到二十世紀初期的社會生活的大詩人。他生於佛蘭特的佛辣芒台（Flamandes）的農村中，那時比利時還保守着封建農村社會的生活，他童年的故鄉就是遍地種着馬鈴薯和甜菜的田園，常常看到農人在豐收時的笑臉，在這種自足生產的環境中保存着一片和平的空氣。所以在八十年代出現的威哈侖，他用法文寫的佛辣芒台人集（Avec les Flamandes, 一八八三）和脩道士集（Les Moines, 一八八六）是平凡的現實主義作品，其赤裸裸的表現有如左拉，其繪影的技巧追步於高蹈派。然而不久龐大的工廠劃碎了馬鈴薯和甜菜的田園，晴朗的天空中爲煤煙所渚濁，擾亂、不安、恐怖開始從平和的鄉村昇起，他爲舊時代的破滅而悲傷，加以自己又染了胃病，心情上充滿着悒鬱與絕望；他在八十年代末期所刊行的黃昏集（Les Soirs, 一八八八）、毀滅集（Les Débâcles）與黑色的火燄集（Les Flambeaux noirs, 一八九一），就是在吐露他滿腔悲觀的情思。可是一待他病愈，卻完全放棄絕望與悲觀的調子，而確定了新理想的人生觀。他的路見集（Les Apparus dans mes chemins）卽表示出意識的轉變，他不再貪戀舊社會，懼怕新時代，而變成一個勇敢、剛健而樂觀的詩人，歌詠都會、工廠與機械的詩人。這樣的轉變使他詩歌的形式也變了過來，他蔑棄了舊日的定型而開始點綴一種緊張而有時速的律動，作自由詩的創造。從此他的詩歌差不多完全歌唱資本主義社會下的新姿態，從銀行、交易所、工廠經理、商店老闆、工程師描寫到機械工、粗工、電匠、負販以至脚夫走卒，凡是存在於都市社會制度下的一切他都當作社會組織之齒輪而無分軒輊地描寫着。他的思想前後也很不一定，有時歌頌資本主義，有時同情於勞動者，有時趨向於愛國主義；這是由於他是一個小資產者，雖抓住了現在社會的特色，而意識終游移不定。他的重要著作還有夢幻的鄉村集（Les Villages illusoires）、錯覺的田園（Les Campagnes hallucinées）、觸鬚的都會（Les Villes tentacullaires, 一八九五）、人生的面目集（Les Visages de la vie）、萬花撩亂之力集（Les Forces tumultueuses, 一九〇二）、光怪陸離集（La multiple splendeur, 一九〇六）與佛蘭德全景集

(Toute la Flandre，一九〇四——一九一二）一九一六年冬天的一個晚上，威哈侖從盧昂演講回來，因急於跳上已開的火車而失足倒在車輪下，這位謳歌物質文明的詩人竟被吞入物質文明的肚中。

威哈侖詩中所表現的民族氣質非常強烈，因爲他所生長的佛蘭德，是南歐北歐的混血人種，兼有南歐的柔和與北歐的剛健而形成的一個特殊的民族；所以在此產生的詩的風格也有特殊的優點。在佛蘭德全景集中，威哈侖曾吟着他的民族而引爲自榮：『我是那民族的子孫，那民族的頭腦是堅實、灼熱而寬大。』威哈侖與薩曼、羅登巴哈雖生於同一地方，而他們的表現卻各有特色，前二者是情調的作家，而威哈侖是力的作家。「力」是威哈侖人生觀社會觀，不但在作風上他不求美而求力，就是他的一生也無時無刻不在找着強有力的憧憬。他曾在詩中吟着：『戰喊着：力是神聖的。』

在威哈侖的詩中，我們可以找出三個中心的表現：

一是歌詠由田園進到都會的過程。威哈侖因出身農村，對於農村生活極懷好感，但資本主義勢力之侵蝕農村，是時代巨潮所逼成而無可逃避；威哈侖看清了農村衰落的頹運，禁不住以凄楚之情描寫錯覺的田園。農村的精華移向都市，都市的勢力日漸膨脹。這個過程，威哈侖曾寫着：

可憐呀，原野和那茅舍、穀倉，
那爲風雨剝蝕的國家，
原野是可憐地衰落，不能自持，
原野是可憐的死滅，爲都會所吞食……

這具有觸角的都會，
厲害的鮹與骨堆
還有那莊嚴的屍首。
許多的殊途都從此無限地
同歸於都會。

二是歌詠產業淵藪的都會的姿態。逝了的農村使威哈侖憑吊，而新興的都會也使他謳歌，他是一個出名的產業主義及觸鬚都會的詩人。大都會熱鬧的車站、鐵路、隧道、街衢、酒店、市場、貧民窟、雜沓的行人，凡是都會中活動的一切，他都加以歌詠。他用了三種顏色描出都市的線形，卽煤煙的黑色、冶爐的紅色以及兩種參錯而瀰漫着的濃霧的灰色；他曾這樣寫着：

在寂寥的天空下，從大地上
由宏大的黃金的寵愛，
掀起黑色的乳房
龐大的都會聳立着，
閃動着黑赤色的烱眼
鋼鐵的、大理石的、淫亂的、勞動者的
鱆魚。

三是歌詠由個人意志到集團意志的趨向。威哈侖在歌詠田園歌詠都會的詩中，所描寫的個人的情操與孤單的意志，實在是羣衆的思潮與集團的意志中的一環鏈。譬如他描寫的都會，其中的人們在建築物中、街市、喧聲的動亂中，不能分辨誰與誰；又如他描寫工廠的工人羣衆的步調，靑一色的工衣，菜色的臉容，也辨不出誰與誰。總之，威哈侖的詩中表示了從個人的意志擴向到集團的趨勢。這種趨勢，在下列幾行中可以見到一斑：

呵呵，火勢中的怒狂的動作，
呵呵，永遠燒着的手的筋肉，
在大地上結合自己的兄弟們
把握住這世界，
爲着新的合理的分配
爲着在蘇甦的意志上蓋着烙印。

威哈侖的詩創造了一種新的形式，打破了傳統的詩例，眞正地達到自由詩的境界，因此他還算得是一個象徵派作家。不過威哈侖的詩，從筋肉運動的機械中、生命顫動的韻律中以及羣衆擠動的變化中所發現的美，完全是滲透了現實的美，跟象徵派離開了現實而又以物寄情的美，相差很遠；威哈侖不會爲象徵派所限止，他那種有時速有強力的風格，他那種從個人意志擴張到社會意志以至與大宇宙合流的動向，開了後來激動主義、動力主義、同時主義與一致主義的門徑。

E　象徵派的衰落與分化

象徵派迅速飛奔，不久見到路的盡頭。

當十九世紀末葉，現實主義思想枯竭，高踏派詩歌硬化的時候，象徵派表現出是高踏派的逆流與浪漫的改造或延長，適應着當時的心理，成爲詩壇的主潮。不過象徵派的各種特色一經表現，一般社會對於他們那種新奇的理想與自由的形式即起着不普通的感覺，而擔憂它的命運。現代法國批評家法蓋認爲象徵派有兩個缺點：『第一它沒有天才家來實行它，因爲我認爲一個流派的興衰實繫於此；第二要想推行自由詩的理解力照例應當有許多詩人來繼續不斷地創造新韻，這非有高出拉芳登那樣的天才不可，但是在象徵派中我未見有這種天才出現。』象徵派命運之不能長久，自然有它技巧以外的主因，而因爲象徵派最注重技巧，故攻擊它的人大多在技巧上指摘。象徵派所賴以存在的一點脆弱的根基經不起嚴重的批判，不多幾時象徵派詩人內部也對於他們所發起的流派發生懷疑，紛紛脫離而另有所主張，就是固持着在象徵派領域的詩人，他們的見解與作品也不復是當時威倫納、蘭波與馬拉爾梅等固有的主張。所以象徵主義在一九一〇年左右，即失掉了它詩壇上固有的地位。

每當一個流派衰落，舊有的勢力必然乘機起來作死灰之復燃。象徵派衰落時，就有無數假着舊文學的原則而構成新的派別，這些派別共有三個共同的傾向：一種是主張藝術是人類實際生活的表現，不是現實生活的逋逃藪，他們認爲象徵派詩體的解放自由，詩調的單純純粹，確是它的好處，『但是因爲要勉強創造一種特殊的語言，說明懷鄉病式的夢境的那些最稀薄的閃礫的態度，這些詩人就看不見人生與宇宙了。他們的靈感完全是一種人爲的詞句學的結晶，他們的詩歌附着許多可望而不可即的事物之名。』這般人的意見大概站在現實的立場上返於自然主義，形成了一個新的所謂「自然主義」，一種是主張藝術的表現須要注重明徹的思想與形式，因此反對朦朧恍惚的象徵詩；其中的莫萊亞斯曾說：『我已拋卻自由詩。因爲我看它的效果只是物質的，它的自由近於幻象。傳統的詩體比較珍貴而可靠得多，且可隨着思想情感而不絕變化其音調。只要有優良的工具。』這般人的意見大概推重完美的形式而返於古典主義，形成了一個所謂「新古典主義」。還有一種是主張藝術須要表現人們眞摯的情感，不能像象徵派那樣遁迹於無盡的瞑想之中；其中的格萊甫曾說：『詩人們！我們要歌唱人生。這纔是我們集合的眞正目的。我們要竭精殫力用美妙的辭采記錄人類的希求，以留給後來的人。』這般人的意見大概是站在抒情的立場上返於浪漫主義，形成了一個所謂「新浪漫主義」。

自然主義、新古典主義與新浪漫主義是象徵主義分化後的三個較大的傾向。這僅就大體言之，如嚴格分析起來，那當然要複雜得多。這裏僅就這三種傾向的內容，加以簡單的介紹。

（1）自然主義（naturalisme）　自然主義的詩人在一八九七年組成了一個「自然現象派」（naturaliste），在費介六日報上曾發見他們的宣言，其中有一段說：『我們將歌詠人類高貴的節日，因爲那種美麗的情景會使我們動風月之情。一種文學將來讚美水手，生長於地之胎的農夫，跟鷙鳥爲伍的牧人。詩人將從新回到人間。』自然現象派是崇奉左拉的，不過他幷不贊同以前自然主義者的絕對保存事態的原型，作慘凉的攝影，對於冷靜的客觀的事態常加以溫情的點綴與美化，他們可說是修正的自然主義者。

自然現象派的主要詩人有蒲藹列埃、馬格耳與格斯蓋三人。蒲藹列埃（Saint-Georges de Bouhélier，1八七六——），刊有牧歌（Eglogue）和田野二重奏（Concerts champêtres），在理論方面也有意見表示。馬格耳(Maurice Magre，一八七七——)很崇敬賈曦斯與諾雅葉夫人，他作詩的目的在從現代生活中挖出存在的美質，所著的人之歌(Chanson des hommes)、登到地獄(Montée aux enfers)、嘴唇與祕訣(Les lèvres et le secret)，充滿着粗糲的情緒。格斯蓋(Joachim Gasquet)是自然現象派中才力最充溢的一個詩人，他的論辯詩有些像浪漫派詩歌，雨果、龐維葉與哥締埃曾給他以詩歌的範本。他那部關於戰爭的頌歌集(Les Hymnes)，思想保守着陳腐的傳統主義，技巧卻很新穎。頌歌集是一種集體詩的格式，表示羣衆徘徊於戰爭的恐怖與光榮兩方面的矛盾心理，所寫的山林、星星、田野都是無例外地在羣衆的心理作彷彿的搖晃。他那種表現集體心理或行爲的方法，趨向於後來一致主義的路，一致主義的代表作家羅曼，有不少地方取法於格斯蓋。

(2)新古典主義(néo-classicisme)　新古典主義者亦稱拉丁派。新古典主義與拉丁派的名詞是批評家替他們加上去的，實際並沒有一個正式的詩人團體自命爲拉丁派的，因此也沒有明確而一定的主張；不過萊諾(Ernest Raynard)曾在法蘭西的水星(Mercure de France)雜誌上替拉丁派下了一個註腳：『我們曾經計劃過保障拉丁女詩神們的遺產；以我們民族的固有的守分、循序、愛和諧的長處去抵抗那些目迷五色的外來的紛亂；盡我們的能力所及，爲着法國的精神的健全與優美而奮鬥』。由這幾句話可以明白拉丁派如何地尊重古學了。拉丁派中間流別非常複雜，而以「羅馬派」爲中心。

羅馬派(école romaine)　爲莫萊亞斯所建立。莫萊亞斯本是一個象徵派詩人，已如上述。不過他因看到象徵派作家沈醉於渺茫的神祕界與飄忽的夢幻境愈深，則他們離開眞實、邏輯及明確的程度也愈遠，因此覺得舊詩有保存的必要。一八九一年他脫離了象徵派，翌年卽與普萊西斯（Maurice du Plessys）、戴哀德（Raymond de la Tailhédes）、萊諾與莫拉斯（Maurras）等建立羅馬派，以復古爲號召。後來他說道：『我自己反省着，我早就應當回到純正的古典主義古代嚴格的詩體上努力。在象徵派完全勝利的時候，我毅然離開了我的朋友。他們有時曾對我起着反感，不過現在我覺得很得意，因爲大家都肯回復到古典主義與古代思潮。』莫萊亞斯主張回到十七世紀馬萊勃時期那樣，將法國中世紀與文藝復興時代的遺產混合起來再造一種新的音韻學與字詁，以這樣的方法再造表現現代人靈魂的形式。他一八九一年所刊行的虔誠的進香者（Pèlerin passionné）以及後來在一九一〇年發表的四卷詩句集，精細的構思與清澈的拉丁形式，都不失爲古典後裔的佳作。

還有一個稍遲的作家柏那爾（Jean-Marc Bernard，一八八一——一九一五），他雖以三十五歲的夭壽歿世，而所留下的成績卻在拉丁派中不可磨滅。他所刊行的拿西施之死（La mort de Narcise）、人與斯芬克司（L'homme et le Sphinx）、法國詩人的政治著作（Pages politiques des poètes français）都曾沽得一時的盛名。其憂鬱的詩意與細膩的作風，兼有荷來斯與味吉爾的長處。一九一〇年他與一個朋友辦了一個雜誌名細腰蜂（Les Guêpes），竭力攻擊浪漫派與象徵派，這刊物不上兩年卽告夭折，對於當時青年的創作態度也有影響。

（3）新浪漫主義（néo-romanticisme）　這裏所謂新浪漫主義是指象徵派詩衰落後的一種部分的傾向，與前節說的新浪漫主義潮流並不雷同。新浪漫主義與新古典主義一樣，沒有明確的主張，不過其中包含着兩個青年詩人的流別，一是主張博愛的，一是主張抒情的。前者稱爲人道派，後者稱爲新浪漫派。

人道派（humanisme）爲格萊甫（Fesnand Gregh，一八七三——）所主唱，他是一個敬愛社會又被社會敬愛的一個青年詩人，他的人道主義就是歌詠自己還要歌詠全人類，他處處從人的觀點上出發，他曾說道：『現在的詩人以至將來的詩人，我們都應得是一個人。』他所作的生之美（La beauté de vivre）與人類的光明（Les Clartés humaines）幾部詩集，其情感的調和與哲理的含蘊比以前浪漫派的衝動的外部表現要有節制得多。法蓋說他的詩不是感覺的表現，也不是情意的流露，完全是深切的體驗與百折的愁腸中所瀉出來的。他的才情雖沒有萊尼哀那樣充溢，而他音調的敏活與抒情的自然是威倫納以後所少見的。格萊甫的人道派到今日只剩一個空名，繼起者寥寥無幾；現在所存在的人道派，大概是羅馬舊教派詩人，他們所表現的人道已非格萊甫所表現的人道了。

新浪漫派（néo-romantiques）中最有名的詩人，就是在高踏派中所說過的黎賽本。黎賽本生長於浪漫派詩的時代，高踏派與象徵派的興起衰落他都曾親眼目睹，到此他已是一個年老的詩人。他操持非常堅決，即在現實主義盛極一時的時候，他還是以抒情詩嶄露頭角，迨這兩個詩派衰落時，這浪漫派詩人中碩果僅存的遺老，又被尊爲抒情詩人的領導者。他的詩厚重而質朴，猶如古代的歌謠，在詩壇上不乏共鳴於他的繼起者。

象徵派在外部攻擊與內部分化的雙重情形之下漸漸衰落了。不過還有幾個詩人把初起象徵派的那種主觀的想像弛緩化而稍稍參入高踏派客觀的表現，樹起「新象徵主義」（néo-symbolisme）的旗幟，延長了象徵派的壽命。其中最著名的詩人是孚耳。

孚耳（Paul Fort，一八七二——）曾被稱爲「詩界之王」，他的得名由於他在一九一四年刊行的那部法國長短詩（Ballades françaises）。他的人生觀非常樂觀，常能融合他自己心情中的愉快於外在客觀界的如意引起人們的快感。孚耳曾主撰過一個文學季報名叫詩與散文（Vers et Prose），倡導他所發明的一種新體詩。這種詩體的詩句有如散文一樣，不分行列，只有長短的段落；以音階看來，每段的長短階沒有多大出入，大概是按八、十二的遞加數；這種詩體可說是亞力山大詩體的復活，孚耳這樣處理不是純粹的復古，大部分是屬於創造的；所以他的詩作非常自然，能順流而下，不至有分割的弊病，又能不失音韻的美感。這種詩體非常別致，與中國的古詩很相類似；譬如他寫的『哎樂何如之，笛子和風兒，用它們那嫵媚的諧音來繚繞我們的方寸……』。原詩是：

"Ah! que de joie, la flûte et la musette troublent nos cœurs de leurs accords charmants……"

F　舊教派詩人

象徵派衰落的時候，有一般教徒的詩人，以現實主義與神祕主義混和的詩復活法國詩壇神祕的風氣，他們一方面否定物質世界的決定之力，一方面又以世界的現狀範圍着精神的發展，他們稱爲「羅馬舊教派」（le groupe catholique）。其注重神祕信仰，趨重內心想像之點，保持着象徵派的相當特色，而在大體上已跳出象徵派的圈子。舊教派詩人，從一九〇〇年至一九一四年最值得注意的，是賈瞞斯、梅西爾、克樂台與倬基四人。

佛蘭錫·賈瞞斯（Francis Jammes，一八六八——）生於屠爾納（Tournay），他的祖父是西印度羣島的醫生，父親是殖民出去的律師事務所的書記，法國在那些殖民地上企圖用宗教宣傳來朦蔽當地人民。賈瞞斯因家庭關係，自小習於殖民生活，且又篤信舊教。他對殖民生活的記憶，散記於初期的作品中。對於宗教信仰，在第一卷詩集（Vers, 一八九二——九四）的序文上說：『上帝呀，你來喊我，我在此地。我忍苦，我愛人。我以你傳給我的聲音去佈道。我用你教給我父母，父母又教給我的字眼著書，教給後人。……你要我什麼時候去，或要我到什麼地方去，我都去。』他的生活志望完全浸沉於虔誠信仰中，除虔敬上帝外，沒有自己的願望可言。他體驗基督教的意旨，對人抱普救的願望。當他看到巴黎流行的小說詩歌充滿着人慾的煩惱時，他盼望他們到靜寂的田野去，可以使靈魂淨化。他說：『他們聽到了鷹燕在田野大空中的鳴聲，他們的憂愁一定要好得多。』故舊教派詩人的賈瞞斯，一方面也是一個歌頌自然的詩人。他常說：『所有的東西，如果是自然的，便是好寫的。』這句話很容易使我們回憶到主張「返於自然」的盧梭。賈瞞斯的描寫自然，大多是那些山石、林木、田舍、夜鳥、夕陽等東西，使人的心情恬淡寡慾，還有童貞的少女、敦厚的難人、慈祥的老叟，也是他常寫的，爲引起人們的貞靜、憫憐與同情之心。他作品的產量，在當代詩人中是少有的。舉其流行的有朝禱與晚禱（De l'angélus de l'aube à l'angélus du soir, 一八九八）、裸體的少女（La jeune Fille nue, 一八九九）、詩人與鳥（Le poète et l'oiseau, 一八九九）、哀蓮馨花賦（Le deuil des primevères, 一九〇二）、人生的凱歌（Le triomphe de la vie）、基督教的田家歌（Les géorgiques chrétiennes, 一九一一——一九一三）、拉芳登與律詩的紀念碑（Le tombeau de Jean de La Fontaine et poèmes mesurés, 一九二二）多種。賈瞞斯的詩非常質朴，象徵派詩人常用的絢辭麗句爲他詩中所沒有，他素淨的「白描」類於自然主義的作風。

路意・梅西爾（Louis Mercier，一八七〇——）生於里昂西北部的一個村落，是粗野的農民之子，普通詩人的細膩的情緒與高雅的風格爲他所沒有。他後在里昂的教會大學求學，得名學者亞骨丹（Louis Aguettant）之啓導，智力上得益不少，畢業後的生活全消磨在貢多惠耳（Contouvre）與魯昂納（Roanne）兩個鄰縣中。他初起的詩學步高蹈派與象徵派，沒有獨創的特色，待大地與時間之音（Les voix de la terre et du temps，一九〇三）刊行，他對於農民生活體驗的深刻，遂爲世所共見。法國近代文學家中對於農民生活大多是忽視的，即有表現也多數是不正確的，對於一般廣泛的農民生活，寫得最眞實的乃是梅西爾。他把農村中的季節、種植等等生活，農民敦厚、愚蠢、朴實等等性格，都能貼切地加以表現。他的詩大都是農民的寫眞，他的寫眞無處不藏着濃厚的舊教彩色。梅西爾的作品重要的有田舍詩（Le Poème de la Maison，一九〇六）、復活的拉薩（Lazarre le Ressuscité，一九〇八）、塹壕詩集（Poèmes de la tranchée，一九一六）幾種。

保祿・克樂台（Paul Claudel，一八六八——）生於法國的產酒地香檳熱（Champagne），少時在巴黎大路易中學求學，與小說家杜德（L. Daudet）有同學之誼。他初起是象徵派詩人，每星期四參加馬拉爾梅的談話會；後入外交界服務，曾先後出使中國、美國、德國與意大利爲領事，受首相的委託曾到過巴西與丹麥。他的創作生活是在日本作大使時開始的。克樂台是一個很曖昧而不易明瞭的人，他的作風也很艱澀而奇特，因爲他是一個教徒，一方面爲神祕的神學所籠住，又是一個外交官，另一方面自己的閱歷爲漫遊的生涯所潦亂。依他的詩集看來大體上很像賈瞞斯那樣的自然詩人，他對於自然的看法，認爲大自然分着瑣碎的各部分，而各部分都是息息相關而聯繫的，他把這種聯繫最後歸之於靈魂的統制；阿美爾（H. F. Amiel）曾有一句名言：『一種風景是靈魂的一個境況。』(un paysage est un état de l'âme) 克樂台卻把它反轉來說：『靈魂是一個中心風景的境況。』(l'âme est un état du paysage du milieu) 在他看來，靈魂在外界中存在着無微不至無孔不入的勢力，宇宙的聯繫與整一，這就是靈魂佔着最高統制力的實證。克樂台雖誇張着靈魂的萬有勢力，實際他完全不曾離開人欲，政治上熱烈的追求，肉體愉快的懷念，穩健而保守的資產者特性，以及興趣的流俗化，這些不但有傷於他上面所懷着的脆弱的理想的根基，而且他自己的理想與行爲的背馳的兩重性，自身實具着不可調和的矛盾。克樂台在意識上技巧上都以蘭波爲依歸，想以蘭波那樣綜合的天才來樹立舊教詩的威力，他的作品較重要的有流放詩（Vers d'exil，一八九五）、大戰三部集（Trois poèmes de guerre，一九一五）、戰時外集（Autres poèmes durant la guerre，一九一六）及那邊望彌撒（La Messe là-bas，一九一九）。

查理・偉基（Charles Péguy，一八七三——一九一四）生於奥良地方，跟梅西爾一樣是農民出身，他的求學，從本地的小學到巴黎的巴爾伯學校（Collège de Ste. Barbe）到高等師範學校（Ecole Normale Supérieure），完全是從艱苦中掙扎的結果。他的生活和著作，可以代表從德萊斐斯大尉事件發生到世界大戰開始的法國政治社會與文學的種種形相，大尉事件發生的時候，正是他高等師範畢業後的兩年，他當時是一個馬克思主義者，設了一個社會主義圖書局（Librairie Socialiste），發刊半月記聞錄（Cahiers de la Quinzaine）。俾基標榜着「要竭力挽救人類的通病」的抱負，這個抱負在他一生始終不渝，不過因挽救的方法不同，前後思想完全相反。約在一九〇五年左右他的社會主義主張在根柢上漸漸傾於無治主義，到一九一〇年他刊行貞德的慈祥的神祕（Le Mystère de la Charito de Jeanne d'Arc）推崇中世紀農民愛國女傑貞德，他已轉變爲愛國主義者，不再堅持社會主義共和國的建設，而且對於民主主義與激進派漸漸發生敵視，不自知地傾向於軍閥與貴族方面去了。他不久以信仰社會主義的熱誠轉而信仰羅馬舊教，如他的傑作第二種德行的神祕的長廊（Le Porche du Mystère de la deuxisme Vertu，一九一二）、老實人的神祕（Le Mystère des Innocents）、聖格娜維娥與貞德的繡氈（La Tapisserie de St. Geneviève et de Jeanne d' Arc，一九一三）、聖母的繡氈（La Tapisserie de Notre Dame）與夏娃（Eve，一九一四），都含着濃厚的宗教意味。俾基既傾向於軍閥與貴族，主張以個人的犧牲換取國家的光榮，所以一九一四年歐戰起後他便搶往前陣，飲彈陣亡。俾基雖非意識地墮入反動的陣線，可是他的理想是純潔無瑕的，他始終反對舊社會的惡制度，反對貪婪的資產者，公文式的歷史文化，他又反抗與神祕相反的政治與清廉相反的奢華。他被稱爲「法國的惠特曼」。俾基誠然是一個陳腐的舊教徒，而他那種舍身取義的救世信心，去空想而努力行的勇敢行爲，愛他而剛毅的高潔人格，仍不失爲一個善良的詩人。他的作品風格秀麗，音韻諧和，其含蓄與幽默的地方頗足使人反覆吟味。批評家亞萊維（Daniel Halévy）說他的詩歌可以上追雨果，散文可與賴倍萊相伯仲。

G　女流詩人

法國現代的女流詩人，文學史家拉魯(René Lalou)曾就其最重要的提出諾雅葉伯爵夫人、杜維葉夫人與瑪德侶夫人三人。

諾雅葉伯爵夫人(La Comtesse Mathieu de Noailles，一八七六——一九三三)是現代女流詩人中的佼佼者。伊是希臘與羅馬族的後裔，所作的詩崇奉賈瞞斯，才機敏慧，作風清麗。伊的多心集(Le Cœur innombrable，一九〇一)、時光之影(L'Ombre des Jours，一九〇二)出版，已爲社會所注目，後來眼光集(Les Eblouissements，一九〇七)、活人與死人集(Les Vivants et les Morts，一九一三)、永恆的力集(Forces éternelles，一九二〇)等刊行，更奠起了伊詩壇的地位。伊是一個歌詠人類幸福的詩人，認爲人是天之驕子，宇宙間萬有的事物都是天生給人享受的，泉流爲着我們而歌唱，花木在向我們微笑，星月照着我們散步；伊詩中充滿着快樂的人生觀，所以人們稱伊爲「花園的詩神」。伊對於求愛縱慾的觀念很強烈，只是伊唱着好花易謝、光陰易催人老的詩情，又寄無限的悲愁。

杜維葉夫人(Madame Gérard d'Houville，一八七五——)是高蹈派詩人海雷第亞的女兒，伊沒有正式刊行過詩集，作品大概載於兩世界評論中。伊喜歡追懷往事，在追懷中時常引起傷感，這種傷感並不是個人患得患失的嗟怨，而是女性一般的懷愁的音調。伊的作風很細軟，思想略帶斯多亞派的色彩。

瑪德侶夫人(Madame Lucie Delarue-Mardrus，一八八〇——)是一個比較單純的女詩人，伊完全醉心於物質享樂，耽好着色慾的滿足，伊詩中所表現的人生，除了官覺享樂以外別無意義與目的。伊得意的作品有熱烈（Ferveur，一九〇二）、船頭的姿態（La Figure de Proue，一九〇八）及暴風雨襲來（Souffles de Tempête，一九一八）等，作風異出而有味，伊怪着法蘭西字典的不完全。

這些女流詩人普通都認爲是異教徒，伊們充溢的情感有點像浪漫派，伊們細膩的形式又與古典派接近，至於伊們的意識則完全表現着貴族中人的脆弱無聊賴的純智的墮落。卽此可見閨秀作品的如何忽略了一般的社會生活。

H　當代詩壇諸流派

從象徵派的衰落而分化爲自然主義、新古典主義、新浪漫主義與新象徵主義，這些主義在表面上雖各有標榜，事實上只是表現象徵派分裂的現象，自己作暫時的死灰復燃與苟延殘喘，並沒有積極的特色與新的精神。故不久以後，約從世界大戰爆發前起，因爲思想界的紛歧複雜，在法國詩壇上又有無數不同的傾向，形成萬花撩亂的種種詩派，蔚爲法蘭西文學上空前的大觀。這些詩派，舉其要者如強烈主義（intensisme）、綜合主義（synthétisisme）撙節主義（somptuarisme）、全體主義（intégralisme）、精神主義（spiritualisme）、原始主義（primiturisme）、地方主義（régionalisme）、衝動主義（impulsisme）、親密主義（intimisme）、隱祕主義（esoterisme）、花花主義（floralisme）……類似這樣的五花八門的主義，現代法國文學（Histoire contemporaine des Littératures françaises）的作者巴門緇埃（Parmentier）曾舉出三十六種，猶有未盡。這些主義或流派大多是同路人性質，沒有多大的重要性，誠如朗松教授說的：『要將這些詩社加以定義，實在是無聊的事情。因爲它們的主旨本身就很曖昧。』我們只要舉出如下十個重大的主義加以系統的敘述，對於法國當今詩壇的主潮已可洞悉其大勢。

這十個主義是：激動主義、動力主義、同時主義、一致主義、新奇主義、未來主義、立體主義、韃韃主義、超現實主義與純正主義。

（1）激動主義（paroxysme）激動主義的潮流代表的人並不多，而它很表現了一點特色。有一個詩人曾替激動主義作一個模糊的義解，認爲詩人所表現的幻覺由於使讀者一己在想像中補足的形象之雕刻性，而是由於色彩性的詩人的努力。威哈侖的詩在相當程度被列入激動主義中，不過這派的代表人物是蒲帝恩（Nicolas Beauduin）。蒲帝恩較知名的作品爲人們的都城（Le Cité des Hommes），裏面所歌詠的完全是都會的雰圍氣，有生活與黃金的狂想，有科學與技術的美質，一方面有電氣、汽車、飛機、工廠、大輪等都市的宏麗，另一方面也有火焰、煙煤的烈光、動亂與饑餓的喊聲；其表現的都市與人羣常是合流的，『你是我，我是你，我們的靈魂與幻想已合而爲一。』『我們的個性、感情成長爲世界感情，當我們已不是孤立的孑然一身了。當我們愉快時，我們的實際生活中感着宇宙的震憾；而且高聲向我們揚言道，我們是爲着比自己更廣大的事物而生存着的。』蒲帝恩的詩表現詩與生活的密接，故表現的技巧也是新的、特殊的，他從古典的現實的詩轉移於象徵的詩，後來又用了動力主義的表現方法。

（2）動力主義（dynamisme） 動力主義在意識上與激動主義無多大差別，其表現也着力於都市與產業的生活與環境組織的範圍也不大基耳蒲（Henri Guilbeaux）可說是一個代表人物。基耳蒲在機械主義的詩歌（Poèmes de Machinisme）中說：『歷來的詩歌是靜態的，而現在的詩歌是動力的。自然主義作家向藝術貫注以現實主義與飽滿主義，新的作家則向藝術導入運動與力。』他認爲現代的詩歌必須表現世界都市、國際貿易、工商金融業的有力的動盪，代表無產者的意識；今日的詩人要像中世紀的行吟詩人一樣，在大衆的面前唱着都會、機械主義、大衆的雰圍氣的新詩歌，所以他說『技術、建築家、動力的行吟詩人的新時代到了。』爲表現現代生活的律動，他們的音節視高蹈派有所改變，爲表現民衆意識的內容，他們的辭采也換上了通俗的字眼。

在一九〇六年，法國有四五十個年事相彷彿的青年詩人與藝術家，爲出版作品與集會展覽的方便起見，在馬爾納（Marne）河畔租了一個地方組織一個文藝的俱樂部，裏面辦着印刷店、展覽室、菜園、花圃，稱爲「脩道院」（l'abbaye）。其中詩人維耳特拉克（Charles Vildrac）曾唱着：

我夢想着一個修道院——那沒有僧侶的——
而夢想着一切給養一切
愛好玩賞藝術
而貧人們的修道院。

脩道院的一羣青年作家的結合，僅僅爲了從事藝術的經濟上的便利，內中各分子的思想毫不統一；不久社團解體，分子亦星散。這些星散了的作家，後來從新以思想的立場結合成兩個社團：一個代表同時主義，一個代表一致主義。

（3）同時主義（simultanéitéisme）　站在十字街頭的現代詩人，個人的、集團的、宇宙的這三個世界觀與人生觀的原素，必然會交織於他們詩的感覺中。這種對於宇宙人生的體驗與表現，就產生了同時主義者。同時主義者的領袖巴爾純（Henri Barzun）曾提出說：『現代詩人必須表現自己對於世界的形形色色的、純粹的、同時爲個人的、集團的、社會的視覺……這種由意識與心理之綜合的容受與同時性的表現，是決不能用個人抒情詩的方法。……因爲重要的心理的線調，爲着將過多的聲與同時性中的詩的現象，將詩歌戲曲化了；更因爲這種線調間的許多矛盾，爲着個人的線調與宇宙線調間的矛盾，詩歌便變成戲曲了。』這一種體驗的方式需要這一種表現的方法，個人的抒情詩必須讓位於戲曲化的詩歌，所以同時主義亦稱戲曲主義（dramatisme）。巴爾純有一首題作力的讚歌（Hymnes aux Forces）的詩最能代表他詩的特質，其中極力表現出純粹的自然力如風力、水力等與人類技術的聯繫的關係，將自然與人力交流而同化着。同時主義詩人的作詩，不是準備給沙龍與書齋中人看的，而要在廣大人們的心弦上激起共鳴的情緒，所以在詩學上，他算是將詩人過去的孤立性的惡習拋棄了，而在藝術與社會的共感性上，表現出他們社會生活的題材。

（4）一致主義（unanimisme）　參加一致主義的詩人有杜亞美爾（Duhamel）、維耳特拉克、亞爾各（René Arcos）與羅曼（Jules Romain）等，而以羅曼爲領袖。一致主義的名詞，是羅曼在詩人雜誌（La Revue des Poètes）上提出來的，他說：『羣衆爲一種激發，或爲以人們所要求的持久而非常強烈的生命，在暗淡的空間與短促的時間中，散發其意識與運動的可驚之量的存在。這異常的力，開始時卽爲人認識。同樣，當研究個人心理學時，常使人覺得驚奇，詩人的情熱與活動乃超於通常的程度。羣衆對於其他集團，恰如英雄對於人間，由其擴大，表示特種的性格，而因其巨大，乃爲無經驗的觀察者惹起注目的形式。』又說：『爲愛的魅力的自棄，也是社會生活的魅力。若把人間的新關係之緊張的結合，翻譯爲心的言語，則此等感情在本質上實爲一致主義。又有更爲眞實的一致，那便是人間集團在自然生長的或個人的外部所表現的感情。』這種由個人心理而重視集團心理的主張，並不是羅曼獨創的，現代法國社會學家涂爾幹（Durkheim）、泰特（Tarde）、勒朋（Le Bon）等對於社會心理羣衆心理的研究給他以巨大的影響，而使他以之應用到文學上來。羅曼從個人的心理注意到集體的心理，這是傾向於社會主義的一大進步。不過他的意識在根柢上並不徹底，處在小資產者地位的他，意識到羣衆的重要，他因過分熱心欲與羣衆合流，帶着蔑棄自我的禁慾的意味，以至一心要與羣衆合流，結果卻走向了克己的神祕宗教之路。雖然，羅曼詩中的都市與羣衆的集體心理的表現，終不失爲詩歌的一種新的傾向。他的名著是抒情詩一致生活（La Vie Unanime），下面舉其數行爲例：

轟動的逝波把我載去，
波濤奔入我的腦髓，從內心中把我撼動。
我進向街頭，都會向我耳語，
以絡繹之馬車的歡悅的喧譁。

大隊的羣衆以一個胸兒呼吸，
在唯一的眼中——有生活之一切的星。
甜蜜的可愛的握手呀，可是我
不要一切的愛撫，我只要大隊人羣的歡欣。

（5）新奇主義（fantaisisme）新奇主義並沒有同時主義一致主義等特殊的見地，它只是利用象徵主義種種新的發見以創造新奇的境界。新奇派詩人在歐戰前卽以韻文與散文（Vers et Prose）一個雜誌最初躍登法國的詩壇，這個雜誌重要的執筆者有沙耳蒙（Salmon）、堪林叔（Klinsor）、達萊梅（Derème）彌賽列（Muselli）、柏那爾、萊惠（Levet）坡薰（Pouchon）及都雷（Paul-Jean Toulet，一八六七——一九二〇）諸人，他們的詩歌都表現智識階級對於現實社會的逃亡，將人間悲哀的音調在歡悅的提琴上消滅，把目迷五色的奇景收斂人們的眼淚，好像輕輕地在說：破淚爲笑呵，他們唯一的原動力在創造超乎現實的新奇境界。新奇派眞正地組織社團在一九一八年，主要的人物是達萊梅、褒萊玲（Jean Pellerin）嘉爾谷（Francis Carco）及都雷等，以都雷爲代表人物。都雷是歐戰後法國的大詩人，他的重要作品有公僕寶先生（M. du Paur, homme public，一八九八）與反音韻論（Contre-Rimes，一九二一）他不主張如浪漫詩那樣袒露自己的胸膛，他每首詩的主要思想終是含蓄着的，一個譬喻須經過多次的迴旋，務使婉妙入神，他詩中動人的趣味，足以抹去人們心頭的苦味。

（6）未來主義（futurisme） 未來主義本是二十世紀初期發生於意大利的藝術新運動，以後這派運動漸漸由造形美術傳播到文學、詩歌、戲曲、音樂上來。未來主義根本在謳歌現代科學與機械的發達，還有現代革命的熱狂的政治運動、社會運動，它要用與騷動、喧譁、速力、電光等同樣的格律作為創作一切藝術的工具。一九〇九年，未來派在法國的費介六日報上發表宣言道：『文學歷來是歌詠那沈思、沈鬱的寂靜、睡眠與休息的愉快，因此我們現在要高唱攻擊的運動、狂熱的不眠、體操樣的步伐與危險性的跳躍。我們敢宣言全世界偉大的美是新式的美，是由速力的美造成的。像屏息的蛇似的，裝着火的機管像箱子樣走着的汽車……又像子彈在彈道上發着吼聲的前進的汽車，實在是比薩莫色拉斯（Samothrace）的勝利還要美』『我們由勞動、享樂或革命，現在要為昂奮的偉大的羣衆而歌。如現代都市革命的複雜色彩與聲音；強烈的電氣月光下的兵工廠與造船廠的夜的顫動；一氣吞進噴着煤煙的車站，裊裊的煤煙繚繞於工廠的雲端，日光照着像落水鬼似的，又像體育指導在刀口跳躍的橋樑；以冒險性遊行於水平線上的輪船，被長長的鋼軌規範着的龐然鐵馬似的機關車，還有像以兩翼造成旗幟的飄揚與熱狂的羣衆的鼓掌的飛機的飛行。』未來派詩的主唱者是在埃及的意大利詩人馬利納底（Filippo Tommaso Morinetti），他的詩歌、小說和戲曲大多是用法文寫的，如星宿的征服（Conquête des Etoiles）、放蕩的都市（La Ville charnelle）等，都在高唱機械的力，歌詠機械的美，電影、電話、無線電報，狂熱的生活，跳動的脈膊，這些都市的美與力，全是時代尖端的表現。馬利納底自信是一個瞻前而不顧後的絕對進行者，朝着永遠的未來飛躍，故自他在大戰中攢出身後，他們構造着法西斯蒂的理想，揚言莫索里尼（Mussolini）

的政治理想正是未來主義的具體化。還有未來派在法國的代表作家散德拉（Blaise Cendrus，一八八七——）他是一個布淦米亞沒落的資產者出身，孤獨地漫遊於世界，足跡遍歐、美兩洲。這個青年浪子卻是時代型的極好紀錄家，將地球上所見到的一切，用攝影一般的瞬間性與確實性，吸收急速變化着的生命的印象，加以複製。我們看下面幾句描寫夜戰的斷片，是何等單純而正確：

溜彈落下，爆發。

幕幔撕破了。一切都呻吟，震撼，同聲地吼着。一切都燃燒了。整千整萬地在爆裂。火，火器發火。大砲的奔騰。倒斜。攔阻。巨鎚在排鎗的閃光中描出掃成曲線的人羣。告示的否定，死了的馬。鎂光照耀的刹那。刹那間的攝影。一切都消失。

（7）立體主義（cubisme）約在一九〇八年左右，法國有一部分的美術家與詩人創立了一個與未來派相近的立體派。立體派初起是反對印象派的運動，擯棄印象派的那種表面的瞬間的感興的描寫，而以整個的、同時的本質的表現為號召；譬如繪圖，要把長度、闊度、高度、深度都表現出來，有時為指示一物的某部分的特色，不妨將其他部分略去，表現一個女人的兩條特別美麗的腿，則腰部頭部可以略去不畫，不過表現時終得把對象的上下周圍四方的配景顧得周到。這種出發點經勃拉格（Brague）、魯德（Lhote）、萊賽（Leger）諸人後來具體化到詩歌、小說與戲曲上來了。立體派詩人中最可注意的是阿波里納耳（Guillaume Apolinaire，一八八〇——一九一八）、沙爾蒙（一八八一——）、散德拉與若哥伯（Max Jacob）一八七六——）其中阿波里納耳有領袖的資格。阿波里納耳在一九一四年所刊行的與猛獸格鬬的時人（Bestiaire d'Orphée）中已有新異的表現後三年又發表酒精集（Alcools），他新的情調完全顯露中間寫歐洲的都市與鄉村，一反往日的細膩的描寫而抓住一地方靈魂的各方面在迅速而連續的線索中寫出電影般的詩歌，音韻方面也有特別的配置。此外若哥伯也是一個才情充溢的詩人，足爲立體派大詩之一。下面引他散文詩出路一首，以見立體派詩的一斑：

那當作我靈魂的少女，兩手被縛着，給四個插翅的魔鬼領到我房裏。人們要把伊的手鋸去！伊發昏過去。而我的上帝說：『到這邊來，因爲聖徒中有好多孩子像你。』「到這邊來」就是雪！雪！因爲天堂就是雪。

（8）韃韃主義（dadaisme）立體主義的特殊藝術得勢後，不久又讓位於一個新起的斯芬克司（Sphinx），這個斯芬克司以離奇怪誕而引起大衆的注意。在大戰發生後一九一六年光景，瑞士齊列奇城（Zurich）的一個咖啡館中有一個羅馬尼亞人查拉（Tristan Tzara）、一個阿爾薩斯人亞普（Arp）和一個德國人魚肯貝克（Huekenbeck），還有些荷蘭人美國人，舉行了一個集會節目單上寫着：『一九一六年——四月十六日世界第一次大大——音樂——舞蹈——詩歌——繪畫——假面……』就在這集會中產生了一個韃韃的運動，發行一個韃韃公報（l'ulletin Dada），聲言要打倒最新的立體派與未來派，查拉曾發表他的宣言道：

「韃韃（dada）——意思就是「無所謂」

我們需要的著作是直向前去不回頭的勇敢的，切實的而且永遠不能懂的。

邏輯是糾紛，邏輯永遠是錯的——

我們所視爲神聖的，是非人的動作的覺醒。道德是一切人的血液的腐敗劑……」

『韃韃是無所謂的。』『韃韃什麼事都不相信，戀愛，工作。』『韃韃不求什麼，韃韃就是韃韃。』韃韃主義是資產社會的堅決的敵人，對於資產社會的文化理想總是不肯錯過他嘲弄的機會，好像達達的宣言中說過『像你們的希望一樣——什麼東西也沒有像你們的政治一樣——什麼東西也沒有像你們的英雄一樣——什麼東西也沒有像你們的藝術家一樣——什麼東西也沒有。』達達主義者說：『我們跟著作家、新聞記者、藝術家一樣，知道怎樣製造道德與文化，不過因爲誠實與討厭，我們作着反文化的宣傳。』達達主義者自己沒有世界觀、人生觀，他們是虛無主義者、破壞主義者。達達主義這個破壞主義、反抗主義以至莫名其妙的主義，是由於現實社會的文明潰爛了，現實社會的文化痙攣了，他們是對於這些社會墮落的消極的紛亂的表示。達達運動初起在瑞士，後來到巴黎，蘇保 (Philippe Soupaut)、布勒東 (André Breton)、阿拉公 (Louis Aragon)、愛呂亞 (Paul Eluard)、洛希爾 (Drieu La Rochelle)、拉爾鮑 (Valery Larbaud) 與哥克多 (Jean Cocteau，一八九二——) 等都次第參加。他們是有組織的反抗、破壞、爆發、俏皮、冷笑、混亂、自由、崩潰現象的文學的表現。達達派對於現存的文學完全從破壞手段做起：第一，他們否定文法，割裂造句的成規，而且主張最好根本消滅；第二，他們否定理性，因爲詩歌是興之所至的表現，理性與邏輯在維持現存的秩序上是桎梏人性的，這一點他們走上了浪漫主義的極端；第三，他們的詩歌是電影式的，他們的作品用許多隱喻迅速聯絡起來，好像電影的片子連一連二地表現情景的推動，沒有固定的描寫與敍述；第四，他們的詩是一團糟的，沒有句斷，沒有音節，沒有頭緒，好像他們說的：『拿一張報紙，拿一把剪刀，照你們所要的詩歌的長度，把文章剪下來，再把詞句一一放在袋裏，再照袋裏摸出來的次序，依次排列，這樣便是一首詩歌了。』這裏且引一首阿拉公的夜倦，以觀達達主義詩歌的異色：

夜偖

被睏累乏，
怎得張眼，
鬧鐘，
肉體向夢的神祕的被裏逃走，
全世界倦了。
電影小說的懊惱，
夢，
夢裏我曾嚼着嚼不盡的西瓜，
千百個原因使我們作聲，
掛鐘以清白的聲音報告早晨來了。

……………………

韃韃主義詩歌消極的異色在恣肆地破壞；還有積極的特色是在個性的尖銳的表現。現在韃韃公報已停刊了，韃韃主義不像以前那樣被人注視。繼承韃韃以後的是超現實主義。

（9）超現實主義（sur-réalisme）一九二四年十二月，一種雜誌超現實派的革命（La Révolution Sur-réaliste）發行，替韃韃派擊了喪鐘，這是超現實主義的第一聲。超現實派名義上由反對韃韃派而起，實在他們的主張還是換湯不換藥的修正的韃韃主義。這兩種主義同是順着立體派以下的傳統，同樣自稱站在時代表現的頂點，不滿於現實的資產社會；不過韃韃主義止於任性否定現實社會，而超現實主義卻在暗中努力要從根本上暴露出現代社會的崩壞，故所謂超現實主義，是社會頹廢的表現之一種。超現實派的人物大多是隸隸派中的份子，如蘇保、布勒東、阿拉公、愛呂亞等，以後又加入了台斯諾 (Robert Désnos)、維特拉 (Roger Vitrac)、奧里克 (Georges Auric)、樸蘭 (Jean Paulhan)、慕利斯 (Max Morice)、彼勒 (Benjamin Péret)、台耳答 (Joseph Delteil)、嘉里甫 (Carrive) 與侖布 (George Limbour) 等人。他們反對現實主義、實證主義、理智主義、推崇理想主義、直覺主義、感情主義，他們追求下意識的潛在力、心靈自動表現的夢，所以他們是不憑經驗而憑本能，不憑理性而憑想像；如布勒東在超現實派的宣言中所暗示的：『我相信在表面上大家認為矛盾的兩個狀態，將來是可能解決的，那是夢與現實，而是絕對現實的一種，也可以說是超現實的一種。』超現實派根據他們想像的未來性，想像出世界絕對的革命，他們中有的信仰唯物史觀，有的尊重弗羅伊德主義 (freudisme)，也有反對的，意見頗為不齊。他們雖然在潛在意識中表現着未來的合理社會的夢，而他們沒有政治運動上的主張，他們也沒有集體上的努力，所以超現實主義始終跳不出觀念遊戲的圈子。不過它在理智主義的弊病百出的時候，表現以直覺否定墮落的理智，倒也表出了現代法國社會意識的一種型態。

（10）純正主義 (purisme)　法國當今的詩壇，如上面所說的各種各樣的思潮，已達紛亂的極度；不過在這種局面之下，有一派強有力的潮流，就是正統的純正主義。所謂純正主義這詩派，是呼吸着從龍沙、賴西納、賽尼、哀馬拉爾梅等的純正的詩風，一方面繼承着古典派理性的社會性的表現，一方面又繼承着象徵派直覺的個性的表現，形成這兩種之間的調和的思潮，而以強固的秩序統制着詩壇的風氣。純正派的思潮可說是當代法國詩壇的主潮。這一派的重要人物有蘇代（Paul Souday）、蘇柴（Maurice de Souza）、克樂台、白萊蒙（L'Abbé Brémond）與華萊莉（Paul Valéry）。華萊莉被認爲當今最偉大的詩人，關於他有詳說的必要。

保祿・華萊莉（一八七一——）在戰前已發表舊詩稿（Album de Vers anciens）等作品，可沒有被人注意；直到大戰告終，因他的年青的司命女神（La Jeune Parque）發表，人們開始交頭接耳，認爲一個偉大的詩人產生了。他曾費二十個年頭，對於許多事物下了一番靜觀與體驗的工夫，並且在貧窮與孤獨中把握到不少的結論，故他的詩是一種生命的結晶。他不重視自己的成就，他根本討厭這個時代，幾乎不願再動筆作詩，以是他的詩非常難得，刊過的大多已經絕版，有的是給美國人收買去了，雖然因主教白萊蒙與期刊文學新聞（Les Nouvelles Littéraires）的關係，把他選入了法蘭西學士院，而找他的作品還是比找批評他的書難。華萊莉是馬拉爾梅的弟子，最注重詩的技巧，內容倒在其次；爲求詩歌的美，他頗致力於精緻的獨創的理想，故稱做純正詩（la poésie pure）。華萊莉以哲理詩人知名，而他深恐自己的理論不健全，故率性拋開普遍的觀念而注意其細節。他從現實的人生中發見了虛無，因此抱着深刻的悲觀主義。不過他的悲觀不曾走上極端，他在悲觀中找到了救星。他唱着：『我走入虛無與純正的境界，我等候內心偉大的回響……』所謂內心的回響乃指上帝的回響。華萊莉在懷疑、失望以及自我探討的背後，最後發見了一個「永存」；我們在他奇特的散文傑作歐巴列諾（Eupalinos）中，可以看出他很多「永恆的理想」。他認爲這些理想，不論普通人如何難得摸索，然而它終是在黑暗中存在着的；所謂『絕望的清淨』（La Netteté désespérée）是他的一句名言，要從絕望的現實世界中在心境上構起一個理想的淨土，華萊莉與一般象徵派詩人同樣走上了觀念論的尖端。華萊莉詩中最著名的是海濱墓場（Les Cimetières marins），爲窺其全豹特將全詩譯引如下：

海濱墓場

神聖的，充滿着無物質的火的田野，
奉獻於光明的地段，
這所在使我們喜有火炬高臨，
聚集黃金、白石以及葱鬱的叢林；
忠實的海水，靜睡在墳墓附近。

壯麗的母犬，偶像崇拜的僻隅！
在沉寂中帶着牧人的微笑，
我看守着羊兒久而又久，
這雪白的羣羊，就是那些墳墓，
離遠點兒吧，你知趣的鴿子們，
空幻的夢，和奇譎的天使。

不可見的死者們就在地下，
大地烘着他們而且烤乾他們的奇蹟……
他們已經消失在深夜的離別中，

紅色已傾盡白色空間，
生的天賦，已幻滅如曇花！
死者們那兒去了，還有那些熟習的語音？
個人的藝術，和奇怪的靈魂？
蛆蟲穿梭在眼淚形成之處。

瘦削的「永生」是着金黑的顏色，
乃是帶冠的可怖的慰藉者，
伊用了死做成母性的乳房，
好一個虔誠的狡猾，好一個美麗的詭計！
誰不拒絕，誰不認識，
這空洞的骷髏，這永恆的微笑！

悠遠的祖先，寥荒的頭顱，
你們在幾次三番鋤鏟的重壓下，
變成泥土，混雜於我們的腳步，
那眞正的侵蝕者，那無可抗辯的蠹，
對於睡在桌下的你們關係毫無，
它活在活人身上，永不離開我！……

第二十八章　二十世紀的小說

A四大前衛作家——心理小說家蒲爾潔——其身世與創作——前期的心理小說與後期轉向信仰與道德之路——守舊主義者的姿態——國家主義者巴雷士——其身世及創作——「自我崇拜」「國民勇力小說」與「東方的城堡」三種三部曲——鼓吹敵愾心理與鼓勵國民應戰——唯美主義者法朗士——其身世與教養——他的詩歌——前期的色情的追求藝術的愛好以及否定、懷疑與諷刺的態度——後期轉向社會主義意識的表現——他的作品——海洋小說家綠締——其身世、海上生活與創作——香艷小說與海洋小說——技巧與情調上的特點——B信仰小說家——薛家禮等——C心理小說家——俄基普來浮司、海爾微歐、愛斯多尼、蒲爾陀、克雷蒙——D擬態小說家——謝魯吉羅陀、孟特孚、李乃——E唯美小說家——萊尼哀、魯意斯、斯荷勃、哥爾蒙、米嗹曼德——F風俗小說家——亞堂、羅斯尼兄弟、馬格里特兄弟、杜德——G外省小說家——巴散、蒲意、萊斯夫、勸那爾——H海外小說家——米爾、法萊爾、達羅兄弟、倍特朗、貝諾亞、蒲爾色、諾莫耶——I戰爭小說家——般介、敏杜、亞美爾、道格來——J社會小說家——米爾波——斐律普——項伯——羅曼羅蘭——其身世與思想之發展——「若望克利斯多夫」及其他——巴比塞——其思想與行動的變進——K女流小說家——馬德爾夫人、丁耐耳、伊浮、婀陀與柯萊德夫人等——L現代兩大作家——普魯斯特——神經的暗示與廣泛的懷疑——季德——自我的集中與超人的道德

A　四大前衛作家

二十世紀初期的文學是主情主意尊主觀尊道德的，一反自然主義是唯智唯理重客觀重科學的，前面已經說過。這種動向，表現得最明顯的是小說。自然主義的小說，不論它有怎樣可靠的論據，可是發展到莫泊桑，已成強

弩之末，不能有更進一步的發展。左拉的魯公麥加爾家叢書完成不久，莫泊桑、龔哥兒與都德等這般自然主義的巨子紛紛歸道山，而另一方面描寫心理的蒲爾澤、尊重主我的綠締又先後選入法蘭西學士院，被忘懷了的龔斯當（Constant）的小說重又流行，被勃廉締爾大施攻擊的阿美爾主我的日記，卻爲蒲爾澤所辯護，被左拉所蔑棄過的作家與萊維列（Barbey d'Aurevilly），到此卻被社會尊爲大師，這不但使左拉看了詫異，而倒使那樣固執於實驗科學的他轉向到人道主義之路。這種轉變的動向，在背景上爲時代所決定，固不待言。而在小說理論的本身上，以那樣苛求科學的眞的自然主義小說，人間的生命力差不多全被抹煞，作爲反自然主義的新起的作家，在部分上各具特色，不能繩以一貫的線索，而在根本上都是注重生命力注重自我表現的。這種注重生命力注重自我的表現，一方面由於上述直覺哲學的風行，一方面是由於心理學的進步。二十世紀初期心理學長足的進展，已離脫哲學自成一個基本的科學，哲學、社會學有不少要採用心理學的解釋；小說家受其影響，描寫人物不再看重生理的命定論，轉而注意於心理的分析。總之，二十世紀初期的小說家已從機械的命定論中解放出來，確定了內在生活的力量與價值。

這種非自然主義的新小說的確立，須歸功於幾個有力的前衛作家，蒲爾澤、巴雷士、法朗士與綠締是其中最重要的四人。他們有的提倡心理分析，有的主張自我崇拜，有的刻意理智懷疑，有的表現海外憧憬，都曾樹立新的旗幟，爲後起小說家開闢途徑。

保爾・蒲爾澤（Paul Bourget，一八五二——）首先反抗自然主義，他是著名的心理小說家，斯丹達爾後的第一人。蒲爾澤生於阿米恩（Amiens）地方上流社會出身，父親當數學教授，祖父是工程師，家庭的教養非常完美，幼年曾在斯屈拉斯堡求學，後進巴黎大學專攻文學。他剛達成年，爲過度努力研究而苦，在巴黎文學界活動，寫了許多詩歌、論文不曾得到刊行。三十歲後，他對當代的文學下了一番工夫，作深切的研究，作成當代心理學論文集（Essais de Psychologie contemporaine，一八八三）與當代心理學新論文集（Nouveaux Essais de Psychologie contemporaine，一八八五）大爲社會所注目。在初起他將明瞭得最透切的波特萊爾、勒南、孚祿倍爾、泰納與斯丹達爾五人，對其心智與氣質加了一番細膩的心理分析。這種研究，他稱爲「十九世紀下半期幫助法國內在生活的歷史家的幾個註解」他批評的見解，介於勃廉締爾的裁斷批評與勒美特爾的鑑賞批評之間。他這種哲學的高級趣味的鑑賞與心理學的細膩入微的批評，使他蒙了大批評家之名。不久又出版人物誌與研究集（Etudes et Portraits，二卷、一八八八）與近代愛的生理（Physiologie de l'Amour moderne，一八九〇）他的批評見解愈趨成熟，前書精選十幾個近代作家研究時人的心理趨向，時代的感覺狀態，十九世紀末葉的精神狀態，給他完全顯露出來。繼後他遊意大利、亞美利加，寫了不少遊記。蒲爾澤主要的是小說家，也是一個戲曲家，以及如上述的有名的批評家。他的著作卷帙浩繁，小說方面長篇有二十四卷，短篇集則在十八卷以上，可見他創作力的雄厚。他曾被選入法蘭西學士院。

現代社會，尤其自十九世紀末葉起，人事的來往日繁，人間的關係日密，人間錯綜變幻的心理決非自然主義作家的那種生理學的智識所能洞悉靡遺；蒲爾澤適應着時代的要求繼着斯丹達爾的先例將心理學應用到文學創作上來，以精微的分析工夫窮盡形相地表現出人們內心的種種交互作用，好像層層剝繭，從社會的外表發掘人們的內心。這種精密的研究工夫很爲文壇所重視，泰納竟說他的小說是一種「精神歷史的文件」。蒲爾澤的作品前半期心理分析的氣質尤其濃厚。譬如第一部無可補救的事（L'Irréparable，一八八四）以故事的題材作成長篇小說，是一個女性心理的可驚的研究。接着在刻薄的謎語（Cruelle Enigme，一八八五）與愛之罪（Un Crime d'Amour，一八八六）中，以上流社會的愛情爲題材，於心理分析上有更進一步的研究。柯納莉（André Cornelis，一八八七）中的愛是隸屬性質的，把愛的心理發揮得最透切的要算謊言（Mensonges，一八八七。）謊言描寫一個美麗而動人的巴黎女人，伊有一個盲目地信任伊的丈夫，還有一個較年長的愛人，是上流社會中習於時髦放逸的人，對於伊治容或修飾方面的費用是不吝供給的；伊又跟一個純樸無邪的青年詩人友好，青年詩人很熱衷於伊，經了一番半推半就的喜劇，伊即成爲他的主婦了。這個女人的遮羞與欺瞞的政策雖得售，但不久爲青年詩人發現了眞相，他的強烈的愛情勝似他的嫉妒，不提出離異而要求伊屏除奢侈之習，拋棄伊被騙的丈夫與拒絕伊津貼伊的愛人，女人沒有答應。於是蒲爾澤用間接暗示的方法，從耶穌的十字架上提出拯救現社會惡德的問題，故事這樣終了。

從此蒲爾澤的小說發生了一個轉變，從心理小說家的地位走向道德信仰的路。表現這個轉變最明顯的就是子弟（Le Disciple），這部小說刊行於一八八九年，立下了法國智慧與道德發展上一塊重要的界石，在勃廉緜爾與法朗士之間，他把公共的良心高高擎起。子弟有一個副題名「時下一個青年人的懺悔錄」(Les confessions d'un jeune homme d'aujourd'hui)，中間敍述一個唯物論的哲學家薛克德，輕視一切精神的學說，教導着一個智慧的青年格萊斯魯，這青年的倫理意識已汨沒殆盡，且將他一個導師的女兒實行其所謂心理實驗，他差不多是一個沒有心靈的人，而因爲人性以及本能的緣故，在實驗時他爲伊的魅力所蠱惑，他即刻成了戀愛的勝利者，但當這少女發覺伊自己乃是一個無心肝的人的征服者的時候，伊即憤而服毒自殺；格來斯魯見事亦幾至自殺，他急忙將肇事經過報告從師薛克德，因爲歸根這事也是薛克德學說所造成的惡果，薛克德聞言大驚，隨即想法證明格萊斯魯無罪的理由，然而這事已早被犧牲者的家兄所知道，經過一番心靈上的顫動，終於到法庭要求申寃，執着正義將格萊斯魯駁得體無完膚。在這個小說中，蒲爾澤不啻歷數唯美主義與唯物主義的罪惡，而給「爲藝術而藝術」與「科學萬能」的觀念以致命的重創。這時堅持着嚴格的科學批評的泰納，看了此書也寫信給蒲爾澤說：『社會的風氣已經轉變，我的時期是過去了……也許你走的路你的非智識的觀念將把人們引到神祕的天國，奉行着基督教的形式。』

以子弟這部小說轉變了的蒲爾澤，自此他的小說不出乎信仰與道德的範圍。如女人的一顆心(Un Cœur de Femme，一八九一)、以四海爲家的人(Cosmopolis，一八九三)、一個悲慘的愛情(Une Idylle tragique，一八九六)、行營(L'Etape，一九〇二)、一次離婚(Un Divorce，一九〇四)、南國的人妖(Le Démon du Midi，一九一四)、死的況味(Le Sens de la Mort，一九一五)、世間的一個活劇(Un Drame dans le Monde，一九二一）及牢監（La Geôle，一九二三）等所有的這些作品，無一不在宣揚道德精神上努力。蒲爾澤以為：『一個作家執筆為文第一個要件就是要做一個道德家。道德家的任務就在指點生活的罪惡的方面與贖罪的方面。』在他看來，當前的世界充滿了一些雜亂、無秩序、無規則的東西，也充滿了一些愚昧的、自然崇拜的與危險性的實驗運動；於是他想到要社會改造，必須要有安定的秩序、道德的精神以及虔誠的信仰。蒲爾澤的作品，對於社會、政治與道德是面面顧到的；在社會上，他主張要如十七世紀那樣人人遵守秩序注重道德；在政治上，他主張恢復貴族政治君主專制；在信仰上，他主張皈依羅馬舊教，使一般人心脫離了科學的毒害而解放自由的靈魂。

由上幾點看來，蒲爾澤是一個極端的守舊主義者，他的小說愈到後來說教的氣味愈重。他的題材大多僅及於上流社會，在一般人看不易感到興趣。而且因為過分囚於秩序的緣故，描寫也失之呆滯。以至蒲爾澤一生雖成就了繁夥的作品，而能流行於社會耳目的卻寥寥無幾。

在十九世紀末葉二十世紀初期，巴雷士又代表了一個傾向——國家主義與個人主義。自從產業高度發展，各資本主義國家為膨脹自己政治的經濟的勢力，內部不時起着衝突。法國人民此時方醉心實驗科學唯物哲學，不但傳統信仰完全喪失，即國家觀念也為之泯滅。以至一八七〇年德國軍隊侵入法國，竟一敗塗地。戰後的文化界，有時還饜饋於德國唯物主義，有的耽着頹廢的唯美主義。有的持着消極的懷疑主義。國民精神毫無起色。巴雷士看到這種情形，奮起提倡國家主義、自我崇拜，以復興法國國民精神自任。當初起時，泰納曾蔑視他說：「這個青年人終必徒勞無功的，因爲他同時具備瞑想的趣味與行動的要求這兩種相反的傾向。」但是卻不曾料到這位少年能將瞑想貫注於行動上，後日於法國的政治上文化上發生了巨大的影響。巴雷士嚴格地說來不是文學家，而是政治家思想家，不過他把思想與政治的見解用優美的小說的形表現出來，不失其文學家的特質。

慕列斯·巴雷士（Maurice Barrès，一八六二——一九二三）的祖父是拿破崙手下的艦長，父親是官廳的公務人員，母親是一個純粹的洛蘭納族。他幼年正當普、法戰爭的時候，眼見他母親產生的被蹂躪，己國兵士的遭傷亡，不禁大爲悲憤。他是一個脆弱而神經過敏的孩子，在南錫求學時往往受同學的欺凌。他的家庭希望他將來當治安官，一八八〇年開始學習法律，但是孚祿倍爾、孟德斯鳩以及杜鴝業等文人思想家給他印象之深遠過於那些條文與律令。他時刻懷着愛國與國的念頭，有一次他任意寫了一個稿子名少年法國（La Jeune France），出版家拿給法朗士與列爾審查，他們見他很有可爲，勸他到巴黎從事文學生涯。他初起的作品不曾得到多大的成功，意識游移不定；一八八八年刊行了他第一部較滿意的小說在蠻子的眼下（Sous l'Œil des Barbares），翌年發表自由人（L'Homme libre），一八八九年又出版斐雷尼斯的花園（Le Jardin de Bérénice），這三個作品合稱「自我崇拜」（Le Culte du Moi）三部曲，在思想上藝術上都已達到成熟之境，這是他初期享有盛名的作品。

「自我崇拜」三部曲這些小說是很奇特的，沒有顯明的情節，各部分都表現他的哲理或人生觀；中間形而上學的氣分非常濃厚，巴雷士自己稱爲這是「形而上學的小說。」在蠻子的眼下中，斐律普是唯一的主人公他從省立大學畢業的時候是一個二十歲的少年滲透了浪漫主義文學的精神與康德哲學的奧旨，而於本國民族氣質中所表現的宗教倫理與情緒卻毫不關心。此後從一個老師學習專心注意於自我的脩養自我教育自我求知竟成爲他一生終極的目標。他猶如維尼一樣地閉門讀書，鑽進象牙之塔杜絕外來蠻子的喧擾。但是沒有交際的自教育在人生的發展上是沒有意義的。他雖思拒卻外來的刺戟，而覺得外來的刺戟足以刺戟起自己新的思想新的情緒，思想乃是他的生命，隨卽承認外在世界於思想上的重要，說『它創造了宇宙，它本身就是宇宙。』此外他還接受了外在世界的影響轉以充實內在世界，又以內在世界的自我繩繫外在世界的事象。這小說中間的少年是指法國人，蠻子是指外國人，巴雷士的意思就是法國要擺脫外來勢力的影響猶如少年一樣竭力鍛鍊自我的力量，等到自我的力量強固以後纔足以應付外界。這完全是一部喚起國家精神的小說，其他自由人與斐雷尼斯的花園也不外是例。

此後，他覺得理論之外，還要參加實際工作，隨卽開始他的政治生活；一八八九年被選爲南錫的議員，又組織法國國民動員會，到處演講，宣傳國家爲人民的生命腺。大家將法國國家的靈魂擴張起來。巴雷士雖累次被舉爲議員，參與政界的重要職務，實行其政治活動，不過他的表現還是在思想與著作方面，常常將喚起國家精神振起地方主義的觀念表現於論文與小說中。他用「國民勇力小說」(Roman d' Energie nationale) 之名又作了三部曲：第一部無所憑藉的人 (Les Déracinés, 一八九八) 表示反對當時法國的中央集權制度，第二部點兵(L'Appel au Soldat，一九〇〇)第三部他們的生相(Leurs Figures，一九〇二)，都記錄當時法國政潮中人的心理。巴雷士的國家觀念，愈到後來愈變強烈，他且以國家主義的護法者自任。反對一切外來的勢力以及過激黨的勢力。那時起在「東方城垛」(Les Bastions de l'Est)的標題之下他又作了三部曲：法國人的友誼(Les Amitiés Françaises，一九〇三)、德國的服務(Au Service de l'Allemagne，一九〇五)、與蒲多賽(Colette Baudoche，一九〇九)。這三種作品都是為了亞爾薩斯問題而發的，尤以後二者為著名。其一描寫一個青年人被壓迫而在敵軍中服務的情形；其一描寫一個法國的少女與一個德國青年人戀愛的葛藤，以戀愛情事為背景而表出德、法文化的矛盾，其中所描寫的一切都足以誘致法國人民對德國敵愾的心理，於歐洲大戰火花的日近爆發有所曳引。

當大戰到來的時候，他幾乎天天在巴黎回聲報(L'Echo de Paris)上寫論文，鼓吹國民應戰的義務、國民應戰的道德、國民應戰的信仰，并借助羅馬舊教、耶穌教、傳統主義的種種理論，以作為他言論的根據。一九一六年他在倫敦演說，把歐洲大戰比作中世紀的宗教戰爭，說中世紀法國武士為擁護正教而與日耳曼人惡戰，終於在犧牲中獲到最後勝利，現在法國戰士為擁護歐洲文化而與德國人抵抗，這種正義的犧牲必有相當的代價。這是巴雷士一生為國家主義最出力的時候。他的理想自經過大戰的試金石以後，自己也體會到了可能的限界，戰後他雖仍固執着國家主義，但受事實與外界多方面的影響，其思想行動所表現的特色卻形成如下三個錯綜的形式：(一)自尊主義與唯美的感覺性；(二)道德的感覺性，愛惜夫役，傾向溫和的無治主義；(三)政治活動與國家主義。這時巴雷士老境已臨，不再有有力的主張表現。

巴雷士是一個徹頭徹尾的國家主義者，他的思想與文學上的主張在大戰前有不可輕視的威力，同時期的世界主義者羅曼羅蘭與他遙遙立在對立的地位；不過一個經大戰而沒落，一個在戰後愈增其重要性。

上面蒲爾澤所代表的是傳統主義、心理主義，巴雷士所代表的是個人主義、國家主義，現在再看代表懷疑主義 (scepticisme) 與唯美主義 (dilettantisme) 的作家法朗士。法朗士是當代文學上最耐尋味的一個角色，也是二十世紀法國文壇上最放異彩的一個人物，不論爲小說家、爲詩人、爲戲曲家、爲批評家、爲歷史家、爲哲學家，各方面都是非常著名的。

阿那托兒·法朗士 (Anatole France，一八四四——一九二四) 生於巴黎一個舊書舖主人之家，眞名賈克·阿那托兒·狄蒲 (Jacques-Anatole Thibault)，後合他父親賈克·佛朗沙 (Jacques François) 之名變稱爲法朗士這假名。書舖設在賽納河畔羅浮皇宮對面窗口面對着西流的河水，巍峨的皇宮在望還有可以遙望到朦朧的橋拱，當夕陽西下時淺絳色的天光斜射入巴黎聖母寺的尖頂上橋面蠕動的車馬反映出神祕之光的閃礫；這種巴黎鬧市的街景，就是法朗士自幼寢饋的所在。他家庭篤信舊教，幼年從他母親讀了些金神話、耶穌基督的模倣等，就感覺到神明的奧妙、天體的偉大、人生的渺小與空微，種下了懷疑主義的根苗。他因生長舊書舖，父親喜歡古董，自小有好古的習慣，在學校中學生都畏忌古文學而他讀荷馬與莎孚克爾的作品，能體會其美質，感到奇異的興味；他唯美主義的癖性，也於此養成。

法朗士初起是一個詩人，專心研究過去詩人的作品，二十四歲時寫了一篇精細的論文繆塞（Alfred de Musset）。不久自己創作在高蹈派青年詩人中活動；一八七三年發表了他第一部詩集金色詩集(Les Poèmes dorés)，充滿着他少年時代的自然的典雅的趣味；一八七六年刊行他第二部詩集古希臘式的婚禮集（Les Noces Corinthiennes），用古典詩的格調表現基督教與異教的衝突；這些詩歌頗爲高蹈派領袖列爾所賞識。他的詩兼有想像豐富與情趣澄清的好處，能在塵寰中高瞻遠矚，傾耳細聽，洞察一切過去、未來的煩悶、悲哀與歡暢。他自己常說：『新詩會有柔細與眞情，他的好處在律動中。』法朗士作詩以熱烈的情緒點滴地表現於詩，他的詩到處有美麗的風物，即如下面幾行中所寫的：

伊拋向石子在藍色的湖裏，
石子在靜寂的浪花裏
慢慢地消滅了，
於是投石的女人
羞恥而且哀痛着；
伊給了那心以重量
在無味的叛亂裏。

批評家勒美特爾曾評他的詩道：『在法朗士的詩裏，可以找到熱烈的歷史與濃厚的國情，有賽尼哀的筆法，處理有時且過之。我敢斷言沒有人能同他一樣寫出兒童般的純潔、人間生活的舒適、大自然的完滿無缺，在另一方面，則是新宗教的掛慮」法朗士的詩是他少年時代安閑與神祕心理的反映較重要的眞正思想的表現則在以後的小說及哲理批評的作品中。自從一八七九年發表了喬嘉斯德（Jocaste）與藝林外史（Le Chat Maigre），他眞正的創作時期開始了。

法朗士一生的外在生活很平靜，內在生活則一直在變化不居中。他一生跨着十九世紀末葉與二十世紀初期兩個時期，這兩個時期也就繪成了法朗士前後兩種不同的姿態。

十九世紀的法朗士，處在『法國中間層的資產者物質社會的繁榮時代，在這階級面前的歷史之激盪，卽因非道德家、唯美主義者、快樂主義者、懷疑主義者、漸進主義者、樣態的藝術家等之不足，使其階級明顯地爲智識階級以及智識階級的高尚的表現者，他便是這樣的一個人』法朗士的世界觀人生觀建築於享樂主義與唯美主義的基石上，他把美與快樂看作人生最高的意義；這一點他跟印象的自然主義小說家龔哥兒兄弟相似，龔哥兒是熱情的蒐集家，法朗士則生於貯藏古書與珍品的家中。他愛好希臘時代與文藝復興時代絢爛的藝術之花，他也醉心於十八世紀革命前平靜的秩序，他尤其崇拜享樂主義的哲學家伊璧鳩魯（Epicurus），他把這位感覺主義者唯物主義者名之爲樂觀教義的說教者，他的哲學小品樂園之花（Le Jardin d'Epicure，一八九四）曾爲樂觀哲學建立一個紀念碑。法朗士的享樂主義，表現得最明顯的，其一是「色情」其一是「藝術。」對於色情的追求，他認爲是重造世界的上帝、人類生活的父親，他借着紅百合（Le Lys Rouge，一八九四）中女主人公向伊愛人的口脗說道：『你祇要以你的感覺的情熱愛我、我決不會不滿意，因爲這是唯一的可能……唯一的有力唯一的偉大……其他一切都是幻想與虛僞。』他的小說中有不少男女浸沈在色情之河水中。對於藝術的愛好，他在有名的批評論文文學生活中說：『我把不識的地理詢問於祭司、賢人、降神者與哲學家，問他們我應該到何處去，可是沒有人指示我的道路……而現在，領導我的是美的感情，誰能說我們還可以發見比它更好的嚮導人呢？』由此便產生對於古代藝術的熱愛，對於藝術形式的考求，所謂『藝術的一切本質均在形式之中，而且這在人類是唯一可能的創造。』

色情的追求與藝術的愛好他既這樣熱烈，故凡是妨害這種享樂的一切都要加以否定。第一他否定道德，認爲道德毫無意義，利己纔是人生的前提。第二他否定宗教，對於教會、僧侶的克慾的教義，加以酷烈的攻擊。第三他否定政治主張個人自由，憎惡十八世紀耶各賓黨的恐怖主義。第四他否定思想，說『思想是一種可怕的東西，人們對之發生恐懼，是全不足怪的。』最後又否定科學，以爲物質是不存在的，只有一種對事物的印象，他借他作品中的人物說：『自然的智識是什麽？不只是我們官覺的幻象嗎？』他否定一切，以一切爲虛無，而從虛無之中提出一個孤立的「我」處處不離自己。批評家的他主張印象主義，哲學家的他，主張懷疑主義。小說家的他隨時露出諷刺的態度。

懷疑的思想在法朗士是很明顯的，他最醉心研究歷來持懷疑論的哲學家，對於賴倍萊、蒙戴尼、服爾德、狄德羅這些人非常崇拜，他們的懷疑主義感覺主義以及反宗教意識完全是與他同調的。當有人說他是懷疑論者的時候，他便直認不諱地說：

『懷疑主義者！懷疑主義者！懷疑主義者若而人者呼其懷疑主義者必引以為莫大侮辱，而於我則為無上的讚美。凡是法國的大思想家全都是懷疑主義者，如賴倍萊、蒙戴尼、莫利哀、服爾德、勒南等人……他們非強者，他們否定其當否定者。他們攻擊智慧與志望的一切愚盲的過失、一切謬誤的成長、一切專制的壓迫、一切殘暴的淩辱以及一切仇恨的殺戮。』

關於諷刺的態度，在他的代表作波那爾之罪（Le Crime de Sylvestre Bonnard，一八八一）與黛絲（Thaïs，一八九〇）中表現得最具體。波那爾之罪描寫一個考古家波那爾，因年輕時代飽嘗戀愛的痛苦，決心抱着獨身主義，等到垂暮之年，他忽然與他年輕時的情人的孫女邂逅，其風姿不讓於他當時的情人，那少女因身無業產，陷於墮落，遭人賤視，波那爾不忍看伊險惡的將來，把伊拯救出來，寄養在一個友人家中，後來為伊匹配一個賢夫。情節雖簡單，而其中懷疑的哲學已發揮得很充分。黛絲是一部歷史翻案的小說，描寫羅馬帝政時代的事蹟。在埃及一個繁華的都市有一個戒行嚴峻的聖僧巴甫那卻斯，忽然想起以前見過的美麗的女優黛絲，特地去找伊，遇到時向伊說教，要救贖伊垂滅的靈魂和作踐的肉體，從神女生涯中救伊到家裏。但是救贖了伊的巴甫那卻斯，卻被黛絲的美貌所蠱惑，終於破戒，要求和伊接吻，甯願在地獄中嘲笑神明。這種沈痛的諷刺，實發掘到人生的底層。

法朗士的諷刺，含着多量憫憐的熱淚，他以憫憐的熱淚凝結在懷疑的冷靜中，這不是冷嘲，而是熱諷。在樂園之花中他說：『諷刺與憫憐是人生的兩大顧問，諷刺時的微笑使人生可愛，而憫憐時的熱淚使人生神聖。』他諷刺的對象不僅及於人生的社會的矛盾，對於自然、本能、神祇、神命等也無例外地加以諷刺。他的諷刺出之於深刻的懷疑，由懷疑而發見其矛盾，而後由矛盾而加諷刺；這種諷刺不是膚淺的，而是深刻的。作爲諷刺家的他，是法蘭西文學史上罕有的能手。

諷刺的人始終站在旁觀的地位，不參與實際作業。法朗士正是這樣，他自己說：『我常有那種以人生爲演劇的傾向，永沒有做過一個眞的觀察者；因爲於觀察應有一個指揮的制度，而我是絕對沒有制度的人。觀察者引導自己的視覺，觀劇者卻聽受視覺的調度。我是一個生而爲觀劇者的人，自信可以畢生保存這種在通都大邑看熱鬧者的天眞的態度，我們要知道這種看熱鬧者甚麽都能使他們喜悅，而他們在抱着大志向的時代，總不失赤子的公共的好奇心。』

二十世紀的法朗士，他所處的時代是『大規模的工業成長，金融資本的勢力強化，帝國主義的意識籠罩；在殖民地政策上，更受到極大的震動；法國準備對德復仇；在這種新環境中，法朗士上述的世界觀人生觀，已淪爲傳統的舊習。法國資產者——少年法國已從快樂、唯美、非宗教和法朗士所說教的一切中解放了。』自從德萊斐斯大尉事件發生，所有法國有名的人物都在庇護與主張戳辨之下形成兩個陣容，法朗士以懷疑的自由的思想者參加社會活動，成爲社會主義者人道主義者。他常到會場中作政治演說，反對法國的國家主義與德國的軍國主義，同情於俄國的革命。

從旁觀者變成能動者的法朗士，其社會主義意識怎樣反映於他的作品中呢？在短篇小說白石之上（Sur la Pierre Blanche，一九〇五）中，以夢見的印象表現出新社會的姿態，那裏藝術機械化、女性混雜化，他覺得社會主義社會不是善良的時代，只是不可避免的時代。在最初的長篇小說天使的反叛（La Révolte des Anges，一九一四）中描寫天界地界的革命，借天使的歌唱說：「失敗了的上帝變成惡魔，得勝了的惡魔變成上帝。」結果他否定了天界的革命，也否定了地界的革命，依舊以快樂的精神提出自我。所以佛理采說：「法朗士在十九世紀是繁榮時代的歌者，到二十世紀何嘗不是如此。」不事生產而以寄生為活的小資產者法朗士，在根柢上終究是一個意識游移不定的智識階級，不論在十九世紀末葉或在二十世紀初期，表面上的思想雖有改變，而根本上脫不了享樂主義、唯美主義與懷疑主義者的本色。

法朗士享了八十歲的大年。他的重要著作，長篇小說還有鵝掌女王的烤肉店（La Rotisserie de la Reine Pédauque，一八九三）柯那爾先生的意見（Les Opinions de M. Jérôme Coignard）、當代史話（Histoire contemporaine，四卷，一八九七——一九〇一）、趣事史話（Histoire comique，一九〇三）及短翅野鳥島（Pingouins，一九〇九）；短篇小說集有螺鈿匣（L'Etui de Nacre，一八九二）、七個藍鬍髭的女人（Les Sept Femmes de Barbe-bleue，一九〇九）等；自敍傳有友人之書 Le Livre de Mon Ami，一八八五）、如花之年（La Vie en Fleur，一九二二）等；批評的作品有極出名的文學生活（四卷，第一卷一八八八、第二卷一八九〇、第三卷一八九一、第四卷一八九二），在後還要解釋。一八九六年他曾被選入法蘭西學士院。法朗士作品的那種豐富的情趣、卓越的智慧與婉妙的風格，是現代作家中所僅有的，批評家贈他一個稱號為「拉丁天才的最後之花」。

二十世紀小說的前衛作家中，還有一個很別緻的作家生活於軍國主義的卵翼下，逛遊於海外殖民地，而以寫海洋小說著名的，是伯多祿·綠締（Pierre Loti，一八五〇——一九二三）。綠締眞名羅西恩·微和（Lucient Viau），綠締是他的筆名。他生於石壘（Rochefort）那裏荒僻近海，路易十四於此曾建築一個軍港。綠締的家庭篤信新教，是一個保守的資產家庭。他家中的一部分人殖民到荷蘭、輿萊隆島（Oléron）等地方，父親不常見到，綠締上有二兄，都在海軍界當軍醫官，也難得回家，所以他幼年的生活是與母親、姊妹、姑母等一羣女人爲伍，由伊們扶育成長，在床邊聽伊們講父兄海外生活的故事，受了這種薰陶，他性格染上了女性的氣分，神經過敏，多愁善感，溫雅懷怨，這種性格於他後日的小說中明白顯露。到學齡時期，他家庭生怕這懷柔的嬌兒不慣受同學的凌虐，特別延了一個家庭教師專門教他；但是這孩子嫌惡書本，喜歡採集蝴蝶野花等夾在書中作標本，時常到他叔子所遺下的小博物室裏去玩弄。以是當他進高等學校的時候，作文常不列等。他又少小慣在資產家庭嬌養，在學校有「小鴿兒」之稱。他家庭本希望他成爲牧師，而後來繼他先人進了海軍學校。不二年他被送到一個艦上服務，服務之暇常以音樂、彫刻、繪畫等爲消遣，同時且作文寫日記，記述海港商埠等印象。一八七九年開始刊行他的處女作阿齊雅迭（Aziyadie）描寫海軍在海峽中的生活，同年的自傳體小說綠締的結婚（Mariage de Loti），卽有相當的成功。繼後每到一處必有寫述刊行了厭倦之花（Fleurs d'Ennui，一八八三）、我弟奚甫（Mon frère Yves）、冰島的漁夫（Pêcheur d'Islande，一八八六）、菊子夫人（Madame Chrysanthème，一八八八）秋之日本（Japonneries d'Automne，一八八九）悲哀與死亡之書（Le Livre de la Pitié et de la Mort，一八九一）與東方的幽靈（Fontôme d'Orient）等。一八九二年他被選入法蘭西學士院。這時他在文學上雖已享了盛名，而海軍的職業還是沒有放棄，而且漸漸升擢到海軍少佐的地位。在拳匪之亂時，他帶領法帝國主義的軍隊來北平，深入皇城，夜宿皇宮。他曾作小品在北京的最後幾天（Les Derniers Jours de Pékin，一九〇二）描寫公使館的情形。他又到日本，寫了李子夫人之第三個青年期（La Traisième Jeunesse de Madame Prune，一八〇五。）又到波斯，寫了印度（L' Inde，一九〇三）與向綺思巴漢（波斯京城）進行（Vers Ispahan，一九〇四）等遊記。歐戰起後，他告退回家，後死於他的產地石壘。

一生服務於海軍界的綠綿，其意識有意無意傾向法國帝國主義侵略主義，自不必說。他作品的題材大多以描寫愛與自然爲對象，可分香豔小說與海洋小說兩個部門。他的香豔小說的情節每篇相仿；一個海軍軍官到一處地方上陸，學會幾句土語，買了一些土貨，與一個本地的女子發生戀愛，到軍艦快要離岸的時候，他便留下這情婦逕自走了。菊子夫人是這方面最好的例子，作者到長崎，以日本一個名菊子的女人作爲他臨時的妻子。這些作品描寫東方婦女的戀愛生活，在性慾描寫上是別開生面的，不過他更好的作品是海洋小說。

海洋小說用直敍的方法描寫異國風光、地方色彩，異常逼眞，他每到一個新的地方，必將那裏的風情吹噓在他的作品中。如他描寫埃及，則有紫紅色的天空，飛揚的黃沙，巍峨的金字塔。他描寫北平，則有滿着飛塵的街道、蜿蜒高聳的城牆。他描寫日本，則有淺草長林的田野，金紫雜掇的廟宇。他描寫波斯，則有土牆低屋的村落，野草豐美的鄉景。其他如中國帝皇的寶座，土耳其皇后的私室，這些異國的香、異國的色，他都能生動地描寫出來。這些小說中，冰島的漁夫是最成功的作品，其中描寫年青水手將死之時，懷鄉的思緒，驚濤激升的聲響，船夫的呼喚聲，在這種茫茫離陸的海天中，那種悲慘的景象，形成了一幅自然的悲壯的畫圖。

綠締的小說，感傷主義的氣分很重，多少有返於浪漫主義時期夏德白里安的詩文與喬治桑的小說的傾向。他的小說情節不顯，嚴格說來不能算是小說，又帶着濃厚的情緒，也不像是普通的遊記，這可說是一個印象的記錄，因此他有些與龔哥兒兄弟相類似，不過他的作風是主觀的抒情的，現實的性質也很有限。綠締對於音色的創造，有特殊的工夫。勒美特爾說：『我想，綠締是我從未遇到過的一架創造感覺性的細膩的機器。他能這樣使我發生快感，明爽的快感；使我不容猶豫地深深接受這新鮮的感覺而加以仔細鑒賞。』

B　信仰小說家

大概在靠近大戰前的幾年，有一羣作家在所謂信仰小說（le roman de religion）的號召之下共同創作，其中主要的是辟家禮、拉方賴陀與鮑曼等人，他們都以宗教信仰爲出發描寫道德情操與靈魂的擴張。

辟家禮（Ernest Psichari，一八八三——一九一四）是勒南的孫兒，他初起寫敍述小說太陽與睡眠之地（Terres de Soleil et de Sommeil），繼後因感到精神的苦痛，從教義信仰找求一種慰安。點兵（L'Appel des Armes）一書出版，辟家禮表示自己已從懷疑與現實之中奮鬪出來，以軍隊服務爲遵行教義而自慰。還有他表現路遇上帝而受天啓的作品，是森朱列安之遊（Voyage du Centurion）。

拉方（André Lafon，一八八九——一九一五）略去了宗教於人生關係的大問題，而以睿智的筆寫述個人靈魂中的冥想他作品中常顯示出一個模糊的神祇冥冥中在啓示我們告訴我們人生的祕密。學生吉爾士(L' Elève Gilles）一作，曾得到法蘭西學士院的巨獎。

賴陀（Robert Vallery-Radot，一八五三——）的作品富有詩意，他的他們的王國(Leur Royaume)描寫一個少女與一個作家分析他們突然受鬱無情理的控告後所生靈魂不安的狀態。享受快樂的人(L' Homme de Désir）一作，對於這方面有更深入的表現。

鮑曼（Emile Baumann，一八六八——）是犧牲（L' Immolé）。獅窩（La Fosse aux Lions），鐵鐙上的鐵（Fer sur l' Enclume）等小說的作者，在這些作品中充滿着豐富的神的啓示與強烈的浪漫的氣質。他所把握的乃是超自然的靈魂界與非現實的內在生活的較大的問題，與那些僅事憧憬曖昧的或神祕的夢境的舊教小說家不同。

C　心理小說家

心理小說也稱分析小說（le roman d'analyse）。心理小說家觀察人生，認為單從整個的外在的方面去看是粗雜而不精確的；必須透視到生活的底層，分析出種種一般人眼光所不及見的錯綜複雜的內在世界。所謂「我們的生活僅僅是外層的一重薄紙，底下還藏着一個更深邃更重要的生活。」這種小說十九世紀斯丹達爾已有很大的成功，繼後心理小說自成一個領域，其寫法且伴隨現代心理學的發展而發展，如當代奧國心理分析學大師弗羅伊德（Freud）的學說卽給以巨大的影響。現代法國的心理小說家，除上述的蒲爾澤外較重要的還有俄基、普來浮司、海爾微歐、愛斯多尼、蒲爾陀、克雷蒙與莫里亞克諸人。

俄基（Melchior de Vogüe，一八五〇——一九一〇）是上面所說的俄國文學的介紹者及解釋者，與洛特一同在法國文壇上掀起北歐文學運動的巨波。他年青時就有剛健勇進的氣魄，曾一度爲法國青年作家的領袖。他焦慮着社會道德的墮落，調和了舊教與民主的精神，與科學的唯物論抗爭，他是新理想派的人物，相信人類的前途是光明的；所以他所寫的小說是理想的心理小說。一八九七年所發表的處女作若望·達格來夫（Jean d'Agrève）就是他最出名的一本分析細膩詩趣豐富的戀愛小說，其次有死者譚言(Les Morts qui parlent)、海上主人（Le Maître de la Mer）等作。

普來浮司（Marcel Prévost，一八六二——）最嫻熟於女性心理，也最擅長於戀愛分析。他小說的題材大多以墮落的上流社會爲對象，站在女權論者的立場，作健全的道德批判，特別注重宗教上的問題；其作風明淨而婉轉，有十七世紀優麗派詩人的風趣。他的重要作品有半處女們（Les Demi-vierges）、堅貞的處女們（Les Vierges fortes）及致佛蘭涉絲書（Lettres à Françoise）。

海爾微歐（Paul Hervieu，一八五七——一九一五）主要地是一個戲曲家，初起也曾一度創作小說，以心理分析見長，兼關心社會問題。他們的自描(Peints par eux-mêmes)與牆鎝（L'Armature）兩種作品，前者描寫貴族社會的解紐，後者表現資本制度的壓力。

愛斯多尼（Edouard Estaunie，一八六二——）是一個耶教的傳道者，又是私淑弗羅伊德的小說家，所以他的小說具備兩種特色：一種是教義與德性的發揮，一種是心理或精神的分析；而且把二者調勻起來，以冷靜的心理學的方法試探我們灼熱的內心的潛祕。他認為人生的外在生活是虛的，而內在生活是實的。愛斯多尼的出世作是量器（Les Choses voient），中間以狄戎地方三種量器為主人各述他們三者出身的故事，一個是時間，一個是鏡子，一個是書記，他們各各代表了不同時代的文明與進化，最後歸到靈的信仰與擴張。其次，隱祕生活（La Vie secrète）中敘述七個人物同時發見他們各人的自我個性與心理，各有其不同的隱祕存在，這又在表現內在生活的價值。其餘標記（L'Empreinte）與路喚（L'Appel de la Route），也很出名。

蒲爾陀（Henry Bordeaux，一八七〇——）出身農村，優於田園風光的描寫，他作品的根柢終是歸束到家庭的事務上，所以稱為「家庭作家」。他是崇拜上帝的，所寫的重新開始的生活（La Vie Recommencée）、家（La Maison）以及足跡上的雪（La Neige sur les Pas），都含着舊教道德的嚴格的教訓。蒲爾陀的道德很保守而偏狹，不過戰後已不固執其所是；譬如對於歌女，在過去認為是可厭的人，現在則認為是可憐的人了。

克雷蒙（Emile Clermont，一八八〇——一九一六）的小說有三種：盧爾（Laure）、約愛（Amour promis）、與伊莎佩爾傳（Histoire d'Isabelle）。盧爾是代表作，描寫女主人公盧爾如何與伊未婚夫情變，使他轉而傾心於伊的妹子，中間的情緒都出於心的深處，盧爾向伊父親發誓：『我一生凡事都取決於我心的深處。』這是克雷蒙小說最中心的一句話。他的用筆深入，作風纖巧，批評家都讚許他將來大有可為，而不幸竟葬身於歐戰中。

上列幾人以外，心理小說家還有莫里亞克(François Mauriac)、蒲尼埃(André Beaunier)、墨賚耳(Lucien Mullfeld)、柯爾兌(Michel Corday)、洛伯(Louis de Roberts)、第南(Jean de Tinan)與哥台(Louis Codet)等，也有相當的聲譽。

D　擬態小說家

自然主義小說的機械的態度在二十世紀初期已被揚棄，而左拉處理小說的方法，卻至今在文壇流行。左拉那種純淸的與平衡的自然主義小說的形式爲現代法國小說家所模擬，而成爲一種所謂擬態小說(roman de manière)。從事這種擬態小說之著作的，謝魯是顯著的一個，其他吉羅陀、孟特孚及李乃也有這同樣的趨向。

謝魯(Edmond Jaloux，一八七八——)的名著剝削者(Les Sangsues)，純然用自然主義的描寫方法表現出一個悲劇的故事，其中描寫某城的風情、房屋、居民等，生動逼眞，還有和尙、姊妹和少女等的人性與身分，也異常酷似。這種寫事傳神的藝術，同樣見之於鄉煙(Fumées de la Campagne)與市上(Au-dessus de la Ville)。

吉羅陀(Jean Giraudoux，一八八二——)是高等師範學校的教授，晨報(Le Matin)的編輯，又曾到美國當外交官，一生得過兩次文學獎金。他初起作散文詩，一九〇九年以外省的婦女(Les Provinciales)知名於文壇。這個小說描寫法國外省風情有獨到的觀察，其表現諧和而均勻，被公認爲新環境的創造者。後在友愛的美國(Amical America)中描寫他在外交任期中所看到的形形色色，他所着眼的並不是美國的大地、船舶、工廠、托拉斯等，而如謝魯自己說的『快樂的女孩子、年輕人、詩人、溫柔的線調、高尚的情操……』這些美國精神形態上的東西。他的作風洒脫、豐澤、敏感而富變化，找不出絲毫粗糲的氣質。在一個大家想從現實中解放出來的時候，吉羅陀織着比現實生活更耐人尋味的夢，自然不怕沒有人同情。他在今日是法國極顯赫的散文作家，有一部分批評家稱他爲貴族的世界主義及審美價值之純正的創作家。

孟特孚（Eugène Montfort，一八七七——）是著名的書邊（Les Marges）文學雜誌的主幹。他有愛海的癖，尤其酷愛地中海，世界交通樞紐的馬賽與門戶開放的東方諸國不時有他的遊蹤。他的四十歲時愛情（L'Amour à Quarante Ans）用濃烈的筆調回憶過去，我的小隊長脫列布萊爾（Mon Brigadier Triboulère）則用心理的專詞形容人性。孟特孚的小說在題材的處理上開闢了一條新路，描寫方法與左拉各有蹊徑，而以學理嵌入小說的特色，則是彼此一致的。

李乃（Han Ryner，一八六一——）自小負有才名，他的小品私淑波特萊爾，是一種所謂『詩的、音樂的、無音韻無段落的散文，又柔和又波動。足以適應靈的舒放、夢的飄遊、心的跳躍。』小說模倣古代作家，以巧妙的譬喻優麗的作風爲創作的理想。他於哲學的造詣很深，常提出討論人生問題，痛惡現代生活的罪惡，要在小說中另創一個世界。基督生活的象徵作品第五福音（Le Cinquième Evangile）以及另一種人民節（Lo Jour des Peuples），在當代文壇上自樹一個地位。

E　唯美小說家

象徵主義在詩壇上取代了高蹈派，又在小說界排擠出自然主義。象徵主義作家逃出了可厭的現實界，徜徉於朦朧的夢幻境，剩下一部分的詩情，穿着形而上學的外衣闖入小說的園地。他們的目的不在表現社會生活的現象，而要借着小說的園地做那玫瑰色的夢；他們除了求美沒有其他的理想，所以稱爲唯美小說或藝術派小說(le roman artiste)。

我們大概還沒有忘記上面說過的豔詩王子萊尼哀，他是象徵派詩人同時又是唯美小說家，萊尼哀在一個賢青年的休假 (Vacances d'un jeune homme sage) 的序文上說：『我所寫述的某種生活，不論其爲過去的或現在的，祇要自然而適應我所好的，我便加以寫述。』事實上還要插入些想像與美感等情調。他的創作小說，就是依着這種態度，這種態度在最初的故事自述 (Les Contes à soi-même) 與黑苜蓿 (Le Trèfle noir) 兩個小說中保持得最謹嚴。一九〇〇年後他所作的雙重的情婦 (La Double Maîtresse) 和犯罪婦 (La Pécheresse) 等小說，當日的象徵意味沖淡得多了；這也許因現實社會多多接觸以後，驚覺了作者的夢幻。但在戀愛與歡樂 (L'Amour et le Plaisir)、時間之色彩 (Couleur du Temps)、戀愛的恐怖 (La Peur de l'Amour) 以及辛普孫小姐的廉恥 (Les Scrupules de Miss Simpson) 等作品中，他那種抑鬱的享樂的色彩仍清楚地存在着。他最出名的小說是一九〇二年所作的歡樂 (Bon Plaisir)，描寫路易十四時代華麗的風俗，那種細緻的心理分析與蒨麗的脩辭作風，不失象徵派詩人的本色。

其次魯意斯 (Pierre Louys, 一八七〇——一九二五) 也是一個唯美小說家，他的唯美主義近於色情主義縱慾主義，他與英國唯美派作家官感享樂主義者王爾德結為好友，王爾德的創作名劇莎樂美（Salomé）得助於魯意斯者很多。他的代表作是肉與死（Aphrodite），這小說中包含着魯意斯的人生觀與藝術觀的全豹，描寫一個妓女的身世，表現出推崇肉體的愛與感覺的美的觀念，認為愛情的權利就是肉體的接觸，其次感覺也是人生發展情智上所必要的。在一種新的肉慾（Une Volupté nouvelle）中，更表示人類自從德模克列特士（Démocrite）、巴門尼德（Parménide）與畢達哥拉斯（Pythagore）後，即不曾前進，現代人跟古代人一樣地愚昧與野蠻。繼後作的婦人與木偶（La Femme et le Pantin）以及短篇集多血質的女人（Sanguines）等，更圓熟地表現他固有的藝術理想，他以為藝術最高的理想就是肉體的解放與享樂。總之魯意斯是一個肉體美的歌頌者，他的小說在技巧方面有極深的造詣。

斯荷勃（Marcel Schwob，一八六七——一九〇五）是象徵派出身的短篇小說家，他曾細心研究英國斯蒂芬孫（Robert Louis Stevenson）與美國亞倫坡的作品，又曾細心研究本國中世紀詩人尾龍與十九世紀末葉詩人波特萊爾的作品，他愛外國作家的題材，又愛本國作家的文字，故他的作品內容多帶前者的氣分，外形多得後者的長處。那末斯荷勃是一個怎樣的作家呢？左拉生前曾說過：『我認為這是自然主義的古典主義者。』斯荷勃的作品有金面具的王者（Le Roi au Masque d'Or）、潑西顯之燈（La Lampe de Psyché）及彙集（Spicilège）等，這些小說中間，舉凡基督教的傳說、古希臘的娼妓、宮廷的宴會、異域的探險、愛情的藝術的與無政府黨的對話、以至古代的唯物論、惡魔的邏輯，色色都有；這些材料很足引起人們的好奇心，所以被稱為藝術家的歷史家。

哥爾蒙（Rémy de Gourmont，一八五八——一九一五）是一個像聖柏甫那樣的人，致力於文學批評的工作，於象徵派的理論上有不少的貢獻。他初無意染指於創作，及後他說『我爲不相識的傑作的技巧而煩惱』他創作的動機已伏下了。不久他動手作列列斯（Lilith）及一個放逸者的信（Lettres d'un Satyre）等小說；繼後又作魔史（Histoires magiques）、遠方（D'un Pays lointain），含着好奇的杜撰的成分描寫非常精巧。這時哥爾蒙的小說還未臻成熟，成熟的作品是盧森堡之一夜（Une Nuit au Luxembourg）、愛情的體格（Physique de l'Amour）及處女的心（Un Cœur Virginal）；他的描寫用瞑想與感覺分析的地方特多，作風極綺麗之致。

米喔曼德（Francis de Miomandre，一八八〇——）是一個非常渴慕遠東景物的人，而他沒有出遊的機會，於是憑着間接資料從事架空的想像，居然作了許多遊記式的小說；自然這些作品是荒唐而不符實際的。在他的台來斯沃野的歷險（L'Aventure de Thérèse Beauchamps）中，描寫着兩種對比形式的中國人：平易有禮的與異樣神祕的，情感豐富的與肉慾橫溢的，忠信和平的與自私矯傲的。

F　風俗小說家

在前世紀下半期自然主義小說家已分着左拉的純粹的自然主義與龔哥兒的印象的自然主義兩派，到二十世紀初期自然主義的影響不絕於文壇，這兩派各有繼承的作家。在龔哥兒的系統下，因有龔哥兒學院及龔哥兒獎金之設後繼者人才輩出，在當代的小說界佔着一部分不可輕視的勢力。如亨尼克（Léon Hennique）、日弗羅（Gustave Geffroy）、賽亞德（Henry Céard）、伯日拉（Emile Bergerat）、黛世嘉甫（Lucien Descaves）、羅斯尼兄弟、馬格里特兄弟及杜德等，他們大多以過去現在的社會生活與風尚為題材；此外還有海爾曼（Abel Hermant）、計謙（Gustave Guicher）、勒孔台（George Lecomte）、魏司（Léon Werth）及布洛也（Léon Bloy）等，也跟他們同樣的性質；所以這裏把他們合起來稱為風俗小說（le roman de mœurs）家。這些作家在此未能一一具述，僅能述其重要者亞堂、羅斯尼兄弟、馬格里特兄弟與杜德諸人。

亞堂（Paul Adam，一八六二——一九二〇）是一個稀見的多產作家，三十年中在文壇上湧現了六十個以上的小說。他描寫力之健爽，可以想見。他初期的作品大半繼承自然主義的道統，有的描寫他在政治生活中的見聞，有的發揮他自己的哲理，這可由他第一部小說羣衆的神祕（Le Mystère des Foules）來代表。在這個小說裏，亞堂那種注重羣衆的描寫而不注重個別的敘述的特色，已經顯見；繼後這種特色益加強烈。他頗着眼於拉丁民族問題、法國國家問題，曾這樣說過：『現在我們的目光不應投在個人身上，而應當重視民族。因為民族是關係我們生存與繁榮的重要單位。』亞堂的代表作是力（La Force）、奧斯忒里茲之子（L'Enfant d'Austerlitz）、策略（La Ruse）及在七月裏的太陽下（Au Soleil de Juillet）四部曲，主要地敘述拿破崙部下的一個兵士哀里苦兒，他意識到自由的需要，要以自由的熱力結合成羣衆的集團，他相信眞正以自由結合的分子上了戰場是操必勝的；他憤恨拿破崙，預料拿破崙如果將政權獨裁起來，那末他的沒落期是不遠的。其中場面廣闊，拿破崙的戰爭，布旁家的復辟，三十年代羣衆的暴動和王黨的陰謀，都被他列舉出來，其氣魄之大有如巴爾札克的人間戲曲與左拉的魯公麥加爾家叢書。這四部曲主要地是表現羣衆的集團的力量。亞堂的想像力非常深厚，感覺力則比較薄弱，他的作品大多是想像的結果，作風帶有象徵派的氣味。

羅斯尼兄弟（Frères de Rosny）是最明顯的龔哥兒的後繼者，兄名亨利（Henry，一八五六——）弟名巨斯登（Justin，一八五九——）。他們兩人一方面承襲着龔哥兒的藝術趣味，一方面又吸取了左拉的科學思想，再加以哲學的脩養，聲言欲在小說中將哲學、科學與藝術熔冶於一爐。實際上，他們所涉獵的範圍比這還要廣闊，如心理小說、歷史小說等範圍，都有他們的著作。羅斯尼兄弟是多方面綜合的風俗小說家，他們著名的作品有兩面的（Le Bilatéral）、火戰（La Guerre du Feu）與華米雷（Vamireh）等；華米雷描寫猙獰的原始生活，聲影俱顯，被稱爲史前小說之魁。他們倆的作品極夥，單亨利一人而言，長短篇總數在七十篇左右，然而傑出的表現究屬寥寥無幾。

馬格里特兄弟（Frères de Margueritte）是熱心描寫社會風俗的作家，兄名保爾（Paul，一八六〇——一九一八），弟名維克多（Victor，一八六七——）。初起他們兩人各自著作，保爾作物力（La Force des Choses）、颶風（La Tourmento）等，維克多作災厄（Le Désastre）、新女性（Femmes nouvelles）等。後來有些小說兩人合作，在世紀初曾合著有名的一個時代（Une Epoque），描寫一九〇七年法國的社會風俗，此外還有劍的磨折（Le Troncour du Glaive）、老實的人們（Les Braves Gens）與公社（La Commune）等，有的描寫普法之戰，有的描寫中產階級的生活狀態，寶默（Poum）一書也是他們倆合作的優良的一部小說描寫一個男孩寶默的小史從長大以至就學隨處指出兒童問題，有教育上的價值文筆簡賅明潔有自然主義小說的風格。

杜德（Léon Daudet，一八六八——）是自然主義小說家都德的兒子。他最初習醫，在醫院行醫，不久承先人之後從事文學創作；不過行醫對於他的小說創作關係至密，他非但以醫生的眼光觀察社會同時還以他診過的病人作爲小說中的人物。拉魯形容他得很貼切：『以醫學來發揮文學，以美術來闡明政治。』杜德還是一個政治家，不時在新聞紙上發表政論文章，參加政治的論戰。他的作品常描寫政治的旋律、歐羅巴的緊張、社會主義的緊張以及舊教教權的緊張，他確信生活是安放在『質的符號下較多於量的符號』他用生理學和心理學的診斷肯定人生或社會的協調與否，而主張用邏輯來規範人的活動的旋律。杜德的作品有黑美人（L'Astre Noir）、爭鬭（La Lutte）、夜之血（Le Sang de la Nuit）及人類的旋律（Le Rythmes de l'Homme）等。他描寫人物有特殊的工夫，文筆熟練，自然而帶有諷刺的意味。在政治上他因爲是一個保皇黨（Royaliste），故被法國政府放逐出境。

G 外省小說家

二十世紀的新文學，都市與農村兩方面普遍地發展着。往昔很少被作家描寫的法國的田園風光與鄉情民俗，現在已被注重到，在內地各省，於是有所謂外省小說（le roman provincial）及地方主義作家（régionaliste）出現。他們將法國農業國家的腹部情形表現出來，建立了一枝當今文壇上獨特的鄉土文學。

巴散（René Bazin, 一八五三——一九三二）是一個物故不久的外省小說家，在當代法國文壇上極有聲望，曾被選入法蘭西學士院。他一生的作品很多，最著名的有門檻上的雪（La Neige sur les Pas）、死地（La Terre qui mourt）、亞爾薩斯姑娘的靈魂（l'Ame d'Alsacienne）、一個老處女的回想錄（Mémoires d'une vieille Fille）及張着的眼睛（Les Yeux qui s'ouvrent）幾種，大半是描寫法國農村生活的。巴散在戰前以「農村生活迷人的畫家」著稱，戰後仍然如此。他的思想異常守舊，描寫農人的種種生活，最後往往歸到宗教與道德上，發表他的意見，鼓勵人們爲善。他的作風明靜簡朴，保着自然主義的特色。

蒲意萊斯夫（René Boylesve, 一八六七——）是外省的資產者出身，他的小說內容技巧都很優美，因爲他主張小說家要求歷史家的眞、詩人的美，所寫的大半是小城市的住民情況或大山林的地情風景，地方色彩表現得非常清晰，他的感覺性與想像力都很敏銳，作風也以優美見長。蒲意萊斯夫的幾種作品各有各的特色；如公園中的談情課（La Leçon d'Amour dans un Parc）描寫魯爾河（Loire）放肆的與陰謀的事件，饕食（La Becquée）描寫法國外省家庭的守舊習氣，這種守舊的習氣在克羅格小姐（Mademoiselle Cloque）又變了一種性質，參加不少嚴格的信仰與英雄主義的思想，這是他描寫得最有力的作品。

勒那爾（Jules Renard, 一八六四——一九一〇）以他銳利的眼光，也曾作農民生活的正確的描寫，其代表作有胡蘿菔鬚（小孩混名）（Poil de Carotte）、沙肥奈地方的種葡萄者（Le Vigneron dans Savigne）及博物小說（Histoires naturelles）等。

此外，高踏派詩人出身的波維熊（Emile Pouvillon），才情充溢而早夭的俾爾谷（Louis Pergaud），哥台（Louis Codet），還有各地的代表作家克拉台（Léon Cladel）、歐克曼（Erckmann）、法布爾戈斐克（Le Goffic）魯以、及賽路（Gaston Chérau）等，有的寫山林景色，有的寫田園風光，有的寫耕作生活，有的寫農民戀愛，也有的寫畜類或昆蟲故事，各有各的特色。

H　海外小說家

由綠締所開拓的描寫異國情調的海洋小說，繼續地在發展與擴大，緣於現代交通的發達、國外貿易的增加、殖民事業的展開以及國際政治的錯綜，一個國家的文學都有向外看的趨勢，同時僑居海外的人也一天增加似一天；小說中以海外生活為題材的所在多有，海外小說與冒險小說（l'exotisme et l'aventure）應時興起。這種小說，在大戰前已很風行，戰後益見普遍。

歷來寫海外小說的人大多是皈依他們的想像的，米爾（Pierre Mille，一八六四——一九二五）則打破了這個陋習，米爾是一個旅行家、新聞記者、考察家，他踏遍了很多商市海島，以他所觀察到的資料在小說中表現。他擅長作短篇，不喜歡作長篇。他最得意的作品是巴拿服和幾個女人（Barnavaux et quelques Femmes）、石子和痲（Caillou et Tilli）與君主（Le Monarque）三種，裏面的人物以中心的領袖、陸軍聯隊的士兵與其他夫役等為最普遍，他們對於殖民事業的開拓大多以全生命赴之。他對於人物觀察既多，描寫非常正確。他的作風很簡朴，反對所謂藝術家的筆法（l'écriture artiste）、米爾的小說指導着法國的殖民事業在青年的觀念中投下帝國主義向外發展的暗影，他與英國吉百齡（Rydyard Kipling）相比，可說是無獨有偶的小說家。

法萊爾（Claudel Farrère，一八七六——）是海軍士官，也是綠綈的弟子，不過他並沒有如他老師那樣如實地描寫事實，僅僅以離奇的想像與蠱惑人的風格聳動讀者的視線。他描寫印度支那的教化（Les Civilisés）一書曾獲得龔哥兒獎金；刺客（L'Homme qui assassine）描寫土耳其的國情；戰爭（La Bataille）描寫日本的文明；鴉片煙（Fumée d'Opium）描寫中國社會，完全出以神祕的好奇的揣測，與實際不相符合。

達羅兄弟（Frères de Tharaud）與法萊爾相反，不尚矯飾，完全以理智的平實的筆寫海外小說。他們曾說過：「使他們感到興味的就是智慧的情緒，也就是一切脫離了矯飾的和情感之類的東西；我們最厭忌那種受了興奮性的人的文學。」他們中兄名裘洛沫（Jérôme，一八七四——），弟名若望（Jean）；所寫的小說多提示當代世界的重要問題，如英國的帝國主義、法國的國家主義、東方的民族主義、法國的殖民事業、巴爾幹半島的形勢等等，他們最近被法國人稱為探訪小說的領袖。達羅兄弟的代表作有名作家丁格萊（Dingley，l'illustre écrivain）及阿拉伯節日（La Fête Arabe），於文字的精確煞費苦心，前者曾易稿三次，近於古典派作法。

倍特朗（Louis Bertrand，一八六六——）曾從馬賽出發遊歷地中海濱各國，著有東方的海市蜃樓（Le Mirage oriental）、死者之園（Le Jardin de la Mort）及金市（Villes d'Or）等。他作小說以學者的態度，對於往昔法國人懸揣的海外觀念有所糾正，在金市的序文上，他說：「我提出一個北非洲的新概念，那北非洲並不是跟為古代羅馬一個省分的非洲相一起的……我揭去了回教的文飾與虛偽的亞剌伯人。」他對於非洲的描寫是很成功的，把各帝國主義的野心與侵略計劃也暴露了出來。

貝諾亞（Pierre Benoît,）是大戰以後的一個新進作家，他一九一八年所刊行的傑作肯臬司馬克(Koenigsmark)最爲讀者所熱烈歡迎，繼後亞特蘭迭德（L'Atlantide）與爲着唐卡洛(Pour Don Carlos)，也是風行的冒險小說。他的小說的特點就是表現非常朦朧，他以豐富的想像力將現實與理想混在一起，他所寫的情景看似眞實的，實則遠離眞實，因爲有許多神奇的情趣顯然是實際上所不能有的；但這種描寫的機巧，卻是他成功的原因。戰後的資產者懷着既不能逃避現實又不願自鎖於現實的煩悶，貝諾亞這種小說正合上他們的脾胃。

蒲爾色（Elémir Bourges，一八五二——一九二五）出身龔哥兒學院，初起是一個現實小說家，後研究英國文學，漸漸注重想像派的表現，所寫的外國貴族英雄的事蹟，頗有新奇主義的傾向。神的末日（Le Crépuscule des Dieux)與船（La Nef）是他較知名的作品。

約翰·諾（John-Antoine Nau）是生於美國舊金山的法國僑民，從事航海事業，漫遊大西洋畔諸島，作着異國情調的冒險小說。詩人克里司多拔（Cristobal le poète）是他的代表作。

莫郎(Paul Morand，一八八八——　)的成名跟貝諾亞一樣在大戰以後，他從戰後百孔千瘡的歐洲外建造着一種新的風景畫，估量異於今日的文明的價值，他的智慮深遠而帶有神經過敏的氣質，將現實世界的特徵都看穿了，遂表示眼前的社會有逃避的需要，於是將遠近的異國情調的題材組成了一幅強烈而非現實的圖形，顯現於我們眼前。他兩個最有名的作品是夜開（Ouvert la Nuit）與夜閉（Fermé la Nuit），裏面含有很多機智的比擬與有趣的軼事。他以大大主義虛無的宇宙觀透視着現代世界的幻覺，是目下過渡時代的典型小說家。

I　戰爭小說家

沒有固定的所謂戰爭小說（le Roman de guerre）家，不過戰事起後小說家卽爭相描寫戰爭。由各帝國主義內在矛盾所釀成的歐洲大戰，終於在一九一四年爆發了，戰亂蔓延及全歐，綿延了四年，首當其衝的法國，除掉少數老弱者外，大多數的男子開赴前方；凡是有文學修養的人，不論是參戰的或未參戰的，對於當前大事的戰爭都有意見發表，有表現於詩歌，有表現於小說，有表現於戲曲，而以小說爲最具體。就上面所說過的作家中，巴雷士、薛家禮、莫洛亞、普萊浮司、萊尼哀、魏司、海爾曼、馬格里特、蒲意萊斯夫等都有討論戰爭的作品發表，另外還有諾利（E. Nolly）、馬丁（L. Martin）、落基（J. Rourges）等許多人的貢獻。不過在戰時人們心理動搖的時候很少堅實的作品產生，堅實的作品大概在戰事以後。法國在這次戰爭前後所出現的重要小說家，有般介敏、杜亞美爾、道格來及羅曼羅蘭、巴比塞幾人。

般介敏（René Benjamin，一八八五）是戰爭小說家中最早露面的一個人，他曾參加作戰。他作戰生活實錄的小說嘉斯巴爾（Gaspard）一九一五年獲得龔哥兒獎金，中間描寫一個法國兵士嘉斯巴爾從入伍到受傷以至遣散的戰爭生活，他是一個輕快、敏捷而喜求享樂的人，對於什麼事都處之泰然，就是當死神將臨的時候，他還在濠溝中跳舞。這個兵士足以代表法國上流人的典型，這個小說被稱爲模範的戰爭小說。

杜亞美爾（Georges Duhamel，一八八四——）是一致主義的詩人也是出名的非戰小說家。戰時曾到前線服務，他的觀察戰爭多數在傷兵醫院裏治病的時候。他的名著殉難者的生活（La Vie de Martyres），描寫一個德國的傷兵在醫治時與他情感的交流，富於慈悲心的他，用同情的口吻說道：『在他們的綳帶下有世人所揣測不到的傷口。』他用明確的筆寫着醫院中的慘景，同時主張惟有人類潔淨的心纔是不幸世界的拯救。道格來（Roland Dorgelès，一八八六——）的木十字架（Croix de Bois）也是戰爭小說的名著，作者迴想戰壕中的生活，淒楚之情溢於辭面。

羅曼羅蘭與巴比塞是戰爭小說的兩個最大的作家；他們在目前都是左傾小說家，所以歸入下節細述。

J　社會小說家

在十七世紀末葉與二十世紀初期，由於德萊斐斯事件的發生與歐洲大戰的爆發，資本主義的破綻與帝國主義的眞相畢現。現存的社會制度存在着無法調和的矛盾，社會階級一天一天分化，獨佔失業等種種問題層出不窮，這樣使一部分出身於無產者的或覺悟了的小資產者智識階級從事於社會小說（le roman social）或明白地說左傾小說（le roman à gauche）的創作活動了。他們站在社會主義的立場，一方面暴露現存社會下的罪惡，另一方面表現勞苦大衆的生活，所用的描寫方法是新現實主義（néo-réalisme）。

米爾波（Octave Mirbeau，一八四八——一九一七）是冷酷的社會諷刺家，也是熱烈的社會批評家。他初起以浪漫主義的外表發揮自然主義的哲理，認爲平庸與奇特、醜惡與美麗非絕對，在獻給龔哥兒的石梅(Sébestier Rocheux)中發展着「醜的至美」的見解，說『愛與死，不過是同樣的東西。』後來他與各社會層多多接觸，對於社會開始作有力的批判，用激烈的態度暴露現存社會制度的缺陷，包蔽在現存社會下的惡德，如殘忍的資本家、饒舌的自我狂者、頹廢的藝術家以及機會主義的革命者等等人物都給他指摘得體無完膚。他主要的作品有一個侍女的日記(Le Journal d'une Femme de Chambre)、受刑的園(Le Jardin des Supplices)及企業便是企業(Les Affaires sont les Affaires)。米爾波還是一個左傾的戲曲家。

斐律普(Charles-Louis Phillipe，一八七四——一九〇九)是典型的社會主義小說家，他表現某一階級某一職業的人的生活而沒有嵌進政治經濟的學說。他開始創作，正當法國象徵派鼎盛的時候，所以初起的作品不免受他們的影響，而帶着自由的遊離的趣味。後他在巴黎生活，又在農村生活，多多與下層民衆接觸，實地體驗貧民的生活，使敏於感覺性富於同情心的他，覺得在目前的文明社會中底下實含着無限的隱痛。他的小說，多對於貧苦者的心理描寫；內中的人物，他所熟知的如出身寒微的賣淫婦、公事房裏的小司書、操漁舟生活的人、窮苦的佃農幫工最爲普遍，對於他們，他抱着深切的同情與憫憐。他的主要著作有孟特派那司(Bubu de Montparnasse)、童納第(Marie Donadieu)及勃朗查(Charles Blanchard)。勃朗查是他未完成的傑作，他孱弱的身體使他不幸而早夭。

項伯(Pierre Hamp，一八七六——)較米爾波、斐律普諸人要激進得多，他在理論上可說完全屬於左傾的作家。他是出身於破落的小資產者的無產者，曾作過廚子、鐵路工人、工人管理員等，故對於工業技術、工人與雇主的關係看得特別淸楚。他是一個急進的勞動運動者，但不主張政治鬭爭而主張直接行動，以罷工怠工爲無產者解放的手段，所以他思想的根柢近於工團主義、無治主義。項伯創作的計劃很大，曾定下二三十卷經濟分類的小說，在目前僅表現出一部分：有鐵軌(Le Rail)、搜索(L'Enquête)、機械之勝利(La Victoire mécanicienne)及法國乃工人之國(La France—pays ouvrier)等。在這些作品中他表現了巨幅的法國工業生產的畫圖，也表現了勞動世界的畫圖。他告訴我們人類的生活怎樣被機械化，在百合河上的工人怎樣生活，英國商販怎樣實行買賣，法國工廠勞動者怎樣掙麵包談戀愛；另一方面他還告訴我們巴黎的大商店怎樣昂然矗立，都市的窮奢極慾怎樣建築在織麻布者的身上。他小說的形式是特殊的，沒有固定的情節，沒有固定的主人公，他可以拿亞麻、魚類或玻璃做題目，表現出上述的種種內容。在當今世界文壇上，項伯是最富於獨創的新現實主義作家之一。

羅曼羅蘭（Romain Rolland，一八六八——）是舉世聞名的世界主義者、大勇主義者。他生於法國尼浮納省（Nivernais）的一個農村小城市克拉美西（Clamecy）中產的家庭。他初起進多藝學校（Ecole Polytechnique）習科學，後入大路易中學修文學；一八八六年考入高等師範，精心於歷史與哲學的研究，學問的根基已臻完固。當時他最醉心於蒲嘉德（Jokob Burkhardt）的詩趣的與精神充溢的文明史的描寫，自己也伏下創作的動機。畢業後他被學校派往羅馬考察古蹟，歸國留任高等師範音樂史教授，并留心觀察社會情形。德萊斐斯大尉事件起後，他也曾出來力持正義。當時他因鑒於雨果、左拉等相繼逝世，出版界日趨消沈，即起來發刊兩週評論（Cahier de la Quinzaine），以新思想的灌注者自任；但這個刊物並不曾博得社會的同情。繼後他又提倡民衆劇，作藝術大衆化的運動，在他的論文民衆劇（Le Théâtre du Peuple）上說：

『時至今日，藝術已成爲飽滿的俗物了，欲救助藝術，必須拒絕破壞藝術的無意義的游移，而且在藝術之前，必須廣開生活之門，必須在世界各國，爲成世界成千累萬的大衆創設劇場，則一般的藝術將會投合於一般的所好。……』

而且他曾作了但東（Danton）、狼（Les Loups）等四個戲曲。但這種運動仍爲社會所漠視，結果羅蘭孤獨起來了。此後十年中他除沈默創作外，沒有什麼旁的活動。

羅蘭從小受德國音樂的濡染很深，愛好裴德文（Beethoven）、莫柴兒（Mozart）的名曲，音樂且造成了無限的感覺的世界，使他看破民族的界限。其次他受俄國託爾斯泰的影響也很深，在高等師範時他看到戰爭與和平（War and Pense）、婀娜小傳（Anna Karenine）等書大受感動，於是他設法與託爾斯泰通信討論藝術與道德的問題，不久成了託爾斯泰的忠實信徒。此外，他受德國理想主義者梅散蒲女史（Malwida von Meysenbug）的影響也不小。羅蘭的思想的形成受上述名人的影響很深：他從託爾斯泰的指示，養成了泛愛的人道主義；從梅散蒲的教導，貫澈了他的理想主義，更從裴德文等名曲的鑑賞，植根了他廣大的世界主義。羅蘭的思想不啻是這些偉人的思想的合成體，所以他最崇拜英雄偉人，曾著有米勒傳（Vie de François Millet）、裴德文傳（Vie de Beethoven）、彌克朗基羅傳（Vie de Michelangelo）、韓特傳（Vie de Hander）及託爾斯泰傳（Vie de Tolstoï）；這些傳記，主要地在描寫偉人一生與命運的抗爭，欲揚他們堅韌的意志與大勇的精神。

關於羅曼羅蘭的小說，若望·克利斯多夫（Jean-Christophe，一九〇四——一九一二）可說是他的代表作。這個著作曾得一九一五年的諾貝爾（Nobel）獎金。全書分四集十卷，其間表現了他雄偉的創作力，也表現了他整個的生命觀。第一集包含黎明（L'Aube）、早晨（Le Matin）與少年（L'Adolescent）三卷，敍述主人公克利斯多夫青年時代的生活，他個性的啓發與家庭狀況，他從家鄉狹小的世界因遇難而逃出國境，在那裏他發見了忍苦奮鬬的眞理。第二集包含反抗（La Révolte）與都市（La Foire sur la Place）兩卷，敍述這個誠篤而嚴厲過分的青年革命家，攻擊當時社會及藝術的虛偽，幷把他形容作如吉訶德那樣的瘋子，看見了不拘何物舉槍便刺。第三集包含安多納德（Antoinette）、在家中（Dans la Maison）與女友（Les Amies）三卷，敍述青年人純潔的戀愛與美滿的友情的悲劇。第四集包含荆棘（Le Buisson Ardent）與新時代（La Nouvelle Journée）兩卷，這是克利斯多夫中年極危險的時期，我們見到他暴風雨似的靈魂與情慾的騷動，以至懷疑的思想已陷於淪亡的絕境，不久賴他執着超人的人生觀，得以安靜地重返於康莊大道。這部巨著除代表他人道主義的倫理觀、新理想主義的人生觀與民衆主義的藝術觀外，他還提出世界主義的世界觀，因爲他表現克利斯多夫是一個音樂家，由音樂的感覺的世界，從而認定德、法、意是三位一體的；這一點在全書中佔着重要位置。還有一點，這部小說的描寫，全部充滿着音樂的節奏。總之，若望·克利斯多夫中可以看出整個羅曼羅蘭的姿態。

懷着世界主義人道主義的羅蘭，是泛愛人類酷愛和平的。當世界大戰戰機迫近的時候，他便起來抱定信心呼籲和平，到處宣揚藝術的精神，以減煞人類的殘忍，發表論文超戰爭（Au-dessus de la Mêlée），以警覺人們回頭；然而帝國主義間的衝突終不因他的呼籲而緩和，大戰開始，主張和平非戰的羅蘭，大受一般人的攻擊且爲政府所監視。他說以霸道征服是不德的，他不相信勝利，勝利只是盜賊的勝利。大戰告終，人類生命的犧牲，世界文化的浩刼，人們在失望之中，覺得羅蘭的話已完全證驗，於是羅蘭的思想又被敬重，羅蘭成了戰後法國新理想主義的中心人物。一九一九年他曾發表一篇精神獨立宣言（Déclaration de l'Independance de l'Esprit）勉勵文人學者勿幫帝國主義者爲虎作倀，努力創造勞苦大衆的幸福。翌年他作的克雷朗浡（Clérambault）是重要的非戰小說。羅蘭的思想，根柢上雖帶有無治主義的色彩，而近年來隨激化的時代態度積極得多；他時常攻擊帝國主義，同情於蘇聯與弱小民族，聲言要爲列寧（Lenin）的蘇聯與孫逸仙的中國辯護，且熱烈地參加反帝運動。當時的人道主義作家，現在變爲左傾作家了。

昂烈·巴比塞（Henri Barbusse，一八七四——）是當今法國最急進的左傾作家。初起在巴黎回聲報上發見的巴比塞，是一個與高蹈派接近的詩人，他的作品充滿着舊時代的陰影。德萊斐斯事件發生，在輿論紛紛中他開始留心觀察社會。他的長篇創作地獄（L'Enfer）於一八〇八年發表，描寫戀愛、肉慾、通姦等人生暗面的事情，發揮他改變舊生活創造新生活的理想，這是巴比塞青年時代思想的表現。

到世界大戰的時候，巴比塞已是一個社會主義者。不過他相信那次的戰爭是正義與暴力之戰，民主主義與帝國主義之戰，所以毅然參戰，開往前線；在戰場上他苦戰了幾個月，突然覺醒而回來了。他以參戰者對於戰爭的體驗，寫了一部別名「一個聯隊的日記」的炮火（Le Feu），在二年中銷去了二十萬部，成爲歐戰後世界最偉大的非戰小說。全書二十四章，是二十四幅大戰的慘景，中間描寫六七個步兵在戰壕中的苦痛、感想與覺悟，每行都滲透着戰爭的可怕的影子；德、法的兵士們在大雨中死戰，許多兵士在鎗林彈雨中扭成一團死成一堆，於是逃出虎口的兵士們覺悟了，爲正義爲人道而戰爭的話是欺人大謊，他們反對非理的戰爭，更反對指使他們戰爭的人物；在最後一章，作者提出他的結論：只有無產者的社會革命是消滅帝國主義戰爭而確立人間友愛的光明大道。一九一八年他出了第二部小說光明（La Clarté）描寫一個忠心愛國的軍官，爲愛國所驅使經歷了無數次的苦戰，終於覺悟到國家觀念以外還有更重要的人類觀念，於是痛恨戰爭，主張只有出發於平等的觀念，纔能達到全民衆的國際。這個作品表現出作者在參戰中思想轉變的過程。

大戰以後的巴比塞，成爲一個堅決的革命家、徹底的社會主義者，他組織「光明團」(Le Groupe de Clarté) 他所主編的光明（Clarté）成爲法國左傾文學的中心。他又著有名的鎖鏈(Les Enchaînements)與耶穌（Jérus）兩部小說，前者表明人類的歷史是榨取者與被榨取者的歷史，後者發揮史的唯物論的哲理，以強化民衆的革命意識。他的小說與其說是小說家的小說毋寧說是宣傳家的宣言，他的意識急進，他的作風也趨於堅利。他不但是社會主義的理想家，又是社會主義的實行家，曾組織了智識階級國際大戰參加者國際，以及最近的國際反帝大同盟，努力非戰運動。

K 女流小說家

以現代女流小說家與女流詩人比較起來，後者的表現要優於前者。卽以上述的女流詩人出名的諾雅葉夫人與杜維葉夫人而言，伊們那種理智豐富作風清麗的小說並不讓步於詩歌，其他女流小說家各人都有一種可注意的特色。

在現代女流作家中，馬德爾伯爵夫人（Comtesse de Martel，一八五〇——一九三二）算是先進的人物，伊用吉普（Gup）的筆名著了百部以上的小說，以幽默的態度表出巴黎人的聲色，以諷刺的筆鋒訕笑自幼嬌養者的行動。當國家主義高潮的時候，伊也是活動的一員，後來在政治中厭倦歸來，創作兒童趣味的作品，著名的有夏娃姑娘（Mlle de Eve），密萊特姑娘的心（Le Cœur de Pierrette）及小羅勃（Petit Rob）幾種。次於吉普而具着與伊同樣機智的馬尼夫人（Madame Jane Marni，一八五四——一九一〇），分析法國上流資產者的心理，有繪畫上透視的工夫。

女性的小說最好的方面在燭照伊們自己的心理，故女性的自我描寫終是比較優越。以描寫女性性格著稱的丁耐耳（Marcelle Tinayre，一八七二——）伊所表現的女性的惆悵悲怨的神情沒有一個女性不覺得酷肖逼真的；伊所認爲得意的叛教之家（La Maison du Péché）與裨賽峯（Perséphone），以輕快之筆描寫表面上還敷一重哲理；伊寫情慾最爲成功，並且主張女子戀愛絕對自由。賽慧玲（Séverine，一八六六——）的描寫女性實際上比丁耐耳更値得注意，伊不僅以生動之筆繪出女性表面與內心的圖案，對於女性歷來的從屬、不平等還揭起反抗的旗幟；伊的代表作麗耐（Line），幾可算是女性自我描寫的代表作。拉希爾特夫人（Madame Rachilde，一八六二——）是一個熱誠的作家，特別用強烈的筆調表現女性的姿態，最愛寫思想與情感的衝突及生活與夢想的衝突，所寫具有男性的少女的作品委娜絲君（Monsieur Vénus），自謂是唯物論者的小說（roman matérialiste）。還有瑪克司夫人（Madame Madeleine Marx）威和夫人（Madame Marcelle Vioux）與瑪德呂夫人（Madame Delarne-Mardrus），描寫女性也各有所長：瑪克司夫人以率眞的態度形容女性的肉體之愛母性之愛，威和夫人以深刻的眼光發掘女子內心的祕奧，瑪德呂夫人以蒨麗的辭采描寫女性情慾的性質。

就女性的地位描寫女性切身問題的，也頗不乏人。伊浮（Colette Yver，一八七四——）熱心討論性的問題，伊的結論是女性因生理上特殊的關係只能在家庭中受男性的保護，所以不贊成女權運動。反之，褒特夫人（Madame Camille Pert，一八六五——）則是最熱心的女權運動者，伊在嘉黛（Cady）中所寫的女子，有獨立自尊的人格。婀妮（Marguerite Audoux）以女學徒出身而流爲外省的牧羊人，又回到巴黎當裁衣匠，後將他的經歷寫成一部瑪莉·克萊（Marie Claire），將繁榮的巴黎的暗黑面完全顯露出來，伊對於當今社會制度那種反抗的態度，無疑的是法國女流小說家中最急進的人物。

女流小說家中，同樣有寫異國情調與地方色彩的小說：前者可以戈蒂埃（Judith Gautier，一八五〇——一九一九）爲代表，描寫遠東的奇蹟，著有塔的古香（Les Parfums de Pagode，等；後者可以柯蒂司（André Cortis，一八八五——）爲代表，描寫內省的風情，著有單爲着我（Pour moi seul）等。

至於柯萊德夫人（Madame Colette，一八七三——）乃是法國當今最大的女流小說家。伊起初與伊丈夫維萊（Willy）合作著了一部有名的小說克魯丁的漫遊（Les Aventures de Claudine），後來獨自創作伊的感覺敏銳觀察事物都能深入內面文筆得體在優美中不失犀利。自一八九七年伊發表了獸的對話（Dialogues de Bétes），即一躍而爲當代第一流的散文家，嗣後又出伊的流浪的女子（La Vagabonde）、馬桎（L'Entrave）及鍾愛的（Chéri）等名作。伊小說的特點就是喜歡描寫獸類將獸類點染得栩栩欲活，有它們的思想有它們的意志而且把它們比擬作人，不，實在是把人比擬作獸類，伊曾借着獸類的口說：『我非被人束縛的王妃，我是一條雌狗，一條眞正的雌狗，有狗心的狗。』伊將女性比擬作獸類的用意是很明白的。在描寫人的地方，關於情慾戀愛的種種複雜的方面，他都有敏捷的分析。現代感覺性的特點在伊深刻的筆下畢露無遺了。

L　現代兩大作家

自從自然主義經象徵主義到現在，文學的領域顯然一方面有無產者的自覺，一方面有小資產者的緊張，戰後社會經濟的混亂與動搖，使上列兩種人的文學都在敏捷地穿過動亂而暗中摸索着新生活的意義，這表現於前者的是嚴重的批判、集團的強化與鬭爭的準備，表現於後者的是廣泛的懷疑、自我的集中與神經的暗示。將後者的意識擴大的重要人物是普魯斯特，他是戰後小說界最顯赫的人物。

馬舍爾·普魯斯特（Marcel Proust，一八七三——一九二二）生於巴黎，在未從事小說創作時曾爲煙草製造家。他一生並不曾到各處遊歷，除了星期或休假日往附近鄉村遊玩外，一直在巴黎困守斗室，自然這種生活限制了他創作的眼界，而使他從細密的地方去分析。但是普魯斯特這樣侷促的生活從何取得他小說的題材呢？他的兒子是一個知名的醫師暨醫學教授，爲着他的業務奔走法國各境，不時供給他創作的資料。普魯斯特得到了這種資料卽細細地觀察，猶如在顯微鏡之下觀察微生物細胞，察看人物心理的潛祕、德性的瑕疵、僞善的態度與不正的心曲。杜德說：「這分析的能力工作起來幾乎像一千匹螞蟻的樣子。在同一時間內，普魯斯特能用他一部分頭腦去賞玩某種事物，再用另一部分頭腦去批評，又用第三部分頭腦，他遠遠地站開冷靜地看守着那部分頭腦所做的。」普魯斯特好像在小說中創造一種新的心理學，新的內省學。他深入地觀察之後，又精細地加以描寫。顯然這種寫法有類於蒲爾澤的心理小說，可是他與蒲爾澤不同，因爲他是繼承自然主義的，可是他與自然主義作家也不同，因爲自然主義作家以科學方法犧牲藝術，而普魯斯特是以科學方法造成藝術。他那時候，愛因斯坦博士（Dr Einstein）正在構造他相對論的假設，指出空間就是時間、時間就是空間；普魯斯特受了他這種理論的影響而在小說中加以實踐，認爲過去時間是永遠不會過去的，過去在記憶中永遠是現在，他又將主觀與客觀融合，而客觀的描寫中參以主觀的意見，而說我的主觀是一種意見，也不失爲客觀之一。

普魯斯特在文壇上的活動，歐戰以前已經開始，而他獲到盛名，則在歐戰停止以後。一九〇九年他被選入法蘭西學士院。他一九一三年作的斯凡家一方（Du Côté de Chez Swann）與一九一九年作的在花一樣的少女的影裏（A l'Ombre des Jeunes Filles en Fleurs）在戰後竟是法國銷行最廣的小說，事實上這兩個作品還不過是他大著過去時候的追憶（A la Recherche du Temps perdu）的最初兩卷。這部大著直到他一九二二年死的時候還沒有完成，全書用迴憶的體裁，共有十五卷，每卷總在幾千頁以上，最後一卷直到一九二八年纔刊完。普魯斯特這種可驚的創作力除那鉅著若望·克利斯朵夫的作者羅曼羅蘭外，現代作家中幾沒有人能與他匹敵。像他那樣描寫的細膩與冗長是少有的，分析一個女人的微笑要化五六頁，他的書字數既多，書形又小，故排的字特別小，而且沒有標點、段落，也沒有合於邏輯的結構，因此少有人能耐心去讀它，但普魯斯特作品的價值，決不因之而降低。

他的小說最中心的描寫「愛」。在斯凡之愛（Un Amour de Swann）中，斯凡與克萊珊的戀愛，只有二十四小時中斯凡是愉快的，過後就懷疑有他最親密的朋友要將女的架了逃去，那女子非但同情於偕奔的意見，且還做了其他斯凡所意想不到的事，這樣斯凡便沉淪於苦痛的深淵，以至爲病魔所纏；而等到他戀愛病愈，他卻出全力以解決另一個問題，不再想起克萊珊，戀愛不能再引起他的興趣了。就這故事可以看出普魯斯特怎樣在提出戀愛的懷疑主義、女性的性道德問題。他好揭發女性的罪惡，道德相對性的理論橫貫於他的全部小說中。普魯斯特的小說說明過去與現在心理的道德的動搖。有人說這是崩壞狀態的混亂的表現，理性和想像力的遊戲，這也有相當的理由；現代的生活猶如爵士（Jazz）音樂一樣地匆忙浮動，普魯斯特小說的表現方式，又何嘗不是這種生活的反映呢？

普魯斯特死後，現代小說家的王冠落到季德路上來了。有些批評家說他們兩人前者表現時代之鏡的表，後者表現時代之鏡的裏；這話是恰當的，因爲普魯斯特展開緊張動亂的意識，季德還要穿過它而解剖其內心。

安得來·季德（André Gide 一八六九——）從爲象徵派信徒經戰前戰後以至現在，他的文學觀一直在複雜的改變中，不過他受本國斯丹達爾、孚祿倍爾、俄國杜思託夫思基及德國尼采的影響，比較最深。一九〇九年他創辦了一個法國新雜誌（La Nouvelle Revue française），現在已成爲法國最有權威的文學雜誌。季德是一個創作家、道德家，又是批評家；他著的批評論文有假託論、文學與道德上的幾點考慮（Prétextes: Reflexions sur quelques Points de Littérature et de Morale）與新假託論（Nouveaux Prétextes），創作的重要作品有地面上的食料（Les Nourritures terrestres）、不道德者（L'Immoraliste）、窄門（La Porte étroite）、私鑄錢幣者（Les Faux Monnayeurs）、法庭的迴憶（Souvenirs de Cour d'Assises）、瓦地岡的地窖（Caves de Vatican）及田野合奏曲（La Symphonie pastorale）。

這些作品中雖有不少在戰前發表，而季德的精神是代表戰後的法國的，尤其是私鑄錢幣者中那謹嚴的理智與肉感的緊抱，表現出了今日歐洲一般文學的特色。不道德者、是季德的道德觀念的表現，這書中本着尼采的哲理認爲不道德者就是反抗庸俗的道德而建立一種超人的新道德者，可見季德是一個新道德的提倡者。在他作品中表現基督教義不能再施用於今代的人物，他常由人物的剩餘的理智與豐富的情慾的矛盾中提出他的新道德觀。譬如在田野合奏曲中，作者描寫一個不識不知的瞎子女郎爲一個慈悲的牧師收去教養，教養成功，牧師開始鍾情於伊，而他的兒子也存心愛伊，牧師懷着妒意，認爲上帝不允許這兩個靑年人成婚；這時女郎的眼爲醫生所治明，伊卽分辨出伊所愛的是牧師的兒子而非牧師自己，但是從此牧師父子間終不得安甯，於是伊以投水身殉，消滅了他們中的妒意。這裏面所寓的善德與惡德非常明顯。普魯斯德的小說，大都是這樣地以嚴肅的良心集中着自我分析幷批判人間現存的惡根性，從而暗示着人類的道路。而且，他能以複雜多變的機智與澄清明麗的作風表現動搖中的一切。顯然，在今日法國的小說界，季德執到了領袖的地位，指導着靑年作家批判地前進。

第三十九章　二十世紀的戲曲

A自然派劇——自然派劇運動與貝格——「鴉羣」——安多納與自由劇場——從自然劇到象徵劇——B象徵劇——梅特林克——其生平與作品——神祕主義的色彩——「丁泰琪之死」與「嫫娜娃娜」前後神祕觀念的變遷——「青鳥」——靜劇的特色——C心理劇——波多里希——居來爾——勒美特爾——白達衣——倍因斯坦——計特利——D社會劇——白里歐——海爾微歐——童耐——拉惠堂——法勃爾等——E韻文劇——洛斯當——其生平與作品——「西哈諾」梗概——洛斯當後的韻文劇——F笑劇及其他——笑劇——別松與費陀——顧爾特林——柏拿爾——陽氣喜劇與伽宓等人——柯賓與老鴿籠劇場

A　自然派劇

十九世紀下半期的現實派戲曲，其成熟雖晚，其衰退卻特別早，當自然主義小說在文壇上步步邁進的時候，而用同樣方法所創作的戲曲，如小仲馬的佛朗西榮、彭沙爾的獅情人（Le Lion Amour）已在劇場上失勢。這是因爲小仲馬的風俗喜劇雖以如實表現社會狀態爲標榜，而他們的目標卻在以事實來討論問題設局（intrigue）不免胸有成竹，而不能恰合情理，所以後起的戲曲家本着眞正自然主義的態度揚棄了這種設局，不先假定一種預備的動作，劇本的情節以一種決定的動作做基礎，換言之這種動作在這含有道德意義的結局之前已經開始。這種修正的自然派劇的作法，在莫亞努與皮松（Moinaux et Bisson）作的司法會議（Un Conseil

Judiciaire）與費陀（Feydeau） 作的爲婦人的裁衣匠（Tailleur pour Dames）中已見端倪，後經貝格之手，卽底於成熟。

貝格（Henry Becque，一八三七——一八九九）是這個戲曲新運動的集大成者，他可算十九世紀第一流的劇作家之一。他是現實派設局喜劇（comédie d'intrigue）的勁敵，反對因提出問題或道德教訓而杜撰題材扭曲事實，幷故意矯作以惹觀瞻，主張完全本着客觀的觀察，用簡潔的語句眞切地表現出來。他的作品有普帕（Michel Pauper）、鴉羣（Les Corbeaux）及巴黎女郎（La Parisienne）。一八八二年傑作鴉羣上演，立刻在法國戲曲上劃分了一個時期，自然派的戲曲卽正式建立。這個劇的主題是描寫一個工業資本家沒落的經過，主人死後，剩着三個女的未亡人生活不安，而各自東西，致使主人的骸骨爲鴉羣所上下啄食，情節非常悲慘。工業資產階級在十九世紀末葉也有不少已趨於衰頹沒落，爲表現社會實際情形的貝格的自然派劇，因此也充滿了黯滲的陰影。他這種眞實而不加點染的劇本，未能博得中產以上大多數讀者或觀衆的讚賞，所以他在戲曲事業中隨時遇到困難，而他的一生也在困難的克服中。

在自然派劇的進展中，繼貝格而起的是自由劇場（Le Theatre Libre）的建立。自由劇場非成於一朝，自一八八七年三月起曾經多次的試演，先後演了畢耳（Arthur Byl）、亨尼格（Léon Hennique）、維達（Jules Vidal）、伯日拉的許多劇本。劇場起初很小，後來漸漸放大，到一八九六年經藝友安多納（André Antoine，一八五二——？）的導演，纔大爲社會所注意，所以提起自由劇場，一般人都認爲是安多納所建立的。自由劇場建立的動機在與營利劇場挑戰，使舞臺的藝術純化，克服經濟上的困難，幷介紹優秀的新進作家。他們所以名爲自由劇場，其原因：第一、上演的劇本不去經行政當局的審查；第二、自由劇場非固定按日開演，在每季僅任意開演八次；第三、演劇是不受酬的，祇邀集二三百個來客，故劇場可自由上演，無慮喧譁；第四、可不任肆意攻擊的人入場，藝術的優劣可得定評。安多納等提倡生活劇（théâtre vivant），一方面向設局喜劇襲擊，一方面也防止過度的自然主義的觀念劇（théâtre d'idées），他們主張在戲曲中表現日常生活，生活的斷片，眞正的人生，反映着客觀的現實世界。當時法國的新進作家從自由劇場得名的不在少數，如汝厲行（Jean Julien）、賽亞德（Céard）、安西（Georges Ancey）、亨尼格、居來爾、顧爾特林、白里歐等，都是由此顯露頭角的。不過當自由劇場完形的時候，自然主義已日趨衰落，同時北歐文學在法國風起雲湧，自由劇場在初起固然排演了不少自然派劇，而後來所演的大多是斯干地那維亞的劇作家易卜生、般生、斯特林堡與德國的劇作家霍普特曼、蘇特曼（Sudermann）的作品。這些作品應用社會學、心理學，或是討論道德，或是闡發哲理，刺戟着法國的文學，從凝滯於現實的自然主義插起想像的翅膀，翺翔於象徵主義的天空；馴至象徵派詩人孚爾與劇作家梅特林克的劇本也在自由劇場出現。所以朗松教授說：『自由劇場不知不覺地從自然主義走向象徵主義去了。』

B　象徵劇

泛濫於二十世紀初期文壇的象徵主義思潮，在法國所表現的大多是詩，而戲曲界有梅特林克這樣的巨子孤軍深入，獨闢新途徑，已足爲象徵劇生色。梅特林克是法國象徵主義運動的中堅人物之一，至少在戲曲界他是一個大師，所以在象徵劇中提起了他，已足看出其重要的表現。

慕麗斯·梅特林克（Maurice Maeterlinck，一八六二——）生於比利時及南部的根德市（Ghent），比利時北部用的是日耳曼語，南部流行的是法蘭西語，而且一切文化也都接受法國的，所以梅特林克自小不曾與法國發生隔膜。他在本地的中學大學求學，一八八六年即到巴黎受完他規則的教育。當時他對於文學的興趣已極濃厚，自己不時創作；其韻文有海雷第亞的色彩，短篇小說有莫泊桑的作風，喜劇則充滿了俏皮與幽默的情調。在巴黎，他不久與詩人馬拉爾梅一起而加入了象徵派，且跟幾個同志在一八八六年創辦了一個七星社刊（La Pléiade），又在法國的水星雜誌上刊行他幾個初期的作品，發表他象徵主義的理論。一八八九年他劇本的處女作瑪菱公主（La Princesse Maleine）公布，他獨創的作風與情調博得米爾波的激賞，宣稱我發見了可驚的純正的有永久性的傑作，那個天才作品比莎士比亞劇中的美質還要美，梅特林克竟至被尊為「比利時的莎士比亞」，從此他成為法國文壇上的重要人物了。他的作品很豐富，而且各方面都有；關於戲曲的重要作品有瑪菱公主，不速之客（L'Intruse，一八九〇），七公主（Les Sept Princesses），阿拉定與巴羅米德（Alladine et Palomides，一八九四），丁泰琪之死（La Mort de Tintagiles），亞列安與藍鬍髭（Ariane et Barbe-bleue，一九〇一），嫫娜娃娜（Mouna Vanna，一九〇二）青鳥（L'Oiseau bleu）及定親（Les Fiançailles，一九一八）；論文集有貧者之寶藏，雋智與命運（La Sagesse et la Destinée），蜜蜂的生活（La Vie des Abeilles）與大祕密（Le Grand Secret）等；此外，還有暖室（Serres chaudes）等詩集兩卷。

梅特林克的思想是屬於新觀念論的。他的人生觀是這樣的；他認爲人生的眞義，不能求之於我們日常官感所觸知的世界，也不能求之於自然派所注重的客觀的物質世界，人生的意義是在視而不見聽而不聞的神秘世界中發見。我們探進這神秘的領域，用的不是官覺的力，而是心靈的力，所以獲到人生的眞義不依賴着實踐的言語行動，而皈依於直覺與暝想的懸揣，直覺與暝想瞬間可以解悟一切。心靈這東西是異常神秘的，這裏面潛伏着運命（destinée）感知這運命的力是雋智（sagesse）所謂雋智，他認爲是隱伏在我們外表的人格底下的不可思議的內在生命，它是超時間、超空間、永久的、絕對的，如果內在生命感醒，人生便得說不出的幸福。這是梅特林克的神秘主義（mysticisme）的精義，也是他貫串於所有劇本中的主要概念。

作爲神秘主義者的梅特林克，他戲曲中所表現的多非我們習知的事情，他所假借的劇情人物，是象徵着某種概念，以發揮他神秘主義的理想。他的象徵劇中所含神秘主義的性質，前後也不相同。在初起他懷着悲觀的宿命觀，認爲運命之神有宰主人類生死大事的神秘力，人們的雋智終是勞而寡效的；這可以丁泰琪之死一劇爲代表。此劇內容描寫一個海島上住着姊妹二人，後來伊們的弟弟丁泰琪也漂泊到這島上，這島由一個專制的女魔王宰主着，來此的人少有生還，姊妹兩人雖想盡方法保護伊們的弟弟，但結果丁泰琪仍被惡魔抓了去。這女魔王象徵着運命之神，姊妹兩人象徵着雋智，雋智無法從命運手中挽回丁泰琪之死。後來梅特林克感到運命不能任其自由擺佈，運命須由人類的生命自己來宰主，於是他相信人類的雋智足以戰勝運命的力量；這可以嫫娜娃一劇爲代表。此劇內容描寫比薩與佛羅棱斯相爭，比薩軍隊因敗到糧盡而求和，敵方的將軍以獻出比薩主將的愛妻娃娜爲條件，比薩主將爲成全大局祇得將愛妻交出，以救全兵士人民的生命，這美貌的娃娜與敵方的將軍有舊誼，兩人一見非常融洽，但此時佛羅棱斯國會因見其主將緩兵不進，議決治罪，這時輪到娃娜救敵將的生命了，把他迎了回去。這中間娃娜象徵着人間的雋智，足以克服此方人民與彼方將領可悲的命運。

神祕主義的象徵劇，在梅特林克的代表作青鳥中表現得最具體了。青鳥是一個童話劇，全劇分六幕十二場；其主要情節如下：

主人公哥哥吉琪兒妹妹米琪兒，在聖誕節前夕得了一夢，有一個老婦人贈與他們一頂嵌着寶石的小帽，要他們去尋一隻青色的鳥來治愈伊女兒的病。吉琪兒等弇着寶石出發，所有的靈物全都跟着他們，一同找青鳥去。他們起初在仙女宮尋到的青鳥變成了黑色，後在夜之宮前尋到的靑鳥已斷了氣，再後在未來國尋到的青鳥化成了石竹色，最後他們回家，死了的鳥復活，治愈了那個老婦人的女兒的病，大家都在快樂慶幸，但是青鳥卻凌空飛去了。於是吉琪兒喊着：『誰遇到這鳥兒，誰歸還我們；因爲這在我們幸福上是必需的。』這中間青鳥象徵着天上的眞理，兄妹兩個孩子象徵着人類的天性，寶石象徵着心靈的力，伴着孩子找求青鳥之光明的人類的理性和雋智的代表。在這劇中，發揮了梅特林克全部的哲學。

梅特林克既不在描寫客觀的物質世界而在表現內在的神祕世界，他作劇的藝術自然也跟別人不同。他將歷來認爲戲曲要素之一的動作壓到最低度，而把普通戲曲所不大注意的情調顯示到最高度；這是因爲他的劇暗示與象徵佔着主體，不是給人肉眼觀看的，而是給靈眼洞察的。在這種條件之下，他的劇成爲所謂靜劇 (the atre statique)，動態的人物、動作、對話非常簡單，靜態的情調、象徵、暗示沈着地顯現，使觀衆的心理由舞臺的情景而觸發沉思。靜劇是梅特林克為完成象徵劇表現的一種特有的創舉。

C　心理劇

心理劇 (théâtre psychologique) 是法國傳統的戲曲形式之一，歷代賴西納、馬利服等都曾發揮過心理劇的光輝。這種傳統的戲曲在二十世紀初期又找到幾個承繼者，他們大多是站在時代頂點的作家，分析巴黎的資產者幷小資產者的心理；其中重要的有波多里希、居來爾、白達衣、伯因斯坦及計特利諸人。

波多里希 (Georges de Porto-Riche，一八四九——一九三〇) 是出名的戀愛戲曲 (théâtre d'amour) 的作者。他初期作詩，在韻文小說不全之福 (Bonheur manqué) 中曾自己說：『我將在情史裏留名。』後從事劇作，一八八九年他的處女作佛蘭涉絲的命運 (La Chance de Françoise) 開始在自由劇場出現，這是一齣很機智的短劇，描一個熱愛丈夫的妻子，和順而忍耐，致使丈夫不軌的行為也半途中止。三年以後情婦 (Amoureuses) 一劇上演，他那種驚人的表現力立刻揚起他文壇的聲譽，這是他一個極成熟的作品。以後又陸續出版往事 (Le Passé)、老人 (Le Vieil Homme)、印像商人 (Le Marchand d'Estampe) 諸劇，主題都是描寫錯綜的戀愛心理。情婦一劇是波多里希的代表作，深刻地表現着現代戀愛問題。情節大概是一個名望深重的大醫生，有高尚的信仰與模範的人格，他願為以身許世界的科學家，甯願為不忠於愛情的丈夫。四十歲的時候他因戀愛而結婚，婚後計劃埋頭研究，可是他妻子卻要充分地得到情慾的愉快，以至丈夫從事工作時纏繞不休，家中攤滿了裝飾品，無工作餘地，他要寫信祇得出門，他出去開會又被伊帶住，結果兩人由怨恨而破裂；醫生老實地說出婚後肉體上精神上的苦痛而要出走，妻子覺得自己雖辜負了丈夫，而丈夫實在也辜負了伊自己，他們兩人雖知道愛情須要忍耐，但終覺得這種忍耐不能有幸福。愛情與事業矛盾這種現代戀愛的苦悶，由波多里希之筆充分地表現出來了。波多里希用少量的動作、人物、時間的經濟的表現手腕，抓到了複雜變幻的問題的核心，這確是在現代心理劇中別開生面的一點。

波多里希有一個繼承者賽（Edmond Sée，一八七五——），著有穌羊（La Brebis）、少年時的友人（Un Ami de Jeunesse）諸劇，在心理劇中也佔相當的地位。

居來爾（François de Curel，一八五四——一九二八）是沒落的農民貴族出身，童年的生活養成了他尊嚴、重情和達觀的心境。他喜歡以心理學者的態度分析人生緊張而黯滲的憧影；他所描寫的問題不很普遍，他的心理劇的趣味與近代悲觀的喜劇不同。在一八九二年左右，他首先著了三種劇本：一個道學家的顛倒（L'Envers d'un Saint）、化石（Les Fossiles）及錦繡的愛情（L'Amour brodé）在自由劇場演出，頗受觀衆的賞識，中以化石一劇爲最傑出。此後繼續創作，較出名的作品有描寫以母性感化丈夫的女客人（Invitée）、描寫青年思想轉變的獅子的餐宴（Le Repas du Lion）及描寫爲科學而犧牲的新偶像（La Nouvelle Idole），至於較新穎的有靈性的錯亂（L'Ame en Folie）、非人間的大地（La Terre inhumaine）及天才的喜劇（La Comédie du Genie）諸劇，描寫動搖的心理，也各有特長。居來爾的代表作要推化石，情節大概描寫一個沒落貴族的公爵和他的兒子羅伯特與女兒格萊同住在一個別墅中，一次羅伯特害了一種死症，臨死前他要找他的小情人希倫來希倫曾一度逗留在他家裏與他發生戀愛，且生了一個兒子，伯爵要他們成爲夫婦，以孩子爲子嗣，但是希倫和伯爵也曾發生過曖昧的關係，所以羅伯特死時遺書與他姊姊格萊要希倫離開他父親要把孩子鞠育成長。居來爾在他所描寫的複雜的情操中，將世俗的理想燃燒到白熱化。他的心理劇，人物動作簡單，而情節、心理卻很繁複，故用對話表現的地方特多。他的劇本布局雖有很多零亂夾雜，而他豪放的情緒與美麗的修辭，卻塡補了這種缺憾。

勒美特爾（Jules Lemaître，一八五四——一九一四）是一個極智慧的人，在各種文學形式上都有優秀的貢獻。他的從事劇作，以一八八九年的女革命黨（Révoltée）爲開始，繼後議員萊服（Le Député Léveau）、白婚姻（Mariage blanc）、困難時期（L'Age difficile）、寬恕（Le Pardon）及克萊芙公主（La Princesse de Cléves）等次第出版。他戲曲的藝術在寬恕一劇中表現得最優美，這劇前後三幕，每幕極長，劇中人物僅有三個，在現代戲曲的形式中這是一個最特色的作品。勒美特爾的劇本取材範圍很廣，心理描寫非常細膩，尤其對於病態的心理刻畫最爲精到，其中的情調非常和順，沒有一點激越的痕跡，隨處可以找出人道主義的精神。勒美特爾的劇與其說是用創造的眼光創作的，毋寧說是用批評的態度創作的；這是因爲他最重要的貢獻是批評，戲曲僅分出他一部分的心力來從事。

白達衣（Henry Bataille，一八七二——一九二二）是與波多里希嫡系的心理劇作家。自一八九四年在創作劇場（Théâtre de l'Œuvre）演出林中美人（La Belle au Bois Dormant），即開始戲曲的活動。繼後以自由詩作了幾個劇本：蜂雀媽媽（Maman Colibri）描寫一個中年婦人對於一個少年美男子的熱戀；博立希（Poliche）一劇極耐尋味，笑中藏哭，哭中藏笑，其中的重要角色常在嘲笑自己；裸體女人（La Femme nue）中描寫男子的自私主義，那種殘忍昧良的行動使人憤怒，女人的利他主義，那種體恤忍苦的行誼使人同情；此外白癡處女（La Vierge folle）、情人的孩子（L'Enfant de l'Amour）、火炬（Les Flambeaux）、所有物（La Possession）及溫愛（La Tendresse）諸劇，分析小資產者性愛的心理，毫不拘拘於俗例。他對於社會風習的描寫並不精細，而性格的表現卻特別生動；作者以詩人、藝術家的修養，故文辭能有輕捷調和之美。總白達衣的劇本看來，似乎充滿着德國浪漫派詩人的精神，所以他被稱爲戲曲上的新浪漫主義代表作家。

倍因斯坦（Henry Bernstein，一八七六——）與上幾個心理劇作者不同，他是一個勞動者戲曲的巨匠。一九〇〇年他開始在自由劇場出演進行曲（La Marche），劇情非常激烈，危機發展迅速，不使觀衆有退思餘地，而當場發生情感的緊張。他的遁辭（Le Détour）、暴風（La Rafale）、横逆（La Griffe）、襲擊（L'Assaut）、崛起（L'Elévation）等，都是以日常社會所發生的事件爲題材，只有最後一劇許第士（Judith）取材於聖經。他的劇有一種衝動的力，表出下層社會粗糙的心理，對話具着壯烈的氣慨，文格剛健有力，藝術的修飾不大措意。總之，以狂風迅雷的劇情激起觀衆動盪的情緒，這是倍因斯坦的戲曲的特色。

計特利（Sacha Guitry，一八八五——）生於名俳優之家，少年時代爲着準備作劇本，對於社會就作了一番犬儒式的觀察大戰時曾寫下幾個自由詩的喜劇，這些有的是拉芳登(Jean La Fontaine)巴斯篤(Pasteur)、倍朗澤（Béranger）等偉人劇，分析他們的人性或心理。最近他的作品有兩個趨向：如白與黑(Le Blanc et le Noir)、我愛你（Je t'aime）傾向於陽氣喜劇，如演滑稽戲的人(Le Comédien)、小說的主題（Un Sujet de Roman）傾向於嚴肅的戲曲。

D 社會劇

社會劇（théâtre social）跟心理劇不同，心理劇大半着眼於資產者幷小資產者的內在生活，作心理的分析；社會劇則擴大眼光於各社會層，從社會學、法律學、倫理學各方面提出對於社會問題的見解。這種劇本與以前小仲馬、奧奇埃諸人的風俗喜劇有種種相似，不過經了自然派劇一番清算以後，新起的討論問題的社會劇跟以前的風俗喜劇又變了質；他們雖在劇中提供問題，可決不擅改應有的情以遷就，這是社會劇的一種進步。

在社會劇作家中，聲名最高的差不多要算到白里歐（Eugène Brieux，一八五八——，）他是法國現存的一個大戲曲家。他出身於工錢勞動者的家庭，在小學時即成爲孤兒，爲着生活問題他便開始奮鬬；後來做到銀行的書記，報館的訪員，他一有空閑即細讀夏德白里安、哥德以及希臘、拉丁作家的作品。他的劇作生活開始於獨幕詩劇派列西（Bernard Palissy），在當新聞記者時他作了好些劇本，但沒有特出的。一八八七年他的藝術家的家庭（Ménages d' Artistes）爲安多納所接受，在自由劇場演出。此劇描寫半打以上的所謂藝術家，沒有一個是名副其實的，描寫的技巧很平庸，但白里歐卻因上演而自得，繼後的幾個劇本注意表現倫理上與家庭中的種種問題在勃蘭徹德（Blanchette）中，描寫學校文憑的不可恃糾正教育上謬誤的觀念；在善事（Les Bienfaiteurs）中，描寫慈善事業的反結果表示人道的溫情的寡効在紅袍（La Robe rouge）中，描寫政治勢力的侵淫法權指摘政法的腐敗；在賽馬的結局（Résultat des Courses）中，描寫賭博狂的惡果，鞭打有閑階級的消極享樂；在代理者（Les Remplaçantes）中，描寫苦於經濟的女子捨己兒以哺人兒，喚醒爲母者扶育的天責；其他如狄邦先生的三個女兒（Les trois Filles de M. Dupont）、搖籃（Le Berceau）梅毒（Les Avariés）諸劇，其中都含着社會改革的理想，以笑罵來教訓社會。這些劇本大半在第一幕中客觀地表現事物第二幕中主觀地加以申論。到了後來他創作的經驗漸漸豐富，頗重視戲曲的客觀性他後期的作品小朋友（La Petite Amie）、金蟲（Les Hannetons）、美國人在法國（Les Américains en France）都可屬於自然派的戲曲。金蟲一劇是白里歐的代表作，描寫一個男子因懦弱無能苟安性躁，以致爲一個庸俗女子所玩弄，無可如何地蜷縮在羈軛之下。作者生動地表現人生的斷片生活，在讀者心目中會留下不可磨滅的印象。他用德國自然派作家謹嚴簡朴的方式表現，又用法國輕快明麗的藝術手腕來調劑，極能博得一般觀衆或讀者的愛好。綜他的全部劇本看來，白里歐作爲一個時代的糾察官是盡責的，而中間雖有不少粗疏不正確之點，於他劇本的光輝也不無減損。

海爾徹歐是上述的心理小說家，也是與白里歐齊名的社會劇作家。若將他與白里歐比較起來，則前者有豪放粗大的氣魄，後者具優雅謹慎的藝術。海爾徹歐對事很能沈思熟慮，且肯出其全副精神貢獻於劇作；他曾寫下許多含意深刻的作品：如鐵鉗（Les Tenailles）、男子的法律（La Loi de l'Homme）、啞謎（L'Enigme）、火炬的運行（La Course du Flambeau）、迷樓（Le Dédale）及認識你（Connais-toi）等劇。這些劇大概可歸成三類：一是解釋普遍的道德眞理的，二是攻擊不正當的法律下所庇護的僞道德的，三是描寫人們的情緒生活的；第一類中可以火炬的運行爲代表，第二類中可以男子的法律爲代表，前者表現出一種理想，以推翻我們所有矯揉造作與妄自尊大的陋習，後者攻擊僞道德思想以及由此而造成的惡法律，處處庇護男子而使結婚生活成爲罪惡的厲階。海爾微歐以嚴正的態度討論社會道德問題，表現的工夫非常得體，劇中的情節都爲表出中心思想而發人物與動作只有在表現劇中主要理想時纔顯露出來。他的劇常爲受非理社會壓迫的人物發洩怨恨及苦痛的情感，所以批評家勃廉絺爾說這是現代眞正的悲劇。

童耐（Maurice Donnay，一八六〇——）是一個幽默或滑稽的社會劇作家，私淑希臘的亞里斯多芬。他編了二十個以上富有意義的劇本，其中最可觀的有情人（Amants）、黑貓（Chat Noir）、親王的教育（Education de Prince）、耶魯撒冷歸來（Le Retour de Jérusalem）、莫利哀的家庭（Le Ménage de Molière）、另一種危險（L'Autre Danger）幾種。他初起的劇本最普遍的題材是戀愛，以幽默輕巧的筆鋒描寫現代女性的心理狀態，現代戀愛的糾紛和悲劇。後來因時代高潮的激盪，使他收斂了滑稽的情調，轉而注意到婦女問題與勞動問題的探討。他作劇的藝術，戲曲批評家勒維斯隆（L. Lewislon）曾說：『童耐所長的是抒情的語句和完美的布局。他許多劇的布局方法，在法國劇場上允推獨步。……他跟德國戲曲家一般只讓人生的事象自己顯現，不故意去作刻畫。……往往一個劇本在含義還未宣示以前，便截然見幕了。』

拉惠堂（Henri Lavedan，一八五九——）以引人愉快的情調創作社會劇，被稱爲社會喜劇家。他最初寫小說，後轉而從事戲曲，一個家庭（Une Famille）、奧萊親王（Le Prince d'Aurec）與兩種貴顯（Les Deux Noblesses）是他初期的作品，很爲法蘭西學士院所推獎。兩種貴顯一劇描寫一個沒落的王族奧萊，改了羅休之名去經商，成爲豪富的煤油大王，他先代的產業都恢復了過來，只有門閥無法恢復，所以杜玲女郎嫁給他時稱爲羅休夫人而不稱奧萊夫人，這表現在新時代中貴族的出身的貴顯與資產者的勤勞的貴顯如何分立而不能含混。拉惠堂的作品愈到後來愈是社會劇的，近幾年來他專門寫述黑暗社會的惡濁趣味的劇本，如浪子（Viveur）、新遊戲（Le Nouveau Jeu）、老行者（Le Vieux Marcheur），裏面描寫的都是那些有飢色、倦容及無靈性的人，作者體驗到現實世界的醜態。這些當不是架空的表現。

法勃爾（Emile Fabre，一八七〇——）是金錢（L'Argent）、鍍金之腹（Les Ventres Dorés）、公共生活（La Vie Publique）與一個偉大的資產者（Un Grand Bourgeois）等喜劇的作者，他站在不偏不倚的立場對時下政治經濟活動的狀態加以批判。他的喜劇的題材與巴爾札克、奧奇埃相彷彿，不過後者是更現代化了。

此外，社會諷刺家勒那爾（Jules Renard）、女流作家萊耐呂（Marie Lénéru）以及上述的社會小說家米爾波、羅曼羅蘭等，也可歸入社會劇作家之羣。

E 韻文劇

自從雨果在浪漫派的衰季歿後，韻文劇的勢力卽消沉下去幸而詩人哥貝、孟代士、黎賽、本伯日拉等尙在分一部的精力於戲曲使韻文劇能保持不絕如縷的一線生機而象徵派詩人孚爾的藝術劇（le théâtre d'art）運動，則擊了一次韻文劇復活的醒鐘。

韻文劇的復活表示着理想派對自然派的反響，這理想派的中心人物是洛斯當（Edmond Rostand，一八四八——一九一八。）洛斯當在普法戰爭以後生於馬賽的一地方官之家，那裏充滿着南歐的光與熱，爲出身西班牙的慈祥的祖母所撫愛，少時就織成了他詩與夢的心境。他十六歲到巴黎高等學校求學，十九歲時應某學院的文學批評徵文，他得到首獎，翌年卽二十歲時刊行詩集嬉戲（Les Musardises），批評家都認爲繆塞的詩集又出世了，同年他卽與一個伯爵的女兒閨秀詩人結婚。洛斯當韻文劇的處女作是虛構（Les Romanesques），那劇內容很簡單，情節與莎士比亞的夏夜夢（A Midsummer Night's Dream）及羅彌歐與朱麗葉（Romeo and Juliet）相彷彿；第二個劇本遠方公主（La Princesse lointaine）與第三個劇本薩姆列亞女人（La Samaritane），都以歷史故事爲題材。一八九七年他的傑作喜劇西哈諾（Cyrano de Bergerac）上演，法國戲曲界如晴天霹靂，頓時歡聲雷動，在法國劇場上引起西特以後希有的盛況，批評家竟說他要回到幾十年前與大戲曲家雨果合而爲一了。

西哈諾是洛斯當的最大傑作，在當時被目爲雨果的哀爾那尼第二。這個劇的成功，有其客觀的原因：現代法國劇場的觀衆，初則倦於自然派劇的平凡，繼而困於象徵劇的沈悶，後又疲於心理劇的瑣屑與社會劇的載道，一般觀衆方在翹企劇場上浪漫主義的復活，一旦有西哈諾這樣才機雋智情緒熱烈的劇本出現，怎不爲之目醉心怡呢？這個劇中的主人公西哈諾，是與莫利哀同時的實在人物，他是一個名貴而又可笑的人，他逸趣橫生的身世最易惹起觀衆的歡心，其簡單的情節如下。

西哈諾是一個高大而有醜形鼻子的人，熱戀着他豔麗的表妹綠克爽，但是綠克爽卻愛另一個男爵克萊康而不愛醜陋的西哈諾。一次綠克爽要西哈諾轉囑克萊康寫信給伊，但克萊康不能作書，於是由西哈諾代筆，他那生花之筆使綠克爽益加傾心於克萊康，兩人終於由戀愛而達到結婚。不久國內發生戰爭，西哈諾與克萊康赴敵，新婚離別，綠克爽重囑克萊康多寄家書。後戰事日趨短兵相接，死戰已經臨頭，西哈諾即代克萊康作最後的家書，一字一淚，綠克爽見後卽尋蹤戰地，克萊康見西哈諾筆情感人如此之深，自覺無値得人留戀處，憤而戰死。十四年後，西哈諾受敵擊而飲彈，忍痛走到綠克爽那裏，見到他爲克萊康代筆的最後一信還爲伊所珍藏，便拿出來朗讀一遍，這時綠克爽纔知道那些信是西哈諾手筆，非常感動。西哈諾卽當場掣劍剖其醜形鼻子，接着說道：『膽怯、虛僞、妥協，是我終身的大敵，但我有你們所企望不及的寶物，我將以此作爲謁見天堂之禮物。』說罷倒身地上，綠克爽痛吻其額。西哈諾爲他的鼻子，曾與人作千餘次的搏鬪，他是十七世紀武士的典型人物。這劇中充滿着豪俠、高貴與滑稽的氣質，莊嚴與詼諧並至，能惹人發笑又能令人起敬。西哈諾後，洛斯當還作雛鷹（L' Aiglon）、描寫拿破崙的兒子在奧國的陰謀；司晨者（Chantecler）、描寫一雄鷄，每晨按時而啼，見着太陽也按時而昇，遂揚言太陽是它喚起的，但一天它起身失時，見到太陽不喚已出，非常疑懼，這是一個象徵劇，裏面的角色是雉、雄鷄、七面鳥、夜鶯等動物，以比喻人生的種種形相；他最後一劇唐璜的最後一夜（La Dernière Nuit de Don Juan），遺稿在一九二二年發表。

洛斯當是舊浪漫主義在二十世紀重現的一顆巨星，他的喜劇開了現代韻文劇的線路。新奇派詩人李和爾(André Rivoire，一八七二——）以優秀的詩歌的素養寫出很成功的戲曲明君達哥伯（Le Bon Roi Dagobert），兼具着高盧人的智慧與撼動人的傷感之長；理想派的劇作家蒲讓列埃曾演出子供的謝肉祭（Le Carnaval des Enfants）那樣轟動一時的名劇；以運筆生動著名的柴瑪哥亞（Mignel Zamacois，一八六六——），曾著作傑作滑稽者流（Les Bouffons）、承洛斯當之趣味的博爾舍（François Porché，一八七七——），他的桃腮的少女（La Jeune Fille aux Joues roses），豔麗的描寫是其特色；至於青年作家葛洪(Henri Ghéon）以靈敏的自由詩將中世紀宗教劇現代化，也別具一格；此外象徵派詩人孚爾克樂台、一致主義詩人羅曼，當代大小說家季德以及格立芬等，在韻文劇中也有一部分的貢獻，較之洛斯當在時不稍寂寞。只是傑出的作品不多，韻文劇每多晦澀不易上演，難能有與散文劇同樣的成績，這又是顯然的事。

F　笑劇及其他

笑劇（farce）亦稱輕喜劇（comédie légère），與通俗小歌劇相類似，就平凡的故事以詼諧的筆法寫述，用滑稽的方式表現而引人發笑的。這種笑劇莫利哀曾吐露極高的光輝，現代的笑劇就是他的嫡傳；不過莫利哀的笑劇是用俏皮（ironie）的口吻諷笑舊貴族，現代的笑劇則用幽默（humour）的情調暗示社會問題。因此，在今日看了笑劇不一定能引起笑味，也許會在我們腦海中浮着一種苦趣。

在笑劇上小有成功的是別松與費陀。別松（Alexandre Bisson，一八四八——一九一一）的笑劇的特點就是布局的繁複，能以出奇的幽怪動人，對話非常雋智，設置也以精緻勝人；他較知名的作品是睡車的檢察官(Le Contrôleur des Wagonlits)及離婚的奇聞（Les Surprises de Divorce）。費陀（Georges Feydeau，一八六二——）於笑劇有一種細巧的藝術，他不論觀察表現都有分寸，劇中常插入出人意料的新奇的題材，他笑劇活潑的長處是不容易被人遺忘的；較知名作品有馬克西店中的婦女(La Dame de Chez Maxime)等。

顧爾特林（Georges Courteline，一八六一——一九二九）是現代笑劇的中堅人物。他算得高盧血統眞正的後裔，在正確的描寫與簡朴的作風中他所表現的無邪的愉快與深刻的見識，確然保持着先人的特色。顧爾特林的傑作是家裏的和平(La Paix chez soi)、委員是好孩子(Le Commissaire est bon Enfant)、一個莊重的主顧（Un Client sérieux）及毆打的恐嚇（La Peur des Coups），還有他的最大傑作撲撲落水(Bouboroche)，一八九三年在自由劇場出現，曾爲觀衆所狂熱地歡迎。他的笑劇可說是現代社會的造形藝術，平凡的人物經他精細地觀察，會顯出他們特殊的境遇，關於巴黎社會的上上下下，從法官、律師、軍官以至走卒苦工，用他機智寬大的態度考察，復用輕快洒脫之筆描寫出來，時而令人哄堂大笑，時而令人聲淚俱下，總之他的劇的活潑動人，操縱了觀衆的注意力。法國現代的笑劇，顯然因顧爾特林的出場而抬高了地位。顧爾特林在劇作上是自成一家的，孟代士把他與莫利哀相提並論。

還有伯拿爾（Tristan Bernard，一八六八——）也是一個傑出的笑劇作家。他以嚴正的幽默的態度觀察事物，他的觀察從自己的周圍着眼，所以沒有乖違事實的地方。他最喜歡寫躊躇不決的人，這種人不知自己是怎樣也不知自己要怎樣，從這種地方便展開了笑的資料。三重的脚（Triple Patte）與小咖啡館（Le petit Café），是他最完美的作品。

笑劇以外與笑劇相似的，有美國人所題名的陽氣喜劇（light comedy）。這種喜劇是由伽宓（Alfred Capus，一八五八——一九二二）開手的，他是一個多產的作家，以他樂天主義的態度所作的靜脈（La Veine）與我們的朝氣（Notre Jeunesse），很能博得一部分觀衆的愛好；他的劇作生活，大戰後因從事出版事業而告終。但有兩人比他還著名的是弗來爾（Robert de Flers，一八七二——）與嘉耶惠（Gaston-Armand de Caillavet，一八九六——一九一五），他們學着第二帝政時代梅綺亞克與哈萊維的方法合作劇本，描寫人事的手腕非常圓熟，被稱爲巴黎喜劇的巨匠；他們比較精彩的作品是王者（Le Roi）與綠禮服（Habit vert）。再有吳爾夫（Pierre Wolf，一八六五——）與柯呂恩（Romain Coolus）也是陽氣喜劇的作家。

一九一四年卽歐洲大戰爆發的時候，有一個演劇學者柯褒（Jacques Copeau），在朋友輩的讚助之下建立了一個老鴿籠劇場（Théâtre du Vieux Colombier）。他認爲演劇的本旨在發揚天才的作品，現在劇場往往濫竽不良的分子，馴致眞正偉大的戲曲的光輝的發展成爲不可能，因此他卽起來與一般似是而非的商業化的官僚化的藝術家挑戰；老鴿籠劇場運動站在時代的頂點，要提拔無名的作家、新進的作品。柯褒是一個劇作家又是批評家，他具有文化的決心、文學的素養、寬廣的眼界，這些為自由劇場建立者所沒有的長處，而且又能貢其全生命於戲曲藝術，所以一般人將老鴿籠劇場抱了在自由劇場以上的希望，這也是有理由的事。這個劇場初起在大戰中到美國，曾以最經濟的用力收最大量的効果為觀衆所讚許。一九一九年大戰告終，劇場移到巴黎。柯褒的藝術趣味不絕地在變進中，他對戲曲的眼光是很犀利的，杜亞美爾、葛洪、羅曼、都雷、維耳特拉克與馬嵩（E. Mazaud）的名作都給他甄別試演。一九二二年以後，柯褒將劇場移到內省，又移到德國各地演劇，同樣地受到歡迎。

在戰後與老鴿籠劇場同時存在着不少的小劇場，由許多熱心的青年劇作家導演家出場，他們想以精神的努力克服經濟的困難，使純正的戲曲得以發揚光大。但事實上老鴿籠劇場是以經濟無辦法而停歇了的，其他小劇場不久也逐漸讓位於營利的大劇場。大劇場的導演家大多是保守而不敢冒險的，他們只能跟羣衆跑，不能抓住新時代的意義。近年法國因社會經濟不景氣，觀衆對於戲曲的興致大大減退，國家對奢侈營業的稅率反特別提高，即使大劇場也有不能維持的趨勢，而況新興的有聲電影、無線電等已成為戲曲藝術頑強的競爭者。在這樣的情形之下，法國戲曲的發展益加感到偪促了。

第四十章　二十世紀的批評

反實證主義反自然主義的傾向——A裁斷批評——勃廉締爾——其生平與作品——人道主義與人爲力量的高唱——否定了唯物主義自然主義返於理想主義與古典主義——裁斷批評的四個基準——文體進化說的五個原則——文學爲道德與主觀的立場——杜密克——B印象批評——印象批評與裁斷批評相對與鑑賞批評相似——法朗士——他的人生觀——「文學生活」——批評的主我主義——批評的印象主義——勒美特爾——聖柏甫的嫡傳——批評是作品印象的記錄——印象是一種創作——C解釋批評及其他——解釋批評——法蓋——其生平與作品——作家研究——分析與改建的批評——其他期松拉脅諸人——流派的增多與批評權威的墜失——批評範圍的擴大

A　裁斷批評

十九世紀末葉與二十世紀初期的文學批評，發生了一個極大的轉變，這個轉變，一言以蔽之是反實證主義反自然主義的傾向。實證主義與自然主義的不受人推重，根本上是由於自然科學的基礎受了損害，從自然科學所建築的物質文明，裏面藏着意料不及的罪惡與弊害；就實證主義、自然主義本身論，那種極端的態度也犯了機械的唯物論的錯誤，還有以科學批評、實驗小說爲標榜的泰納、左拉不能從實踐證明他們的理論，也是爲後起批評家攻擊的要點。同時法國民族復興、社會改良運動的興起、柏格森、居友等新觀念論的哲學美學的抬頭與北歐文學人道主義精神的侵入，直接間接供給了新的文學批評以事實的根據與理論的參考。一八七五年文學批評的權威雜誌兩世界評論，擎起了反自然主義的旗幟，裏面執筆的作家異口同聲地高唱科學破產、自然主義破產。新起的批評家返於傳統的精神，肯定道德的功能，以道德哲學代替實證哲學，以新古典主義代替自然主義。新興的文學批評不特形之於批評家的專著，而且具體在其他論文、小說等中間，蒲爾澤的論文當代心理學論文集與小說子弟、俄基的翻譯小說以及阿美耳的日記，有的分析心理，有的討論行爲，有的抒發情感，在根柢上都站在反自然主義的立場發揮傳統的觀念與精神。至於純粹的批評家，依其主要的主張可歸爲裁斷批評、印象批評與解釋批評等幾種。現在先從裁斷批評說起。

裁斷批評（critique dogmatique）也可說是倫理批評，倫理批評與前章所說的科學批評遙遙相對，前者的主張是客觀的科學的機械唯物論，以物質世界爲出發；後者的主張是主觀的、倫理的新觀念論，以人類自身爲本位。其所以名爲裁斷批評，是由於這種批評純粹本於主觀的判斷。不過這種判斷並不如亞里士多德那樣以形式的規則爲判斷的標準，而是以內容必須合於倫理教義的理想爲判斷的標準。裁斷底評可以勃廉縮爾與杜密克爲代表。

斐迭南·勃廉縮爾（Ferdinand Brunetière，一八四九——一九〇六）是泰納以後法國最大的批評家。他生於都龍（Toulon），教育受得很完全，很早就從事文學，二十多歲即以文學批評成名。他的論文自然派小說（Le Roman naturaliste）連載於一八八三年的兩世界評論，激起反自然主義的論戰，這是現代文學史上一個劃時代的著作。他不久任爲兩世界評論的記者，後升擢爲主幹；同時從事教育事業，擔任巴黎高等師範的法國文學教授。他一生對學刻苦黽勉，卽在事務萬忙之時，也必抽暇讀書；關於文學方面從中古、近代、希臘、羅馬以至近代歐洲各國的重要作品都曾注意研究；文學批評以外，他還接觸歷史、美學、社會學、倫理學、教育學、神學等等科目，對於達爾文、斯賓塞、叔本華、孔德等進化論的哲學的著作，尤其感到興趣；所以文學批評家的勃廉綈爾，不論那一方面都顯出他寬闊的眼界與淵博的智識。他的思想力記憶力極健，而且長於辯才，文筆辭鋒筆鋒都很銳利。他生性嚴正，不富情感，對於自己的主張操持很嚴，立論肯定，沒有游移兩可的地方；爲了他道德的理想，開罪於任何人都所不惜。晚年他趨向舊教信仰，益加堅決。勃廉綈爾的著作非常宏富，前後總在三十卷以上；其重要的如下：法國文學之批評的研究（Etudes critiques sur l'Histoire de la Littérature française，一至八卷，一八七七——一九〇六、第九卷、一九二五、）批評諸問題（Questions de Critiques，一八九〇、）批評之進化（Evolution de la Critique，一八九〇、）法國戲曲的諸時期（Les Epoques du Théâtre français，一八九二、）十九世紀法國抒情詩的進化（L'Evolution de la Poésie lyrique en France au XIXe Siècle，二卷、一八九四、）文體的進化（L'Evolution des Genres，）現代文學論文集（Essais de Littérature contemporaine，一八九五、）現代文學新論文集（Essais nouveaux de Litterature contemporaine，一八九五、）法國文學史（Histoire de la Littérature française，）法國文學史要（Manuel de l'Histoire de la Littérature française，一八九八）法國古典文學史(Histoire de la Littérature française classique,五卷、一九〇四——一九〇七、）巴爾札克(Balzac, 一九〇六。）

勃廉納爾的批評學說，最簡單地說：一方面在清算自然主義，一方面在高唱人道主義。法國文學上的近代主義或稱時髦主義(modernisme)是他大聲呵斥的對象；他最憎厭自然主義，他非難得最猛烈的是左拉，對於為這主義搆成論據的自然科學也在痛罵之例，他喊出了『科學破產』(faillite de la science)，這句話成為二十世紀初期文壇上普遍的口號。他排斥自然主義，為着提倡理想主義，他攻擊物質科學，為着提倡人道精神。在下面一段話中，他明顯地說明了這一點：

『強者制勝弱者，巧者高出於拙者，這是出於自然而非人為的。而今，以現在為過去之綿延而又為未來之先驅來實行融過去、現在與未來於一爐的生活，這是出於人為，更合於自然。由自然所容許而形成的人間的不平等，而設法用正義與同情去補救，是出於人為，更合於自然。……站在中正的立場，不破壞事物而且於必要時裁制破壞，這是出於人為，更合於自然。最後，鋤去頑強可憎的迷信舉動而扶植正義的權威，這是出於人為，完全皈依人為的力量。』

當自然科學發達到極端的時候，眼看到社會上一切都聽其自然而不去把握自我努力的趨勢，勃廉納爾懷着極大的擔憂，擔憂着人為的力量將淹沒於自然的環境中，所以起來主張人為的力量足以創造自然克服自然。十九世紀下半期將道德與藝術隸屬於科學與自然之下，他認為這是極大的錯誤，所以主張道德與藝術要脫離科學與自然的藩籬，在人本位的基點上獨立起來。否定了唯物主義與自然主義的勃廉納爾，返於理想主義與古典主義，他認為法國文學在十七世紀高乃衣、賴西納的時候確是一個空前絕後的黃金時代。由此，他如何地固執印象中討生活，跟着他性情心境的轉移而變換他對於自然人生的態度，所以文學不是客觀的模倣而是主觀的印象。

法國的印象批評與英國的鑑賞批評（appreciative criticism）很相類似代表鑑賞批評的彼德說：『藝術批評的任務，在乎把人生及書籍中的繪畫、風景、美人等所給與的美感快樂的特別印象的價值識別幷分析出來，使離去其附屬物，宣示出什麼是那印象的原因，在怎樣的條件下可以經驗到。』這種意見，與法國的印象批評在某種程度上是完全相符合的。法國的印象批評家，可以法朗士與勒美特爾為代表。

法朗士在文學上是一個多方面的人物，哲學家、歷史家的他，且不必說；詩人、小說家的他，在本章第二節已詳細說過；批評家的他輪到這裏來敍述了。法朗士的批評見解除散見於詩歌小說外，其主要的專著是文學生活，曾陸續發表於巴黎時報（Temps），後集為專書共四大卷。批評的學說不外是批評家的人生觀的表現；法朗士的人生觀，上面大體已經提示：在消極方面他是一個懷疑主義者，對於一切取否定的態度，否定宗教的信仰，否定政治的作用，否定科學的意義，否定道德的價值；在積極方面，他是一個利己主義者、唯美主義者、享樂主義者。至於批評方面，他反對泰納的科學批評，也反對勃廉締爾的裁斷批評，而同情於彼德的鑑賞批評，作為哲學上觀念論者的他，不相信任何法則，以為除了自己以外什麼都是虛幻的；這種主我主義，在他的批評學說中佔着重要的地位。文學生活第一集序上說：

『我以為文學批評和哲學、歷史是一樣的，也是一種浪漫小說，為有聰慧好奇心的人作的，一切浪漫小說，考其實際，都是自傳。好的延續上努力他說：『一切藝術的作品，非直接鼓吹實際的善行不可，其價值的高下，非從實際道德的關係來批評不可。』他這樣站在功利主義的立場上鼓吹道德，所以被稱爲倫理批評。還有他認爲文學不能聽其自然而須把握其動向，明顯地說就是對於文學應當本着必當如此的態度去觀察判斷，而不應當本着任其如此的態度去觀察判斷。他這樣站在主觀主義的立場上判定作品的價值，所以被稱爲裁斷批評。

勃廉締爾有一個子弟杜密克（René Doumic，一八六〇——），也是固執着傳統主義與裁斷批評的；他是法蘭西學士院的會員，而且是該院的終身祕書。著作有法國文學史（Histoire de la Littérature française）、從斯克利勃到易卜生（De Scribe à Ibsen）、作家繪影（Portraits d' Ecrivains）、與今日之作家（Ecrivains d' Aujourd' hui）等。他的思想異常保守，卽至今日還沒有改變，對當今法國的新進作家，終是存着輕視的態度。

B　印象批評

與裁斷批評對壘的有印象批評（critique d' impression）。如果說裁斷批評屬於客觀中的主觀，那末印象批評可說是完全主觀的；因爲裁斷批評是古典主義的末流，以嚴肅的態度觀察人生，於文學批評雖主張主觀的價值判斷，而基礎卻根據着客觀的進化法則；印象批評是浪漫主義的末流，以自由的態度觀察人生，於文學批評純粹是所謂「心靈的遊覽」，沒有固定的法則遵循的。印象批評建築在流動的哲學上，如柏格森所謂整個的宇宙無時無刻不在變進中，文學家所能觀察到的自然與人生，也不過是瞬間卽逝的印象，印象主義者就在這爾接受達爾文的學說，認爲一切的歷史、哲學等社會文化都應以進化論的觀點出發；文學批評自然不是例外。他論到文學的進化說：『一種文學無異於一種生活。最初由生長而發育成熟，到十分完全了，便暫時間維持着原狀，而終於凋殘、死滅——所謂死滅僅就常識的意義而言，實際上是轉化了一個形態，成了另一種文學循着這種過程而漸次行進。』他把文學的進化看作有機體的進化一樣；在說明時，定出了下列五個原則：

一、文體的分立，是由於相互差異的存在。

二、文體由『單一而複雜……由同質的(homogène)變成異質的(hétérogène)』。敘事詩一方面引出編年記，編年記一方面又分化出小說體。

三、文體的固定。一種文體發生以後，由初期而中期而末期，都存在着一種共通的特色。

四、文體的種種形式決定於其因素。這種因素，勃廉締爾根據泰納的種族、環境與時機三種合力而加以修改，成爲(a)遺傳與種族、(b)環境、(c)個性，不十分看重時機，而加了個性進去，認爲個性足以強化作品的生命力。

五、文體的轉化。引用「生存競爭」、「適者生存」、「自然淘汰」諸定例，在文類中互相競爭而發見其更完善的。

勃廉締爾的批評學說，除了上述從横剖面舉出的四個基準與從縱斷面舉出的五個原則外，他最中心的主張是文學爲道德。他認爲文學不能是無所爲的，不能是爲藝術而藝術的，必須在維持一時代民族精神的統一與着傳統主義已很顯然。

勃康縌爾的批評是主觀的，這並不是指拿一己的好惡來任意判斷的意思，在十九世紀法國抒情詩的進化中他開首就說：『拿個人的趣味來加判斷有何意義，』他的批評主張是本着客觀的條件構成的，他常從進化論的觀點考察文學發展的法則，所謂主觀的無非是指由客觀的法則的觀察而後由個人判斷其價值。他對於文學作品的判斷，曾舉出如下四個基準：

一、自然的模做。這並不是指現實的奴隸式的描寫，乃是說有了現實的材料，（a）對於藝術的本質、對象、目的種種形態再須認識淸楚，（b）對於自然的源泉，能以自己的心機曲盡其感動的能力，（c）對於自然所提供的種種要素，能加以一種選擇的工夫。這三者中缺乏了任何一方面，不能成爲完全的藝術品。

二、絕對的程度。文學作品的價值，視其所表現的絕對的程度而定，程度愈深，評價愈高。

三、文體的區別。韻文與散文詩與小說不能混同，敍事詩與抒情詩與諷刺詩不能混同，各種文體，其價值有高下之分。

四、形式的完璧。『一種作品的風格的優美，足以保持其永久性，這是沒有問題的。』『形式的職能，就在抓住事實的流動性而固定地具體化出來，這種詩人、藝術家，纔有價值。』因此他對於孚祿倍爾的波華荔夫人那樣熱情追求形式的完璧，非常推賞。

上面幾點，是他判定文學作品的橫斷面的基準。至於在縱斷面的文學進化上，他也討論得非常詳盡。勃康縌批評家，敍述他心靈遊覽名著時的奇遇。

『客觀的文學批評和客觀的藝術一樣，沒有存在的餘地。妄信不把一己的人格放到他們著作裏邊的人，簡直是自欺，簡直是受欺於最愚妄的妄想的人。我們永遠不能把自己提開，這是眞理，這是我們最大的不幸之一。要是一時我們能從有許多小平面的蠅眼觀察天地，或用猩猩的簡陋的頭腦來認識自然，我們有什麼不願意的地方？然而這是絕對不可能的。我們不能像帝萊西亞絲(Tiresias)之爲男子而同時又有曾爲女子的迴想。我們關在我們自己的人格裏邊，頗似拘禁於永久的牢獄。我以爲我們最好老實承認這個可怕的情形，老實承認我們在無論什麼時候，總在那裏講我們自己，沒有閉口不言的能力。

『老實說，批評家應該說；

『「諸君，我現在預備講我自己，但中講到莎士比亞、賴西納或巴斯加或歌德。至少時機是好的。」』

在文學生活第三集序上，他進一步提出印象批評的見解：

『…最動人的事物，是美最可愛的事物，是看來含糊或神祕的事物。美德或天才，永遠保存着他們的祕訣。克勒奧巴屈拉(Cleopatra)的美麗，聖·佛蘭西斯(St. Francis d' Assisi)的溫柔，賴西納的劇詩，都不能歸入任何的公式，如說這些東西出於科學，亦一定出於混有直覺的、不安的、不完全的藝術或科學。這種科學、或這種藝術，確是存在的，是哲學，也是道德，也是歷史，也是文學批評，簡言之，是人類全體的美的傳奇。』

從以上兩段引語中，法朗士的印象批評已不難明白了。法朗士認客觀的批評是不可能，而且是沒有的事，故主張批評要參入自我，而且以自我爲主。他說批評是自傳。『好的批評家敍述他心靈遊覽名著時的奇遇。』他喜歡得到作品含糊的或神祕的印象，所以他對於批評沒有定出一個固定的標準；當法朗士被選入法蘭西學士院時，有人曾以此點非難他，他卻答說：『我並不是什麼批評家。有些聰明人把文學像打穀一樣地放在機上，把穀粒和穀殼打開，我可沒有這個本領。』因此他的批評文字只是些隨筆式的印象錄。不過，法朗士的批評，表面上雖沒有標準，實際上他注重印象與美何嘗不是一種標準。

勒美特爾跟法朗士一樣，在文學上是一個多方面的人物。他起初作詩，私淑高踏派的父祖哥綈埃與先驅波特萊耳。後來創作劇本，已如前節所述，同時從事批評的活動，爲青色評論（Revue Bleue）撰稿，爲兩世界評論作劇評。先後發表大著八卷的現代作家論（Les Contemporains，七卷一八八五——一八九九、第八卷一九一九）、十一卷的戲曲的印象（Impressions de Théâtre，十卷一八八八——一八九八、十一卷一九二〇），卽成爲批評界的寵兒。晚年他往各處演講，成盧梭（J.J. Rousseau）、賴西納（Racine）、夏德白里安（Châteaubriand）諸書，也是名貴的批評作品。

處在『十九世紀下半期半智慧的、煩躁的、癲狂的、沈悶的、缺乏指導的文學』時候的勒美特爾，對於當時文壇上各派的論戰觀察得非常透闢。他並不曾倒向任何一種旗幟之下，他用他自己的眼光形成一派學說。不過他是聖柏甫的嫡傳弟子，以藝術的眼光深深地到旁人的作品中去探求，兩人有不少的共通點。聖柏甫所說的：『藝術精神是從氣順、精巧、活潑及明白的性格中出來。這是一條清澈的河流，圍繞着詩的作品和紀念，一捲一舒，猶如繞着山石、樹木、葡萄的平波岸傍的幽谷。』這正可說明勒美特爾批評的性質。勒美特爾屬於純粹的印象派，最注意於藝術作品，先研究其本身，然而加以精細的解釋，以熱烈的興味抓住作品中所有的印象，從而分析它，以至在批評中再創造出來。在現代作家第一卷的序文上他說：

『我不預備在作品中抽出一種文學理論，一種哲理及對於現代文學的一個綜合的觀察，只是我心目中所得到的親切的印象，注意記下來而已。』

這幾句簡單的話中，勒美特爾的印象批評的意義已大部分顯露出來了。這幾句話與左拉解釋藝術時所說的『從自然的觀察，加以天性的熔裁』很相類似，不過在根柢上仍是不同的。左拉雖曾將自然與天性相提並論，而所注重的是自然的觀察，因爲注重自然的觀察，所謂天性的熔裁以觀察爲出發而不失自然的原型；猶如攝影，自然界的景物雖經了鏡頭的機構，結果照片未脫自然的本相。勒美特爾則注重所得的印象，他雖也承認印象皈依着觀察，但認爲僅僅觀察決不能成爲藝術品，必須要將觀察變爲印象的時候纔成爲藝術品；猶如釀蜜，單花粉與蜂是不能釀蜜的，必須由蜂將花粉吞入肚裏，加以複製，變了原形，纔能成爲蜜糖。簡單的說，左拉的批評主張重客觀，勒美特爾則完全是主觀的。勒美特爾既重主觀的印象，所以對於同時代兼採客觀的勃廉締爾不同，前者注重環境，後者注重心理。不過這裏還得注意的，勒美特爾所注重的印象不是絕對的、個別的，他也承認：『人類的印象，有共通的路線，如果一個人的印象正確，那末他與其他人的印象必相一致。』由此他對於十分注重個人主義的盧梭、雨果也加以反對，而對於注重社會的一般的莫利哀、賴西納卻非常尊重。戲曲方面，勒美特爾很推崇易卜生的著作，對於他同時代的法國作家，則時常表示諷刺的態度。在各方面觀察起來，勒美特爾的批評，折衷主義的氣分很重，正如他的老師聖柏甫，見解是不時在變遷中的，所以谷朗澤說：『勒美特爾是一個很難歸類很難論定的人。』他的批評文字，在以伶俐之筆寫讀書的印象，因爲他認爲批評在相當範圍也就是創作。

C　解釋批評及其他

同在十九世紀末葉二十世紀初期文學批評中，有一種既不屬於獨斷批評也不屬於印象批評的，就是所謂解釋批評(critique explicito)，這種批評的中心人物是法蓋。

愛彌兒·法蓋(Emile Faquet，一八四七——一九一六)是蠑壘(Roche-sur-Yon)地方人，教育受得很完全，年青時目擊普法戰爭的慘況，於是參加新思想運動。他生性好作研究，政治、文學、宗教、社會、道德各方面的問題，都能刺戟起他好奇探討的興味。思想方面受泰納、勒南與孔德的影響很大。他曾任巴黎大學教授、討論日報(Journal des Débats)的劇評主幹、兩世界評論的記者，且被選入法蘭西學士院。法蓋生平熱心讀書，著作宏富，中以政治道德與文學批評方面的作品爲多。政治道德方面的重要著作有十九世紀的政治家與道德家(Politiques et Moralistes du XIXe Siècle)、現代政治問題(Problèmes politiques du Temps présents)、孟德斯鳩、盧梭與服爾德政治論之比較觀(La Politique comparée de Montesquieu, Rousseau et Voltaire)、自由主義(Le Liberalisme)、反天主教論(L'Anti-Cléricalisme)、社會主義(Le Socialisme)、和平主義(Le Pacifisme)及政治論叢(Discussions politiques)諸書。文學批評方面的重要著作有十六世紀法國悲劇(La Tragédie au XVI Siècle，一八八三)、十六世紀(XVIe Siècle，一八九四)、十七世紀(XVIIe Siècle，一八八五)、十八世紀(XVIIIe Siècle，一八九〇)、十九世紀(XIXe Siècle，一八八七)、法國文學史(Histoire de la Littérature française，一九〇〇)、戲曲問題(Questions de Théâtre，一八九〇—一八九八)、古代劇、近代劇(Drame ancien, Drame moderne，一八九八)及法國詩史(Histoire de la

Poésie française，一九二五）諸書。

法蓋是一個篤信自由的人，他在政治上所主張的自由主義，略與無治主義相近。他一方面主張自由，另一方面對於權利義務的觀念也分得很清，認爲個人在社會上有連帶的責任，於社會道德非常關心。他因現代的戰爭、情慾等等問題深感不安，自言爲着祖國與人類的將來，要提高倫理的價值。在文學研究上，他既不附和勃廉締爾的裁斷批評，以固定的法則來裁斷，也不同情於法朗士、勒美特爾的印象批評，以個人的印象來表示，而接受了聖柏甫的方法，從作品本身中理解文學的特性，又從整個的人生中考察文學的意義。他的批評注重個別的研究，在所作各世紀的文學史中，都以個人爲中心，考究作者的身世、教育、社會、時代種種，從而分析出作家對於個人生活表現的能力，對於社會生活反映的程度，其內質與外形的特點，是否合於社會道德的理想，這樣從作品的各方面加以估計，解釋出一種作品全部的姿態。他認爲文學批評是一面鏡子，燭照出作品的原形，是批評家的任務，使藝術家知道自己什麽地方須要保存，什麽地方須要改善。他是認爲批評家持着愛美與道德的精神，間接也會裨益於愛美與道德的進步。所以，法蓋這種解釋的批評也稱爲分析與改建的批評。法蓋的批評著作，用熟透的智力分析作品，沒有一點武斷的氣分；他的文筆，雖沒有勃廉締爾那樣遒勁而富有氣勢，也沒有勒美特爾那樣優美而富於詩意，而明利的眼光，清澈的修辭，卻保有一種堅實的說理作品的長處。

上列諸大家之外，勃廉締埃的高足弟子朗松（Gustave Lanson，一八五七——）也極負時譽，他用科學的歷史學的方法整理文學史，是法國現存的最大文學史家，他的大著法國文學史（Histoire de la Littérature française，一九〇三）成爲研究法國文學極普通的參考書，本書也曾引過他不少的理論；他爲時下法國錯綜複雜的文壇頗爲擔憂，他時常勸告青年作家不要忘了法國固有的文學，他不相信未來的文學能從虛無或新奇中產生。至於關現代文學的，有現代法國文學史（Histoire de la Littérature française contemporaine）的作者拉魯（René Lalou）與現代法國文學（Littérature française contemporaine）的作者畢萊（André Billy），也是有名的作家。其他如伊科維茲（Marc Ickowiz），接受泰納、佛羅伊德與馬克思等各方面的學說來觀察文學，自一九二九年他的史的唯物論下的文學（La Littérature à la Lumière du Matérialisme historique）發表，他的名字也已留在多數讀者的印象中。

法國的文學批評，在十九世紀末葉二十世紀初期，裁斷批評與印象批評風行一時，幾有平分天下之勢。但自從勃廉絅爾、勒美特爾、法朗士等相繼逝世，再也沒有一派主要的批評理論能在文壇上執領導的牛耳。現在法國的批評界沒有一種權威，也沒有一個導師，經濟的惡化，社會的混亂，刺戟起了無數的流派，獨裁已不可能，批評界也就陷於無政府狀態。日內瓦大學教授迭蒲德（Albert Thibault）、把現代的批評分爲自然批評（critique spontanée）、專業批評（critique professionnelle）與作家批評（critiques des maîtres）三種：自然批評是愛好文學的民衆、新聞記者等本着常識而自由流露的批評。專業批評是教授、學者從文學作品的研究中抽出一種理論的批評，作家批評是作者對自己作品的反省或對於旁人作品的意見。過去的批評大多是學者們專業的批評，現在則又有作家自己以及廣大讀者的批評，就批評的範圍論，較以前更擴大了。

第四十一章　法國文學的現勢

法國現代的作家的衆多作品的豐富與流派的繁複——現代法國文學的主潮——幾個對立的陣容——國家主義與世界主義的對立——傳統主義與社會主義的對立——舊教主義與激進主義的對立——超現實主義與集體主義的對立——以資本主義與社會主義兩大潮流爲背景——動亂中的世界與世紀病的深重——文學上的三種反映——享樂主義的熱狂——犬儒主義的色彩——緊張主義的強化——新興文學的三種動向——從個人的到社會的——從國家的到世界的——從消極的到積極的

法國現代的許多作家許多作品，上面已說得不少，但仍然疏漏了極重要而不能歸入詩歌、小說、戲曲及批評任何方面的亞蘭(Alain)。亞蘭是當代法蘭西散文的最大作家，法國的散文自從蒙戴尼、巴斯加、法納龍、服爾德以來衰落了已有一世紀以上，而今復興於亞蘭之手；他描寫戰爭的那部名作戰神或審判戰神(Mars ou la Guerre jugée)，不論和平論者或主戰論者、保守派或激進派，誰都要讀這書，亞蘭的作品有普魯斯特的機巧，勃廉締爾的淵博，又有服爾德的充暢，他對於今日法國社會生活觀察的明透，已被認爲當代的達人。亞蘭還有信徒，散文的領域有不少第一流的作家，上述的詩歌、小說、戲曲及批評中也有不少不曾提到名字的二三流作家以及新進作家。當今法國文壇上實在是人才濟濟，先進後進，指不勝屈，如果僅將他們的名字一一整理出來，已𣪍費時間與辛苦。正如英國蘇拉教授(Prof. Denis Saurat)在演講現代法國文學運動時說：『要是按照他們目下的產量而說，我在這些須得提出數不清的姓名！當我們把兵士們送回家去，顯然等於解決了一大批作家的軍隊。要是這事在當時被人識破，那就難免授與反對的批評家以一種戰爭之所以繼續的根據。」不過就粗枝大葉說來，我們終算已在現代法國文學之園中遊歷了一遍。當這遊程將終的時候，我們總會發生這樣的感想：法國現代的作家太衆多了，作品太豐富了，流派太繁複，思想太龐雜了，一個流派的興起消滅過於匆促，一個作家思想的轉變也過於迅速。誠然，要把法國作家作一個公允的分類，無過於今日的困難了。

然而在思想的根柢上，許多作家之間多少總保持着共通的趨向；因此，從這方面，我們也未始不能找出幾個線索。下面四個對立的陣容，代表着現代法國文壇最主要的思潮：

一是國家主義（nationalisme）與世界主義（internationalisme）的對立。國家主義與世界主義對立的陣容在大戰時明白顯露，其傾向在一八七〇年普法戰爭以後即已造成。當時法國敗績後，有一部分人主張重新喚起國民的愛國心，強化國家的情緒，準備第二次與德國開戰，謀民族復興的出路。堅持着這方面的主張的是，莫拉斯（Charles Maurras，一八六八——）；另有一部分人認為法德兩國的人民應保持親善，德法兩國的戰爭是帝國主義間的鬬爭，所以他們否定戰爭，提倡世界和平，說『眞正的國家的（national）就是世界的（international）』，創言這種主張最有力的是左來斯（Jean Jaurès，一八五九——一九一四）。這兩派針鋒相對的形勢，在德萊斐斯大尉事件發生時已見朕兆；世界大戰爆發，主張世界主義社會主義的左來斯被暗殺，這兩派的對立便愈加銳化了。站在國家主義方面的主要人物有莫拉斯、巴雷士、蒲爾澤等人，站在世界主義方面的主要人物有羅曼羅蘭、法朗士、巴比塞等人。在戰爭的時候，從國家主義的立場作爲主戰論的代表者而奮起的是巴雷士，他因故鄉陷於德國人之手，主張以絕對的個人主義救國，大聲喊着：『我們的道德我們的宗教我們的國家感情，這一切都破壞完了。我們不能在那裏面捕捉生活的法則。於是一面必須期待我們的教師爲我們確立足以信賴的眞實，一面我們必須信賴我們唯一的現實，我們的自我。』他創作「國民勇氣小說」，誘起法國人民對德國的敵愾心理，組織法國國民動員會，積極作備戰的活動。當時法國有無數的作家爲愛國心所驅使，鼓勵着這次復仇之戰，對德國人大肆攻擊，綠綈沈潛於異國情調中也咀咒德國的野蠻，萊尼哀、哥爾蒙從象徵的夢中醒來唱戰歌，賈瞞斯祈求上帝保佑法國，卽使素稱冷靜的拉惠堂也拋掉戲曲作熱烈的論文鼓動戰士的熱血。在戰爭的時候從世界主義的立場作爲和平論的代表者而努力的是羅曼羅蘭，他舉起人道愛的世界主義的大纛，向人類聲訴着非戰的必要：『西歐的國民中間，找不出可以交惡的理由。法國、英國、德國，都是同胞呵。……我相信我們的國民都要求和平與自由。法國不先自覺而裁判敵人。』這種呼聲在戰爭緊急的時候立刻遭到猛烈的反批評，就是開通的象徵派詩人也指摘他不應在人家動刀時再用天秤，有的竟至厚誣他爲漢奸、通敵犯。但戰事完畢以後，非戰的同志漸漸增多，在本國法朗士、巴比塞都表明非戰的態度，國外的哈代、勃蘭兌斯、威爾斯（H.G. Wells）與伊本納茲等也表同情於他。大戰以後，德國盛行表現主義（expressionisme），暫時地走向世界主義之路，而法國的國家主義思想仍非常牢固，於是在相反的方面，世界主義者之努力也不稍懈。

二是傳統主義（traditionalisme）與社會主義（socialisme）的對立。傳統主義與社會主義的對立是跟國家主義與世界主義的對立平行的。傳統主義者大概是主張國家主義的，認爲舊有的國家精神是傳統的重要基礎，我們須要保持而且發揚它；社會主義者大半是相信世界主義的，認爲國家觀念是唯一引起戰亂可憎的種子，我們須要掙脫這狹小的藩籬而以更廣大而實在的社會作基礎。扮着傳統主義重要角色的仍是巴雷士，他說的『我們的靈魂出自我們祖先堆積下來的靈魂。他們的基本觀念，成爲我們存在的根基。』至今還有人信從，還有勃廉締爾，尊重傳統道德，也是一個重要人物。傳統主義的作家，前幾年法國文壇上幾乎觸目皆是，詩人中如新古典派的莫萊亞斯，貴族象徵派的萊尼哀，爲着傳統的國家觀念而戰死的倬基，小說家中如描寫人類心理的蒲爾澤，描寫海外殖民的綠締、米爾、法萊爾，描寫外省生活的巴散、蒲意萊斯夫，描寫地方風俗的蒲爾陀、馬格里特兄弟以及保皇黨杜德等傳統保守的意識都很重，其中雖有很多已死的，而現存的還大有人在，所以傳統主義的勢力在最近的將來怕還不能完全消滅。另一方面社會主義的重要角色當然是法朗士、羅蘭、巴比塞等人，他們爲着人類正義世界和平而與帝國主義奮鬪的精神，已引起中產以下的智識民衆的同情，同時在社會經濟急劇的變動之中也有很多的作家與他們起着社會音調的共鳴，詩人中如動力派的基耳蒲，同時派的巴爾純，一致派的維耳特拉克、亞爾各、羅曼等，小說家中如描寫集團意志的亞堂，社會諷刺家米爾波，女小說家婀妵，還有戲曲家白里歐、伯因斯坦等，他們有的暴露社會罪惡，有的懷着改造理想，倘與社會主義接近，雖然意識正確的除巴比塞等外，不可多得，而朝着正確的路上批判地前進，也很值得注意。

三是舊教主義（catholicisme）與激進主義（bolchévisme）的對立。舊教主義與激進主義的對立跟國家主義與世界主義的對立以及傳統主義與社會主義的對立有連鎖的關係，因爲傳統主義、國家主義是拿羅馬舊教爲基礎的，而所謂激進主義就是世界主義中最前進社會主義中意識最明顯的一支。羅馬舊教在法國有根深蒂固的勢力，凡是政治上文學上的保守派都投向舊教主義的庇護之下，在今日社會浮動的聲浪中，法國的舊教奏着最後的絕響，尤其在詩壇上佔着一部分頑強的勢力，由賈曦斯、梅西爾、克樂台、俾基以下至蘇代、蘇柴、華萊莉，理論上更有前後映輝的兩大領袖莫拉斯與白萊蒙。莫拉斯自己不是舊教徒，而他勸別人信教，站在亞奎納(Thomas Aquinas)的立場上號召着靑年們回到古老的信仰去。至於主教白萊蒙是法蘭西學士院的會員，他的巨著宗教戰爭以來的法國宗教情操的文學史(Histoire littéraire du Sentiment religieux en France depuis la Fin des Guerres de Religion jusqu'à nos Jours)有超乎普魯斯特的過去時候的追憶以上的篇幅，有極大的感人的魔力，他的說服人家完全是自然的，他那生動的口才與文筆使目下很多人傾向到神祕主義方面去。而另一方面，激進主義的長足進展也不容輕視，他們不僅僅傾向於社會主義，而且本着史的唯物論，有正確的立場，有堅實的表現。巴比塞不待說是當今法國最徹底的社會主義者、堅實的激進主義者，他所主編的光明世界(La Monde)，所作的光明、鎖鏈、飛機，是典型的新現實主義作品，他提倡反帝戰爭，組織國際反帝大同盟，深得到各國勞動者的擁護。羅曼羅蘭近年雖少作品發表，而意識也非常激進。至於小說家項伯的作品，那種巨幅的勞動世界的畫圖，已成爲新現實主義作品的模楷。此外嘉爾谷(Francis Carco)勃洛克(Jean Richard Bloch)等也熱心從事於勞動者史詩的創作。後進的人才不絕繼起，激進主義的發展正在方興未艾之時。

四是超現實主義（sur-réalisme）與集體主義（collectivisme）的對立。超現實主義是詩壇上純正主義以前的最大思潮，集體主義是與社會主義、激進主義相伯仲的思潮，這兩種思潮是孿生兄弟，在象徵派詩人威哈崙所唱的激動主義與羅曼所唱的一致主義中間，新興文學的根柢顯然已具。蘭波抽身於現實社會之外抨擊社會政法的腐敗，一方面解放了個人的意識從立體主義、大大主義以至超現實主義，指導着主觀的個人的革命意識；另一方面解放了社會的意識，從羅蘭、巴比塞以至民衆主義（peuplisme），影響着客觀的集體的革命意識。超現實主義繼大大派之後，自認爲站在時代的頂點，要否定現實社會，暴露現實社會的裂痕，主要人物是布勒東、阿拉公、維持拉等人，他們有的尊重佛羅伊德，有的相信唯物史觀，且主張理想世界的絕對革命，但是他們一味皈依個人主觀的理想而高唱革命，終必成爲觀念的遊戲。另一方面，從客觀的實踐的立足點以集體的組織爲革命的步驟的集體主義則急進得多。自然，這種集體主義一部分就是巴比塞、項伯等的社會主義、激進主義，一部分所謂民衆主義是戴利浮（André Thérive）、萊蒙尼埃（Léon Lemonnier）等人所主唱的。民衆主義作家要回復到左拉的自然主義，把民衆生活、心理的狀態表現出來，他們的作品遊移夾雜，意識方面不無須淸算之點；不過其所發行的文學新聞，以非常的廉價使文學與民衆接近，也是文學大衆化中的一種貢獻。

以上四個對立的八種思潮，歸納起來不出資本主義與社會主義兩大潮流；國家主義、傳統主義與超現實主義代表着資本主義的意識（雖然中間超現實主義表示着覺醒了的資產者、小資產者非資本主義的傾向，而那種主觀革命的理想仍不失爲資本主義的幻想）世界主義、社會主義、激進主義與集體主義代表着社會主義的意識。這兩大思潮的形成根本由於資本主義社會的內在矛盾與分化。

今日的資本主義社會爲個人主義的經濟學與工業技術所驅策，漸漸陷於訌爭互競之中，在國內集中排擠，在國外爭霸掠取，繼之以動亂、叛變、大炮、飛機、坦克車、戰亂、動搖佔據了任何人的心理，大戰的可怕的印象永遠在一般人心中浮動，往昔人們在學問上事業上努力的理想與熱望而今在動亂的世界中打得粉碎，所有的人都揣揣不安，陷於幻滅的悲哀中了。現存社會已無法維持他的存在，未來的社會一時還沒有出現，在這過渡時期的資本主義與社會主義兩大潮流下，新世紀病（nouveau mal de siècle）的濃霧籠罩一切，普遍的不安、深刻的苦悶形成世界末日的心理。這種霧圍氣在文學藝術上反映出如下三種現象：

一、享樂主義（hédonisme）的熱狂。青年的理想消失，灰淡的影子抓住了他們。在巴黎市裏，瘋狂的淫樂使舞場變成妓館，舞臺變爲淫場，舞蹈的方式有如狂醉，僅僅給頹廢男女以一些情慾的寄託，劇中的科白毫無意義，僅僅是姿勢動作的點綴，人們——尤其是資產者——忙着縱慾，一切都丟開。「快些來吧，因爲我們明天要死了。這不是一個市場，只是一個展覽」。應着這種需求而起的舞場、舞臺、電影院、咖啡座盛極一時，魯意斯的肉感小說、魏伯爾（Paul Veber）的色情戲曲，大受熱烈的歡迎，猥褻的文學成爲時代的驕子。

二、犬儒主義（cynisme）的色彩。戰爭與動亂將一切信仰理想搖撼，改造的見解消失於狂醉的享樂中，熱誠、希望讓位與冷嘲熱諷，許多人臉上都抹着犬儒主義即道德的懷疑主義的色彩。改良主義失敗，改造理想失墜，在人們苦悶的深處不發之於浪漫主義時代的熱淚，而出之以犬儒式的微笑，幽默、冷笑是時髦的文學，冷笑人家，甚至冷笑自己。法朗士說過：『人卽使不會做事，也會逛遊。不過在我們眼中看去，像政黨鬭爭一類事，也不過是奕棋吧了。不，人的一切不都是如此嗎？横臥於懷疑的懷中，這是多麼地快樂呵！』懷疑一切，以一切爲遊戲，向一切微笑，已成爲最流行的文學，這資本主義頽廢期的智慧。

三、緊張主義（intensivisme）的強化。在這動亂之中，作爲文學上小資產者的表現，一種逃避這動亂而冷眼觀世的是上述的犬儒主義，另一種要穿過這動亂而摸索新生活意義的就是緊張主義；緊張主義的具體表現是由廣泛的懷疑到自我的集中與神經的暗示，華萊莉、普魯斯德與季德是最好的代表。小資產者作家懷着前進的理想而不能衝開社會的障壁，於是只得退而作自我的批判，以緊張自己的生命力，他們決不走到智慧的路上去，因爲在資本主義的社會，哲學已經硬化，科學已不入道，只有執着自我，訴於嚴肅的良心，想用道德的餘力制勝當前社會的矛盾。

這三種形態的文學在這過渡時期的社會迴旋擺動，社會經濟的發展證明它們的迴轉擺動是暫時的，如季德因讀了社會主義的文獻，最近卽已向左成爲激進的作家。與上述這些頽廢玩世的文學不同的新興文學，正在否定傳統文學，健步踏進新的領域。過渡時期不是常駐的，那些否定現社會的頽廢玩世的文學只是這新文學的先遣。今後文學的發展勢將循着如下的過程：

從個人的到社會的。所謂個人的就是少數人的，社會的就是民衆的。過去以至現在有不少文學作品是從個人主義出發的，題材偏在而狹小，藝術彷彿是不傳之祕，這種個人性的文學發展到最高度，幾至自己的作品只有自己能彀理解，這樣的文學遠離民衆，早就失掉社會的意義。近二三十年來，有很多作家覺察到這種錯誤，一方面由個人意識解放出來走到集體意識，一方面在作品中認知了民衆的存在，表現他們的生活，用通俗的方式，使更多的人能彀了解，將文學的種子廣佈開來。這是文學社會化的趨向。

從國家的到世界的。以前的法國作家，常誇耀着他們過去文壇的光榮，埋頭於古典作品中找文學；現在風氣已經改變。守舊的批評家杜密克也曾覺察到這一點，說：『我們古典教育的勢力日漸單薄，在中等學校裏，不但希臘、拉丁的大作家不被寶賞，即法國古典派的作品也不被重視。恐怕將來終有否認我們固有的民族遺產之一日。』法國的靑年作家，對於己國過去的文學並不故步自封，他們一方面跟時代學習創造新的，一方面也盡力吸收各國的文學，世界經濟文化的交互影響愈加密切，法國文學的國界勢必逐漸泯滅。這是文學世界化的趨向。

從消極的到積極的。現代社會的動亂使許多作家趨向於象徵主義、玩世主義以及輕巧而不負責任的頹廢表現，他們消極地以騰空於幻想的境界為生活的逋逃藪，根本忽視了目前的現實。然而新現實主義的作家取着相反的態度，他們非但不否定現實，而且面對現實，非但不迴避生活，而且抓住生活，以積極的態度批評非理的過去，以肯定的態度踏上合理的未來，他們不是無意識地使藝術役使人，而是有意識地使人來運用藝術。這是文學積極化的趨向。

法蘭西文學正在創造着新的歷史。

法國文學家人名引得

A

B

E

F

G

H

I

J

K

L

M

N

P

Q

R

S

T

U

V

W

Y

敬啟

『民國專題史』叢書，乃民國時期出版的著名學者、專家在某一專題領域的學術成果。所收圖書絕大部分著作權已進入公有領域，但仍有極少圖書著作權還在保護期內，需按相關要求支付著作權人或繼承人報酬。因未能全部聯系到相關著作權人，請見到此説明者及時與河南人民出版社聯系。

聯系人 楊光
聯系電話 0371-65788063